ALIENÉS

Du même auteur

Essais

Copies conformes, le clonage en question, avec Axel Kahn, Nil Éditions, 1998 ; Pocket, 1999.
La Planète obèse, avec Philippe Froguel et Patrick Sérog, Nil Editions, 2001.
L'avenir n'est pas écrit, avec Albert Jacquard et Axel Kahn, Bayard éditions, 2001 ; Pocket, 2003.
Le Secret de la salamandre, la médecine en quête d'immortalité, avec Axel Kahn, Nil Éditions, 2005 ; Pocket, 2007.
Erreurs médicales, avec Patrick de la Grange, Nil Éditions, 2008.
Et l'homme créa la vie..., avec Joël de Rosnay, LLL Éditions, 2010 ; Babel, 2012.
Le Ventre, notre deuxième cerveau, avec Héloïse Rambert, Tallandier/Arte Éditions, 2014.

Romans

Le Dernier Hyver, Belfond, 2017 ; Points Seuil, 2019.
Régression, Belfond, 2019 ; Points Seuil, 2020.

Fabrice Papillon

ALIENÉS

PLON
www.plon.fr

92, avenue de France
75013 Paris
Tél. : 01 44 16 09 00
Fax : 01 44 16 09 01
www.plon.fr
www.lisez.com

Mise en pages : Nord Compo
Dépôt légal : octobre 2021
ISBN : 978-2-259-30600-3

À Judith

Omne possibile exigit existere

« Tout ce qui est possible ne demande qu'à exister. »

Gottfried Wilhelm Leibniz, *De veritatibus primis*

כו וַיֹּאמֶר אֱלֹהִים, נַעֲשֶׂה אָדָם בְּצַלְמֵנוּ כִּדְמוּתֵנוּ

« Et les Elohim dirent : faisons l'homme à notre image,
à notre ressemblance. »

Bible hébraïque – Genèse, 1 : 27

Chapitre premier

Lundi 9 mai 2022, 23 h 30,
temps universel (UTC)

La Station spatiale tombait en chute libre à 28 321 km/h sur la Terre.

Une histoire de fous, quand on y pense.

Propulser un chapelet de cylindres bordéliques, farcis de câbles enchevêtrés, à cette vitesse vertigineuse... Sans les moteurs-fusées du module Zvezda et ses coups de reins réguliers pour doper l'altitude, le vaisseau grillerait comme une grosse merguez dans les hautes couches de l'atmosphère.

Evgueni Porchnev n'était pas encore couché.

Enfin, couché, c'était beaucoup dire. Avec la microgravité, le cosmonaute ne connaissait plus ni haut, ni bas. Son cerveau avait aboli toute notion d'orientation. L'absence de pesanteur le faisait flotter comme un pollen au vent, si bien qu'il pouvait virevolter des heures sans jamais ressentir ni nausée, ni lourdeur. C'était l'expérience ultime, celle qu'il regretterait plus que tout au monde quand sa carcasse toucherait de nouveau l'écorce terrestre, tout en lui semblant peser vingt tonnes.

Mais il n'en était pas là. Il lui restait encore trois mois à tirer.

Son compatriote Sergueï Chenko ronflait déjà, engoncé comme une sardine dans sa cabine minuscule. Il faut dire que l'espace infini, au-dehors, tranchait avec le volume ridicule de la Station tout entière, dix fois inférieur à celui d'une piscine olympique ! Avant de glisser dans son duvet et de pioncer à la verticale, Chenko avait longuement contemplé la planète bleue à travers l'un des hublots de Zvezda. Et pour cause, il survolait alors les immenses steppes de Russie et n'avait pu retenir ses larmes en songeant à Selena, sa femme, et Pavel, son fils.

Evgueni Porchnev avait tout vu mais n'avait rien dit. Les Russes sont pudiques. Très pudiques. Et souvent alcooliques, aussi.

Porchnev s'empara d'une poche de plastique renflée, affublée d'une tétine. Il la pressa fermement, libérant une grosse bulle de liquide transparent qui se mit à flotter devant son visage. Il la goba et sentit aussitôt la vodka irradier son œsophage. Il songea à ces crétins d'Occidentaux qui se targuaient de n'absorber que de l'eau. Et quelle eau... Ces abrutis recyclaient leur propre urine, mais aussi la sienne et celle de son collègue Chenko. Jamais les Russes, eux, n'auraient fait pareille chose.

Mais savoir que Shepard et Jenkins, les deux Amerloques à bord, buvaient sa pisse tous les jours, ne cessait d'égayer Porchnev. D'ailleurs, à cette évocation, le cosmonaute leva sa poche de vodka en direction des clichés sépia qui plastronnaient sur la paroi du fond, au bout de la Station spatiale.

– *Na zdrowie !* lança-t-il à Youri Gagarine et Sergueï Korolev, les deux héros soviétiques de la conquête spatiale qui l'avaient mise bien profond aux Américains.

Puis il goba une nouvelle lampée sphérique et entreprit, enfin, de se coucher.

Sa dernière pensée fut pour Jenkins. Il n'aimait pas ce type, et c'était réciproque. Il le trouvait fuyant, hautain, comme s'il avait quelque chose à cacher. Jenkins la jouait solitaire, peu enclin à partager ses émotions avec ses collègues, y compris son compatriote Shepard. En revanche, pour un Américain, il parlait un russe étincelant... mais où avait-il appris la langue de Tolstoï avec tant de brio ? Bien sûr, tous les astronautes devaient savoir parler russe – une règle depuis la fin de la guerre froide. Mais à ce point...

Porchnev, l'esprit embué, se tortilla dans son duvet vertical et coupa la lumière.

À l'autre bout de l'ISS, les deux Américains, l'Italienne et l'Anglais s'apprêtaient eux aussi à s'assoupir.

Les *crewquarters* des Occidentaux occupaient une partie du nœud de jonction Harmony, dans la section « non russe » de la Station.

Car ici, bien que l'enfilade des cinq cylindres atteignît à peine la largeur d'un stade de foot, le territoire se trouvait en coupe réglée : aux Russes l'arrière, avec leurs deux modules dont l'architecture remontait à celle de l'antédiluvienne station MIR ; tandis que l'avant, conçu par les Américains de manière plus clinquante et moderne, revenait aux autres nations parties prenantes de l'aventure : les Américains, les Européens, les Canadiens et les Japonais. Certains modules formaient des nœuds permettant la jonction avec des annexes, comme les laboratoires de recherche européen et nippon, mais aussi des sas et des ports d'amarrage pour accueillir les vaisseaux en provenance de la Terre.

Les Occidentaux dormaient justement dans le dernier nœud, à l'opposé des Russes, et dans la même exiguïté. Carla Martini, l'Italienne qui réalisait son premier vol à bord de la Station, venait d'achever le transfert sur son PC d'une centaine de photos prises depuis la *cupola*, le dôme de sept hublots qui offrait une vue panoramique imprenable sur la Terre et l'espace. Elle distillerait une vingtaine d'images le lendemain sur ses réseaux sociaux, très prisés des Italiens. En attendant, elle boucla son duvet, éteignit ses diodes et plongea lentement dans les bras de

Morphée. Elle s'imaginait déjà dériver dans l'immensité du vide sidéral...

Avant l'extinction des feux, l'Anglais Ben Higgins, lui, songeait à la journée écoulée, qui ressemblait à toutes les autres. Les confinements successifs pendant l'épidémie de Covid, les deux années précédentes, le faisaient sourire : beaucoup s'étaient plaints de leur condition, mais que diraient-ils s'ils vivaient enfermés dans ces boudins d'aluminium pendant six mois, à quatre cents kilomètres de la Terre ? Au milieu d'un fatras d'outils, d'écrans, de câbles qui bouchaient l'espace vital ? Les modules ne faisaient que quatre mètres de diamètre, et leur encombrement les rendait plus étroits qu'une artère tartinée de cholestérol. Quand un astronaute planait d'un nœud à l'autre, il lui fallait ondoyer entre une forêt d'obstacles. Et lorsqu'il s'agissait d'atteindre un vaisseau Soyouz arrimé à l'un des ports, mieux valait rentrer son ventre et viser juste. Seuls les sous-mariniers pouvaient comprendre ça.

Comme Porchnev, le Britannique broyait du noir. Le mal de l'espace, ce malaise rampant qui avait contraint la Russie à rapatrier précipitamment ses cosmonautes Anatoli Ivanichine et Ivan Vagner, en 2020, avant de les remplacer par leurs « doublures »...

C'était peu connu, et pourtant une terrible réalité.

Des idées macabres traversaient souvent l'esprit de ces hommes et femmes d'exception.

Leurs proches leur manquaient.

Leurs repères, aussi.

Ils filaient si vite au-dessus de la planète bleue qu'ils assistaient seize fois par jour au lever et au coucher du soleil... De quoi perdre complètement la boule.

Bill Shepard n'était guère plus en forme. Il était pourtant le petit-fils d'Alan Shepard, le premier Américain à voyager dans l'espace, vingt-trois jours seulement après Youri Gagarine. Bill avait toujours rêvé d'imiter son aïeul, mais maintenant qu'il y était, il déchantait. Il ressassait les expériences menées dans le module japonais Kibo, depuis un mois. Aucun résultat probant, aucune utilité scientifique. D'ailleurs, depuis le lancement de l'ISS, quelles découvertes ses collègues et lui-même avaient-ils réellement accomplies ? Quels progrès ? De vagues avancées dans la compréhension du comportement du corps humain en impesanteur, afin de préparer, disait-on, les futures expéditions martiennes.

Mais on en était très loin.

Voler à bord de la Station spatiale internationale, c'était vivre une expérience unique, certes, mais c'était surtout s'ennuyer ferme en côtoyant pendant des mois les cinq mêmes tronches. Pisser dans des poches, stocker sa merde dans des compartiments, bouffer des mets insipides, sentir des relents d'ordure – parce que l'air se purifiait mal – et passer des heures à courir sur un tapis de course pour maintenir sa masse musculaire et ne pas finir comme un poulpe anémique.

Bref, la vie d'un putain de hamster en cage, qui pédale, pédale et pédale encore dans sa roue, faute de mieux.

Seul su-sucre : une petite virée extravéhiculaire dans l'espace, histoire de resserrer deux boulons sur l'une des quatre paires de panneaux solaires rivetés sur la longue poutre perpendiculaire aux modules habités, et dont le scintillement pouvait être aperçu depuis la Terre, la nuit.

Alors, oui, Shepard voyait lui aussi la vie en noir.

Vers 1 heure du matin, enfin, ils dormaient tous, après avoir chassé du mieux qu'ils pouvaient leurs idées sombres.

Tous, vraiment ?

Personne n'avait remarqué que Bob Jenkins, le second Américain à bord, n'avait toujours pas regagné ses quartiers – enfin, le placard qui lui servait de cabine. D'une manière générale, il cultivait la discrétion en toutes circonstances et n'était guère amène. Mais contrairement aux autres, il goûtait son séjour confiné et n'aimait qu'une chose : travailler. Là où, pendant leurs pauses, ses collègues préféraient flâner en admirant la Terre ou en sirotant du café, lui ne quittait jamais son poste, et trimait.

Et pas seulement de jour.

La Station était plongée dans la torpeur de la nuit artificielle.

Seul le vrombissement entêtant des aérateurs qui maintenaient la pressurisation déchirait le silence.

À tribord, tout à l'avant de la Station, le laboratoire européen Columbus demeurait éclairé. Chaque nuit, depuis trois semaines, Jenkins s'infiltrait discrètement dans ce module de recherche équipé de dix racks dédiés à la science. L'espace se trouvait tout aussi restreint qu'ailleurs, avec un volume inférieur à celui d'une semi-remorque. Les PC, instruments, câbles et accessoires encombraient l'endroit, et il fallait, là encore, faire preuve de dextérité et de souplesse pour évoluer d'un poste à l'autre.

Jenkins avait jeté son dévolu sur le biolab. Ce rack reproduisait l'environnement d'un minilaboratoire de biologie, avec sa centrifugeuse, ses instruments d'analyse et sa boîte à gants.

C'est d'ailleurs là qu'il plongeait, chaque nuit, ses deux mains : la *BioGlovebox*, qui lui offrait d'effectuer diverses manipulations dans un espace hermétique bien protégé.

Personne, à bord, n'avait connaissance de ses expériences. Mais cette nuit-là, un tout autre spectacle s'offrait aux deux caméras de surveillance du module Columbus.

Deux caméras coupées par l'astronaute, qui entendait travailler en toute discrétion.

D'étranges matières flottaient dans l'habitacle, et dérivaient vers les parois supérieures.

Des bulles. Des centaines de bulles de liquide écarlate.

Entre elles, un long boudin bleuâtre enrobé d'une sorte de gélatine s'élevait lentement, ainsi que des amas répugnants et informes qui dégageaient une puanteur extrême.

De la matière fécale achevait le tableau.

Il fallait suivre le long boudin gélatineux pour entrevoir l'horreur.

Au bout, le cadavre éviscéré de Jenkins.

Un corps éventré qui dérivait, lui aussi, jusqu'à cogner une paroi avant de refluer en sens inverse.

Le visage de l'astronaute était défiguré par la souffrance. Ses yeux écarquillés semblaient poser une seule question : pourquoi ?

Chapitre deux

Mardi 10 mai 2022, 8 h 50, Lyon

– Putain, je l'ai foutu où ?

Louise Vernay avait la tête plongée dans sa boîte à gants, et semblait sur le point de se faire avaler par les mâchoires en plastique. Elle gardait le pied sur l'accélérateur et fonçait le long du parc de la Tête d'Or.

Un long coup de klaxon lui fit vaguement relever le menton.

– Qu'est-ce t'as, tête de cul ?

Le type était fou de rage, sa voiture à moitié sur le trottoir, le visage pourpre et les deux majeurs en érection. Il devait baragouiner quelque chose du genre : « Espèce de connasse, tu peux pas regarder la route ? »

Vernay brancha illico son gyrophare, fit hurler sa sirène et rendit un doigt d'honneur magistral à l'autre excité. Puis elle brailla à travers sa vitre.

– Va te faire décoller la pulpe du fond ! Avec tes deux de tens', on n'aurait jamais dû te filer le permis !

Pour Vernay, la ville était un mélange de jungle, de western et de slalom olympique. Tout le monde devait se méfier de tout le monde, et assurer. Même si le chauffard d'en face merdait grave. Au fond, la circulation urbaine était une parfaite allégorie de la vie : le type n'avait qu'à anticiper pour survivre. C'était comme ça.

Elle finit par dégoter un cul de joint et s'efforça de l'allumer. Elle s'y reprit plusieurs fois, tout en lâchant le volant – comme d'habitude. Enfin, elle inspira plusieurs bouffées, tandis que les effluves de cannabis emplissaient l'habitacle.

Elle était accro, même si « la ganja ne rend pas addict », comme elle le répétait à l'envi. Avant d'argumenter : « On en fait de la thérapeutique pour soulager des malades de la sclérose en plaques » ; ou encore : « La beuh est légale dans plusieurs pays, il est temps que la France s'y mette. »

Alors, évidemment, dans la bouche d'un commandant chevronné de la PJ, cheffe d'un des deux groupes de la brigade criminelle de Lyon, ces propos faisaient grincer des dents.

Avant la Crim', Vernay avait bossé aux stups, sans parler de ses trois années au service central de la police technique et scientifique, aux portes de Lyon. Ces postes l'avaient mise en contact avec des quantités stratosphériques de *weed* qui faisaient planer à leur seule contemplation. Elle avait gardé le contact avec les techniciens du laboratoire de toxicologie. Forcément.

Vernay quitta le centre-ville en direction des monts d'Or. Elle s'engouffra dans le tunnel de la Croix-Rousse, sans remarquer l'agitation qui régnait quelques dizaines de mètres plus haut, à l'aplomb de l'embouchure, sur les pentes de la colline. Ses collègues étaient à pied d'œuvre, mais Louise roulait dans un semi-brouillard et ne prêta aucune attention à la ribambelle de véhicules de police et d'ambulances, rampes lumineuses en mode fête foraine. Elle s'éjecta du boyau comme un bouchon de champagne et gicla sur les quais de Saône. Une fois de plus, le radar automatique du tunnel de la Croix-Rousse l'avait flashée à plus de 110 km/h.

Louise était à la bourre, comme tous les matins. L'officier avait perdu l'habitude de pointer depuis belle lurette, jusqu'à ce que le directeur-adjoint, numéro 2 de la PJ de Lyon, ne lui laisse plus le choix.

— Tu es vissée à Lyon comme une moule à son bouchot, lui avait lancé Laurent Espinasse, un soir d'automne. Pourtant tu avais une brillante carrière devant toi, au 36.

— Brillante ? J'ai passé trois ans au quai des Orfèvres comme sous-fifre d'un groupe de la Crim', uniquement chargée des constates. Boulot de merde, au dernier étage sous les toits brûlants, à côté du séchoir, avec les fringues des macchabées qui puaient le vomi et le sang séché. Un burlingue de trois mètres carrés avec des dossiers scotchés jusqu'au plafond, et je me faisais déglinguer par mon chef de groupe chaque fois que j'oubliais un accent circonflexe dans un rapport.

— Tu étais brillante en droit. Ils t'ont confié le rôle délicat de procédurier. Un poste de confiance, troisième de groupe.

— Je me faisais chier, patron. Ici, je me plais. Et puis j'ai joué le jeu, j'ai changé plusieurs fois d'affectation. Je me suis tapé la PTS*, aussi chiant que procédurier. Et j'ai même fait de la BAC** de nuit en banlieue, je vous rappelle.

Les iris du divisionnaire brillaient. Il fomentait un mauvais coup. Vernay le voyait venir et se laissait faire. C'est qu'elle l'aimait bien, Espinasse. Il avait eu la lourde tâche de remplacer Michel Neyret, condamné à quatre ans de prison dont deux et demi fermes, pour corruption et association de malfaiteurs. Il fallait redorer le blason de la PJ de Lyon, changer de méthodes, et surtout rassurer. Et qui de mieux qu'Espinasse pour rassurer ? C'était un roudoudou, embonpoint bon enfant, double menton à l'avenant. Ne manquait que la pipe pour en faire un Maigret façon bouchon lyonnais, qui n'ergotait jamais quand il fallait s'enfiler un tablier de sapeur*** ou terminer un saladier de gratons****.

* Police technique et scientifique.

** Brigade anti-criminalité.

*** Spécialité lyonnaise à base de gras-double, c'est-à-dire de membranes de panse de bœuf.

**** Résidus de viande de porc, de couenne ou d'abats, frits dans la graisse. Un must calorique.

— Écoute, Louise, je pense qu'il est temps que tu te bouges les fesses. Tu es sortie major de promotion à Cannes-Écluse, et tu as été la plus jeune femme officier promue au grade de commandant. Mais aujourd'hui, à quarante-deux ans...

— ... je m'encroûte comme un saucisson brioché ?

Espinasse goûta l'allusion culinaire et s'en lécha discrètement les babines. Il se leva lourdement de son fauteuil et s'assit sur le rebord de son bureau. Vernay recula d'un pas, de peur de se ramasser les dossiers qui zonaient sur le plateau en pleine figure, en mode catapulte. Le poids du divisionnaire aurait même fait plier l'acier.

— Tu t'encroûtes, oui ! Sans mobilité ni mutation, aucun espoir que tu progresses.

— Inutile d'insister, patron. Je ne quitterai pas Lyon.

— Tu t'obstines ! Comme chef de groupe à la Crim', tu es au taquet. Il n'y a pas mieux, ici.

Le divisionnaire marqua une pause et fit semblant de réfléchir.

— Sauf si on te nomme numéro 2 de l'état-major. C'est un poste de commandant fonctionnel, qui va justement se libérer...

La jeune femme s'étrangla. L'état-major de la direction régionale de la PJ représentait un beau placard doré. Les collègues étaient chargés de la communication, des statistiques du service, de l'informatique, et même de l'accueil des stagiaires... L'éclate totale.

— Vous pouvez pas me faire ça, patron...

Espinasse changea de ton et prit sa voix de stentor. Comme les chanteurs d'opéra au physique de sumotori, l'organe du divisionnaire pouvait pulvériser des records de décibels.

— C'est ça ou la mutation d'office !

Le visage de Vernay se durcit. Elle croisa les bras et tint tête à son boss. Des nuages noirs commençaient à s'amonceler dans ses pupilles. Espinasse connaissait bien ce regard de killeuse. Il esquissa un léger sourire ; le piège se refermait. Il s'apprêtait à jouer un coup de maître : la fonctionnaire accepterait n'importe quoi pour s'éviter l'état-major ou la mutation.

— Bon, j'ai peut-être une alternative. Si tu veux rester à Lyon, alors passe le concours de commissaire. C'est à prendre ou à laisser.

Cette fois, Vernay blêmit. Ses jambes flageolèrent, si bien qu'elle s'affala sur l'une des chaises de la petite table de réunion.

— Vous... vous plaisantez ?

Elle articulait d'une voix pâteuse, comme au sortir d'une bonne biture doublée de cinq tarpés – sa dose minimum pour être défoncée et planer jusqu'au matin.

— Pas du tout, Louise. L'école est à côté, c'est une chance. T'auras même pas besoin de quitter la région pour la formation. Et on te fera faire le stage à la direction.

La jeune femme regardait tout autour d'elle, en quête d'une solution pour sortir de ce guet-apens.

— Mais... mais... C'est un job de haut fonctionnaire, de rond-de-cuir, de pince-fesses, faut sucer des préfets...

Espinasse tordit le nez.

— Je te rappelle que je suis commissaire, Vernay...

L'enquêtrice s'empourpra.

— Je suis désolée, patron, c'est pas ce que je voulais dire... Vous, c'est différent... Vous n'avez rien à voir avec ces mecs guindés et endimanchés... Franchement, vous me voyez en tailleur, le doigt sur la couture ? Manquerait plus que je me tartine de rouge à lèvres ou que je me colle un chignon...

Le divisionnaire réprima un fou rire.

— Louise, calme-toi, et cesse de paniquer. Tu forces le trait et tu exagères, comme d'habitude. Ici, on a besoin de chefs issus du terrain justement, pas de puceaux sortis frais émoulus de Science Po et qui connaissent que dalle aux réalités. Tu es un très bon flic, une meneuse d'hommes. Ton groupe te respecte. Tu peux diriger un grand service, et peut-être même toute une PJ.

À ces mots, la jeune femme songea à Cyril Graziani, le big boss de la DIPJ de Lyon. Un contrôleur général, titre rare dans la police nationale, antichambre d'une nomination au saint des saints, à la direction centrale de la police judiciaire. Et Louise n'avait aucune envie de ressembler à Graziani, encore moins de retourner dans le chaudron parisien.

Comme s'il lisait les pensées de sa subordonnée, Espinasse reprit :

– Ne t'inquiète pas, on pense à toi ici pour diriger la section criminelle. Tu vas bouffer encore plus de terrain ; tu régneras sur les deux groupes de la Crim' et sur les quatre de la BRB*. Et tu me rapporteras directement.

Louise Vernay se méfiait. Elle se trouvait prise dans la toile, mais ne perdait nullement son discernement.

– Cette fois, c'est vous qui exagérez, patron. Je ne suis pas débile, je connais la musique. C'est comme l'ENA, l'école de Saint-Cyr-au-Mont-d'Or. Il faut être major de promo, ou pas loin, pour être bombardée à un poste pareil. Et c'est pas vous qui allez décider de mes exploits scolaires. Et d'ailleurs, bien avant ça, il faut déjà que je réussisse le concours. C'est l'un des plus élitistes de la fonction publique.

Espinasse sourit. C'était gagné, Vernay se projetait déjà, et analysait ses chances.

– Tu as toujours été brillante, Louise. Tu vas les dégommer, tous les minets de Sciences Po et d'ailleurs. Aussi bien au concours d'entrée que dans la scolarité. Il faut juste que tu ralentisses un poil sur le chichon, si tu veux garder quelques neurones actifs.

La flic fronça les sourcils, piquée au vif.

– Je fume pas de shit, patron. Que de l'herbe. Et de la bonne.

Sur ce, Vernay tourna les talons et rentra chez elle. Elle se plongea aussitôt dans le programme du concours de

* Brigade de répression du banditisme.

commissaires, option « voie d'accès professionnel », réservée aux capitaines et commandants de police âgés de moins de cinquante ans. Seules quelques femmes décrochaient ce Graal chaque année. Une petite stimulation pour Louise, qui n'aimait rien de plus que mettre les mecs minables.

Six mois plus tard, elle remportait le trophée haut la main. Son dossier, qui reflétait ses brillants états de service, s'était révélé inattaquable. Quant à l'épreuve écrite, elle l'avait survolée. Même l'oral – la plus grande crainte d'Espinasse, eu égard à son caractère de tigresse – s'était déroulé à merveille.

Ce matin-là, elle filait donc à l'École nationale supérieure de la Police de Saint-Cyr-au-Mont-d'Or, à moins de dix kilomètres de son appartement. Les cours débutaient à 9 heures, mais elle n'arriverait pas avant 9 h 15 – au plus tôt. Elle était d'autant moins motivée qu'elle se farcissait le deuxième socle de la formation, six mois consacrés aux techniques policières. Elle n'apprenait rien et se retenait de contredire les profs, bien souvent de vieux croulants, commissaires en fin de carrière sortis de l'active, dont les références sentaient le formol. Sans parler des intervenants extérieurs, experts ès sociologie et criminologie, qui débitaient de la théorie détachée des réalités du terrain.

Bref, elle s'emmerdait ferme, et tenait bon dans le seul but de gagner ses galons et de revenir au plus vite à la PJ. Son premier stage approchait, si bien qu'elle allait enfin retrouver ses collègues pendant quelques semaines, nantie d'un titre auquel elle s'habituerait difficilement : commissaire stagiaire.

Elle accélérait sur la départementale qui menait tout droit à Saint-Cyr. Elle avait quitté la Saône et les environs mornes de la gare de Vaise pour s'enfoncer dans la verdure, longeant de longs murs de pierre qui protégeaient de belles propriétés flanquées d'une piscine. Les monts d'Or étaient cossus, et leurs reliefs alanguis préfiguraient les contreforts du Massif central. Parmi les figures marquantes des alentours, feu Paul Bocuse et son institution trois étoiles de Collonges-au-Mont-d'Or ; ou encore André-Marie Ampère, pionnier de l'électromagnétisme et de l'électronique, inventeur des termes de *tension* et de *courant*, et qui laissa même son nom à l'unité de l'intensité du courant électrique. Cette anecdote avait amusé Vernay, qui s'était toujours intéressée aux sciences. Elle avait d'ailleurs décroché un bac S mention très bien. Pour autant, il n'avait jamais été question pour elle de se lancer dans des études scientifiques. Louise n'avait qu'une idée en tête. À dix-sept ans, elle avait rejoint les bancs de l'université Lyon III Claude-Bernard pour avaler cinq ans de droit, et décrocher son DESS. Elle s'était passionnée pour le code pénal, et n'avait jamais hésité : elle deviendrait flic. Entre coffrer des enfoirés ou les défendre, sa rage viscérale avait tranché.

Il faut dire que sa vocation remontait à un événement fondateur profondément marquant. Elle se trouvait tout près d'ici, vingt kilomètres plus à l'ouest, dans les monts du Lyonnais qui prolongeaient le petit massif des monts d'Or. Elle n'avait alors que quatorze ans et venait d'entrer en troisième dans la ferme intention d'intégrer, l'année suivante, le prestigieux lycée du Parc, tout près de chez elle. Elle avait projeté de passer le week-end chez sa grand-mère, à Vaugneray, commune rurale sans prétention nimbée de terres agricoles, située non loin de la belle forêt de Malval. Elle était d'autant plus motivée qu'elle s'apprêtait à retrouver Damien, son petit copain de l'époque.

Ce qu'ignorait Louise, c'est que deux jours plus tôt, au cœur des pins et des fougères de la forêt de Malval, le GIGN était venu dans l'espoir de cueillir l'ennemi public numéro 1 : Khaled Kelkal, terroriste du Groupe islamiste armé (GIA), impliqué dans une vague d'attentats qui avait ensanglanté la France durant l'année 1995. Kelkal avait notamment posé, avec d'autres ordures, la bombe de la station de RER Saint-Michel, faisant huit morts et cent dix-sept blessés... Traqué comme un gibier, l'islamiste radical avait fini par échapper aux flics à deux pas d'ici.

Le vendredi 29 septembre 1995, Louise débarque à Vaugneray, et retrouve Damien. Avant de rejoindre sa grand-mère, elle lui roule une pelle mémorable. La nuit vient de tomber et, alors que Damien s'apprête à rentrer chez lui, elle distingue dans la pénombre un type louche qui fait le pied de grue devant l'arrêt de bus Croix-Blanche. Il est habillé en treillis et semble dissimuler quelque chose sous sa veste. Soudain, des gendarmes débarquent comme des cow-boys. Le type brandit une arme et arrose les forces de l'ordre. Louise se jette à terre et assiste à une fusillade monumentale. Les tirs retentissent de toutes parts, et l'écho bondit d'un mur à l'autre jusqu'à l'étourdir. Mais c'est plus fort qu'elle : tandis que Damien prend ses jambes à son cou, elle se redresse et observe la scène. Le type est à terre, il bouge encore et pointe son arme en direction des militaires. Un colosse de l'escadron parachutiste de la gendarmerie crie : « Finis-le ! Finis-le ! » Une dernière détonation retentit, et puis plus rien. Le para venait de loger une balle Brenneke en pleine tête de l'enflure, une munition largement utilisée par les chasseurs. Kelkal venait d'être achevé comme un sanglier, ni plus, ni moins.

Louise fut profondément marquée par cette scène brutale et sans retour. Dans les jours qui suivirent, elle se renseigna sur l'épopée meurtrière du GIA et du groupe de Kelkal, avant de conclure que les gendarmes avaient eu raison de le *finir* comme une merde.

Il fallait se débarrasser de ces salopards qui tuent lâchement des innocents. Elle avait aussi lu des articles atroces relatant les exactions du GIA pendant la guerre civile algérienne, faisant plus de cent mille morts – essentiellement des massacres barbares.

Ces récits l'avaient écœurée et avaient forgé sa vocation.

Elle serait flic, point barre.

Louise bourrait plus que jamais. Elle approchait de Saint-Didier-au-Mont-d'or et n'était plus qu'à cinq kilomètres de

Saint-Cyr. L'image du château tape-à-l'œil qui dominait le site majestueux de l'école lui traversa l'esprit. Elle leva les yeux au ciel en maugréant : elle n'était décidément pas à sa place dans ce repaire de petits bourges. Pourtant, ses parents avaient tout fait pour l'élever selon les codes de la bonne société lyonnaise. Mais elle n'était jamais vraiment entrée dans le moule.

Tout à ses pensées, elle ignora l'obstacle qui se dressait devant elle. Un obstacle mouvant, véloce, qui lui fonçait dessus. La départementale était étroite et le blindé pulvérisa son rétroviseur. Elle sursauta, juste le temps d'apprécier le bruit sourd de la tôle froissée ; son aile arrière venait d'être emboutie à son tour. Elle pila, reprit ses esprits et sentit la moutarde jaillir dans ses narines. Furibarde, elle fit demi-tour au beau milieu de la D21 et redémarra en trombe pour rattraper cet enfoiré qui ignorait à qui il avait affaire.

C'est alors qu'elle découvrit l'objet du délit : un véhicule militaire sorti tout droit d'une zone de guerre. Des roues monumentales, une carrosserie à moitié camouflée par des treillis, et le tout surmonté d'une espèce de radar circulaire. Mais qu'est-ce qu'un tel engin foutait là ? Intriguée, Vernay ralentit et entreprit de suivre le blindé.

Foutu pour foutu, entre débarquer à l'école en retard ou ne pas débarquer du tout... et puis, cette histoire lui paraissait anormale, voire suspecte. Pourquoi étaient-ils si pressés ?

Elle n'avait jamais croisé un tel véhicule dans la région, et se méfiait des militaires. Protégés par le sacro-saint secret-défense, ils chiaient sur les civils, les flics en tête. Elle se ferait un malin plaisir de leur faire rembourser son rétro et son aile...

Le blindé faisait toute la route en sens inverse, si bien que Louise revenait sur ses pas. Elle se rapprocha de la Saône et finit par aborder la Croix-Rousse. Mais au lieu de pénétrer dans le tunnel, les militaires quittèrent la départementale pour sinuer sur la colline, avant de ralentir dans la rue des Tables-Claudiennes, juste à l'aplomb de l'amphithéâtre. Le vestige gallo-romain faisait la fierté de la Croix-Rousse et symbolisait le passé glorieux de Lyon – *alias* Lugdunum, la capitale des Gaules –, avant que Jules César ne mate tout ce petit monde et ne fasse rentrer les moustachus dans le rang.

Le véhicule broya une bite de métal, rampa sur le trottoir, puis grimpa sur une petite esplanade de gazon avant de se planquer entre trois platanes. Ces abrutis voulaient se la jouer discret, mais c'était raté. Leur arrivée ne passa nullement inaperçue, et tous les passants avaient observé la scène, médusés.

Vernay s'éjecta de sa 308 et s'approcha du blindé. Elle y discerna des inscriptions, et notamment la mention « Base 942 ». Puis elle distingua un mât qui s'élevait du toit, auréolé de l'espèce de radar circulaire. Que venaient-ils observer ? Deux militaires, équipés de longues-vues kaki, semblaient mater le ciel et les alentours.

Louise hésita à les héler pour les traîner par la peau des fesses jusqu'à sa caisse et leur montrer dans quel état ils l'avaient mise.

Finalement, elle saisit son smartphone pour filmer la scène surréaliste. Au même instant, sa sonnerie retentit.

Espinasse.

Décidément, quelle matinée...

L'attendait-il à l'école de police ? Allait-il lui passer un savon parce qu'elle n'était pas venue ? Non, c'était ridicule, il n'enseignait pas à Saint-Cyr.

– Vernay, j'écoute ?

– Radine tes miches, on a besoin de toi.

– Mais... Je suis à l'école, patron.

Elle mentait souvent comme une arracheuse de dents.

– Rien à foutre, remballe tes cannes et rejoins-nous à l'angle de la rue des Fantasques et de la rue Grognard. C'est à la Croix-Rousse, juste au-dessus de l'entrée du tunnel, côté Rhône.

Louise écarquilla les paupières.

– La Croix-Rousse ? Mais...

– J'ai pas le temps, magne-toi.

L'officier de police obtempéra.

Trois minutes et seize secondes plus tard, elle était sur place. Elle se gara derrière une litanie de voitures sérigraphiées et d'ambulances, celles-là mêmes qu'elle avait manquées une demi-heure plus tôt en fonçant à l'école, l'esprit tout embrumé.

Les militaires n'étaient qu'à quelques centaines de mètres... Existait-il un rapport entre les deux ?

La jeune femme reconnut de loin le physique immanquable de son boss et reflua jusqu'au PC improvisé sur le trottoir.

– Vernay, déjà ?

Espinasse était sidéré. Comment avait-elle pu... Saint-Cyr-au-Mont-d'Or...

– Vous m'avez dit de faire vite, patron...

Le divisionnaire demeura interdit l'espace de trois secondes. Autour de lui, une dizaine d'officiers s'affairaient, tandis que les techniciens de l'identité judiciaire, déjà tout équipés, disparaissaient sous le trottoir.

– J'ai besoin de tout le monde, je te ferai un mot d'excuse, enchaîna Espinasse.

– Qu'est-ce qui se passe ?

– Là-dessous, à trente mètres de profondeur, juste sous nos pieds... On a retrouvé un cadavre en sale état, éventré. Du sang partout.

– Dans les égouts ?

– Non, pas les égouts. Un truc de dingue, je n'en avais jamais entendu parler.

– C'est quoi, alors ?

– Des arêtes de poisson.

Chapitre trois

Mardi 10 mai 2022, 7 h 12, temps universel (UTC) ;
9 h 12, heure de Paris ; 0 h 12, heure de Houston

Le Mission Control Center de Houston était en ébullition. C'est d'ici que toutes les missions historiques de la NASA avaient été pilotées, dont la mythique Apollo 11, qui avait vu Neil Armstrong et Buzz Aldrin poser leurs énormes godillots sur le sol lunaire, dans la nuit du 20 au 21 juillet 1969.

Cette nuit-là, au lieu du calme habituel du petit matin sidéral – il existait sept heures de décalage entre le Temps universel de l'ISS et le fuseau de Houston –, des alarmes stridentes vrillaient les tympans des ingénieurs à pied d'œuvre.

L'équipe de nuit avait embrayé deux heures plus tôt, et elle sommeillait à moitié quand les sirènes avaient violemment tiré les agents de leur torpeur.

La même scène se déroulait au TSUP, le centre de contrôle des vols spatiaux russes, dans la ville de Korolev, à dix kilomètres au nord-est de Moscou.

Mais la première alerte avait retenti au GSOC – German Space Operation Center – près de Munich, en Allemagne. C'est là que l'activité du laboratoire Columbus était pilotée H24, sous l'égide de l'Agence spatiale européenne.

Or, à 7 h 09 UTC – 9 h 09 heure de Munich –, les alarmes du module de recherche européen s'étaient déclenchées.

Les grilles d'aération de Columbus s'étaient bouchées, rendant impossibles la pressurisation et, surtout, la ventilation de l'air dans le laboratoire. En quelques minutes, l'endroit serait devenu létal pour ses occupants. Il fallait d'urgence découvrir ce qui avait obstrué les aérations et résoudre le problème afin de placer l'équipage en sécurité.

Les ingénieurs craignaient une fuite dans le blindage du module, prélude à une dépressurisation généralisée, le scénario du pire.

Houston avait été alerté quelques secondes après Cologne. En tant que centre de contrôle principal de la Station spatiale internationale, il accédait à toutes les informations à bord, y compris dans la partie russe. Comme les Européens, les ingénieurs avaient redouté une dépressurisation. Les deux caméras de Columbus ne fonctionnaient pas ; il fallait agir sur place, dans l'espace, au plus vite.

D'un commun accord avec les Européens et le TSUP près de Moscou, Houston réveilla le commandant de bord, le Russe Evgueni Porchnev.

L'appel d'urgence et les premières alarmes ravivèrent tout l'équipage, qui terminait sa nuit artificielle.

Porchnev traversa les soixante-dix mètres qui le séparaient de Columbus en flottant comme un spectre inquiétant pourchassant des âmes errantes.

Il ne daigna pas s'adresser aux autres astronautes, sauf à son compatriote Sergueï Chenko. Il revêtit un masque à oxygène puis entra dans le laboratoire européen.

La vision d'horreur le glaça. Seule l'impesanteur le faisait légèrement remuer. Il était incapable de détacher son regard du cadavre immonde de Jenkins. Une odeur infecte se dégageait tout autour, qui pénétrait même sous son masque. Des bouts d'organe, d'intestin, des matières noirâtres et des bulles de sang flottaient partout et s'étaient agglutinés sur les parois. Porchnev comprit alors que les tissus humains et les litres d'hémoglobine qui s'étaient répandus dans le laboratoire avaient fini par saturer les grilles d'aération, et les boucher. Ici, rien ne tombait, si bien que tout le volume de Columbus se trouvait maculé des restes de l'astronaute...

Porchnev avait le cœur bien accroché ; il en avait vu d'autres. Ancien pilote de l'air de l'armée russe, il avait affronté des conditions de vol terribles, sans compter l'entraînement à la Cité des étoiles, près de Moscou, dans la fameuse centrifugeuse qui tournait si vite que les cosmonautes encaissaient près d'une dizaine de G sans moufter. Leur visage, leur peau, jusqu'à leurs organes se trouvaient écrasés par la rotation des bras surpuissants. Rien ne pouvait, depuis, indisposer un gaillard comme Porchnev.

Malgré cela, le spectacle rebutant qui s'offrait à lui le tétanisa plusieurs secondes.

— Commandant Porchnev ? Vous m'entendez ?

À Houston, l'agent de liaison au sol s'époumonait en vain.

Finalement, le Russe se contenta de reconnecter les caméras, en évitant soigneusement de frôler le cadavre et d'entrer en contact avec les viscères disséminés qui recouvraient presque toutes les surfaces.

Les images jaillirent sur les trois immenses écrans du Mission Control Center américain. Et, simultanément, sur ceux de Munich et de Korolev.

La scène était difficile à interpréter. Les caméras étaient tachetées de sang, si bien qu'il fallait faire un effort pour discerner ce qui se trouvait, précisément, dans le module.

Et puis, au bout de quelques secondes, il fallut se rendre à l'évidence.

Chacun réagit comme il put. Certains restèrent de marbre, comme foudroyés sur place. D'autres, au contraire, poussèrent des cris de dégoût et de terreur.

Il s'écoula au moins deux minutes. Deux interminables minutes de sidération, avant que l'agent de liaison au sol ne reprenne la parole, désemparé.

— Commandant... Qu'est-ce qui... Vous avez une idée de...

Puis la voix s'étrangla lorsqu'une question évidente s'imposa, et qui n'avait toujours pas de réponse. Les images, légèrement floues, et le décor, pollué par les chairs en suspension, rendaient impossibles l'identification de la victime.

– Qui... Qui est mort ?

Porchnev demeurait silencieux. L'odeur de boucherie et d'abats avariés devenait insoutenable. Il se propulsa hors de Columbus et ferma l'imposante écoutille rectangulaire qui permettait d'isoler le laboratoire du reste de l'ISS. Elle n'avait jamais servi depuis l'arrimage du module à la Station, en 2008. En cas d'incendie ou de dépressurisation, c'était le premier geste à accomplir.

Et dans cette situation inédite et hautement improbable, aussi.

– Jenkins, souffla finalement le cosmonaute. Vu son état, je ne vois pas d'autre explication qu'un meurtre.

Les mots tombèrent comme des glaçons au fond d'un verre.

Le visage de Porchnev était délavé, presque transparent. Il avait vu la mort bien en face. Une mort atroce, répugnante, qui augurait d'une situation de crise exceptionnelle.

Serait-il capable de gérer ?

Pourquoi fallait-il que ça tombe sur lui ? Pourquoi avait-il été nommé commandant ? C'était simplement le tour de la Russie, après les États-Unis et l'Europe, lors des précédentes expéditions. « Foutu hasard », marmonna-t-il pour lui-même.

« Un meurtre »...

Les mots résonnaient entre les murs du Mission Control Center de Houston. La même prostration avait gagné les techniciens et ingénieurs de Korolev, en Russie, et de Munich, en Allemagne. Le Centre national des études spatiales, en France, s'était également connecté. Le CADMOS à Toulouse était chargé de piloter certaines manipulations dans le module européen Columbus. Les techniciens français découvrirent à leur tour les images d'épouvante, et les premiers mots du commandant Porchnev.

« Un meurtre »...

À 9 h 30 UTC, 0 h 30 heure de Houston, débarqua enfin John King, le *Chief Operation Officer*, accompagné d'un type en costume-cravate, sec comme un coup de trique, qu'on avait visiblement tiré du lit sans sommation.

– Commandant Porchnev, ici John. Pouvez-vous répéter ce que vous avez vu ? Je suis avec Burt Clark, le *General Counsel** de la NASA.

Quatre cents kilomètres plus haut, le Russe ne cilla pas. Il affrontait le regard interloqué des quatre autres astronautes qui s'étaient rapprochés de l'écoutille. Ils encerclaient Porchnev qui restait mutique. John King insista, si bien qu'il n'avait plus le choix.

– Bob Jenkins est mort. Il est éventré, ses tripes sont disloquées dans tout le module et recouvrent les bouches d'aération.

Son compatriote Sergueï Chenko, l'Italienne Carla Martini et le Britannique Ben Higgins se décomposèrent. L'Américain Bill Shepard, lui, sentit poindre une rage sourde. Il avait été formé à tout supporter et ne surtout pas craquer dans le huis clos redoutable de la minuscule Station spatiale. Pourtant, c'était plus fort que lui. Ses yeux rougirent ; il explosa :

– *What the fuck have you done, you bloody bastard ?*

Les deux Russes écarquillèrent les paupières. L'Américain était hystérique et commençait à se faire menaçant. Chenko se rapprocha de Porchnev pour parer l'assaut de l'astronaute en furie. Sur terre, les centres de contrôle du monde entier – le personnel d'astreinte de la JAXA, l'Agence spatiale japonaise, s'était aussi connecté – assistaient impuissants à la scène qui se déroulait loin au-dessus de leur tête.

– Calmez-vous, Shepard ! Vous êtes complètement fou ! On n'a rien fait du tout !

Porchnev hurlait pour raisonner l'Américain qui, d'évidence, se trouvait convaincu que les Russes étaient responsables du fiasco. Ils n'avaient jamais pu piffer Jenkins,

* Directeur du département juridique.

tout le monde le savait. Porchnev était commandant, il avait tout pouvoir, et il picolait – ça aussi, tout le monde le savait. Qu'avait-il fait, sous l'emprise de la vodka ? À Houston, John King tenta la médiation, et surtout l'apaisement. Il connaissait bien les deux astronautes américains, qu'il avait longuement côtoyés pendant leur entraînement à la NASA. La mort de Jenkins lui avait même soutiré un sanglot ; la nouvelle était difficile à encaisser.

— Bill, s'il te plaît, du calme ! Pour l'instant, on ne sait rien ! Pense à la sécurité, avant tout.

— Quelle sécurité ? On a deux tarés à bord qui viennent de saigner Bob comme un porc à l'abattoir et tu veux que je reste les bras croisés ? Tu trouves qu'on est en sécurité ?

L'astronaute britannique, tout comme sa collègue italienne, ne savait que faire. Fallait-il bloquer le spationaute américain ou bien l'écouter ? Et neutraliser les Russes ?

— Cessez immédiatement, Shepard ! claqua le type dégingandé qui accompagnait John King depuis le début, sans avoir pipé mot.

Le directeur du département juridique de la NASA avait une voix imposante, qui ne souffrait guère la contestation.

— Vous êtes soumis au code de conduite du personnel de la Station internationale, et conformément à l'article 11 de l'accord intergouvernemental de 1998, vous devez respecter l'autorité du commandant en toutes circonstances. Sans quoi, en tant que ressortissant américain, vous vous exposez à des poursuites pénales de la part des États-Unis.

Bill Shepard grogna. Il avait étudié l'IGA – l'accord intergouvernemental sur la Station spatiale internationale – et tous les « MOUs », *Memorenda of Understanding*, signés entre les agences spatiales du monde entier, pendant sa formation d'astronaute. Tout lui remonta à la gueule, et il fut pris d'une nausée intellectuelle. Les cols blancs avaient tout prévu, engoncés dans leurs costards, avec leurs dizaines d'articles et d'alinéas, pour encadrer le moindre pet des personnels à bord. Et annihiler toute initiative de bon sens. Shepard était un militaire – comme la plupart des astronautes –, ancien pilote d'essai de l'US Air Force, et il préférait penser avec son propre cerveau plutôt qu'avec celui de puceaux insignifiants qui avaient passé dix ans à bouffer du droit au fin fond d'une bibliothèque au lieu de s'envoyer en l'air comme tout le monde.

Mais sa rage s'atténua ; il finit par se raisonner et s'éloigna des deux Russes.

– C'est bien, Shepard, vous avez fait le bon choix. Et maintenant, il faut prendre toutes les précautions qui s'imposent.

Le juriste poursuivait, calmement, comme s'il lisait le code pénal :

– Commandant Porchnev, veuillez prendre les mesures conservatoires et préserver la scène de crime.

– J'ai bouclé le module, je ne vois pas ce que je peux faire de plus.

Le Russe ne pouvait supporter le ton arrogant du type de la NASA. Il n'avait nullement besoin de ses conseils et savait très bien quoi faire.

– Par contre, ça pue très fort, là-dedans. L'air ne se purifie plus du tout, et avec l'odeur des viscères, c'est infect. On ne va pas pouvoir laisser le cadavre comme ça. Sans compter qu'on risque de perdre tous les racks de recherche s'ils sont infiltrés par le sang et les tissus humains.

Le juriste opina, mais le droit, c'était le droit. *Dura lex, sed lex*, aimait-il répéter à ses étudiants de Harvard.

– J'entends bien, commandant. Mais à ce stade, Columbus abrite une scène de crime. Et nous devons préserver les preuves, rester capables de faire des prélèvements. On ne peut rien faire avant d'avoir prévenu les autorités judiciaires et mis en place un protocole... inédit.

Partout, dans les centres de contrôle spatial du monde entier, l'événement historique n'échappait plus à personne.

Ils déploraient *le premier mort de l'espace*.

Aucun être humain, avant Jenkins, n'était décédé dans le vide sidéral. Certains avaient frôlé la mort, comme les astronautes de la mission Apollo 13. Mais tous étaient revenus vivants sur la planète bleue.

Parmi tous ceux qui assistaient en direct au dialogue surréaliste entre le ciel et la Terre, une vingtaine d'hommes et de femmes d'exception sentaient leur destin basculer.

Tandis que les ingénieurs de Munich suivaient toujours les opérations, le Centre européen des astronautes, installé à l'autre bout de l'Allemagne, à Cologne, se trouvait à son tour confronté au désastre.

À ceci près que les vingt apprentis triés sur le volet pour constituer la relève des spationautes en orbite, au fur et à mesure des expéditions à venir, vivaient les événements avec une énorme boule au ventre.

Là-haut, c'étaient leurs collègues, et bien souvent des amis, qui étaient dans la nasse.

Chaque astronaute du corps européen ressentait les événements dans sa chair. Ils s'imaginaient à la place des *élus*, censés vivre un bonheur extatique et soudainement plongés dans une horreur sidérale. Comment allaient-ils s'en sortir ? Allaient-ils supporter la situation, ou bien tout finirait-il dans un bain de sang ? Car le confinement total, sans aucune échappatoire possible, pouvait conduire au pire. Il fallait déjà déplorer une première victime, mais qui savait jusqu'où la situation pouvait dégénérer ?

Ils connaissaient intimement chaque astronaute à bord. Ils s'étaient entraînés avec eux, ici, à Cologne, pendant plusieurs mois – pour se familiariser avec le module européen Columbus. Mais aussi avec les Russes à la Cité des étoiles, près de Moscou, et bien sûr à Houston, avec les Américains. Les échanges étaient fréquents, et tous étaient devenus familiers. Ils formaient une tribu d'élite, enviée par le monde entier. Chacun attendait son ticket pour l'espace. Pour six veinards en orbite, soixante hommes et femmes, soit dix fois plus, patientaient sur terre en travaillant avec acharnement. Les places étaient chères, et malgré dix ans de formation et d'entraînement, chaque astronaute ne pouvait espérer voler plus de deux fois dans sa carrière...

Tout ça pour ça, avait toujours songé Miller.

Ethan Miller servait de doublure au Britannique Ben Higgins. Il avait été sélectionné avec son compatriote, lors de la troisième campagne de recrutement européen, en 2008, au même moment que le Français Thomas Pesquet. Il jouait encore les remplaçants sur le banc de touche et attendait son heure, comme les autres.

Mais, ce matin-là, tous ses rêves se brisèrent net, comme un vase de cristal qui se fracasse au sol. L'assassinat ignoble de Jenkins allait sans doute provoquer une crise majeure entre les puissances impliquées dans le programme spatial. La Station elle-même devait être démantelée deux ans plus tard, en 2024. Ce drame allait sans doute précipiter l'abandon des modules habités… Miller n'aurait peut-être jamais l'occasion de voler.

L'Anglais regardait les images stupéfiantes sur son écran, dans sa chambre. Il n'avait pas encore rejoint le réfectoire ; l'entraînement de la veille s'était terminé tard dans la nuit.

Ses iris bleutés suivaient chaque détail des images retransmises depuis l'ISS. Son visage d'ange s'était crispé et ne laissait plus rien paraître de son sourire ravageur. Il avait une belle gueule, Miller, du genre à bluffer les filles et rendre les hommes jaloux. Les plus anciens le comparaient à Roger Moore, l'un des plus célèbres James Bond ; ce n'était pas tant pour les traits physiques – bien qu'il n'eût rien à envier à son aîné – que pour son charme incontestable. Ses taches de rousseur le disputaient à une barbe naissante savamment entretenue, et ses cheveux souples ondulaient en suivant un canevas précis, soigné, qui ne laissait rien au hasard. Parfois, il se navrait à l'idée que l'impesanteur le décoiffe, et il réfléchissait à la manière de tenir sa chevelure sous le joug.

Mais, ce matin-là, il se foutait pas mal de ses susceptibilités capillaires. Il écoutait les échanges laconiques entre Houston et la Station, et songeait seulement à Higgins. Il aurait pu se trouver à la place de son compatriote, en cet instant précis, si ce dernier avait dû renoncer à s'envoler. Ethan Miller était en osmose avec Higgins. Il ressentait la même angoisse gangrener son esprit. Il devait être fort, bien plus fort que dans les situations de crise simulées lors des centaines d'heures d'entraînement au sol, ou bien au fin fond d'une piscine pour mimer les conditions de l'impesanteur.

Personne n'avait anticipé une telle situation.

Ethan Miller était un soldat, lui aussi. Il avait passé ses brevets de pilote et embrayé à la Royal Air Force. Mais avant cette reconversion, il avait fait médecine, au sein de la prestigieuse université d'Oxford. Grâce à cette expertise, et au vu du corps ravagé de Jenkins, il s'imaginait aisément les affres endurées par l'Américain. Il avait beaucoup souffert, c'était certain. Pourquoi une telle sauvagerie ? Pourquoi l'avoir éventré ? Quelle haine pouvait animer l'assassin ?

Il restait seulement cinq astronautes à bord, contraints de cohabiter jusqu'à nouvel ordre, dans une défiance totale.

Car tous devaient y penser : quel détraqué pouvait avoir commis un tel massacre ? Et n'allait-il pas frapper de nouveau ? Aucun d'entre eux ne pourrait plus dormir, ni vivre sereinement. Sauf le meurtrier, peut-être.

Miller coupa son écran et se résolut à prendre une douche. Il était attendu pour s'enfermer avec le staff, en mode « cellule de crise ». Tandis qu'il actionnait le mélangeur afin d'obtenir la bonne température, le Britannique ressassait la situation. Il restait donc cinq astronautes à bord, c'est-à-dire cinq suspects. Ethan Miller passait chaque profil en revue et ne parvenait à identifier aucun tueur potentiel. Il les connaissait sur le bout des doigts et ne voyait aucun d'entre eux capable d'une telle boucherie. Et avec quelle arme ?

Le cerveau du médecin tournait à plein régime. Tout en demeurant immobile sous le jet brûlant, il s'insinuait dans l'esprit des enquêteurs qui seraient chargés de cette enquête inédite et surréaliste.

Cinq suspects en vase clos.

C'était digne d'un roman d'Agatha Christie, ou, pire, d'une partie pourrie de Cluedo. Excepté le fait que colonel Moutarde, madame Pervenche, professeur Violet, madame

Leblanc ou monsieur Olive étaient de vrais hommes et une vraie femme.

Tous piégés dans un saucisson de cylindres d'aluminium propulsés à la vitesse de 7,7 km/s...

Miller se sécha énergiquement puis enfila son uniforme aux couleurs de l'Agence spatiale européenne. Avec cette question lancinante en tête : après Jenkins, à qui le tour ?

Chapitre quatre

Mardi 10 mai 2022, 9 h 50, Lyon

Louise Vernay s'agrippait aux barreaux d'une échelle à moitié rouillée. Elle descendait le long d'un immense puits carré, maçonné à l'aide de jolies pierres ocre. La jeune femme s'étonna de sa géométrie parfaite et de sa largeur confortable d'environ deux mètres. Sa lampe frontale prenait le relais de la lumière du jour qui s'estompait au fur et à mesure de la descente. Le puits s'enfonçait à trente-quatre mètres de profondeur…

Quelques minutes plus tôt, elle avait revêtu l'uniforme blafard des techniciens de la police scientifique, qui la faisait ressembler à une astronaute. Les fonctionnaires de la Ville de Lyon n'avaient ouvert qu'un seul accès : celui, vertigineux, qui plongeait dans les entrailles de la Croix-Rousse, au pied des escaliers de la rue Grognard. Ils avaient expliqué que d'autres puits existaient tout autour, comme dans la ruelle des Fantasques, ou rue Magneval ; tandis que la rue Adamoli offrait un abord plus confortable par une vraie porte métallique – mais personne n'avait encore apporté les clefs. L'enquêtrice s'était étonnée de toutes ces entrées dérobées vers ces souterrains inconnus. Car bien que lyonnaise, elle n'avait jamais eu vent de l'existence d'un tel monde parallèle.

Elle s'était infiltrée par une simple bouche d'égout – enfin, en apparence, car de l'extérieur rien ne pouvait distinguer cette plaque de fonte de toutes celles qui caviardent les trottoirs urbains. En surface, le cadre ressemblait à celui de la butte Montmartre et de ses escaliers escarpés qui grimpent jusqu'au Sacré-Cœur. Mais, ici, les immeubles qui bordaient les volées de marches de la rue Grognard pétillaient de tons pastel semblables à ceux de Florence et de toute la Toscane. En contrebas de la chaussée, la colline mourait sur le lit du Rhône et l'entrée bruyante du tunnel routier de la Croix-Rousse.

Ce matin-là, tout le périmètre était bouclé par la police, et le ballet de la scientifique – les techniciens de l'identité judiciaire – avait permis de sécuriser et protéger le parcours chaotique jusqu'au cadavre.

Tout en descendant, Louise Vernay goûta le silence. Un calme absolu qui n'avait d'égal que celui de l'espace sidéral, dans lequel, en absence d'air, aucune onde sonore ne pouvait se propager. Sans le savoir, elle entrait plus que jamais en résonance avec le contexte singulier des astronautes de la Station spatiale internationale.

Une forte humidité se faisait ressentir, avec ses relents de moisissure. L'officier de police perçut aussi une odeur âcre, et songea aussitôt aux lampes à acétylène affectionnées par les mineurs et les spéléologues.

Car Vernay connaissait le monde du dessous. Elle avait participé, quelques années plus tôt, à une chasse à l'homme dans les carrières souterraines de Paris, avec la Crim' du 36, quai des Orfèvres. L'opération s'était soldée par un fiasco*, mais elle avait beaucoup appris sur ces longs boyaux qui lardent le ventre de la capitale – et dont les fameuses catacombes ne constituent qu'un minuscule échantillon.

Comme dans les anciennes carrières de Paris, elle s'attendait à tomber dans vingt ou trente centimètres d'eau, et surtout à devoir courber l'échine pour se faufiler dans des galeries basses et sinueuses.

---

* Voir Fabrice Papillon, *Le Dernier Hyver*, Belfond, 2017.

Mais lorsque ses pieds touchèrent le sol, elle fut stupéfaite. Elle siffla même d'admiration. L'endroit, éclairé par une lumière tamisée, n'avait rien à voir avec les sordides tranchées parisiennes. Elle venait d'échoir dans une galerie voûtée aux proportions généreuses, haute d'environ deux mètres quarante, et qui descendait en pente douce jusqu'à perte de vue. Sur chaque côté, des arches ouvraient sur une succession de galeries perpendiculaires qui semblaient branchées sur le tunnel central.

– Bienvenue dans les arêtes de poisson !

Vernay sursauta ; le son de la voix prenait une ampleur particulière dans ce sanctuaire feutré. Elle se retourna et reconnut les iris émeraude de Marc Baudry, ingénieur du service central de la police scientifique. En plus de sa tenue laiteuse, de son masque et de sa capuche, il était cramponné à une lampe à acétylène.

– Ta frontale te suffit pas ? ronchonna Vernay, qui détestait l'odeur d'ail cramé de ces lampes d'un autre âge.

– C'est un vrai bordel là-dessous, je me suis perdu trois fois. Il y a des coudes, des escaliers, des échelles, des puits, des culs-de-sac en veux-tu en voilà, on perd complètement le sens de l'orientation. On ne sait jamais si on monte ou si on descend, sauf ici, avec cette vue imprenable. Du coup, je flippe de me retrouver à cours de batterie sur ma frontale, et je préfère assurer mes arrières.

L'enquêtrice se bouchait le nez et observait l'étrange structure.

– Et c'est quoi, ces conneries d'arêtes de poisson ?

– C'est le surnom de ce réseau, apparemment unique au monde. Tu vois, ici, on est dans ce qu'ils appellent la colonne vertébrale supérieure. Une longue galerie de cent cinquante mètres, qui suit le dénivelé de la colline de la Croix-Rousse. C'est pour ça qu'on voit des marches d'escalier presque tout le long. Ça commence sous la rue Magneval et ça se termine au niveau du Rhône, trente mètres plus bas.

– Bon, et donc, les arêtes de poiscaille...

– Ben, regarde, de part et d'autre, sur les côtés, on a des galeries perpendiculaires. Et quand je dis perpendiculaires, c'est juste géométriquement parfait. Elles forment de vrais angles droits. Et les arêtes de poisson, c'est à cause du motif que dessine le machin : une colonne vertébrale, où on se trouve, et trente-deux galeries réparties de chaque côté de la colonne, formant donc seize lignes bien droites, comme des arêtes de poisson.

La jeune femme restait dubitative. Plus elle avançait et moins elle trouvait de ressemblance avec un squelette de maquereau ou de morue. En revanche, elle semblait impressionnée par la régularité du bâti, impeccable et sans fausse note. Elle s'aventura dans l'une des pseudo-arêtes, mais finit par buter contre un mur.

– C'est bouché ?

– Chaque arête fait trente mètres, de ce que j'ai compris, et s'arrête abruptement.

– On a regardé derrière ?

– Ah, ça, tu m'en demandes trop ! Je ne sais même pas à quoi servait ce bordel... Personne n'a été foutu de me le dire. Mais on a réquisitionné la boss du service archéologique de la Ville, tu lui demanderas quand elle arrive.

Les deux enquêteurs remontèrent la longue dorsale, dépassant une à une les arêtes parfaitement rectilignes qui se faisaient face, et qui se succédaient comme les dents d'une antenne-râteau. Derrière l'apparente quiétude des lieux, qui semblaient figés depuis la nuit des temps, Vernay avisa des empreintes beaucoup plus modernes : des centaines de graffitis maculaient les parois et les arches.

– Le truc a l'air d'un must pour les cataphiles du coin...

L'ingénieur de la scientifique acquiesça. Les cataphiles, ces passionnés du monde du dessous, bravaient les interdits et se faufilaient comme des rongeurs dans les galeries souterraines du monde entier, en quête de sensations fortes. Parfois, ils se perdaient, se blessaient – voire mouraient. Mais, le plus souvent, ils visitaient, graffaient, organisaient des sauteries alcoolisées, et remontaient sans heurt à la surface par des accès connus des seuls initiés. Louise Vernay avait beaucoup entendu parler des adeptes des catacombes parisiennes et découvrait le même phénomène dans sa bonne vieille ville de Lyon.

– Suis-moi, notre client n'est pas dans la structure principale, mais dans la galerie du gardien.

La jeune femme arrondit deux calots stupéfaits.

– Il y a un gardien qui veille sur ce merdier ?

Tandis que Marc Baudry s'apprêtait à répondre, un bruit tonitruant de métal percuté pétrifia Vernay, qui posa machinalement la main sur la crosse de son SIG Sauer. Mais impossible de le saisir sous la combinaison. Puis des éclats de voix résonnèrent un peu partout, comme tombés du ciel. Elle recula et jeta des regards tout autour d'elle.

– T'inquiète, souffla l'ingénieur. On arrive au puits de la rue Magneval, on entend tout ce qui se passe là-haut, les piétons, les bagnoles qui roulent sur la plaque en fonte... C'est impressionnant mais tout va bien. Viens, on va descendre par cette échelle.

– Il y a encore des trucs en dessous ?

– Ouais, une colonne vertébrale inférieure, genre la réplique de celle-ci, mais sans arêtes de poisson. Et entre les deux démarre une galerie qui n'a rien à voir et qui nous entraîne plus loin vers le nord, dans des tunnels beaucoup plus longs, « le réseau des Fantasques ».

Vernay avait mal au crâne. Le jeu de piste commençait à la gonfler, et, pour reprendre une expression qu'elle affectionnait, elle n'entravait que dalle au labyrinthe de galeries qui se déployait autour d'elle. De surcroît, elle détestait se sentir larguée, incapable d'embrasser une situation.

Tout, ici, lui paraissait inédit et complètement dingue. Et puis elle s'impatientait : où créchait cette foutue scène de crime ?

Après avoir dévalé de nouveaux barreaux rouillés, les deux explorateurs débouchèrent dans une galerie voûtée du même style que la précédente, mais sans dénivelé ni arêtes. À quelques mètres, quatre blouses blanches tournaient autour d'un énorme roc circulaire qui bouchait la moitié du tunnel.

– Je te présente le gardien, sourit Marc Baudry.

– Le caillou, là ?

L'ingénieur opina.

– N'importe quoi, murmura l'enquêtrice.

Puis le spectacle sordide se dévoila derrière l'imposant rocher, dont il était d'ailleurs impossible d'imaginer comment il avait atterri ici compte tenu de son diamètre, et de sa masse – il devait peser dans les deux tonnes. Personne, en tout cas, n'aurait pu le manœuvrer dans les puits et les escaliers environnants...

Il masquait le cadavre rebutant d'un homme d'une quarantaine d'années.

Les techniciens de l'identité judiciaire avaient projeté du BlueStar sur les parois voûtées et mitraillaient la roche de flashes pour révéler l'ensemble des projections d'hémoglobine. Car la victime, recroquevillée comme un gros bébé, était éventrée, les tripes à l'air.

– Vous l'avez trouvé comme ça ?

– Affirmatif. On ne l'a pas manipulé, on attend le légiste.

Vernay s'agenouilla et observa le corps en détail. Le quadragénaire arborait une atroce grimace ; il avait dû souffrir, c'était certain. Son corps en chien de fusil se refermait sur ses entrailles, comme si l'homme avait tenté de contenir ses viscères avant qu'ils ne s'étalent sur le sol poussiéreux et humide. Ses deux poings étaient serrés. L'enquêtrice ajusta ses gants nitrile, puis tenta d'écarter les doigts, mais ils restèrent figés. Le cadavre était bien rigide, indiquant un décès remontant à une douzaine d'heures tout au plus. Perdu dans ce dédale, véritable caveau d'éternité, la situation paraissait improbable.

– Qui a donné l'alerte ?

– Un cataphile, habitué des lieux. Le mec descend depuis vingt-cinq ans et organise même des visites illégales. Mais bon, il est journaliste, connu comme le loup blanc, et personne ne lui cherche de noises. Du coup, il est souvent dans le coin...

– On a une identité ?

– Tony Jermal, ressortissant américain, d'après son passeport. On l'a retrouvé dans sa poche intérieure.

– Un Américain ? Peut-être un touriste en quête du grand frisson qui s'est fait buter dans un guet-apens, parce qu'il n'a pas voulu filer sa thune...

– C'est peu probable. On a retrouvé ses papiers, quelques dizaines d'euros en liquide, et surtout on n'a relevé aucune trace de lutte, aucune empreinte, ni de main, ni de chaussure. On aurait dû en trouver un bon nombre dans le bain de sang. Il a dû se vider lentement, et bien seul...

Vernay déglutit. Une fin merdique, au fond d'un trou, enterré à moitié vivant, à moitié crevé. Elle s'efforça d'en revenir aux faits et de ne pas succomber au dégoût.

– Alors quoi ? Il s'est fait hara-kiri à trente mètres de profondeur ? Et son katana s'est volatilisé ?

Marc Baudry haussa les épaules.

– On commence à peine les relevés, et il va falloir se coltiner toutes les galeries. Enfin, si l'humidité n'a pas tout effacé, parce que les parois et le sol suintent comme pas possible.

Derrière ses airs détachés et sa gouaille, Vernay n'en menait pas large. L'image du cadavre éviscéré lui donnait des haut-le-cœur ; elle n'avait jamais affronté une scène aussi sordide. Et puis ce visage tordu, ces traits empreints de douleur... Elle allait en faire des cauchemars, elle le savait. Voir la mort en face ne la laissait jamais indifférente. Surtout dans ces conditions.

La jeune femme fixa l'énorme roc qui obstruait le passage. En s'approchant, elle remarqua des inscriptions qui entaillaient à peine la surface.

– Tu as vu que c'est gravé, ici ?

L'ingénieur de la police scientifique visa les fines entailles avec sa torche.

– La roche est friable. On pourrait sans doute faire ces petites marques juste avec ses ongles.

Vernay posa aussitôt son regard sur les poings serrés de la victime. Et si ce Tony Jermal avait voulu écrire quelque chose avant de s'éteindre ? Un message, voire le nom du meurtrier ? Elle brandit son smartphone et prit plusieurs clichés en macro. Les pattes de mouche étaient illisibles ; elle s'y collerait au calme, plus tard.

Au bout de quinze minutes, l'élève commissaire refit surface nantie d'un bien faible butin, mais heureuse d'inspirer un bon bol d'air frais. Elle n'était pas claustrophobe ; pourtant, le lacis souterrain et l'étrange structure en arête de poissons avaient fini par l'écœurer. Et puis elle ne pouvait s'ôter de l'esprit les images de la scène abjecte – sans parler des odeurs répugnantes du cadavre, concentrées dans un tunnel sans aération.

Pourquoi éventrer quelqu'un dans ces souterrains inquiétants ? Pourquoi cette mise en scène, auprès de cet étrange rocher ? À ce stade, toute la palette restait ouverte : du crime crapuleux de circonstance, une mauvaise rencontre au fond de nulle part, sans aucun témoin – et il faudrait alors cuisiner tous les cataphiles de la région ; jusqu'à l'assassinat prémédité avec soin, par un détraqué tendance *serial killer*, qui avait lui-même gravé la roche pour défier la police et l'entraîner dans un jeu de piste débile.

Espinasse donnait des ordres un peu plus loin sur le trottoir. Les deux groupes de la Crim' étaient réunis, serrés comme des sardines dans l'étroite rue des Fantasques. Radam, le boss de la section criminelle, était à ses côtés. Ne manquaient plus que le taulier de la PJ, le préfet de police et le ministre de l'Intérieur. Vernay tendit une oreille et attendit patiemment la fin du briefing tout en ôtant ses surchausses ridicules et son masque étouffant. Depuis le confinement de 2020, elle ne supportait plus du tout d'enfiler cette merde. Puis elle s'approcha d'Espinasse qui s'apprêtait à partir.

– Patron, vous avez toute la PJ sur le coup, je ne suis pas sûre de vous être utile. Si vous voulez toujours que je devienne commissaire, il faudrait que je file...

– Ne dis pas de conneries, Louise. Tu es la meilleure, et en plus, tu as ce sixième sens tout féminin qui va nous être très utile sur cette affaire.

L'enquêtrice ne put s'empêcher de pouffer. Le féminin, chez elle, restait une dimension à découvrir. Elle jurait comme un charretier, fumait comme un pompier, s'habillait comme un routier, et ne faisait jamais l'amour *comme une gonzesse*. Elle baisait, entre deux pétards, dans un chiotte, au fond d'une cour, dans le coffre d'un break – et gardait toujours le contrôle.

Quant à l'amour – ah, l'amour ! –, qu'on ne vienne pas la gaver avec toutes ces conneries pour midinette. Se marier, pondre des chiards, laver les slips de son mec : plutôt crever.

Alors, quand on lui parlait de féminité...

Pourtant, ne lui en déplaise, elle était fichtrement jolie, Louise Vernay. Elle faisait tout pour le masquer, le planquer, même. À croire qu'elle en avait honte. Et, d'ailleurs, bien peu l'avaient remarqué, y compris parmi ses collègues.

Et cela valait mieux ; pour diriger une bande de poilus mal dégrossis, il ne fallait pas avoir du charme, mais du charisme. De l'autorité.

Bref, des *cojones*.

– Je veux que tu diriges l'enquête. J'ai eu Saint-Cyr au téléphone, je leur ai expliqué la situation. On s'est mis d'accord : ton stage de première année commence ce matin, pour une durée indéterminée.

– Mon stage ? Mais... normalement il commence dans plus d'un mois...

– C'est arrangé, je te dis. Tu me résous cette affaire et tu finiras major de promo, à mon avis. Tiens, c'est pour toi.

Espinasse exhiba une carte de flic toute neuve, avec son format carte de crédit, sa puce, son bandeau tricolore et l'estampe « POLICE » qui s'étalait en rouge sang.

Mais au lieu du grade de commandant, elle affichait « commissaire stagiaire ».

Vernay la saisit mollement, et n'était guère enchantée de se trimbaler avec ça. Elle se sentait tellement étrangère à cette *caste*...

– Et tu arrêtes de me vouvoyer, OK ? Maintenant, tu fais partie du corps de conception et de direction de la police nationale, comme moi.

– Pas tout à fait, patron, je suis à peine à la moitié de ma scolarité, je ne suis pas titulaire, je...

– Basta. Avec ça, tout le monde t'écoutera. Tu iras dix fois plus vite. C'est un Américain, Louise, tu comprends ? Ça nous fout dans une merde noire. Les Amerloques vont nous tomber sur le râble, ils veulent toujours se mêler des enquêtes, ils sont hyperintrusifs. Il faut aller vite, parce que, si on s'enlise, on va se les farcir tous les jours. Et on risque l'incident diplomatique.

Sur ce, Espinasse détala avec une étonnante agilité eu égard à son imposante carcasse, et planta la jeune femme sur le trottoir.

– Louise, la directrice du service archéologique de la Ville vient d'arriver. Je crois que tu voulais la voir ?

Marc Baudry, l'ingénieur de l'identité judiciaire, invita une quinquagénaire à le rejoindre.

– Je te présente Hélène Mascret. Je suis désolé, je dois vous laisser, j'ai encore beaucoup de travail.

Les deux femmes s'éloignèrent de l'agitation qui régnait autour de l'embouchure des puits et s'assirent sur le trottoir sans faire de manières.

– Parlez-moi de ces arêtes de poisson.

– On les a découvertes en 1959. La chaussée n'arrêtait pas de s'affaisser, juste ici, à l'angle de la rue des Fantasques et de la rue Grognard. Les agents de la Ville rebouchaient, mais ça recommençait. Jusqu'au moment où ils ont fini par mettre au jour ce premier puits. Ils sont descendus et ont vite découvert la structure, qui reste unique au monde.

L'archéologue déploya un plan.

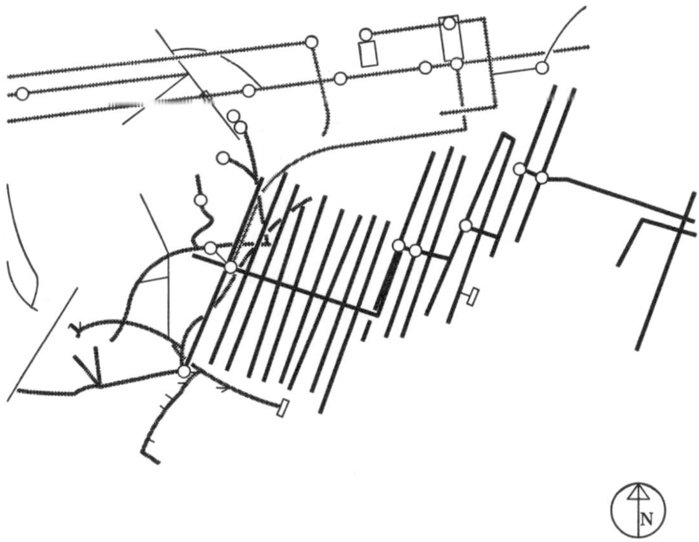

– On visualise bien, dans la partie inférieure, ce motif en arêtes de poisson. Au total, la galerie centrale, qui fait trois coudes à l'est, mesure cent cinquante-six mètres. Les galeries perpendiculaires, qu'on voit s'étager les unes derrière les autres, font toutes trente mètres environ – et forment donc des lignes de soixante mètres. À l'origine, il y avait beaucoup plus d'accès vers l'extérieur : une vingtaine de puits comme celui par lequel vous êtes passée débouchaient en surface, juste à l'aplomb de la colonne vertébrale supérieure, et de tout son long. Mais il n'en reste plus que quelques-uns, désormais. Dans la partie supérieure du plan, vous voyez des galeries rectilignes, et plus longues. Elles forment le réseau des Fantasques. Et tout est construit avec les mêmes matériaux, et la même finesse.

– À quoi ça servait, tout ça ?

– Vous posez LA seule bonne et vraie question, commissaire.

Vernay eut un frisson et faillit rectifier : « commandant, pas commissaire ». Mais elle se refréna.

– Figurez-vous que c'est un mystère complet. Des dizaines de spécialistes se sont penchés sur la question, et on n'en a pas la moindre idée. Ou plutôt, on a une dizaine d'hypothèses, mais aucune certitude.

– Et de quand ça date ?

– Là aussi, on a complètement flotté. Longtemps, on a cru que les galeries remontaient au XVIIe siècle et que les souterrains étaient connectés à une citadelle qui a d'ailleurs fait long feu, sur la colline. Et puis on a fini par faire des prélèvements – des résidus de bois fossilisé retrouvés dans le mortier qui a permis de sceller toutes les pierres. On a procédé à une datation au carbone 14 et, surprise, la construction remonte à l'Antiquité. Plus de deux mille ans en arrière...

Louise Vernay haussa un sourcil. Bien qu'elle n'eût rien d'une spécialiste, elle s'étonna elle aussi d'une telle révélation.

– Mais c'est incroyablement bien construit, pour être aussi ancien. Et ça n'aurait pas bougé depuis tout ce temps ? Ça semble impeccable.

– Exactement. On a tous été déconcertés. La quasi-totalité des experts penchaient pour l'époque moderne. Certains affirmaient haut et fort que les Templiers avaient bâti ces galeries secrètes afin d'y cacher leur trésor.

– Les Templiers ? Les chevaliers chrétiens ?

– C'est ça, les chevaliers du Temple de Jérusalem, qui étaient à la fois moines et soldats, dont la richesse et le pouvoir étaient immenses, jusqu'à ce que Philippe le Bel dissolve l'Ordre et brûle des dizaines de chevaliers en place publique. Mais les souterrains sont bien plus anciens que les Templiers.

Vernay était captivée. De telles hypothèses, les Templiers, un trésor caché, versaient dans l'ésotérisme et pouvaient avoir motivé un taré à fantasmer un plan diabolique.

– Et vous avez d'autres hypothèses comme celle-ci ?

– Pas mal, mais maintenant qu'on sait que tout remonte à plus de deux mille ans, nous sommes tous démunis. Les pierres sont magnifiquement scellées, les joints sont tous soulignés à la truelle, le plan est parfait : comment est-ce possible ? Aucune autre construction, aussi géométriquement parfaite – à trente mètres de profondeur, sans lumière, sans repère, sans outils mécaniques – n'existe dans le monde. En comparaison, les catacombes parisiennes sont bien plus basses et toutes biscornues. On creuse, et dès qu'on rencontre un obstacle trop difficile, on le contourne. Ici, rien ne leur a résisté. C'est inexplicable. En plus, les pierres ne viennent pas de la région. Elles ont été transportées de loin. Comment ? pourquoi ? tout n'est que mystère.

L'enquêtrice sentait qu'une partie de l'explication tenait au caractère quasi magique de ces souterrains.

– Et la galerie du gardien ? L'énorme roc qui bouche la galerie ?

– Encore une bonne question, commissaire. Une fois de plus, mystère et boule de gomme. Enfin, boule de calcaire. De l'avis des experts, il est impossible qu'on ait pu transporter cette pierre énorme jusque dans la galerie. Elle ne passe nulle part. Elle a donc été taillée sur place, et laissée en plan. Pourquoi ? Aucune idée. Elle est parfaitement circulaire, taillée entièrement à la main. Là encore, un travail de titan, remarquable et inexplicable.

– On a retrouvé le corps de la victime au pied de cette grosse pierre. Vous auriez une idée de la raison pour laquelle on aurait fait ça ? Une légende, une hypothèse ?

L'archéologue arbora une moue dubitative.

– Aucune, commissaire. Je ne vois pas du tout pourquoi.

– Une dernière question, madame Mascret. La victime est étrangère. Vous savez s'il existe une sorte de business illégal, des visites secrètes pour les touristes du monde entier ?

– Les souterrains attirent les curieux, partout. À Lyon, on a toujours refusé de faire visiter ces galeries, parce qu'elles ne sont pas suffisamment sécurisées. Nous n'avons jamais entrepris de travaux pour les rendre accessibles. On a beaucoup bétonné, dans certaines portions, pour consolider le bâti et éviter des affaissements de terrain. Il y a déjà eu des fontis, faisant plusieurs blessés. On ne peut pas se permettre de laisser tout le monde se balader là-dessous.

— Pourtant, les cataphiles, les graffeurs...

— Oui, bien sûr, c'est inévitable. Mais on est très vigilant. Tenez, on a scellé pratiquement toutes les plaques en fonte qui ouvrent sur les puits. Ici, on a installé un système de cric sous la plaque, comme un antivol, qui empêche de l'ouvrir de l'extérieur. Et rue Adamoli, on change les serrures de la porte tous les six mois.

Vernay se massa le menton.

— Donc, aujourd'hui, il est presque impossible d'y accéder, sauf à travailler dans vos services, ou connaître le terrain comme sa poche...

Hélène Mascret fronça les sourcils.

— Mes services sont irréprochables, commissaire. En revanche, c'est vrai, il existe quelques cataphiles indécrottables qui arrivent toujours à s'infiltrer. Vous n'aurez aucun mal à les identifier, ils inondent le Net de leurs exploits souterrains...

Louise Vernay se releva et tendit la main à l'archéologue.

— Merci beaucoup, madame, pour votre aide. Et merci de vous tenir disponible, si jamais nous avons de nouveau besoin de vos lumières.

— À votre disposition.

Avant de s'éloigner, l'archéologue se pencha vers l'enquêtrice et murmura, sur le ton de la confidence :

— Au fait, je me permets... Je suis heureuse de voir qu'on compte des femmes parmi les commissaires. Je n'en avais jamais vu à Lyon. Je ne sais pas vous, mais quelle galère pour obtenir un poste de direction ! Moi, j'ai dû sacrément ramer avec tous ces machos... Bravo pour votre ténacité !

Sur ce, Hélène Mascret décampa, un sourire satisfait sur les lèvres.

Vernay resta comme deux ronds de flan.

— Ma pauvre, si tu savais à quel point j'en ai rien à caguer de tout ça...

Chapitre cinq

Mardi 10 mai 2022, 11 h 20 heure de Houston,
18 h 20 heure de Paris

La délégation du FBI était impressionnante. Une douzaine de *G-Men** avaient investi la salle de contrôle du centre spatial Lyndon B. Johnson de Houston et sillonnaient les allées gavées de moniteurs couleur. Les employés de la NASA hallucinaient. Plus discrets, deux membres de la CIA, ainsi que deux hauts gradés de la DIA** fermaient le bal.

On attendait le directeur du renseignement national, proche conseiller de Joe Biden et responsable de l'ensemble des agences de renseignement américaines.

Certaines rumeurs laissaient entendre que le Président lui-même pourrait débarquer.

C'est que l'affaire était de la plus haute importance.

Un astronaute américain avait été éventré à bord de la Station spatiale internationale.

– Quel *putain d'enfoiré* a pu commettre une telle boucherie ? avait vociféré le colonel George Lanner, numéro 3 de la DIA.

La victime avait le grade de commandant au sein de l'US Navy. Comme la plupart de ses collègues, il avait été

* Surnom des enquêteurs fédéraux, « hommes du gouvernement ».
** Agence américaine du renseignement militaire.

pilote d'essai, et avait suivi une carrière émérite au sein de la marine. Pour un patriote comme Lanner, c'était toute l'armée américaine qu'on assassinait...

La Station spatiale était un programme civil placé sous la tutelle de quinze nations, ce qui impliquait aussi l'expertise internationale de la CIA. Mais au-delà de cette dimension, et des différents pays qui se trouvaient empêtrés dans cet écheveau morbide, il fallait surtout compter sur le FBI. Le Federal Bureau of Investigation se révélait incontournable, s'agissant de mener une enquête criminelle de haut vol – c'était le cas de le dire.

Évidemment, l'idéal eût été, en cet instant, de disposer d'un Space Bureau of Investigation, ou d'une Space Intelligence Agency...

Mais ce n'était pas le cas. Il fallait donc improviser.

Or, comment enquêter à quatre cents kilomètres de la scène de crime ? Comment relever des preuves ? Interroger dans de bonnes conditions les témoins, qui étaient aussi tous suspects ? Comment confondre le meurtrier, les yeux dans les yeux, par l'intermédiaire d'un écran, tandis qu'il flotte dans un cylindre propulsé à plus de 27 000 km/h autour de la Terre ?

La seule bonne nouvelle, c'est que l'équation ne comprenait que cinq variables : les cinq astronautes toujours vivants. Et qu'ils n'étaient pas près de s'évader...

Bien sûr, les médias eurent tôt fait de relayer cet incroyable événement. La pression montait, CNN et tous les sbires de l'information continue s'étaient emparés de la nouvelle et matraquaient déjà leurs spectateurs abasourdis d'hypothèses plus fantasques les unes que les autres.

Vers 11 h 45, les choses se corsèrent.

L'aréopage de membres éminents des trois agences de renseignement et d'investigation américaines s'était attablé dans l'ample salle de réunion qui jouxtait le Mission Control Center. À ses côtés siégeaient les principaux dirigeants de la NASA, dont l'administrateur Mike Turner ; le manager du programme ISS John Lynch ; et bien sûr l'incontournable Burt Clark, puissant *General Counsel* – directeur juridique – de l'Agence spatiale américaine. D'emblée, Clark cueillit tout ce petit monde à froid.

— Vous ne pouvez pas commencer vos interrogatoires ni mener vos investigations sans avoir obtenu l'accord des autres parties prenantes de la Station, et, en priorité absolue, les Européens.

— Qu'est-ce que c'est que ces conneries ? s'offusqua Jim Boorman, le responsable de la délégation du FBI.

Il était Agent spécial superviseur, un haut rang au sein de l'Agence. Il était aussi américain jusqu'au bout des ongles et ne supportait pas l'idée que des étrangers puissent s'ingérer dans une affaire qui concernait la mort d'un compatriote.

— Le problème, reprit le juriste, c'est que Bob Jenkins est mort à bord du module Columbus.

— Et alors ?

— C'est un module immatriculé par l'Agence spatiale européenne. Or, comme le prévoit le traité de l'espace extra-atmosphérique de 1967, c'est l'État qui a immatriculé le module dans lequel a lieu un crime ou un délit qui a juridiction. Donc formellement, c'est à l'Europe de mener l'enquête. Pas à vous.

Les visages des cadors du renseignement et de l'investigation se glacèrent. Après quelques secondes de sidération, le colonel Lanner prit la parole.

— Et à quoi vous servez ? Si vous n'êtes pas foutu de nous récupérer l'enquête, alors qu'il s'agit d'un de nos ressortissants, c'est que vous êtes un bon à rien. Et je vous garantis que vous sauterez en moins de quarante-huit heures.

Le directeur juridique de la NASA ne cilla pas. Il connaissait le pouvoir de nuisance de ces hauts gradés et ne doutait pas de leur détermination. Mais il connaissait aussi les lois de l'espace, sur le bout des doigts.

— Je ne peux pas me substituer au droit, colonel.

— Et vous n'avez pas un *putain* de texte qui dit que c'est en priorité au pays de la victime de mener l'investigation ? C'est quand même une évidence, bon sang !

Pour Lanner, la véritable évidence était que les États-Unis dominaient le monde, qu'ils avaient planté leur drapeau sur le sol lunaire dès 1969, et que tout le *putain d'univers* leur appartenait...

Burt Clark reprit le plus calmement possible :

— En fait, il existe un autre texte, un accord intergouvernemental sur la coopération relative à la Station spatiale internationale, signé en 1988 puis amendé en 1998. Dans son article 22, il est justement question de la juridiction pénale. Mais on ne parle que de l'auteur présumé du délit. Il est dit que c'est le pays dont est issu l'auteur présumé du crime ou du délit qui doit mener les investigations. Donc si vous vouliez absolument mener l'enquête, il faudrait officiellement soupçonner l'autre astronaute américain, Bill Shepard.

Lanner éclata de rire.

— De mieux en mieux ! Vous en avez beaucoup d'autres, comme ça ? On perd l'un de nos meilleurs éléments dans des conditions ignobles, et vous voulez en plus qu'on accuse un autre héros américain ? Mais vous êtes bon pour l'asile ! Je vais y veiller, croyez-moi.

Quelques gouttelettes de sueur perlèrent le long de la nuque du juriste.

— Sans rire, enchaîna Jim Boorman du FBI, vous n'avez pas prévu le cas où on n'aurait aucun suspect ? Vous savez que ça arrive, quand même ? À quoi on sert, d'après vous ? Si tous les meurtriers se désignaient juste après leur crime, on n'aurait aucune raison d'être.

— J'entends bien, agent Boorman, mais dans ce cas, on ne peut en revenir qu'au texte de 1967. Et confier l'enquête aux Européens. À moins que...

— À moins que quoi ? encouragea l'agent spécial du FBI.

— L'article 22 prévoit que le pays dont est issue la victime – donc on parle bien ici des États-Unis – peut récupérer l'enquête...

Un brouhaha de satisfaction s'éleva des rangs.

– ... si aucun autre pays, et notamment celui dont l'auteur présumé du délit serait le ressortissant, ne s'est emparé de l'enquête dans les quatre-vingt-dix jours.

Cette fois, c'est une rumeur d'indignation qui gagna l'assemblée. Lanner éructa.

– Quatre-vingt-dix jours ? Vous vous foutez de nous ? On va pas attendre trois mois pour mener une enquête ! D'autant que l'Europe ne va sûrement pas rester les bras croisés.

– Il ne vous reste plus qu'à coopérer, colonel. C'est toute la philosophie des programmes habités depuis les années soixante-dix. Nous avons toujours travaillé main dans la main, avec les Russes et les Européens. Déjà, à l'époque de MIR, la station orbitale russe, nous, les Américains, nous étions...

– Rien à branler ! hurla Lanner. C'est fini, cette époque ! Vous suivez l'actualité ? Poutine et ses clébards nous méprisent, sans compter tous les autres ! Vous avez entendu parler des Chinois ? Vous savez qu'ils nous espionnent, probablement ici même, et qu'ils n'attendent qu'une chose : qu'on baisse notre froc ? Alors c'est chacun pour sa gueule. Démerdez-vous.

Burt Clark était abandonné en rase campagne. Ni le big boss Mike Turner, ni John Lynch, le patron du programme ISS, n'avaient ouvert la bouche. Ils laissaient leur directeur juridique se faire étriller en place publique. S'il fallait qu'un fusible saute, autant que ce ne soit pas eux.

Alors qu'il voyait ses derniers instants arrivés, Clark fut sauvé par le gong. Un geek en chemise hawaïenne déboula dans la salle de réunion, le visage blême.

– Monsieur Turner, nous avons un problème...

Ces mots résonnèrent dans tous les esprits comme le célèbre « *Houston, we have a problem* » des astronautes de la mission Apollo 13. Le big boss de la NASA se leva aussitôt et s'exfiltra de l'assemblée saturée de testostérone.

John Lynch, le *Program Manager* de l'ISS, lui emboîta le pas. Clark, lui, resta sur le carreau.

L'instant d'après, sans qu'ils y fussent invités, les enquêteurs du FBI, puis les chefs espions se dressèrent à leur tour pour rejoindre l'immense salle du Mission Control Center.

D'étranges images inondaient les écrans géants. Un sentiment d'inquiétude flottait dans l'air ; quelques murmures stupéfaits faisaient monter la tension.

– Qu'est-ce qui se passe ?

Mike Turner parlait d'une voix calme, mais grave.

– Les astronautes sont en scission. Chacun tente d'établir une connexion sécurisée avec son pays. Les premiers à s'être isolés sont les Russes. Ils sont enfermés dans le module Zvezda et sont commutés sur leur canal réservé. Ils parlent depuis dix bonnes minutes avec Roscosmos à Moscou. Ben Higgins et Carla Martini nous demandent à leur tour une connexion sécurisée sur le canal 2, pour communiquer avec l'ESA*. Ils demandent qu'on coupe l'écoute. Et Bill Shepard demande aussi à nous parler. Il est très agité.

– Les Russes parlent sur un canal réservé ? Et on ne peut pas les écouter ?

Le colonel Lanner fulminait. Cette fois, le patron de la NASA n'avait plus le choix. Il s'était efforcé de garder le silence pour sauver sa peau, mais ne pouvait plus supporter cet officier arrogant et inculte – un ancien protégé de Trump, aussi stupide que l'ancien président. Il prit une profonde inspiration, puis planta deux pupilles d'acier dans celles de Lanner.

– Colonel, on ne peut pas faire tout et n'importe quoi. Ne vous en déplaise, la guerre froide est terminée. Les Russes, depuis le début du programme ISS, et c'est inscrit dans tous les textes qui régissent la Station spatiale, ont le privilège d'utiliser le canal 1 de l'ATU, l'Audio Terminal Unit de la partie russe. Personne n'est autorisé

* Agence spatiale européenne.

à les écouter, sous quelque prétexte que ce soit. Ils sont certainement aussi paniqués que Shepard et que Higgins le Britannique et Martini l'Italienne. Ils veulent sans doute des conseils, des instructions de leur tutelle. Ils volent sous pavillon de Roscosmos, l'Agence spatiale russe. Nous coopérons, mais n'avons aucune autorité sur eux.

L'officier supérieur ricana méchamment.

– Vous savez qu'on écoute le monde entier ? Le moindre gaz qui sort du trou du cul d'un ours du Caucase ou d'un panda du Gansu nous parvient en temps réel. Et vous n'êtes pas foutu de nous commuter sur le canal 1 ?

– Si, colonel. Ce n'est pas la question. Nous n'avons pas le droit. Si nous le faisons, nous risquons un incident diplomatique majeur qui pourrait conduire à la dissolution pure et simple du programme ISS.

À cette évocation, John Lynch, qui s'était impliqué dans l'aventure de la Station spatiale depuis ses prémices en 1994 – des années avant son lancement –, ressentit une violente décharge dans la poitrine. Toucher à son bébé revenait à lui couper le ventricule droit ou l'oreillette gauche. Dans les deux cas, il mourrait. Personne ne peut vivre sans la moitié de son cœur.

– *A minima*, reprit Turner, les Russes vont se retirer des futures missions habitées et annuler leur contribution financière.

Lanner s'avança et frôlait maintenant le visage du patron de l'Agence spatiale américaine. La tension était palpable. Les cow-boys du FBI n'en menaient pas large ; ils se sentaient dépassés par ce combat de Titans.

– Turner, obtempérez immédiatement. Commutez-nous sur ce *putain* de canal 1. Ou je vous fais arrêter pour haute trahison.

– Si j'étais vous, Lanner, je fermerais ma grande gueule. Je suis l'administrateur de la NASA, j'ai été nommé par le président Biden en personne, à qui je parle au moins une fois par mois. Un coup de fil de ma part, et c'est vous qui sautez. Vous avez été nommé par Trump, n'est-ce pas ?

Les deux hommes étaient face à face, le visage écarlate, sur le point d'en venir aux mains.

– Monsieur Turner, la communication entre les Russes et Moscou est terminée.

Le gong, une fois de plus, venait de sonner la trêve. L'un des ingénieurs de la NASA avait interrompu la joute qui n'avait plus lieu d'être.

– Voilà, c'est malin ! cracha Lanner, tout en tournant le dos à Mike Turner. (Avant d'ajouter, assez fort pour être entendu de tous :) *Putains* de hauts fonctionnaires, tous des lopettes !

L'administrateur retourna devant les écrans de contrôle, tout en respirant fort. Ses pulsations cardiaques s'étaient envolées ; il tentait de reprendre son calme légendaire.

Il assistait au désastre.

Les Russes parlaient en messe basse, le visage placé hors du champ des caméras de contrôle du module Zvezda. Que pouvaient-ils manigancer ? Et si cet abruti de Lanner avait raison ? Étaient-ils à l'origine de ce meurtre immonde ? Préparaient-ils d'autres massacres ? Et pour quelle raison ? Il voyait bien que les *Feds** se posaient exactement la même question. Tout comme les ingénieurs présents dans cette immense salle de contrôle. Car il fallait bien que quelqu'un fût à l'origine de ce crime odieux.

Au contraire des autres, John Lynch, le *Program Manager* de l'ISS, observait deux petits écrans que tout le monde ignorait. Puis il s'écria, la voix troublée :

– Pouvez-vous commuter les deux caméras de Columbus sur les écrans géants ?

Les fonctionnaires de la NASA s'exécutèrent. Personne ne discutait les ordres de John Lynch, sans doute le meilleur expert mondial de la Station spatiale. Il avait participé à l'élaboration des premiers plans et n'avait plus jamais décroché depuis. En trente ans, il avait grimpé la hiérarchie de l'Agence spatiale, de simple ingénieur à grand horloger

* Agents fédéraux du FBI.

de l'ISS. Ses états de service lui avaient valu de nombreuses récompenses, dont toutes les médailles disponibles à la NASA – c'est fou le nombre de décorations que peut distribuer l'Agence, championne ès autocongratulations – et, surtout, le prestigieux Presidential Rank Award, remis par le président américain en personne... Depuis ce jour, il était plus respecté et vénéré que l'administrateur en personne.

Sur les deux écrans géants, le spectacle tournait à l'œuvre surréaliste. Les parties molles qui s'étaient échappées du cadavre éviscéré s'étaient toutes agglutinées sur les parois, devenues méconnaissables. Le sang maculait les appareils, les gaines, les câbles, ainsi que les bouches d'aération. La couleur avait viré au cramoisi. Et le cadavre se trouvait maintenant massé contre la paroi supérieure droite du module.

— Vous avez abaissé la température à combien ?

— Au minimum, docteur Lynch. Cinquante-trois degrés Fahrenheit, soit douze degrés Celsius.

— OK, ça permet de ralentir la décomposition, mais on ne va pas tenir longtemps comme ça. Il met tout l'équipage en péril.

Puis le manager se tourna vers son N + 3, l'administrateur Turner. Il murmura, en espérant n'être entendu de personne d'autre :

— Nous devons appliquer le protocole secret, monsieur.

L'agent spécial Jim Boorman avait l'ouïe très fine. Déformation professionnelle.

— C'est quoi, cette histoire de protocole secret ?

Mike Turner se tourna vers le chef de la délégation du FBI, embarrassé.

— Nous n'avons jamais été confrontés à cette situation, et officiellement, il n'existe aucune procédure en cas de décès à bord de la Station. En fait, nous n'avons jamais voulu inquiéter les astronautes, ni les entraîner là-dessus. Mais nous avons un process confidentiel que nous allons leur dicter.

– Quel process ? insista Boorman, suspicieux.

Turner semblait gêné. Il s'attendait à une levée de boucliers de la part de la brochette d'agents qui lui faisaient face. Finalement, Lynch, en vieux routier opérationnel, cracha le morceau.

– Il n'y a pas de housse mortuaire à bord. Alors il faut placer le cadavre dans une combinaison spatiale, l'arrimer en dehors de la Station où règne un froid glacial – jusqu'à 10 Kelvin, c'est-à-dire moins 263 degrés Celsius. C'est idéal pour conserver le corps. Et ensuite...

Le manager déglutit.

– ... Ensuite, lorsque l'ATV, le vaisseau-cargo ravitailleur actuellement arrimé à la Station, sera rempli de déchets, les astronautes y ajouteront le cadavre. Puis ils renverront l'ATV vers la Terre, qui, comme d'habitude, se désintégrera lors de son entrée dans l'atmosphère.

Les enquêteurs roulèrent des orbites sidérées. Lynch crut bon d'ajouter un détail.

– C'est comme ça qu'on se débarrasse des poubelles de l'ISS, car il est formellement interdit d'abandonner quoi que ce soit dans le vide sidéral. C'est déjà saturé de déchets spatiaux là-haut. Donc on les incinère, en quelque sorte...

L'agent superviseur Boorman manqua de s'étrangler.

– Non, mais vous plaisantez, j'espère ? Vous voulez cramer le cadavre de Jenkins ? C'est absolument hors de question ! Il faut pratiquer une autopsie. Connaître les circonstances précises de la mort, le mode opératoire. Faire des prélèvements, des analyses.

Puis il pointa un index menaçant sur les écrans géants.

– C'est une *putain* de scène de crime, ce que vous voyez là !

Le boss de la NASA, lui, en avait bien conscience, d'autant qu'il faudrait aussi gérer l'énorme pression de la famille et des médias pour rapatrier le corps et lui offrir des funérailles nationales. Alors qu'il s'apprêtait à calmer le jeu, son collaborateur John Lynch, piqué au vif, reprit sur un rythme saccadé :

– Nous *devons* placer le corps hors de l'ISS. Il est *impossible* de le laisser se décomposer à côté des autres astronautes. Et nous *devons* nettoyer le module, sinon nous risquons de le perdre, purement et simplement, si tous les circuits et les instruments scientifiques sont infiltrés de chair et de sang. Deux milliards de dollars risquent de partir en fumée. Vous comprenez l'enjeu ?

Boorman se foutait royalement de cette question d'argent. Son job, c'était de réunir des preuves matérielles pour inculper *l'enfoiré* qui avait massacré Bob Jenkins.

– Désolé, mais c'est impossible. Pour mener l'enquête, nous devons effectuer des relevés dans tout le module. Demandez à vos potes européens, vous verrez qu'ils diront la même chose. À la limite, si vous prenez toutes les précautions qui s'imposent, vous pouvez isoler le cadavre, mais il devra retourner sur Terre pour être autopsié. Ce n'est pas négociable.

Tandis que l'administrateur de la NASA et John Lynch échangeaient un regard inquiet, un son nasillard surgit des haut-parleurs.

– Ici Shepard !... d'urgence... confidentiel...

Les ingénieurs de la NASA s'affairaient sur leurs terminaux.

– Bill Shepard communique sur le canal 3. La liaison est très mauvaise, il émet sur la bande KU. Il peut être écouté de tous.

Lynch se tourna vers ses collaborateurs.

– OK, dites-lui de se connecter *via* WhatsApp, directement depuis son ordinateur personnel, dans sa cabine.

Le colonel Lanner haussa les sourcils.

– WhatsApp ? Vous voulez pas faire un Facebook Live pendant que vous y êtes ?

– Colonel, en faisant cela, on passe par le réseau internet standard, *via* les satellites géostationnaires : on se noie dans des millions de communications terrestres. Et puis les communications WhatsApp sont cryptées, avec un chiffrement de bout en bout. C'est encore le plus sûr.

– Cryptées... pas pour tout le monde.

Lanner avait parlé d'un air entendu, tout en coulant un regard complice à son homologue de la CIA. De là à ce que ces *enfoirés* de Russes et de Chinois fussent aussi avancés que les États-Unis en matière d'espionnage numérique, il n'y avait qu'un pas. Mais l'officier de renseignement renonça à polémiquer davantage. Il brûlait d'entendre son compatriote astronaute, lui aussi.

Deux minutes plus tard, le spationaute américain Bill Shepard était connecté sur les haut-parleurs de la NASA.

Sa voix était cristalline, comme s'il s'exprimait depuis la salle de réunion mitoyenne. Les miracles de l'Internet et de la « voix sur IP », même à quatre cents kilomètres de la terre ferme...

Mais derrière la pureté du son, sa nervosité transparaissait dans son élocution chaotique et difficile à suivre.

Il parla d'abord des Russes, en disant toute sa méfiance – pour ne pas dire ses certitudes quant à leur implication dans le drame. Il n'avait jamais senti Porchnev, pas plus que son compatriote Chenko. Ils faisaient bande à part, profitant de la structure particulière de l'ISS qui isolait clairement les Russes des autres astronautes. Ils faisaient leur vie, et comme Porchnev endossait la fonction de commandant, tous devaient se plier à ses exigences.

En réalité, l'Américain n'avait aucune raison concrète de leur en vouloir. Il était incapable de trouver ne serait-ce qu'un exemple, une situation inappropriée dans leur comportement.

Ce que Lynch, Turner et les autres avaient bien compris, c'est que Shepard sombrait dans la paranoïa.

Le mal de l'espace puissance dix, l'impression d'enfermement, le huis clos oppressant, ce que d'aucuns avaient douloureusement enduré pendant le premier confinement total dû au Covid, en 2020. Dans un contexte bien plus complexe, reclus dans quelques centaines de mètres cubes sans aucune possibilité de s'évader, cette distorsion mentale ne pouvait que s'exacerber.

En ajoutant le cadavre atroce, rebutant, auquel il s'était confronté, tout semblait réuni pour faire vaciller Shepard dans la folie pure.

Alors on dépêcha le docteur Jack Evrett, le *Chief Health and Medical Officer*, spécialiste de la médecine spatiale, et qui avait suivi jour après jour l'entraînement des deux astronautes américains.

Comme le voulait la règle, il s'isola pour mener une consultation privée avec Shepard. Ce colloque singulier devait permettre de déceler l'état précis de l'astronaute, mais aussi de recueillir des informations médicales intimes, que nul n'était censé connaître.

Excepté que, au sortir de ce bref entretien, le colonel Lanner, les deux *men in black* de la CIA et l'éternel Boorman du FBI tombèrent sur le docteur Evrett à bras raccourcis.

La situation était critique ; le praticien consentit à rompre le secret médical. Il en allait de la survie des cinq astronautes à bord.

– Shepard développe un délire paranoïde. Il se dit persécuté par les Russes, et je l'ai trouvé très agressif. Et puis il y a autre chose : il se sent épié en permanence.

– Par les Russes ?

– Non, pas vraiment. Il dit qu'il sent une présence, et même une menace. Il prétend avoir vu des lumières étranges à travers les hublots. Des lumières intermittentes, mais régulières.

Boorman et Lanner échangèrent un regard stupéfait.

– Et c'est quoi, selon lui ? Un signe de Dieu ou des *putains* d'OVNI ?

– Rien. Il n'interprète pas. Il décrit. De manière très précise, d'ailleurs. Il dit aussi que ses collègues partagent le même sentiment, qu'une menace plane. Et puis, il se plaint de céphalées et de douleurs abdominales. J'ai cru comprendre qu'il avait un trouble du transit.

– Écoutez, docteur, on s'en tartine de ses problèmes de constipation : c'est sa cervelle qui nous préoccupe... Il devient complètement dingue, là-haut, avec ses histoires de lumières qui clignotent...

L'administrateur de la NASA s'interposa.

– Et ne se pourrait-il pas qu'il dise tout simplement vrai ? Cette présence, ces lumières : et si c'était vrai ? Nos astronautes sont triés sur le volet et reçoivent un entraînement exceptionnel. Leur résistance psychologique est à toute épreuve, et Shepard est particulièrement solide. Vous en avez été le principal témoin, n'est-ce pas, docteur ?

Le médecin hésita, prit une profonde respiration puis se lança.

– Oui, c'est vrai, monsieur. D'ailleurs, Shepard n'entre pas dans un état émotionnel confus lorsqu'il parle de cette... présence.

– Et le meurtre ? A-t-il parlé du meurtre ? éructa Boorman, pour qui cette conversation était ubuesque et hors sujet.

– Pas vraiment.

– Un suspect ? A-t-il désigné un suspect ?

– Je ne lui ai pas posé la question, cela n'avait rien à voir avec la consultation médicale.

Boorman trouvait ce médecin stupide. Il s'attachait aux détails et faisait l'impasse sur l'essentiel.

– Nous devons l'interroger. Seuls, sans vous, sans quiconque de la NASA. Et tout de suite.

Mike Turner leva le bras, comme pour sonner la fin de la récréation.

– Désolé, messieurs. Mon collaborateur Burt Clark a été on ne peut plus clair tout à l'heure, en salle de réunion. Nous devons d'abord attendre que les Européens se saisissent de l'affaire et vous donnent éventuellement l'autorisation. Ce n'est pas négociable. Nous avons énormément de sujets à traiter de toute urgence. Il va falloir nous laisser travailler, maintenant. Prenez contact avec vos homologues européens, russes et japonais. De notre côté, nous devons organiser une visioconférence d'urgence avec nos collègues des autres agences spatiales, pour établir le protocole. Et décider de la manière de gérer la suite. Tout est sur la table, y compris le rapatriement de tous les astronautes. L'affaire est inédite, grave, et chaque seconde compte. Vous avez votre *agenda*, nous avons le nôtre. Veuillez sortir, immédiatement.

Boorman demeura bouche bée.

Mais il savait que le patron de la NASA était dans son droit. On l'avait briefé. Si Turner s'opposait à la présence des enquêteurs, en dehors de toute saisine officielle, rien ne pouvait permettre au FBI de rester.

L'agent spécial superviseur ravala sa morgue et adopta le ton le plus consensuel possible. Il devait absolument influencer le cours des événements pour réussir à mener son enquête.

– Monsieur l'administrateur, nous allons vous laisser. Mais je vous en conjure : ne *brûlez pas* le corps, et envisagez un autre scénario. Laissez un enquêteur, ou un astronaute de confiance que nous brieferons, partir sur l'ISS pour relever tous les indices possibles, faire les prélèvements et rapatrier le corps.

Puis il se posta bien en face du visage de Turner.

– Sinon, monsieur l'administrateur, vous risquez de faire échouer l'une des affaires les plus graves de l'histoire. Et vous pourriez en être tenu personnellement responsable. Ne faites pas entrave à la justice, convainquez vos homologues internationaux, et laissez-nous faire notre travail. Ou bien cet assassinat sordide ne sera *jamais* élucidé, et il restera comme la plus grosse tache de l'histoire de la NASA.

Chapitre six

Mercredi 11 mai 2022, 8 h 40, heure de Paris

Louise Vernay ouvrit un œil pathétique.

Les chiffres écarlates de son radio-réveil l'irritèrent aussitôt. Elle plissa les paupières et tenta de s'humecter plusieurs fois les lèvres. En vain. La chambre – enfin, la pièce qui lui servait de dortoir – empestait le cannabis. Des relents acides refluèrent dans son œsophage. Elle toussa et manqua dégobiller.

Sur le matelas qui gisait à même le sol, une vingtaine de brûlures, celles de joints oubliés tandis qu'ils se consumaient encore. Même sa taie d'oreiller était criblée. Un jour, elle finirait par tout faire cramer, et elle avec.

Ça ou autre chose... Louise avait des tendances suicidaires. Pour un flic de son niveau, consommer de la marijuana représentait un danger quotidien. Même si ses plus proches collègues savaient qu'elle aimait « aromatiser ses cigarettes », aucun ne pouvait imaginer ce qu'elle s'envoyait parfois, quand elle touchait le fond. Et, bizarrement, passé l'effet planant des premiers moments, l'herbe lui permettait de se concentrer et de visualiser des flashes, d'éprouver des fulgurances intellectuelles bien utiles pour avancer dans ses enquêtes. L'intuition et le sixième sens féminin, toutes ces conneries, elle n'y croyait pas. La décompensation cérébrale qu'entraînait le cannabis et la clairvoyance qui en découlait, ça, oui. Elle y croyait. Elle le vivait.

Et, pendant ce temps, elle oubliait ses problèmes, et sa solitude.

Parce qu'elle était seule, et depuis des siècles.

Sur la housse de couette, son ordinateur portable était encore ouvert sur un épisode de *Harry Bosch*. Elle s'était farci la cinquième saison d'une traite, un bon vieux *binge-watching* qui l'avait tenue vaguement éveillée une partie de la nuit. Le personnage principal, un détective du LAPD, Los Angeles Police Department, lui inspirait de la sympathie. Fils d'une prostituée massacrée par un salopard qui n'avait jamais été retrouvé, le flic avait la gâchette facile. La série était inspirée des polars de Michael Connelly. Mais où ce type allait-il chercher tout ça ? Les auteurs de romans policiers ont une imagination débordante. Des trucs pareils n'arrivaient qu'une fois dans une carrière, à condition de ne pas pointer au commissariat de Knokke-le-Zout ou de n'importe quel autre trou paumé.

Même à Lyon, des affaires aussi tordues ne couraient pas les rues.

Los Angeles, quand même, ça avait plus de gueule.

Vernay resta un bon moment dans le cirage en méditant les images de la série, Hollywood Boulevard, Venice, les imposants buildings de Downtown, l'acteur qui incarnait le détective Bosch... Elle l'aurait bien mis dans son pieu, celui-là, malgré ses rides et ses cheveux grisonnants. Elle tâta machinalement le lit à la recherche du fantôme d'un mec canon qu'elle aurait rabattu la veille. Mais ça n'arrivait plus jamais. Le soir, elle préférait sombrer à la recherche d'un autre point G que celui qui la démangeait ce matin-là. Le point G comme Google. Elle lançait d'abord des requêtes vaguement en lien avec ses enquêtes, puis, rapidement, elle se laissait glisser vers tout et n'importe quoi.

Elle s'allumait un pétard, avec beaucoup d'herbe et très peu de tabac, et se laissait aller. Elle surfait une heure ou deux, et finissait toujours par s'envoyer une série sur Netflix ou Amazon Prime.

Mais que deviendrait-elle sans les GAFA ?

Les GAFA, la weed et l'alcool.

Ses nuits seraient mortelles.

Alors bien sûr, un truc avait déraillé dans sa vie, pour en arriver là. Louise en était consciente. D'ailleurs, elle s'auto-psychanalysait souvent. Elle parlait seule, tout le temps. Quand on est seul, on parle seul.

Elle s'attribuait les bonus et les malus. Elle commentait pratiquement tout ce qu'elle faisait. Sa vie ressemblait à un documentaire foireux, accompagné d'une voix *off* qui paraphrase tout ce que montrent les images. Des trucs aussi passionnants que : « Allez, je vais aux chiottes » – ce qui arrivait souvent. Car les gogues, justement, remplaçaient le canapé du psy. Bien qu'elle fût toujours seule, elle s'enfermait dans ses toilettes, comme si elle craignait que quelqu'un ne la surprenne dans son soliloque intime. Elle se posait sur la cuvette, et parlait.

Elle baratinait sur sa journée, ses pensées pures et impures, et s'analysait en continu.

Non, elle n'était pas folle, et bien trop jeune pour être sénile.

Qui d'autre qu'elle-même pouvait si bien la connaître ? Si bien la comprendre ?

Régulièrement – disons, une à deux fois par semaine –, elle sombrait dans cet autisme nocturne, et s'abîmait dans la fumette, l'alcool et les écrans de Google, Apple, Facebook et autres Amazon. Elle avait beaucoup moins d'amies – toutes ces connes s'étaient mariées et avaient pondu des chiards ; elle, c'est sûr, on ne l'y prendrait jamais. Beaucoup moins d'amants aussi – elle était devenue plus sélective, et, en réalité, bien plus flemmarde.

Les mecs n'offraient guère d'intérêt pour elle, sauf quand elle se trouvait en manque.

Il lui suffisait alors de passer une heure sur Tinder, et le tour était joué. Pas plus compliqué qu'une commande de pizza.

C'est beau, le monde moderne.

Louise se leva brusquement. Les murs se mirent à tourner et elle faillit s'affaler de tout son long. Elle avait un tantinet abusé de tout, et n'avait dormi que cinq heures.

Heureusement, ce matin-là, pas d'école des commissaires de police : retour au boulot, pour avancer sur le mystérieux macchabée des « arêtes de poisson », découvert au pied d'un roc qui obstruait le passage...

Et si c'était *son* affaire ? Une enquête à la Connelly ? Au fond, à quarante-deux piges, sa carrière commençait à basculer sur la mauvaise pente, celle qui glissait vers la retraite. Il était temps, non ? Une belle enquête des familles, avec des ramifications insondables, liées au monde du dessous. « Le tueur des catacombes »... En plus, la victime était américaine. Ça pimentait, forcément.

Une heure plus tard, Vernay se trouvait, groggy, dans une bagnole banalisée, à côté de son adjoint, le capitaine Ahmed Tahiri. Tahiri était d'origine marocaine, ne buvait pas d'alcool et fumait peu. Tu parles d'un attelage... Mais Louise tenait beaucoup à lui. Il représentait une sorte de rempart, de jour, contre les tentations... Et puis, il était drôle, Tahiri. Alors qu'on s'attendait plutôt à l'entendre baragouiner l'arabe du bled, il jactait l'argot comme personne. Même le grand-père de Louise, qui avait longtemps vécu sur la butte Montmartre, ne maîtrisait pas autant de vocabulaire fleuri.

Ahmed Tahiri avait grandi dans une cité du 14e arrondissement de la capitale. Moins difficile qu'en banlieue, sa vie n'avait pas été rose pour autant, loin de là. Comme d'autres, il avait eu le choix : gendarme ou voleur. Son attachement à Paname, son empathie pour les anciens, le respect de ses parents et son goût pour les études avaient fait pencher la balance du bon côté.

Après ces longues années à traîner dans les quartiers auprès des anciens, Tahiri était devenu l'un des derniers titis parisiens ; le digne héritier de Michel Audiard et des *Tontons flingueurs*. À trente-cinq ans, avec son mètre soixante-cinq et son physique sécot, il n'avait vraiment pas la gueule de l'emploi. Et pourtant...

Il avait tant appris à Louise, qui s'était imprégnée du vocabulaire et des expressions impayables de son second. Cela lui rappelait son grand-père, ses trois années dans le chaudron de la Crim' parisienne, et tous ces films français des années 1960 dont elle avait raffolé, avec Jean Gabin ou Lino Ventura, avant de devenir addict des plateformes.

Une véritable aliénation, ces séries américaines.

Quand ils voulaient communiquer sans être compris de quiconque, Louise et Ahmed parlaient en argot. Un procédé redoutable qui laissait tout le monde sur le carreau, les collègues comme les délinquants. Un code presque incassable...

Ce matin-là, ils n'étaient pas en planque. Ils tentaient juste de remonter le fil des dernières heures de leur « client », Tony Jermal, avant qu'il finisse étripé au fond d'une galerie souterraine.

Ils étaient garés place Joannès-Ambre, face à la rampe d'accès de l'hôpital de la Croix-Rousse, un des CHU de Lyon dont les bâtiments imposants s'étalaient sur le plateau qui domine la colline. Tahiri compulsa son carnet de notes. La veille, avec les autres membres du groupe, il avait bossé d'arrache-pied pour reconstituer l'emploi du temps de la victime.

– Jermal a quitté l'hosto à 14 h 40. On a des images des caméras de surveillance qui le montrent en train de sortir par le petit portillon, là, juste en face.

– On sait ce qu'il était venu faire ?

– Ça n'a pas été simple. Il ne s'est pas enregistré aux admissions. Aucun rendez-vous à son nom en consultation, ni en radio. Mais on l'a vu sur une des caméras de l'hôpital sortir du bâtiment qui abrite le service des maladies infectieuses et tropicales.

Vernay haussa un sourcil.

– Il s'était chopé un coronavirus ou quoi ?

Ahmed Tahiri sourit en coin, l'œil brillant.

— Pas loin. Il avait rendez-vous avec l'adjointe du chef de service, une grande infectiologue. Et figure-toi qu'elle a bossé pendant des mois sur le Covid-19. Elle a coordonné, ici, à la Croix-Rousse, un essai thérapeutique sur plusieurs médicaments anti-Covid. L'essai s'appelait Discovery. La presse en a beaucoup parlé à l'époque.

— Discovery ? C'était pas le nom d'une navette spatiale américaine, ça ?

Tahiri leva les yeux au ciel. Sa cheffe était mal réveillée et tissait des liens sans queue ni tête.

— Je vois pas le rapport, Louise. Donc, il vient rencontrer la prof, mais, pas de bol, elle a une urgence, elle ne peut pas le recevoir. C'était un rendez-vous privé, il dit à la secrétaire qu'il repassera, et il se trisse.

— Et... du coup, on ignore ce qu'il était venu lui demander ?

— On a contacté la prof, elle nous a juste dit qu'il voulait lui poser des questions techniques sur l'essai thérapeutique qu'elle avait mené sur le Covid. Sans précision.

— OK, donc, Jermal était médecin ?

— Pas tout à fait. C'était un chercheur. Il était officiellement venu à Lyon pour assister à un colloque scientifique, mais au lieu de ça, il a multiplié les rencards privés. D'ailleurs, après l'hosto, il avait d'abord rendez-vous au lycée Ampère, et ensuite à l'ancien Hôtel-Dieu, sur les quais du Rhône. Il se déplaçait toujours à pied. Et c'est là que ça devient intéressant, regarde...

Tahiri déplia un vieux plan de Lyon. Il était traversé par deux serpentins bleus qui formaient un entonnoir avant de finir par s'épouser. Prise en tenaille entre le Rhône et la Saône, la presqu'île mourait à la jonction des fleuves dans un pincement famélique.

Louise Vernay eut soudain le vertige. Elle se sentait happée par la carte, comme dans un précipice. Celui de ses souvenirs, de sa vie qui défilait à la vitesse de la lumière.

Chaque parcelle lui parlait.

Son regard fureta de la place Bellecour, en plein cœur de la presqu'île, vers les pentes de Fourvière et son mythique théâtre gallo-romain, avant de remonter vers celles de la Croix-Rousse coiffées de son « gros caill' », l'énorme roc qui domine la ville et permet aux flâneurs d'admirer, par temps clair, les Alpes jusqu'au mont Blanc. Puis ses pupilles glissèrent vers le Vieux Lyon, au pied des pentes de Fourvière, avec ses lacis préservés depuis la Renaissance et parfois même le Moyen Âge, et qui lui confèrent un cachet unique. L'ensemble – presqu'île, collines et quartier historique du Vieux Lyon – avait été classé au patrimoine mondial de l'Unesco. C'était dire.

Vernay restait très sensible au charme suranné de ces vieilles pierres, de ces ruelles improbables et des couleurs chatoyantes qui égayaient les façades.

C'était *sa* ville. Lugdunum, l'ancienne capitale des Gaules, idéalement située au carrefour de nombreuses routes vers les Alpes, la mer, et toute l'Europe.

Bien sûr, elle s'appesantit quelques secondes sur le quartier du parc de la Tête d'Or, plus à l'est, et notamment la rue Montgolfier où elle vivait. Elle chassa rapidement l'image de son appartement bordélique. Puis elle riva ses iris sur la rue Bellecordière, qui débouchait sur la place Bellecour, où ses parents avaient vécu toute leur vie – et où elle avait coulé une enfance calme. Bien trop calme, même.

Ses parents...

Louise versa une larme qui vint s'éclater sur le papier glacé. Son état la poussait à exprimer n'importe quel sentiment de manière exacerbée.

– Ça va pas, Louise ?

– Si, si... j'ai un mal de but* à chialer, c'est tout. Ça va aller. Continue.

– Donc, si tu regardes bien, le lycée Ampère et l'Hôtel-Dieu, plus au sud, sont exactement dans le même axe. Une ligne droite, un parcours simple. Quinze à vingt minutes à pied d'un point à un autre. Et sur ce parcours, qu'est-ce qu'on trouve ?

* Mal de crâne.

Vernay sécha ses paupières et s'approcha du plan pour suivre virtuellement le parcours de Tony Jermal. Elle percuta aussitôt.

– Les arêtes de poisson...

– Exactement. C'est là que sa vie a basculé. Il descendait la Croix-Rousse d'un pas décidé, on le repère sur plusieurs images de caméras de surveillance de la ville. Et puis, plus rien à partir de la rue des Fantasques.

Louise renifla et réfléchit quelques secondes.

– Donc, il n'avait rien à foutre dans les souterrains ? C'était pas au programme ?

– *A priori* non, il devait se rendre au lycée Ampère pour 15 h 30. Mais ici, dans une des rues qui permettent d'accéder aux arêtes, il aura fait une mauvaise rencontre et se sera fait buter.

L'enquêtrice arbora une moue dubitative.

– Mouais. Et le mec, au lieu de le braquer, oblige Jermal à descendre dans les arêtes – faut connaître – et l'étripe tranquillement, sans raison ? Et sans lui tirer son portefeuille ?

Tahiri haussa les épaules.

– C'est vrai, mais il s'est fait tirer son portable et un petit cartable. On le voit sortir avec de l'hôpital.

Le capitaine de police fouilla sur son téléphone et exhiba une capture d'écran. Jermal agrippait un petit attaché-case de la main droite.

– C'est quoi, ce cartable à deux balles ? C'est pour ça qu'il allait au lycée Ampère ? Il voulait passer le bac français ?

– On ignore complètement ce qu'il allait faire là-bas. *A priori* un de ces rendez-vous privés...

– Et on a une idée du contenu de sa mallette ?

– Aucune. On est dessus.

Vernay fronça les sourcils tout en décortiquant l'image de l'Américain. Elle tentait de voir à travers l'attaché-case.

– OK, donc on a peut-être un mobile. Il faut absolument savoir ce que transportait Jermal. Si c'est la clé, alors on remontera jusqu'au tueur.

Tahiri acquiesça puis replia le plan.

– Allez, on décambute, on va pas rester en rade pendant deux plombes.

L'officier démarra lentement. Il voulait refaire le parcours de la victime, mais la rue Belfort se trouvait en contresens. Il emprunta la rue Artaud, puis vira à droite sur la rue de La-Tour-du-Pin. Il se dirigeait vers la fameuse montée Saint-Sébastien que Tony Jermal avait dévalée à pied.

– Et il faisait quoi, exactement, comme recherches ? C'était quoi, sa spécialité ?

– Je sais pas trop... Il travaillait en Californie, dans plusieurs labos, apparemment. Des trucs compliqués. C'est du chinois pour moi.

– Ouais, vu ton niveau, ça m'étonne pas, lança perfidement Vernay avec un regard provoc.

Son adjoint sourit, il préférait la voir comme ça. Elle reprenait du poil de la bête. Tous les matins, c'était la même rengaine. Louise pataugeait un moment et recouvrait sa morgue. Tahiri enquilla façon argothérapeute.

– Tu sais, mon dabe affûtait pas des masses d'attiche, et chez mézigue, on n'avait pas maousse d'éducaille. Aucun déboucleur ni puits de science. Des bons à nib. Pas comme chez tézigue, *M'âme le Quart d'œil**...

Louise darda un regard assassin sur son second.

– Comanche, j'te prie. Quart d'œil, ça me file un pain au palpitant. J'suis pas mûre**.

Au bout de deux minutes, Tahiri bifurqua boulevard de la Croix-Rousse et longea l'esplanade du gros caillou qui faisait l'attraction du quartier. Quelques instants avant sa mort, Jermal avait dû admirer, comme tant de touristes, la vue imprenable jusqu'aux cimes alpines. L'officier

* « Tu sais, mon père ne gagnait pas beaucoup d'argent, et chez moi, on n'avait pas tellement d'éducation. Aucun médecin ni scientifique. Des bons à rien. Pas comme chez toi, *Madame le commissaire...* »

** « Commandant, s'il te plaît. Commissaire, ça me fait un coup au cœur. Je ne suis pas prête. »

s'engagea ensuite sur la célèbre montée Saint-Sébastien dont le dénivelé donnait le vertige... La voie était étroite et, dans un premier temps, en sens unique. Vernay matait le trottoir, sur sa droite, en imaginant l'Américain s'activer d'un bon pas, en route vers un mystérieux rendez-vous, un de plus. Elle l'imaginait serrant sa mallette contre lui, conservant quelque secret contre sa poitrine. Tahiri, lui, jetait un œil sur sa gauche, et avisait les façades d'immeubles qui se dressaient avec leurs couleurs pastel et leurs amples fenêtres. Les rez-de-chaussée affichaient une hauteur monumentale ; stigmates des ateliers de canuts* et de leurs immenses machines à tisser.

– À partir d'ici, il a pu être abordé n'importe où. On perd sa trace. On est juste à côté des rues Grognard et Magneval, et de plusieurs accès aux arêtes de poisson.

– OK, gare-toi. Je continue pedibus.

Vernay grimpa sur le trottoir et se lova dans les pas de la victime. Avait-il été suivi ? Était-il observé depuis l'une des fenêtres voisines ? Un véhicule s'était-il arrêté à sa hauteur pour le faire monter, de force, ou grâce à quelque subterfuge ? Elle s'immergeait dans l'esprit de Tony Jermal. Elle l'imagina courir sur la pente raide. Peut-être s'était-il pris une méchante gamelle avant d'être ramassé par son bourreau. Pas de caméra de surveillance dans cette rue étroite, encaissée entre des volées d'immeubles et une haute palissade qui masquait le flanc de l'imposante église Saint-Bernard – l'une des plus anciennes de Lyon. Dieu avait-il assisté à la scène ?

– N'importe quoi, ma pauvre fille, railla l'enquêtrice à voix haute.

Au bout de trois minutes, Vernay finit par atteindre le croisement de la montée Saint-Sébastien avec la rue des Fantasques. Elle se figea. Du trottoir d'en face, derrière la frondaison de quelques platanes, surnageaient les toits de Lyon, dominés par « le crayon » et « la gomme », deux

* Nom porté par les tisserands lyonnais, qui travaillaient la soie.

tours monumentales qui s'érigeaient dans le quartier de la Part-Dieu. Elle traversa et s'engagea dans la rue des Fantasques. Un peu plus loin, les véhicules de l'identité judiciaire monopolisaient les places livraison. Les techniciens de l'IJ poursuivaient leurs relevés, trente mètres sous ses pieds.

Tahiri la rattrapa. C'était un Parigot pur jus, Lyon ne l'émoustillait pas plus que ça. Mais là, il devait bien reconnaître que la vue décoiffait. La rue se présentait comme un balcon plongeant sur la ville, avec, en premier plan, le quartier de la rue Royale et le pont de Lattre-de-Tassigny. Sur sa gauche, une belle muraille de vieilles pierres protégeait un grand jardin. Elle était malheureusement barbouillée de tags ridicules. L'officier n'avait rien laissé au hasard et s'était renseigné sur son histoire.

– C'est une rue très ancienne qui fourmille d'anecdotes étonnantes, lâcha-t-il.

Louise Vernay fit un mouvement de menton, pour l'inviter à poursuivre.

– Tiens, ici par exemple, tu vois la porte métallique au fond, à côté de l'escalier ?

Difficile de la manquer : des ASPTS, agents spécialisés de la police technique et scientifique, ne cessaient d'entrer et sortir. Tout autour, un bandeau jaune « ZONE INTERDITE » interdisait l'accès. Les enquêteurs se trouvaient à l'angle de la muraille et d'un passage discret, la rue Adamoli.

– Ouais, c'est un des accès aux arêtes, je sais.

– Oui, mais avant de coller une porte, l'entrée a été découverte par un cantonnier, complètement par hasard. Le truc était planqué depuis des siècles. Et dessous, c'est un vrai labyrinthe dont une des galeries débouche sur les arêtes.

Le duo de flics continuait de remonter la rue. Ils longeaient maintenant la façade d'un immeuble majestueux dans le pur style Renaissance. Juste avant le croisement de la rue Grognard avec l'accès souterrain aux arêtes par lequel s'était introduite Vernay, Tahiri fit halte devant une porte de parking impersonnelle.

– Et là, en construisant le garage souterrain, les ouvriers ont découvert deux murs romains et le squelette d'un légionnaire en tenue.

– Ah ouais ? Genre soldat de Petitbonum ou Babaorum, comme autour du village d'Astérix ?

– Le même. Et, d'ailleurs, j'ai appris qu'on a aussi retrouvé plusieurs objets gallo-romains magnifiques dans les arêtes, comme une couronne de laurier en bronze, ou encore une scie et une truelle, aussi en bronze, et tout aussi antiques.

Louise s'étonna, une fois de plus, qu'un ouvrage aussi parfait remonte à plus de deux mille ans. Pendant ce temps, son adjoint se révélait intarissable, et n'avait rien à envier à un guide touristique.

– Et ici, pile en face, on a un escalier qui descend dans la ruelle des Fantasques. Réputation sulfureuse et macabre...

Vernay se retourna puis dévala les marches jusqu'au passage entièrement damé de vieux pavés.

– C'est une des plus vieilles ruelles de Lyon, qui n'a pratiquement jamais été remaniée.

Les enquêteurs se trouvaient encadrés par deux murs semblables à des remparts, et ils marchaient dans un espace aussi étriqué qu'un trottoir. De quoi se faire serrer sans aucune chance d'en réchapper...

– Je comprends pourquoi on parle de coupe-gorge, commenta Louise.

Au bout de la ruelle, une bouche d'égout était recouverte d'un cavalier jaune de la police scientifique, et comportait des scellés de cire rouge. Elle avait fait l'objet d'une fouille méticuleuse.

– C'est encore un accès aux arêtes ?

– Bingo. Et d'ici, impossible d'être vu, ou presque, par quiconque. Les gars de la PTS pensent que c'est très probablement par cette bouche que l'assassin a entraîné

Jermal au fond. Ils ont fait de nombreux relevés de traces fraîches.

Vernay eut un flash. Une silhouette qui tenait Jermal par la gorge et le jetait dans la béance sans ménagement. Tahiri renchérit.

— Au XIXe siècle, il paraît que la ruelle était fréquentée par les pires malfrats de la ville, et que des horreurs sans nom y ont été commises. La ruelle est désertée depuis, personne n'y touche. Aucun Lyonnais ne s'y aventure. Sa réputation n'est plus à faire. Aucune personne sensée ne viendrait ici d'elle-même, sauf à être un grand « fantasque ».

Louise haussa les sourcils.

— Le nom vient de là ?

— Apparemment. Il faut être fantasque, un peu fou, très solitaire et en mal de frissons pour se pointer ici. À ses risques et périls.

— Mmm. Et Jermal l'a expérimenté malgré lui.

Tahiri acquiesça. Au même moment, son mobile vibra dans la poche. C'était le lieutenant Antony Rager, troisième de groupe, qui appelait depuis les bureaux de la DIPJ, rue Marius-Berliet. Le capitaine de police enclencha le haut-parleur.

— J'esgourde* ?

— On a remonté l'emploi du temps sur trois jours. Et il y a un truc zarbi.

— Vas-y, pisse ta côtelette.

— Jermal a passé une journée entière dans le quartier de Gerland, où crèchent plusieurs labos pharmaceutiques privés et de gros labos de biologie publics. En particulier le CIRI, centre international de recherche en infectiologie, qui a beaucoup bossé sur le Covid. Et surtout, il a été reçu dans le saint des saints.

— Quel saint des saints ? J'entrave que dalle.

— Le laboratoire P4. Le seul labo civil haute sécurité de France.

---

* « J'écoute ? »

Tahiri percuta aussitôt.

– Le labo où ils manipulent des merdes comme Ebola, la variole ou la peste ?

– Affirmatif.

– OK, on décarre direct là-bas. Merci, Antony, beau boulot.

Chapitre sept

Mercredi 11 mai 2022, 13 h 50, heure de Paris

Louise Vernay et Ahmed Tahiri ralentirent sur l'avenue Tony-Garnier. Ils avaient longé le Rhône et venaient d'arriver dans le quartier de Gerland, au sud-est de la ville. À leur droite, la Saône se jetait dans le Rhône, si bien que les deux fleuves ne faisaient plus qu'un. Juste en amont, sur les confins de la presqu'île qui mourait en formant une pointe acérée, les facettes du musée des Confluences scintillaient sous les rayons du soleil. Le bâtiment, qui abritait de superbes collections d'histoire naturelle et d'anthropologie, ressemblait à un vaisseau spatial qui venait de se poser en douceur grâce à ses imposants piliers de soutènement. Son architecture déstructurée lui donnait un air futuriste saisissant.

Dans l'habitacle de la 308, France Info crachotait des propos qui entraient en résonance.

« C'est une première dans l'histoire de la conquête spatiale... La première victime de l'espace... L'astronaute américain Bob Jenkins a été retrouvé mort tôt ce matin dans la Station spatiale internationale... La NASA et la communauté scientifique sont sous le choc, d'autant que le corps de l'Américain se trouvait éventré, au beau milieu du module de recherche européen Columbus. Après la sidération et l'incompréhension, l'hypothèse d'un meurtre à bord de l'ISS semble être favorisée. À Washington, le récit de notre correspondant... »

Louise croisa le regard hébété de son second. Passé la stupéfaction, ils furent traversés par la même pensée : une sacrée enquête attendait les veinards qui seraient cooptés pour résoudre l'affaire.

– Rêve pas, c'est pas pour des baltringues comme nous, siffla Louise.

La 308 s'immobilisa devant une bâtisse impressionnante.

– C'est ici, t'es sûr ?

Vernay observait le bâtiment moderne surmonté de deux immenses protubérances vitrées, dont la base avant reposait sur de solides pilotis en béton. Décidément, les Lyonnais avaient un certain goût pour l'architecture avant-gardiste...

Avant de sauter sur le macadam, Louise surfa sur son smartphone. Sa curiosité était piquée à vif. Elle cherchait des images improbables de la Station spatiale et du meurtre inédit. Hormis quelques vidéos d'archives du vaisseau en vol et des derniers astronautes qui s'étaient rendus à bord – dont la victime –, aucune image du drame ne circulait. La NASA, l'ESA et les autres agences avaient bloqué les retransmissions en *live* depuis les caméras de l'ISS, ainsi que le son de certains échanges diffusés en direct par la NASA. Comme à leur habitude, les chaînes d'info continue ne faisaient que gloser sans rien savoir, ou presque, et gavaient leurs écrans d'images prétextes.

L'enquêtrice guettait une information concernant le déroulement de l'enquête. Quelle équipe allait travailler sur l'affaire ? Quels pays seraient impliqués ? Elle n'en avait pas la moindre idée. Voilà bien quelque chose d'utile qu'elle aurait pu apprendre à l'École nationale supérieure de la police, s'ils n'étaient pas aussi poussiéreux...

Dans le hall du laboratoire haute sécurité, deux colosses vêtus de noir bloquèrent le passage.

– Vos pièces d'identité et vos autorisations, s'il vous plaît.

Vernay sourit. C'était bien la première fois qu'on lui demandait, à elle, ses papiers. Tahiri, lui, en avait gardé l'habitude. Pendant toute son adolescence dans sa cité, les flics passaient leur temps à le contrôler. Lui et ses potes. Et il n'était pas rare, aujourd'hui encore, que des collègues en tenue l'interpellent sans aucune raison apparente, avant de se confondre en excuses quand il exhibait sa brème tricolore.

Louise brandit sa toute nouvelle carte qui en jetait : « Ministère de l'Intérieur – commissaire stagiaire – POLICE », avec sa photo en noir et blanc – elle faisait la gueule – et le petit bandeau bleu blanc rouge qui chevauchait la puce électronique.

Les deux vigiles haussèrent les sourcils.

— Ah, désolé... mais vous avez rendez-vous ?

— Pas besoin. On enquête sur un meurtre. Prévenez votre boss, c'est urgent.

Trois minutes plus tard, le duo grimpait trois étages et atterrissait dans le bureau du directeur du mystérieux « P4 » de renommée internationale.

Il était au courant du drame. Les nouvelles vont vite, à Lyon, surtout quand on gère un site stratégique.

Laurent Bailleul affleurait la cinquantaine. Il déplia son corps émacié et révéla son costume gris impeccable. Louise s'étonna de cet accoutrement qui détonnait avec l'ambiance habituelle des labos de recherche, des blouses blanches et des chercheurs fauchés qui traînent des jeans élimés.

Il tendit le bras, mais, au lieu de serrer la main des deux flics, il leur présenta une boîte de masques chirurgicaux ainsi qu'un flacon de gel hydroalcoolique.

— Ici, on garde les gestes barrière, souffla-t-il.

— Ça suffit pour baiser la variole, la peste ou le choléra ? railla Louise, un brin provoc, tout en se badigeonnant les mains.

Bailleul sourit derrière son masque.

— Vous avez dix trains de retard, rétorqua-t-il d'une voix hautaine. La variole est éradiquée depuis 1980, et seuls deux lots de souches sont aujourd'hui conservés, à des fins de recherche : une au CDC d'Atlanta, aux États-Unis, et une au centre Vector, de Koltsovo, en Sibérie.

Tahiri déglutit. Savoir qu'une merde pareille barbotait entre les mains des Russes lui fit froid dans le dos. Un shot de vodka trop costaud ou un bakchich consistant suffiraient sans doute à faire sortir cette pourriture du labo des Ruskovs.

– Quant aux bacilles de la peste et du choléra, on a des traitements très efficaces. De simples antibiotiques viennent à bout de la peste ; et c'est encore plus facile pour le choléra : des sels de réhydratation suffisent à vous remettre sur pied. À condition de s'y prendre à temps, évidemment.

Laurent Bailleul fronça les sourcils et se pencha en avant, avec un air inquiétant.

– Ici, c'est une tout autre guerre que nous menons. Une guerre contre des micro-organismes pathogènes mortels de classe 4, pour lesquels il n'existe aucun vaccin, aucun traitement, *commissaire*.

Il avait insisté sur le grade. Vernay ressentit un nouveau haut-le-cœur. Plus elle matait son costard et plus elle s'imaginait contrainte de porter le même genre de fripes, tailleurs et talons aiguilles, pour honorer son rang. Elle en avait la nausée. Ce mec l'attirait et la débectait en même temps. Sa force tranquille et sa maîtrise du sujet balançaient avec son arrogance et son look. Elle hésitait : lui arracher son masque pour lui rouler une pelle, ou lui en coller une ? Tahiri relança :

– Des pathogènes de classe 4, c'est pour ça qu'on appelle votre labo le P4 ?

– Exactement. Le niveau le plus élevé dans la classification des agents pathogènes et le niveau de sécurité le plus élevé dans les laboratoires qui les manipulent. Nous sommes le seul labo civil de cette classe dans toute la France. Seule l'armée en possède deux autres, dans l'Essonne.

— Et vous bossez sur quoi, en ce moment ?

Vernay avait parlé d'un ton badin. Comme si les chercheurs de ce sanctuaire ultrasécurisé travaillaient sur des bricoles, en pure routine.

— Nos programmes sont confidentiels, car ils sont stratégiques pour les équipes de recherche qui les animent. Nous travaillons avec des chercheurs du monde entier, et notamment de toute l'Europe. Certaines équipes sont en compétition frontale et ne savent même pas que leur meilleur ennemi utilise aussi les infrastructures du P4 pour leurs recherches concurrentes... Avec mon adjointe, je suis le seul à le savoir, d'ailleurs.

— Et donc, on ne peut pas savoir sur quoi vous bossez ? Nous enquêtons sur le meurtre d'un biologiste qui a passé des heures entre vos murs, avant-hier. Tony Jermal, vous voyez de qui je veux parler ?

Louise avait abandonné son air de rien pour parler d'un ton glacial qui ne souffrait aucune contradiction. Bailleul durcit la mâchoire et parut embarrassé.

— Suivez-moi.

Les deux flics s'extirpèrent du bureau aseptisé et flambant neuf – le P4 n'avait que vingt ans, et surtout, il venait d'être rénové et sa surface doublée. Clairement, la lutte contre les tueurs invisibles était devenue une priorité absolue, renforcée par l'épidémie de Covid.

Ils franchirent plusieurs sas et portes blindées, toutes munies de digicodes et couvertes d'inquiétants triangles jaune et noir, signalant un danger biologique. Certaines mentionnaient « zone à régime restrictif – local sensible » ; d'autres, plus radicales, indiquaient « zone interdite ». Plus ils progressaient dans le bunker de verre, plus la tension était palpable.

— Notre laboratoire culmine à dix-sept mètres de hauteur, pour éviter toute inondation, même en cas de rupture de barrage. Et il repose sur une dalle antisismique, juchée sur des pilotis pour en rendre l'accès impossible de l'extérieur. Juste à côté, nous avons la salle de spectacle

Tony-Garnier, et le stade de foot Gerland où évoluait l'Olympique lyonnais il n'y a pas si longtemps encore. On ne peut pas se permettre qu'un supporter bourré balance je ne sais quoi sur les vitres. De toute manière, elles sont incassables, ajouta Bailleul sur un ton satisfait.

Vernay et Tahiri échangèrent un regard amusé. Le patron du P4 n'aimait guère la plèbe, et cela se sentait à plein nez.

Ils atteignirent enfin le saint des saints. Une sorte de triangle massif, en plein cœur de la plate-forme vitrée.

– Voilà, bienvenue au P4. Derrière cette porte, nous manipulons les virus et les bactéries les plus dangereux du monde. Je vous rappelle que c'est ici, derrière ces murs très épais, que nous avons découvert la souche du virus Ebola, qui a fait vingt mille morts en Afrique de l'Ouest, il y a quelques années.

– C'est vous qui avez découvert Ebola ?

Le boss acquiesça avec fierté. Ahmed Tahiri siffla d'admiration.

– On travaille aussi sur d'autres agents mortels qui provoquent des fièvres hémorragiques tout aussi létales, comme Lassa, Machupo, Marburg, Nipah...

Vernay n'avait jamais entendu parler de ces machins. Elle en était restée à Ebola, comme son adjoint, et aux diverses grippes type Covid ou, précédemment, H5N1, grippe A... L'idée qu'une foule d'autres assassins microscopiques traînaient un peu partout l'effraya ; un frisson lui parcourut l'échine.

Tahiri s'approcha d'une des rares vitres qui permettaient d'entrevoir l'intérieur du laboratoire. L'ensemble donnait l'impression d'un vaisseau spatial percé de quelques hublots, d'autant qu'à l'intérieur les manipulateurs évoluaient dans d'impressionnantes combinaisons.

Vernay observa à son tour le ballet des biologistes. Ils étaient engoncés dans d'épais scaphandres immaculés. Leur visage, à peine visible, était recouvert d'une cloche transparente en partie constellée de buée. La combinaison se trouvait reliée à un flexible jaune qui délivrait de l'air. Les trois biologistes bougeaient lentement ; chaque geste nécessitait une attention de tous les instants, comme s'ils opéraient une sortie extravéhiculaire dans le vide sidéral.

Tout rappelait les premiers pas de l'homme sur la Lune. Louise croyait vivre un remake de 1969, et elle cherchait les traits d'Armstrong, d'Aldrin et de Collins à travers ceux des chercheurs. Ce mélange des genres entre le monde de la biologie et l'univers spatial lui ouvrit soudain les chakras. À cet instant précis, deux images se superposèrent dans son esprit. Celle de l'astronaute éventré dans la Station spatiale internationale, et celle de Tony Jermal, saigné dans les mêmes conditions. Et, si ça se trouvait, au même moment...

La coïncidence, plus que troublante, lui coupa le souffle.

– Louise, ça va ?

Ahmed Tahiri connaissait sa cheffe par cœur. Rien ne lui échappait.

– Je te dirai plus tard, murmura-t-elle d'une voix blanche.

Bailleul, qui n'avait rien remarqué, enchaîna :

– Seuls des manipulateurs longuement formés ont le privilège de pénétrer dans l'enceinte du P4. Il faut au moins trente minutes de préparation pour revêtir la combinaison, passer sous une douche désinfectante, franchir les différents sas. À l'intérieur, l'air est recyclé en permanence, et les opérateurs respirent un air différent pour ne prendre aucun risque avec les micro-organismes en suspension. La combinaison est sous pression positive, de sorte que si elle était accidentellement percée, l'air en sortirait mais rien ne pourrait rentrer à l'intérieur.

Vernay écoutait d'une oreille distraite. Elle échafaudait d'improbables hypothèses, tout en fixant les scaphandriers qui s'activaient nonchalamment, comme en impesanteur.

– Et Tony Jermal ? Qu'est-ce qu'il était venu faire ?

Tahiri, lui, commençait à s'impatienter. Ce type l'enfumait avec ses grandes phrases, et tournait autour du pot.

— Eh bien… si je vous raconte tout ça, c'est pour que vous compreniez bien une chose : personne d'extérieur au laboratoire, ou du moins qui n'a pas été formé pendant des semaines, ne peut mettre les pieds dans l'enceinte du P4. En plus, compte tenu des conditions de travail très difficiles et étouffantes, les opérateurs ne peuvent rester plus de quatre heures d'affilée. Donc Tony Jermal n'a rien pu faire ici. Il a passé quelques heures dans nos locaux, c'est vrai, mais il n'a rien pu manipuler. Et s'il l'avait fait, il ne serait resté que quatre heures, autant dire rien. On ne fait rien d'efficace en quatre heures.

Bailleul avait asséné cette maxime sans l'ombre d'une hésitation. Ou bien c'était vrai, ou bien il mentait comme un arracheur de dents, et méritait un césar…

— Alors quoi ? Qu'est-ce qu'il est venu foutre ?

Vernay s'agaçait et sentait son pouls accélérer. Elle perdait son temps avec ce « bècebège » dégingandé.

— Il a fait comme vous : il s'est renseigné. Il nous a demandé comment se former à « maniper » en P4. S'il pouvait revenir suivre la formation sécurité.

Louise échangea un regard avec son adjoint.

— Donc, il voulait manipuler des merdes pathogènes ?

— Ça, je n'en sais rien, commissaire. Il ne nous a pas exposé ses projets. Juste qu'il était américain et qu'il voulait pouvoir travailler en environnement P4. Il nous a contactés en janvier, et nous lui avons donné notre accord pour le recevoir en mars. Mais ce qui est vrai, c'est qu'il avait l'air assez stressé et assez pressé. Il voulait être formé au plus vite. Et il nous a aussi demandé comment obtenir l'autorisation de *maniper* ici, dans le laboratoire. Les délais, les coûts, etc. Il nous a dit que l'argent n'était pas un problème.

Nouveau coup d'œil entre les deux flics. La piste se précisait.

— Vous a-t-il dit sur quoi il travaillait exactement ?

— Non, je vous le répète : tout est ultraconfidentiel et les chercheurs restent très discrets. Ils n'abattent leurs cartes que lorsqu'ils sollicitent officiellement d'utiliser le P4.

— Et s'il n'a pas mis les pieds dans le labo, il a fait quoi toute la journée ?

— Après une réunion d'information sur notre infrastructure et après que nous avions répondu à toutes ses questions, il a demandé à utiliser une petite salle de réunion. Il s'y est isolé au moins deux heures... J'imagine qu'il a dû travailler sur son PC.

— Jermal avait-il une petite mallette avec lui, genre attaché-case, dans laquelle il transportait son ordinateur ?

Bailleul réfléchit quelques instants, le regard dans le vague.

— Je ne m'en souviens pas, désolé.

Vernay darda des regards tout autour d'elle. Pas de caméra... étrange.

— Les locaux ne sont pas sous vidéosurveillance ?

— Bien sûr que si, d'ailleurs, souriez, vous êtes filmés sous trois angles en ce moment même. Mais les caméras sont toutes discrètes. Nous n'avons jamais révélé le nombre exact de caméras installées dans l'ensemble des locaux.

— Vous fliquez vos chercheurs ? Vous avez peur qu'ils se barrent avec un stock d'Ebola pour le vendre sur le marché noir ?

Bailleul sourit.

— Impossible, commissaire. Nous ne sommes que cinq à avoir accès aux stocks d'agents pathogènes. C'est aussi sécurisé que la Banque de France, ici. Et puis tout ce qui entre dans le laboratoire est ensuite scrupuleusement détruit. Rien ne ressort. Les chercheurs *manipent*, obtiennent des résultats, et tout passe à l'autoclave. Stérilisation instantanée, destruction totale de tout ce qui vit.

Louise semblait dubitative. Avec le temps et l'expérience, elle avait appris que rien n'était impossible. Quand on veut, on peut. Surtout du côté noir de la force. D'ailleurs, même la Banque de France avait été dévalisée. Ado, elle s'était passionnée pour « le casse du siècle », dans les coffres de la Banque de France de Toulon, qui avait rapporté trente millions d'euros aux braqueurs téméraires... avant d'être « tapés » comme des amateurs.

– Quoi qu'il en soit, il nous faut toutes les vidéos de lundi. Toutes celles où on voit Tony Jermal. Vous avez une caméra dans la salle de réunion qu'il a utilisée ?

– Même deux.

– OK, où se trouve votre PC sécurité ? On embarque vos disques durs, le temps de les exploiter.

– Il m'est impossible de vous y mener. Et d'ailleurs, le PC n'est même pas dans ces locaux. Mais si vous avez un mandat en bonne et due forme, je vous ferai parvenir les images de surveillance dans les meilleurs délais.

Vernay sentit la moutarde lui lutiner les narines.

– Un mandat de quoi ? De perquisition ? Vous regardez trop les séries américaines, monsieur Bailleul. Ici, en France, on a des mandats essentiellement pour coller les emmerdeurs au trou, genre mandat d'arrêt ou mandat de dépôt. Vous préférez lequel ?

Le fonctionnaire endimanché tordit le nez sous son masque, et resta coi.

– Ça va, relança Tahiri. On vous rapporte une commission rogatoire. C'est comme ça qu'on dit, en France. On peut pas tout savoir sur tout, n'est-ce pas, monsieur Bailleul ?

Le boss du P4 gigotait, mal à l'aise. Il n'avait pas l'habitude qu'on l'affiche de la sorte. En général, c'est lui qui donnait les leçons.

– Dès que vous aurez votre... commission, je vous ferai parvenir des disques durs avec toutes les images dont vous avez besoin. Comptez sur moi.

Vernay ôta son masque, comme dans un ultime geste de provocation – et pour bien montrer qui était *vraiment* le patron, ici. Puis elle arbora son plus beau sourire.

– Merci pour votre coopération spontanée et enthousiaste, monsieur Bailleul.

Chapitre huit

Mercredi 11 mai 2022,
17 h 05, heure de Paris et de Cologne

L'imposant 4 × 4 anthracite filait sur l'autoroute A3 et venait de dépasser la ville de Bonn. Il atteindrait l'aéroport de Francfort en moins de deux heures.

Le vol pour Orlando, en Floride, devait durer onze heures.

Ethan Miller s'était préparé dans la précipitation et craignait d'avoir oublié la moitié de ses effets personnels.

Il n'avait toujours rien compris.

Six heures plus tôt, il avait quitté sa chambre du Centre européen des astronautes pour un meeting matinal, l'esprit encombré par les images stupéfiantes de la Station spatiale et du cadavre éviscéré qui flottait dans le module Columbus.

Au début, tous les collègues, ingénieurs, astronautes, techniciens, n'avaient fait que parler du drame. Les supputations allaient bon train, mais personne ne détenait la vérité.

Fallait-il se résoudre à accuser l'un des leurs ? L'un des spationautes à bord ? Était-ce la seule explication possible ?

Miller ne le croyait nullement, mais il ne s'en était ouvert à quiconque.

Deux heures plus tard, il avait été convoqué en salle de visioconférence par le chef du centre en personne

– un ancien astronaute patenté – en présence du responsable des vols habités, et du conseiller en charge des relations avec les différentes agences spatiales.

Puis on l'avait connecté avec Houston, Toulouse, Turin, Moscou, Montréal et Tokyo. Les principales agences mondiales étaient en ligne, représentées par leurs administrateurs, directeurs, et surtout leurs plus fieffés juristes. Miller n'en menait pas large. Il avait l'impression de passer un grand oral devant le monde entier...

— Monsieur Miller, depuis combien d'années vous entraînez-vous ?

Mike Turner, le patron de la NASA en personne, venait d'ouvrir le feu. Ethan Miller n'en croyait ni ses yeux, ni ses oreilles. Il peina à ouvrir la bouche et articula de faibles sons.

— Parlez plus fort, bon sang !

Turner n'était pas d'humeur. Il fallait aller vite, et ne pas se planter.

— J'ai été recruté en 2008, *Sir*, lors de l'avant-dernière campagne, avec Thomas Pesquet, l'Italien Luca Parmitano et les autres. J'ai commencé l'entraînement avec mes compatriotes Timoty Peake et Ben Higgins. Il me manquait cependant des qualifications, et je suis allé étudier à l'Empire Test Pilots' School avant de revenir ici, en 2013. Cela fait donc neuf ans que je m'entraîne.

Un murmure bruissa dans les haut-parleurs. Les représentants des agences spatiales semblaient satisfaits, voire soulagés. Miller rongeait son frein depuis fort longtemps. C'était, mathématiquement, un fruit mûr qui devait désespérer de virevolter dans le vide sidéral.

— Bien, et vous êtes médecin, n'est-ce pas ?

— Pas tout à fait, monsieur. Je me suis arrêté au bout de six ans. J'ai cependant mon Bachelor of Medicine et mon Bachelor of Surgery.

— Diriez-vous que vos compétences vous permettent de rapatrier un corps en orbite, et de procéder à des relevés médico-légaux ?

C'était donc ça. Miller sourit intérieurement, sans rien laisser paraître. Ils avaient enfin besoin de lui. Fini, le rôle d'éternelle doublure. Il avait fallu qu'un titulaire crève là-haut pour qu'ils daignent enfin le mobiliser. S'il avait su, il en aurait dégommé un ou deux lui-même quelques années plus tôt.

– Bien sûr, monsieur. Sans aucun problème.

Il avait répondu clairement, le doigt sur la couture. Évidemment, l'astronaute eût mille fois préféré se voir offrir son premier billet pour l'espace par la grande porte, comme ses aînés, à l'occasion d'une expédition programmée.

Au lieu de cela, la communauté spatiale lui proposait un strapontin, pour abattre la salle besogne. Le *croque-mort* de l'espace, doublé d'un médecin légiste de pacotille.

Ethan Miller convenait d'autant plus à la sacro-sainte NASA qu'il présentait l'avantage, malgré sa nationalité britannique, de posséder une ascendance américaine – et pas des moindres. Il était le petit-neveu du sulfureux Henry Miller, auteur, entre autres, du scandaleux *Tropique du Cancer*. Bien sûr, le boss de la NASA aurait préféré un aïeul moins controversé ; mais du sang américain coulait dans ses veines. Et puis, Mike Turner voulait expédier l'affaire et passer à la suite, au plus vite. Il n'allait pas faire la fine bouche.

Tous ne l'entendaient pas de la même oreille.

Igor Borodine, le responsable juridique de Roscosmos, prit la parole depuis la Cité des étoiles, tout près de Moscou. Il parlait un anglais guttural ; ses « R » étaient aussi rocailleux que la surface de Mars.

– Monsieur Miller, comment se fait-il que l'Agence spatiale européenne ne vous ait jamais autorisé à voler, depuis 2013 ? La formation dure sept ans. Vous auriez dû partir depuis deux ans, au moins... Et si on remonte à votre recrutement en 2008, vous auriez même dû partir bien avant. Votre compatriote Timothy Peake, recruté en même temps que vous, est parti en 2015. Thomas Pesquet en 2017, puis de nouveau l'année dernière. Sans compter Ben Higgins, qui se trouve en ce moment même à bord de l'ISS.

Le Britannique planta ses iris bleu Méditerranée dans ceux du responsable des vols habités de l'ESA. « Très bonne question, à toi de te démerder avec ça », songea-t-il, tout en faisant mine d'implorer l'aide de son supérieur. Son regard envoûtant ne laissait personne indifférent, y compris la gent masculine. Sa belle gueule était une arme à double tranchant. Elle fascinait, mais suscitait aussi jalousie et méfiance.

– Ethan Miller est fin prêt, monsieur Borodine. Il devait partir il y a deux ans, et puis le Brexit a compliqué la donne.

Le chef des missions habitées volait au secours de son ouaille, et il entendait bien crever l'abcès.

– Le Brexit ? s'étonna le Russe.

– Parfaitement. Nous devions faire voler Ben Higgins il y a trois ans, et Ethan Miller il y a deux ans. Dans les deux cas, tout a été décalé. La sortie de la Grande-Bretagne de l'Union européenne a provisoirement remis en question la participation du Royaume-Uni à l'Agence spatiale européenne.

Un silence plana. L'ingénieur, malin comme un gibbon, avait étouffé ce départ de feu en un tournemain.

Igor Borodine n'entendait nullement lâcher l'affaire. Il se méfiait des Américains, depuis le début, et leur empressement à sélectionner ce Miller lui déplaisait fortement. Les Russes étaient sous pression, depuis la découverte de l'immonde cadavre. Expédier un Anglo-Américain dans ce chaudron pestilentiel n'allait rien arranger. Miller comprenait fort bien les réticences de Borodine – il aurait eu les mêmes à sa place – et décida de passer à l'offensive. Hors de question que les Russes s'opposent à son départ, car même s'il partait pour de mauvaises raisons, une nouvelle occasion de voler ne se présenterait peut-être jamais.

– Je suis extrêmement motivé, monsieur Borodine, et sans doute mieux entraîné que n'importe quel autre astronaute, après tant d'années. Et j'ai toujours visé l'excellence.

Miller énuméra ses exploits académiques. Jeter de la poudre aux yeux, ça, il savait faire. D'abord les écoles privées qui jouxtaient Hyde Park, à Londres, dont la réputée Notting Hill Prep School, jusqu'à l'âge de treize ans. Puis le prestigieux collège d'Eton, à quarante kilomètres de la capitale, face au château de Windsor. Il avait alors été recruté comme King's Scholar, et bénéficiait d'une bourse qui couvrait la moitié de ses frais de scolarité, grâce à ses résultats retentissants. Il avait ensuite passé cinq années dans le célèbre collège, fréquenté depuis des générations par la famille royale – ce que Miller prit soin de ne surtout pas mentionner.

Ni les Russes, ni les Américains ne devaient apprendre qu'il s'était lié d'amitié avec un certain William, futur prince de Galles, duc de Cambridge, alors qu'il n'avait que quatorze ans...

Cette pensée le cloua un bref instant.

Il se remémora l'épreuve endurée après la mort de Lady Diana, en 1997. Ethan avait soutenu William dans l'adversité, qui s'était alors longuement confié à lui. Une amitié indéfectible en avait découlé. Ethan Miller ne s'était jamais vanté de cette relation – ce qu'avait toujours apprécié le prince William. Il n'évoquait jamais non plus son lien plus tardif avec le prince Harry, entré à Eton la dernière année de sa scolarité, en 1998. Le fait de bien connaître les héritiers du trône d'Angleterre pouvait constituer, là encore, une arme à double tranchant...

Miller éluda donc les années d'Eton pour souligner ses brillants résultats.

– J'ai décroché mon A-Level* avec la meilleure notation possible : un triple A. Et même un A + en chimie. J'ai alors postulé à l'université d'Oxford, en médecine, et

* Équivalent du baccalauréat, en Angleterre.

j'ai été accepté au premier tour. J'ai ensuite passé six ans au Balliol College.

Ce nom, tout comme celui d'Eton, rimait avec « prestige » et « excellence ». Il était inutile d'en dire plus. D'autant qu'Ethan Miller eût préféré évoquer les dizaines de romans qu'il avait alors dévorés. Passionné de littérature, en digne hériter de Henry Miller, il aimait les livres plus encore que la médecine qui finit par l'ennuyer tout à fait. Il n'avait pas la vocation ; il fallait s'y résoudre. Pour lui, le seul intérêt de séjourner au Balliol College était de côtoyer l'âme d'Aldous Huxley qui avait lui aussi fréquenté l'établissement.

Miller adorait la science-fiction et avait ingurgité nombre d'ouvrages de SF, dont le fameux *Meilleur des mondes* de Huxley. Les perspectives de la génétique, l'idée de créer des générations de clones-esclaves lui paraissaient tout aussi réalistes qu'inquiétantes. Au fond, qu'étions-nous d'autre, à la solde du grand capital et des multinationales ? Des clones psychiques, programmés pour consommer du matin au soir, comme les cochons vont à l'auge. Il partageait en cela les opinions radicales de son grand-oncle Henry Miller, qui dénonçait, dès 1934, le productivisme, la société de consommation, à l'origine d'un véritable « désert gris, un tapis d'acier et de ciment » qui s'étendait déjà sur toute la Terre...

Sa véritable bible de chevet restait *1984* de George Orwell. L'auteur avait fréquenté le collège d'Eton, tout comme lui, ce qui l'avait poussé à découvrir ses œuvres. Et le saluer, lui aussi, comme un immense visionnaire. Devenu astronaute, il pouvait témoigner mieux que quiconque de l'emprise de Big Brother sur la Terre entière, *via* les millions de télécommunications et les centaines de satellites qui gravitaient autour de la planète et ne laissaient plus ni liberté, ni intimité. Fliqués jour et nuit par nos cartes bancaires, comptes sociaux, GPS, caméras de surveillance... et tant d'autres outils.

Tandis que Miller s'évadait dans ses souvenirs littéraires, Borodine poursuivait son interrogatoire et son pilonnage méthodiques.

– Mais vous n'avez passé que six années à Oxford, et vous n'avez pas terminé votre cycle complet, jusqu'au doctorat de médecine.

Le Russe flairait la faille. Elle existait. *Elles existaient*, innombrables, même. Mais Miller, une fois de plus, répondit sans ciller.

– Comme je l'indiquais à monsieur Turner, j'ai tout de même mon Bachelor of Medicine et mon Bachelor of Surgery, ce qui correspond à peu près aux compétences d'un médecin généraliste.

– Mais pourquoi avoir abandonné ? Diriez-vous, monsieur Miller, que vous renoncez devant la difficulté ? Que vous refusez d'aborder les obstacles trop difficiles ?

L'astronaute fronça les sourcils. Ce Ruskov commençait à lui courir sur le haricot, et menaçait de le discréditer. Il changea de tactique et misa sur la fibre nationaliste.

– J'ai voulu servir mon pays, monsieur Borodine. Le patriotisme, les valeurs de la nation, cela vous parle, je pense ? Un pilote d'hélicoptère m'a donné l'envie furieuse de servir mon pays dans l'aéronautique. J'ai été reçu à l'académie royale de Sandhurst, où je suis resté de mai 2005 à avril 2006.

Miller se garda d'évoquer ce fameux pilote qui l'avait persuadé. Il s'agissait du prince Harry en personne, qui ne cessait d'évoquer sa passion pour le vol et avait fini par le détourner de la médecine.

– Sandhurst... Excellence et prestige, encore une fois. Bravo, monsieur Miller. Mais qu'avez-vous donc fait entre 2004 et 2005 ? Entre votre Bachelor of Medicine et votre entrée à Sandhurst ?

Le Russe avait potassé. Un peu trop, d'ailleurs. Ethan Miller songea que les services secrets russes lui avaient sans doute transmis un rapport détaillé.

– J'ai préparé le concours de Sandhurst, monsieur. J'ai pris des cours de vol, aussi, pour avancer ma formation.

Igor Borodine suspendit son interrogatoire quelques secondes, laissant chacun dans l'expectative. Puis, d'une voix calme et grave, il reprit :

– N'avez-vous pas passé plusieurs mois à Paris ? À flâner, boire, danser et pire encore, au lieu d'avancer dans votre carrière ?

Flâner ? Qui utilisait encore ce terme ? L'anglais académique du Russe fleurait la naphtaline. Mais sur le fond, son jugement s'avérait redoutable. La partie devenait de plus en plus serrée. Mentir ne mènerait nulle part, Borodine était trop bien renseigné.

– Eh bien... disons qu'après six années d'étude intensives, je voulais me changer les idées. Découvrir du pays. La France, Paris sont des destinations mythiques.

– Surtout pour l'héritier de Henry Miller... Vous avez marché dans les pas de votre grand-oncle, n'est-ce pas ?

– Je ne vois pas de quoi vous voulez parler.

Derrière le masque impavide, Ethan fulminait. Cet enfoiré l'engageait sur un chemin périlleux. Son aïeul avait décrit Paris comme une prostituée qui, de loin, paraît ravissante, mais donne de plus près l'impression d'avoir été roulé... Le narrateur de *Tropique du Cancer* n'avait-il pas lui-même enchaîné les relations sexuelles dépravées avec toutes sortes de catins dans la capitale française ? Et qu'avait-il fait de mieux, lui, Ethan Miller ?

Le Britannique sombra dans ses pensées noires. Ethan signifie fort et courageux, en hébreu. Trois personnages de la Bible portent ce prénom. Mais de quel courage et de quelle force avait-il jamais fait preuve ? Profondément, intimement ? Quelle sorte d'homme était-il vraiment ? Borodine avait mis dans le mille. Il exploitait ses faiblesses, remuait le fer dans la plaie béante et l'enfonçait jusqu'à l'os. Il porta une nouvelle estocade.

– Diriez-vous, comme votre grand-oncle que vous admirez, qu'un homme « peut fort bien aimer la merde, si sa vie en dépend, si son bonheur est en question » ?

Cette fois, Miller écarquilla les paupières. Cette citation faisait partie de ses préférées. Borodine faisait preuve d'une intuition et d'une sagacité remarquables.

– Je crois que nous n'avons pas le temps pour une psychanalyse, éructa, furieux, Mike Turner depuis Houston.

Le boss de la NASA avait d'autres chats à fouetter, et les Russes commençaient à l'agacer sérieusement. Il sauva Miller sans le savoir. Le Britannique était sur le point de donner raison à son grand-oncle, et pis encore. Turner enchaîna :

– Monsieur Borodine, si vous avez un candidat plus apte que monsieur Miller pour la mission qu'il convient d'accomplir dans l'urgence, nous sommes prêts à étudier sa candidature.

Le Russe cessa de ferrailler. Il avait obtenu ce qu'il voulait. Semer le doute dans l'esprit des représentants des autres agences spatiales. Le président du CNES*, en particulier, ne goûtait guère la répugnance de l'écrivain Henry Miller pour Paris, et surtout les Français. Ne les avait-il pas décrits comme cruels, mercenaires, « égoïstes jusqu'à la moelle », et ne vivant que pour l'argent ? Des salauds, des bourgeois... et j'en passe. Bien sûr, le petit-neveu n'était pas son grand-oncle, mais il ne semblait guère démentir les insinuations de Borodine...

Et encore. S'ils savaient... Ils n'avaient sans doute jamais fait le rapprochement, mais Henry Miller était décédé le jour même de sa naissance à lui, Ethan, le 7 juin 1980. Longtemps, l'astronaute avait cru que l'esprit tourmenté de son ascendant l'avait pénétré, et que, depuis, il lui insufflait son âme fétide.

Il y avait deux Ethan Miller, et sans doute plus encore. Qui n'a jamais ressenti cette impression de dédoublement,

---

* Centre national des études spatiales – l'agence spatiale française.

d'une face lumineuse sans cesse menacée par une face sombre qui gangrène l'esprit, la nuit, dans ses pires cauchemars ? Qui n'a jamais ressenti ce vertige, ce sentiment de vivre sur le fil, de manquer basculer à tout moment dans le néant, la noirceur, le dégoût de soi ?

– Ethan Miller est un homme brillant, vivace, curieux, passionnément amoureux de la vie, scanda le patron des vols habités de l'ESA pour éteindre définitivement l'incendie.

Miller réprima un sourire méprisant et se demanda comment ce type pouvait débiter autant de conneries... C'était pourtant bien l'image que le Britannique s'efforçait, chaque jour depuis trente ans, de renvoyer à la face du monde. Et cela devait payer, même si les Russes n'étaient pas dupes.

– Ethan Miller a décroché son brevet de pilote d'hélicoptère haut la main à Sandhurst et a été promu lieutenant en quelques mois seulement. À l'Empire Test Pilots' School, il a également excellé comme pilote d'essai et comme ingénieur. Ici, à Cologne, il a magnifiquement réussi tous les tests et connaît l'ISS comme sa poche. Il présente toutes les qualifications et toutes les qualités requises.

La messe était dite.

Les représentants des agences spatiales votèrent pour envoyer le Britannique récupérer le corps putrescent de Bob Jenkins.

Tous, sauf les Russes.

Ce n'était là que le début d'un engrenage qui allait précipiter Ethan Miller au fond de l'abîme.

Chapitre neuf

Jeudi 12 mai 2022, 10 h 12, heure de Paris

Vernay était affalée dans le siège passager, en mode couchette. Elle avait complètement renversé le dossier et regardait le plafond de la 308.

Elle réfléchissait.

C'est en tout cas ce qu'elle voulait faire croire à son adjoint. Ahmed Tahiri n'était pas dupe. Louise planait, juste assez pour que les vibrations de la voiture la cajolent. Elle sentait ses chairs frissonner ; son duvet blond se hérissait le long des bras et des jambes.

Elle se sentait bien.

La radio crachait les conneries habituelles, la météo et la crise économique.

« Retour sur l'incroyable meurtre de la Station spatiale internationale... »

Louise se dressa comme un dard et monta aussitôt le volume.

« Nous venons d'apprendre que l'enquête, qui s'annonce complexe et inédite, revient aux États-membres de l'Agence spatiale européenne. Un groupe d'enquêteurs allemands, français et italiens doit décoller aujourd'hui même pour Houston. Interpol devrait coordonner les investigations et permettre aux autorités de tous les pays impliqués de rester informés de l'évolution de l'investigation. Par ailleurs, nous avons appris qu'un astronaute britannique, qui n'a jamais volé, Ethan Miller, a été sélectionné pour se rendre à bord de l'ISS afin de récupérer le corps de l'Américain Bob Jenkins, mais aussi pour procéder à des relevés d'empreintes et de toute preuve pouvant servir l'enquête. Il partira dès que possible, à bord d'une fusée de SpaceX, la fameuse Crew Dragon qui est utilisée depuis deux ans maintenant par la NASA pour rallier la Station spatiale. Les Russes avaient proposé leur fusée Soyouz, mais les Américains ont opposé leur veto. La tension entre les États-Unis et la Russie ne cesse de monter. Notre page sport... »

Louise coupa la radio.

– Je me demande quels culs bordés de nouilles ont décroché leur billet pour Houston...

Elle n'en démordait pas. Cette affaire la titillait. Exceptionnelle, unique. Hallucinante. Et puis cette incroyable coïncidence entre les deux cadavres, celui de la Station spatiale et celui des arêtes de poisson. Et s'ils étaient *vraiment* liés ?

Et pourquoi pas, tant qu'elle y était, partir enquêter dans l'espace ?

– Tu veux t'envoyer en l'air ?

Tahiri lisait les pensées de sa boss.

– Tu ne m'en crois pas capable ?

– Avant de planer, tu dois te manger une poussée de tarée dans la fusée. Le grand huit de l'Europa-Park, à côté, c'est de la merde de piaf.

Vernay haussa les épaules. Le duo de la PJ se rendait au lycée Louis-Ampère, pour rencontrer un étrange personnage. Mais avant d'arriver, Tahiri, tout en maintenant le volant de la main gauche, extirpa d'une chemise cartonnée qui traînait à ses pieds un vieux document racorni.

– Pour t'aider à revenir sur terre, ou plutôt sous terre, regarde. Le service archéologique de la Ville de Lyon m'a refilé ce vieux rapport. C'est la première trace officielle des arêtes de poisson.

Louise, qui avait redressé son siège, s'empara du document cacochyme. Il menaçait de s'effriter entre ses doigts. Elle n'était pas particulièrement délicate – c'est le moins qu'on pût dire –, mais elle s'efforça de le manipuler avec précaution.

Le papelard se présentait comme un rapport officiel du service de la voirie de la Ville de Lyon. Un tampon bleuâtre précisait la date : 14 mai 1959. Mais le plus intéressant était le titre, libellé en caractères d'imprimerie rouge vif : « Galeries et puits de la rue des Fantasques : découverte d'ossements humains ».

Louise haussa les sourcils et lança un regard interrogatif à son adjoint. Le capitaine souriait en coin ; il était sûr de son effet.

Après quelques lignes qui rappelaient la découverte, quelques jours plus tôt, du fameux réseau souterrain, l'auteur du rapport expliquait : « Dans la dernière galerie, nous avons trouvé une quantité importante (de l'ordre de 4 à 5 m^3) d'ossements humains paraissant très anciens (crânes, tibias, côtes, etc.). »

La suite valait le détour. Le pauvre bougre, dépassé par sa découverte, quémandait des instructions. Il suggérait tout de même d'alerter les services de police.

— Tu m'étonnes, murmura Louise.

Puis le technicien de la voirie enchaînait en mode créatif. « On pourrait évacuer les ossements et les transporter dans un lieu à déterminer, ou bien pourrait-on simplement les murer dans une petite galerie ? Nous attendons de l'administration de bien vouloir nous donner des instructions... »

— Il est con ou quoi, celui-là ? Les murer ? Il découvre cinq mètres cubes d'ossements et il veut les murer ?

Le document s'arrêtait brutalement deux lignes plus bas, en plein milieu d'une phrase.

— Et la suite ?

— Aux oubliettes. Ils n'ont conservé que la première page.

— Et alors ? Ils sont où ces vieux macchab en kit, finalement ?

— Aucune idée. Officiellement, on n'a jamais su ce qu'ils en ont foutu, *dixit* le service archéologique.

— Mais c'est une vraie clique de baltringues...

Tahiri venait d'atteindre le lycée Ampère et se gara sur une place livraison, rue de la Bourse.

— De toute façon, si c'est comme les catacombes de Paris, c'est des ruines vieilles comme mes robes. On va pas se fader un *cold case* de deux mille ans, si ?

Louise ressentit une étrange impression, comme un pressentiment. Cette affaire prenait une tournure surnaturelle, presque mystique. Des ossements disparus, un ouvrage mystérieux dont l'architecture, inexplicable pour l'Antiquité, restait un défi pour les spécialistes. Le cadavre éviscéré, au pied d'un roc dont personne n'expliquait la présence, et qui présentait les mêmes stigmates que celui d'un astronaute en lévitation à quatre cents kilomètres d'altitude... Et ce Tony Jermal qui courait les laboratoires haute sécurité pour apprendre à manipuler dans des conditions extrêmes... Quel secret, peut-être vital, existentiel, protégeait-il ? Qui avait voulu le lui ravir ? Et si les tueurs avaient volé un virus aussi dangereux qu'Ebola, ou la variole ? Et si les squelettes des arêtes de poisson avaient eux-mêmes péri d'une épidémie ? La peste avait durement frappé, tout au long de l'histoire... Et si ces ossements étaient bien plus récents qu'on ne l'imagine ?

Vernay délirait. Son imagination débordante l'entraînait au-delà des limites de la raison, et de son enquête.

— On est à la bourre, souffla Tahiri. J'espère que notre client ne s'est pas carapaté.

— Tu m'as bien dit que c'était un curé ?

— Pas exactement : un moine jésuite.

— Ouais, c'est kif-kif.

Les bâtiments du lycée Ampère étaient spectaculaires. Ils comptaient parmi les plus anciens de la ville, en dehors, évidemment, des vestiges antiques et des derniers témoignages du Vieux Lyon médiéval. Ils contournèrent les façades altières pour rejoindre le quai Jean-Moulin. L'arche qui encadrait l'entrée principale était gigantesque et pouvait aisément laisser franchir un trente-huit tonnes. Sur l'autre rive du quai, en vis-à-vis de l'entrée majestueuse, s'étirait la coquette passerelle du collège et ses longs câbles tendus au-dessus du Rhône. L'ensemble donnait un caractère intimidant à l'établissement public.

– Dis donc, ils ont du fion les sacs à plâtre*. Il est de première, ce lycée.

Vernay ne dit mot. En temps normal, l'argot de son second lui aurait, au minimum, soutiré un sourire. Elle semblait fermée, presque inquiète de pénétrer dans les lieux.

Ils traversèrent la cour d'honneur. Quelques lycéens gambadaient et piaillaient, comme dans n'importe quelle cour de récré. Ils grimpèrent un grand escalier, encadré de murs fraîchement ravalés, constellés de pierres ocre, du plus bel effet. Ils rappelaient l'ample puits qu'avait emprunté Vernay pour descendre dans les arêtes de poisson.

Les deux flics débouchèrent dans l'espace Béranger, formé de longs couloirs ornés de superbes voûtes, et caviardés de portes de bois qui se succédaient à intervalles réguliers.

– C'est une ancienne cage à chapons, non ? T'imagines les ratichons dans leur mitard ? Ça vaut bien nos violons**.

Trois minutes plus tard, l'un des surveillants du lycée finit par les conduire à la chapelle de La Trinité. Ils avaient fait le tour du propriétaire pour rien. Il faut dire que le rendez-vous était pour le moins vague et qu'ils avaient eu beaucoup de mal à contacter le religieux.

Ils débouchèrent dans la rue de la Bourse par une arche plus modeste, et retombèrent sur leur 308. Retour à la case départ, de l'autre côté de l'établissement. Sur le même trottoir, dans l'enfilade, deux vieilles portes de bois flanquées de pilastres doriques et coiffées d'un fronton surbaissé tranchaient avec le style du reste des façades.

---

* « Ils ont de la chance les gamins. »

** « C'est un ancien couvent, non ? Tu imagines les curés dans leurs cellules ? Ça vaut bien nos cellules de prison. »

Au-dessus, il n'y avait pas à proprement parler de vitraux, mais d'amples fenêtres parées de croisillons qui dénotaient l'esprit d'un lieu saint.

Ils frappèrent à l'une des lourdes portes.

Quelques instants plus tard, un homme d'une soixantaine d'années au cuir à peine dégarni, les cheveux encore bruns, ouvrit le vantail. Il portait un veston noir et une chemise sombre engoncée dans un pantalon droit. Le must de la fantaisie. Vernay remarqua tout de même la discrète croix argentée qui scintillait sur le revers de sa veste.

Autour d'eux, en fait de chapelle, se dévoilait une véritable église qui resplendissait de marbres et de stuc. Dire qu'elle dépendait directement d'un lycée public...

Le chœur, lové dans une abside qui formait un sublime écrin, rassemblait tous les types de marbre que les carrières italiennes pouvaient produire : blanc veiné de Carrare, Brèche Violette de Seravezza, bardiglio gris, portor, cipolin rose et vert... Ils couvraient tout, du sol au plafond. Dans le genre tape-à-l'œil, ça se posait là.

Quant à l'autel, il supportait un imposant tombeau surmonté d'une corniche et d'un fronton curviligne, bordé de volutes ornées de feuilles d'acanthe, de coquilles, de guirlande de lys et de roses. Partout des têtes d'angelots parachevaient l'ouvrage.

Ils avaient mis le paquet.

Vernay ressentit une forme d'écœurement face à tant de faste. Si on pétait tout, songea-t-elle, la revente du marbre pourrait faire vivre le Botswana pendant trois ans.

– Le véritable trésor de cette chapelle n'est pas sous vos yeux. Ne vous fiez pas aux apparences.

L'homme avait perçu le dégoût de Louise, qui arbora une moue dubitative.

– Et c'est quoi le *vrai* trésor ? Dieu qui nous observe, c'est ça ? Le vrai trésor est dans notre cœur ?

Elle avait prononcé les derniers mots en ânonnant, comme un enfant récite une poésie.

L'homme sourit et invita les deux flics à le suivre tout près de l'autel. Ils s'assirent sur l'un des bancs du premier rang.

— La main de Dieu est n'importe où. Elle peut-être dans le visage d'un nouveau-né, ou dans celui d'une vieille paysanne à la peau ravinée par des décennies de labeur, ou même dans celui d'un résistant kurde, martyr au nom de la liberté.

Évidemment, vu comme ça... Vernay se radoucit.

— Vous êtes bien le père Federico Lupo ?

— Frère Lupo, je ne suis pas prêtre. Je suis un simple Compagnon de Jésus. Vous pouvez m'appeler Federico, c'est plus pratique.

Ahmed Tahiri observait l'homme dont les yeux brillaient d'intelligence. Il n'avait pas affaire à un cureton de bas étage. C'était du lourd, il le sentait.

— Vous travaillez ici ? Je veux dire, vous officiez dans cette chapelle ?

— Cette chapelle est toujours consacrée, mais elle n'accueille plus d'offices. Je ne suis que de passage. Nous sommes tous de passage, n'est-ce pas ?

Louise se sentait de plus en plus décontenancée. Impossible d'en vouloir à ce type, ni de se foutre de lui. Sa bonté évidente, doublée d'une intelligence palpable, la désarmait.

— Vous êtes italien ?

La question n'avait rien d'évident. Le prélat n'avait pas une pointe d'accent.

— Oui, je suis né à Rome, non loin de la cité vaticane. Un signe, sans doute. Vous croyez aux signes, commissaire ?

— Je... des signes ? vous voulez encore parler de la main de Dieu ?

— Pas du tout. Des signes étonnants. Des coïncidences troublantes. Pour ne pas dire énormes.

Louise déglutit. Une petite goutte de sueur perla sur son cou gracile. Elle songea aussitôt à la concomitance de la découverte des deux cadavres éventrés, dans l'ISS et au fond des arêtes de poisson.

Et si ce corbeau savait quelque chose ? Et s'il s'était fait la même remarque ? La jeune femme secoua la tête, elle délirait, une fois de plus. Que pouvait-il savoir de ce qui se tramait à quatre cents bornes au-dessus de sa tonsure naissante ?

Et comme s'il lisait dans son cortex préfrontal, Federico Lupo scotcha la jeune femme.

– Je suis astrophysicien. Je dirige l'Observatoire du Vatican, sur le Mount Graham, à côté de Tucson, en Arizona. Je passe huit mois de l'année aux États-Unis. Et le reste du temps, je voyage et je rentre au Vatican, pour faire des rapports détaillés à Sa Sainteté, qui s'intéresse beaucoup à la cosmologie.

Louise accusa le coup.

Un astrophysicien ?

C'était une blague, ou quoi ?

Tahiri, lui, opina du chef et manqua de siffler d'admiration. Il l'avait senti. Ce radis noir carburait à dix mille. Mais une autre question lui brûlait les lèvres.

– Quand vous dites que vous faites des rapports à Sa Sainteté, vous voulez parler du pape François, c'est ça ?

Lupo acquiesça.

– C'est un jésuite, comme vous, non ?

Le prélat était impressionné. Il ne s'attendait pas à ce que ce jeune beur s'intéresse au pedigree du chef de l'Église catholique.

– Absolument, monsieur... Monsieur ?

– Tahiri. Capitaine Ahmed Tahiri.

– Eh bien, capitaine, vous avez raison. Sa Sainteté est le premier pape de l'histoire issu de notre ordre.

– Et du coup, c'est pour ça qu'il s'intéresse aux étoiles ? Les Jésuites, vous êtes bien les intellos de l'Église, je me trompe ?

Federico Lupo sourit d'un air amusé. Ce Tahiri lui plaisait.

– On peut dire ça comme ça. Quand je vous disais tout à l'heure que le trésor de cette chapelle n'était pas sous vos yeux, je voulais parler des glorieux ancêtres de la Compagnie de Jésus qui ont œuvré ici même pour la connaissance scientifique. Apprenez que juste au-dessus de nous, sur le toit de cette chapelle, a été édifié en 1684 le premier télescope de la ville de Lyon, à l'initiative des Jésuites. Grâce à lui, de grands progrès ont été accomplis. Joseph Lalande, qui a longtemps travaillé ici, a ainsi pu édifier les premières éphémérides célestes, qui sont restées une référence pour le calcul du mouvement des astres, tant pour les astronomes que pour les navigateurs, et ce jusqu'en 1970 ! Prodigieux, n'est-ce pas ?

Les deux flics en restèrent babas.

Pas tant à cause de cette histoire d'éphémérides dont ils se « tamponnaient le coquillard » – encore une expression chère à Tahiri – que parce qu'ils se trouvaient dans un endroit improbable. Une église qui dégoulinait de marbre et de statues de saints, nichée au cœur d'un lycée public, et qui avait servi d'observatoire ! Sans parler de ce type, l'air de rien, qui s'avérait un vrai cador, astrophysicien et *tutti quanti*... Voilà que les curaillons croyaient en la science, maintenant ! « On aura tout vu », pensa très fort Vernay. Elle ne put s'empêcher de titiller le Rital.

– Mais dites donc, le big bang, tous ces trucs-là, qui disent que l'univers a été créé il y a des milliards d'années, ça ne serait pas légèrement en contradiction avec la Bible ? Elle dit pas que Dieu a créé la terre et les hommes en une semaine, il y a quelques milliers d'années seulement ?

Federico Lupo ne cilla pas. Il entendait ce genre de propos à longueur de journée et passait son temps à s'expliquer. Éclairer les ignorants, et battre en brèche les idées reçues.

– C'est une lecture littérale de la Genèse, commissaire. Il faut dépasser les apparences et savoir lire entre les lignes.

Décidément, il commençait à devenir lénifiant, avec ses apparences. Il les prenait pour des abrutis, ou quoi ?

– C'est vrai que la Genèse dit que Dieu a créé le monde il y a six mille ans, et tout ce qui vit, dont l'homme, en six jours seulement, avant de se reposer le septième. Mais c'est une métaphore. Dieu a tout aussi bien pu créer l'univers il y a 13,7 milliards d'années, comme les modèles le supposent aujourd'hui. Il y a deux mille ans, nos ancêtres étaient incapables d'imaginer des durées pareilles. Mille ans, un milliard d'années... Quelle différence ? Leurs références n'étaient pas les nôtres. L'important, c'est le message. Saint Thomas d'Aquin lui-même distinguait la création purement physique, et le « commencement », une notion, disons, plus symbolique. Savez-vous, du point de vue statistique, quelles étaient les chances que la vie apparaisse sur Terre ? Et surtout des formes aussi évoluées que les nôtres ? Une chance sur plusieurs milliards, commissaire. N'importe quel cosmologiste vous le dira. Alors après, c'est une question de foi. Même si vous ne croyez en rien, vous vénérerez quand même le dieu de la chance et du hasard. Et si vous croyez en Dieu, vous trouverez une explication plus sûre et moins aléatoire que le hasard.

Vernay commençait à se tortiller sur son banc, comme si des vers lui démangeaient « l'entrée des artistes » – une manière délicate de désigner l'anus, évidemment prisée de son fidèle second. On s'éloignait un tantinet du sujet. Il fallait recadrer. Mais avant que la jeune femme n'ouvre la bouche, Tahiri lui grilla la politesse. Il demeurait très intrigué par cette improbable association entre foi et science dure. Il n'aurait jamais imaginé que l'Église se soit dotée de véritables observatoires et de vrais curés-chercheurs.

– Alors vous regardez quoi, dans le ciel ? Vous cherchez une trace de Dieu ? La preuve de Son existence ?

Federico Lupo se leva et fit quelques pas.

Louise darda un regard assassin à son adjoint, qui voulait dire : « Tu déconnes ou quoi ? tu veux qu'il nous soûle pendant trois plombes ? »

– L'existence de Dieu n'est pas un sujet. Pour celui qui a les yeux de la foi, Dieu existe. Il n'a nullement besoin d'en chercher la preuve. En revanche, l'Église a toujours voulu comprendre la marche de l'univers. Le grand Galilée lui-même a dit que les Saintes Écritures étaient là pour nous enseigner comment aller au ciel, et non pour expliquer comment le ciel fonctionne. L'un n'empêche pas l'autre, bien au contraire. Ainsi, la plupart des premiers observatoires ont été édifiés par des religieux. Notre frère jésuite Niccolò Zucchi a même inventé le premier télescope à miroir concave. Il a été le premier à observer les ceintures de Jupiter et les taches sur Mars. La théorie du big bang, dont vous parliez, a, elle, été postulée pour la première fois par le chanoine et astronome Georges Lemaître, qui avait fait toute sa scolarité dans un collège jésuite. Ici même, le collège de La Trinité – l'ancien nom du lycée Ampère – a promu les sciences et les mathématiques dès le XVIe siècle. Savez-vous qu'il a été fondé en 1519, l'année de la mort de Léonard de Vinci ? Encore un signe, vous ne croyez pas ?

Louise voulut profiter de cette fausse question pour l'interrompre, mais le prélat enchaîna prestement :

– Un signe, je le crois, car la science et la quête de vérité ont toujours accompagné l'histoire de ce collège. Nous, les Jésuites, l'avons administré pendant plus de deux siècles.

Federico Lupo arpentait l'abside, tout près du tabernacle surchargé de fioritures. Autour de lui, quatre hautes statues de saints de marbre blanc, dans des postures ampoulées, formaient un arc de cercle autour du maître-autel. Chacune se trouvait enchâssée dans une niche de marbre et reposait sur un piédestal. Le moine s'était rapproché de la première.

– Vous voyez cette statue ?

Vernay jeta un œil distrait à la sculpture. Elle représentait un homme au visage juvénile et à la chevelure abondante, revêtu d'une chasuble ornée d'un soleil. Le personnage tenait un épais livre ouvert dans les bras, comme on porte un bébé, et pointait son index sur la page de droite.

– Il s'agit de saint Ignace de Loyola, le fondateur de la Compagnie de Jésus. Il a été notre premier supérieur général. Il tient entre ses mains les Constitutions de notre ordre. Et de son index, il désigne notre devise, AD MAIOREM DEI GLORIAM, « Pour une plus grande gloire de Dieu ». Il a d'emblée souhaité que les Jésuites contribuent à enrichir le savoir humain, et promeuvent l'éducation et la connaissance. Nous avons fondé des centaines de collèges comme celui-ci à travers le monde, et nous avons fait édifier une centaine d'observatoires, comme celui qui se trouvait sur le toit de cette chapelle. Aujourd'hui encore, nous dirigeons cent trente-trois universités et deux cents collèges. Notre frère Matteo Ricci a introduit l'astronomie en Chine. Dans ce même pays, Pierre Teilhard de Chardin a travaillé sur les premiers fossiles humains qui y avaient été découverts, avant de développer des théories fantastiques sur les origines de l'homme et l'évolution. Et, dès le début, nous avons promu les mathématiques, bien avant la plupart des autres écoles. Rien qu'ici, entre ces murs, notre frère Claude de Chales a posé les bases de l'ingénierie moderne et des technologies qui ont permis de développer les engins spatiaux.

Aussitôt, l'image de la Station spatiale internationale s'imposa dans l'esprit de Louise. Elle perdait le fil et commençait à endurer un mal de tête lancinant. Ce jésuite la menait en bateau et produisait un bel écran de fumée en pérorant sur l'épopée des Jésuites. Tahiri, lui, semblait captivé et s'apprêtait à relancer le moine. Cette fois, Vernay décida de mettre un terme à la logorrhée.

– Et qu'est-ce que vous êtes venu faire à Lyon ? Et pour quelle raison aviez-vous rendez-vous avec Tony Jermal ? De quoi deviez-vous parler ?

Elle cracha ses trois questions en un souffle, comme on reprend sa respiration après une longue apnée.

Federico Lupo se rassit sans moufter.

– Je suis désolé, je suis très bavard. Je donne des conférences dans le monde entier. Je parle huit langues, je suis une vraie pipelette.

Ahmed Tahiri se redressa. Il avait l'air déçu. Il aurait volontiers continué de tailler la bavette avec le curetot.

– Je viens à Lyon presque tous les ans, prier dans cette chapelle. Vous avez compris pourquoi, maintenant. C'est l'une des plus anciennes implantations jésuites, et elle a accueilli l'un de nos tout premiers télescopes. Je viens prier en mémoire de nos illustres pères. Quant à Tony Jermal, il m'avait contacté aux États-Unis, déjà. On aurait dû se rencontrer là-bas, c'était bien plus logique. Mais de fil en aiguille, avec nos emplois du temps compliqués, nous avons trouvé une convergence à Lyon. Il voulait m'entretenir de cosmologie, des origines de l'univers et de création de la vie. Sans plus de précision.

Louise resta sur sa faim. Tout ça pour ça... Ce moine pouvait être intarissable, et soudainement, il se montrait bien taiseux...

– Vous n'avez vraiment aucune idée de ce qu'il voulait évoquer avec vous, précisément ? Il n'a pas parlé de virus, ou quelque chose comme ça ?

– Des virus ? Je suis désolé, non, pas du tout. Je peux juste dire que c'était un éminent chercheur et que j'ai accepté sa demande par politesse. Peut-être voulait-il me confier son trouble. Cela arrive souvent.

– Son trouble ? Que voulez-vous dire ?

– Eh bien... lorsque vous atteignez un très haut niveau scientifique et que vous tutoyez la complexité du monde, il n'est pas rare que vous soyez touché par la grâce. La perfection du monde, la mécanique infaillible qui le régit finissent par défier toute rationalité. Et vous en venez à croire en Dieu. Je pourrais vous citer une vingtaine de grands chercheurs qui ont passé le pas, même parmi les plus fervents athées.

Louise n'en croyait pas un traître mot. Elle était convaincue que Jermal avait une idée très précise en tête, au contraire.

Tahiri, lui, semblait fasciné. La science, Dieu... Cette chapelle flamboyante... Et s'il était touché par la grâce, lui aussi ? Quelque chose d'anormal se nouait en lui. Il s'était toujours tenu à l'écart des religions et s'en méfiait comme de la peste. Pourtant, ce matin-là...

– Quelle a été votre réaction quand vous avez appris que Tony Jermal avait été sauvagement assassiné juste avant de vous rencontrer ?

Louise changeait de braquet et voulait tâter des tripes du jésuite.

– J'en ai été très choqué, vous l'imaginez. J'ai prié pour le salut de son âme et je l'ai recommandé au Seigneur.

– Même si vous ne saviez rien de lui ? Vous avez pris un risque, non ? C'était peut-être un pédophile, ou un tueur en série qui a toujours échappé à la police...

Le moine sourit en coin. Il l'aimait bien, elle aussi. Décidément, ce duo ne manquait pas de piquant. Il s'amusait à les balader et faisait d'eux ce qu'il voulait.

– Je vous l'ai dit, il ne faut jamais se fier aux apparences. En tout homme, fils de Dieu, luit une lumière, même du fond des ténèbres. Tony Jermal a fait avancer la connaissance. Il jouissait d'une excellente réputation et travaillait pour plusieurs laboratoires. Il ne pouvait être foncièrement mauvais.

Louise sourit avec mépris. Un connard restait un connard, point barre. Bien sûr, elle n'avait rien contre ce Tony Jermal qu'elle ne connaissait ni d'Ève, ni d'Adam – c'était de circonstance –, mais ce discours mielleux typique des ratiches en soutane, premiers capables d'attouchements et pire encore sur leurs enfants de chœur, la rebutait. Ce jésuite était comme tous les autres. Astrophysicien ou non, il se mettait le doigt dans l'œil jusqu'à l'omoplate. Qu'il vienne faire un stage à la PJ, et il verrait bien. La lueur au fond des ténèbres... Et puis quoi encore...

Tandis que Vernay bouillait intérieurement, Ahmed Tahiri reprenait peu à peu ses esprits. Pourquoi était-il là, déjà ? Ah oui, le taf. L'enquête sur le Yankee en tripailles à la mode de Caen.

– Le corps de Tony Jermal a été retrouvé dans une galerie souterraine, à mi-chemin entre l'hôpital de la Croix-Rousse, d'où il partait, et ici, votre lieu de rendez-vous. Vous connaissez les « arêtes de poisson » ?

Cette fois, Federico Lupo s'assombrit. Sa bonhomie s'estompa et ses traits se durcirent.

– Bien sûr. C'est l'un des mystères architecturaux les plus étonnants au monde.

– Et... Cela a-t-il une signification particulière, selon vous ? L'assassin aurait-il voulu nous transmettre un message, ou faire une mise en scène ?

Le prélat demeura muet. Son entrain s'était dissipé, il n'avait plus cœur à l'ouvrage.

– Je vous l'ai dit. Ne vous fiez pas aux apparences. Prenez de la hauteur, ne restez pas fixé sur cette galerie. Pensez aux signes. Un signe énorme qui vous a été envoyé...

Les deux flics échangèrent un regard stupéfait.

– Soyez plus clair, s'il vous plaît. Quel signe ?

– Eh bien, si vous cherchez la vérité, cherchez les correspondances. Elles sont troublantes La connexion entre l'infiniment grand et l'infiniment petit. Entre le haut et le bas. Le macrocosme et le microcosme. Les deux dimensions sont intimement liées, de même que Dieu règne dans le ciel et que nous retournons à la terre. Si vous voulez comprendre ce qui s'est produit sous terre, commencez par chercher dans les astres.

La mâchoire de Tahiri se desserra. Louise, elle-même, restait pétrifiée. Soit ce type était complètement givré, soit il avait exactement la même intuition qu'elle. Elle finit par articuler quelques mots.

– Vous pensez à la ressemblance avec le cadavre de...

– ... l'astronaute américain, dans la Station spatiale, oui. Comme vous, n'est-ce pas ?

Le cœur de Louise battait comme un canon d'artillerie en plein bourbier à Verdun. Profitant de la sidération des deux flics, le jésuite s'empara d'un journal qui traînait au pied de l'autel. Il feuilleta deux ou trois pages, en déchira une et l'aplatit consciencieusement sur le tabernacle.

Les enquêteurs s'approchèrent aussitôt. L'appât fonctionnait. Ne restait plus qu'à les ferrer une bonne fois pour toutes.

Le prélat s'était servi de l'édition du jour du *Progrès* de Lyon, l'une des pages internationales.

– C'est une photo de l'ISS, publiée ce matin dans le journal.

– Et maintenant, regardez.

Lupo saisit une autre page qu'il déchira de la même manière, et la posa tout à côté de la première. Une représentation en trois dimensions des arêtes de poisson, publiée dans la rubrique régionale du quotidien, qui se faisait l'écho du meurtre sauvage de l'Américain, ainsi que de l'enquête en cours.

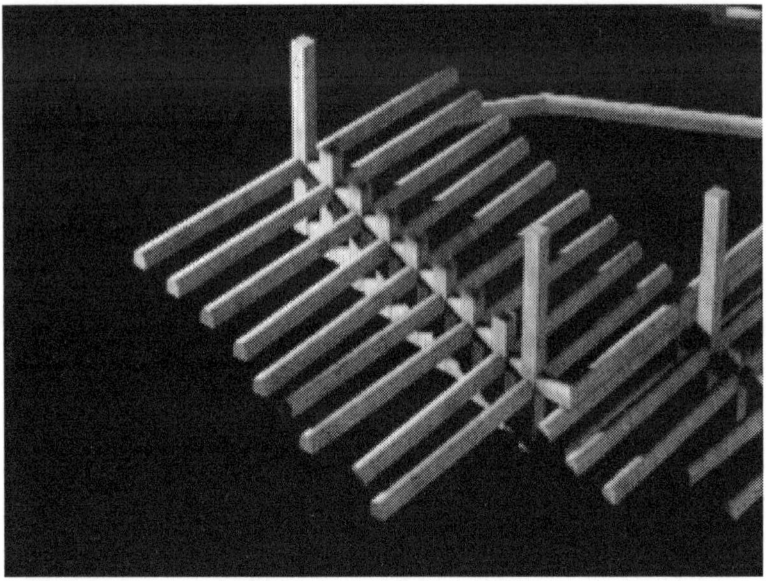

Vernay et Tahiri cessèrent de respirer.

C'était énorme. Évident.

Par acquit de conscience, Louise superposa les deux images. Federico Lupo renchérit :

– Vous voyez juste, commissaire : la longueur de la colonne vertébrale des galeries souterraines est presque identique à celle du bout à bout des modules de la Station spatiale, tandis que les panneaux solaires de l'ISS ont la même envergure que les arêtes de poisson déployées de part et d'autre de la colonne vertébrale. C'est presque une copie conforme. Mais dans un cas, la construction remonte à deux ou trois mille ans, sans qu'on sache comment des hommes ont réussi à bâtir un tel ouvrage ; dans l'autre, nous avons affaire à l'œuvre la plus moderne et technologique de l'histoire de l'humanité, et qui symbolise le passage dans le troisième millénaire...

Un long silence plana.

Le jésuite s'était assis et semblait méditer. Prier, peut-être.

Au bout d'une minute, Louise prit place aux côtés de l'astrophysicien.

— Vous pensez que les deux meurtres ont été commis pour le même mobile ? De manière volontairement synchrone ?

Federico Lupo tourna son visage aux traits encore tendres bien en face de celui de Louise. Ils n'étaient qu'à vingt centimètres l'un de l'autre. La jeune femme sentit une prodigieuse intensité dans le regard du moine astronome. Était-ce l'aura de la foi ? Ou bien une forme particulière d'intelligence ? Ou les deux ?

— La réponse est devant vos yeux. Laissez-vous guider par votre intuition. Écoutez votre cœur.

Écouter son cœur ? Il en avait de bonnes... Vernay se rongea les ongles. Dans quel merdier avait-elle foutu les pieds ?

— Et... vous avez une idée, vous ? Qui pourrait atteindre en même temps un astronaute dans l'espace et un chercheur, sous terre ? Et pourquoi ? Vous avez une hypothèse ?

Louise était prête à croire en Dieu, là, tout de suite, si Lupo pouvait lui servir la solution sur un plateau.

— Aucune, je suis désolé.

Le jésuite détenait la solution, elle en était convaincue. Elle saisit un nouveau document qu'elle avait enfoui dans la poche de son jean.

— Ce sont des inscriptions que nous avons retrouvées gravées sur un énorme caillou qui se trouvait à côté du cadavre de Tony Jermal. Vous qui aimez les signes, ça vous parle ?

Federico Lupo parut désarçonné. C'était bien la première fois. Il s'empara de la photo, un agrandissement net des entailles découvertes sur le rocher de calcaire qui entravait la galerie.

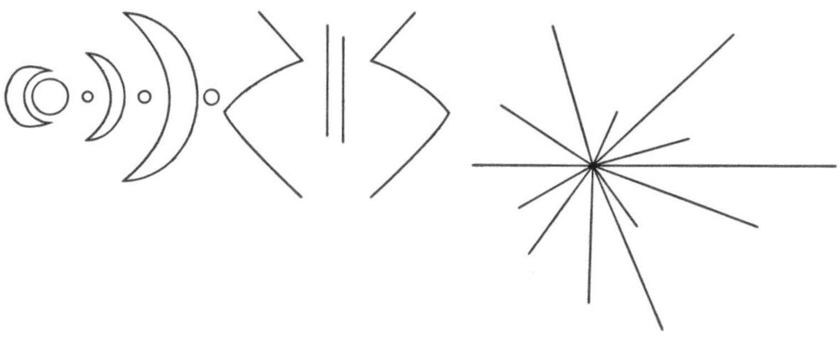

Il ressentit un choc intérieur, dont il ne laissa rien paraître. Quarante années de prière permettaient de maîtriser la moindre émotion et de conserver le masque en toutes circonstances. Il hésita un instant, puis se résolut à mettre la jeune flic sur la piste. Au fond, il en allait de l'avenir de l'humanité. Et sans doute de sa survie, aussi.

– Eh bien... Je dirais que le premier dessin me fait penser à un célèbre agroglyphe.

– Un quoi ? bégaya Louise.

– Un motif dessiné dans des champs de culture. Des « crop circles », comme disent les Anglo-Saxons.

– Et ça représente quoi ?

– Un message venu du ciel. Chacun peut l'interpréter comme il le souhaite.

– Un message du ciel ? Comme le doigt de Dieu ?

– Oui, ou plus probablement celui d'une civilisation extraterrestre.

Vernay était atterrée. Elle n'avait peut-être pas bien entendu ? De son côté, Ahmed Tahiri ravala le filet de salive qui suintait à la commissure de ses lèvres et arrondit deux orbites sidérées.

– Mon père, enfin, mon frère... euh, monsieur, vous êtes en train de nous parler d'extraterrestres, là ?

– Absolument, d'autant plus que le troisième motif me fait penser à un dessin qui accompagnait les messages envoyés dans l'espace par la NASA, sur les sondes Pioneer et Voyager.

– Quels messages ? relança timidement la capitaine de police, qui faisait son entrée dans la quatrième dimension.

– Eh bien, dans les années soixante-dix, il était à la mode de vouloir adresser des messages à d'autres civilisations que la nôtre. Ce motif représente le rythme d'émission des quatorze principaux pulsars. Une manière de donner notre localisation à une intelligence capable de la déchiffrer. Aujourd'hui, Pioneer et les sondes Voyager ont quitté le système solaire depuis bien longtemps. Elles poursuivent leur route vers des mondes inconnus. Elles seront peut-être interceptées un jour.

Louise en perdait son latin et patinait dans la semoule. C'était moche. Ahmed Tahiri, lui, avait carrément décroché. C'était au-dessus de ses capacités. Il ne voyait plus aucun rapport avec rien. Vernay fit un effort surhumain pour poursuivre cette conversation ubuesque.

– Donc... Jermal travaille sur des virus mais laisse derrière lui des symboles qui font allusion à des civilisations extraterrestres. C'est bien ça ?

– Pour les virus, je l'ignore. Pour les symboles, c'est à peu près ça. Je vous l'ai dit, les signes sont nombreux et ils ne trompent pas. Depuis quelques mois, je perçois moi aussi des signes dans les astres. L'observatoire de Mount Graham est tout dédié à la recherche d'autres mondes et d'une forme de communication que nous pourrions établir avec eux. Quelque chose est en train de se produire.

– D'autres mondes ? répéta Tahiri, qui ne s'en remettait pas.

– Pourquoi Dieu n'aurait-Il créé qu'une seule humanité ? Et si vous vénérez les statistiques, les chances d'être seuls dans l'univers constitué de trillions de galaxies, sans parler des univers parallèles, sont presque nulles.

Vernay se mordit la lèvre inférieure jusqu'au sang. Non, elle ne voulait pas acheter cette hypothèse grotesque. Elle touchait au but, et le jésuite l'embarquait à deux mille kilomètres. Elle voulait revenir à l'affaire, et creuser, coûte que coûte. Ce moine détenait d'autres réponses, bien plus réalistes, et son intuition pouvait les entraîner sur de nouvelles pistes. Elle en était convaincue. Elle extirpa le vieux rapport que son adjoint lui avait remis dans la voiture.

– Vous avez entendu parler d'ossements disparus dans les arêtes de poisson ?

– Non, mentit Lupo.

Cette flic n'était pas aussi sotte qu'il l'imaginait. Elle était aisément manipulable, mais elle maintenait son gouvernail d'une main de fer, en suivant sa route.

— Quatre à cinq mètres cubes de crânes, de tibias et de côtes, *dixit* le rapport. Vous n'auriez pas une idée de leur origine ? Ni de l'endroit où ils auraient pu être stockés ?

— Aucune idée, désolé. Concentrez-vous sur les signes venus du ciel, insista Lupo, pour détourner l'attention. Il vous faut connecter le haut et le bas. Encore et toujours, madame le commissaire.

— Vous pouvez m'appeler Louise, souffla Vernay, de guerre lasse.

Au point où on en était... C'était toujours mieux que ce titre bidon qu'elle abhorrait.

— Louise ? Tiens, savez-vous qu'une des premières pensionnaires de ce collège était une célèbre Louise ? Une grande figure lyonnaise ? La poétesse Louise Labé, dite « La Belle Cordière », qui fonda ce qu'on a appelé l'école lyonnaise. C'est ici qu'elle a rencontré ses comparses Maurice Scève et Pernette du Guillet. Elle a sans doute arpenté cette chapelle, où vous vous tenez en ce moment même !

Louise piqua un fard et se leva brusquement.

— Oui, alors, on s'en fout royalement. Merci, frère Lupo, pour votre aide. Mais là, on doit partir.

Louise remisa ses documents, le vieux rapport du service de la voirie et les fameux motifs retrouvés près du cadavre. Elle embarqua aussi les deux pages du *Progrès*, avec les photos confondantes de l'ISS et des arêtes de poisson. Puis elle tira sèchement son adjoint par la manche.

— Viens, on se casse.

— Mais... Louise... qu'est-ce qui te prend ?

Tout en titubant vers la sortie, Tahiri tourna son visage contrit vers Federico Lupo.

— Merci, merci mille fois, au revoir, monsieur Lupo, et si nous avons d'autres questions...

Ils étaient déjà dehors.

Ils grimpèrent dans la 308.

Furieuse, Louise claqua la portière et démarra en trombe.

Chapitre dix

Vendredi 13 mai 2022, 10 h 20, heure de Paris

Louise chérissait les vendredis 13.

Dès qu'une superstition suscitait des angoisses débiles chez ses congénères, elle « kiffait ». Au point que les vendredis 13 la remplissaient de joie.

Elle s'était offert une vraie nuit de sommeil, et s'était levée du bon pied.

Pourtant, la veille s'était terminée dans le gore, en mode stage forcé à l'abattoir.

Elle avait assisté à l'autopsie de Tony Jermal – enfin, ce qu'il en restait. Le légiste avait paru confus, ne sachant guère que conclure.

D'habitude, il tranchait dans le vif : asphyxie volontaire par strangulation ; hémorragie interne entraînée par la perforation d'organes vitaux par des projectiles d'arme à feu ; hémorragie cérébrale consécutive à l'enfoncement de la boîte crânienne par un objet contondant... C'était net, clair et sécurisant. On savait où on allait.

Mais, la veille, le doc n'avait pas brillé. Il s'était empêtré avec ces organes et ces viscères gélatineux qui s'étaient répandus au sol et qu'il avait analysés tant bien que mal. Il avait passé un temps fou à réaliser des prélèvements avant de les plonger dans une kyrielle de tubes qu'il avait fallu sceller à la chaîne. Et, surtout, il avait ramé pour déterminer comment le ventre avait été charcuté. Aucune trace de découpe nette, des chairs à moitié disloquées... Il espérait débusquer un motif, une logique, mais rien ne s'était vraiment dessiné. Il avait cherché d'autres stigmates, avant de se prononcer sur les causes de la mort. Des fois que le refroidi eût été étranglé ou abattu d'une bonne vieille balle avant de se déballonner dans la galerie. En désespoir de cause, il avait fini par déclarer : « La mort a été causée par éventration à l'aide d'un objet peu tranchant, qui reste à déterminer. »

Tu parles d'une analyse.

Le fils du toubib, âgé de six ans, aurait pu faire mieux.

Il avait fallu endurer d'immondes relents de tripes avariées pour s'entendre dire ça.

Après quoi, Louise était rentrée chez elle sans repasser à la PJ. Après une longue douche brûlante, elle avait épluché Internet pour en apprendre davantage sur les Jésuites, l'Observatoire du Vatican – une infrastructure énorme – et le pedigree de Federico Lupo. Wikipédia lui avait révélé que le moine avait poursuivi ses études au prestigieux MIT, le Massachussets Institute of Technology, avant d'entrer au séminaire. Il était docteur en astrophysique, spécialiste des pulsars, et avait accompli toute sa carrière à l'Observatoire du Vatican, avant d'être finalement promu directeur.

Les Jésuites intriguaient Vernay. Des religieux férus de science, enclins à trouver des explications rationnelles qui contredisent les historiettes de la Bible... Il fallait avoir des *cojones*. D'ailleurs, elle avait découvert que l'Ordre avait été dissous durant quarante années, entre la fin du XVIIIe et le début du XIXe siècle. La Compagnie de Jésus n'était pas au goût de tous, et son influence avait fini par faire trop d'ombre.

Elle avait longuement songé aux échanges avec le prélat, et ne pouvait s'empêcher de superposer les deux photos du *Progrès* de Lyon. Bien sûr, en y réfléchissant, c'était tiré par les cheveux. La ressemblance structurelle entre les arêtes et l'ISS frappait, mais c'était sans doute une coïncidence. Fallait-il percevoir l'un de ces signes auxquels le jésuite croyait dur comme fer ? Et un signe annonciateur de quoi ? Quel taré pouvait à la fois viser un astronaute et un chercheur ? Et comment aurait-il réussi un doublé synchrone, dans des lieux et des contextes aussi différents ? À moins d'être confronté à un véritable complot...

Tout en se triturant les méninges, elle était restée branchée sur BFMTV pour ne perdre aucune miette des rebondissements de la série « meurtre à bord de la Station spatiale internationale ».

Elle avait maté l'arrivée de l'astronaute britannique, Ethan Miller, au centre spatial Lyndon-Johnson de Houston.

Un BG au sourire ultrabright, la chevelure onctueuse et la mèche nonchalante, soutenue par un regard perçant aux reflets mers du Sud.

— Il a tout pour lui, cet enfoiré...

S'était ensuivi un soliloque sur sa « vie de merde », qui avait tenu compagnie aux faucheuses qui bullaient au plafond.

Louise avait dévoré le direct retransmis par les chaînes américaines : Miller saluant la compagnie – la moitié des effectifs de la NASA, au bas mot – avant que les journalistes ne détaillent sa mission.

Dans les heures qui suivaient, il allait se propulser à bord d'un vaisseau commercial affrété par la firme du milliardaire excentrique Elon Musk.

Le mec était un vrai mégalo, qui avait présidé PayPal, fondé Tesla et ses voitures électriques, avant la fameuse compagnie SpaceX et ses fusées recyclables. Le genre qui prenait tout au pied de la lettre. Un matin, sa femme lui avait lancé : « Décroche-moi la Lune », et il l'avait fait.

Quand même, confier une mission pareille à une boîte privée, un représentant des GAFA... Il n'y avait que les Amerloques pour faire ça. « Ces mecs sont plus puissants que n'importe quel État », avait râlé Vernay.

Bien sûr, elle avait eu droit au couplet des experts serinant que les Américains s'étaient trouvés dix ans sans capacité d'envoyer un homme dans l'espace, contraints d'utiliser les fusées russes Soyouz. Les engins de SpaceX, et prochainement Boeing, offraient aux États-Unis de redorer leur blason et de recouvrer leur indépendance vis-à-vis de l'ennemi larvé de toujours, l'ex-Union soviétique...

Et après ? Cela était-il une raison pour laisser les clefs de l'espace à l'une de ces firmes dont le seul dessein était d'engranger d'énormes profits ? À moins que les Russes ne soient considérés comme les suspects numéro 1 dans le meurtre de Bob Jenkins...

Devait-elle aussi chercher dans cette direction ? Elle n'avait aucune accointance avec le milieu russe. Tout ceci relevait bien plus de la DGSI, voire de la DGSE.

Elle s'était trituré les méninges – un peu – avant de se coucher, épuisée, sans fumer, ni boire.

Le lendemain matin, elle s'était éveillée en sursaut.

Le signe... le fameux signe venu des cieux... le lien avec son affaire... et si c'était ça ?

Dans la nuit, son encéphale avait retraité toutes les informations en lien avec le ciel et les arêtes de poisson. Elle s'était alors souvenue que, le jour même de la découverte du cadavre, un blindé l'avait à moitié emboutie ; elle l'avait pisté jusqu'aux pentes de la Croix-Rousse, tout près des souterrains... Sur le blindage, elle se remémorait parfaitement l'inscription « Base 942 ».

Qu'étaient-ils venus observer avec leur radar mobile ? Que cherchaient-ils à l'aide de leurs longues-vues électroniques ? Elle n'avait pas eu le temps de les apostropher. Son boss, le divisionnaire Espinasse, l'avait sonnée pour qu'elle rapplique sur la scène de crime.

Sur Internet, sa requête « Base 942 Lyon » avait abouti en deux dixièmes de seconde, vomissant près d'un million six cent mille résultats ! Les robots Google et leur puissance de calcul thermonucléaire... Elle avait aussitôt appris que la base 942 se trouvait sur le mont Verdun, à sept kilomètres seulement de l'école des commissaires de police.

Ça expliquait l'accrochage sur la départementale verdoyante des monts d'Or...

Ce qu'elle avait ensuite lu l'avait effarée. La base ne constituait rien de moins que le centre national opérationnel du commandement de la défense aérienne ! Toutes les opérations militaires en vol, sur le territoire français comme à l'étranger, étaient contrôlées et coordonnées depuis cette base mystère, particulièrement bien protégée. Pourtant, les Lyonnais la connaissaient, indirectement. Les deux principaux radars masqués par d'énormes bulles cendrées dominaient les collines des monts d'Or, et elles étaient visibles depuis le nord de Lyon et la plupart des communes qui longeaient la Saône, ainsi que depuis les vallées qui s'étiraient plus à l'ouest, comme celle de l'Azergues, aux portes du Beaujolais. Ces champignons atypiques, étranges, immuables depuis les années 1950, faisaient partie du paysage. Mais ce que découvrit Louise était plus édifiant encore : la base accueillait aussi le « COSMOS », centre opérationnel de surveillance militaire des objets spatiaux, qui visualisait en temps réel tous les satellites et autres engins qui gravitaient autour de la planète ! C'était l'un des quatre seuls centres névralgiques de ce genre dans le monde. Forcément, aucun phénomène venu de l'espace ne pouvait leur échapper...

Sans hésiter, elle s'était sapée avec son plus beau tailleur – en fait, le seul – et avait même ciré ses souliers, ce qui n'était pas arrivé depuis son enfance. Elle voulait en jeter.

Car ce qu'elle s'apprêtait à faire, un grand coup de bluff sans aucune chance d'aboutir, nécessitait une sacrée mise en scène – et un culot monstre. Tout nouveau défi l'excitait ; l'adrénaline coulait à flots dans ses artères.

À 9 h 17, elle se rua dans sa 308 de service avec une pêche d'enfer. Elle avait même été jusqu'à s'enduire de rouge à lèvres pour produire le maximum d'effet.

Évidemment, il bavait sur les bords. Son manque d'expérience en la matière était pitoyable.

Elle n'avait prévenu personne, ni son adjoint Ahmed Tahiri, ni son chef Laurent Espinasse, et moins encore le juge d'instruction. Elle n'avait aucune chance d'obtenir l'autorisation, ni même de simples encouragements. C'était du n'importe quoi ; une perte de temps évidente.

Mais qui ne tente rien n'a rien.

Vingt minutes plus tard, elle entrait dans Saint-Didier-au-Mont-d'Or, à quelques encablures de l'école de police. Elle poursuivit plein nord, en direction du mont Verdun. Elle ne s'était jamais aventurée sur les cimes des monts d'Or, qui culminaient à plus de six cents mètres d'altitude. La randonnée l'emmerdait ferme ; marcher sans aucun but, sinon celui d'admirer le paysage, lui paraissait inepte et sans intérêt.

Elle grimpait dans un écrin de verdure ; des pâturages, des bouquets de pins et de chênes s'égrenaient le long de la route escarpée. Sur le bas-côté, un panneau annonçait la couleur : « zone militaire – défense de photographier ». En toile de fond, l'énorme champignon du radar du mont Verdun grossissait à vue d'œil. Après trois kilomètres en pente raide, elle enroula deux virages en épingle qui menaient à l'entrée de la base.

Elle ralentit aux abords d'un épais grillage caractéristique des sites militaires, puis s'immobilisa devant un long portail vert coiffé d'une demi-douzaine de drapeaux tricolores. Quatre soldats en treillis armés jusqu'aux dents se tenaient raides comme des I derrière les barreaux. Louise s'approcha de la guérite centrale. Une plaque menaçante refroidit ses ardeurs : « Zone de défense hautement sensible : défense de pénétrer – danger de mort ». Le tout barré du bandeau tricolore et surmonté d'un sympathique crâne posé sur deux fémurs en croix...

La jeune femme prit son courage à deux mains, inspira un bon coup et tira machinalement sur le revers de sa jupe pour la défroisser. Elle se présenta au planton qui filtrait les entrées.

– Commissaire Louise Vernay, brigade criminelle. Je souhaite m'entretenir avec le commandant de la base.

Tout en s'exprimant avec la plus grande assurance possible, elle exhiba sa nouvelle carte. Pour une fois qu'elle lui était vraiment utile... Commissaire équivalait au grade de colonel dans l'armée. Elle espérait ainsi impressionner le soldat.

Le militaire ne s'en émut nullement. Il avait vu passer les plus grands officiers généraux, deux Premiers ministres, quatre ministres de la Défense... Il lui en fallait un peu plus.

– Vous avez rendez-vous ?

Louise afficha une mine grave.

– Je mène une enquête de flagrance, sous l'autorité du procureur de la République de Lyon et de la JIRS, la juridiction interrégionale spécialisée en matière militaire.

Elle mentait éhontément, mais c'était le seul moyen de justifier son immixtion sans aucune commission rogatoire ni démarche préalable. Le sous-fifre fronça les sourcils. Il n'en croyait pas un traître mot. Louise abattit son seul véritable atout. C'était quitte ou double.

– Les suspects se sont notamment rendus coupables d'un délit de fuite, et tandis que je les poursuivais, ils ont embouti mon aile arrière et détruit mon rétroviseur. Regardez vous-même. Vous pouvez vérifier : c'était lundi, à 9 heures du matin, au niveau de Saint-Didier-au-Mont-d'Or, alors que je quittais l'école des commissaires de police. Un blindé qui fonçait en direction de la Croix-Rousse.

Finalement, le bidasse passa un coup de fil.

Vernay patienta dix bonnes minutes en se rongeant discrètement les ongles. Sa jupe la serrait, et elle se sentait engoncée dans son tailleur comme dans un sac à viande. Elle faisait les cent pas en évitant d'afficher son stress de manière ostentatoire.

– C'est bon, vous pouvez entrer. Le colonel Delestrade va vous recevoir.

Après avoir remis sa carte d'identité au planton, elle pénétra par le petit portillon qui flanquait la guérite. Deux troufions, fusil FAMAS solidement arrimé contre la poitrine, la conduisirent sans mot dire aux portes d'un bâtiment de plain-pied. Tout en marchant, elle longea une butte qui se voulait décorative : un vrai Mirage III se trouvait planté en plein milieu, le nez fuselé tendu vers le ciel, comme s'il s'éjectait à la verticale à la manière d'une fusée. C'était bien la seule petite touche de fantaisie... Tout près, le dôme du radar du mont Verdun toisait la base depuis un oppidum nimbé d'arbres en pleine feuillaison. Au loin, c'était le radar Ground Master, encore plus puissant, qui régnait depuis le sommet du mont Thou. Pas de doute, elle se trouvait dans une base aérienne, même si les installations de surface ne payaient pas de mine et qu'il n'existait ni chasseur sur le tarmac, ni tour de contrôle. Et pour cause... Louise allait bientôt découvrir pourquoi.

Elle poireauta cinq minutes devant un hangar sans âme. Enfin, un haut gradé en treillis surgit par l'une des portes.

– Colonel Delestrade. Que puis-je pour vous, commissaire ?

L'officier affichait un regard hautain. L'armée, c'était la grande muette. Jusqu'aux années 2010, un con de civil n'aurait eu aucun droit de regard sur elle. Deux réformes – sur lesquelles Louise avait heureusement planché à l'école des commissaires, quelques semaines plus tôt – faisaient désormais des soldats des justiciables comme les autres. Évidemment, le haut gradé eût préféré échanger avec un collègue militaire de la gendarmerie nationale. Pas de bol, il fallait faire avec la Vernay, dans toute sa splendeur.

Louise exposa de nouveau les faits – sans aucun intérêt, de la tôle froissée, du ressort d'une simple assurance auto – mais, cette fois, elle surfa sur son enquête. Elle insista lourdement sur la présence du blindé à deux pas de la scène de crime de la Croix-Rousse. Pour enfoncer le clou, elle exposa ses soupçons concernant l'opération militaire menée par les soldats de la base 942. Puis elle évoqua le meurtre de la Station spatiale internationale, et la présence du centre de surveillance COSMOS, « comme par hasard », au sein de la base. Elle mélangeait tout pour farcir la tête de l'officier et lui donner du fil à retordre.

Le colonel Delestrade hallucinait. Cette flic racontait n'importe quoi, et avait dû fumer la moquette. S'il savait... Pourtant, dans son délire conspirationniste, elle s'approchait de certains faits classifiés. Pure intuition ? Ou bien des informations confidentielles avaient-elles fuité ? L'officier supérieur était gêné aux entournures. Il sentait cette fille capable de tout, dans le genre obstiné. Il devait désamorcer la charge et blanchir ses hommes de tout lien avec son enquête. Finalement, il invita Louise à le suivre. Elle murmura un « Yes » teinté de surprise. Et si elle visait juste ? Ce colonel avait cédé plus facilement qu'elle ne l'eût imaginé...

Elle grimpa à ses côtés dans un petit véhicule électrique, type « golfette » améliorée, paré de deux puissants gyrophares orangés. Une porte automatique s'éleva.

Et là, tout bascula.

Elle s'engouffra dans un tunnel qui s'enfonçait dans les entrailles de la colline.

Pendant cinq minutes, Louise eut l'impression de vivre un épisode de *Voyage au centre de la Terre*. Le tunnel, habillé d'épaisses gaines métalliques qui couraient sur les parois ovales, mesurait à peine trois mètres de diamètre et rendait aussitôt claustrophobe. Pour impressionner Vernay, l'officier supérieur énuméra les mensurations de « l'ouvrage », comme il l'appelait. Six kilomètres de galeries creusées dans le relief, reliant sur plusieurs niveaux les diverses salles de contrôle, les services administratifs, l'infirmerie, les espaces de repos, et même une centrale électrique capable de prendre le relais d'EDF en cas de coupure, et ce durant des semaines... Le tout relié par mille kilomètres de câbles. Ce mégabunker souterrain pouvait supporter n'importe quelle attaque, y compris nucléaire.

Et pour cause, il se trouvait niché à cent trente mètres de profondeur...

Vernay franchit plusieurs portes et sas équipés de volants, comme sur les écoutilles d'un sous-marin. L'impression de confinement extrême la rendait très mal à l'aise... Ses neurones bouillonnaient, et plusieurs images se confondaient dans son esprit : les galeries souterraines des arêtes de poisson, qui se superposaient aux boyaux de la base enterrée ; mais aussi l'impression de vivre à bord de l'ISS, avec son chapelet de modules étroits, sans possibilité de respirer l'air extérieur... Après avoir badgé plusieurs portes, et même subi un scanner dans un sas sphérique, elle finit par débarquer dans une petite salle abritant une vingtaine d'opérateurs agglutinés, rivés devant des écrans radars, dans des conditions comparables à celles des astronautes isolés à bord de la Station spatiale internationale... Le mélange des genres, une fois de plus, perturba Louise qui perdait tout sens de l'orientation. Était-ce le jour, ou la nuit ? Était-elle sous terre ou bien en orbite à quatre cents kilomètres d'altitude ? Le haut et le bas se confondaient, pour de bon.

Et si le jésuite avait raison ? Si tout était relié, intimement, et que l'un influait sur l'autre, et vice versa ?

– Bienvenue dans le centre national des opérations aériennes. D'ici, nous contrôlons la totalité du trafic sur le territoire. Nos équipes se relaient vingt-quatre heures sur vingt-quatre. Plus de dix mille aéronefs survolent la France tous les jours. Dès que nous détectons un problème, comme le survol d'une installation sensible, ou la pénétration de l'espace aérien par un appareil étranger, nous sommes capables de déclencher en quelques secondes le décollage d'un chasseur ou d'un hélicoptère depuis l'une des quatre bases françaises, afin de l'intercepter. Quand la situation devient sérieuse, j'ai une ligne directe avec le ministre de la Défense, et une avec le cabinet du Premier ministre. Nous devons réagir en temps réel et prendre les décisions qui s'imposent.

Vernay observait les poilus en uniformes, la boule presque à zéro, en train de s'affairer devant leurs écrans, téléphone en main. Plusieurs projecteurs réfléchissaient des cartes de France sur le mur, traversées par des centaines de trajectoires. Les opérateurs étaient serrés comme des sardines, dans cette salle au plafond bas, aussi étriquée qu'une classe de collège. Une odeur rance de transpiration mêlée à celle des revêtements synthétiques écœurait Louise, qui sentait l'angoisse monter en elle. Comment ces types pouvaient-ils supporter un tel confinement ? Rester huit heures par jour plus de cent mètres sous terre, sans mettre le nez dehors ?

Elle prit sur elle, et s'efforça d'adopter une attitude douce et conciliante.

– C'est passionnant, colonel, mais quel est le rapport avec l'opération menée à la Croix-Rousse et qui m'a valu un accrochage d'anthologie ?

Delestrade changea de figure. Son sourire commercial s'estompa pour laisser place à une mine sérieuse.

– Écoutez, si j'ai voulu vous conduire ici, c'est pour que vous compreniez bien une chose : vous vous trouvez dans une installation ultrasensible, qui veille à la sûreté permanente du territoire. Toutes nos opérations sont classées secret-défense, et la plupart sont même projetées sur des terrains de guerre à l'étranger. Vous avez peut-être lu que nous avons par exemple mené, depuis ce bunker, des attaques ciblées au Sahel dans le cadre des opérations Serval et Barkhane. Nous avons téléguidé, d'ici, plusieurs drones qui ont détruit des cibles terroristes. C'est sorti dans la presse, je ne le nierai pas. Mais pour le reste, vous comprendrez aisément que je ne peux rien vous divulguer.

Louise s'attendait évidemment au couplet du secret-défense.

– J'entends parfaitement, mais vous devez aussi me comprendre. Nous travaillons tous les deux pour la sécurité de nos concitoyens. J'ai un cadavre charcuté de manière abjecte sur les bras, et plusieurs sources m'indiquent que cet assassinat est en lien direct avec celui de la Station spatiale internationale. Je ne voudrais pas que vous entraviez mon enquête, colonel. Si vous savez quelque chose, si vous avez repéré une activité anormale dans le ciel qui me permette de relier les deux affaires, vous devez me le dire. Je ne crois pas du tout au hasard : votre blindé qui cherche à détecter quelque chose juste au-dessus des arêtes de poisson, alors même qu'on se trouve avec deux cadavres identiques sur les bras, là-haut et ici... je ne peux pas croire en une simple coïncidence. Le procureur et les magistrats spécialisés en matière militaire de la JIRS non plus.

Louise avait parlé avec aplomb, tout en conservant un maximum d'amabilité. Elle espérait aussi que sa tenue sérieuse, et son nouveau statut de commissaire à la Crim' – même stagiaire – infléchiraient l'officier supérieur.

— Je ne comprends rien à ce que vous dites. Cette histoire de cadavres qui seraient liés... Un astronaute dans l'espace et un touriste américain à Lyon ?

— Un chercheur, rectifia Louise. Il n'était pas en goguette. Il était venu pour motifs professionnels.

Delestrade haussa les épaules.

— N'empêche, votre histoire n'a ni queue ni tête. Revenons-en aux faits, et à votre présence ici, commissaire : je peux savoir ce que vous reprochez exactement à mes hommes ? Je veux dire, à part d'avoir embouti l'aile de votre voiture de fonction ?

Louise commençait à perdre patience, d'autant qu'elle sentait que ce colonel l'enfumait. Il ne l'aurait jamais invitée dans son joujou antiatomique s'il était blanc comme neige. Il cherchait à détourner l'attention. Elle changea de braquet.

— Eh bien, je crois que lundi, à la Croix-Rousse, vos hommes ont été témoins d'une manifestation anormale en lien direct avec mon enquête. Et la dissimulation de preuves en vue de faire obstacle à la manifestation de la vérité est passible de trois à cinq ans d'emprisonnement, *colonel*. Article 434-4 du code de procédure pénale.

Les derniers mots de la jeune femme s'étaient faits cinglants.

Le commandant de la base n'était pas un tendron. Ancien pilote chevronné sur Mirage 2000 et F-16, il pouvait supporter des turbulences extrêmes. Ce n'était pas une civile qui allait la lui mettre. Pour qui se prenait-elle ?

– Je crois que nous en avons terminé, commissaire... *stagiaire*, c'est bien ça ?

Louise s'empourpra. Pauvre con ! Il renchérit :

– J'attends une convocation officielle de la JIRS. Qui est le magistrat en charge, d'ailleurs ?

Louise déglutit. Elle n'était qu'une amatrice. Elle n'avait même pas mémorisé le nom d'un des juges spécialisés en matière militaire au tribunal de grande instance de Lyon. Comme souvent en pareil cas, elle contre-attaqua sans vergogne et joua le tout pour le tout. Fini les salamalecs et les courbettes.

– J'ai une demi-douzaine de journalistes sur le paletot qui me harcèlent et qui espèrent un bon vieux scoop sur l'enquête en cours. Ne soyez pas surpris si vous trouvez, demain matin, une série d'articles sur la base 942, son lien supposé avec l'affaire et le refus de la « grande muette » de collaborer avec la police judiciaire. Peut-être pour couvrir les activités délictueuses de certains de ses militaires ? Je vois d'ici les titres dans le *Progrès*, sur France 3 et même en national.

Delestrade serra la mâchoire et manqua traiter cette conne de salope devant tout son staff.

– Vous me menacez, commissaire ?

– Loin de moi cette idée, lâcha Vernay avec un sourire carnassier. Je ne demande pas grand-chose. Juste la confirmation d'un lien entre deux affaires très graves, qui impliquent des ressortissants américains. Votre silence pourrait même conduire à un incident diplomatique.

L'officier fulminait. Il réfléchit un instant, puis finit par baisser les bras. Au fond, il n'y avait pas grand-chose à dire, et cette pétasse n'allait pas lui gâcher la journée.

— Suivez-moi.

Ils quittèrent le centre des opérations aériennes pour s'enfermer dans une minuscule pièce équipée d'une table et de quatre chaises. Elle ressemblait trait pour trait aux salles d'interrogatoires de la PJ, en sous-sol, utilisées pour les gardes à vue. Des locaux aveugles, exigus, qui mettent mal à l'aise les suspects dans le but de les faire craquer plus facilement...

Ils prirent place l'un en face de l'autre. Officiellement, aucun témoin ne pouvait les entendre.

— Nous avons détecté la présence d'un aéronef à une altitude élevée, au déplacement rapide, au-dessus du ciel de Lyon, dans la nuit de dimanche à lundi. Nos radars n'ont enregistré que des échos furtifs, très difficiles à suivre. Et puis tout a disparu. Nous avons même cru en un bug du système. Mais au petit matin, lundi, des témoins ont fini par évoquer sur les réseaux sociaux la présence d'objets étranges dans le ciel de la Croix-Rousse. Ça a même déclenché une petite frénésie ufologique sur les sites spécialisés.

— Ufologique ?

Louise n'avait jamais entendu ce terme.

— L'ufologie, c'est tout ce qui a trait aux OVNI. Ils étaient des dizaines à voir qui une soucoupe volante, qui un gros cigare... Des lumières qui clignotent. Enfin, toujours les mêmes conneries. Mais le GEIPAN, une branche du Centre national des études spatiales, à Toulouse, spécialisé dans l'analyse des « phénomènes aérospatiaux non identifiés », a fini par passer un coup de fil au COSMOS, chez nous.

— Le COSMOS, c'est votre salle de contrôle des objets spatiaux, c'est bien ça ?

Louise tentait de suivre mais perdait le fil avec tous ces acronymes plus débiles les uns que les autres.

— Exactement. Et comme il s'agissait d'objets visibles depuis la Terre, on a finalement cherché des traces radars, et on est revenu sur les signaux de la veille, forcément.

Comme on n'avait plus rien sur les écrans, on a envoyé une patrouille sur les lieux. Pour tenter le contact visuel.

Vernay était suspendue aux lèvres de l'officier supérieur. Elle n'avait pas fait tout ça pour rien...

– Et alors ?

– Et alors, rien. On n'a rien détecté de plus. Aucun visuel. Le COSMOS non plus, depuis sa salle de contrôle. Et les témoignages se sont éteints en quelques heures. Toutes les prétendues manifestations s'étaient évaporées. Beaucoup de bruit pour rien, commissaire. Voilà toute l'affaire. Maintenant, je compte sur vous pour garder ces informations absolument confidentielles.

Delestrade se dressa et invita Louise à quitter la pièce. La flic était stupéfaite. Alors, c'était tout ? Il la plantait là, comme ça ? Elle était convaincue qu'il mentait. Le début du récit sonnait juste ; la conclusion puait le bobard...

– Attendez, je ne comprends pas : vous avez bien parlé d'OVNI ? On parle bien de soucoupes volantes ?

– Des témoins ont déliré sur des OVNI, oui. Ça arrive tout le temps, mais en général, on détermine rapidement l'origine des aéronefs non identifiés. Un ballon météo, un drone militaire – c'est d'ailleurs souvent pour ça qu'on nous interroge, afin d'exclure cette piste. Ou, au contraire, de confirmer qu'il s'agissait bien d'un équipement militaire.

L'officier supérieur poussait Louise vers la sortie.

– Mais vous avez bien détecté des échos radars ? C'est bien ce que vous m'avez dit ? Je ne sais pas, ça ne pouvait pas être un avion espion ou un truc dans ce genre ?

– J'ai dit qu'on avait détecté des signaux furtifs quelques heures auparavant, et puis plus rien. Donc pas de menace, et rien de concret. Il n'y a pas d'affaire, commissaire. Je suis désolé. Nous n'avons rien à voir avec votre enquête en cours, et nous n'avons rien détecté qui puisse vous aider à la résoudre.

Cette fois, Delestrade avait grand ouvert la porte et tendait le bras pour contraindre Vernay à s'en aller.

C'était terminé.

Rideau.

Louise quitta la base l'esprit sens dessus dessous. L'expérience qu'elle venait de vivre, aussi angoissante que mystérieuse, la rendait encore plus confuse que la veille.

Les graffitis retrouvés dans les arêtes de poisson surgirent devant ses yeux. D'après le jésuite, ces symboles faisaient référence aux extraterrestres et à des civilisations lointaines...

Pour la première fois, la rationalité de Louise s'effritait.

Elle s'immobilisa sur le bas-côté, en pleine nature. Elle contempla les méandres de la Saône qui sinuaient au loin. La vue sur la vallée était imprenable. Puis elle leva les yeux au ciel.

Quelque chose s'était produit, là-haut. Elle devait en avoir le cœur net, et enquêter sur les deux affaires.

Elle irait jusqu'au bout.

Quitte à coffrer des putains de Martiens.

Chapitre onze

Vendredi 13 mai 2022, 22 h 34, heure de Paris

Federico Lupo se posta devant l'imposante cathédrale Saint-Jean, joyau du quartier médiéval de Lyon. Son architecture hésitait entre le roman et le gothique, et semblait avoir traversé les siècles en agrégeant l'art et la culture de ses contempteurs.

Le jésuite admira l'immense rosace qui ornait la façade. Son regard glissa sur les anges décapités et les niches dépourvues de statues, tous victimes des guerres de Religion. Puis il balaya les centaines de médaillons qui tapissaient les soubassements des trois immenses portails. Ils retraçaient des scènes de la Bible et de la vie des saints.

Mais pas seulement.

Les pupilles du jésuite se dilatèrent au maximum pour observer un bas-relief qui se détachait, au-dessus du portail droit. Un rayon de lune, comme le doigt de Dieu, l'illuminait faiblement. Il représentait quatre lièvres disposés en carré à l'intérieur d'un cercle, tous reliés par leurs oreilles, comme condamnés à tournoyer indéfiniment à la manière d'une hélice en forme de svastika... Le lièvre, au Moyen Âge, représentait l'apprenti en quête inextinguible de connaissances. Lupo sourit à cette allusion à la quadrature du cercle, disant l'impossibilité de résoudre les problèmes existentiels, et symbolisant la quête éternelle d'un savoir infini. Ce n'était pas la seule évocation du genre, dans la mosaïque spectaculaire qui nimbait les trois porches de la vieille cathédrale. Les Jésuites ne pouvaient qu'approuver, quand bien même ces représentations étaient païennes. Federico Lupo lui-même savait qu'il ne savait rien, tant l'étendue des connaissances et des mystères de l'univers pouvait donner le tournis, tout comme la danse folle des quatre lièvres. Dieu ne suffisait pas. Il n'était pas la *seule* constante, et tout ne pouvait s'expliquer par sa *seule* existence.

Au bout d'une minute, un chanoine actionna l'énorme vantail du portail central et arracha Lupo à sa rêverie. Il sonda le parvis joliment pavé d'un regard suspicieux. Personne d'autre ne devait entrer. Le jésuite pénétra aussitôt dans l'édifice de calcaire blanc. Il remonta la nef, franchissant une à une les travées désertes. Les dimensions de la « primatiale » – siège du Primat des Gaules, l'archevêque de Lyon – lui paraissaient bien modestes, en comparaison avec la plupart des cathédrales qu'il avait côtoyées. Les piliers et les amples voûtes qui longeaient les bas-côtés se trouvaient tous surmontés de vitraux, qui devaient distiller une belle lumière en journée. Parvenu à la croisée du transept, le jésuite fut frappé par le changement d'architecture. Il quittait un vaisseau gothique flamboyant pour pénétrer dans une humble abside, typiquement romane. Le chœur épousait tout l'espace, si bien qu'il n'existait aucun déambulatoire pour en faire le tour. Lupo songea que cette structure dénotait bien les contraintes de l'édifice. Planté en bord de Saône, sur un site alluvionnaire, il ne pouvait prendre toutes ses aises.

Mais il n'était pas venu là pour admirer la simplicité de la cathédrale Saint-Jean, d'autant qu'en soirée l'endroit était froid et inquiétant.

— C'est la première fois que vous venez nous visiter ?

Le chanoine du chapitre de la primatiale fit sursauter Lupo. Le jésuite se tourna vers le prêtre chenu et bedonnant, orné d'une croix pectorale clinquante qui couvrait son rochet noir et sa mosette de dentelles blanches. Il l'avait oublié, celui-là ! Il fallait le faire déguerpir, et vite.

– Oui, mon père, et je vous remercie de votre hospitalité. Je dois me recueillir, maintenant.

Mais le prélat fit la sourde oreille.

– Savez-vous que vous vous trouvez au-dessus des ruines de la plus vieille église de France ? Le premier édifice religieux construit en ce lieu remonte au IIe siècle, au moment du martyre de saint Pothin et de sainte Blandine, sous le règne de l'empereur romain Marc Aurèle.

– Oui, c'est l'une des raisons pour lesquelles je viens chercher quiétude et paix intérieure, afin de prier en mémoire des saints martyrs.

– Et savez-vous qu'ici fut couronné le pape Jean XXII, et célébré le mariage d'Henri IV et de Marie de Médicis ? Ou encore que Richelieu reçut entre ces murs sa barrette de cardinal ?

Lupo força un sourire impressionné.

– Vous m'en direz tant. Votre chapitre doit être bien fier. Je vous laisse rejoindre vos frères, il est tard, je ne voudrais surtout pas vous accaparer. Je sais que vous vous levez tôt demain pour chanter les laudes. Bonne nuit, mon père.

Le chanoine finit par se retirer, non sans faire montre d'une certaine méfiance. Qu'était vraiment venu chercher ce moine jésuite ?

L'Italien était enfin seul. Il se dirigea vers l'objet de sa visite, qu'il n'avait jamais eu l'occasion d'admirer lors de ses précédents passages en ville, faute de temps.

Il quitta le chœur et le maître-autel pour arpenter le transept nord, au fond et à gauche de la cathédrale. Il ne lui fallut que quelques pas pour tomber sur la merveille.

L'horloge astronomique, probablement l'une des toutes premières jamais construites. Le jésuite astrophysicien savait qu'elle disposait encore de la plupart de ses rouages d'origine, un cas presque unique. Des milliers d'engrenages, barillets, platines, rochets et autres poussoirs, tous de fer forgé, et dont la façon remontait aux années 1350... Cet incroyable mécanisme se trouvait niché à l'intérieur d'un sublime écrin maçonné, haut de neuf mètres. Lupo observa distraitement la partie supérieure ; un décorum de statuettes et d'automates, qui s'actionnait quatre fois par jour avec force carillons, pour le plaisir des yeux et des oreilles. Ces petites saynètes fantaisistes, mettant notamment en scène un angelot, un coq et un garde suisse, ne présentaient aucun intérêt pour lui – sinon la prouesse technique et la persistance, sept siècles plus tard, du dispositif. Son regard s'abaissa au niveau de la partie inférieure : deux cadrans mangeaient la façade, dont l'un retint toute son attention : l'astrolabe. Quel prodige ! Ses ancêtres moines-astronomes avaient ici représenté la voûte terrestre, immobile, et la voûte céleste, qui tournait à l'intérieur. Évidemment, à l'époque, nul n'eût osé représenter la Terre se mouvant autour du Soleil... Il fallait montrer l'inverse. Sur la voûte terrestre figuraient l'équateur, les tropiques, la ligne d'horizon de Lyon, et des repères tels que les azimuts et les courbes de hauteur. Dans la voûte céleste, outre les mois et les jours de l'année, ainsi qu'un globe tournant sur lui-même pour illustrer les différentes phases de la Lune, le jésuite observa minutieusement la représentation des douze signes du zodiaque qui ceignaient le cadran. Leur dorure magnifiait l'horloge.

Il ne pouvait manquer un tel rendez-vous avec cette incarnation de la mesure du temps, fidèle au mouvement des astres, immortalisée depuis de longs siècles.

Et pour cause : ce 13 mai 2022 marquait le quatre cent cinquantième anniversaire, jour pour jour, de l'élection de Grégoire XIII, auquel Lupo vouait une admiration sans limite. Ce pape fut l'un des plus fervents soutiens de la jeune Compagnie de Jésus et lui confia même un bâtiment pour installer son Collège romain, alors rebaptisé « Université grégorienne ». Cette institution, qui a toujours pignon sur rue à deux pas du Vatican, demeure la plus prestigieuse au monde et forme de nombreux docteurs de la foi, mais aussi de bien d'autres disciplines intellectuelles. Le moine italien, lui-même, était passé par l'université grégorienne, après ses études au MIT.

Mais en ce jour anniversaire, Lupo songea surtout à l'importante réforme du calendrier grégorien, qui rectifiait définitivement les errements du calendrier julien, lequel se trouvait décalé de huit jours tous les mille ans par rapport au *temps vrai*. Et à qui le grand pape Grégoire XIII avait-il confié l'élaboration de cette importante réforme scientifique ? À des mathématiciens et des astronomes jésuites des universités de Salamanque et de Coimbra ! Ce calendrier avait, depuis, été adopté par le monde entier, en raison de sa perfection, et restait utilisé partout. Qui pouvait encore nier que les Compagnons de Jésus comptaient parmi les plus grands astronomes de l'histoire ?

Federico Lupo joignit ses deux mains, baissa le front, puis fredonna une prière en hommage à ses prédécesseurs.

Soudain, une ombre glissa près de lui.

Il détourna aussitôt le regard et tomba sur une longue robe noire. Il reconnut aussitôt les traits sous la capuche sombre.

Comment était-ce possible…

Il se prosterna devant la silhouette d'ébène.

– Je suis à vos ordres, général.

L'homme tendit la main et invita le moine à se relever sans tarder.

– J'étais sûr de te trouver là, Federico. Faut-il que je vienne toujours jusqu'à toi ? Quand pensais-tu me faire ton rapport ?

L'Italien pâlit. Ses jambes flageolaient légèrement ; il s'efforça de se contrôler.

– Mais… comment avez-vous su…

Lupo avait toujours été impressionné par son supérieur. Il lui attribuait un don de précognition d'essence divine.

– Je te connais, Federico. Je te savais à Lyon, et en ce jour anniversaire de l'élection de Grégoire XIII, j'étais certain de te trouver devant ce chef-d'œuvre.

L'homme en noir riva son regard sur la majestueuse horloge astronomique.

– D'ailleurs, si je ne me trompe pas, la fin du conclave et l'élection de Grégoire sont intervenues à cette heure-ci, exactement. Federico, nous entrons en résonance, à travers l'espace-temps, avec le saint homme. Il nous observe, quelque part. Tu le sais mieux que quiconque.

Le général voulait-il parler du Paradis ? Ou bien plutôt d'un univers parallèle ? Car, comme lui, le moine italien croyait en l'existence de « multivers » dont l'un, peut-être, revivait l'histoire de la Terre avec quelques siècles de décalage, en raison de la distorsion de l'espace-temps décrite par Einstein. Mais une telle hypothèse valait blasphème, et les Jésuites n'en discouraient jamais. C'était une partie de l'immense secret sur lequel ils veillaient depuis près de cinq cents ans... Et sans doute la raison même de la présence du général entre ces murs.

Lupo se décida enfin à parler.

– J'ai récupéré les notes, général. Je suis en train de les étudier, et de les analyser.

– Et... montrent-elles les coordonnées ? Donnent-elles des indices sur la rencontre ?

– Je ne suis pas sûr. Il me faut encore interpréter bien des signes. Tony Jermal codait ses équations, et même ses propres commentaires pour qu'ils ne tombent pas en de mauvaises mains. Et...

Le jésuite ignorait s'il devait aller plus loin. Il darda plusieurs regards autour de lui, afin de s'assurer qu'aucun prêtre bouffi du chapitre de la primatiale n'était présent. Personne, non. Hormis Dieu le père, bien sûr, ici, en sa demeure. Mais Il comprendrait.

Forcément, Il comprenait déjà.

– Et quoi, Federico ? Parle sans crainte.

Le frère Lupo reprit son souffle et se mit à murmurer.

– Apparemment, il travaillait aussi sur des virus, et j'ignore tout du lien entre les deux.

– Des virus, dis-tu ?

– C'est ce que la police m'a révélé. Je tente de déchiffrer ses notes dans cette perspective, cela changerait tout aux messages.

— La police t'a donc interrogé ? Se doutent-ils de quelque chose ?

— Non, mais...

L'Italien se montrait hésitant, une fois de plus. Il avait pris des initiatives personnelles et doutait qu'elles plussent à son supérieur.

— Disons que je les ai orientés vers les convergences. Entre le macrocosme et le microcosme.

La robe noire garda d'abord un silence contrarié.

— Sais-tu vraiment ce que tu fais, Federico ?

— Oui, général.

Cette fois, Lupo avait répondu sans ciller. Il devait faire preuve de détermination, et ne jamais plus faiblir.

— L'enjeu est crucial, Federico. L'heure approche. Nous allons peut-être entrer en contact avec *nos créateurs*. Rien ne doit être laissé au hasard. Voici près de cinq siècles que nous œuvrons dans ce but. Nous avons essuyé de nombreux revers, et avons même failli disparaître.

Lupo médita ce terrible épisode de l'histoire des Jésuites, et la suppression pure et simple de l'Ordre entre 1773 et 1814. Ils avaient tenté d'abattre la Compagnie de Jésus, mais elle s'était relevée. Et s'était remise en quête de *la* vérité. La seule qui pût expliquer la présence de l'humanité sur Terre, et l'existence d'un pouvoir divin.

— Mais aujourd'hui, général, nous sommes la congrégation la plus puissante de toute l'Église catholique, et notre Saint-Père lui-même est issu de nos rangs. Nous n'avons plus rien à craindre.

— Détrompe-toi, Federico. Tout nous sourit, mais la moindre erreur serait définitivement fatale. Notre secret a été éventé une première fois et a bien failli nous faire disparaître à jamais. Tel le phénix qui renaît de ses cendres, nous sommes revenus. Mais nous sommes condamnés à réussir, désormais. Et nous n'avons jamais été aussi près du but.

Lupo acquiesça et se sentit galvanisé par les propos de son supérieur. La silhouette noire s'approcha tout près de l'Italien. Les traits familiers de son visage se raffermirent, dans la pénombre de l'ample capuche. Le général porta sa main sur l'épaule du moine, plus solennel que jamais. Lupo crut déceler, l'espace d'un instant, une lueur d'angoisse traverser la figure de son supérieur. Pour la première fois.

– Je compte sur toi, Federico. Nous comptons tous sur toi. Notre destin est entre tes mains.

Chapitre douze

Lundi 16 mai 2022, 23 h 47, temps universel

Les trois astronautes occidentaux de l'ISS faisaient le pied de grue devant l'écoutille du Node 2, le port d'amarrage dévolu aux vaisseaux de SpaceX. L'Italienne Carla Martini était la plus excitée, malgré la gravité de la situation. Elle vivait ces instants comme ceux d'un exploit. Au contraire, le Britannique Ben Higgins et l'Américain Bill Shepard faisaient grise mine. Voilà trois heures qu'ils manipulaient les écrans de leur tablette et bricolaient dans le sas en attendant la délivrance.

C'est que, dans l'espace, tout prenait un temps fou.

À l'extérieur, Ethan Miller rongeait son frein, engoncé dans la cabine exiguë du Crew Dragon, au côté de son collègue John Gatwick. Ce dernier, *senior astronaut* de cinquante-deux ans, avait volé deux fois à bord de la navette spatiale américaine, douze ans auparavant, et faisait office de commandant de bord. Mais cette fois, contrairement à l'époque de la navette, il n'avait pratiquement rien fait.

Le Crew Dragon de SpaceX présentait l'immense avantage d'être entièrement automatique. Du décollage à l'arrimage, les spationautes se tournaient les pouces et tapotaient sur leurs écrans tactiles dans le seul but de vérifier que tout se passait bien. Ils écoutaient les informations distillées depuis la salle de contrôle au sol, toujours ponctuées de l'éternel « bip » déjà audible lorsque les premiers hommes avaient foulé le sol de la Lune. Miller et Gatwick avaient procédé à des « checks » réguliers, et débrayé le pilote automatique à deux reprises pour vérifier que le mode manuel fonctionnait parfaitement.

Ils s'étaient arrachés à la pesanteur terrestre dix-neuf heures auparavant, depuis le complexe 39-A du Kennedy Space Center de la NASA, à Cap Canaveral. Leur fusée Falcon 9 avait grimpé en franchissant rapidement le mur du son, avant d'atteindre près de 10 000 m/h aux confins de l'ionosphère.

Miller avait essuyé son baptême du feu sans ciller. Il avait pourtant encaissé 3,5 G durant de longues minutes, soit une force de trente-quatre N(ewtons)/kg qui l'avait écrasé dans son fauteuil ergonomique. Comme pilote de chasse, il s'était habitué à des poussées deux fois plus violentes, mais bien plus courtes. Il s'en était sorti sans difficulté, d'autant que l'impesanteur facilitait la récupération. En revanche, le Britannique savait que, lorsqu'il regagnerait le sol en fonçant vers la Terre à la même vitesse – et en subissant la même force –, il faudrait l'extraire de sa capsule et peut-être l'étendre sur un brancard pour lui permettre de recouvrer ses esprits, et surtout l'usage de son corps sous le poids de la pesanteur terrestre.

Mais il n'en était pas là.

Il en était loin, même.

Une sacrée corvée l'attendait. Il aurait préféré gagner la Station spatiale dans d'autres conditions. Il avait beau se dire qu'il partait enfin pour le vide sidéral, son enthousiasme était douché par la mission qui lui avait été assignée.

À minuit exactement, temps universel, tout était enfin prêt. Il avait échangé ses derniers mots avec Houston, qui ne cessait de prodiguer des conseils inutiles car, comme tous les astronautes, il connaissait les procédures sur le bout des doigts et pouvait se déplacer dans l'ISS les yeux fermés. Neuf ans d'entraînement et de simulations, ça aide…

Lorsque Gatwick passa enfin la tête hors du sas pressurisé du Node 2, comme un bébé franchit le col de l'utérus, le Britannique Ben Higgins ouvrit les bras et le gratifia d'une accolade virile. Il fit de même avec Miller, mais avec plus de chaleur. Il retrouvait son compatriote, avec lequel il s'était entraîné des années, et qu'il n'avait pas revu depuis quatre mois. Normalement, c'est le commandant de bord de l'ISS qui était censé accueillir les nouveaux venus. Mais Evgueni Porchnev se tenait à distance, à l'autre bout de la station, avec son collègue Sergueï Chenko. La tension était montée de plusieurs crans ces dernières heures, et la rupture était consommée entre les Russes et les Occidentaux.

Pour preuve, la NASA retransmettait d'habitude ce type d'événements en direct, durant de longues heures, depuis le décollage jusqu'à l'arrivée des astronautes à bord, à grand renfort de présentateurs, résumés filmés, biographies des spationautes... YouTube et tous les réseaux sociaux se trouvaient alors inondés par les vidéos *in live* de l'espace.

Mais cette fois, rien.

Pas une seule image, hormis celle du décollage de la fusée.

Ensuite, rideau.

C'est que la NASA n'avait aucune intention de dévoiler la débandade à bord de l'ISS. Et encore moins de laisser entrevoir le cadavre et les manipulations sordides que s'apprêtait à réaliser Ethan Miller.

En attendant ces instants fatidiques, l'astronaute anglais planait, à tous les sens du terme. Il goûtait enfin le bonheur d'évoluer en impesanteur, un état qu'il n'avait jamais pu éprouver, sauf quelques instants à l'occasion de brefs vols paraboliques « zéro G ». Sans parler des entraînements au fond d'une piscine, qui restaient très éloignés du sentiment unique, exceptionnel, qu'il éprouvait en cet instant, en planant *vraiment* dans l'air. Bien sûr, le module Harmony était étriqué, mais il pouvait tout de même avancer et reculer comme une feuille au vent. Cet état le faisait aussi planer mentalement. Il voulait s'enivrer de ces instants merveilleux. Plus rien d'autre n'existait.

Miller profita deux heures de cette euphorie, en évitant d'aborder les sujets qui fâchent. Il s'enquit des progrès réalisés en matière scientifique ; observa longuement la Terre depuis la *Cupola* ; et s'en alla saluer les Russes dans leur section, à l'autre extrémité de la Station. Porchnev reçut l'Anglais très fraîchement. Mais il devait communiquer avec lui. En tant que commandant, il restait le seul habilité à laisser Miller accéder au cadavre, ainsi qu'à la scène de crime.

Pour l'amadouer, l'Anglais s'exprima d'abord en russe.

– Привет, командир. Я тебе не враг. надеюсь, что мы сможем сотрудничать*.

Le Britannique se faisait comprendre, et ne parlait pas si mal.

Mais Porchnev préféra poursuivre en anglais. Après quelques civilités, les deux hommes s'isolèrent pour entrer dans le vif du sujet.

– J'ai réussi à maintenir le laboratoire Colombus en l'état. Pour n'éliminer aucune trace, et ne surtout pas contaminer la scène de crime par de l'ADN ou des empreintes humaines, j'ai télécommandé Fodor 2 afin qu'il récupère le cadavre et le place dans une combinaison.

– Fodor 2 ? Votre robot humanoïde ?

Miller hallucina. Skybot 950, *alias* Fodor 2, n'était qu'un tas de ferraille d'un mètre quatre-vingts incapable d'accomplir des gestes complexes. Tirer au pistolet, ça, il savait. Percer des trous aussi. Et même rouler quelques secondes en VTT – extrêmement utile à bord de la Station spatiale... Mais manipuler un macchabée éviscéré sans le ruiner, c'était autre chose. Le précédent modèle, Fodor 1, avait volé en 2019 et n'avait accompli que des actions simples. Il fallait espérer que son frère fût un peu plus doué...

---

* « Bonjour, commandant. Je ne suis pas votre ennemi. J'espère que nous pourrons collaborer. »

– Et... où est Fodor ? Toujours avec le corps de Jenkins ?

– Non, il est dans le module Svezda, vous êtes passé à côté sans le voir. Je l'ai rangé dans les toilettes.

« Sympa », songea Miller.

– Et le corps ?

– Vous arrivez juste à temps. Nous allions le transférer à l'extérieur, pour éviter qu'il ne se décompose. Mais il est encore dans le caisson réfrigéré dans lequel Fodor 2 l'a placé, il y a cinq jours. Un caisson qu'on a bricolé avec un des frigos de la cuisine. Apparemment, ça a tenu. Houston n'était pas chaud pour qu'on l'attache à l'extérieur.

Porchnev avait prononcé ses derniers mots sur un ton méprisant. Il trouvait les Américains peureux et timorés. Lui et son collègue Chenko auraient très bien pu réaliser l'opération sans risque. Mais les Amerloques avaient bien trop peur de perdre leur sacro-saint refroidi...

Miller ne questionna pas le commandant davantage. Sur terre, les *G-men* du FBI avaient tenté de l'endoctriner pour qu'il tire les vers du nez des deux Russes. Il devait leur faire raconter leur dernière nuit, juste avant la découverte du corps. En d'autres termes, vérifier s'ils avaient un « alibi solide ». Comme si les Russes pouvaient être allés se murger en boîte, au vu et au su de deux cents témoins... Ces flics du FBI étaient complètement largués, incapables d'adapter leurs routines au contexte exceptionnel de la Station spatiale.

Il se mit d'accord avec Porchnev pour entamer son sordide travail durant la nuit artificielle, afin de ne pas incommoder ni stresser les autres astronautes. Et puis, la nuit, profitant de l'obscurité et du silence, Miller était toujours plus concentré. Évidemment, dans la Station spatiale, l'énorme soufflerie, ainsi que les levers fréquents du Soleil – une quinzaine de fois par jour – n'offraient jamais de véritable répit.

En attendant l'heure bleue, il s'entretint avec chacun de ses confrères occidentaux. Cette fois, il n'était plus question de palabrer l'air de rien, pour détendre faussement l'atmosphère – et profiter, un peu, de l'impesanteur. Il fallait écouter. Et comprendre.

Au début, son échange avec Ben Higgins n'avait présenté aucune aspérité particulière. Son compatriote était solide et se montrait courageux. Bien sûr, à l'évocation du meurtre, une lueur d'angoisse s'était abîmée dans son regard. Mais il refusait de céder à la panique et ne croyait nullement en l'existence d'un pseudo-*serial killer* de l'espace. Cela n'avait aucun sens.

– Alors quoi ? avait relancé Miller. Qui a tué Jenkins, selon toi ? Et pourquoi ?

C'étaient les deux seules véritables questions. Celles qui agitaient des millions d'esprits abasourdis, quatre cents kilomètres sous leurs têtes.

Higgins planta ses iris d'acier dans ceux de Miller. Les deux hommes avaient passé les pieds sous des barres de sol pour demeurer immobiles et ne pas flotter stupidement en cet instant d'une intensité rare. Miller avait l'impression de vivre un moment unique. Historique, même.

– Personne, Ethan. C'est juste impossible.

– Comment ça, personne ?

– Comme je te le dis. Personne n'a tué Jenkins. Fais bien ton travail et tu trouveras sûrement une autre explication.

Miller était désarçonné.

– Je... je ne comprends pas, Ben... Il a été retrouvé éventré... j'ai vu les images...

– Ethan, écoute-moi bien : tu connais aussi bien que moi tous les autres à bord. Tu t'es entraîné avec eux, parfois des années. Les Russes compris, pendant au moins six mois à la Cité des étoiles. As-tu le moindre soupçon ? Sincèrement ?

– Je...

Mais Miller se tut. Non, vraiment, il ne voyait personne capable d'une telle horreur. Après une longue minute de réflexion, il reprit :

– Et... tu aurais une explication, toi ?

Higgins riva son regard à travers le hublot. Il prit une profonde inspiration.

– Quelque chose, Ethan... Il y a quelque chose dans ce foutu néant. Nous ne sommes pas seuls. Chacun l'éprouve à sa manière. J'ai même entendu Shepard et Jenkins, avant sa mort, discuter de phénomènes étranges. Eux non plus ne se sentaient pas seuls. Je crois que quelque chose nous observe.

Le médecin écarquilla les paupières.

– Mais... de quoi tu parles, Ben ?

Son ami demeura mutique, le visage toujours tourné vers l'infini. Le silence s'éternisa.

– Je n'ai rien de précis, Ethan. Juste un sentiment oppressant. Quelque chose qui te ronge au fil des jours. Si tu étais là, avec nous, tu comprendrais.

Miller baissa les yeux. Son compatriote cédait à la paranoïa. Le mal de l'espace, la décompensation psychique à la suite du drame... Tout pouvait l'expliquer. Qui pouvait lui en vouloir ? Qui tiendrait le coup ? Il tenta de ne rien montrer de son inquiétude – et, pour tout dire, de sa tristesse – et remercia Higgins de s'être ainsi confié à lui. Il le serra dans ses bras, dans une étreinte sincère, fusionnelle, aux antipodes des accolades factices des Américains, qui vous embrassent par-devant et vous poignardent par-derrière.

Miller sortit de cet entretien déphasé. Avec la perte progressive de ses repères – où était le haut ? Le bas ? –, il en perdait aussi sa vigueur intellectuelle et ses valeurs rationnelles. Les propos de son ami l'avaient ébranlé, plus profondément qu'il ne l'imaginait.

Lorsqu'il affronta Shepard, l'esprit encore brumeux, c'était un tout autre registre qui l'attendait. L'Américain exprima froidement son intime conviction qui n'avait pas oscillé d'un iota.

– Ces enfoirés de Porchnev et de Chenko ont saigné Bob comme un porc au milieu de la cour d'une ferme.

Tout en parlant, ses orbites se chargeaient d'inquiétantes ridules écarlates.

— Je vais leur faire la peau, Ethan. Je vais les dépecer, comme ils l'ont fait avec Bob. Ils se terrent comme deux rats dans leurs quartiers. Ils n'osent plus franchir la frontière. Tu te rends compte qu'ils ont envoyé leur tas de boue, Fodor, pour récupérer Bob ? C'est pas la preuve qu'ils ont le cul merdeux, ça ?

— Mais pourquoi auraient-ils massacré Jenkins ?

Miller tentait de raisonner l'Américain. Mais l'état d'esprit de Shepard le rendait d'évidence imperméable à toute tentative de raisonnement.

— Ces enfoirés détestaient Bob parce qu'il était solitaire, et qu'il bossait jour et nuit, contrairement à ces minables. Ils trouvaient ça suspect. Et puis ils ont peut-être voulu lui voler ses résultats.

— Lui voler des résultats ? Mais sur quoi travaillait Jenkins ?

Shepard demeura silencieux. Le fiel affleurait sur ses lèvres ; il ne voulait qu'une chose : débiner les deux Russes. Pour le reste, il n'avait rien à ajouter.

L'Américain ignorait-il tout du travail de son compatriote, ou bien voulait-il garder le secret ? Et le secret à propos de quoi ? Et si les Russes avaient fini par découvrir le cœur de ses travaux ? L'auraient-ils tué pour lui ravir ses découvertes ? Ou bien...

Miller déglutit. Pouvait-il penser une chose pareille ? Il poussa tout de même son raisonnement.

... Ou bien voulaient-ils l'empêcher d'aller plus loin ? Mais, dans ce cas, sur quoi pouvait bien travailler Jenkins pour représenter un tel danger aux yeux des Russes ?

— Bill, je répète ma question : sur quoi travaillait Bob ? Sur quoi travailliez-vous tous les deux ? À ma connaissance, vous n'étiez pas censés bosser sur des expériences de biologie. Pour quelle raison Bob Jenkins se trouvait-il, en pleine nuit, dans le module Columbus ?

Shepard détourna le regard. Il était mal à l'aise, et ne feignait pas. Miller le sentait. Alors quoi ? Il ne savait rien, vraiment ?

– Bill, je t'en supplie, c'est extrêmement important pour tenter de comprendre... et si tu accuses les Russes, alors il faut bien trouver un mobile. Que voulaient-ils voler à Bob ?

Mais Shepard n'écoutait plus. Il dodelinait de la tête et psalmodiait des propos incompréhensibles. Il perdait la raison, lui aussi.

Miller se résuma : Higgins accusait l'esprit du mal, qui rôdait autour de l'ISS ; tandis que Shepard voulait égorger les deux Russes, en les tenant responsables de la boucherie, sans l'once d'une preuve.

Le médecin-spationaute était de plus en plus éprouvé. Shepard l'inquiétait. Il ne valait pas mieux qu'une grenade dégoupillée, prête à déflagrer à tout moment.

Que lui réservait le troisième et dernier astronaute occidental ? Ou plutôt, *la* dernière astronaute...

Lorsqu'il se retrouva seul avec Carla Martini, il sentit immédiatement que l'Italienne, derrière une frénésie de façade, semblait profondément affectée. Cela faisait une semaine qu'elle supportait la pression et faisait bonne figure avec Houston, l'Agence spatiale européenne, et même ses collègues mâles. Elle avait été entraînée pour ça. Tenir en huis clos, en toutes circonstances. Mais la tension était devenue insupportable.

À peine s'isola-t-elle avec Miller dans le module japonais Kibo qu'elle fondit en larmes.

– Je ne fais plus confiance à personne. Je ne dors plus... Je tiens ma cabine fermée avec mes propres mains pour que personne ne puisse l'ouvrir de l'extérieur...

Son discours était saccadé de spasmes.

– Je suis la seule femme, tu comprends ? Je suis une proie facile. *Sono sicura che sarò la prossima della lista**...

– Non, Carla... Il n'y a aucune raison... Calme-toi...

Miller avait une belle voix. Les femmes sont sensibles à la tessiture des hommes. Tandis que l'Italienne s'apaisait, l'étincelant regard azuré de Miller la troubla. Cet homme

* « Je suis sûre d'être la prochaine sur la liste... »

était d'une beauté ensorcelante, presque suspecte. Martini ne l'avait jamais vraiment remarqué durant l'entraînement. Mais ici... maintenant... Comment pouvait-on lui résister ?

La jeune femme secoua la tête. Elle perdait les pédales. Ce n'était ni l'endroit, ni le moment... Puis une idée terrifiante lui traversa l'esprit.

Et s'il était le diable en personne ?

Comme Faust, allait-il lui proposer un marché effroyable ? Damner son âme contre un sauf-conduit, et quitter, là, tout de suite, la Station spatiale pour regagner Milan et sa famille ? Que serait-elle prête à accepter, en cet instant, pour sortir des flammes de cet enfer sidéral ?

N'importe quoi, voilà la réponse. Elle accepterait n'importe quoi. Miller tenait son destin entre ses mains. Il pouvait disposer d'elle comme il l'entendait. Elle ne lui résisterait jamais. Pourvu qu'il la sauve...

— Ethan, je t'en supplie, emmène-moi avec toi dans le Crew Dragon...

Miller haussa deux sourcils stupéfaits.

— Carla, tu plaisantes ? Tu sais très bien qu'il n'y a que deux places. Tu ne pourrais même pas te glisser entre nous deux. Et sans siège ergonomique...

Il mentait, mais il devait préserver l'espace pour rapatrier la dépouille de Jenkins. Un mort plutôt qu'un vivant au bord de la crise de nerfs...

— Je t'en supplie ! Je ferai n'importe quoi !

Et pour joindre le geste à la parole, la jeune femme saisit la main du Britannique et la plaqua contre sa poitrine.

Pendant une fraction de seconde, Miller imagina faire l'amour dans l'espace. Il s'était souvent posé la question : comment accomplir les gestes rugueux et bestiaux quand tout est ralenti par l'impesanteur ? Fallait-il apprendre à baiser comme des gastéropodes ?

Le médecin reprit ses esprits. Comment avait-il pu songer... Peut-être l'air était-il vicié, surchargé en CO_2. La centrale peinait à purifier correctement l'air à bord.

– Carla, je t'en prie. Tu délires. Et puis tu seras bientôt rapatriée, comme tous les autres, d'ailleurs.

La jeune femme s'agrippa à la tunique du Britannique. Elle était désespérée.

– C'est faux, Ethan ! Tant qu'on est tous suspects, personne ne quittera l'ISS, et tu le sais très bien ! Je t'en supplie, dis-leur que je n'y suis pour rien et que je suis la prochaine victime !

Carla Martini sanglotait. Elle craquait, littéralement. Une dépression la gangrenait.

Et de trois.

Trois cas psy. Tous bons pour l'asile, en espérant qu'ils retrouvent un jour la raison.

Lorsque la nuit artificielle fut vraiment commencée et que tous les astronautes eurent regagné leurs quartiers avec une angoisse palpable, Miller se mit enfin au travail.

Ces entretiens le perturbaient et ralentissaient tous ses gestes. La microgravité n'arrangeait rien, si bien qu'il lui fallut un temps infini pour enfiler ses gants, son masque chirurgical, sa blouse verte et ses lunettes de protection.

Il voulait commencer par pénétrer dans le module Columbus, fermé à double tour depuis une semaine. Seul le robot Fodor avait posé ses pattes d'acier à l'intérieur.

Mais... Il était trop impatient.

Il brûlait d'examiner, avant toute chose, le cadavre de Jenkins. Il espérait pouvoir comprendre. Sur Terre, les légistes accomplissent des miracles grâce à leur sens aigu de l'observation et de la déduction. Il avait bien bossé sa médecine légale à Oxford, et participé à une bonne dizaine d'autopsies. Tout allait peut-être s'expliquer.

Il s'isola dans le laboratoire Kibo, après avoir fait flotter le frigidaire dans lequel reposait la dépouille de Jenkins d'un cylindre d'aluminium à l'autre.

Il lui fallut plusieurs minutes pour arrimer les housses de plastique sur les parois du module. Il ne devait rien contaminer, et rien ne devait non plus polluer le cadavre. Enfin, il déverrouilla la porte du frigo mortuaire de fortune.

Une vision d'horreur le frappa en pleine figure.

Le visage tuméfié de l'Américain était méconnaissable. Malgré la température glacée, le cadavre avait évolué et les liquides corporels avaient fini par migrer dans la boîte crânienne. « Intéressant », songea Miller, pour regagner de l'assurance – et garder la tête froide. Cette observation n'allait pas de soi, en impesanteur. Il faudrait creuser ça. « Mort et décomposition des corps dans l'espace ». Ça ferait une superbe étude. Et un tabac chez les légistes.

Le regard du Britannique se porta aussitôt sur l'abdomen. Il s'attendait à trouver une énorme entaille, comme une longue fermeture Éclair incisée par un couteau tranchant, à travers laquelle tripes et boyaux s'étaient lentement échappés.

Mais il n'en était rien.

Il palpa, manipula, retourna le corps sur le côté.

Et puis il discerna l'orifice. Tout près de l'aine, côté droit. Une déchirure qui s'était d'évidence élargie, au fil des heures.

« Fais bien ton travail, et tu trouveras sûrement une autre explication. » Les propos de son compatriote résonnaient dans son esprit.

Et si Ben Higgins avait raison ? Si Jenkins n'avait pas été sauvagement éventré ?

Miller observa la blessure avec une profonde acuité.

Puis, machinalement, il porta la main à son bas-ventre. Au même endroit.

Comme tous les astronautes, Miller avait subi une appendicectomie, afin de prévenir toute crise d'appendicite dans l'espace – pouvant évoluer en péritonite, pire, vers la mort. Quelques semaines avant de s'envoler, Jenkins avait sans doute enduré la même intervention. Un geste simple, rapide, mais qui comportait parfois des complications. Lorsque l'organe est mal placé et difficile à prélever, une incision plus longue et plus fragile s'imposait.

Et si la cicatrice de Jenkins avait cédé ? Et dans ce cas, par quel mécanisme ? Une violente hémorragie intestinale pouvait-elle avoir rouvert la plaie ?

Non, c'était impossible. Même si l'entaille se trouvait précisément dans la région de l'appendicectomie...

Une coïncidence, sans doute.

Miller perdait la tête, à son tour. Il déraisonnait, purement et simplement.

Il remit le cadavre dans sa position initiale et referma le frigo. Il ne pouvait le triturer davantage ; c'était le job du vrai légiste, sur Terre. Il devait ramener le macchabée en l'état, et le mieux préservé possible.

Tandis qu'il enfilait une nouvelle paire de gants nitrile pour s'atteler au relevé de traces dans le module Columbus, Miller riva la tête vers l'un des hublots. D'ici, impossible d'apercevoir la planète bleue.

Juste le vide sidéral, d'un noir abyssal, comme jamais on ne pouvait l'observer depuis la Terre.

C'est alors qu'il les aperçut.

Plusieurs lueurs, qui se succédèrent brièvement. Comme un code, ou des appels de phare.

Il se frotta les yeux.

Avait-il rêvé ?

L'ISS s'était muée en une machine à produire des dingues.

Il devenait fou, comme les autres.

Un fou à lier.

Un aliéné.

Chapitre treize

Mercredi 18 mai 2022, 10 h 17, heure de Paris

Depuis vingt-quatre heures, Louise avait à peine mis le nez dehors. Elle s'était entortillée dans l'immense toile tissée par les géants de l'Internet. Elle avait commencé par glisser un doigt, et son corps tout entier s'était fait engloutir.

Elle aurait pu résister, bien sûr. Personne n'est *obligé* de sombrer dans les affres numériques de la matrice virtuelle. Mais comme pour l'herbe et l'alcool, le désir, puis le plaisir l'avaient embrasée. Elle sentait ses neurones grésiller d'aise à chaque clic, chaque image qui claquait devant ses pupilles dilatées. Comme d'habitude, elle avait commencé par le travail. Vider le Web au sujet des PAN, les « phénomènes aérospatiaux non identifiés », comme disent les pros – le terme OVNI, c'était pour les pécores. Puis elle avait tenté de percer le mystère du lien invisible qui unissait l'ISS, les arêtes de poisson et son *client*. Ce foutu Américain formait un trait d'union entre les deux, elle n'en démordait pas. La légèreté du commandant de la base 942 dissimulait des faits graves, elle en était convaincue. Les coïncidences sont rares, dans la vraie vie. Elle avait appris à flairer les pistes, les corrélations, les passerelles impalpables ; autant de fils ténus qui nouaient les faits pour mettre au jour la vérité.

Quand bien même elle pouvait paraître absurde.

Elle avait guetté chaque écho venu de l'espace et s'était étonnée qu'aucune image de l'irruption de l'astronaute britannique à bord de la Station spatiale ne fût retransmise. Quelque chose clochait.

Que voulait-on cacher à la face du monde ?

Elle avait beau tourner et retourner chaque témoignage, chaque indice – comme les inscriptions sur le gros roc dans la « galerie du gardien » –, rien ne rattachait l'assassinat à une piste locale.

Louise avait définitivement écarté l'hypothèse crapuleuse et le meurtre opportuniste.

On en voulait à Tony Jermal. Ou, du moins, on en voulait à son micro-ordinateur et à son téléphone. À ses secrets... Mais quels secrets ?

Il était américain. Son laboratoire, ses relations, les enjeux de son activité : tout se trouvait aux États-Unis. Elle *devait* se rendre là-bas. Cela lui permettrait aussi, et c'était son but ultime, de se rapprocher des sphères aérospatiales de la NASA et de la gestion du meurtre à bord de l'ISS. C'était le seul moyen, à ce stade, d'élucider le mystère du double homicide symétrique. Les deux faces d'une même médaille.

Comment pouvait-elle se faire embarquer dans l'enquête américaine, et mener les deux de front ? Personne ne l'attendait. Et personne n'accorderait un quelconque crédit à ses élucubrations.

Après quoi, elle s'était laissée glisser vers d'autres univers visuels, cinq épisodes d'une série glaçante : *Killing Eve*. L'histoire d'une tueuse en série sans vergogne, aussi belle que cruelle, dont chaque meurtre sadique et saisissant suscitait une jouissance malsaine. Il y avait bien l'autre personnage, une espionne du MI6 d'origine asiatique, censée incarner le bien et barrer la route à la sanguinaire. Mais rien à faire, Louise se sentait plus proche de l'inexorable prédatrice qui éliminait ses semblables comme on écrabouille des moustiques.

Elle avait fumé, un peu. Bu, beaucoup. Et s'était assoupie, un peu plus de trois heures.

Au réveil, au milieu des culs de joint et des canettes de bière, une idée s'était imprimée dans son néocortex. Elle avait dû sinuer pendant la nuit – enfin, les trois heures qui s'étaient écoulées.

Elle plongea dans un plan de Lyon, afin de vérifier son intuition. Sonda les alentours de la scène de crime, en surface. Et que trouvait-on à moins de deux kilomètres du lieu de l'homicide, sur l'autre rive du Rhône ? Le siège mondial d'Interpol. Or, l'organisation, censée faire collaborer les polices du monde entier, se trouvait justement en charge de coordonner l'enquête internationale sur le meurtre à bord de l'ISS. Ils étaient donc les seuls à pouvoir lui permettre, officiellement, de prendre part aux deux enquêtes, et surtout de partir sur place pour mener les deux investigations de front – et, *a minima*, celle dont elle était officiellement chargée.

Une fois de plus, Vernay décida d'agir seule. Car une fois de plus, personne ne cautionnerait son initiative. Elle renfila sa tenue de « bouffonne » à talons, tira ses cheveux pour les cornaquer dans un chignon calamiteux, et se retartina de rouge à lèvres – avec un peu plus de réussite que la dernière fois.

Après tout, elle ne s'en était pas si mal tirée avec les bidasses de la base aérienne du mont Verdun. Elle pouvait peut-être réitérer à Interpol.

Cerise sur le gâteau : le siège se trouvait à quelques centaines de mètres de chez elle, aux abords du parc de la Tête d'Or, dans un bel écrin de verdure.

La journée était magnifique, et déjà bouillante. « Putain de réchauffement climatique », pesta-t-elle en mettant les pieds sur le trottoir. Le soleil enflammait le bitume, et la pollution de l'air irritait les muqueuses. Pour offrir un répit à ses bronchioles déjà malmenées par la fumette, Louise décida de s'offrir un bain de chlorophylle. Elle s'engouffra dans le parc de la Tête d'Or, par l'entrée du boulevard des Belges. Aussitôt, des dizaines de souvenirs surgirent en ordre dispersé, au point de lui donner le tournis. Depuis qu'elle était adulte, elle n'avait jamais remis les pieds dans cette enclave gigantesque de cent vingt hectares – cinq fois la surface du jardin parisien du Luxembourg – nichée en plein cœur de la ville. Ce poumon grandiose respirait grâce à ses neuf mille arbres et ses trente mille rosiers, qui serpentaient autour d'un grand nombre d'attractions. Louise se remémora les heures passées, petite fille, au parc zoologique, avec ses centaines d'animaux plus exotiques les uns que les autres, des zèbres aux girafes, en passant par les singes et les crocodiles. Juste à côté, au théâtre de Guignol, elle hurlait de rire à chaque volée de bâton asséné sur la tête de ce pauvre Gnafron, du gendarme ou même de la frêle Madelon. Plus loin, elle humait les fragrances délicieuses qui s'exhalaient des roseraies et parfumaient la moitié du parc. Elle se souvint aussi être restée plantée, impressionnée, devant les troncs faramineux des cèdres du Liban et des séquoias géants. Même les platanes défiaient toute concurrence, leur frondaison culminant à quelque quarante mètres d'altitude... Du haut de ses trois pommes, Louise avait alors le sentiment de traverser la forêt des ogres. Ses parents la conduisaient une à deux fois par semaine au parc de la Tête d'Or, et changeaient souvent de parcours, si bien qu'elle découvrait chaque fois de nouveaux trésors.

La jeune femme hâta le pas, sentant la nostalgie l'envahir. Or, la nostalgie, c'est comme les signes avant-coureurs d'un tsunami. Ce moment terrible où la mer se retire au large, tandis que les animaux refluent vers les sommets, bien avant que l'homme stupide ne réalise qu'il va se faire terrasser par la vague scélérate. L'humain, au sommet de la pyramide de l'évolution, vraiment ? Un « bon à nib' », comme dirait Tahiri. Rien de plus. La nostalgie, donc, commençait de tisser sa toile dans les méandres de son encéphale et menaçait de briser les digues psychiques que Louise avait patiemment érigées ces vingt dernières années.

Pourquoi avait-il fallu qu'elle traverse ce foutu parc ?

Elle savait qu'elle ne devait pas. Qu'elle ne devait plus.

Puis elle aperçut le lac artificiel. Immense, lui aussi. Et sublime.

L'image de son père, en train de pagayer pour traverser l'étang jusqu'à l'île des Tamaris. Sa mère, lui caressant doucement les cheveux, tout en fredonnant une berceuse.

Ses parents, qu'elle avait abandonnés, jusqu'à renier leur nom.

Et qu'elle avait laissés crever, sans bouger le petit doigt.

Louise vacilla. Une lame immense la submergea, si bien qu'elle fondit en larmes. Les sanglots l'agitaient de tout son long ; des hoquets terrifiants faisaient bondir sa cage thoracique. Elle tomba à genoux, face aux passants hébétés, ne sachant que faire. Un homme, la soixantaine, tenta bien de lui tendre la main. Mais elle l'ignora. Plus rien n'existait.

Ce désespoir, elle l'avait tenu sous le joug. Empêché de se déverser, en luttant, sans relâche. En se réfugiant dans l'herbe et l'alcool. En travaillant douze heures par jour, pour ajouter à ces substances psychoactives des shoots d'adrénaline. Elle ne laissait jamais son cerveau au repos. Quand la nuit guettait et que l'angoisse poignait, elle se réfugiait dans le vortex numérique et sentait les pixels de son écran fondre sur ses neurones pour les pétrifier, un à un. Les empêcher d'aviver les souvenirs douloureux et de rouvrir les plaies sanguinolentes.

Pourtant, ce matin-là, inconsciemment peut-être, elle s'était précipitée dans l'antre du diable. Et la gueule du loup l'avait avalée tout entière.

Louise s'efforça de se calmer. Les spasmes continuaient de l'agiter ; elle tremblait comme une feuille. Après avoir respiré profondément, à plusieurs reprises, elle posa la paume de sa main sur le sol de terre battue et poussa de toutes ses forces pour se relever. Elle s'y reprit par deux fois, et finit par se redresser. Ses genoux flageolaient ; elle banda les muscles de ses cuisses pour rester debout.

Rester debout.

C'est tout ce qu'elle s'ingéniait à faire depuis si longtemps. Trop longtemps.

Il fallait que ça sorte.

Elle renifla bruyamment et retira un Kleenex de son sac à main. Les passants continuaient de l'observer, comme on surveille le lait sur le feu. Une si jolie femme, élancée, en tailleur sombre coiffé d'un chignon bohème, qui s'effondrait dans une mare de larmes, ce n'était pas banal. Tant de douleur et de souffrance non plus. Ils compatissaient, c'était déjà ça.

Louise se ressaisit et referma ses souvenirs un à un, comme on cadenasse un coffre-fort.

Elle était solide. Vaillante. Pugnace. Elle avait une mission à accomplir.

Elle contourna le lac en boitillant et finit par ôter ses talons. La terre s'incrusta entre ses orteils bouffis par la chaleur. Enfin, elle s'exfiltra du parc par la porte de la Roseraie et tomba sur l'allée Achille-Lignon.

Sur sa gauche, le bâtiment d'Interpol s'esquissait derrière un rideau d'arbres. Elle tenta de remettre ses escarpins, mais ses pieds gonflés la torturaient. Elle refusa d'insister davantage. C'était bon pour les pétasses, elle avait passé l'âge.

Elle tira droit vers l'esplanade qui s'étalait devant l'entrée tape-à-l'œil de l'organisation. Face à elle, la façade constellée de vitrages et soutenue par d'imposantes colonnes de béton donnait le sentiment d'aborder un temple des temps modernes. Elle passa le comité d'accueil haut la main grâce à sa carte tricolore – les trois gardiens de la paix hallucinèrent en voyant cette fille à moitié crottée brandir une carte de commissaire. Puis elle franchit les portes et débarqua dans un immense atrium baigné de lumière. Le vaste bâtiment s'élevait à l'air libre sur une vingtaine de mètres, jusqu'au toit formé d'une large verrière pyramidale, accentuant encore l'impression de pénétrer dans une basilique contemporaine. Tout autour du patio lumineux, les cinq étages se présentaient comme des façades d'immeuble parsemées de fenêtres. Elle dévala trois marches et se retrouva en plein centre du hall, comme dans le chœur d'une église. Au sol, en fait d'autel, figurait le logo monumental d'Interpol, constitué d'un globe terrestre nimbé de deux branches d'olivier, perforé de haut en bas par une longue épée, et lesté par les deux plateaux d'une balance symbolisant la justice.

– Risible, murmura Vernay, en songeant aux casseroles que se trimbalait le barnum.

Car Interpol ne jouissait nullement d'une bonne réputation dans la police. Des moyens ridicules – les cent quatre-vingt-douze États-membres payaient l'obole, sans plus ; et leurs activités étaient de plus en plus contestées. En particulier, les fameuses « notices rouges » faisaient grincer les dents des flics du monde entier – ou presque. Normalement, les notices rouges permettaient à toutes les polices de pourchasser le même ennemi public, partout en même temps, de manière à ne lui laisser aucune chance d'en réchapper. C'était à peu près la seule utilité d'Interpol, d'ailleurs... Mais depuis des années, lesdites notices écarlates laissaient à désirer et conduisaient bien trop souvent des innocents au trou, ou plus exactement des dissidents politiques dans les geôles de dictatures.

– Je peux vous aider ?

Une hôtesse d'une cinquantaine d'années la regardait, incrédule, depuis son guichet. Il faut dire que Vernay avait la touche, avec son tailleur poussiéreux, ses escarpins à la main, ses cheveux en vrac et son visage défait.

– Commissaire Louise Vernay, je dois absolument rencontrer l'équipe en charge de la coordination de l'enquête à bord de la Station spatiale internationale.

La quinqua haussa les sourcils.

– Vous avez rendez-vous ?

– Non, mais c'est urgent. De la plus haute importance, même.

Face au visage effrayant de Louise et au sésame tricolore que la jeune femme brandissait bien en face de ses yeux ronds comme des soucoupes, l'hôtesse décrocha son combiné. Elle était certaine de la réponse, mais son travail consistait essentiellement à téléphoner dans les étages, sans discuter.

– *Hauptkommissar Stern ? Eine französische Polizistin möchte ihr Team kennen zu treffen**.

Ça commençait mal : le boss de l'équipe en charge de l'investigation spatiale était d'évidence teuton. S'il fallait négocier en allemand, c'était foutu.

La préposée écouta la réponse, puis s'empara de la carte de Louise pour bien déchiffrer le nom.

– *Ja, das ist richtig***... Louise Vernay...

Puis elle raccrocha.

– Eh bien, apparemment vous êtes attendue, commissaire.

– Attendue ? Je ne comprends pas...

– Le divisionnaire Stern voit très bien qui vous êtes et vous attend. Quatrième étage, porte 409. Les ascenseurs sont juste derrière vous.

Louise, stupéfaite, s'engouffra dans l'un des tubes transparents qui servaient d'ascenseur, et qui grimpaient dans les étages en offrant une vue imprenable sur l'atrium. Parvenue au quatrième, deux fonctionnaires en costard l'attendaient de pied ferme.

– Commandant Vernay ? Suivez-nous.

C'était une blague, ou quoi ? Elle s'attendait à se faire dégager *manu militari*, au lieu de quoi on lui déroulait le tapis rouge. Étonnant, et surtout bien inquiétant, songea Louise tout en glissant sur la moquette feutrée du couloir.

Elle pénétra dans un bureau, ou ce qui s'apparentait plutôt à une modeste salle de réunion, aménagée d'une simple table ronde et de quatre chaises. À travers l'ample vitrage, on devinait la grande roseraie du parc de la Tête

---

* « Commissaire divisionnaire Stern ? Une policière française veut rencontrer votre équipe. »

** « Oui, c'est bien ça... »

d'Or, et, en arrière-plan, le lac artificiel dont les reflets bleutés se confondaient avec le ciel. Elle ressentit un nouveau pincement au cœur.

Le divisionnaire Stern dévisagea Louise de la tête aux pieds. Les yeux bouffis, la bouche ruinée par un rouge à lèvres qui bavait jusqu'aux pommettes, une coiffure de sorcière, un tailleur noir maculé de sable, ou peut-être de terre battue, et, surtout, deux pieds dégueulasses. Les orteils étaient enrobés d'une belle couche de crasse.

– Vous avez été coursée par un ours, commandant ?

Stern parlait un excellent français. Il avait l'air plutôt amusé par le spectacle pour le moins décalé offert par la jeune femme. Son collègue, en revanche, faisait une gueule à faire pâlir une porte de prison.

– Je... non... Je suis désolée, j'ai eu un problème dans le parc de la Tête d'Or. Je suis tombée... enfin, aucune importance. C'est vous qui êtes en charge de la coordination de l'enquête dans l'ISS ?

Stern acquiesça puis désigna l'autre homme du menton.

– Moi et mon collègue Thierry Parrain, commissaire général de la police française. Je crois que vous vous connaissez, non ?

Vernay fouilla sa mémoire, mais non. Que dalle. Thierry Parrain enchaîna aussitôt :

– Moi je vous connais, commandant Vernay. Difficile de vous ignorer, depuis quelques jours. Le moins qu'on puisse dire, c'est que vous ne passez pas inaperçue.

Louise encaissa. Dans quel traquenard était-elle tombée ? De quoi parlait ce gradé dont elle n'avait jamais entendu parler et qui s'était sans doute laissé enrôler par Interpol pour profiter des salaires confortables – jusqu'à neuf mille euros nets mensuels – et des nombreux avantages en nature offerts par l'organisation internationale. Payait-il seulement ses impôts en France ? Et surtout, depuis combien d'années n'avait-il pas tâté du terrain ? Car les fonctionnaires d'Interpol n'étaient que des pantins de bureau, des guignols de façade, qui n'accomplissaient aucune mission opérationnelle. Ils n'étaient là que pour coordonner les polices nationales et diffuser leurs fameuses notices multicolores. Bien pépère, la planque, songea Louise en admirant le costard en flanelle de Thierry Parrain.

– Après le bordel que vous avez mis, et à force de crier à tue-tête que votre affaire et celle de l'ISS sont liées, on s'attendait à vous voir débarquer. On l'espérait, même. Il est temps de vous neutraliser.

Louise blêmit.

– Je ne comprends pas...

Stern enchaîna, sur un ton plus consensuel, mais avec des propos encore plus fermes. À l'allemande, quoi.

– Commandant Vernay...

Louise réalisa que les deux cadors la rabaissaient depuis le début à son grade opérationnel. Commissaire stagiaire, c'était pour la piétaille qui n'y connaissait rien. Ils avaient raison, elle venait à peine d'entamer sa formation et se percevait elle-même comme une usurpatrice. Encore une idée tordue de son boss, le numéro 2 de la PJ Lyonnaise, Laurent Espinasse. « Tout le monde te mangera dans la main », avait-il assuré en lui remettant sa nouvelle carte de police. Tout le monde, sauf les huiles, à qui on ne la faisait pas.

– Commandant Vernay, je dois vous dire qu'on ne parle que de vous. L'IGPN* française doit même vous convoquer, n'est-ce pas, Thierry ?

Le gradé français hocha la tête, sans équivoque.

Louise ne cessait de se ratatiner dans son siège.

– Vous pensiez que votre petite visite à la base 942 ne ferait aucune vague ? Vous vous prenez pour qui ?

La voix douce, presque suave, de Stern, tranchait de plus en plus avec l'âpreté de ses paroles.

– Nous nous connaissons tous, poursuivit Parrain.

Ils formaient un duo bien huilé. Les Starsky et Hutch de la police mondiale, version balai dans le... Mais Louise

* Inspection générale de la police nationale, la police des polices.

cessa de laisser vagabonder son esprit acerbe pour se concentrer sur l'instant. Elle jouait peut-être sa carrière.

— Le colonel Delestrade est un ami. Il nous a prévenus de votre venue en solo, sans aucune autorisation. Sans même avoir informé votre hiérarchie. En prétendant intervenir au nom du parquet de Lyon. Le procureur Brachet est furieux. *Idem* pour votre grand patron, le contrôleur général Graziani. Et je ne parle pas de votre *mentor*, le divisionnaire Espinasse.

— Mais... Laurent ne m'a rien dit...

— Bien sûr, reprit cette fois l'Allemand du tac au tac.

Ils avaient écrit leur foutu texte ensemble, ou quoi ?

— Il vous couvre. Vous êtes sa petite protégée. Il se démène depuis deux jours pour éteindre l'incendie. Il prétend même que vous l'avez consulté et qu'il s'est sans doute mal fait comprendre. Que vous avez mal interprété ses ordres.

Louise rougit de honte. Contraindre son chef à se mouiller à ce point pour lui sauver les fesses, c'était moche. En même temps, elle était prête à lui ériger une statue. Espinasse était le type le plus réglo qu'elle eût jamais rencontré dans sa carrière.

La jeune femme devait improviser. Se justifier, sans doute. S'excuser ? Jamais de la vie. Plutôt crever.

— J'ai sans doute agi sur un coup de tête, mais des informations cruciales m'ont conduite à vouloir éclaircir le rôle de la base 942. J'interviens dans le seul but de faire toute la lumière sur l'assassinat sordide des galeries souterraines des arêtes de poisson, qui impliquent un ressortissant américain, et je ne dois négliger aucune piste.

— Quitte à mentir ? À vous rendre coupable d'usurpation de délégation d'autorité de la part du parquet de Lyon et de la juridiction spécialisée en matière militaire ? Vous pouvez être mise à pied pour ça, vous le savez ? Et même bien pire, quand l'IGPN aura bouclé son enquête. Je crains que vous n'ayez ruiné votre carrière, commandant.

Stern avait asséné ces propos sans l'once d'une animosité. Il aurait pu tout aussi bien parler de sa dernière expo au musée des Confluences, ou bien de la dernière BMW hybride qu'il avait découverte dans son hebdomadaire préféré. Comment pouvait-on à ce point déconnecter le fond et la forme ?

Louise était asséchée et restait sans voix. C'était rare, mais avec les larmes du parc de la Tête d'Or, elle s'était vidée et se trouvait incapable de réagir. Où s'était carapaté son esprit guerrier ? Alors quoi, elle allait se laisser étriller sans rien dire ? Ni rien faire ?

Le Français barbota dans une pochette qui reposait sur la table de réunion depuis le début. Il en extirpa un dossier sur lequel s'étalait un nom en lettres capitales.

À sa vue, Louise sentit ses dernières forces l'abandonner.

Elle était devenue aussi livide qu'un linge blanc plongé deux heures dans l'eau de Javel. Sa paupière droite tressautait. Sa lèvre inférieure, aussi, comme victime d'un gros bug neuronal. Allait-elle se réinitialiser ? C'est à peu près ce qui l'attendait. Si elle l'avait pu, elle se serait transformée dans la seconde en amibe, et se serait volatilisée à l'autre bout de l'univers.

Mais non, elle allait devoir faire face. Malgré tous ses efforts pour dissimuler ce pan du passé, depuis de longues années.

Thierry Parrain s'humecta discrètement les lèvres, comme un prédateur se pourlèche les babines avant de faire un grand festin. Et le festin, c'était elle.

— Louise Vernay, commença-t-il en feuilletant nonchalamment le dossier. Ou plutôt, devrais-je dire, Louise Labé, de votre vrai nom.

Ça y est, Louise se sentait de nouveau submergée par la honte. Ses joues blafardes se teintèrent d'ocre, avant de rougir tout à fait.

— Louise Labé ? répéta Stern, en feignant l'étonnement.

— Oui, née le 3 octobre 1980, de Pierre Labé, architecte, et d'Adeline Saingeon, bibliothécaire. Le 3 octobre

1980, pour la petite histoire, c'est le jour de l'attentat de la rue Copernic, à Paris, qui a fait quatre morts et trente blessés. Opération revendiquée par le groupe Abou Nidal. Vous le saviez, commandant ?

Louise n'écoutait plus et ne cessait de se recroqueviller dans son fauteuil. Le Français se tourna vers son collègue avec un petit sourire satisfait.

– Je m'en souviens très bien, je venais d'effectuer mon premier stage à l'école de police.

Puis il se retourna vers le spectre de la jeune femme.

– C'est drôle, non, cette coïncidence ? Un attentat qui a défrayé la chronique et mobilisé des centaines de fonctionnaires de police. Et qui est à l'origine de la première équipe antiterroriste de la PJ parisienne. C'est un signe, non ? Vous croyez aux signes, commandant ?

Cette fois, Louise ressentit un raté. Son cœur manqua un battement. Cette question, c'était exactement la même que celle que lui avait posée le moine jésuite... Étaient-ils de mèche ? Voulaient-ils la rendre folle ? Ou bien toute cette affaire n'était-elle qu'un énorme signe, à elle seule. Le signe qu'elle ferait bien de raccrocher ; et d'ailleurs, les deux cloportes qui lui faisaient face l'aidaient gentiment à creuser sa tombe.

– Mais revenons à votre nom, commandant. Pourquoi avoir choisi un pseudonyme ?

Louise reprit quelques couleurs et sentit son pouls accélérer. Ce connard s'engageait sur une mauvaise voie. Son mépris la ravivait, au lieu de la fossoyer définitivement.

– C'est peut-être parce que vous n'aviez aucune envie d'être assimilée à l'autre Louise Labé. Celle qui vécut à Lyon, tout comme vous, mais au XVIe siècle. N'est-ce pas ?

– Ah bon, mais qui était donc cette Louise Labé ? En Allemagne, on ne connaît pas.

Stern avait renchéri sur le même ton faussement surpris que tout à l'heure. Plutôt que Starsky et Hutch, ils faisaient penser à un duo genre Chevallier et Laspalès. Deux comiques *has been* qui ne faisaient rire qu'eux-mêmes.

— Je te rassure, en France aussi, elle est oubliée depuis belle lurette, sauf parmi les lettreux. C'était une poétesse lyonnaise, surnommée « La Belle Cordière ». Sa prose vaut le détour.

Parrain fit glisser un index sur son smartphone et tapota sur l'écran.

— Voilà, écoute ça : « Baise m'encore, rebaise-moi et baise ». Et ça, c'est juste le titre d'un de ses sonnets...

Stern se retint de pouffer. Son acolyte poursuivit sur un ton de plus en plus narquois :

— « Las ! te plains-tu ? Jouissons-nous l'un de l'autre à notre aise. Et je ne me puis donner contentement, si hors de moi ne fais quelque saillie »...

— Saillie ? répéta l'Allemand. Qu'est-ce que c'est, ça, saillie ? Je ne connais pas le mot. Tu aurais un synonyme, Thierry ?

Et le Français de pouffer à son tour.

Décidément, ils en faisaient des tonnes, et voulaient mettre Louise plus bas que terre. Qu'ils poussent encore un peu, et ils allaient voir.

— Trêve de plaisanterie, glapit le commissaire général. Derrière cette anecdote, il y a quelque chose que je ne comprends pas dans votre dossier, commandant. Vos parents...

Cette fois, Louise sentit ses ongles frémir, telles des griffes acérées qui s'apprêtaient à défigurer ces deux décérébrés.

— ... vos parents sont décédés dans des circonstances difficiles. Je dirais même, épouvantables. Et vous, vous étiez à quelques mètres, alors pourquoi les avoir laissés...

— Arrêtez ! hurla Vernay, les yeux exorbités.

Elle s'était levée, furibarde, les deux mains plaquées sur la table en mélaminé orange.

— Vous n'avez pas le droit ! Vous êtes qui, pour me juger ? Cessez de me prendre pour la dernière des connes ! Je vois clair dans votre petit jeu à deux balles.

Sa voix s'était métamorphosée, et la frêle enquêtrice meurtrie s'était muée en dragon désespéré qui n'avait plus rien à perdre. Ils voulaient sa peau ? Avant ça, ils allaient déguster. Et pas qu'un peu.

– Vous êtes deux débiles, qui représentez la pire organisation possible. Vous voulez qu'on parle de « dossiers » ? Sayed Abdellatif, ça vous dit quelque chose ? Et Dolun Isa ? Ou Doğan Akhanli ? Tous des dissidents politiques dans leur pays, l'Égypte, la Chine ou la Turquie. Ils ont fui la dictature ou le pouvoir totalitaire, et en bon clébard, quand l'Égypte ou la Chine vous ont demandé d'émettre des notices rouges pour les coffrer, vous n'avez pas hésité une seconde ! Et ils se sont tous retrouvés en taule ! Vous êtes la honte de la police, et vous ne valez pas mieux que vos prédécesseurs sous Vichy !

Ça, c'était pour Parrain.

– Ou que la putain de Gestapo ! Et d'ailleurs, qui a dirigé Interpol dans les années quarante ? Reinhard Heydrich, mieux connu comme « l'archange du mal », l'un des hommes les plus puissants du IIIe Reich. Et le chef suprême des SS !

Et ça, c'était pour Stern. Les deux mâles endimanchés avaient relâché leurs mandibules, et restaient bouche bée.

– Et la collusion ? Vous avez un budget ridicule, parce que tous les États vous chient dessus et que vous ne servez à rien. Alors pour renflouer les caisses, qu'est-ce que vous avez trouvé ? Vous avez signé des accords avec les pires firmes internationales, qui vous ont soudoyés pour continuer leur business inique. Combien vous a versé Philip Morris pour soi-disant lutter contre le marché noir de cigarettes, et éliminer toute concurrence ? Et Pfizer, pour lutter contre les contrefaçons de médicaments, et continuer de s'assurer des marges substantielles ? Et la FIFA, en plein scandale de matchs truqués ? Vous êtes tous achetés par les multinationales ! À quand le fric de Monsanto pour éradiquer les cultures bio ?

Les deux gradés n'en menaient pas large. Tout ce que disait Vernay était plus ou moins exact et avait jeté l'opprobre sur Interpol. Des casseroles dont ils avaient bien du mal à se débarrasser.

– Vous n'êtes qu'une bande de vendus, comme votre ancien président, le Chinois Meng Hongwei. Non mais, quelle mascarade ! Il s'est volatilisé du jour au lendemain, aucun de vous ne savait où il était. Le mec a disparu sous vos yeux, et vous n'avez rien vu ! Jusqu'à ce que vous appreniez dix jours plus tard qu'il avait été exfiltré en Chine. Et depuis, condamné à treize ans de prison pour corruption ! Heureusement que le ridicule ne tue pas...

Thierry Parrain décida de la faire taire, une fois pour toutes.

– Commandant Vernay, je vais vous coller un rapport direct auprès du directeur central de la police judiciaire, et je vais vous enfoncer bien profond auprès de l'IGPN. Croyez-moi. Maintenant, sortez immédiatement de ce bureau !

Le gradé s'était levé en mode théâtral et désignait la porte d'un doigt furieux.

La jeune femme se rassit et croisa les bras en fusillant le commissaire général du regard.

– Je ne quitterai ce bureau qu'à deux conditions. Un, vous me refilez une copie du dossier sur l'ISS. L'affaire est directement liée à la mienne, j'en suis certaine, et je dois faire des recoupements. Deux, vous m'envoyez aux États-Unis pour me permettre de poursuivre mon enquête sur l'assassinat de Tony Jermal là-bas. Tout y conduit. À Los Angeles, pour être plus précise. Vous avez le pouvoir de le faire, c'est votre vocation. Coopération internationale.

Cette fois, les deux flics échangèrent un regard stupéfait, et finirent par s'esclaffer.

– Mais vous rêvez, commandant ? Pourquoi pas la Légion d'honneur, pendant qu'on y est ? Allez, déguerpissez, et si j'étais vous, je commencerais à ranger mes effets personnels. Je crains que vous ne deviez prochainement changer de métier.

Mais Vernay ne bougea pas d'un cil. Un sourire oblique inquiétant barra son visage.

– Je crois qu'on ne s'est pas bien compris, vous et moi. Alors voilà ce qui va se passer, si vous n'accédez pas à mes requêtes. Telle que vous me voyez, je suis ébouriffée, le visage bouffi, les yeux rougis par les larmes et la douleur. Je suis pieds nus, l'air hagard – dans une minute j'enlève ma jupe et je déchire ma culotte. Et je vous accuse de tentative de viol, après avoir voulu me forcer à vous sucer en échange de votre promesse de passer l'éponge sur mon dérapage à la base 942. Croyez-moi, je suis très convaincante. J'ai fait neuf ans de théâtre et j'ai une longue expérience des pauvres gamines qui ont défilé à la PJ pour porter plainte pour violences sexuelles. J'utilise aussi très bien les réseaux sociaux. Je raconterai mon calvaire tous les jours, s'il le faut, sur Facebook, Insta et le reste. Ah, j'oubliais, j'ai aussi beaucoup de journalistes qui me courtisent en ce moment. Ils seront ravis de publier mon témoignage, la gorge renflée de sanglots.

Les deux flics retinrent leur souffle. Ils savaient exactement jusqu'où ce genre d'accusation pouvait mener.

– Vous... vous racontez n'importe quoi, finit par articuler Stern, atterré. Personne ne vous croira. Vous êtes arrivée dans cet état, plusieurs témoins vous ont vue, à moitié déguenillée...

– Et alors ? cracha Vernay. J'étais une proie d'autant plus facile, non ? Affaiblie, au bout du rouleau, prête à tout pour sauver sa carrière...

Parrain jeta un œil autour de lui. Pas de caméra, ni de micro. Les salles de réunion constituaient, par essence, des sanctuaires de confidentialité absolue, dans lesquelles les fonctionnaires discutaient de dossiers ultrasensibles. Il réfléchit à la vitesse de la lumière. Bien sûr, il pourrait assez facilement prouver son innocence, en l'absence de trace de lutte ou de fluides corporels. Mais il savait aussi que le contexte #MeToo et la simple suspicion pouvaient laisser une empreinte indélébile dans l'esprit des plus crédules, et chez les féministes. Quant aux réseaux sociaux et aux journalistes... Ce serait le coup de grâce, en attendant qu'une enquête soit diligentée. Le Français songea également à ses collègues du Rotary Club de Lyon, dont le procureur de la République, le patron de la base 942 – c'est dans ce cadre qu'il avait appris l'esclandre de Vernay – et nombre d'hommes d'influence qui comptaient dans la région. Sans parler de ses frères francs-maçons... Tous voudraient lui tourner le dos, de peur que ces terribles soupçons n'entachent leur probité et celle de leur « secte ».

Pris au piège, le flic échangea un regard avec Stern pour vérifier qu'il pensait comme lui. Le teint cireux de l'Allemand ne laissait aucun doute. Il finit par balbutier, la gorge sèche, à l'attention de la harpie qui, d'évidence, ne reculerait devant rien. Il n'y avait qu'à voir ce dont elle avait été capable à la base militaire du mont Verdun...

– *Madame Labé...* Comme nous ne doutons pas de votre détermination dans l'ignominie et la calomnie, nous allons vous offrir un billet pour Los Angeles. Autant vous savoir à neuf mille kilomètres de nous plutôt que de supporter une seconde de plus vos divagations scandaleuses. Mais je vous conseille de résoudre votre affaire avec brio, car sinon, dès que vous remettrez les pieds à Lyon, je peux vous garantir que votre vie sera un enfer.

Louise jouit intérieurement. À force de jouer avec le feu, ces deux tocards s'étaient salement brûlé les mains. Elle s'apprêtait à se lever, le poing serré en signe de victoire, lorsqu'elle réalisa qu'ils avaient tous deux omis un détail.

– Et le dossier de l'ISS ?

– C'est hors de question ! Si ce dossier sort d'ici sans l'accord du haut comité créé pour l'occasion, c'est tout Interpol qui saute. Les États-Unis, la Russie, le Japon et tous les pays européens doivent donner leur aval pour chaque acte, chaque procédure. On nous attend au tournant et on ne nous fera pas de cadeau. Or, un tel dossier entre vos mains finira forcément par éclater au grand jour et nous péter à la gueule. Vous êtes incontrôlable, Vernay ! Et vous pouvez toujours hurler au viol, ça ne changera rien.

Stern avait aboyé avec un tel aplomb que Louise, après une brève hésitation, finit par renoncer.

— OK, mais je veux un ordre de mission pour les US dans les vingt-quatre heures et une habilitation suffisamment élevée pour pouvoir m'entretenir avec les enquêteurs chargés de l'enquête sur la Station spatiale sur place. Je me démerderai avec ça. Sinon...

— Ça va, on a bien compris, commandant. Maintenant foutez le camp.

Louise quitta la pièce sans un mot. Elle venait de remporter une demi-victoire, mais c'était mieux que rien. Une fois aux États-Unis, elle réussirait bien à se rapprocher des sources du dossier.

Elle avait franchi la ligne rouge à deux reprises et n'avait plus rien à perdre.

Si bien que, désormais, plus rien ni personne ne l'arrêterait.

Chapitre quatorze

Samedi 21 mai 2022, 14 h 14, heure de Paris

Interpol n'avait pas traîné. Les deux fonctionnaires s'étaient empressés de tenir parole et de trouver une solution pour organiser l'exil volontaire de Vernay à l'autre bout du monde. Deux jours après son tapage diurne, Louise avait reçu l'ordre de mission accompagné d'un billet qui l'expédiait à Los Angeles... dès le lendemain. À peine avait-elle préparé sa valise qu'elle avait grimpé dans un TGV pour Roissy-Charles-de-Gaulle.

Elle ne disposait d'aucune munition particulière pour entamer son enquête sur place – ni d'aucun contact –, mais elle considérait sa mission comme sacrée. Elle incarnait une sorte de Jeanne d'Arc des temps modernes, à peu près aussi timbrée, mais tout aussi capable de mouvoir des montagnes.

Lorsqu'elle avait exposé sa situation à son adjoint, Ahmed Tahiri s'était décomposé. Sa cheffe perdait la raison. Après son esclandre chez les militaires, l'altercation houleuse à Interpol achevait le tableau. L'officier craignait que la ganja n'eût définitivement grignoté les synapses de sa supérieure. Ou bien était-ce l'alcool ? Quant au numéro 2 de la PJ de Lyon, Laurent Espinasse, il serrait les mâchoires. D'un côté, il connaissait le caractère farouche de sa protégée ; de l'autre, il lui tenait rigueur de s'être discréditée à ce point – et lui avec. Au fond, tout comme les huiles d'Interpol, il jugeait l'éloignement de Vernay nécessaire. Qu'elle enchaîne son séjour américain avec six mois de vacances, et ce serait parfait. Sa formation à l'école de police de Saint-Cyr-au-Mont-d'Or était suspendue jusqu'à nouvel ordre, et peut-être même définitivement.

Le plus difficile avait été de convaincre l'IGPN d'ajourner son enquête interne. Il avait fallu toute la persuasion des deux hauts gradés d'Interpol, ainsi que celle d'Espinasse, pour les mettre sur pause. De même, avec l'aide du directeur central de la PJ en personne, ils avaient actionné le cabinet du grand patron de la police française, afin qu'il ordonne à la Direction de la coopération internationale d'habiliter Vernay comme officier de liaison, et qu'ils l'affectent instantanément au service de sécurité intérieure de l'ambassade de France aux États-Unis. Cette fonction conférait un statut diplomatique protecteur à l'enquêtrice. Une magouille de haut vol puisque, en temps normal, un tel poste impliquait une sélection drastique suivie d'une formation de plusieurs semaines...

Vernay s'apprêtait à prendre le vol AF3555 pour la cité des anges, et donc à subir une douzaine d'heures de confinement dans son siège Economy. Privée de toute liberté – notamment celle de fumer –, elle allait encore arpenter la cabine de long en large afin de dégourdir ses jambes galbées. Quitte à donner la nausée à la moitié des passagers... Lors de ses dernières vacances au Brésil, l'un des stewards du Paris-Rio avait fini par l'installer en Business, en échange de sa promesse de tenir en place. Elle en avait gardé un excellent souvenir ! D'autant que ce « PNC », personnel navigant commercial, était tout à fait craquant dans son uniforme moulant.

Louise patientait en salle d'embarquement, au sein du majestueux Terminal 2E, non sans faire preuve de nervosité. Gagnée par l'angoisse, elle avait bien peu dormi la nuit précédente. Qu'allait-elle faire là-bas ? Ne serait-elle pas complètement isolée ? Elle triturait son téléphone portable de manière compulsive, pour tuer le temps et se changer les idées. Elle cliqua sur l'application de BFMTV, qui déversait son flot habituel d'informations continues. C'est alors que, devant ses yeux médusés, des images de la NASA – enfin ! – montrèrent le Crew Dragon de SpaceX quittant la Station spatiale internationale pour regagner la Terre.

Vernay cessa de s'agiter et se concentra sur les images. Elle imaginait la housse noire dans laquelle la dépouille de l'astronaute américain Bob Jenkins devait reposer. Quels secrets, lui aussi, avait-il emportés dans la tombe ? Tony Jermal et Bob Jenkins se connaissaient-ils ? Travaillaient-ils sur les mêmes expériences ? Avaient-ils été victimes des mêmes criminels, capables d'intervenir dans des lieux aussi reculés et improbables que l'ISS et les arêtes de poisson ? C'est tout ce qu'elle espérait élucider aux États-Unis.

Le compte à rebours s'égrenait sur l'écran. Le vaisseau s'était arraché de la Station spatiale cinq heures plus tôt, et il devait atteindre la Terre quatorze heures plus tard. Louise calcula qu'ils toucheraient le sol à peu près au même moment, et non loin l'un de l'autre – le module devant amerrir au large de la Californie. Et si Crew Dragon percutait accidentellement son Boeing dans sa chute finale ?

– N'importe quoi, ma pauvre fille, murmura Louise, comme chaque fois qu'elle délirait.

Elle n'était pas du genre phobique, mais elle ne regardait jamais de film catastrophe, histoire de ne pas se laisser gangrener par ce type de scénario macabre.

Elle rangea son mobile puis sonda machinalement la salle d'embarquement. Le Terminal 2E ressemblait à une immense nef de cathédrale couverte d'une coque de bateau inversée. L'effet était saisissant, avec sa voûte de trente mille mètres carrés. L'habillage en bois de frêne distillait une chaleur agréable, de même que les multiples ouvertures sur les pistes qui diffusaient une lumière diaphane. Au sol, des tapis rouges, des dizaines de rangées de fauteuils confortables et l'absence de piliers laissaient au regard un horizon presque infini vers les portes d'embarquement. Louise se sentit mieux. Une anonyme noyée parmi des centaines de passagers, loin du chaudron effervescent de Lyon. L'ambiance réconfortante l'apaisa.

Les sièges étaient presque tous occupés. Elle repéra deux familles flanquées de « chiards braillards » et pria pour être assise à l'autre bout de l'avion. Quelques Asiatiques, des Blacks, pas mal de « babtous » comme elle, qui s'apprêtaient à entamer des vacances en Californie, en commençant par visiter les studios Walt Disney, avant d'arpenter la célèbre plage de Venice puis de fouler les étoiles du *Walk of Fame* qui tapit Hollywood Boulevard.

Tandis que ses pupilles furetaient d'un passager à l'autre, elle se figea.

Deux iris perçants la fixaient, trois rangées plus loin.

Il l'avait repérée depuis longtemps ; en fait, dès qu'elle avait mis les pieds dans le hall.

Louise était sidérée. Sa timide euphorie se dissipa aussitôt et son pouls accéléra. Elle finit par se dresser et se diriger vers l'homme.

– Qu'est-ce que vous faites là ? Vous me suivez ou quoi ?

Federico Lupo sourit et invita Louise à s'asseoir près de lui d'un geste affable de la main.

– Je retourne travailler, commissaire. Je m'envole pour Tucson, et l'Observatoire du Vatican. Il n'existe pas de vol direct depuis Paris. Escale forcée à Los Angeles. Et vous, serait-ce indiscret de vous demander ce que vous allez faire aux États-Unis ?

Louise hésita. Que pouvait-elle confier à ce témoin direct de l'enquête ? Qui était vraiment Federico Lupo ? Et sa présence était-elle réellement une coïncidence ? La jeune femme devenait paranoïaque. Mais tout bon flic ne le devient-il pas, inéluctablement ? Chaque détail devant être décortiqué, interrogé et remis en cause. Rien, jamais, ne devant être laissé au hasard, ni aller de soi.

– Je vais interroger un témoin, un proche de la victime. C'est la routine, pour tenter de comprendre ce que Tony Jermal était venu faire à Lyon. Et sur quoi il travaillait.

– La routine ?

Le moine esquissa un sourire entendu.

– La police française bénéficie de moyens enviables, dites-moi, pour vous offrir un séjour pareil. Tout ça pour rencontrer un simple témoin qui se trouvait à neuf mille kilomètres de la scène de crime...

Louise sourit jaune. Ce ratichon surdoué la mettait mal à l'aise. Elle ne pouvait s'empêcher de le trouver fourbe, ou, du moins, de penser qu'il cachait son jeu. Mais elle n'était pas mécontente de le revoir, puisqu'il était l'un des seuls à partager son intuition. N'avait-il pas lui-même produit les deux photos confondantes de l'ISS et des arêtes de poisson, à la géométrie et aux proportions similaires ?

Et n'avait-il pas été capable de décrypter les signes gravés tout près du cadavre de Jermal ? Bien sûr, son interprétation confinait au délire. Mais... depuis sa visite à la base 942, Louise n'était plus sûre de rien.

Federico Lupo renchérit :

– Si vous partez à Los Angeles, c'est que vous avez abandonné la piste locale, je me trompe ?

Louise balbutia :

– Eh bien... je ne peux rien dire sur l'affaire en cours, vous l'imaginez bien. Je suis tenue au secret de l'instruction.

– Le secret n'est pourtant pas une valeur cardinale, pour vous, n'est-ce pas ?

Cette fois, Vernay s'empourpra.

– Je... je ne vois pas du tout ce que vous voulez dire.

– Au contraire, je pense que vous voyez très bien. Vous ne vous embarrassez guère du secret-défense, par exemple. En tout cas, vous n'aimez pas qu'on vous l'oppose, quand vous cherchez la vérité. Comme à la base militaire du mont Verdun.

L'enquêtrice se statufia. Comment était-il au courant ? Il en savait trop pour n'être qu'un simple prélat abîmé dans ses prières et ses équations d'astrophysique. Il jouait un rôle beaucoup plus important. Et le plus étonnant, c'est qu'il semblait tenir à ce que Louise le sache. Il ne faisait rien pour s'en cacher.

La jeune femme changea de stratégie et s'assit à ses côtés. Ses jambes l'effleurèrent.

– Federico, murmura-t-elle sur un ton enjôleur, je pense que vous en savez beaucoup plus que vous ne voulez bien le dire. Et une fois de plus, je suis convaincue que vous n'êtes pas ici par hasard.

– Je ne crois pas plus au hasard que vous. Si Dieu nous a remis en présence l'un de l'autre, c'est sans doute pour une bonne raison.

Vernay sourit en coin. Malin, définitivement, ce cureton.

– Allons donc, carrément Dieu ? Vous pensez vraiment qu'Il n'a que ça à faire, tout de suite ?

Federico Lupo planta deux pupilles ténébreuses dans celles de l'enquêtrice.

– Dieu s'intéresse à nous, Louise, parce que nous sommes engagés, malgré nous, et quoi que vous en pensiez, dans une tragédie qui nous dépasse. Une tragédie qui pourrait bien avoir des répercussions beaucoup plus vastes que vous ne l'imaginez.

Vernay arbora une moue dubitative.

– Allez, arrêtez de m'enfumer avec vos grandes phrases. Comment avez-vous su que je m'étais rendue à la base 942 ? Qui vous l'a dit ?

– Tout le monde en parle, à Lyon, voyez-vous. Même l'archevêque était au courant. C'est lui qui me l'a dit, lorsqu'il a su que vous m'aviez interrogé.

Louise ragea intérieurement. Tous ces puissants débectants qui bouffent aux mêmes râteliers... Le colonel, le commissaire général, le procureur, l'archevêque... Elle imaginait d'ici leurs conciliabules, autour d'un cognac et d'un havane, au Rotary Club ou ailleurs... Comme à la grande époque.

C'était digne d'un film de Claude Chabrol. Si seulement elle pouvait collaborer avec l'inspecteur Lavardin, le flic fétiche des longs-métrages du réalisateur français... Et dire qu'Espinasse voulait faire d'elle un commissaire, un de ces notables qu'elle abhorrait... Louise reprit ses esprits et se concentra.

– Donc vous l'avez appris incidemment, de la bouche de l'archevêque. Et comment se fait-il que vous lui ayez parlé ? Vous n'étiez à Lyon que pour rendre hommage à vos pairs, non ? Pourquoi avoir rencontré le plus haut dignitaire de l'Église à Lyon, un cardinal ?

– Eh bien, commissaire, ma modestie dût-elle en souffrir, je suis aussi un dignitaire de la curie romaine. Directeur de l'Observatoire du Vatican, premier conseiller de Sa Sainteté pour les questions scientifiques... J'ai l'oreille de tous les cardinaux.

Puis le prélat s'assombrit. La tessiture de sa voix baissa d'une octave.

– Louise, je suis de votre côté. Je suis convaincu, comme vous, du lien entre les deux décès, là-haut et ici-bas. C'est un signal. Quelque chose est en train de basculer. Et ce n'est qu'un début.

Un frisson traversa la jeune femme. Il avait réussi à lui filer les jetons. Il enchaîna :

– Vous devez absolument découvrir ce qui relie les deux victimes. Il faut chercher les signes, les liens invisibles. Avez-vous trouvé d'autres graffitis que ceux qui figuraient sur le gros roc ?

Louise se sentit tiraillée entre le sentiment d'être manipulée, et le désir profond d'être éclairée et soutenue. Devait-elle se fier à lui ou s'en méfier comme de la peste ? Elle n'avait plus vraiment le choix. Tout lui échappait, et son départ pour Los Angeles la privait de toute latitude.

– Eh bien... deux autres signes gravés ont été retrouvés sur le mur voûté contre lequel reposait le tronc de la victime.

— Donc Tony Jermal aurait eu le temps de gratter sur le rocher, puis de se retourner pour gratter le mur ? Alors qu'il agonisait dans d'atroces souffrances ?

— Non, en effet. Ce n'est certainement pas lui qui a gravé la roche. D'autant que nous n'avons retrouvé aucune trace de calcaire, aucun résidu de roche sous ses ongles, ni sur aucun objet.

— Donc, ce sont des indices semés par le meurtrier. Un jeu de piste, le début d'un puzzle. C'est ce que vous pensez ?

— Disons que nous investiguons sur les motifs que vous avez décryptés et sur ceux retrouvés sur le mur.

Lupo pencha son buste osseux vers l'avant, si bien que son visage cannelé de rides encore tendres effleurait celui de Louise.

— Gagnez du temps, commissaire. Montrez-les-moi.

Vernay hésita, une fois de plus. Mais elle s'était déjà bien trop avancée. Elle saisit son smartphone et surfa sur l'écran jusqu'à dénicher les clichés. Puis elle brandit l'appareil face au regard perçant du moine.

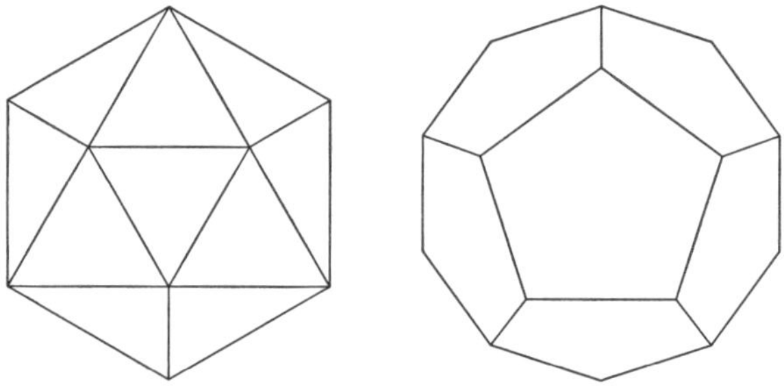

— Ce sont deux figures géométriques. Un prof de maths qu'on a consulté nous a dit qu'il s'agissait de... voyons... comment déjà...

Tandis que la jeune femme ânonnait – la géométrie n'avait jamais été son fort –, Lupo se pétrifiait.

— Ah oui, voilà : deux polyèdres réguliers. Il n'était pas très sûr, parce que les polyèdres se présentent en trois dimensions normalement. Par exemple la pyramide, ou le cube, sont des polyèdres réguliers. Enfin, ils portent un nom savant, en -èdre, aussi.

Pendant que Vernay pérorait, les pages du carnet de Jermal défilaient dans l'esprit de l'astrophysicien, et ses neurones tissaient une efflorescence de connexions synaptiques. Son esprit mathématique s'effaça ensuite devant son âme spirituelle et religieuse.

– Ce sont deux des cinq formes de Platon. L'Eau, et le Tout. Le quatrième et le cinquième élément.

Louise haussa deux sourcils ébahis.

– Le cinquième élément ? Comme dans le film de Luc Besson ?

Lupo ignora cette remarque saugrenue, et poursuivit :

– Votre professeur de mathématiques a vu juste : il faut s'imaginer ces dessins en trois dimensions.

Le jésuite saisit un bloc-notes qu'il trimbalait dans son veston sépulcral, ainsi qu'une fine mine de plomb. Il détonnait dans cette arche futuriste, noyée d'ondes wifi et Bluetooth qui le transperçaient de toutes parts, émises par les centaines d'appareils connectés qui le cernaient. Tandis que lui, à l'ancienne, griffonnait avec une agilité déconcertante.

– D'abord, l'icosaèdre.

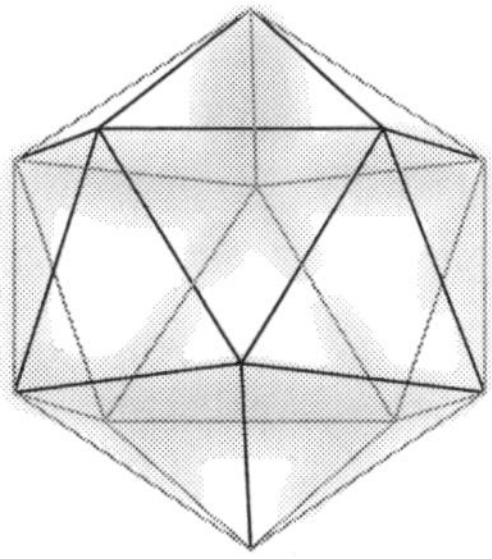

– Trente arêtes, vingt faces et douze sommets. Il représente l'Eau, le quatrième élément des formes de Platon. Le philosophe représente aussi les trois autres corps fondamentaux à l'aide de polyèdres réguliers, mais plus simples : le tétraèdre, en forme de pyramide, qui représente le feu ; l'octaèdre, sorte de pyramide dédoublée, qui représente l'air ; enfin l'hexaèdre, un cube parfait, qui incarne la terre.

Pendant qu'il parlait, Louise cherchait des illustrations des fameuses formes platoniciennes, afin d'éclairer la glose absconse du moine. C'est alors qu'elle tomba sur la représentation des cinq éléments par *il maestro* Léonard de Vinci en personne. Elle demeura subjuguée de longues secondes par le dessin.

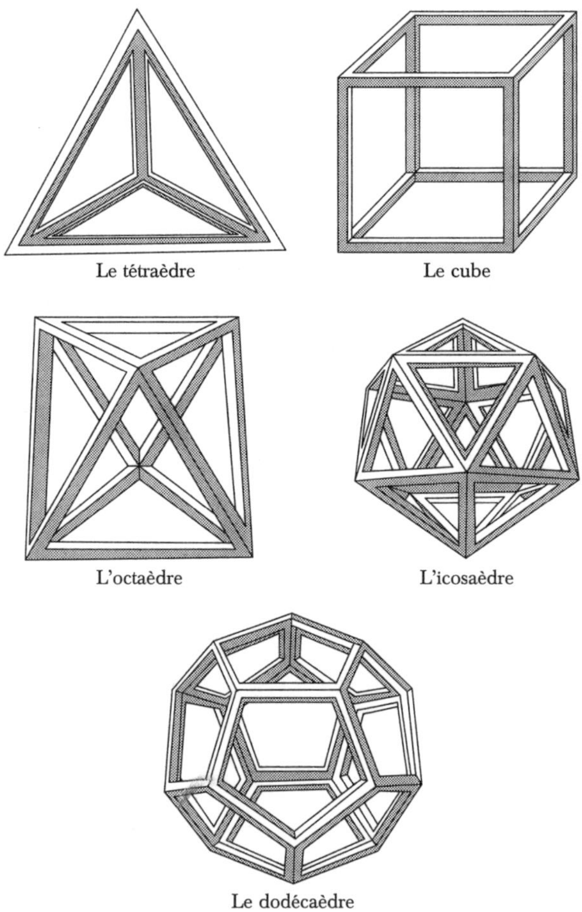

LES CINQ CORPS PLATONICIENS (POLYÈDRES RÉGULIERS)
Dessins de Léonard de Vinci pour *La Divine Proportion* de Luca Pacioli

Lupo, lui, continuait de s'appliquer sur son carnet. Au bout d'une minute, il leva le nez, d'évidence satisfait.

– Et ça, c'est le dodécaèdre. C'est un peu le négatif de l'icosaèdre : même nombre d'arêtes, mais douze faces et vingt sommets au lieu du contraire.

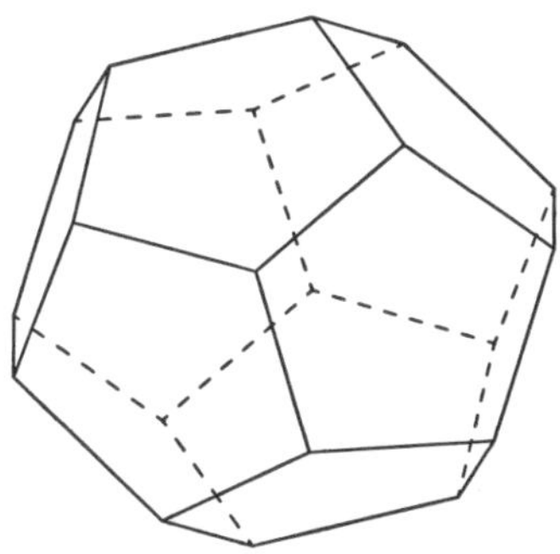

– Vous voyez, avec de la profondeur, en trois dimensions, on devine la base de la structure d'un ballon de football. Les ballons de foot sont tous des dodécaèdres, certes un peu particuliers, avec des faces renflées pour donner sa rondeur à la balle.

Louise imagina la gueule des footballeurs si leur entraîneur les enjoignait de « bien vouloir frapper énergiquement dans le dodécaèdre régulier aux faces renflées ».

– Et donc c'est ça, le cinquième élément ? Un ballon de foot ? Sérieusement ?

Lupo sourit.

– Mais oui, la forme la plus pure qui embrasse toutes les autres. Pour Platon, c'est une parfaite représentation du Grand Tout, de l'univers. Ce qu'Aristote appelait pour sa part l'éther, cette matière censée remplir tout l'espace entre les étoiles. Dans son *Timée*, texte magnifique et fondateur de l'esprit scientifique, Platon a donc été le premier à relier l'existence de cinq éléments fondamentaux à des formes qu'il considérait comme parfaites.

L'enquêtrice se passa une main dans les cheveux et remisa son téléphone dans la poche. Elle jeta un œil aux écrans LCD ; l'embarquement pour Los Angeles était imminent.

– Bon, OK, va pour le quatrième et le cinquième élément de Platon. Pourquoi pas. Mais ça veut dire quoi ? Pourquoi ces indices ? Vous allez encore me dire que c'est en lien avec les extraterrestres ?

– Peut-être, puisque ces deux éléments, qui se répondent, l'un étant en quelque sorte le négatif de l'autre, nous ramènent à l'essence même de l'univers, à ses origines. Et donc à la Création. La création du Tout, de notre monde, mais aussi de tous les mondes...

– Tous les mondes ? Qu'est-ce que vous insinuez ? Que Jermal protégeait un secret sur l'existence d'autres planètes habitées ? Ce serait en rapport avec ses visites dans les labos de biologie ? Vous pensez qu'il aurait découvert de nouvelles formes de vie ?

Le moine, évasif, riva son regard sur l'écran plat qui le toisait. Il guettait lui aussi l'embarquement et semblait s'impatienter. Louise insista.

– Alors quoi, votre Dieu a créé d'autres mondes, peuplés d'êtres évolués capables de venir à notre rencontre ? C'est ça, votre grande théorie ?

Lupo botta en touche et décentra l'interrogatoire.

– Dieu, ou qui vous voulez. Il existe bien des scénarios pour dépeindre la symbolique de la Création. J'en ai un qui va particulièrement vous intéresser, commissaire : savez-vous que, pour les Akkadiens, le monde est né d'un meurtre ?

Louise ne cilla pas. Là n'était pas la question. Le religieux l'enfumait, une nouvelle fois.

– Le grand texte cosmogonique des Akkadiens, *Enouma Elish*, est éloquent. La déesse des origines Tiamat et le dieu Mardouk se livrent une bataille épique. Mardouk décoche une flèche qui perfore le ventre de la déesse, lui déchire les entrailles et lui perce le cœur. Puis Mardouk jette le cadavre de Tiamat à terre, met son pied sur sa croupe, lui fend le crâne et lui tranche les veines.

Vernay ressentit un haut-le-cœur.

– Charmant... Mais s'agissant de Jermal...

– Attendez, ce n'est pas terminé. Il coupe le corps de Tiamat en deux. D'une moitié, il tire la voûte céleste ; de l'autre, le Monde. Voilà comment le monde est né d'un assassinat sauvage... Si la police avait existé, à l'époque...

Louise s'apprêtait à recadrer le prélat, mais Lupo s'empressa d'enchaîner :

– Ah, j'ai encore mieux : d'après le Livre des Morts des Égyptiens, le dieu Rê aurait créé le monde « en le tirant de lui-même », c'est-à-dire en se masturbant. Le monde serait donc né d'une éjaculation retentissante...

La jeune femme écarquilla les paupières.

– Donc, le cinquième élément, c'est un putain de ballon de foot, et l'origine du monde, c'est une douche de sperme ? On a été créés par une bande de beaufs pervers ?

Au même instant, une voix nasillarde retentit dans les haut-parleurs. Une hôtesse annonçait l'ouverture du vol pour LA et invitait les privilégiés nantis d'un billet en Première et en Business à se présenter en priorité. Lupo se dressa comme un I, plantant la jeune femme sans mot dire, et se dirigea vers le guichet d'un pas alerte.

– Frère Lupo ! On se retrouve dans l'avion ! Vous n'avez pas répondu à ma question, concernant Tony Jermal !

Le moine fit la sourde oreille. Il posa son billet sur le lecteur de code-barres et s'engouffra aussitôt sur la passerelle d'embarquement, sans même un regard pour l'enquêtrice. Puis il disparut par la porte réservée aux premières classes. Louise, elle, allait moisir en Eco, et ne reverrait sans doute jamais Lupo de tout le vol – les classes étant parfaitement étanches entre les « élus » et les pécores entassées comme des poulets de batterie.

Elle avait pourtant bien des points à éclaircir, au-delà de ses hypothèses métaphysico-ésotériques.

Rien qu'au sujet des fameuses arêtes de poisson, par exemple. Certaines théories attribuaient leur existence aux Templiers, lesquels y auraient dissimulé leur trésor. Quel rôle avaient joué les Jésuites ? Et si Lupo connaissait les souterrains, et même mieux que quiconque, parce qu'ils relevaient d'un grand secret protégé par l'Église ?

Sans parler de ces foutus crânes humains, volatilisés aussi vite qu'ils étaient apparus lors de la découverte des galeries...

Elle n'en avait pas terminé avec ce « radis noir ».

Quitte à se brûler les ailes et à commettre la plus grave erreur de son existence.

Chapitre quinze

Samedi 21 mai, 19 h 17, heure de Los Angeles

Louise approchait enfin de la délivrance. Elle n'était jamais parvenue à s'infiltrer en Business, malgré un éventail de tentatives pathétiques. Le charme, d'abord, mais le personnel féminin avait fait barrage de son corps. L'apitoiement, ensuite, et même la supplication. Elle avait failli brandir sa carte tricolore, avant qu'un éclair de lucidité lui épargne un nouvel esclandre avant même de poser un orteil sur le sol américain. Elle avait déambulé, essaimant stress et agacement sur une bonne partie de la cabine Eco. L'atterrissage qui se profilait la cloua enfin sur son siège lilliputien, les genoux écrasés contre le dossier du passager qui la devançait.

Elle riva son regard à travers le hublot et observa la frondaison verdoyante des chênes de Thousand Oaks. Puis, au bout d'une minute, l'immensité bleutée du Pacifique surgit à l'horizon. Parvenu à la verticale de Malibu, le Boeing engagea un virage à quarante-cinq degrés pour longer le littoral et survoler la sublime Pacific Coast Highway, considérée comme l'une des plus belles routes du monde. Quelques minutes plus tard se profila Santa Monica, sa plage de sable fin et son immense jetée lestée de son parc d'attractions, dont grande roue et montagnes russes constituaient le clou du spectacle... Louise siffla d'admiration en découvrant les prémices de la « grosse orange ». La géométrie parfaite de la mégalopole s'étalait à perte de vue. Des dizaines d'artères rectilignes formaient d'impressionnants carrés pétris de villas agglutinées les unes contre les autres, comme des milliers de Lego patiemment assemblés. Au bout de trois minutes surgirent les saisissants gratte-ciel de Downtown, le centre administratif de la cité des anges, dont la fameuse US Bank Tower aussi haute que la tour Eiffel. Puis l'appareil pivota au-dessus de Los Angeles River avant d'amorcer une manœuvre à cent quatre-vingts degrés pour se mettre en ligne avec les pistes d'atterrissage de l'aéroport.

La jeune femme hallucina de survoler ces milliers d'habitations et d'entrepôts semblables à une myriade de transistors soudés à des circuits imprimés monumentaux. Le moindre incident, et c'étaient des centaines de personnes qui risquaient de périr sous ses pieds... et elle avec.

L'horizon bombé laissait de nouveau entrevoir les teintes azurées de l'océan Pacifique. Elle survola le quartier de Watts, plus dense que jamais, tandis que le Boeing réduisait de plus en plus son altitude. Louise eut une ultime frayeur en frôlant le toit du fast-food In-N-Out-Burger qui se trouvait collé aux pistes.

Ce premier contact avec Los Angeles plantait le décor. Bienvenue dans le pays du grandiose, du gigantisme, de l'énorme. Lyon, à côté, ne valait pas un pet de lapin et tenait aisément dans un sous-quartier de l'imposante cité.

Il lui fallut encore douze minutes de roulage, à slalomer sur les pistes défoncées et encombrées de travaux, avant d'atteindre le terminal dominé par l'imposante tour de contrôle. C'est alors que Louise devina, en arrière-plan, une étrange construction circulaire surmontée d'arches recourbées aux lignes avant-gardistes.

À bien y regarder, l'ensemble ressemblait en tout point à une soucoupe volante fraîchement posée. Décidément, les signes s'accumulaient. La jeune femme apprendrait des heures plus tard que le Theme Building, lequel abritait un restaurant branché et un bar, singeait volontairement l'architecture « ovniesque » et distillait, de nuit, des couleurs flashy qui renforçaient l'impression d'un vaisseau venu du futur.

Ce qu'elle ignorait, c'est que, au moment même où elle observait le simili OVNI, à quelques kilomètres de là, un homme avait les yeux braqués sur l'espace.

Elon Musk venait de se barricader dans son bureau. Les globes oculaires constellés de stries écarlates, le souffle coupé.

Sur son écran, la scène terrifiante se déroulait au rythme de vingt-cinq images par seconde. Malgré son pouvoir et sa fortune, il était incapable de les faire revenir en arrière, ou même de les ralentir. Il aurait voulu effacer le désastre. Réécrire l'histoire immédiate.

Son bébé, sa création la plus spectaculaire, se désintégrait sous ses yeux. Les flammes masquaient tout ; impossible de discerner quoi que ce soit.

Louise, elle, sillonnait les couloirs du terminal pour rejoindre le hall des bagages, ignorant tout de la tragédie qui se nouait au-dessus de sa tête.

La jeune femme venait enfin de récupérer ses deux valises gavées jusqu'à la lie et s'apprêtait à pénétrer dans l'immense cité. Elle avait tenté de retrouver Federico Lupo, mais sans succès. Il s'était volatilisé bien avant les passagers de la classe Eco – privilège de la Business – puis s'était trissé vers sa correspondance, loin des tapis à bagages.

Tandis que Louise franchissait enfin les portes de l'aérogare, un policier en tenue lui barra la route.

– Votre passe sanitaire, s'il vous plaît.

– Pardon ? Mais...

– Vous avez franchi le portique de détection de température, comme tous les passagers, et vous affichez 38°5. Nous devons contrôler que vous êtes bien vaccinée contre le Covid.

Le sang de Louise s'effondra dans les talons. Quelle conne ! Elle savait pourtant que c'était indispensable... Ça, et son passeport.

– Je... Je l'ai oublié. Mais je vous garantis que je suis vaccinée. On peut même appeler mon médecin, si vous voulez.

Le bleu avisa le cadran de sa montre.

– À 4 heures du matin, heure française ?

La jeune femme se sentit envahie par un sentiment de panique. Elle exhiba sa carte tricolore et son habilitation diplomatique.

– Je suis officier de la police française, je dépends du service de sécurité de l'ambassade de France. Agent de liaison dûment assermenté. J'enquête sur une affaire très grave.

Le sous-fifre hésita. Louise trouvait qu'il ressemblait à l'un de ces innombrables flics en bras de chemise bleu marine qu'on voit dans les séries, avec son micro de talkie-walkie suspendu à l'épaule et son insigne tape-à-l'œil agrafé sur la poitrine.

– Avez-vous alors un test négatif de moins de quarante-huit heures ?

– Non, non, pas sur moi, je n'en ai pas besoin, je suis vaccinée...

– Je suis désolé, *Officer*. Les règles sont les mêmes pour tout le monde.

L'homme brandit un masque chirurgical.

– Mettez ça immédiatement. Et je vais vous demander de me suivre jusqu'à la zone de quarantaine.

– Mais puisque je vous dis que j'ai été vaccinée, comme tout le monde !

– Vous aller faire un test, et si vous êtes négative, vous quitterez rapidement l'aéroport, ne vous inquiétez pas. Veuillez obtempérer, et suivez-moi.

Au même instant, une lueur rougeâtre fendit le ciel, comme une météorite en plein jour. Les deux policiers fixèrent ce point incandescent, incrédules.

*

Les alarmes stridentes vrillaient leurs tympans.

Dans leur casque, Houston avait beau hurler, ils n'entendaient plus rien.

Derrière eux, une intense sensation de chaleur commençait à traverser leur combinaison. Gatwick et Miller subissaient des secousses telluriques et ne parvenaient même plus à effleurer les écrans tactiles qui s'étalaient devant leurs yeux hallucinés.

D'évidence, le bouclier thermique censé résister au plasma de onze mille degrés formé par la pénétration de la capsule à 28 000 km/h dans les hautes couches de l'atmosphère avait cédé.

Sans doute en raison d'une fissure provoquée par un impact mineur qu'ils n'avaient su détecter... À ce stade, ils se foutaient pas mal du pourquoi du comment. Ils allaient crever, carbonisés comme des torches humaines, ou bien disloqués dans la stratosphère... Ou les deux.

Les flammes commençaient à ravager l'intérieur du minuscule module et calcinaient déjà le cadavre de Bob Jenkins. Miller fut traversé par une pensée furtive. Et si ce n'était pas un accident ? Et si le rapatriement de la dépouille de son collègue se révélait plus dangereux qu'une bombe à retardement, et qu'il fallait la désamorcer, coûte que coûte ? Au point de sacrifier deux hommes de plus ?

Gatwitck, lui, restait tétanisé sur son siège et continuait de s'acharner sur la console tactile qui ne répondait plus. Il ne faisait même plus attention à son copilote.

Ethan Miller décida de jouer le tout pour le tout.

Quitte à crever...

Il se dessangla et récupéra le parachute de secours qui gisait sous son siège. Il faillit le lâcher tant les turbulences saccadaient chacun de ses gestes. La microgravité lui avait fait perdre son tonus musculaire ; chaque geste s'avérait une torture, un défi majeur.

Derrière lui, le bouclier s'était presque entièrement dissous.

Les flammes grignotaient maintenant son siège ergonomique.

Sans réfléchir – il n'était plus temps – il enfila le parachute et se précipita au travers du brasier avant de s'éjecter dans le vide.

Pour sauver sa peau, Ethan Miller n'avait d'autre choix que de battre le record du monde en chute libre. À quarante-cinq kilomètres au-dessus de la Terre, aux confins de la stratosphère, alors que Crew Dragon se consumait...

Sa combinaison pressurisée, conçue pour les sorties extra-véhiculaires dans l'espace, était son seul atout. Allait-elle résister ? Permettre à Miller de respirer malgré une chute spectaculaire de plus de quarante kilomètres ? Grâce à ses heures de vol et ses états de service dans l'US Air Force, il avait maintes fois pratiqué le parachutisme. Mais ici, c'était une tout autre affaire. Les chances de survie, sans préparation ni combinaison étudiée pour ces conditions extrêmes, s'avéraient très minces.

Heureusement, Miller n'avait peur de rien.

Plus que l'instinct de survie, c'est ce qu'il avait observé à bord de l'ISS qui l'avait poussé à se surpasser, transcender ses angoisses, et tout faire pour survivre.

Il le devait.

Pour ses collègues. Et peut-être même pour l'humanité tout entière.

Il s'était donc jeté dans le néant, laissant derrière lui les flammes de l'enfer, pour éprouver la sensation la plus intense de son existence. Même si, comme pilote de chasse, puis comme spationaute, il avait subi les entraînements les plus rudes.

La nuit noire l'enrobait, tandis qu'il fonçait comme une torpille vers la croûte terrestre.

L'attraction, la pomme de Newton, le précipitait vers le sol.

Et si son parachute refusait de fonctionner ?

Et s'il perdait conscience avant de pouvoir l'actionner ?

Miller lutta comme un damné pour rester éveillé. Tenir le coup. Les frottements dantesques sur sa combinaison ; ses boucles incessantes sur lui-même comme une vulgaire toupie, incapable de rester stable et de fondre vers la Terre comme un superhéros le poing tendu vers sa cible... Au lieu de ça, il n'était qu'un déchet sans boussole, un tas de viande sans contrôle, et il encaissait des turbulences sans commune mesure avec les heures de centrifugeuse qu'il avait endurées pendant sa formation.

Au bout de quelques minutes à toute berzingue, il entendit une violente détonation qui le fit tournoyer de plus belle sur lui-même. Que se passait-il ? Crew Dragon venait-il d'exploser tout près de lui ? Allait-il être transpercé par une flopée de débris acérés et bouillants ?

Au moment de mourir, Miller eut une pensée pour son aïeul, Henry.

Le monde de merde qu'il avait décrit dans ses romans et qu'il s'apprêtait à quitter. Sans tenter de le sauver...

Et puis rien. Ethan continuait de sombrer, dans le même tumulte.

Il venait simplement de franchir le mur du son et n'avait même pas reconnu le bang supersonique. Le voilà qui tombait maintenant à Mach 1,25 : 1 300 km/h...

Il ne pourrait jamais survivre à une telle pression.

Bien sûr, il y avait des antécédents, comme l'Autrichien Felix Baumgartner ou encore l'un des vice-présidents de Google qui s'étaient tous deux élancés en chute libre depuis une altitude assez proche.

Ils en avaient réchappé.

Mais ils bénéficiaient d'une combinaison très spéciale et s'étaient longuement entraînés.

Voilà dix minutes que Miller tombait, à une vitesse folle. Une épouvantable nausée l'envahit. Il allait vomir ses tripes dans le casque et mourir étouffé. Désespéré, sans aucune conscience de son altitude réelle – sinon qu'il se trouvait désormais dans le ciel bleuté des basses couches de l'atmosphère –, il décida d'actionner son parachute.

Au premier déclic, rien ne se produisit.

Son cœur se mit à battre à deux cent trente pulsations minutes.

Il agrippa de nouveau le bouton, et appuya.

Une fois. Deux fois.

Enfin, au bout de la quatrième tentative, la toile se déploya dans l'immensité céleste.

Il ressentit une violente traction vers le haut, comme s'il freinait brutalement à la verticale. Incapable de reprendre son souffle, ses dernières forces l'abandonnèrent.

Il ferma les paupières et perdit connaissance.

Chapitre seize

Dimanche 22 mai, 10 h 34, Los Angeles

Le taxi ralentit au croisement de First et de Main Street, deux artères perpendiculaires qui rampaient à quelques blocs des prodigieux gratte-ciel de Downtown.

Louise claqua la portière et leva le nez pour admirer les palmiers qui jalonnaient le trottoir. Malgré les relents de gaz d'échappement et le smog qui nimbait la cime des buildings, la jeune femme ressentit une agréable sensation, comparable à celle de la Côte d'Azur au début de l'été. Le Pacifique était tout près ; de même que les plages de Venice et de Santa Monica.

Avant de profiter de ces trésors, elle devait affronter un tout autre climat. Elle grimpa les marches qui menaient au siège de la police de Los Angeles, le célèbre LAPD. L'immeuble paraissait récent, avec son emprise triangulaire et son immense protubérance vitrée qui s'étirait en dehors du bâtiment, comme un rétroviseur sur la ville.

Les flics de Los Angeles espionnaient-ils leurs concitoyens à l'aide de ce miroir géant ?

La veille, à peine s'était-elle rendue dans la zone de quarantaine de l'aéroport que deux officiers en civil l'avaient cueillie. Après qu'elle eut passé son test, négatif, ils l'avaient déposée à son hôtel en lui intimant de se rendre le lendemain au quartier général du LAPD. Louise l'avait vécu comme une convocation sèche et sans contestation possible. Elle était attendue ; sa venue n'était pas passée sous les radars.

Toute la soirée, comme des millions d'Américains, et sans doute un ou deux milliards d'humains, elle avait bu les images de CNN, de Fox News et de MSNBC qui s'étaient déversées sans fin. Elles montraient la fameuse météorite en plein jour.

Crew Dragon s'était embrasé dans le ciel, pour une raison inconnue. Qu'était-il advenu de l'Américain John Gatwick et du Britannique Ethan Miller ? Le branle-bas de combat décrété par la NASA et SpaceX, avec l'aide de l'US Navy, n'avait permis de glaner qu'une infime partie des pièces disloquées du module spatial. La plupart s'étaient entièrement consumées ; quant à celles qui avaient atteint la Terre, elles flottaient sur les flots saphir du Pacifique, distantes de plusieurs dizaines de kilomètres les unes des autres...

À 6 heures du matin, la NASA avait déclaré John Gatwick officiellement porté disparu. Ce qui, en langage non diplomatique, signifiait qu'il avait péri dans la catastrophe.

Quant à Miller, son destin relevait du miracle.

Vernay avait écouté le récit de son exploit en boucle.

Ce matin encore, tandis qu'elle foulait les dalles du siège de la police, son esprit restait tout engourdi par le fait d'armes du spationaute. Il était parvenu à toucher le sol, inconscient, après une chute libre de plus de quarante kilomètres. Les équipes de la NASA et les militaires de l'US Navy avaient suivi son parcours en temps réel, puis étaient parvenus à le réceptionner avant qu'il sombre dans les abysses. Une chance : sans aide, le Britannique, évanoui, se serait aussitôt noyé...

Ce matin-là, Miller se trouvait en observation dans un hôpital militaire. Les dernières nouvelles se montraient rassurantes : il ne souffrait d'aucune blessure sérieuse, sinon quelques contusions, brûlures superficielles, gerçures...

Et une frousse rétrospective qui le marquerait au fer rouge, à jamais.

Louise se présenta à l'agent d'accueil, une jeune Black à la coupe afro, engoncée dans un uniforme bleu marine trop étroit. Une fois de plus, elle était attendue de pied ferme.

Elle traversa un open space grouillant de détectives encravatés, sagement répartis le long de bureaux séparés par de fines cloisons. L'endroit ressemblait à un centre d'appels chargé de fourguer des fenêtres à double vitrage. Elle n'aurait jamais pu travailler dans une telle promiscuité. Des effluves de musc écœurants s'exhalaient des aisselles. Tout en retenant sa respiration, elle fila vers le dernier bureau, tout au fond de l'espace.

Trois hommes, deux Blancs et un Noir, l'attendaient debout. Leur mâchoire prognathe ne laissait aucun doute, c'étaient de vrais Américains. En revanche, leur stature plutôt musculeuse s'opposait aux clichés des Amerloques gavés de bœuf aux hormones et de cheeseburgers dégoulinants d'acides gras saturés. Le Black ouvrit le bal.

– *Welcome to Los Angeles, Captain Vernay.*

Il avait tendu une paume ramollie, sans conviction, et l'avait interpellée avec l'équivalent américain de son grade dans la police française, une sorte d'intermédiaire entre commandant chevronné et jeune commissaire. Ainsi, pas d'atermoiement entre le passé et l'avenir, entre la réalité et la fiction ; le sobriquet de *Captain* réconciliait tout. Louise avisa les galons du quinqua, deux étoiles argentées de *Deputy Chief* qui brillaient sur le col de sa chemise noire. Ce grade élevé correspondait à celui d'un grand patron de la police nationale française. À ses côtés, un capitaine, et un homme vêtu d'un costume sombre, à l'allure plus élancée, la peau hâlée et rasée de près. Une raie impeccable dominait ses yeux brillants. Il n'avait rien à voir avec les flics de LA. Le boss reprit :

– Mon nom est Elvin Lewis, je suis le *Chief of Detectives*, et voici le capitaine Brownson, qui dirige la Robbery-Homicide Division.

Louise haussa un sourcil. Le Detective Bureau et sa célèbre division des homicides étaient réputés pour incarner l'élite du LAPD, à l'image de la Crim' de l'ex-36, quai des Orfèvres. Ils la prenaient clairement pour une pointure. S'ils savaient...

Au moment d'introduire le troisième homme, le chef Lewis hésita. Devait-il lâcher la véritable identité du visiteur mystère ? Ou bien allait-il commettre une bévue ? Finalement, il lui laissa le soin de se présenter lui-même.

– Jim Boorman, agent spécial superviseur du FBI.

Les pupilles de Louise se rétrécirent. Pourquoi ce gros poisson fédéral venait-il frayer dans ces eaux californiennes ? À moins que...

– Je dirige l'équipe américaine qui enquête sur le meurtre à bord de la Station spatiale internationale.

Bingo !

– Absolument ravie de vous rencontrer, agent spécial. Je voulais justement me rapprocher de votre groupe. Je suis convaincue que l'affaire dont je m'occupe en France est en lien direct avec celle de l'ISS.

Le *Fed* esquissa un sourire en coin et s'assit confortablement dans l'un des trois fauteuils qui ceignaient le bureau du chef. Les deux flics du LAPD l'imitèrent sur-le-champ. Ils étaient clairement déférents, malgré leur grade. Les *Feds* étaient tout autant jalousés que redoutés, et de ce fait, souvent critiqués. Mais leur aura l'emportait sur les sentiments contrastés qu'ils inspiraient, du moins dans les premiers temps. Ensuite, lorsqu'ils mettaient leur nez dans les affaires des autres, c'était une autre histoire.

– Nous sommes parfaitement au courant, *commissaire*.

Boorman avait prononcé le terme en français, avec un tel accent qu'il donnait le sentiment de mâchonner une patate chaude. Louise eut un tic nerveux, sa paupière droite battait de l'aile.

– Je vois que les nouvelles vont vite, souffla-t-elle dans son meilleur anglais.

La Lyonnaise parlait parfaitement la langue de Shakespeare, maîtrisant les expressions idiomatiques et s'exprimant avec un accent remarquable. Les centaines d'épisodes de séries visionnés en VO sur les plateformes américaines l'avaient rendue presque bilingue, d'autant qu'elle avait toujours excellé dans les langues étrangères au lycée. Elle ajouta :

– J'espère qu'on ne vous a pas brossé de moi un portrait au vitriol.

Le silence pesant qui s'ensuivit était éloquent. La Française se racla la gorge et reprit :

– Je ne cherche qu'à vous aider, si jamais nos constatations peuvent se recouper avec les vôtres et orienter les recherches vers une ou plusieurs pistes communes...

– Je comprends votre analyse. Je dois reconnaître que les similitudes dans la mise en scène des meurtres sont saisissantes, mais nous devons procéder à l'autopsie, pour être certains d'être confrontés au même type de crime. Enfin, nous *devions*.

Chacun médita la remarque. Le cadavre de Jenkins s'était volatilisé dans les hautes couches de l'atmosphère. Peut-être quelques cendres avaient-elles échu dans l'océan. Il s'avérait désormais impossible de connaître les causes véritables et certaines de la mort de l'astronaute américain.

– Je sais, oui, je comprends, mais... les points communs restent nombreux. Avez-vous comparé la structure de la Station spatiale avec celle des souterrains de Lyon, où a été retrouvé le corps de Tony Jermal ?

Les trois hommes échangèrent des regards entendus. Ils la prenaient pour une dingo. Une chtarbée, une givrée, une cramée, comme dirait son adjoint Ahmed Tahiri.

– Vous vous foutez de moi parce que je suis une femme ? Vous pensez que je suis plus conne que vous, par nature ?

Les deux malabars du LAPD froncèrent les sourcils et s'apprêtèrent à lui rentrer dans le lard. La question du genre est ultrasensible outre-Atlantique, et la moindre allusion à une quelconque discrimination sexuelle suscite aussitôt des levées de boucliers. Louise le savait pertinemment mais n'avait pu s'empêcher, une fois de plus, de semer la confusion. Avant que les deux gradés de la crim locale ne mouftent, Boorman leva le bras en guise de trêve.

– Vous avez raison, *miss Vernay*. Nous sommes également convaincus que les deux homicides ont été commis par une seule et même entité.

Louise, qui s'apprêtait à protester, convaincue d'être contrée derechef, se figea. Avait-elle bien entendu ? Elle demeura trois secondes bouche bée, avant d'articuler :

– Vous... vous êtes d'accord avec moi ? Vous êtes parvenus aux mêmes conclusions ? Mais... vous avez récupéré des éléments sur notre enquête, à Lyon ?

– Je suis là pour ça, *commissaire Vernay*. Je n'ai pas fait le voyage de Washington pour admirer les canaux de Venice. J'ai besoin que vous m'exposiez tout ce que vous savez sur l'affaire, en détail.

– Et, en échange, vous me direz tout sur l'ISS ?

– Eh bien, disons que je vous dirai l'essentiel. C'est très vite résumé, d'ailleurs.

La jeune femme amorça un mouvement de recul. « Vite résumé »... Elle flairait l'arnaque, une fois de plus. Elle croisa les bras.

– OK, vous commencez, alors.

Le *Fed* sourit puis saisit son smartphone.

– Vous allez tout de suite comprendre. Parfois, quelques images valent mieux qu'un long discours.

Il tourna son Nokia bien en face de la Française. La lumière bleutée de l'écran se réfléchissait dans les pupilles de Louise. À mesure que la séquence progressait, ses traits se durcirent. L'incompréhension et même l'incrédulité pouvaient se lire sur son visage.

– Je ne comprends pas... C'est le départ de Crew Dragon avant de cramer dans l'atmosphère ?

– Non, ce vaisseau n'a rien à voir avec celui de SpaceX. C'est un bon vieux Soyouz. Et vous voyez, il se détache d'un port d'amarrage qui se trouve tout au bout de l'ISS, au niveau des modules russes. Ces images datent de la nuit dernière, quatre heures après le départ de Crew Dragon. Pour l'instant, elles sont classées secret-défense. Mais la nouvelle ne va pas tarder à s'éventer, j'imagine.

Les paupières de Louise s'élargirent. Elle n'osait comprendre...

– Les deux cosmonautes russes, Evgueni Porchnev et Sergueï Chenko ont déserté l'ISS sans aucune autorisation de Houston. Ils ont manigancé leur évasion avec Moscou, en utilisant leur canal réservé que personne d'autre n'écoute. Il y a toujours un Soyouz de secours amarré à l'ISS. Ils l'ont *volé*. Je pense que les choses sont claires, n'est-ce pas, *commissaire* ?

– Vous insinuez qu'ils ont fui parce qu'ils ont tué Robert Jenkins ?

– Et pourquoi donc se seraient-ils enfuis, sinon, *miss Vernay* ? Je suis tout ouïe.

– Eh bien, je ne sais pas... peut-être trop de pression ? Ils craquent ? La situation doit être intenable là-haut.

Les deux boss de la crim de Los Angeles suivaient l'échange avec attention. La situation leur échappait quelque peu ; d'ordinaire, chez les flics américains, il était de mise de coffrer des délinquants issus des « minorités ethniques » – au premier rang desquelles, à LA, les Latinos. Voire, comme dans le Wisconsin en août 2020, de déraper mortellement en abattant un Black de sept balles dans le dos. Les Russes, ce n'était pas pour eux. Ils ne jouaient pas dans la même cour.

– Les deux cosmonautes sont des vétérans. Ils ont déjà volé deux fois. Ils sont bien plus résistants que les jeunes Européens à bord. Et Porchnev était le commandant : depuis quand le capitaine quitte-t-il le navire quand il prend l'eau ? À moins d'avoir une sacrée bonne raison.

Louise haussa les épaules. Elle ne semblait nullement convaincue. Boorman enquilla :

– Et nous sommes aujourd'hui persuadés que les Russes sont aussi derrière le meurtre de Tony Jermal. Dans les deux cas, ils ont utilisé le même poison.

Cette fois, Louise releva le menton, sidérée.

– Un poison ? Vous pensez qu'ils ont été empoisonnés ?

– La CIA le pense, oui. Ils nous ont briefés. Et je crois qu'ils disposent d'éléments, disons, très troublants. Avez-vous entendu parler de Sergueï Skripal ?

– Vaguement...

– Le colonel Sergueï Skripal travaillait pour le GRU, l'agence de renseignement militaire russe. En 2010, il a été retourné par le MI6 britannique. Devenu agent double, il a transmis des informations pendant plusieurs années aux Anglais. Or, en 2018, deux espions du GRU, son ancienne maison, sont venus en Grande-Bretagne pour l'éliminer. Ils l'ont empoisonné avec du novitchok. On en a retrouvé près de lui, et d'ailleurs, cet agent innervant avait précédemment tué deux autres personnes. C'est sans doute, à ce jour, l'agent neurotoxique le plus puissant au monde.

Louise déglutit. Elle s'était approchée tout près du cadavre de Tony Jermal, et avait même saisi sa main pour tenter d'en déplier les doigts. Sans parler de l'autopsie, à quelques centimètres du macchabée...

– L'affaire a défrayé la chronique, il y a quatre ans. Le Premier ministre britannique de l'époque, Theresa May, a déclaré que le GRU était responsable de toute l'activité « malfaisante » de la Russie de ces dernières années. Ce sont des barbouzes de classe internationale, vous voyez. Ils exécutent à tour de bras.

Les deux flics du LAPD hochèrent la tête. Même eux avaient eu vent des capacités de nuisance de l'agence de renseignement militaire russe...

– Or donc, *miss Vernay*, connaissez-vous les effets du novitchok ? Cette arme absolue, la plus létale au monde ? Dysfonctionnement musculaire, sudation excessive, nausées, vomissements, jusqu'à l'arrêt cardiaque pur et simple. Et dans les cas les plus graves, avec le novitchok 5, des cas ont été rapportés de contractions abdominales spectaculaires, et d'hémorragies gastriques tellement graves qu'elles ont fini par rompre les tissus... un peu comme une implosion si vous voulez.

– Une implosion ?

Louise hallucinait.

– Absolument. Pour nous, c'est cousu de fil blanc. Vous n'imaginez pas le nombre d'affaires d'empoisonnement au novitchok 5 ces dernières années, la plupart sont restées secrètes, mais elles ressemblent beaucoup à celle de Sergueï Skripal. Et à celles de Tony Jermal et de Bob Jenkins.

Vernay s'attendait à tout, sauf à ça.

Une éventration causée de l'intérieur, à la suite d'une sorte d'implosion des organes ? Sérieusement ?

– Vos collègues de la DGSE pourront vous le confirmer. Avez-vous reçu les résultats d'analyse des prélèvements réalisés pendant l'autopsie de Tony Jermal ?

– Non, en tout cas pas jusqu'à mon départ pour les États-Unis.

– Contactez votre *coroner*. Dites-lui de chercher des traces de novitchok. Spécifiquement. Vous comprenez maintenant pourquoi nous soupçonnons très fortement les Russes. L'évasion des deux astronautes est un aveu incontestable. Ils sont responsables des deux meurtres. Nous pensons que Sergueï Porchnev, colonel dans l'armée de l'air russe, est aussi un haut gradé du GRU.

– Mais... pourquoi s'en seraient-ils pris à ces deux Américains ? Et en même temps ?

– Ah, ça... c'est une bonne question. Concernant Jermal, à vous d'enquêter. Rentrez en France et suivez cette piste. Cherchez la présence inhabituelle de ressortissants russes à Lyon, pendant cette période. Vous trouverez sans doute la réponse.

Louise fulmina. Voilà que le *Fed* voulait la remettre illico dans l'avion. Elle s'efforça de garder son calme.

– Je pense qu'il est bien plus utile que j'enquête ici. Jermal n'était à Lyon que quelques jours seulement, de passage. Or, la clé se trouve forcément dans son environnement quotidien, dans sa ville. Donc ici, à Los Angeles.

– Justement, *Captain*.

Le *Deputy Chief* Lewis s'était interposé, après un long mutisme consacré à compter les points entre la Française et le *G-Man* du FBI.

– Nous enquêtons aussi sur Tony Jermal. C'est notre job. Nos détectives, parmi les plus aguerris, sont sur le pont. Je ne pense pas que nous ayons besoin de vous. Nous vous serions reconnaissants de nous dévoiler tout ce que vous avez pu glaner en France, et nous allons prendre le relais ici. Mais je vous garantis que nous vous tiendrons au courant de nos investigations.

Louise se sentit prise au piège, en étau entre les deux balèzes du LAPD et le renard du FBI. Ils voulaient la presser de questions comme un citron, pour la pousser ensuite vers le premier vol à destination de Roissy-Charles-de-Gaulle...

– Écoutez, je n'ai besoin que de trois ou quatre jours. J'ai quelques vérifications à faire. Et si c'est concluant, je vous donne ma parole que je vous communiquerai mes informations. Nous voulons tous faire la lumière sur ces meurtres odieux. Et, de toute manière, il est hors de question que je rentre en France. Je vous rappelle que j'ai été nommée agent de liaison, avec un statut diplomatique, et ma nouvelle résidence est l'ambassade de France à Washington.

Les trois hommes s'échangèrent des œillades embarrassées. Ils n'avaient aucun moyen d'empêcher la Française de se déplacer librement, ni même d'interroger des témoins – si tant est que ces derniers acceptent de lui répondre. Elle n'avait pas moins de droits qu'un détective privé ou même qu'un journaliste. Clairement, ils ne bougeraient pas le petit doigt pour lui faciliter les choses. Et ils ne laisseraient rien passer.

– OK, trancha le *Deputy Chief*. Mais je vous préviens : si vous faites un abus d'autorité en prétendant intervenir au nom du LAPD ou du FBI, on arrête tout. Je crois que vous avez une certaine expérience en matière d'usurpation... Si vous franchissez la ligne rouge, c'est un aller simple pour *chez vous*, à New York.

Louise hocha la tête sans mot dire. Elle salua furtivement les cadors et se dirigea d'un pas vif vers la sortie. Elle s'esquivait, de peur qu'ils ne changent d'avis.

Dehors, la brume de pollution ne s'était toujours pas dissipée. Elle héla l'un des innombrables *yellow cabs* qui sillonnaient la ville. Mais une Ford Taurus anthracite vint se garer à ses pieds, coiffant le taxi au poteau. Furax, le chauffeur du *cab* klaxonna, puis finit par déboîter avant de s'éloigner. D'évidence, la Ford guettait Louise depuis un bon moment et n'avait pas laissé passer sa chance.

– Qui êtes-vous ? Qu'est-ce que vous voulez ?

Vernay s'était reculée et avait machinalement saisi la crosse de son Sig Sauer.

– Hugh Stamper, je suis journaliste. Je bosse pour une agence indépendante de Los Angeles, RGM News. J'aimerais vous poser quelques questions.

Louise se pencha jusqu'à ce que son visage parvienne à la hauteur de l'impudent.

– Et d'où me connaissez-vous ? Je viens à peine de mettre les pieds à LA.

– J'ai suivi votre arrivée grâce à la radio des flics.

Les pupilles de Vernay obliquèrent vers l'attirail qui bardait le tableau de bord de la Ford. Une tablette verticale offrait un aperçu de toutes les opérations de secours en *live*, des pompiers aux ambulances, tandis qu'un rac de blocs noirs sertis de cristaux liquides crachait des messages vocaux à moitié étouffés.

– Ce sont des scanners police ?

– Absolument. C'est légal, vous savez, aux États-Unis. D'ailleurs, vous pouvez même télécharger des applis directement sur votre portable. 5-0 Radio, par exemple : c'est aussi populaire que Facebook et Insta, depuis que les flics dégomment des Blacks à tour de bras.

Vernay tordit le nez, mais n'était pas d'humeur à disserter sur le secret professionnel et la mise en danger des opérations de police quand les flics sont écoutés par la moitié des connards qui peuplent l'Amérique.

– Et alors, on a parlé de moi sur les fréquences police ?

– *Yep, M'am.* Pour évoquer votre transfert de l'aéroport, hier soir. Ça m'a mis la puce à l'oreille. Et ce matin, rebelote : ils ont suivi votre taxi depuis l'hôtel. Officiellement, ils parlaient d'une « mission sécurité ». Pour vous escorter, en quelque sorte. Mais apparemment, c'était à votre insu...

Louise accusa le coup. Elle n'était vraiment pas la bienvenue. La défiance des flics de LA la décoiffait. Ils l'avaient tous dans le collimateur, de Lyon à Los Angeles... Elle qui espérait se faire oublier, et démarrer sereinement son enquête sur place...

– Vous savez, je connais Los Angeles comme ma poche. Je passe des heures, la nuit, à rouler dans la ville. Je couvre les faits divers nocturnes, pour la plupart des chaînes de télévision. Je pourrais vous conduire n'importe où. On pourrait discuter en route. J'aimerais beaucoup savoir ce que vous venez faire ici. Des rumeurs disent que vous participez à l'enquête sur le meurtre à bord de la Station internationale. C'est vrai ?

Louise s'apprêtait à envoyer paître ce « fouille-merde de mes deux », mais elle se ravisa *in extremis*. Au fond, elle était seule et ne bénéficiait d'aucune aide. Surtout pas de celle du LAPD, et moins encore de celle du FBI.

– OK, je vous accorde deux questions, mais pas plus. Et si vous me pétez les roustons, je vous colle une balle de neuf millimètres dans le genou. C'est clair ?

Stamper sourit et ouvrit la portière passager.

Depuis une fenêtre du LAPD, l'agent spécial Jim Boorman observait le manège du reporter et de la jeune femme.

Il ne pouvait être vu ; à l'extérieur, les vitrages réfléchissaient la lumière du jour.

Louise grimpa, puis riva son regard sur le QG de la police. Comme si elle se savait épiée, elle tendit un doigt d'honneur magistral en direction du building.

Tandis que la Ford s'élançait dans les artères démesurées de la ville, Boorman serra les mâchoires puis saisit son cellulaire.

– Elle est partie. Ne la lâchez pas d'une semelle, c'est clair ?

Le V6 vrombissant de la Ford avalait l'asphalte. Le journaliste aimait taquiner la mécanique et poussait volontiers le moteur à son régime maximum. Réchauffement climatique ou non, les Américains se délectaient des grosses cylindrées et se foutaient pas mal de consommer vingt litres aux cent, et de polluer d'autant. Le *smog* qui s'éternisait au-dessus de la ville n'émouvait personne – ou presque. Certes, la Californie se revendiquait comme un État vert, mais fallait pas trop pousser, quand même.

Louise avait l'impression de pénétrer dans une grille, une véritable matrice. Les avenues s'enchaînaient sur des kilomètres et se croisaient à angles droits, sans fantaisie. Les immeubles se révélaient plutôt tassés. Au contraire, les gratte-ciel de Downtown s'érigeaient tel un bouquet de champignons en rase campagne. Leur silhouette d'acier et de verre s'estompa progressivement dans le rétroviseur. Par endroits, des échangeurs monumentaux dominaient routes et buildings, et distribuaient la circulation dans les différents quartiers de l'immense cité. Seuls les *robots*, les feux tricolores, brisaient le flux incessant des automobiles. Louise remarqua que bien peu de piétons s'aventuraient sur les boulevards. Impossible ou presque de joindre deux points sans marcher des heures, tant la mégalopole tendait ses gigantesques tentacules de bitume sur des dizaines de miles.

– Pour moi, Los Angeles, c'est huit cents kilomètres d'autoroute qui relient cent cinquante-huit villes et cent quatorze quartiers.

Louise, peu encline à se laisser impressionner par ce pisseur d'encre, ne put réprimer sa surprise.

– Cent cinquante-huit villes ? Je ne comprends pas...

– En fait, il n'existe pas *un* Los Angeles, mais des dizaines. LA, c'est un agglomérat de communes qui se touchent les unes les autres et qui ont fini par former l'énorme monstre que vous découvrez. Soixante-dix kilomètres du nord au sud, et cinquante d'est en ouest. J'ai calculé : la superficie totale équivaut à treize fois Paris.

– Treize fois Paname ? La vache...

La jeune femme coula un regard vers le journaliste. Pas mal du tout... Hormis cette barbe de six jours trop bien taillée. Ne manquait plus que le chèche pour parfaire le look du parfait reporter. Le bronzage achevait le tableau. Il faut dire que le climat et les plages s'y prêtaient ; peu de chance qu'il se dore la couenne dans une cabine à UV.

Stamper enchaîna comme s'il lisait ses pensées :

– En bord de mer, vous avez les célèbres plages de Venice et de Santa Monica. Je viens de la cambrousse anglaise, près de Stonehenge, et, pour moi, LA c'était justement ça : le style *Alerte à Malibu*. Soleil, sable, surf, des stars, et des bombes en bikini.

Et élégant, avec ça.

– Mais la réalité, celle que je vis tous les jours, enfin, je devrais dire, toutes les nuits, c'est exactement l'inverse. Cette ville pullule de gangs, de drogués, de tarés, et la criminalité explose. Le LAPD est complètement largué.

Louise eut une pensée affectueuse pour les deux baraques de la crim qu'elle venait de quitter. Good job, les gars !

– Alors quoi, Los Angeles est gangrenée jusqu'à l'os ?

Le journaliste sourit en coin. Cette *Frenchy* parlait très bien l'anglais et connaissait le *slang*, l'argot américain.

– Pas tout à fait. Le Nord est plutôt calme. Vous avez la vallée de San Fernando, beaucoup de résidences familiales, et des incendies monstrueux l'été. Après c'est Berverly Hills, le repaire des stars. Et juste à l'est, c'est Hollywood, avec le *Walk of Fame* et le célèbre panneau sur la colline.

Mais mon terrain de jeu à moi, ce sont les quartiers sud. Fusillades et agressions garanties sept jours sur sept. Et Downtown, le centre-ville qu'on vient de quitter. Business le jour, échauffourées entre SDF et jeunes défoncés la nuit. Vidéos explosives garanties.

– Je suis heureuse pour vous, mais je ne vois vraiment pas ce que j'ai à voir avec votre « terrain de jeu », comme vous dites. L'enquête sur l'ISS, c'est un peu gros pour vous, non ? Arrêtez-moi ici, et retournez faire joujou dans votre bac à sable.

Hugh Stamper demeura impassible.

– Vous m'avez autorisé deux questions, non ?

– J'ai vraiment pas que ça à foutre. Arrêtez-vous, je vous dis.

– Mais vous avez dit que vous répondriez !

– J'ai aussi dit que je vous éclaterais la rotule avec mon neuf millimètres si vous insistiez.

La Ford ralentit.

– OK, OK. On se calme. Je vous propose un donnant-donnant. Je vous pose une question, et vous m'en posez une aussi. Si j'ai une réponse qui vous est utile, je vous pose ma seconde question.

Louise hésita, mais finit par acquiescer.

– Super. Alors, première question : pourquoi *précisément* êtes-vous venue à Los Angeles ?

– J'enquête sur un meurtre qui s'est déroulé en France et qui ressemble, dans son mode opératoire, à celui de l'ISS.

Stamper grattait sur un bloc-notes à moitié ruiné, et son Bic rendait l'âme. Il s'excita sur la couverture en écrasant la mine, puis secoua son stylo pour tenter de le faire cracher. Louise enquilla :

– OK, à moi maintenant. Que savez-vous de l'enquête en cours à bord de l'ISS ?

– Attendez... Vous n'êtes au courant de rien ?

– Attention, Stamper. C'est à mon tour, c'est moi qui pose la question. Vous tenez à votre rotule ?

Le journaliste se triturait les méninges. Il ne comprenait plus rien.

– Je sais ce que les *Feds* ont bien voulu lâcher. Justement, je comptais sur vous pour...

– Raté. Donc, vous n'avez rien à m'apprendre, et vous ne servez à rien. Arrêtez-vous tout de suite !

Cette fois, Vernay s'était emparée de son calibre Spécial Police 2022 et n'entendait plus perdre une seconde avec ce tocard.

– Attendez ! J'ai quelque chose qui va vous intéresser. Je connais l'adresse de l'astronaute britannique, Ethan Miller. Ici, à Los Angeles.

Louise colla le canon de son arme sur le genou du journaliste.

– Il est anglais, vous foutez pas de ma gueule. Et il s'entraînait en Allemagne.

– Non, je vous jure, récemment il a acheté une propriété à Pacific Palisades. Un quartier de célébrités blindées, situé entre Malibu et Santa Monica... Le champion de golf Tiger Woods y possède une propriété monumentale, avec un golf privé, une piste de course et six bunkers. Même votre star du rock, Johnny Hallyday, y habitait. Je crois que sa veuve y vit toujours.

Louise fronça les sourcils. Comment un astronaute pouvait-il s'offrir une villa dans un tel endroit ? D'où provenait sa fortune ?

– Et ce que j'ai entendu, c'est que dans deux ou trois jours, quand il aura quitté l'hôpital militaire, Miller viendra y passer sa période de convalescence. Pas question pour l'instant qu'il reparte en Europe, tant que son état n'est pas parfaitement stabilisé. Tout le monde en parle ici.

Louise rengaina son pistolet.

– OK, filez-moi l'adresse.

Stamper s'était immobilisé au bord d'un trottoir de Temple Street et s'échinait à rédiger l'adresse avec son stylo famélique. Quand il eut enfin terminé, il tendit son gribouillis à la Française.

– Voilà. C'est plein ouest. Maintenant, à mon tour, ma seconde question.

– Ah non, désolée, vous l'avez déjà posée. Et la réponse est : non, je sais que dalle sur l'enquête dans l'espace. Bonne journée !

Louise s'éjecta de la Ford et claqua la portière avec la délicatesse d'un camionneur. Dans l'habitacle, Stamper resta stupéfié.

– *What a bloody temper** !

* « Quel caractère de cochon ! »

Chapitre dix-sept

Lundi 23 mai 2022, Los Angeles

– Vous êtes qui, déjà ?

– *My name is* Vernay. Louise Vernay.

Le biologiste tanguait d'un pied sur l'autre. Louise l'avait tiré de sa méditation ; il cherchait ses repères. Il effleura sa paillasse du revers de la main, comme pour se rassurer. Instruments et autres consommables étaient bien en place : pipettes, centrifugeuse, solutés, gants nitrile, solvant... Et pas une poussière à l'horizon.

– Et... Vous êtes de la police française ?

– Oui, oui, ça fait trois fois que vous me le demandez. Je vous ai montré ma carte. C'est le même mot en anglais et en français, c'est à votre portée, non ? PO – LICE. J'ai l'équivalent d'un grade de capitaine de la brigade criminelle du LAPD.

Mike Burk hésitait. Était-il vraiment contraint de répondre ? Il évoluait à trois cents années-lumière de toute bassesse humaine. Les flics et les homicides, il ne les fréquentait pas, même sur Netflix.

– Mais pourquoi m'interroger, moi ? Je n'ai pas vu Jermal depuis un mois, au moins...

– Forcément, il y a deux semaines, il a été éventré dans une galerie souterraine en France. Ses boyaux se sont répandus partout.

Et Vernay de brandir un cliché ignoble de la scène de crime, en mode « réveille-toi Ducon ».

Mike Burk, qui portait bien son nom, faillit rendre son petit déjeuner. Ses yeux s'écarquillèrent, son pouls grimpa en flèche, et ses frêles guiboles flageolèrent comme deux castagnettes. Il prit appui sur le rebord de sa paillasse pour éviter de se ramasser de tout son long.

– C'est moche, hein ? Alors voilà, maintenant, il faut me dire tout ce que vous savez sur Jermal. Et ce sur quoi il travaillait exactement.

Deux heures plus tôt, Louise avait quitté son hôtel de Melrose Avenue, tout près des studios Paramount, pour rejoindre l'autoroute 110 aux confins du centre-ville.

Elle avait ressassé cette histoire d'espions russes et n'adhérait aucunement à cette théorie du complot digne de la guerre froide. Bien sûr, le départ rocambolesque des deux cosmonautes à bord du Soyouz de secours accréditait les accusations de la CIA et du FBI. Mais Louise doutait. Tandis qu'elle roulait au volant de sa Chevrolet de location, elle s'aperçut qu'elle était suivie, une fois de plus. Les sbires du LAPD ne se cachaient même pas. Une flic sous tutelle, voilà ce qu'elle était devenue. D'évidence, sa petite enquête n'était du goût de personne.

Pour tenter de les semer, elle avait accéléré et brutalement bifurqué sur l'un de ces gigantesques échangeurs qui dominent LA. Elle avait eu l'impression de voler au-dessus de la ville, tant ces carrefours suspendus surplombent des quartiers entiers. À sa gauche s'étirait l'immense parc Elysian couronné du stade de base-ball des Dodgers, tandis que, à sa droite, Chinatown grouillait d'un peuple minuscule. Après avoir survolé le lit de Los Angeles River, elle avait filé vers le nord-est. L'espace d'une minute, elle s'était crue débarrassée de ses poursuivants. Mais bien vite, le véhicule avait ressurgi dans son rétroviseur.

Au bout de dix minutes de slalom inutile sur l'autoroute bordée d'arbres, elle avait pénétré dans les rues géométriques de Pasadena. Cette ville, plus vaste que Lyon, comptait parmi les plus importantes de l'agglomération de Los Angeles. Derrière le quadrillage des boulevards s'érigeait la chaîne des monts San Gabriel, superbe rempart naturel entre la mégalopole de LA et le désert de Mojave.

Elle s'était immobilisée sur Wilson Avenue, devant l'un des accès au campus de Caltech, le prestigieux California Institute of Technology. Étrangement, plus aucune trace de filature. Elle était enfin seule. Du moins voulait-on lui en donner l'illusion.

Du trottoir, elle avait contemplé deux bâtiments hérissés de colonnades. Les façades aux teintes ocre délavé imitaient avec médiocrité l'architecture grecque antique. Louise avait songé que ce pays dénué de racines, sorti de terre depuis un peu plus de deux siècles, s'évertuait à se donner une fausse profondeur historique qui tournait souvent au ridicule. Elle était ensuite passée devant le porche du laboratoire des sciences biologiques, avant de grimper les quelques marches qui menaient au laboratoire de biologie moléculaire Gordon Alles. Elle s'était rencardée en quelques clics sur Internet. Les chercheurs américains s'avèrent très faciles à localiser ; ils savent communiquer, et aiment faire parler d'eux. Elle avait débusqué tous les détails sur le site PubMed qui répertoriait les publications des scientifiques du monde entier.

Sans l'ombre d'une hésitation, ni aucune gêne, elle avait fait irruption dans les labos, importunant chercheurs et laborantins en plein travail. Après avoir fait chou blanc auprès de plusieurs blouses blanches, elle avait fini par dénicher ce Mike Burk, un vrai collègue de Jermal.

De l'improvisation, encore et toujours, assaisonnée d'une pincée de culot : la marque de fabrique de Vernay. Prendre ses proies au dépourvu, par surprise, le meilleur moyen de les faire flancher et cracher le morceau.

Burk était encore haletant et peinait à se remettre. La photo de son collègue éviscéré avait durablement impressionné ses iris. Son esprit s'était enrayé.

L'électrochoc avait peut-être été un tantinet exagéré ; Vernay décida de faire retomber la pression.

– Bon, alors, vous faites quoi, à Caltech ? J'ai lu que vous figuriez toujours dans le top cinq des meilleures universités du monde. Petit campus, deux mille cinq cents étudiants, et basta. La crème de l'élite, hein ?

Le chercheur, qui virait du blême au transparent, restait muet.

– Vous connaissez l'école Polytechnique, en France ? Moi je dirais que c'est ce qui se rapproche le plus de votre boîte, là. Non ?

– Écoutez, je ne sais pas ce que vous voulez, exactement... Mais je n'ai rien à voir avec ce... meurtre abject.

– Oui, je m'en doute, vous étiez à neuf mille kilomètres de la scène de crime. Moi, je veux juste savoir sur quoi travaillait Jermal. Il était généticien, comme vous, c'est bien ça ?

Mike Burk passa une main sur son visage et reprit enfin ses esprits. Il s'était assis sur l'un des tabourets qui longeaient les paillasses.

– Tony était un chercheur brillant. Vous savez, ici, on a accueilli les plus grands. Même Einstein est venu dans les années trente. On compte une quarantaine de prix Nobel issus de nos rangs. Je dirais que c'est La Mecque de la recherche. On se tire la bourre avec le MIT, le Massachusetts Institute of Technnology, sur la côte est. Et notre succès, on le doit à l'extraordinaire alliance du fondamental et de l'appliqué. On mène des recherches de pointe, et nos ingénieurs sont capables de les valoriser dans des innovations exceptionnelles. Nous avons déposé plusieurs milliers de brevets.

– Passionnant. Et donc, Jermal...

– Eh bien, lui, il était à cheval entre la biologie moléculaire, la génétique, comme moi, et un tout autre domaine. Il bossait étroitement avec les équipes du Jet Propulsion Laboratory, le JPL. C'est un laboratoire administré par Caltech, mais qui travaille exclusivement pour la NASA.

C'est à un quart d'heure d'ici. Tony faisait souvent les allers-retours.

Louise se figea net, abandonnant sa gouaille et son arrogance.

Un frisson lui parcourut l'échine.

Le voilà, ce foutu lien. Elle le tenait. Il ne lui avait fallu que quelques heures, à peine, pour resserrer la maille.

Son intuition était la bonne. Elle avait toujours été la meilleure. Les cakes du LAPD et du FBI avaient-ils fait le rapprochement ? S'y étaient-ils seulement intéressés ?

– Je ne comprends pas : j'ai lu partout que Jermal était biologiste. Quel rapport avec la NASA ?

– Depuis toujours, le JPL met au point la plupart des fusées de la NASA et travaille sur les missions robotisées prévues sur Mars. Certaines de ces missions embarquent des expériences, comme à bord de la Station spatiale internationale. John travaillait sur des « manips » de biologie.

– John ? On parlait de Tony Jermal, là...

– Son vrai nom est John Bowers. Mais il utilise le pseudo de Tony Jermal depuis des années. La plupart de ses papiers sont libellés avec son pseudo. Il ne voulait plus qu'on l'appelle Bowers.

Louise accusa le coup.

– Et vous savez pourquoi ?

– Non, pas vraiment. J'en ai parlé une fois avec lui, mais il m'a rembarré. Il a juste balancé un truc du genre : « Un jour, tu comprendras. Le monde entier comprendra. » Et il est passé à autre chose.

La jeune femme touchait au but. Elle le sentait. Pour ne rien oublier, elle enregistrait discrètement la conversation à l'aide de son iPhone.

– Et ces « manips » de biologie dont vous parliez, elles consistaient en quoi ?

– Ah, ça, c'est confidentiel, vous comprenez. Cela touche à la sûreté nationale. Le spatial fait partie des domaines stratégiques des États-Unis. Nous signons des chartes pour ne rien divulguer de nos travaux.

— OK, mais vous, son collègue, son ami, qui connaissez même son vrai nom : vous saviez ce qu'il faisait ?

Burk demeura mutique. Ses lèvres pincées et son air hautain laissaient supposer qu'il en connaissait un rayon, mais que sa sacro-sainte déontologie l'empêchait de dévoiler quoi que ce soit.

— Je comprends que vous gardiez ces informations confidentielles, mais c'est peut-être la clé de toute l'affaire. La raison de son épouvantable assassinat. Et peut-être même aussi de celui de Bob Jenkins, à bord de l'ISS.

Le chercheur tiqua.

— Je ne vois pas le rapport...

— Les circonstances sont identiques. Le timing aussi, les deux meurtres ont été commis au même moment. Savez-vous si Tony Jermal, *alias* John Bowers, connaissait Bob Jenkins ?

— Non, franchement, je n'en sais rien du tout.

Louise prenait sur elle. Une bonne branlée, voilà ce qu'il lui fallait, pour le faire parler. Elle s'imagina l'agripper par les talons, le retourner tête en bas et le secouer comme un prunier pour le faire accoucher.

— Bon, vous travaillez sur quoi, ici ? C'est pas secret-défense au moins ?

— Eh bien... je ne peux donner aucun détail, mais, en gros, nous développons des méthodes d'ingénierie génétique. Des techniques destinées à modifier le génome de certains organismes pour les rendre différents.

— Des manipulations génétiques ? Comme pour le clonage, ou pour faire des OGM ?

Burk leva les yeux au ciel.

— Ça, c'était au Moyen Âge, *Captain*. Ici, on serait plutôt au XXIIe siècle. Très en avance, si vous préférez.

Louise se mit à tourner autour des installations. Des paillasses immaculées couvertes d'instruments électroniques aux écrans scintillants voisinaient avec des hottes à flux laminaire. Partout, des ustensiles et des produits liquides devaient permettre aux biologistes d'effectuer leurs fameuses « manips ». Au fond du labo, Vernay s'immobilisa devant une espèce de réfrigérateur affublé d'un terminal informatique.

– Et ça, c'est quoi ?

– Un séquenceur Illumina NGS dernière génération. Il permet de séquencer un génome complet en quelques heures.

Louise se concentrait. Elle rêvait de pénétrer le jargon de ce type pour entrevoir la vérité.

Toucher du doigt le mobile du crime.

Car il se trouvait là, sous ses yeux, elle en était convaincue. Mais elle se sentait incapable de décrypter quoi que ce soit. Ses connaissances bien trop partielles l'empêchaient de saisir les subtilités scientifiques et techniques qui pouvaient la mettre sur la bonne voie.

– Vous utilisez quoi, comme technique de pointe ? Je veux dire, qu'est-ce qu'on pourrait vous envier, à l'extérieur ? Qu'est-ce qui fait votre fierté, votre exception, que vos concurrents ne savent pas faire aussi bien que vous ?

Burk sourit en coin. Louise lui donnait l'occasion de vanter ses mérites et ceux de son laboratoire. Il ne pouvait s'empêcher de cabotiner.

– Eh bien, nous avons nettement perfectionné la technique de CRISPR Cas9, de manière à la rendre opérative dans n'importe quel génome et de modifier jusqu'aux bases même de l'ADN.

La mâchoire de Louise pendouillait mollement. Burk lui aurait parlé turc ou hébreu, cela n'aurait rien changé.

– Vous pouvez traduire, juste un peu ? Je suis blonde, et française. Vous voyez le problème ?

– CRISPR, c'est une technologie d'édition génétique qui a valu le prix Nobel de chimie 2020 à ses deux découvreuses. Cela va nous réconcilier : une Française, Emmanuelle Charpentier, et une Américaine, Jennifer Doudna.

– Mmm. Et ça consiste en quoi ?

– Vous avez une heure ?

– OK, je vois, vous fatiguez pas, j'irai voir sur Wikipédia.

La jeune femme tourna les talons. Elle n'en tirerait rien de plus, du moins en langage profane. Mais au moment de franchir le seuil du laboratoire, elle fit volte-face.

C'était absurde, mais qui ne tente rien n'a rien. Les élucubrations « ufologiques » du frère Lupo, mais aussi les étranges signes captés dans le ciel de Lyon par les militaires de la base du mont Verdun ne cessaient de la hanter.

– Une dernière question, monsieur Burk. Savez-vous si Tony Jermal s'intéressait aux OVNI ? Ou peut-être, dans le cadre de ses activités de biologie spatiale, à la recherche de formes de vie extraterrestre ?

Le chercheur rit de bon cœur. Il était donc capable de se débarrasser quelques instants de son balai dans le c...

– Des OVNI ? Des vies extraterrestres ? Soyons sérieux, *Captain*, voyons ! Vous êtes à Caltech ici, pas à Roswell !

Puis, étrangement, les traits de Burk s'affadirent. Ses pommettes rieuses s'estompèrent, pour faire place à une mine étrange. Comme s'il était frappé par la grâce, ou saisi d'une révélation.

– Attendez... Cela n'a peut-être aucune importance, aucun rapport mais... Il a travaillé deux ans avec l'astrophysicien Jerry Ehman. C'est lui qui avait identifié le fameux signal « Wow ! » en 1977, au radiotélescope Big Ear dans l'Ohio.

Louise s'était approchée tout près du chercheur. Elle sentait presque son haleine. Elle guettait le moindre de ses mouvements faciaux.

– Et c'est quoi, ce signal « Wow ! » ? En mots simples ?

– « Wow ! », au départ, c'est juste une annotation de l'astrophysicien Ehman dans la marge d'un de ses relevés, lorsqu'il capte, dans le spectre radio, un signal en provenance de la constellation du Sagittaire, et qui a duré précisément soixante-douze secondes. Depuis on parle du signal « Wow ! », parce qu'il était d'une puissance exceptionnelle, qui ne s'est jamais reproduit, et que personne n'a jamais su expliquer. Jermal était assez fasciné par cette histoire, et je me souviens qu'il échangeait des mails avec Jerry Ehman.

Ils ont fini par bosser ensemble sur un projet pour le Jet Propulsion Laboratory. C'était il y a plusieurs années déjà.

Vernay pesait chaque terme qu'elle venait d'entendre. Le puzzle se mettait progressivement en place.

– Un signal très puissant... qui serait d'origine extraterrestre, selon vous ?

– Ah non, il y a forcément une explication rationnelle. Je n'ai jamais cru aux petits hommes verts, désolé !

– Et... vous savez où je pourrais trouver ce Jerry Ehman ?

– Non, il doit être retraité maintenant. Mais peut-être que les gens du SETI sauront le trouver. À l'époque, c'est en épluchant des données du programme SETI qu'Ehman a découvert ce signal surpuissant.

– Le SETI ?

– Le programme Search for Extraterrestrial Intelligence, ou Recherche d'intelligence extraterrestre. Ça date des années soixante, et depuis, des centaines de chercheurs y ont collaboré dans le monde entier. Leur QG se trouve à Mountain View, en plein cœur de la Silicon Valley. Il faut remonter la côte Pacifique sur cinq cents kilomètres pour s'y rendre.

Louise récupéra l'adresse de l'Institut SETI, ainsi que celle du Jet Propulsion Laboratory, bien décidée à creuser ces deux pistes qui la connectaient avec l'environnement de l'ISS. Elle voulait aussi élucider cette histoire de pseudonyme : pour quelle raison Jermal avait-il renié son véritable patronyme ? Bowers, en anglais, signifie « tonnelles », ou « chaumières ». Peu de chance qu'il eût trouvé ça injurieux et dégradant. « John Asshole », encore... Mais Bowers !

Aussitôt à l'extérieur, elle s'engouffra dans sa Chevrolet, direction le JPL, à quelques encablures de Caltech. Au bout de deux minutes, elle aperçut de nouveau une berline sombre qui la talonnait. Rien de nouveau sous le soleil, pensa-t-elle.

Or, il y avait bien du nouveau, sous le soleil justement. Un imposant drone survolait Pasadena à mille deux cents mètres d'altitude et suivait, lui aussi, sans que quiconque puisse le voir ni l'entendre, les déplacements de l'enquêtrice française.

Un drone armé de quatre missiles AGM-114 Hellfire.

Chapitre dix-huit

Mardi 24 mai 2022, Los Angeles

Louise se dressa dans son lit comme une tapette à souris.

Elle suait à grosses gouttes, les cheveux trempés de transpiration. Elle sonda sa chambre, hagarde, en quête d'un repère familier.

Les images cauchemardesques entravaient encore son esprit. Elle venait d'accoucher d'un monstre, une créature repoussante et gluante. Le pire, c'est qu'il ressemblait à son père, derrière ses traits abjects.

Elle haletait et peinait à reprendre son souffle. Elle s'était tournée et retournée toute la nuit, si bien que ses idées macabres étaient revenues la hanter, jusqu'à projeter ce film d'horreur dans les lacis de son néocortex, version nuit et brouillard, comme aspirée au fin fond des abysses...

Elle avait lutté pour s'éveiller, mais une poigne invisible, large et puissante, l'avait écrasée sur son matelas. Elle avait voulu hurler ; aucun son n'était sorti de sa gorge tarie. Au terme d'efforts indicibles, elle était parvenue à regagner la surface, puis à s'éveiller en sursaut.

Après une douche brûlante et un petit déjeuner frugal – toujours cet arrière-goût amer et les intestins noués –, elle avait décidé de se changer les idées. Faire un break, se vider l'esprit, remettre les compteurs à zéro.

Comme son hôtel se trouvait aux portes de Hollywood, elle commença par longer la fameuse colline et son panneau mythique qui s'étalait sur la rocaille. Quinze minutes plus tard, elle déambulait sur le *Walk of Fame*, le célèbre trottoir pétri de centaines d'étoiles au nom des plus grandes stars du show-biz. « Histoire de faire comme tous les culs », ronchonna-t-elle. Au bout de quelques minutes insipides à mater ces gravures sans intérêt, elle finit par se recueillir au-dessus de l'étoile de Tony Curtis, dont elle vénérait le charme et l'insolence. Il incarnait l'Américain par excellence, irrésistible, dans un style d'évidence inconnu de ses congénères actuels.

Elle regagna bien vite son véhicule, et décida de poursuivre vers l'ouest et la mythique plage de Santa Monica. L'image qu'elle en gardait, peu avant l'atterrissage, la titillait. Tout en roulant, son enquête refit timidement surface. Se détendre une heure, certes, mais sa mission reprenait bien vite ses droits.

La veille, après Caltech, elle était parvenue à glaner deux informations essentielles au Jet Propulsion Laboratory. Oui, Tony Jermal s'intéressait à « l'exobiologie », la quête d'une vie d'origine extraterrestre. Par ailleurs, il s'était associé à plusieurs start-up de la Silicon Valley, toutes en lien avec la DARPA, la très puissante agence pour les projets de recherche avancée du département de la défense, bien connue aux États-Unis pour ses travaux de pointe top secret... Que manigançait-il ? Sur quel projet classifié travaillait-il ? Les Russes auraient-ils voulu lui ravir des secrets militaires ? Tout s'était bousculé dans son esprit.

Tandis qu'elle filait sur Santa Monica Boulevard, elle longea Century City, l'empire de la firme Twenteeth Century Fox. Elle ralentit et décida de faire un léger détour jusqu'aux célèbres studios. L'entrée de l'empire hollywoodien claquait : FOX STUDIOS s'étalait en capitales immaculées sur Pico Boulevard. Derrière, une avenue bordée de palmiers culminant à une vingtaine de mètres de hauteur s'étendait à perte de vue. Contrairement à Disney ou Universal, Fox n'organisait aucune visite guidée de ses immenses plateaux. Louise, de toute manière, n'avait nullement l'intention de perdre son temps comme une midinette à traîner dans des hangars gavés de décors en toc, sur les traces de stars sirupeuses à deux balles. Elle s'apprêtait à faire demi-tour lorsqu'elle tomba nez à nez sur l'une des affiches à la gloire de la Fox qui tapissaient les murs des bâtiments. Elle évoquait sa superproduction de 1997, tournée ici, dans ses studios de Los Angeles, à quelques mètres peut-être, derrière les remparts de la forteresse.

Alien, la résurrection.

Elle contempla le visage inquiétant de Sigourney Weaver et entra soudain en résonance avec elle. Sa peau se vida de ses pigments et devint diaphane, presque transparente. La boule au ventre se raviva. C'était le cas de le dire... Ce fichu cauchemar la hantait. Était-ce l'un de ces signes dont parlait le moine jésuite ? Tout s'engluait dans son esprit. Les informations de la veille, « l'exobiologie » et la quête d'autres vies dans l'univers, son rêve terrifiant, et maintenant cet Alien sorti tout droit des entrailles de Sigourney Weaver... Tout comme le monstre sorti des siennes la nuit écoulée...

Federico Lupo lui avait lavé le cerveau. Elle perdait les pédales, et devait se reprendre.

Louise hurla dans l'habitacle de sa Chevrolet, un cri rauque de guerrière squaw. Puis elle pressa l'accélérateur, démarrant en trombe dans un crissement de pneus. Elle brancha la radio à tue-tête. Mais au lieu d'une mélodie survitaminée, elle tomba sur le flash info. Elle ralentit aussitôt, pour ne rien rater de ce que le présentateur baragouinait. Avait-elle bien compris ? Ethan Miller avait regagné son domicile de Los Angeles dans la nuit, afin d'entamer une période de convalescence.

Le pisse-copie avait dit vrai. Et elle détenait l'adresse...

Louise roulait déjà dans la bonne direction et n'avait plus qu'à bifurquer plus au nord.

En grimpant sur les hauteurs de Pacific Palisades, elle admira la côte, son immense plage de sable fin qui s'étirait à perte de vue, et les reflets scintillants de l'océan. Le quartier, qui comptait vingt-sept mille âmes, toutes millionnaires, surplombait Malibu et Santa Monica. Les rues s'étageaient en arc de cercle, comme les travées d'un amphithéâtre.

Elle s'immobilisa quelques instants sur Corona del Mar, face au minuscule Huntington Park, afin de contempler le Pacifique. Louise sentait la moiteur imprégner sa peau, tandis qu'une brise légère caressait le duvet de ses avant-bras. Le climat paradisiaque n'avait d'égal que la vue époustouflante.

Elle songea à Lyon, ses rues biscornues et étroites, et sa vue rétrécie qui butait toujours contre un immeuble, une colline, et, au mieux, le lit du Rhône ou de la Saône.

Tout en sinuant dans le quartier huppé, elle s'attendait à tomber sur une montagne de caméras érigées devant la résidence de l'astronaute.

Mais lorsqu'elle parvint au 444, Ocampo Drive, rien, ni personne. Seuls deux véhicules se trouvaient garés le long de la chaussée. Des feuillus aux troncs noueux parsemaient le trottoir lardé de plaques de gazon. Tout autour, les villas somptueuses se succédaient à perte de vue. Derrière leur carré de pelouse, elles donnaient toutes sur la rue, sans barrière ni grillage, dans la pure tradition des quartiers pavillonnaires à l'américaine.

Alors quoi ? Était-elle la seule à connaître l'adresse ? Et l'autre fouille-merde ? Pourquoi ne s'était-il pas aussitôt radiné ? Peut-être que tout le monde s'en foutait, finalement. Et puis Miller avait répondu, de bonne grâce, aux journalistes à sa sortie de l'hôpital. Il avait aussi demandé qu'on le laisse se rétablir, avant de promettre une grande conférence de presse d'ici quelques jours. Cela avait-il suffi à étancher la soif de ces chacals ?

Louise, elle, n'était pas journaliste. Elle n'avait rien promis.

Elle s'engagea sur la minuscule allée de pavés rosâtres et franchit le seuil de la propriété nimbé de buis rabougris. La villa cossue arborait de grandes portes vitrées au rez-de-chaussée, et d'amples fenêtres qui donnaient sur un long balcon filant, au premier étage. L'ensemble, enduit d'un crépi taupe au goût discutable, était flanqué d'un garage fermé. La flic se demanda ce que l'astronaute pouvait bien planquer là-dedans. À peine venait-elle de mettre un pied sur les lieux qu'elle fouinait déjà... C'est qu'elle éprouvait un étrange pressentiment. Sur ses gardes, elle sonna à la porte.

Quelques secondes s'écoulèrent. Une ombre informe se dessina derrière le vitrage translucide.

Une jeune femme replète entrouvrit.

— Qu'est-ce que vous voulez ? Monsieur Miller ne reçoit personne. Il a pourtant été très clair, cette nuit...

— Ça tombe bien, je ne suis pas personne.

Louise brandit sa carte tricolore.

— Je suis un *Captain* de la police française. Je travaille pour la brigade criminelle.

La fille riva un œil torve sur la brème de l'enquêtrice, et ne s'en émut nullement.

— Et alors ?

— Alors ? Je suis flic, j'enquête sur des meurtres. À bord de la Station spatiale, notamment.

La jeune femme croisa les bras, plus rétive que jamais à ouvrir la porte.

— Monsieur Miller a déjà été interrogé par le FBI et doit les revoir demain. Il est très faible, veuillez le laisser tranquille.

— Et je peux savoir qui vous êtes, pour faire ainsi barrage de votre corps ?

— *His nurse*. Attitrée et payée par les assurances. Je dois lui éviter toute contrariété.

Louise respira. Elle avait craint que cette harpie ne fût la maîtresse de l'astronaute. Cette sotte d'infirmière ne ferait pas le poids.

— OK, dites à monsieur Miller que je me suis farci neuf mille kilomètres pour le voir. Je participe à l'enquête sur la Station spatiale avec le FBI, mais je représente l'Europe, mentit-elle sans l'ombre d'une hésitation.

La soignante demeura de marbre.

– S'il vous plaît. S'il refuse de me voir, je partirai. Je vous le promets.

Finalement, l'infirmière fit demi-tour en repoussant la porte. Mais Louise glissa la pointe de sa basket dans l'encadrement, sans que la gamine s'en aperçût.

Elle poussa le vantail et pénétra dans la maison. Elle avança lentement, sans un bruit. La nurse avait filé au premier étage ; sa voix étouffée mourait dans l'escalier. Elle sonda rapidement les lieux. Un immense salon occupait une bonne partie du rez-de-chaussée, truffé de tableaux, canapés et fauteuils de cuir, consoles et tables basses en marbre, le tout couronné par le clou du spectacle : un superbe piano à queue Steinway. Elle bifurqua dans un corridor hérissé d'étagères croulant sous les livres, puis traversa la cuisine impeccable jusqu'aux baies vitrées qui débouchaient sur l'arrière de la propriété. Une immense piscine mangeait tout l'espace. Seuls quelques transats s'étaient frayé un chemin au bord du bassin.

Dans un tel quartier, cette villa d'environ quatre cents mètres carrés valait bien six ou sept millions de dollars. Au bas mot... Même si Pacific Palisades n'était ni Malibu, ni Beverly Hills, les voisins se nommaient tout de même Tom Hanks, Ben Affleck ou Katie Holmes. Qu'est-ce qu'un astronaute, encore inconnu au bataillon quelques jours plus tôt, foutait au milieu de stars pareilles ? Une fois de plus, Louise s'interrogea sur l'origine de sa fortune. Avait-il hérité de la maison ? Mais dans ce cas, qui étaient ses parents, pour disposer d'une telle propriété ? Et puis, Miller était britannique. Ça ne collait pas...

– Qu'est-ce que vous faites là ?

L'infirmière avait surgi dans son dos, furibarde.

– Sortez ou j'appelle la police !

– Mais puisque je te dis que c'est moi, la police ! *Were you born stupid or do you just try hard* ?*

* « T'es ramollie de naissance ou tu t'entraînes ? »

Louise fondit sur la nurse, la bouscula et grimpa au premier.

– Arrêtez ! Descendez ! Sortez !

– Je peux pas faire les trois en même temps, railla Vernay le visage tourné en arrière, direction la cage d'escalier. Fais-toi un shoot de Lexomil et lâche-moi la grappe !

– *Charming.*

Louise s'arrêta net dans son élan. Elle retourna lentement la tête, puis découvrit une silhouette imposante qui se découpait dans la pénombre du couloir aveugle. Elle déglutit.

– Vous êtes...

– *Yes, I am.*

L'homme fit un pas. Un rai de lumière qui s'échappait de l'embrasure d'une porte illumina ses traits raffinés, l'ossature de sa mâchoire carrée, la délicatesse du cartilage nasal – un nez parfaitement droit, noble et robuste. Un pas encore, et l'éclat de ses iris célestes scintilla dans l'obscurité. Une mèche dorée, nonchalante, chevauchait un sourcil aux teintes fauve.

Louise resta clouée. Ses nerfs s'amollissaient, tandis que son cœur accélérait la cadence. Ses pupilles aimantées échappèrent à son contrôle. Elles glissèrent sur les épaules charpentées, les bras et le torse juste assez musclés pour saillir sous l'étoffe, sans sombrer dans la vulgaire gonflette. Puis son regard ripa sur les abdominaux obliques, avant d'échouer sur l'entrejambe. L'enquêtrice devina des cuisses athlétiques, et le reste.

– Vous voulez la marque de mon pyjama ?

Elle sursauta. Un pyjama, sérieusement ? Comment ce mec pouvait-il paraître si sexy dans un pyjama ? Elle n'avait même pas réalisé le ridicule de la situation. La tenue improbable, pour ne pas dire absurde de l'astronaute. Il était tout de même midi quinze. Elle avait été absorbée par le contenu, et non par le contenant.

Toutes les images d'Ethan Miller diffusées dans la presse le montraient en combinaison d'astronaute, cette espèce d'accoutrement digne du Bibendum Michelin, en un peu plus ajusté. Elle avait bien remarqué le visage angélique du Britannique, sorte d'hybride idéal entre Roger Moore et Hugh Grant. Mais Vernay ne s'attendait pas à découvrir son aspect physique, en clair-obscur, dans un contexte pour le moins délicat.

La classe. Du chien. Du charisme.

– Miss... Miss ?

– Vernay. Louise Vernay.

– Miss Vernay, qu'est-ce que vous ne comprenez pas dans : « Mister Miller ne reçoit personne » ?

L'astronaute avait parlé avec flegme, sur un ton dénué de tout reproche.

En cet instant, elle l'imagina nu, en train de boire une tasse de thé.

Nu ?? Ça va pas, ma fille ? Louise s'ébroua pour chasser ses pensées impures.

– Je suis sincèrement désolée d'avoir insisté, monsieur Miller. Mais mon enquête est de la plus haute importance. J'aurai simplement quelques questions, je vous promets de ne pas en avoir pour plus de cinq ou dix minutes. Vous allez peut-être nous aider à résoudre deux meurtres abjects.

– Deux, dites-vous ?

Le Britannique, dont la curiosité était piquée, finit par inviter Louise à le suivre d'un geste élégant de l'avant-bras.

Non, elle ne devait pas.

Regarder ses fesses, pendant qu'il marchait.

Ça ne se faisait pas. Et puis merde, il portait un foutu pyjama, pensa-t-elle pour elle-même, dans l'espoir de faire retomber la pression.

Ils atterrirent dans une sorte d'antichambre. Un Chesterfield de cuir vieilli paressait sous une fenêtre entrouverte. Un guéridon marqueté supportait une théière et deux tasses encore fumantes. Il avait trinqué avec l'autre hystérique d'infirmière, ou quoi ? Quelle était la réelle nature de leur relation ? Comment cette pouffiasse pouvait-elle l'intéresser ?

Louise se refréna, à nouveau. Mais quelle mouche la piquait ? Voilà qu'elle esquissait une crise de jalousie. N'importe quoi ! Elle ? Jalouse ? Vernay pouffa intérieurement.

– Je vous en prie, asseyez-vous. Le thé vous attendait.

– Le thé ? Mais...

– Je vous ai observée depuis cette fenêtre. J'ai tout de suite compris que vous ne partiriez pas. Je vous ai versé une tasse de thé, en vous attendant.

La Française, pantoise, s'affala dans un fauteuil club.

Miller s'assit avec la grâce d'un jaguar et croisa les jambes tout en saisissant l'anse de sa tasse de thé.

– Je vous écoute, miss Vernay. *Je suis tout ouïe.*

L'astronaute avait prononcé ces derniers mots dans un français parfait, teinté d'un accent aussi léger que suave.

– Vous parlez français ?

La suite de la conversation se déroula dans la langue de Molière, pour le plus grand bonheur de Vernay qui s'épuisait à parler anglais, même si elle maîtrisait parfaitement la langue, jusqu'à l'argot américain.

– Français, espagnol, allemand, russe, arabe, et j'ai fait quelques progrès en japonais et en chichewa.

– Chichewa ?

– Un dialecte du Malawi. Pour revenir au français, je suis passionné par votre magnifique pays. J'y ai passé plusieurs mois, un peu plus jeune. Vous savez, c'est de famille...

– Votre famille, justement... C'est d'elle que vous avez hérité cette demeure ? Impressionnante, je dois dire.

L'astronaute sourit à pleines dents.

Louise manqua défaillir. La vache... Il n'était pas simplement beau. Il était juste parfait. Et brillant. Et courageux. N'avait-il pas bravé la mort, quelques heures plus tôt, avec son saut de l'ange depuis l'espace ?

– Eh bien, tout porterait à le croire, en effet, miss Vernay.

– Louise, balbutia-t-elle comme une gamine. Vous pouvez m'appeler Louise.

Vous pouvez n'importe quoi, d'ailleurs, là, tout de suite, si ça vous tente. La jeune femme se pinça jusqu'au sang. Encore heureux qu'il ne lise pas dans les pensées... Quoique... Avec lui, il fallait visiblement s'attendre à tout.

– Louise ? *Very well.* Alors, appelez-moi Ethan.

– Bien... alors, Ethan, vous avez hérité ou pas, finalement ?

– Eh bien, non. Et pourtant, cette demeure a appartenu à mon grand-oncle durant dix-sept ans. Les dix-sept dernières années de sa vie. Mais cela remonte à bien longtemps.

– Quand, exactement ?

– Croyez-le ou non, Louise, mais Henry est décédé le jour de ma naissance. Deux heures avant, précisément. Le 7 juin 1980.

Vernay fut traversée par un champ électrique qui la fendit de la tête aux pieds. Voilà qu'il lui foutait la pétoche, maintenant. C'était quoi, ce délire ? Le mec se prenait pour la réincarnation de son grand-oncle, ou quoi ? Ce... Henry, c'est le prénom qu'il avait mentionné. Henry... Henry Miller ?

– Attendez, vous êtes le neveu de Henry Miller ? On parle de l'écrivain américain, l'auteur de *Tropique du Cancer* ? Ou bien d'un riche homonyme ?

L'astronaute arbora une moue d'admiration.

– Vous connaissez l'œuvre de Henry Miller ?

– Oui, parce que j'ai appris à lire, figurez-vous.

Miller avala son thé de travers.

– *I beg your pardon*, je ne voulais pas insinuer que vous étiez inculte... En général, les gens confondent avec Arthur Miller, plus glamour, il a été marié à Marilyn Monroe...

– Donc, vous êtes le descendant de Henry Miller, mais vous n'avez pas hérité de la maison.

– Eh non. Je ne fais que la louer. Je n'ai pas vraiment le budget pour m'offrir une telle propriété...

L'astronaute avait répondu sur un ton évasif, en abîmant son regard à travers la fenêtre. Il n'avait d'évidence aucune envie de s'étendre sur le sujet. Louise insista.

– Vous êtes britannique, vous vivez au centre des astronautes de Cologne, et vous louez une villa pareille à Los Angeles ? Elle coûte quoi... six, sept mille dollars par mois ? Je me suis laissé dire qu'un salaire d'astronaute européen tournait autour de huit mille dollars mensuels... Vous vouez une telle admiration à votre aïeul que vous vous ruinez pour habiter dans sa dernière demeure ?

Ethan Miller se figea, stupéfait par la sagacité de la jeune femme. Lui, si secret, se faisait percer à jour par une étrangère débarquée à l'improviste. Il hésita, puis opta pour la sincérité. Comme s'il attendait ce moment depuis des années. Il était las de tromper, toujours biaiser. La mort venait de le narguer bien en face ; elle l'avait aspiré dans un tourbillon infernal, et il ne devait son salut qu'à la providence. À moins que ce ne fût Dieu, finalement. Car il s'était surpris non seulement à implorer sa mère, mais aussi à prier le Tout-Puissant, promettant à l'une et à l'Autre, dans un ultime sursaut de désespoir, de devenir un homme meilleur. De cesser d'œuvrer comme un parangon d'égoïsme pour sa seule gloire et sa seule carrière...

Et puis il y avait ce qu'il avait vu, là-haut.

Plus rien ne serait comme avant. Il n'était plus temps de jouer, ni de se jouer des autres.

Il se pencha en avant et adopta un ton vibrant d'émotion.

– C'est difficile de vous dire à quel point Henry Miller a marqué mon existence. Si vous étiez de la famille d'un grand auteur, je pense que vous comprendriez.

Louise encaissa. Comment lui dire qu'ils partageaient ce point commun ? Bien sûr, elle n'était pas la descendante réelle de Louise Labé. Mais toute sa vie, ce nom, ce personnage, son œuvre l'avaient hantée. Cela occasionnait, aujourd'hui encore, une véritable souffrance. Pourtant, depuis la mort de ses parents, bien qu'elle fît tout pour dissimuler son vrai nom, elle tenait à ce patronyme longtemps jugé pesant et ridicule. Il portait l'empreinte de son père et de sa mère qui vivaient encore un peu en elle...

– Bien sûr, cela n'est pas toujours facile, déplora le Britannique. On me balance souvent que Miller était obscène et scatologique, n'hésitant jamais à utiliser des termes orduriers pour décrire le monde, les gens. Et même Paris, et les Français !

S'il savait... Chaque fois que Louise Labé faisait surface, c'était pour moquer son vieux français, « Baise m'encore, rebaise-moi et baise ». Voilà tout ce qui demeurait, interprété à l'aune d'une langue moderne dégénérée. Sans considération pour l'œuvre de la poétesse, pourtant l'honneur des femmes, une pionnière pour son époque.

Louise se sentit submergée par une vague d'empathie, une émotion inédite. Que se passait-il ?

Miller riva ses iris perçants dans ceux de la jeune femme. Il la fixa avec ardeur, comme s'il espérait quelque chose en retour. Qu'elle continue de le mettre au jour, de le faire parler vrai. Qu'elle l'accouche de lui-même, en maïeuticienne de l'âme.

Louise, elle, éprouvait une furieuse envie de l'embrasser.

Quelque chose les reliait. Ils n'interprétaient pas tout à fait la situation de la même manière, mais ils étaient entrés en résonance.

En mécanique quantique, l'intrication, ou l'enchevêtrement quantique implique que deux particules, même distantes de plusieurs millions d'années-lumière, forment un tout, un système lié qui les rend dépendantes l'une de l'autre.

La flic française et l'astronaute britannique vivaient une forme d'intrication quantique, aussi mystérieux et inexplicable que cela pût paraître.

– Vous enquêtez sur la Station spatiale, n'est-ce pas ?

– Je... oui, je représente l'équipe européenne en charge de l'enquête. Ils m'ont envoyée pour vous rencontrer.

Lui voulait cesser de mentir ; elle, au contraire, s'ingéniait à le mystifier. Le comportement de l'un influençait l'attitude de l'autre, comme un jeu de vases communicants.

– Columbus, où s'est déroulé le drame, est immatriculé par l'Agence spatiale européenne, donc vous voulez la primeur de mes observations, c'est bien ça ?

Louise déglutit. Était-ce possible ? Allait-il lui lâcher des informations cruciales en avant-première, avant même les cadors endimanchés du FBI ?

– Eh bien... C'est l'idée.

– Et c'est pour ça que vous n'avez pas attendu que je rentre en Allemagne.

Louise, mal à l'aise de mentir comme une arracheuse de dents, ne fit qu'opiner furtivement.

– Eh bien, je vais vous faire une révélation que je n'ai encore faite à personne. Pas même hier au FBI quand ils sont venus me voir à l'hôpital.

Vernay se raidit. Le suspense était intenable.

Miller extirpa un petit tube en plastique de la poche de sa robe de chambre.

– Cette éprouvette contient dix millilitres du sang de Bob Jenkins. Je l'ai prélevé lors de mes premières constatations, avant de conditionner le cadavre pour l'embarquer dans Crew Dragon.

La mâchoire de Louise se dessouda. Avait-elle bien compris ?

– Ce que j'ai vu m'a tétanisé, Louise.

Louise. Chaque fois qu'il prononçait son prénom, avec cet accent britannique *so sexy*, le cœur de la jeune femme manquait un battement.

– C'est pour ça que j'ai voulu faire un prélèvement. Je voulais être certain de pouvoir me faire une idée par moi-même, de retour sur Terre. De faire des analyses. Sans imaginer une seconde que je manquerais de crever disloqué dans l'espace après avoir cramé à mille degrés derrière le bouclier thermique fondu comme une raclette. Comme par hasard...

– Vous êtes un putain de miraculé, bafouilla Louise sans réfléchir.

Puis un bouquet de neurones étincela comme un arc électrique.

– Attendez... « Comme par hasard » ? Sous-entendez-vous que votre accident n'en était pas un ? Qu'on a voulu vous éliminer, et avec vous toute preuve ou trace du cadavre ?

– Et pourquoi les Russes ont-ils quitté précipitamment l'ISS cette nuit, après moi ? Le FBI m'a lâché le morceau. Ils ont compris, comme moi, que quelque chose de grave et de dangereux s'était produit. Et que les responsables feraient tout pour que ce ne soit jamais révélé.

– Les Russes ? Mais leur fuite, c'est bien la preuve que ce sont justement eux les responsables de tout ce merdier, non ?

Louise jouait l'avocat du diable, mais n'en croyait pas elle-même un traître mot. L'intrication quantique, ou ce qui les reliait, fit aussitôt résonner ses doutes dans l'esprit de l'astronaute.

– Vous savez très bien qu'ils n'ont rien à voir avec tout ça. Je les ai vus, je leur ai parlé. Ils étaient abasourdis, incrédules. Ils n'osaient même pas toucher au cadavre. Ils ont envoyé leur robot pour le manipuler.

– Eh bien, s'ils ne l'ont pas touché, d'après le FBI, c'est parce qu'ils ont empoisonné Jenkins au novitchok...

Miller se redressa, visiblement ébranlé. Il ne s'attendait pas à celle-là.

– Au novitchok ? C'est quoi, un produit qui pourrait faire... imploser les intestins ?

Fuck, songea Louise. Et si le FBI avait vu juste ? D'évidence, le Britannique semblait accréditer cette thèse absurde.

– Eh bien, d'après eux, ça pourrait, oui.

Ethan Miller se leva et fit les cent pas dans l'antichambre. Ses foulées étourdirent Louise. Le moins qu'on puisse dire, c'est qu'il récupérait vite. Mais ce pyjama, décidément...

– Et ce... novitchok, c'est volatil ou pas ? Je veux dire : il faut en absorber pour être empoisonné, ou un simple contact avec le produit suffit ?

– C'est très volatil. C'est ce que les Russes ont utilisé pour se débarrasser d'un espion chez vous, en Angleterre, et il y a eu des victimes collatérales...

– Ah, je vois, je me souviens très bien de cette affaire, j'étais justement à Londres. Alors ça n'a rien à voir, croyez-moi. J'ai manipulé le cadavre : s'il y avait eu du novitchok, la moindre poussière m'aurait fait baver comme un escargot et je n'aurais jamais pu quitter l'ISS.

Louise acquiesça. Elle avait la preuve qu'elle attendait. Cette histoire de poison n'était qu'une énorme connerie, une couleuvre impossible à avaler. Mais elle n'en avait pas terminé pour autant sur ce thème.

– Tout à l'heure, vous avez quand même tiqué sur l'empoisonnement. Vous avez eu des doutes quand vous avez examiné Jenkins ?

Miller finit par se rasseoir.

– Eh bien... disons que je ne crois pas au meurtre crapuleux, l'éviscération sauvage, barbare, et les tripes répandues dans tout le module Colombus. Je connais chaque astronaute à bord, je leur ai parlé. Ils sont tétanisés, pour ne pas dire terrorisés. Et puis, c'est idiot, mais savez-vous qu'on n'emporte pas de couteau de boucher à bord de la Station spatiale ? Avec quoi l'aurait-on saigné ?

Louise jubilait. Ce type, beau comme un dieu, lui offrait de démêler l'écheveau de ces crimes insensés où rien ne collait. Il ouvrait de nouvelles portes qui allaient peut-être, enfin, déboucher sur la vérité.

– Le corps de Jenkins présentait une lésion très nette au niveau de l'aine, mais rien à voir avec un coup de couteau. Elle était plutôt réverse.

– Réverse ?

– De l'intérieur vers l'extérieur, si vous préférez.

Poignardé de l'intérieur ? Cette fois, Louise pataugeait complètement. Les images de son « client » à elle, Tony Jermal, défilèrent à toute allure. À l'autopsie, le légiste s'était trouvé incapable de déceler la véritable nature des lésions de la victime. Peut-être avait-il, lui aussi, subi des phénomènes « réverses » ?

— Je crois que nous trouverons des réponses lorsque nous aurons analysé *ça*.

Miller exhiba de nouveau son tube empli d'hémoglobine. Il bondit sur ses pieds et se dirigea d'un pas décidé vers la pièce voisine.

— Pardonnez-moi, je dois me changer. Nous partons dans cinq minutes chez un ami capable de procéder à l'analyse de ce prélèvement sanguin. Nous devons en avoir le cœur net. Et sur le trajet, vous me parlerez de ce deuxième cadavre qui ressemble à celui de Jenkins...

Louise resta plantée là, avec l'homme le plus courtisé du monde, dont la parole était la plus attendue. Ce « putain de miraculé » qui détenait peut-être la clé des deux affaires. Et c'était à elle qu'il avait décidé de tout confier.

Elle se leva, prête à le suivre.

Jusqu'au bout du monde.

En attendant, elle se mordit la lèvre inférieure. Louise fixait la porte de la chambre de Miller, avec l'irrépressible envie de l'ouvrir avec fracas, au moment le plus propice. Lorsqu'il serait nu, son foutu pyjama à ses pieds.

Chapitre dix-neuf

Mardi 24 mai 2022, 14 h 07, Los Angeles

Louise dépassa le totem engravé d'un sobre « Welcome to Watts », campé le long de South Central Avenue. Elle s'engageait dans un nouveau quartier dont elle ignorait tout. Et pour cause : elle venait de débarquer à Los Angeles, et s'était limitée à quelques artères de Hollywood – aucun intérêt, bon pour les touristes décérébrés – et les hauteurs de Pacific Palisades, gratifiées de cette vue imprenable sur le Pacifique. Quant à son bref passage par Downtown, elle en gardait surtout l'image d'une circulation chaotique et du halo de pollution qui nimbait la cime des buildings. Elle n'avait toujours pas pris la véritable mesure de la mégalopole gargantuesque dans laquelle elle s'était empêtrée.

Elle ne se méfiait ni de ses arrières, ni d'éventuelles menaces venues du ciel. Ses réflexes s'estompaient ; elle baissait la garde. Dix voitures de police aux sirènes hurlantes auraient pu la talonner qu'elle les aurait à peine calculées. Alors, s'agissant d'un drone rôdant à des dizaines de mètres d'altitude...

Elle préférait loucher sur Ethan Miller, assis sagement à la place du mort, les yeux rivés sur son smartphone.

– C'est bon, il nous attend. Prenez la deuxième à droite, puis la première à gauche.

La jeune femme obéit, tout en observant les alentours, d'évidence bien plus misérables que les quartiers chic délaissés une demi-heure plus tôt. Ici, dans le sud de Los Angeles, se concentraient les populations déshéritées issues de l'immigration. Les maisons semblaient toutes en carton-pâte et s'étiolaient. Le plus impressionnant, c'étaient les kilomètres de câbles électriques enchevêtrés qui s'étiraient au-dessus de la chaussée, reliant les habitations dans un fatras informe, et défigurant le paysage déjà morne.

– On est loin de votre château de Pacific Palisades, siffla Louise.

– C'est l'un des quartiers les plus pauvres du comté. Ici, vous avez deux tiers de Latinos et un tiers de Blacks. Vos chances de croiser un Blanc sont à peu près aussi minces que celles de rencontrer un Martien.

Louise haussa un sourcil. Qu'est-ce qu'ils avaient tous avec les Martiens ?

– Et... c'est un quartier chaud, j'imagine ?

– La criminalité est élevée, oui. Il y a eu des émeutes célèbres ici, dans les années soixante. Les gens sont à cran. Je ne vous conseille pas de vous balader seule la nuit dans le coin.

Louise souleva son chemisier et exhiba la crosse de son Sig Sauer.

– Je leur souhaite bon courage. Le dernier qui m'a cherchée s'en souvient encore. Il a pissé dans son froc, c'était pas joli à voir.

L'astronaute sourit.

– Ici, tout le monde est armé. J'ai peur que vous ne fassiez pas le poids. Les règles sont, disons, très différentes dans le sud de LA. Mieux vaut ne jamais chercher des noises, ni dégainer trop vite...

Louise dessina une moue boudeuse, mais ne se sentait pas d'humeur à croiser le fer. Bien trop cotonneuse...

– C'est là. Attendez-moi une minute, je vais vérifier que tout est OK.

Miller s'extirpa de l'habitacle avec la fluidité d'une panthère et fondit sur la porte d'un austère pavillon aux volets bleus. Dans sa précipitation, il en oublia son smartphone.

Louise se rongea les ongles. La tentation était forte. Très forte, même. À qui écrivait-il pendant le trajet ? Ce type n'était pas un suspect, elle n'avait aucune raison de l'espionner. Tandis qu'elle tergiversait, le portable se mit à vibrer.

Un nom s'afficha en lettres capitales.

La Française écarquilla les paupières.

« ELON MUSK. »

Pouvait-il vraiment s'agir de lui ? Le *vrai* lui ?

Le téléphone s'apaisa au bout de cinq bourdonnements. Le répondeur s'était sans doute enclenché. Mais le portable frémit de nouveau. Le milliardaire, si c'était bien lui, insistait.

Louise, incapable de se refréner, finit par décrocher. Elle fut aussitôt agressée par une voix vociférante.

– Miller ! Pourquoi ne répondez-vous pas à mes textos ? À quoi vous jouez ?

L'ombre du Britannique surgit à travers la vitre. Elle raccrocha aussitôt et jeta le téléphone sur le siège.

L'astronaute ouvrit la portière d'un geste vif.

– C'est bon, venez.

L'enquêtrice, mal à l'aise, boucla sa Chevrolet et s'élança dans les pas de Miller, sans un regard autour d'elle. Elle n'aperçut aucun des deux véhicules qui s'étaient garés à quelques mètres, de chaque côté de la rue.

L'intérieur ne valait pas mieux que l'extérieur. Une table en Formica traînait dans la seule pièce du rez-de-chaussée, au milieu d'un capharnaüm postapocalyptique. La poussière recouvrait la plupart des surfaces, et des morceaux de pizza moisis traînaient sur la moquette aux teintes écœurantes. Le mec devait élever une joyeuse colonie d'acariens, et Vernay se demanda qui de ces arachnides ou du type qui vivait dans cette porcherie avait bâfré le plus de pizzas.

L'enquêtrice avisa un écran plat relié à une console de jeux vidéo pour ados attardés.

– Je vois le genre, maugréa-t-elle.

Elle jeta un œil dans ce qui avait dû constituer autrefois une salle de bains, dont baignoire et lavabo avaient sombré sous plusieurs couches de vêtements raides comme la justice, emmêlés dans des ustensiles de cuisine, des plats incrustés de restes de nourriture pétrifiés, le tout présenté comme un Mikado digne des meilleures expos d'art contemporain.

Miller avait disparu par l'une des deux portes du fond. Louise enquilla et dévala l'escalier qui devait mener à une cave sordide. Elle s'attendait à trouver une toison de toiles d'araignées fossilisées capables de servir d'étagères. Étrangement, l'odeur de moisi et d'humidité à laquelle se préparait la jeune femme épargna ses narines.

Lorsqu'elle toucha le sol, elle hallucina.

L'espace était gavé d'équipements scientifiques qui tutoyaient le plafond bas. Des bips rivalisaient avec d'intenses souffleries. La fraîcheur de la cave permettait sans doute de préserver l'électronique qui tournait à plein régime, mais insuffisamment pour expulser la chaleur en dehors du local.

Louise découvrit une longue table carrelée, l'équivalent des paillasses de biologie, couverte d'instruments comparables à ceux du Caltech visité la veille. Plusieurs tours d'ordinateurs vrombissaient, reliées à une série d'écrans traversés de litanies de lettres capitales qui défilaient en cascade.

Au fond, un engin semblable à une imprimante obèse occupait tout le mur. Il alternait sons sifflants et saccades percutées. Un Plexiglas laissait entrevoir un ballet de seringues stylées qui expulsaient d'infimes gouttelettes sur des plaques transparentes.

Sur un tabouret chromé, un gosse dégingandé manipulait des ustensiles de la main gauche et tapotait sur son clavier de la main droite.

– Je vous présente DIY, lança fièrement Miller.

– « Dee Haï Waï » ?

Sans doute un Coréen ou un Japonais, pensa Louise. Ce sont les meilleurs geeks de la Terre.

– DIY comme Do It Yourself, souffla le gamin en se retournant d'un coup de reins.

Le môme était aux antipodes du type asiatique. Ses taches de rousseur laissaient entrevoir une peau diaphane. « Blanc comme un cul », précisa aussitôt Louise pour elle-même, qui l'aurait bien collé deux heures au soleil pour tenter d'extirper quelques ersatz de mélanine des profondeurs de son derme.

– *Do It Yourself* ? Fais-le toi-même ? C'est quoi ce surnom débile ? Tu t'enlèves tes crottes de nez tout seul comme un grand, c'est ça ?

Le gosse sourit et jeta un œil complice à Miller, qui enchaîna :

– Le « Do It Yourself » est un mouvement important aux États-Unis. Il a même une composante politique, idéologique. Une approche indépendante des grands groupes et des grands lobbies, un peu l'équivalent du système D, mais version participative et organisée.

– Et là, ils organisent quoi ? La fin du monde ?

Le rouquin blafard geignit sans daigner se retourner, trop absorbé par ses manipulations.

– Vous n'avez jamais entendu parler de Pink Army au Canada ?

– Inconnu au bataillon.

Le geek pivota vers l'astronaute, détendu comme un léopard après un bon gueuleton.

– Elle connaît que dalle, ta meuf.

Miller haussa un sourcil.

– Ce n'est pas ma « meuf », DIY... Bref, *Louise* (un nouveau battement cardiaque manqué dans la cage thoracique de la Française), ces jeunes sont des génies. Ils sont tous des cadors en biotechnologie, diplômés des plus grandes écoles comme le MIT ou Caltech. Et leur truc, c'est de fabriquer des médicaments tout seuls, indépendamment des gros laboratoires pharmaceutiques. Ici, dans leur cave. Parfois, c'est dans des garages...

Louise manqua s'étrangler.

– Des médocs ? Et ils les testent sur eux avant de les refiler, j'espère ?

– C'est un peu plus compliqué que ça. Mais... ce n'est pas tellement le sujet. DIY, dis-moi, j'ai besoin que tu me rendes un service.

Le Britannique saisit l'éprouvette qu'il avait remisée dans la poche de son pantalon de flanelle parfaitement ajusté. Au même moment, le portable de l'enquêtrice vibra. Le numéro de son adjoint s'afficha. Elle fit un rapide calcul mental : il était environ 6 h 30 du matin à Lyon. Un appel si matinal se révélait inquiétant. Très inquiétant, même.

– Ahmed ? Qu'est-ce qui se passe ?

– Louise... C'est horrible... Le corps de Jermal...

– Quoi, le corps de Jermal ?

– Il a été volé.

Louise arrondit deux calots ahuris.

– Volé ? Comment ça, volé ?

– Il n'est plus à la morgue. Mais le pire, c'est pas ça...

– Alors quoi ? Accouche, bon sang !

Pendant ce temps, Ethan Miller brandissait l'éprouvette devant le visage moucheté du gamin.

– Tu pourrais m'analyser ça, en mode rapido ?

– Tu veux savoir quoi ?

– Tout. Une analyse toxicologique, recherche d'agents pathogènes, anomalies génétiques... Tu passes tout au peigne fin. Je ne sais pas ce qu'on cherche, mais il faut que tu le trouves.

Au même moment, Louise se décomposait. À l'autre bout du fil, Ahmed Tahiri balbutiait plus qu'il ne parlait.

– Le légiste... le garçon de salle qui l'assistait... et les deux mecs de la scientifique qui avaient manipulé le cadavre sont tous morts.

La jeune femme sentit le vide en elle, comme happée dans un tourbillon ou lancée du haut d'une falaise.

— Ils ont tous présenté des malaises, vomissements, et leurs intestins... ils ont... littéralement...

Louise raccrocha. Elle s'apprêtait à dégobiller ses tripes, inutile d'en entendre plus. Puis un éclair de lucidité la percuta. Ses pupilles échouèrent sur l'éprouvette de plastique que Miller tendait au geek sans précaution particulière. Son sang ne fit qu'un tour. Elle se précipita pour saisir le bras de l'astronaute et l'empêcher d'aller plus loin, mais le gamin s'empara du tube à mains nues, devant le regard médusé de l'enquêtrice.

Vernay se rua hors du pavillon pour inspirer une bouffée d'air frais et reprendre ses esprits.

Deux minutes plus tard, Ethan Miller reparut à son tour dans la rue.

— Ça ne va pas ? Vous vous sentez mal ?

— Non, ça va aller, merci...

Elle observa les mains de Miller. Les mains des hommes jouaient un rôle essentiel pour elle. C'étaient des armes de séduction massive, bien plus excitantes que les atours purement sexuels. Et les paumes larges et puissantes de l'astronaute l'attiraient ; elle aurait tout donné pour qu'il la serre dans ses bras, en cet instant. Mais qu'est-ce qu'une fille comme elle pouvait inspirer à un dieu tel que lui ? L'avait-il seulement remarquée ? Comme une femme, pas comme une flic ? Lui avait-il trouvé quelque charme ? Rien, nada. Louise en était convaincue.

Au moment de s'engouffrer dans la Chevrolet, l'enquêtrice remarqua – enfin – l'un des deux véhicules garés un peu plus loin. Elle reconnut aussitôt la voiture de Hugh Stamper, le journaliste qui l'avait cueillie au sortir du LAPD. Elle s'approcha d'un pas déterminé.

— Qu'est-ce que vous foutez là ? Vous me suivez encore ? Vous avez vraiment envie de tâter de mon calibre...

— Du calme, *Captain*, je sais que vous vous trouvez en ce moment même avec Ethan Miller. Et c'est grâce à moi, vous vous souvenez ?

Louise s'apaisa, mais la tentation de lui en coller une restait forte.

– Je peux savoir ce que vous êtes venus faire tous les deux ici, dans ce quartier ?

– Bien sûr, et vous voulez aussi savoir si j'aime la sodomie ?

Le journaliste piqua un fard et demeura hébété plusieurs secondes. Cette fille, décidément, faisait tout à l'envers. Malgré son bagou, il ne parvenait pas à trouver le mode d'emploi.

– Écoutez, il y a des rumeurs, disons... très insistantes. À propos des Russes. Et je voulais votre avis...

– Les Russes... Et qu'est-ce qu'on bavasse sur les Russes ?

– Eh bien, ils ont fui la Station spatiale internationale cette nuit, mais vous le savez sans doute déjà. Et depuis, le Kremlin laisse entendre, dans les rédactions occidentales, que les Américains jouent avec le feu. Qu'ils les accusent, eux, les Russes, d'avoir empoisonné Jenkins, alors qu'en réalité c'est pour masquer leur propre responsabilité dans le drame.

Louise sembla soudainement très attentive.

– Continuez.

– Seulement si vous me dites ce que vous...

Vernay dégaina son SP 2022 et pointa le canon sur la joue de Stamper, qui déglutit.

– OK, OK... Donc les Russes menacent les Américains de faire des révélations fracassantes s'ils ne retirent pas leurs accusations d'empoisonnement.

– Je vois que les nouvelles vont vite... Et alors, ce serait quoi, ces révélations fracassantes ?

– On ne sait pas, bien sûr... Mais la rumeur...

– Ah, la rumeur, décidément... Quel beau métier vous faites, monsieur Stamper. Quelle classe, vos sources... Et donc, la rumeur ?

– Eh bien, on parle d'un virus. Très virulent. Et très contagieux. Une sorte de Covid, mais aussi puissant qu'Ebola ou la peste noire.

Louise se décatit. Elle tourna lentement la tête vers le pavillon. Puis visualisa ce tube que le jeune biologiste avait saisi à pleines mains, sans qu'elle pût l'en empêcher. Puis elle songea aux doigts graciles et aux paumes troublantes de Miller qui avaient, eux aussi, manipulé le cadavre de Jenkins, avant de prélever l'échantillon...

Et elle ? N'avait-elle pas touché la dépouille de Jermal dans les arêtes de poisson, puis assisté à l'autopsie de l'Américain ? Et n'avait-elle pas été arrêtée à l'aéroport parce qu'elle présentait un peu de température ?

Et s'ils étaient condamnés, tous les deux ?

Et si le compte à rebours était enclenché, jusqu'au moment fatal ?

Louise était solide, mais cette perspective l'éreinta.

Elle ne pouvait envisager de le perdre, alors qu'elle venait tout juste de le rencontrer...

Chapitre vingt

Mardi 24 mai 2022, 16 h 12, Los Angeles

– Cessez de vous ronger les sangs, Louise, les *fake news* pullulent ces temps-ci, et les Russes ont tout autant intérêt à incriminer les Américains que l'inverse. Cette rumeur de pseudo-virus mortel, très facile à propager depuis le Covid, est sans doute une pure invention.

L'enquêtrice s'était recroquevillée sur le siège passager, les bras noués autour des jambes, le menton posé sur les genoux. Elle n'était pas aussi optimiste que Miller.

Ils roulaient depuis une heure trente sur l'Interstate 5, en direction de San Francisco. Ils filaient entre les barres rocheuses comme une rivière au fond d'un canyon. Le paysage des montagnes brunes, décharnées mais sublimes de la Sierra Pelona, rendait la route plus romantique et grandiose que jamais.

La jeune femme eut un pincement au cœur. Dans un monde idéal, elle serait en train de convoler avec l'homme de sa vie – ou, du moins, un Apollon éperdument amoureux d'elle. Au lieu de quoi, elle courait contre la montre pour découvrir la nature du mal absolu et, peut-être, le moyen de contenir ce monstre invisible qui avait ravagé les entrailles de Tony Jermal, Bob Jenkins, et probablement d'un légiste, de son jeune assistant et de deux agents spécialisés de la police scientifique... Quel genre de poison, ou de virus pouvait entraîner de tels dégâts ?

Elle tourna son visage blême vers l'astronaute, dont les iris myosotis fixaient le tarmac de l'autoroute à cinq voies qui fuyait plein nord.

– Vous aviez pris toutes les précautions en examinant le corps de Jenkins, n'est-ce pas ? Masque, gants et tout le reste ?

Miller hésita. Devait-il mentir, pour la rassurer ? Il sentait confusément que cette jeune femme, tombée du ciel tout comme lui de son vaisseau spatial, s'inquiétait anormalement pour sa santé. Elle lui prodiguait de délicates attentions et lui dardait des regards embués.

Mais non, il avait décidé de ne plus travestir la vérité. Enfin... jusqu'à un certain point. Il se mentait à lui-même, et ne pouvait être plus honnête avec les autres qu'envers lui-même.

– Je n'avais pas toute la tenue de sécurité. J'étais dans l'espace, dans l'ISS, ce sont des conditions particulières. J'avais des gants, c'est certain. Mais pas de masque...

Louise pâlit, et n'allait plus tarder à devenir transparente. Elle avait un très mauvais pressentiment.

Sur leur droite, les hautes cimes des Tehachapi Mountains fendirent l'horizon. Ils s'engouffrèrent dans le col de Tejon, puis quittèrent les reliefs escarpés pour descendre en pente raide vers la pointe sud de la vallée de San Joaquin. Ils pénétraient en Californie centrale, troquant les montagnes pour de vastes terres agricoles qui s'étiraient à perte de vue.

Deux heures plus tôt, ils avaient pris la décision de partir au plus vite sur les traces de Tony Jermal. C'était leur seule piste pour tenter de comprendre et, peut-être, sauver leur peau. Ils avaient conscience de faire face au même destin, qui risquait de les mener au fond d'un trou.

Après avoir laissé l'échantillon chez le jeune geek, ils étaient revenus chez Miller, à Pacific Palisades, afin de récupérer quelques affaires. Le Britannique était à l'initiative, et voulait exploiter les informations glanées par Vernay pour poursuivre l'enquête sur le chercheur américain retrouvé mort dans les arêtes de poisson. Il avait alors suscité un espoir chez l'enquêtrice.

– Peut-être existe-t-il une sorte d'antidote. Quelque chose qui puisse bloquer le processus mortel, quel qu'il soit.

– Un antidote ?

Mais oui, comment n'y avait-elle pas songé ? Ils pourraient sans doute en réchapper. Ce type avait tout d'un superhéros de Marvel, et il allait maintenant la sauver. Et les sauver tous.

– Le temps est compté, Louise. On doit partir au plus vite. Vous m'avez dit que Jermal collaborait avec des start-up de la Silicon Valley ? Et aussi un institut situé à Mountain View, dans la banlieue de San Francisco ?

La jeune femme avait acquiescé, sans mot dire. Elle se laissait faire, incapable de raisonner.

– C'est à près de six cents kilomètres. Si on veut arriver avant minuit, il faut oublier votre Chevrolet.

Miller avait sauté sur le trottoir d'Ocampo Drive et pointé une télécommande en direction de son garage.

La suite avait médusé Louise. Une voiture de sport aux lignes de Formule 1 s'était lentement avancée sur les pavés. Ses phares en amande étaient perlés de huit LED qui louchaient sur la calandre en forme de fer à cheval. Des rondeurs futuristes enrobaient les deux portes du bolide, puis s'effaçaient pour laisser place aux entrées d'air destinées à refroidir la mécanique que l'enquêtrice avait d'emblée supposée exceptionnelle.

À l'arrière, les quatre sorties d'échappement chromées se trouvaient surmontées d'une plaque minéralogique qui ne comportait que l'inscription MILLER – L.A.

Le Britannique avait vaguement expliqué qu'il s'agissait d'une voiture française, en dépit des apparences. Une « Bugatti Chiron Super Sport, entièrement assemblée à Molsheim, en Alsace », dont la jeune femme n'avait évidemment jamais entendu parler. L'habitacle exhalait des effluves de cuir neuf auxquels Louise n'était pas habituée. Elle était abonnée aux guimbardes bringuebalantes, à l'image de sa vie.

Pourtant, Miller avait paru détaché, comme s'il conduisait une simple Peugeot, ou une Renault. Ses préoccupations étaient tout autres. Au bout de quelques kilomètres, tandis que le ronronnement de la mécanique berçait Louise qui sentait la bête sommeiller derrière son siège, prête à bondir, la jeune femme avait posé son regard sur le combiné d'instruments, tout aussi futuriste que les lignes épurées du « supercar ». Elle avait écarquillé les paupières en lisant les chiffres qui ceignaient le cadran du tachymètre.

– Cinq cents km/h ? C'est une blague ?

L'astronaute, toujours aussi évasif, s'était borné à préciser qu'ils roulaient dans « la voiture de série la plus rapide du monde ». Puis il avait aussitôt changé de sujet, pour évoquer le trajet. Ils allaient traverser des chaînes abruptes, longer l'immense désert de Mojave, remonter la vallée de San Joaquin... Il avait aussi parlé du climat. De la température qui dépassait déjà trente degrés, « et ce serait pire à l'intérieur des terres ».

Mais Louise avait insisté.

– Elle coûte combien, cette caisse ?

– Je ne sais pas exactement.

– Vous ne savez pas ? Vous vous foutez de moi ?

Miller avait ignoré la question. L'enquêtrice avait saisi son smartphone puis surfé sur Internet.

– Attendez... on parle bien de la Super Sport 300 + ?

L'astronaute avait opiné.

– Quatre millions de dollars ! Elle vaut quatre putains de millions de dollars !

– Ah oui ?

Miller avait esquissé un sourire en coin, sans se départir de son flegme ni décrocher son regard de la route.

– Savez-vous, Louise, que nous roulons sur le tracé de l'ancienne piste Siskiyou, longtemps empruntée par les

Indiens et, plus tard, par les trappeurs de la compagnie de l'Hudson Bay ?

– Et... je rêve ! Ils n'en ont construit que trente ! Et je lis que l'un des exemplaires, revendu comme une occasion l'année dernière, a été adjugé à six millions de dollars !

– Et un peu plus au nord, l'autoroute franchit le 45e parallèle, c'est-à-dire exactement la mi-distance entre l'équateur et le pôle Nord. Fascinant, non ?

– Miller ! Cessez de changer de sujet ! Une maison à sept millions de dollars, une bagnole qui en vaut presque autant : qu'est-ce que vous me cachez ? D'où vient cette fortune ?

– Le deal de crack. C'est hyperrentable. Je règne sur le plus gros cartel du continent américain et je contrôle mon réseau par satellite. Pourquoi croyez-vous que je sois devenu astronaute ?

Elle avait soupiré, avant de renoncer à poursuivre son interrogatoire. C'était peine perdue. Au fond, il n'était suspect de rien, et sa discrétion l'honorait. L'astronaute n'avait rien d'un « bling-bling », et il préférait parler littérature et géographie plutôt que de vanter les seize cylindres, les quatre turbos et les mille cinq cents chevaux qui cavalaient sous le capot de sa Bugatti. Parler d'argent lui paraissait sans doute vulgaire. Or, Miller était tout, sauf vulgaire.

Louise le trouvait de plus en plus beau, aussi racé que son météore à quatre roues. Elle sentait son cœur fondre lentement, sans moyen de colmater la brèche.

Ils étaient désormais tout près de Bakersfield, dans le comté de Kern. Même si les montagnes s'élevaient encore à l'est, ils longeaient de vastes parcelles agricoles qui marquaient le début de la vallée de San Joaquin. De part et d'autre de l'autoroute, de grandes fermes peuplées de chevaux alternaient avec des terrains parsemés de derricks. La production de pétrole et de gaz constituait l'activité historique de la région, tout comme la culture des fruits et légumes. Un inquiétant voile de pollution planait au-dessus de Bakersfield. Le ciel reflétait des teintes rose orangé typiques d'une surcharge en particules fines.

Louise abaissa la vitre de la Chiron, qui distillait jusqu'ici une agréable fraîcheur grâce à la clim parfaitement régulée. Aussitôt, une touffeur asphyxiante saisit l'enquêtrice à la gorge et aux narines. Elle éternua puis toussa plusieurs fois.

– C'est quoi, cette région de merde ?

– Bakersfield est l'une des villes les plus polluées des États-Unis, à cause de ses industries pétrolières et des milliers de produits chimiques déversés dans les champs des agriculteurs. Et puis les gens du coin ne sont guère amènes. C'est l'Amérique profonde, si vous voulez. Un bout de Texas ou d'Arizona en plein cœur de la Californie.

– Vous avez l'air de bien connaître le bled. Pour un Anglais qui vit en Allemagne, je veux dire.

Miller sourit. La Française lui tendait encore un piège, tout en douceur.

– La base Edwards de l'US Air Force est à une centaine de miles, dans le désert de Mojave. J'y ai séjourné six mois. Elle abrite un centre de recherche de la NASA, qui travaille sur la mise au point des moteurs de fusée. J'ai réalisé plusieurs vols d'essai sur de nouveaux chasseurs. C'est un endroit assez mythique, où la navette spatiale américaine atterrissait de retour de l'espace, dans les premiers temps. Bakersfield est la plus grande ville à proximité, on s'y rendait régulièrement.

L'astronaute gardait les yeux rivés vers l'est, en direction d'Edwards. En réalité, son regard portait beaucoup plus loin. Vers Las Vegas, à quatre cent cinquante kilomètres de là, dans le même désert que la base de l'US Air Force. La vérité, c'est qu'il avait passé tout son temps libre là-bas, chaque week-end, chaque récup. L'addiction s'était progressivement installée, jusqu'à le ronger entièrement. À cette époque, il rêvait sans cesse de Sin City, « la ville du péché », et de ses immenses casinos. Il avait perdu gros, très gros, même. Au point de se trouver ruiné, surendetté pour deux générations... Jusqu'à ce qu'un homme lui tende la main, lui sauve la vie... et garnisse son compte en banque de plusieurs millions de dollars. Mais rien n'est gratuit chez l'Oncle Sam. En échange, Miller avait vendu son âme, et se trouvait désormais pieds et poings liés. Cette petite Française flairait l'arnaque, il le savait. Elle ne tarderait pas à découvrir le pot aux roses. Le Britannique se laissait faire, comme s'il n'attendait que cela, dans l'espoir de se libérer. Quitte à le payer fort cher...

De fait, Vernay avait compris que Miller abritait un secret sur l'origine de sa fortune. Mais son cœur troublait son esprit et l'empêchait de raisonner sereinement.

En approchant de la bretelle qui menait à Bakersfield, Louise aperçut un panneau publicitaire électronique qui vantait le cannabis « plus sûr que l'alcool et le football ». De jolies feuilles dentées surmontaient l'image d'un gamin en coma éthylique sur un trottoir et celle d'un joueur de *soccer* américain ensanglanté sur un terrain... À la sortie de Los Angeles, elle avait déjà aperçu des affiches listant les vertus du THC, l'un des principes actifs de la weed. Et dès son arrivée en avion, elle était certaine d'avoir survolé des hectares de plantations de marijuana, avant d'atteindre la Pacific Highway et de bifurquer vers Santa Monica.

L'État américain était devenu un paradis pour amateurs de fumette. L'herbe récréative était légale depuis plus de cinq années. En cet instant, face à ce panneau publicitaire, la jeune femme aurait tout donné pour un bon joint. Elle voulait faire tomber la pression. Le stress la rendait nerveuse ; ses sentiments la troublaient et, surtout, la trompaient. Elle n'avait plus les idées claires.

Elle faillit implorer Miller de sortir en direction de Bakersfield, ce repaire de Yankees réac nimbé de sa brume de pollution, pour faire le plein d'herbe pure au premier dispensaire de cannabis du coin.

Mais elle se retint en se mordillant les lèvres. Elle ne voulait pas apparaître comme une addict, une « fonce-dé » aux yeux de cet athlète à l'hygiène de vie d'apparence irréprochable, sans travers ni dépendance, contrairement à elle. Et puis, un joint eût inéluctablement entraîné le désir de s'alcooliser. Des bières, du rhum et, plus tard dans la soirée, du whisky. Le cercle vicieux, infernal, qui la rendrait repoussante. Décadente.

Elle pouvait tenir, bien sûr. Elle devait tenir.

Elle serra les mâchoires et se concentra sur la route. Le bolide feulait, tandis que le siège baquet tissé de cuir pleine fleur l'enveloppait. Elle baissa les paupières et se laissa bercer, doucement.

Au même instant, Miller se retint lui aussi de bifurquer vers Bakersfield, dans le but de rejoindre la State Route 58 en direction de Las Vegas. Et de faire mugir les mille cinq cents chevaux de la Bugatti pour grimper à 400 km/h et s'envoler, en moins de deux heures, vers la cité du péché...

À chacun son addiction.

À chacun son *aliénation*.

Chapitre vingt et un

Mardi 24 mai 2022, 18 h 24,
péninsule du Yucatán, Mexique

Le soleil commençait à décliner lentement.

Ils avaient arpenté un sentier qui fendait une épaisse végétation d'épineux et de broussailles erratiques. La croissance des arbustes stagnait, écrasés par l'aridité qui régnait une bonne partie de l'année.

Au bout de deux cents mètres, des reflets turquoise perlèrent au cœur des bouquets verdoyants. Ils venaient d'atteindre les premiers « trous bleus » d'Agua Dulce, dans la péninsule du Yucatán.

Les coordonnées semblaient coïncider.

Semblaient, car ce foutu scientifique américain avait codé toutes ses notes. Le chef d'expédition, dont le visage restait dissimulé sous son couvre-chef, avait emporté le précieux carnet avec lui.

Il avait acquis ce chapeau bombé au bord large pour quelques pesos. Tissé de sisal, une plante endémique de la région, de la famille des agaves, bien connue pour la résistance de ses fibres, son aspect rappelait le *galero cardinalice*, le chapeau des cardinaux.

Cardinal, lui ? Un jour, peut-être... Il serait forcément récompensé, s'il réussissait, enfin. L'accomplissement d'une existence tout entière. Federico Lupo sentait qu'il touchait au but.

Mais, pour cela, il lui faudrait convaincre les deux papes de la fiabilité et de la véracité de sa découverte. Le pape Noir, et le pape Blanc.

Son chapeau rappelait aussi la silhouette des soucoupes volantes croquées dans les *comics* américains des années 1950.

Tant de symboles pesaient sur sa tête en ébullition...

La première piscine naturelle plongeait à plus de vingt mètres, et ses eaux cristallines donnaient immanquablement envie de sauter tête la première pour en goûter la sérénité.

Mais Lupo n'était pas ici pour se la couler douce. Sa mission l'accaparait tout entier, et il priait depuis des jours en espérant avoir correctement interprété les messages cryptés de Tony Jermal.

Tout semblait aussi limpide que les ondes du cénote qui scintillaient sous ses yeux. Il ne s'était pas trompé. Il ne *pouvait pas* s'être trompé.

Pourtant, une pièce essentielle du puzzle lui manquait. Le *carnet-miroir*, celui de l'acolyte de l'Américain retrouvé mort dans les arêtes de poisson, qui permettait de décoder correctement la plupart des assertions du mémento de Tony Jermal. Ces deux-là se la jouaient frères jumeaux, usant d'un langage singulier qu'ils étaient les seuls à maîtriser. Ils se prenaient pour Léonard de Vinci, qui cryptait sa prose, et la rédigeait de droite à gauche et à l'envers, de manière à n'être lu qu'à l'aide d'un miroir. Excepté que, ici, les dires de l'un ne pouvaient être traduits qu'à l'aide des écrits de l'autre.

Il *devait* retrouver ce second carnet.

D'après ses informations, la Française et l'astronaute étaient partis sur la piste de l'alter ego de Jermal, sans même en avoir entendu parler. Ils l'ignoraient encore, mais ils se rapprochaient de lui et n'allaient plus tarder à découvrir son existence. Il ne lui suffirait alors que d'attirer ce duo improbable jusqu'à lui pour récupérer le précieux document.

En attendant, Federico Lupo assemblait son propre puzzle, autant qu'il le pouvait.

– Monseigneur, qu'est-ce qu'on doit faire ?

Cet abruti s'obstinait à l'appeler Monseigneur, et n'avait toujours pas compris qu'il n'était même pas prêtre. Mais c'était un second efficace et obéissant, qui connaissait la région par cœur. Un Maya pur jus, qui jouait les guides touristiques dans les célèbres vestiges de ses ancêtres, un peu plus au nord. C'est exactement ce qu'il lui fallait. Ce type, aux poches tombantes sous les yeux, parlait plusieurs dialectes locaux et lui ouvrait toutes les portes.

– Jorge, d'après mes calculs, nous sommes parvenus devant les véritables *bouches de Dieu*. Les seules, les uniques. Celles qui permettent de passer dans l'autre monde.

Le Mexicain ressentit un frisson lui parcourir l'échine. Il se signa deux fois.

Lupo ne put s'empêcher de le mépriser. Ce crétin ignorait que ses aïeux avaient été exterminés par les catholiques espagnols, comme nombre d'Amérindiens, au début du XVIe siècle. Maladies occidentales et guerres sanglantes avaient eu raison d'une grande partie de ses ancêtres. Du moins, ce qu'il en restait. Car l'essentiel de ce peuple mythique s'était éteint dans des conditions mystérieuses plusieurs siècles auparavant. Federico Lupo, lui, détenait sans doute la clé du déclin brutal de cette civilisation exceptionnelle dont les pyramides émerveillaient encore le monde entier.

Ce Maya serait peut-être le premier à connaître le secret de l'extinction de ses ancêtres...

Tout concordait. Tout s'accordait.

– Les vraies *bouches de Dieu* ? Mais... pourquoi ici ? Et... comment peut-on rejoindre *l'autre monde* ?

– Eh bien... il nous reste à trouver la voie, Jorge. Elle est ici, quelque part, je le sens. Je le sais.

Les cénotes, ou « trous bleus », constituaient l'une des principales attractions touristiques de la région. Ces puits naturels creusés à même la roche dans des écrins idylliques étaient surnommés « bouches de Dieu » par les Mayas eux-mêmes. Ils étaient convaincus que ces spots cristallins communiquaient avec le divin. D'ailleurs, pendant des siècles, ils y avaient organisé de nombreux sacrifices.

Des enfants, surtout. Ils les avaient jetés à tour de bras dans ces piscines naturelles qui pullulaient dans la région. S'ils nageaient – sans jamais l'avoir appris –, c'est qu'ils étaient protégés des dieux. Sinon, ils mouraient, et tout le monde s'en foutait. Des milliers de bambins avaient ainsi péri noyés. De là à dire que les Mayas avaient fini par éradiquer toute leur descendance, conduisant à leur extinction pure et simple... Il n'y avait qu'un pas que plusieurs spécialistes avaient franchi.

Peut-être, au fond, que les Mayas n'étaient que des débiles qui sacrifiaient leurs enfants sans aucune conscience des conséquences, préférant passer leur temps à guetter la fin du monde. Ils l'avaient prédite pour décembre 2012. Ils s'étaient trompés de date, mais sur le principe... la fin approchait, certainement. Il était plus urgent que jamais de trouver la voie, et de rencontrer les *créateurs*.

— Vous savez pourquoi ces trous bleus existent, Jorge ?

— Parce que les anciens dieux les ont creusés pour communiquer avec nous.

— Oui, oui, certainement. Mais... comment les dieux les ont-ils creusés ?

— Euh... avec des outils ? Des pioches sacrées ?

— Des pioches sacrées ?

Lupo réprima un fou rire.

— Non, Jorge, ils ont envoyé la foudre et le feu sur Terre. Ils ont semé le chaos.

— Le chaos ? Les dieux ? Mais...

— C'était il y a soixante-six millions d'années. Nous sommes, ici même, dans la zone de l'impact de l'astéroïde qui a percuté la Terre, avant de plonger notre monde dans une longue nuit profonde.

– Ah oui, la météorite... Celle qui est à l'origine de la disparition des dinosaures.

– Exactement, Jorge. Les cénotes sont des fragments du cratère de la grande météorite. Ils se sont remplis d'eaux de pluie, de ruissellement, parfois d'eau de mer, au fil des millions d'années.

Le Maya ouvrait de grands yeux passionnés. Ce prélat italien le fascinait. Sa culture semblait infinie. S'il écoutait bien et réussissait à tout mémoriser, il pourrait resservir ces anecdotes aux touristes de Chichén Itzá ou des autres cités mayas qu'il faisait visiter.

– Mais, Monseigneur... qu'est-ce que les dieux ont voulu faire en lançant la météorite ?

– Eh bien, Jorge, pensez-vous que l'homme aurait pu coexister avec les dinosaures ?

– Non, non, on aurait été dévoré tout cru. Il fallait les éliminer, pour nous permettre de vivre.

Lupo sourit en coin. Ce Mexicain n'était pas si stupide que cela. Le bon sens parlait en lui.

Ils s'approchaient maintenant du clou du spectacle, l'attraction principale d'Agua Dulce, celle qui rendait le site remarquable et, Dieu merci, encore relativement préservé des hordes de touristes. Le spot se trouvait hors des sentiers battus et n'était fréquenté que par quelques initiés.

Tout se passait en dessous.

L'éternel lien entre le haut et le bas, entre le macrocosme et le microcosme. Lupo le répétait sans cesse : « Pour atteindre le ciel, il faut d'abord savoir regarder sous terre. » Comme avec les arêtes de poisson et la Station spatiale internationale.

C'était évident. Il ne s'était pas trompé.

Le jésuite, Jorge et leurs deux accompagnants équipés de matériel de plongée dévalèrent un escalier en colimaçon qui s'enfonçait dans une cavité souterraine.

Quelques instants plus tard, le trésor des lieux resplendit devant leurs yeux émerveillés.

Un cénote magnifique, entièrement abrité par des parois humides, qui brillait de mille feux incandescents. Les rais du soleil, légèrement orangés à cette heure-ci, s'infiltraient par les orifices qui caviardaient le ciel de la grotte et venaient mourir à la surface de l'eau. Le spectacle était saisissant. C'était comme des centaines de lucioles qui vibraient à l'unisson.

Comment ne pas y voir l'œuvre de Dieu ?

Au-dessous, dans les profondeurs de ce puits magnétique, Lupo était convaincu qu'une sorte de trou de ver permettait d'atteindre un univers parallèle.

Ils l'attendaient, sur l'autre rive.

Nous avions mis des millions d'années à trouver le point de jonction. Pourtant, ils nous avaient rendu plusieurs fois visite.
Euphorique, Lupo empoigna son livret de bord et tourna plusieurs pages.

— Jorge, vous connaissez forcément le site de Calakmul, à trois cents kilomètres plus au sud...

Bien sûr qu'il connaissait, c'était l'une des plus anciennes et des plus puissantes cités mayas de l'époque classique, nichée en plein cœur de la jungle du Yucatán. Ses pyramides comptaient parmi les plus spectaculaires de la région. Mais il ne s'y rendait jamais ; c'était trop loin pour lui. Trois cents kilomètres à vol d'oiseau, certes, mais il ne voyageait pas en hélicoptère ! Par la route, c'était cinq cents kilomètres au moins et huit bonnes heures de voiture. Évidemment, ce prélat italien devait imaginer que tout tenait dans un mouchoir de poche. Il s'était envolé de Tucson, juste de l'autre côté de la frontière, pour atterrir à Merida, non loin d'ici, en quelques heures à peine... Et tout le monde savait qu'il voyageait en Première.

— Savez-vous ce que votre gouvernement a dévoilé en 2013 ? Une découverte vieille de près d'un siècle et réalisée par des chercheurs de l'INAH, l'Instituto Nacional de Antropología e Historia.

Jorge haussa les épaules. Il ne voyait pas où l'Italien voulait en venir.

– Des gravures et des peintures tenues secrètes pendant des décennies. Regardez.

Lupo retourna son carnet de bord, face au regard ahuri du Mexicain.

– Ces gravures ont plus de mille ans, Jorge. Vos ancêtres ont reçu la visite des dieux, depuis le ciel. À bord de ces engins spatiaux. Et je suis presque certain qu'ils restent en contact avec vous, avec nous tous, les hommes, par l'intermédiaire de ce trou bleu. Le plus sublime et discret de toute la région.

– « La bouche de Dieu »... La vraie...

Le Maya avait balbutié, les pupilles dilatées, comme halluciné.

Lupo, lui, compulsait encore ses notes, une manière de se convaincre qu'il ne s'était pas fourvoyé. Il relut les annotations de Tony Jermal. La première lettre s'était effacée, mais le texte commençait par «. énote », puis s'ensuivait une litanie de données qui, avec une certaine lecture, donnaient les coordonnées géographiques d'Agua Dulce. Le doute n'était pas permis puisque l'Américain avait introduit son texte avec ce terme clair : « Cénote ». Car Lupo restait convaincu que la lettre manquante était un C.

Tout s'expliquait. Et ils allaient le prouver.

– Allez-y !

L'astrophysicien avait jappé à l'attention des deux plongeurs. Ils s'étaient équipés prestement, et commençaient à descendre, lentement, dans les eaux suaves et cristallines du cénote souterrain.

Ils allaient chercher la faille spatio-temporelle, le chemin vers le divin.

La preuve de la Création.

Chapitre vingt-deux

Mercredi 25 mai 2022, 10 h 40, Cupertino

Ethan Miller se massa la nuque.

Ils avaient partagé la dernière chambre du Juniper Hotel, au sud de la baie de San Francisco, après six heures de route éprouvantes. En parfait gentleman, l'astronaute avait laissé le lit à Louise et s'était recroquevillé dans un fauteuil inconfortable. Elle avait bien tenté de lui faire comprendre qu'ils pouvaient partager le matelas, mais il n'avait pas relevé. L'astronaute était bien trop concentré sur sa mission. Écœurée, la Française avait minaudé, espérant attirer son attention. Au moment de se coucher, vers minuit trente, elle avait joué des jambes et pris volontairement son temps, en tenue légère, avant de glisser sous les draps rêches. Elle avait enfin senti son regard se poser sur elle. Mais il n'était vraiment pas d'humeur à batifoler...

« Espèce de con, tu ne sais pas ce que tu rates, j'allais t'expédier plus haut que ta boîte de conserve cosmique », avait-elle maugréé pour elle-même, avant d'éteindre la lumière et de s'efforcer de penser à autre chose. Au petit matin, un faible espoir l'animait encore. Avait-il rêvé d'elle ? Avait-il fantasmé sur ses hanches, le galbe de ses fesses, sa taille encore fine – faute de gosse, elle avait au moins gardé sa taille de guêpe. Bien sûr, elle enjolivait le tableau. Avec les hectolitres de bière qu'elle s'était envoyés, le spectacle n'était plus tout à fait celui d'une nymphette de dix-huit ans, mais elle avait, disons, de beaux restes.

Mais rien. Il s'était levé sans un mot.

Comme ils avaient passé la nuit à deux pas du siège mégalo d'Apple, Louise avait absolument tenu à rôder autour.

Elle ne s'était pas farci ce voyage et cette nuit merdique dans la mythique Silicon Valley pour rien. Elle voulait au moins découvrir les sièges des maîtres du Monde : Google, Apple, Facebook... Ces empereurs du virtuel existaient réellement. Des hommes et des femmes peuplaient les allées de sites gigantesques, à l'échelle de leurs profits astronomiques et de leur emprise totalitaire sur l'espèce humaine.

L'enquêtrice, la première, dans son ridicule appartement de la non moins insignifiante ville de Lyon, à des milliers de kilomètres, consommait des térabits de séries débiles sur Netflix ou Amazon Prime, et suivait sans moufter les recommandations des robots de Google lorsqu'elle saisissait des requêtes dans la fenêtre du moteur de recherche.

Ce monstre avait remplacé ses profs, sa mère, son père, les consultants traditionnels de la police nationale, et répondait à n'importe quelle question. Elle entrait un mot, une expression, un numéro de téléphone, et God Google répondait.

C'était ni plus ni moins l'incarnation silencieuse, sur les écrans de milliards d'utilisateurs, du fameux HAL 9000, l'ordinateur imaginé par Stanley Kubrick et Arthur C. Clarke dans *2001, l'Odyssée de l'espace*. Elle pensait souvent à l'œil rouge angoissant de cette intelligence artificielle qui prenait l'ascendant sur l'homme, au point de vouloir l'éliminer pour dominer le monde. Les robots de Google et leurs capacités à répondre en quelques femtosecondes à n'importe quelle requête faisaient froid dans le dos et dénotaient un pouvoir sans limites sur les frêles cerveaux humains qui les avaient pourtant engendrés.

Louise en était parfaitement consciente, mais ainsi que pour la weed et l'alcool, elle se trouvait incapable de résister. Elle devait se laver le cerveau, comme les autres, pour tenir le coup. Ne pas définitivement sombrer dans le néant, la dépression, le suicide.

Car ces idées la visitaient parfois, lorsqu'elle rentrait de journées éprouvantes au contact de la noirceur humaine. Des meurtres abjects pour quelques grammes de crack, des viols ignobles, et d'autres crimes et délits sordides qui scandaient ses journées de flic.

Elle se changeait les idées et suivait les recommandations des GAFA qui maîtrisaient son emploi du temps et orientaient ses choix, tels ceux de centaines de millions d'autres connes. Avec une bière ou deux, elle oubliait. Et faisait comme si tout était normal.

Elle continuait d'avancer, tel un zombie dans une matrice déliquescente. Les Romains tenaient leur peuple avec du pain et des jeux ; rien n'avait changé. L'alcool, les drogues, les jeux vidéo et les plateformes de streaming s'étaient juste substitués aux miettes de céréales et aux massacres des condamnés par les fauves assoiffés de sang.

Aujourd'hui, les fauves vivaient tapis dans la silice, au cœur des puces et des circuits imprimés, obéissant aux imprécations de leurs maîtres qui transitaient par le World Wide Web et déferlaient dans les tsunamis électromagnétiques du WIFI.

Miller roula jusqu'au spectaculaire Apple Park, à trois rues de l'hôtel. Comme dans la plupart des quartiers résidentiels américains, des centaines de villas se succédaient le long de rues parfaitement rectilignes qui se croisaient toutes à angle droit. La ville de Cupertino, qui prolongeait la banlieue sud de San Francisco, semblait uniquement constituée de ces lotissements sans âme. Ils ralentirent sur Tantau Avenue, aux abords des bâtisses flambantes de l'Apple Park. Louise avait lu que ce nouveau complexe, qui n'avait pas cinq ans, avait coûté la modique somme de cinq milliards de dollars... Quel chemin parcouru pour la marque fondée par deux surdoués, Steve Jobs et Steve Wozniak, quarante-cinq années auparavant. Et, le plus fou, c'est que le fameux garage où tout avait commencé ne se situait qu'à quelques rues de là, dans l'un de ces innombrables pavillons sans saveur de Cupertino.

Miller et Vernay firent le tour du propriétaire.

Le tour, c'était le cas de le dire. Le bâtiment d'Apple se révélait parfaitement circulaire ; un immense anneau vitré coiffé d'une impressionnante couronne de panneaux photovoltaïques. Sa forme, son allure flambante et ses capteurs solaires semblaient hérités de la littérature de science-fiction. On s'attendait à le voir décoller à tout moment dans un mouvement rotatif de plus en plus rapide, tel que le rapportent de nombreux témoignages sur les OVNI.

– C'est moi ou je vois des soucoupes volantes partout ?

Le Britannique sourit, les lèvres légèrement incurvées. Dans ces moments, il était le portrait craché de Hugh Grant, fringant, les yeux pétillant de malice et d'intelligence.

– Apple n'a jamais voulu faire comme tout le monde. J'avoue que j'ai un faible pour eux. Mes MacBook ne m'ont jamais lâché. Ils sont plus fiables et plus fidèles que n'importe quelle femme.

Louise en resta bouche bée. C'était donc ça ! Le mec avait dû se faire lourder comme un malpropre, et il en gardait une amère rancune. Les chances de l'enquêtrice ne cessaient de s'amenuiser...

Au bout de dix minutes, après qu'ils eurent fait deux fois le tour de cette forteresse imprenable – les entrées étaient farouchement gardées par une armée d'agents de sécurité –, ils filèrent plein nord, direction l'institut SETI, pour « Search for Extraterrestrial Intelligence ».

Tout tenait dans un mouchoir de poche. C'était ça, la Silicon Valley. Un maillage de villes de la banlieue de San Francisco, intriquées les unes dans les autres – comme les quartiers de Los Angeles –, et qui abritaient les plus grandes firmes du numérique et des hautes technologies.

Aussi, en une dizaine de minutes à peine, ils débarquèrent devant l'un des centres où se rendait régulièrement Tony Jermal, au dire de plusieurs témoins.

Le siège du SETI donnait sur Bernardo Avenue, dans la commune de Mountain View. Impersonnel, noyé dans un paysage de villas et de bâtiments d'un ou deux niveaux qui se succédaient à perte de vue, il ne payait vraiment pas de mine. Rien à voir avec l'architecture tape-à-l'œil du site d'Apple. Et puis il y avait toujours ces arbres, plantés un peu partout, pour briser la géométrie désespérément monotone des avenues, et le béton grisâtre des milliers de pavillons et de bâtisses planes qui s'étendaient à perte de vue. Autant le centre des mégalopoles américaines s'érigeait à la verticale, hérissé de centaines de buildings qui pointaient vers le ciel comme des fusées prêtes à décoller, autant les banlieues sans fin s'étiraient à l'horizontale, sans aucune fantaisie, selon le même schéma triste et répétitif. Louise ressentait le mal du pays. Les paysages variés et sinueux des bonnes vieilles villes françaises commençaient à lui manquer sévèrement.

Louise et Ethan Miller sautèrent sur le macadam, puis franchirent les doubles portes vitrées floquées du logo de l'institut, un nuage de bulles évanescentes.

La jeune femme avisa le motif, perplexe. Décidément, cette histoire de petits hommes verts ne passait pas du tout. Des élucubrations de Federico Lupo, le moine jésuite, qui croyait en l'existence de plusieurs mondes, jusqu'aux observations étranges dans le ciel de la Croix-Rousse, la nuit du meurtre de Tony Jermal dans les arêtes de poisson, tout cela sonnait trop fantasque. Elle avait beau trouver le comportement du commandant de la base 942 du mont Verdun très suspect, elle ne pouvait croire en l'existence de réels signes d'une intelligence extraterrestre. Pourtant, il fallait se rendre à l'évidence : Jermal lui-même s'intéressait à ces phénomènes. La preuve était sous ses yeux.

Dans le hall, une série de panneaux et quelques maquettes décrivaient les centres de recherche associés au SETI, généralement équipés d'immenses antennes paraboliques pointées vers l'espace.

– Le docteur Peter Bruner va vous recevoir.

Deux minutes plus tard, le duo débarqua dans une pièce entièrement vitrée. Un type endimanché avec l'air à moitié ahuri invita Vernay et Miller à prendre place bien en face de lui, devant son bureau beigeâtre.

Aucune affiche, aucune décoration. Peut-être une simple salle de réunion...

– Merci de nous recevoir, docteur Bruner. Vous dirigez toute la recherche du SETI, vous devez être très occupé... Mais nous devons savoir ce que Tony Jermal venait faire chez vous. Sur quoi travaillait-il ?

– Tony Jermal ?

Louise exhiba une photo récente du chercheur américain.

– Ah, John Bowers ! C'est vrai qu'il signait avec ce pseudo, Jermal, ces derniers mois. Je n'ai jamais compris pourquoi... Ça l'a pris d'un coup.

Louise n'avait pas eu le temps non plus d'élucider l'origine de ce faux nom dont s'affublait l'Américain dans ses articles et ses correspondances... Et puis le décalage horaire, la rencontre avec Miller... Elle devait se ressaisir.

Une clope.

Juste une clope. Faire le vide dans sa tête. Déstresser, souffler. Une simple cigarette, et tout irait mieux. C'était décidé, dès qu'elle sortirait d'ici, elle irait taxer le docteur Philip Morris.

– Et donc, Bowers, *alias* Jermal, faisait quoi exactement ici ?

– Comme la centaine d'autres chercheurs qui collaborent avec le SETI, il nous aidait à mieux configurer la recherche d'une intelligence extraterrestre. Au moins vous, Miller, vous savez de quoi je parle. Vous êtes allé là-haut.

L'astronaute sourit.

– J'y suis allé, oui, mais je n'ai pas eu affaire à une quelconque... intelligence venue d'ailleurs.

Bruner avança le tronc et posa ses deux mains bien à plat sur son bureau. Il prit une profonde inspiration, puis articula distinctement.

– En êtes-vous si sûr ?

Le sourire de Miller s'estompa. Louise regarda alternativement les deux hommes. Ils se fixaient en silence. Le Britannique s'était figé. Que se passait-il ?

– Ethan ? De quoi parle ce type ?

Elle l'avait apostrophé en français, en espérant que l'autre ne pige rien à la langue de Montaigne.

L'astronaute demeura muet. L'enquêtrice tenta de reprendre le cours de l'interrogatoire.

– Monsieur Bruner, c'est très imprécis, ça : il vous « aidait à configurer »... Je ne comprends pas. Quel était son rôle précisément ?

Cette fois, l'astronome américain, qui dirigeait les programmes du SETI depuis une bonne quinzaine d'années, pivota lentement vers Louise et la crucifia du regard. Il prit une nouvelle inspiration flippante, avant de s'exprimer sur un ton glaçant.

– Croyez-vous en l'existence des extraterrestres, miss Vernay ? Ou, plutôt, croyez-vous en la *possibilité* que d'autres formes d'intelligence que la nôtre puissent peupler l'univers ?

Louise haussa deux sourcils atterrés.

– Eh bien... je crois... je pense... Pourquoi on serait les seuls à... je ne sais pas...

Le scientifique se dressa et récupéra un épais dossier qui larvait sur une table basse. Il le jeta sur son bureau, dans un fatras qui fit sursauter les deux visiteurs.

– Alors lisez. C'est la synthèse des trois dernières années. Prenez le temps. Regardez surtout les pages consacrées à l'AATIP, l'Advanced Aerospace Threat Identification Program*. Il a été rendu public en 2019 par

* Programme avancé d'identification des menaces aérospatiales.

l'administration. Pendant dix ans, de 2007 à 2017, l'État américain a investi vingt-deux millions de dollars pour étudier un certain nombre de phénomènes aérospatiaux non identifiés. Et regardez les vidéos, tous les liens sont mentionnés. Des pilotes de la Navy, dignes de foi, ont filmé les mêmes situations sidérantes. Des objets dix fois plus rapides qu'eux, qui les suivaient, plongeaient dans le Pacifique sans faire aucun « splash » ni aucun bruit, et ressurgissaient brutalement. Ils ont aussi survolé des sites nucléaires. Vous étiez pilote d'essai vous aussi, Miller, n'est-ce pas ? N'avez-vous jamais été confronté à ces phénomènes ?

Le Britannique resta mutique.

Louise feuilleta machinalement l'épais dossier. Plusieurs feuillets étaient revêtus de la mention TOP SECRET, biffée d'une double barre.

— Les documents que vous regardez ont, eux, été déclassifiés encore plus récemment, en 2020. Ils parlent de la task force sur les phénomènes aériens non identifiés, mise en place par l'armée de l'air. Vous voyez, les langues se délient. Pendant des années, on s'est gentiment moqué de nous. Aujourd'hui, l'État fédéral américain tout comme l'armée balancent à tout-va. Et notre budget a même été sensiblement augmenté cette année. On nous demande des résultats.

Louise hallucinait, elle sentait son pouls accélérer.

— Des résultats ? Quel genre de résultats ?

— Des preuves de leur existence. Ils ne veulent plus rester dans l'expectative. Ils veulent savoir exactement à qui ils ont affaire. Ne pas connaître son ennemi, c'est perdre la guerre d'avance.

La jeune femme pâlit. Miller serra les mâchoires.

— Perdre la guerre ? La guerre contre qui ?

Bruner détourna le regard et changea de sujet.

— Bowers, ou Jermal si vous préférez, nous a rejoints il y a trois ans, et voulait partager ses observations avec nous. Il n'en a pas eu le temps. Il travaillait beaucoup et voyageait énormément. Il passait d'instituts en laboratoires, publics comme privés. Il cherchait des preuves. Il accumulait des données. Mais je ne peux pas vous en dire beaucoup plus, car il n'avait rien publié encore à ce sujet. Ah si, je peux vous dire qu'il était particulièrement fasciné par un phénomène très récent, que nos grandes oreilles ont capté.

– Vos grandes oreilles ?

– Nos radiotélescopes. Ils sont déployés dans le monde entier. Nous exploitons les données glanées par des observatoires situés sur tous les continents. Le Allen Telescope Array, notre site installé à cinq cents kilomètres d'ici, en est l'un des plus actifs. Quarante-deux antennes surpuissantes qui scrutent près d'un million d'étoiles dans le but de capter des messages radio artificiels, qui n'auraient rien à voir avec le fonctionnement naturel de l'univers.

– Et... le rapport avec Tony Jermal ?

– Eh bien, c'est ce signal radio inexpliqué sur lequel nous travaillons tous. Nous, au SETI, mais aussi le Breakthrough Listen Project, financé par un milliardaire du coin, qui veut tout comme nous élucider ce mystère.

Bruner s'empara de quelques documents coincés sous une pile de paperasses entassées dans son tiroir.

– Ça, c'est une représentation du signal. Un faisceau d'ondes intermittentes émises sur la fréquence de 980 MHz. Et de manière répétée pendant une trentaine d'heures. Et à plusieurs reprises entre avril et mai 2019. Comme on le voit sur ces courbes, le signal ressemble à une espèce de code morse. Il provient de la région de Proxima du Centaure, l'étoile la plus proche de notre système solaire, située seulement à 4.2 années-lumière de nous. Et on sait que deux planètes gravitent autour, dont une au moins se trouve dans la zone habitable de Proxima. Une « super Terre », qui pourrait abriter une atmosphère, de l'eau. Peut-être bien la vie. Or, ce fameux signal répété vient exactement de cette direction. Et le code n'a été émis que lorsque l'exoplanète se trouvait dans une orbite en phase avec nous, c'est-à-dire dans la bonne fenêtre de tir pour pouvoir nous atteindre, si vous préférez.

Louise ressentait des picotements dans la nuque. Le mal de crâne commençait à l'enserrer comme un étau.

– Écoutez, je ne comprends rien à toutes ces... histoires de signaux, d'OVNI... Et ça ne me dit toujours pas sur quoi Jermal travaillait exactement. Que pouvait-il bien cacher qui lui aurait valu d'être assassiné ? Des secrets militaires ? Des révélations sur des phénomènes inexpliqués ou de communications radio ?

L'astronome américain soupira. Il se rassit et rassembla lentement ses documents. Il referma son épais dossier puis le poussa vers un coin de la table.

– Allez chercher du côté du Ames Research Center de la NASA. C'est à deux pas d'ici. C'est là-bas que Bowers, enfin, Jermal, passait le plus clair de son temps. Ici, il nous rendait seulement des visites de courtoisie et nous interrogeait sur les signaux radio que nous captions. Il voulait savoir si nous faisions des progrès. Il nous a promis la Lune, mais il est mort trop tôt, voyez-vous.

Trois minutes plus tard, Louise et Ethan Miller avaient regagné l'habitacle futuriste de la Bugatti Chiron.

– Il est complètement givré, ce mec, non ? Il y croit dur comme fer, à ses aliens qui ont réinventé le télégraphe sans fil de l'autre côté de la galaxie...

Mais l'astronaute avait conservé sa mine sombre et renfermée.

– Ce n'est pas si stupide que ça, Louise. Laissez votre esprit s'ouvrir. Soyez moins rationaliste et obtuse.

– Obtuse ? Moi ? Sans déconner... je rêve... Le mec est limite puceau, il a fait trente ans d'études, il s'est jamais fumé un pétard de sa vie, et il vient me dire que je suis « obtuse » !

Miller rit de bon cœur. Cette Française commençait à lui plaire, vraiment. Son franc-parler, son air de débarquer de la Lune et de tout découvrir comme une petite fille lui conféraient un charme indéniable. Elle n'avait rien de policé. Les aspérités de son caractère la rendaient truculente et drôle. Rien à voir avec toutes ces filles lisses et bien élevées qu'il avait côtoyées à Oxford ou, pire, à Sandhurst. Sans parler des ingénieures de l'Agence spatiale internationale ou de la NASA. Très intelligentes, souvent belles et sportives, mais trop propres sur elles, et très politiquement correctes. Lui aussi savait renvoyer cet éclat d'apparence parfaite, qui dissimulait ses failles avec brio. Il avait vécu dans une bulle pendant de longues années, tandis qu'il s'entraînait sans relâche pour décrocher son ticket pour l'espace. Il n'avait pratiquement jamais croisé de vraies « Terriennes », qui n'étaient ni surdiplômées, ni surambitieuses. Les extraterrestres vivaient déjà sur Terre, il les avait fréquentés dans ces lieux d'excellence déconnectés des réalités. Cette virée surréaliste lui offrait une formidable bouffée d'oxygène. Un sentiment de liberté, malgré la gravité de la situation, qui lui donnait une folle envie de jouer. Or, les casinos pullulaient dans la région. Des petites salles de jeu, souvent liées à des hôtels, qui offraient des dizaines de machines – et parfois même de vraies roulettes.

— On pourrait s'arrêter dans un tabac ? Ou même...

La Française se mordit les lèvres, comme chaque fois qu'elle voulait s'empêcher de céder à la tentation.

— Un dispensaire de cannabis ?

En cet instant, ils avaient tous deux envie de se lâcher. Se laisser aller. Louise dévora Miller du regard. Ce mec la comprenait, finalement !

Quelques minutes plus tard, Vernay se procura deux ou trois produits qu'elle n'avait encore jamais fumés, avec des dosages et des compositions exotiques. Le vendeur l'avait conseillée, comme si elle était venue s'acheter une nouvelle paire de baskets. « Vous devriez essayer ça, c'est vraiment intéressant. Avec 30 % de THC, c'est costaud, mais vous verrez, ça ne vous scotchera pas au canapé ! » Elle espérait pouvoir les déguster avec l'astronaute, mais n'y croyait pas vraiment. Elle tenterait sa chance dans la soirée. Car ils n'étaient pas près de se séparer...

Ils rattrapèrent l'US 101, l'autoroute qui reliait San José à San Francisco en innervant toute la Silicon Valley, sur près de quatre-vingts kilomètres. Au bout de quelques minutes à peine, ils empruntèrent la sortie 24C direction Shoreline Boulevard. La route était encore plus courte qu'entre Cupertino et le SETI. Louise commençait à prendre la mesure du maillage très ténu de cette région prolifique où florissait l'essentiel de l'économie mondiale du numérique et de la recherche technologique de pointe. L'université de Stanford se trouvait à deux pas.

Le Ames Research Center de la NASA accueillait les touristes sous un ample chapiteau digne d'un cirque high-tech. Derrière cet amuse-bouche pour curieux s'élevait un immense campus, doté d'une trentaine de bâtiments souvent spectaculaires, comme ce hangar gigantesque doté d'une soufflerie pour tester les équipements en situation de vol. Plusieurs pistes d'atterrissage se dressaient aux abords du parc, mais sans aucun avion stationné sur le tarmac. Grâce à ses galons d'astronaute, Miller eut l'autorisation de pénétrer le campus gardé par des militaires armés jusqu'aux dents. D'évidence, des recherches stratégiques pour l'avenir des programmes spatiaux étaient menées sur ce curieux site. Au cœur du domaine, un grand bâtiment abritait l'un des « super calculateurs » de la NASA, tandis qu'un peu plus loin la division des systèmes intelligents occupait plusieurs niveaux.

Les deux enquêteurs de circonstance n'étaient attendus de personne, et ne s'étaient nullement annoncés à l'avance. Bien que prise au dépourvu, la direction du centre, flattée de la visite de l'astronaute qui avait miraculeusement échappé à la mort, consentit à accueillir Miller à l'improviste – tout en tolérant son acolyte française.

Le directeur adjoint accepta du bout des lèvres d'évoquer Bowers, *alias* Jermal, tout en précisant d'emblée que l'essentiel de ses recherches était classifié.

— Bowers était un spécialiste d'astrobiologie, l'une de nos principales activités ici.

– L'astrobiologie ? répéta Louise, de plus en plus larguée.

– L'étude de la vie dans l'espace, souffla Miller pour l'affranchir le plus simplement possible. Ou comment déceler la présence de formes de vie sur des planètes de notre système solaire ou sur des exoplanètes lointaines. L'astrobiologie cherche à comprendre comment d'autres formes de vie que les nôtres pourraient survivre, sans lumière ou sans oxygène par exemple, sur des planètes qui ne seraient pas aussi accueillantes que la Terre.

Le directeur adjoint du Ames Center acquiesça, et il enchaîna sur un ton ampoulé :

– Bowers était un grand biologiste, l'un des meilleurs experts des constituants fondamentaux de la vie. Toute la machinerie cellulaire, de l'ADN jusqu'aux corpuscules qui composent le cytoplasme, n'avait aucun secret pour lui. Il était spécialiste de la transcription de l'ADN en protéines et du codage génétique. Il était capable de programmer des séquences génétiques de mémoire ; connaissait les régions codantes du génome humain par cœur ; pouvait enchaîner des centaines de bases les yeux fermés, pour reconstituer tel ou tel gène. La vie, dans son intégrité la plus intime, ne présentait aucun mystère pour lui.

Le directeur adjoint parlait de Jermal avec beaucoup de respect. Le type était d'évidence reconnu, et sa disparition posait problème.

– Sur quelles recherches travaillait-il précisément ?

– Je suis désolé, je ne suis pas habilité à vous le dire.

Durant tout l'entretien, deux ingénieurs travaillaient à proximité. L'un d'eux laissait clairement traîner ses oreilles. Après tout, le boss adjoint n'avait pas voulu recevoir ses hôtes dans son bureau, mais dans le hall du bâtiment principal qui formait un immense T au cœur d'une esplanade circulaire verdoyante.

Il voulait d'évidence se débarrasser au plus vite de ces visiteurs encombrants et ne surtout pas les inviter à s'installer trop longtemps. D'ailleurs, l'homme tenta de mettre un terme à la rencontre impromptue.

– Vous devriez vous reposer, monsieur Miller, vous ne croyez pas ? Je pensais d'ailleurs que vous étiez assigné à résidence...

L'astronaute écarquilla les paupières.

– Assigné ? Vous voulez dire, comme un prisonnier ?

Le fonctionnaire se reprit aussitôt, tout en jetant des œillades gênées autour de lui.

– Ce n'est pas du tout ce que je voulais dire... Nous pensions juste que vous restiez chez vous, bien au chaud, bien au calme, avant d'être entendu par le FBI.

– Je vois que vous êtes très au courant de la procédure...

– C'est moi, le FBI, lança soudain Louise qui commençait à perdre patience. Enfin, je travaille avec eux. J'enquête au nom de l'Europe sur le drame de la Station spatiale et, en parallèle sur le meurtre de Bowers, *alias* Tony Jermal.

Des maquettes de l'ISS décoraient le hall.

– Vous avez peut-être des informations à nous donner au sujet de l'autre victime, l'astronaute Bob Jenkins ? Vous connaissez très bien la Station, n'est-ce pas ?

Le directeur adjoint se racla la gorge.

– Eh bien, oui, pendant vingt ans, nous avons mis au point la plupart des expériences de biologie qui ont été embarquées puis menées à bord de l'ISS.

Louise fronça les sourcils et planta ses pupilles d'acier dans celles du haut fonctionnaire.

– Jermal a-t-il travaillé sur les expériences que menait l'astronaute Bob Jenkins dans le module Columbus ? Les expériences qu'il réalisait encore la nuit de sa mort ?

Le directeur adjoint se trouva soudain très mal à l'aise.

– Je ne peux rien dire, je suis désolé.

– Vous faites obstruction à une enquête sur un double homicide, vous en avez conscience ?

L'homme déglutit, et ne cessait de chercher de l'aide du regard. Mais ces deux abrutis d'ingénieurs, qui s'activaient sur un ordinateur à deux pas d'ici, faisaient comme si de rien n'était. Ils n'avaient d'évidence aucune envie de lui venir en aide.

– Je suis soumis au secret-défense. Nous travaillons sur des programmes militaires, codéveloppés par la NASA. Vous devez me comprendre...

Ethan Miller tenta de prendre l'ascendant.

– J'ai failli mourir là-haut ! Et Jenkins, lui, a fini comme un porc éventré, avec ses intestins qui tapissaient tout l'intérieur de Columbus ! Vous jouez à quoi ? Tous mes collègues sont terrorisés, là-haut, et craignent pour leur vie ! Ils ont besoin de réponses ! Si vous savez quoi que ce soit qui puisse nous aider sur l'existence d'une menace grave qui puisse être à l'origine de ces meurtres, et aussi du fait qu'on ait voulu me réduire au silence, c'est le moment de le dire !

Le fonctionnaire se figea.

– Vous réduire au silence ? Vous pensez que l'incident de Crew Dragon...

– L'incident ? Un tout petit incident de rien du tout, alors que je rapportais le corps de Jenkins, pour comprendre de quoi il était mort ! Étrange, non, cet « incident », au moment même où nous allions peut-être apprendre la vérité, vous ne croyez pas ?

– Écoutez, je ne peux rien vous dire de plus. Allez voir SpaceX, si vous avez le moindre doute sur Crew Dragon. Je vous rappelle que la NASA n'a rien à voir avec cette mission. Nous ne collaborons pas avec les équipes d'Elon Musk. Et pour toute question relative aux recherches de Jermal et de Jenkins, je ne pourrai répondre que si je suis officiellement convoqué par un juge, en accord avec l'armée et la direction de la NASA.

L'homme, anormalement essoufflé, finit par tourner les talons et planter Vernay et Miller comme deux étrons fumants. Il regrettait amèrement de leur avoir parlé. Il s'attendait aux foudres de son directeur, de l'armée, du FBI, du président Biden en personne !

Le Britannique et la Française n'insistèrent pas. Ils n'avaient aucune autorité légale et jouaient avec le feu. Ils sentaient poindre une certaine menace, d'ailleurs. L'hostilité de la plupart de leurs interlocuteurs finirait immanquablement par leur nuire. Ils quittèrent le bâtiment pour rejoindre la Bugatti.

— Vous avez entendu comme moi, Ethan ? Il a bien dit « les recherches de Jermal et de Jenkins ». C'est pas un aveu, ça ? Ils bossaient ensemble, la voilà, la preuve absolue du lien entre les deux affaires.

Tandis que Miller s'apprêtait à lui répondre, un homme surgit dans leur dos.

Louise sentit instinctivement sa présence et se retourna en un éclair, tout en réalisant une clé circulaire de sa jambe gauche, projetant l'homme au sol. Puis elle se jeta sur lui en pointant son Sig Sauer au milieu du front.

— T'es qui, connard ? Pour qui tu travailles ?

— Mais ça va pas, non ? Vous êtes complètement tarée ! Je bosse ici, au Ames Center ! Je suis ingénieur ! Je vous ai entendus parler avec notre directeur adjoint.

Vernay resserrait l'emprise et appuyait le canon de son 9 mm sur le front de ce salopard.

— Et c'est lui qui t'a envoyé pour nous intimider ? Nous menacer ? Nous tuer, peut-être ?

— Euh... là, c'est vous qui me menacez...

L'homme bafouillait tout en louchant sur l'arme de Vernay. Il transpirait à grosses gouttes.

— En fait, je voulais juste vous parler de Jermal. Et vous dire... vous dire...

— C'est bon, Louise, je crois que vous pouvez rengainer.

Miller tira l'enquêtrice par le bras et aida l'ingénieur à se relever.

— Qu'est-ce que vous voulez nous dire ?

Le type n'arrêtait pas de regarder autour de lui, comme s'il craignait d'être espionné.

— Bowers, enfin, Jermal, il passait son temps avec un autre chercheur, ils faisaient tout ensemble. Ils avaient tous les deux des carnets de notes et ne cessaient de se les échanger. Ils étaient inséparables. Et… on est sans nouvelles de l'autre depuis deux semaines, au moins.

Vernay et Miller échangèrent un regard complice. Ils tenaient enfin une piste.

– Et ce chercheur jumeau, comment s'appelle-t-il ? Où travaille-t-il ?

– Il s'appelle Jean Myrtol. Je sais seulement qu'il bosse pour X Development, à cinq minutes d'ici. Vous avez juste à récupérer West Middlefield, un peu plus bas.

– X Development ?

Louise se tourna vers l'astronaute.

– Tu connais ?

Inconsciemment, elle l'avait tutoyé, pour la première fois. Désormais, ils formaient plus qu'une simple équipe en quête de vérité – et de salut. Ils étaient *intriqués*, comme deux particules quantiques.

– Tout le monde connaît X, ici. C'est le centre de recherche ultrasecret de Google. Et l'un de leurs grands projets, c'est de *tuer la mort*.

Chapitre vingt-trois

Mercredi 25 mai 2022, 11 h 34, Mountain View

– Ah, vous voulez parler de Mickael Carpenter...

Louise échangea un regard stupéfait avec Miller. Mais elle ne devait rien laisser paraître de son trouble. Son cerveau tourna sur lui-même et ses axones tissèrent une toile enveloppant une dizaine de milliers de neurones pour élaborer la bonne réponse. Elle songea alors à Jermal, qui usait d'un faux nom. Son alter ego avait dû opter pour le même subterfuge. Elle paria sur cette hypothèse et se lança, avec aplomb.

– Oui, c'est ça... Jean Myrtol était son pseudo... Drôle de trouvaille d'ailleurs, ce nom, hein ?

– Bien d'accord avec vous ! Bizarrement, il l'utilisait depuis plusieurs mois pour signer ses papiers communs avec John Bowers. Et Bowers, lui, signait Tony Jermal. Donc ils avaient tous les deux un pseudo. D'ailleurs, vous êtes au courant ? Il paraît que Bowers est mort, et qu'il a été assassiné en France...

– Il paraît, oui... Justement, à votre connaissance, Jean Myrtol, enfin Mickael Carpenter, était-il menacé ? Avait-il l'air soucieux, voire angoissé ?

– Ah, parce que vous craignez que... comme John Bowers ? Je n'en sais rien, il passait seulement en coup de vent ici, avant d'aller retrouver Bowers au Ames Research

Center. En fait, il bossait surtout sur le site de notre société de biotechnologies Calico, à une demi-heure d'ici, à San Francisco.

– Calico, c'est bien cette boîte qui promet de *tuer la mort* ?

Le jeune type sourit, sans qu'on puisse dire si c'était par fierté ou tout au contraire par ironie, face au caractère illusoire et prétentieux d'une telle affirmation.

– Oui, enfin c'est une façon de parler. Disons qu'ils développent toutes sortes de recherches pour lutter contre les maladies du vieillissement.

Le cadre arbora soudain une grimace suspicieuse.

– Vous m'avez bien dit que vous travailliez pour la NASA, c'est bien ça ?

Sans l'ombre d'une hésitation, Ethan Miller exhiba sa PIV-Smart Card gratifiée d'une puce électronique de troisième génération. Ce badge high-tech et iconique de la NASA était réputé infalsifiable. Il l'avait récupéré une semaine auparavant, à Houston, afin d'accéder au pas de tir du centre spatial Lyndon-Johnson et de s'envoler vers la Station internationale.

– Nous sommes de la direction des ressources humaines, mentit l'astronaute. Nous sommes à la recherche de Jean... Enfin Mickael Carpenter. C'est l'un de nos proches *advisers* en sciences du vivant, avec James Bowers, et nous devons impérativement le contacter pour une affaire de la plus haute importance. Connaissez-vous son adresse ?

– Vous êtes des DRH de la NASA, le mec bosse pour vous et vous n'avez pas son adresse ? C'est une blague !

À cet instant, le jeune mec dirigea son regard vers le Googleplex, à cinq rues d'ici. La maison mère, le siège pléthorique de Google, forteresse tout aussi imprenable que le nouveau site d'Apple à Cupertino. Et il songea que la NASA et les agences gouvernementales étaient totalement larguées, et qu'il était finalement logique que Google et les autres GAFA dirigent le monde. Ils étaient beaucoup plus pro.

Miller rama. Il s'était piégé tout seul, comme un bleu.

– Eh bien... C'est-à-dire que nous avons eu un bug informatique assez grave à la DRH... on ne peut plus consulter notre fichier... Du coup, son adresse, vous l'auriez ?

L'employé de X Development s'empara de son smartphone et tapota sur l'écran tactile.

– 414 Van Ness Avenue, à Santa Cruz. C'est sur la côte, à quarante minutes d'ici.

– Vous conservez l'adresse de tous vos collaborateurs dans votre téléphone ?

– Ben non, j'ai juste consulté les pages blanches. Carpenter est dans l'annuaire.

Louise pouffa. Le Britannique la fusilla du regard et bafouilla un « *thanks* » à peine audible. Il détestait passer pour un pied nickelé.

Le couple improbable fit demi-tour et quitta l'esplanade de gazon et sa sculpture métallique aux teintes rouille qui trônait en plein centre. Les bâtiments de X Development s'étendaient sur plusieurs hectares ; partout, des parkings gavés de véhicules témoignaient du nombre impressionnant de chercheurs et d'ingénieurs qui œuvraient sur les projets secrets du mastodonte Google. Derrière la voiture autonome et les lunettes à réalité augmentée dont se targuait le groupe depuis des années, Vernay était certaine que ce monstre de l'Internet manigançait des recherches bien plus douteuses. Les milliards coulaient à flots ; Dieu sait ce qu'ils fomentaient derrière ces murailles infranchissables...

À peine eurent-ils quitté le campus – enfin, les pelouses extérieures, la sécurité ayant refusé qu'ils pénètrent dans le hall du bâtiment principal – que le jeune cadre de l'administration composa un numéro sur son téléphone. De loin, Louise et Miller ne pouvaient percevoir ce qu'il disait. Mais son air méfiant était éloquent. Il n'était pas dupe et sentait bien que ces deux énergumènes n'étaient pas ceux qu'ils prétendaient être.

Tandis qu'ils grimpaient dans la Bugatti Chiron, les deux Sherlock en goguette n'aperçurent pas non plus le drone qui les survolait depuis bientôt vingt-quatre heures. Il faut dire qu'il se maintenait à une altitude élevée. Personne n'aurait pu l'entrevoir si haut.

Dix minutes plus tard, Vernay et Miller abordèrent la California State Route 85 en direction du Pacifique. Toutes ces autoroutes se ressemblaient. Quatre à six couloirs d'asphalte dans chaque sens, séparés par les mêmes terre-pleins, sans aucune fantaisie. Le maillage était impressionnant, digne des veines et artères d'un immense corps qui pulsait à l'unisson des milliers de véhicules qui l'irriguaient en permanence. Les kilomètres défilaient, bien souvent sur des lignes droites sans fin qui plongeaient immanquablement dans une dangereuse torpeur. La fatigue nerveuse des jours écoulés – assaisonnés de quelques zestes de jet-lag – abîmait Louise dans une irrépressible léthargie. Tout en comatant, elle espérait que le Britannique tiendrait le coup. Il avait bien mal dormi, sur ce fauteuil incommode. Ce n'était pas le moment de se planter dans une rambarde, ou, pire, de s'encastrer dans l'un de ces trucks impressionnants qui défilaient sur la voie de droite.

Une demi-heure plus tard, l'enquêtrice s'éveilla au moment où Miller coupait le moteur.

Les relents iodés du Pacifique cajolèrent la jeune femme. La Silicon Valley empestait les particules fines et la pollution urbaine, décidément tenaces dans la région. Ici, au bord de l'océan, les fragrances marines et la douceur quasi estivale câlinaient les sens et mettaient de bonne humeur.

Louise jeta un œil circulaire aux alentours. Encore des dizaines de pavillons, plantés comme des Lego le long d'une rue parfaitement rectiligne. Comment les Américains faisaient-ils pour vivre dans un paysage aussi uniforme ? Toujours ces trottoirs lardés de plaques de gazon et ces minuscules carrés de pelouse qui formaient de gros paillassons devant l'entrée des baraques.

Ici, les maisons étaient simples, et leurs habitants sans rapport avec les milliardaires de Pacific Palisades.

Le 414 Van Ness Avenue abritait un modeste pavillon de plain-pied, moins de cent mètres carrés, et qui ne devait pas disposer de plus de deux chambres. Sa façade bardée de bois vert pistache lui donnait un air de chalet alpin.

Miller frappa énergiquement à la porte. Une Ford était garée dans l'allée de graviers qui longeait la propriété. L'astronaute était sûr que leur « client » était chez lui. Pourquoi ne répondait-il pas ?

Louise, qui n'avait aucune intention de tergiverser, donna un coup de pied dans le battant qui s'ouvrit sans résister. Il n'était pas fermé à clef.

L'un après l'autre, ils s'engagèrent prudemment dans le hall.

– Docteur Carpenter ? C'est la NASA ! Docteur Carpenter, vous êtes là ?

Louise insistait, mais aucune réponse ne fit écho.

Soudain, une odeur infecte la submergea. Des relents de pourriture, comme ceux d'une viande avariée, émanaient du fond de la maison. Les deux comparses échangèrent un regard terrifié.

Miller se précipita vers la source immonde et découvrit le corps en décomposition de Carpenter.

Éventré, les tripes asséchées par une colonie de mouches verdâtres qui s'en donnaient à cœur joie.

Louise plaqua aussitôt sa main sur la bouche. L'odeur putride associée au spectacle rebutant faillit la faire tourner de l'œil.

La scène ravivait les images du cadavre de Bob Jenkins à bord de l'ISS, et celles de Tony Jermal dans les arêtes de poisson.

Ils revivaient tous deux le même cauchemar. Le corps pouvait être contaminé, tout comme l'étaient peut-être les deux premières victimes. Même s'ils étaient sans doute déjà infectés, Vernay et Miller refluèrent aussitôt vers la sortie. L'astronaute ouvrit la malle avant de la Bugatti et en extirpa une mallette. Il trimbalait toujours un nécessaire médical d'urgence. Par précaution, depuis le Covid, il transportait les consommables primaires de protection : masques FFP2 et gants nitrile. Il en confia un lot à Louise, qui s'équipa prestement. C'était sans doute insuffisant, mais ils préféraient se bercer d'illusions et croire que ces appendices dérisoires suffiraient. Et puis, ils voulaient aussi éviter de polluer la scène avec leur ADN.

Ensuite, sans un mot, comme s'ils avaient toujours travaillé ensemble, chacun succomba à ses penchants professionnels. Miller commença à examiner le corps putréfié de la victime. Quant à Louise, elle fouilla dans les affaires de Carpenter, à la recherche d'un indice ou d'informations qui pourraient l'éclairer.

Le bureau du scientifique était sens dessus dessous. Ils n'étaient visiblement pas les premiers à s'être rendus sur place pour chercher quelque chose d'important. Mais quoi ? L'enquêtrice soulevait chaque objet, livre, bibelot, cadre photo, revue scientifique étalés pêle-mêle sur le sol, tout près du corps. Que pouvait-elle trouver de plus que les autres n'auraient pas déjà déniché ?

Tandis que Miller commençait à prélever des tissus sur le thorax de Carpenter pour les loger délicatement dans un tube de plastique, la sonnerie de son portable retentit. Il sursauta, troublé dans une extrême concentration.

La mélodie, *God Save the Queen*, tombait comme un cheveu sur la soupe. Un sourire gêné aux lèvres, il retira l'un de ses gants et décrocha. Louise hallucinait. Le mec était patriote, avec ça. Un British pur jus. S'était-il réjoui du Brexit ? Lui, ce cosmopolite polyglotte qui s'entraînait en Allemagne au nom de l'Europe depuis des années ?

– Ça y est, tu as les résultats d'analyse ?

La Française comprit aussitôt que le biologiste en herbe de Los Angeles, Do It Yourself prépubère, était à l'autre bout du fil.

Le visage de Miller se déforma.

– Qu'est-ce qui se passe, Ethan ?

L'astronaute s'affala dans le fauteuil similicuir de Carpenter. Puis il brancha le haut-parleur.

– Ethan, je suis complètement déboussolé. Je ne comprends rien, rien du tout...

– Tu peux répéter ce que tu viens de me dire ?

Miller brandit l'appareil face à Louise, à hauteur de son visage, pour qu'elle entende distinctement la même chose que lui.

– J'ai fait les analyses et j'ai trouvé la trace d'un ADN étranger. Je veux dire, *really alien*. Du jamais vu sur Terre.

Louise demeurait incrédule. Les mots s'échouaient en elle sans éveiller quelque pensée que ce soit. C'était juste impossible. Miller, la bouche pâteuse, relança mollement le biologiste.

– Tu peux être plus précis ?

– Eh bien, c'est simple. Tout ce qui vit sur Terre comporte le même type d'ADN. Une molécule en double hélice composée de quatre bases azotées, l'adénine, la thymine, la cytosine et la guanine, qu'on symbolise par les lettres : A-T-C-G. De l'infime bactérie à la baleine bleue, en passant par le chêne, le koala, la mouche, le riz, le maïs ou l'homme. C'est un peu l'alphabet élémentaire de la vie.

– Et alors ?

– Et alors, j'ai trouvé la trace d'un ADN qui ne comporte pas quatre bases A-T-C-G, contrairement à n'importe quel organisme terrestre depuis que la vie existe, c'est-à-dire depuis 3,8 milliards d'années.

Il y allait fort, le rouquin. Histoire que les deux effarés percutent.

– Cet ADN comporte huit bases. C'est comme si, du jour au lendemain, on vous expliquait que l'alphabet latin ne comporte pas vingt-six lettres, du A au Z, mais cinquante-deux. Vous voyez le truc ? Vingt-six nouvelles lettres qui permettent d'écrire des mots complètement nouveaux, que vous seriez incapables de déchiffrer. Mais sans être du chinois ou du russe, je veux dire sans être un alphabet totalement différent du vôtre. Juste un alphabet augmenté.

Louise était larguée au huitième sous-sol.

– Je suis désolée, je pane que dalle.

Miller prit une profonde inspiration. Sa voix était grave et métallique.

– Ça veut dire que l'organisme qui porte cet ADN n'est pas terrestre. Qu'il est *extraterrestre.*

Louise éclata de rire. Une bonne décompensation nerveuse. Elle en avait vraiment besoin.

– Ben oui ! Et il vient d'où ? De Mars ? De Jupiter ? Le type du SETI t'a complètement retourné la tête !

Mais l'astronaute blêmissait à vue d'œil. Il transpirait et regardait droit devant lui. L'autre continuait de s'époumoner au téléphone.

– J'ai lancé une analyse pour découvrir la nature des quatre nouvelles bases azotées. J'attends le résultat. Mais... ce qui est certain, c'est que le corps de Bob Jenkins était contaminé par un OVNI. Un Organisme Viral Non Identifié.

– J'ai... J'ai d'autres prélèvements, souffla l'astronaute. Nous avons trouvé une autre victime... Je vais te les apporter. En attendant, prends toutes les précautions possibles. On ne sait pas de quoi ce truc est capable.

Puis son regard glissa sur les boyaux putrescents de Carpenter, *alias* Jean Myrtol.

– Ou plutôt si... On sait exactement de quoi ce truc est capable. Protège-toi, protégez-vous tous !

Un vrombissement rauque s'éleva depuis l'extérieur. Miller s'approcha de la fenêtre et tomba nez à nez avec un énorme drone qui stagnait à deux mètres de la vitre. Pas le genre de joujou qu'on offre à Noël ; plutôt la version XXL, du type de ceux qu'il avait côtoyés sur les bases militaires de la Royal Air Force, ou de la NASA.

– *What the hell...*

Louise tourna le visage vers le vitrage et, par réflexe, s'aplatit au sol. Elle exhorta Miller à faire de même d'un geste explicite de la main. Ventre à terre, alors qu'elle s'apprêtait à ramper jusqu'à la sortie, son regard buta sur un objet rivé derrière le radiateur mural. Un objet sans doute tombé là par accident et qu'il était impossible de discerner sans avoir le menton ratatiné sur le parquet.

Elle tira dessus de toutes ses forces, et finit par l'extirper des griffes de fonte. C'était un carnet, revêtu de plusieurs symboles qu'elle avait déjà vus... En une fraction de seconde, une scène lui sauta au visage. Son échange avec le jésuite, le frère Federico Lupo, à l'aéroport Charles-de-Gaulle, avant de s'embarquer pour Los Angeles. Elle lui avait montré des graffitis retrouvés sur le mur d'une des galeries des arêtes de poisson, tout près du cadavre de Tony Jermal. Le prélat avait aussitôt interprété ces gribouillis. Des « messages » adressés aux extraterrestres dans les années 1970, à bord de sondes ou par ondes radio... Or, ces mêmes symboles se trouvaient griffonnés sur la couverture du carnet.

Elle accusa le coup et sentit son pouls grimper en flèche.

Quand tout converge, il faut parfois accepter l'impossible. L'inconcevable.

Elle rampa vers la sortie en évitant de mettre les mains au beau milieu des intestins faisandés de Carpenter. Miller la suivait, le nez à dix centimètres des fesses de la Française. La scène était quelque peu incongrue et aurait pu, dans un autre contexte, prêter à sourire.

Dès qu'ils eurent franchi le seuil de la porte, ils fondirent dans la Bugatti. L'astronaute avait tant bien que mal fourré les prélèvements dans sa poche, sans grande précaution. S'ils étaient contaminés, il était désormais certain d'être à son tour infecté – mais il était probable qu'il le fût depuis son séjour dans l'espace... Au même moment, le drone surgit au-dessus du toit dans un ronflement tonitruant qui alerta tout le quartier. Il s'approcha tout près de la voiture. Miller démarra en trombe, ce qui, s'agissant de la Chiron Super Sport, signifiait une poussée de 1,5 G, et un départ arrêté de 0 à 100 km/h en deux secondes et quatre dixièmes. Il fendit l'air comme une torpille. Louise hurla de panique.

– Mais t'es complètement givré ! Tu vas nous tuer !

De fait, l'astronaute manqua percuter plusieurs véhicules garés sur le bas-côté ; heureusement, personne ne roulait devant lui. L'asphalte était à moitié défoncé ; les amortisseurs de la Bugatti peinaient à compenser les à-coups qui labouraient les reins de Louise. Parvenu en dix secondes au bout de Van Ness Avenue, Miller braqua le volant à gauche sur California Street, une double voie qui traversait la ville du nord au sud. Il slaloma entre plusieurs voitures qui gravitaient dans les deux sens. Louise sortit la tête par la fenêtre et guetta l'engin menaçant. Il s'était volatilisé...

– C'est bon, ralentis ! Sinon ce sont les flics du coin qui vont nous coffrer. Et c'est pas le moment.

L'équipage de fortune détonnait dans le supercar rutilant. Ils étaient abasourdis, hantés par les propos du biologiste en herbe. Ils l'imaginaient, campé dans sa cave du quartier de Watts, avec ses échantillons qui fourmillaient d'une forme de vie inconnue sur Terre. Était-ce seulement possible ? Ne s'était-il pas tout simplement planté ? Comment faire confiance à un môme qui bricolait dans un sous-sol ? Miller avait tenté de le rappeler, tandis qu'ils rejoignaient l'US 101. La circulation était assez dense, et Miller, nerveux, dépassait les voitures en changeant sans cesse de file.

Ils roulèrent près de deux heures en ruminant, l'un comme l'autre, les rebondissements qui avaient bouleversé les dernières vingt-quatre heures. Louise feuilleta le carnet débusqué, par hasard, sous le radiateur de Carpenter. Il était illisible. Elle songea à ce fameux ADN de huit lettres – au lieu de quatre, comme tout ce qui vit sur Terre – et se dit que Carpenter, *alias* Myrtol, utilisait le même genre de code. Tout semblait crypté, dans une glose mystérieuse, avec des caractères inconnus. Des mots rédigés de droite à gauche au lieu du contraire ; des dessins abscons ; des équations et des tableaux de chiffres... Parfois même des textes à trous. Ce type était ravagé, comment avait-il fait illusion chez Google et à la NASA ? En attendant, c'était le troisième à finir étripé comme Jenkins et Jermal.

Elle avait beau tourner et retourner le carnet en tous sens, elle était incapable de déchiffrer quoi que ce soit. Pourtant, elle en était certaine, la clé était cachée là. Et si le fameux antidote dont avait parlé Miller gisait quelque part, entre ces lignes hermétiques et énigmatiques ?

Elle ne voyait qu'une seule personne capable de « casser le code ». Elle saisit son smartphone dans le but de téléphoner à Federico Lupo. Il devait être dans son observatoire de Mount Graham, près de Tucson.

Alors qu'elle s'apprêtait à lancer l'appel, *God Save the Queen* retentit à tue-tête près de son genou. Elle coula un regard sur l'écran tactile et aperçut de nouveau le nom d'Elon Musk.

Miller, embarrassé, empoigna le combiné et coupa aussitôt le volume de la sonnerie.

– Ethan, j'ai vu. Et je sais que ce n'est pas la première fois. Qu'est-ce que tu fricotes avec Elon Musk ? Il veut te faire rembourser le Crew Dragon ou quoi ?

L'astronaute déglutit et se mura dans le silence. Louise décida d'attaquer le problème sous un autre angle.

– Tu ne trouves pas bizarre que le mec de Google, au centre de recherche, nous ait répondu si facilement ? Il nous a tout de suite lâché le vrai nom de Myrtol, jusqu'à nous refiler son adresse. Une boîte aussi secrète et impénétrable que Google, qui livre un de ses collaborateurs à deux inconnus ? Vraiment ?

– Myrtol n'était pas salarié exclusif de X Development. Il collaborait aussi à la NASA. Et puis le cadre de Google a juste identifié une photo avant de trouver l'adresse sur les pages blanches. Ce n'était pas très compliqué.

– Justement. J'ai vérifié sur White Pages. Il n'existe aucun Carpenter recensé au 414 Van Ness Avenue. Le mec nous a volontairement refilé son adresse. Il a voulu nous jeter dans la gueule du loup. Et je ne parle pas du drone qui nous a suivis. On a été piégés, Ethan.

Miller encaissa, sans mot dire. Il avait bien une explication, mais se refusait à tout avouer, là, au milieu de nulle part. La réaction de Vernay pouvait être imprévisible, et il n'était pas en situation de la contrôler.

La jeune femme s'excita sur son iPhone et saisit de multiples requêtes dans la fenêtre Google. Elle tissait des liens, lançait des ponts, cherchait des similitudes.

C'est alors qu'une actualité *push* surgit sur son écran. Un bandeau de Fox News, la chaîne complotiste américaine, dont l'audience restait l'une des plus importantes des États-Unis.

– Ethan... On parle de nous... Fox dit que tu t'es enfui de chez toi avec des secrets d'État... et que tu te trouves avec une espionne française !

– Les nouvelles vont vite...

– Je ne plaisante pas. Regarde ! La photo ! C'était nous il y a deux heures à peine, devant chez Carpenter !

– *Bloody drone*... Et ils racontent quelles conneries ? Ce serait quoi, ces pseudo-secrets d'État ?

– Ils...

Louise écarquilla les paupières.

– Putain, ils disent qu'on abrite des preuves de l'existence des extraterrestres ! Ils disent que si Jenkins est mort là-haut, c'est à cause des *Aliens* ! Et que tu refuses de remettre les preuves, que tu veux les vendre à la France !

Le Britannique ralentit brutalement et s'immobilisa sur la bande d'arrêt d'urgence. Il s'empara du téléphone de Louise et dévora l'article. Il ne cessait de s'enfoncer dans le surréalisme.

– Mais... Comment ont-ils pu savoir ? D'où ils sortent tout ça ? C'est impossible... On vient à peine de...

Puis il se tourna vers Louise, la mine suspicieuse.

– T'as raconté des trucs à l'autre journaliste, là ? Celui qui t'attendait devant chez DIY ? Je t'ai vue t'embrouiller avec lui...

– Mais non, évidemment non ! T'es dingue ou quoi ?

– Je vais sortir de l'autoroute et rejoindre un axe plus discret, la Pacific Highway. On va longer toute la côte.

– Tu parles d'une discrétion, dans un bolide à quatre millions de dollars... On ne peut pas passer inaperçus ! Ils nous retrouveront... Il faut changer de voiture.

Le Britannique darda un regard assassin sur sa passagère.

– *NO WAY*. N'y pense même pas.

Et il s'agrippa au volant serti de cuir.

Avant de redémarrer, Miller tenta de nouveau de joindre le biologiste, à Los Angeles. Toujours aucune réponse. Son visage se teinta d'angoisse. Puis il s'adressa à Louise d'une voix blanche, quasi désespérée.

– Il n'est quand même pas... Il n'est quand même pas...

– Mort ? C'est mort que tu veux dire ? Éviscéré comme une saucisse trop cuite ?

L'astronaute opina du chef, dans un mouvement très lent.

– C'est un désastre, Ethan. Il faut partir, le plus loin possible. Quitter la région. Je vais appeler le moine jésuite dont je t'ai parlé. Il est à moitié barré, mais il est le plus à même de nous aider. Et de comprendre le charabia de ce foutu carnet. Il doit être tout près de Tucson.

– Il faut d'abord passer à Los Angeles. Je dois absolument régler une affaire. C'est indispensable.

Louise tenta de l'en dissuader, mais son intransigeance mâtinée d'angoisse la fit renoncer. Pour elle, revenir à LA était pure folie, mais une partie de la solution se trouvait là-bas. Miller semblait en être convaincu. Et puis, elle n'allait pas lâcher l'astronaute en rase campagne. Il avait besoin d'elle. Même si, en réalité, c'est elle qui avait besoin de lui. Elle ne pouvait plus s'éloigner de cet être de lumière.

Ils roulaient sur la mythique Pacific Coast Highway, une modeste mais sublime route à double sens. Sur une bonne partie du parcours, la toison bleutée du Pacifique se découvrait sous un soleil de plomb et scintillait de mille teintes argentées. Louise eût tout donné pour se baigner nue avec Miller. Et tout oublier. Vivre une passion féroce, brutale, bestiale. Vibrer de toutes ses chairs à vif.

Au bout de quatre heures, ils dépassèrent Orcutt, une petite commune du comté de Santa Barbara. Depuis un long moment déjà, la route s'était écartée de la côte, et elle semblait interminable. Bien sûr, ils auraient été bien plus rapides sur l'US 101 ou l'Interstate 5 ; mais ici, ils restaient discrets.

Autour d'eux, le paysage devenait décharné, lunaire, et sans âme qui vive. Fébrile, Louise alluma l'un des pétards qu'elle avait achetés le matin même, à Mountain View. Elle baissa la vitre pour expirer la fumée à l'extérieur sans incommoder le Britannique. C'est alors qu'elle leva les yeux au ciel et l'aperçut.

– Le drone ! Il est toujours là ! Pile au-dessus de la voiture !

Miller resta stoïque, le regard rivé sur la route.

– Du calme, ça ne peut pas être le même que tout à l'heure. Il n'a pas pu nous suivre pendant quatre heures. On arrive devant la base aérospatiale de Vandenberg. Je la connais bien, c'est le troisième site américain de lancement de fusées et de mise en orbite de satellites. Ils utilisent toutes sortes d'engins par ici, comme des drones militaires.

Et, de fait, la Pacific Highway, qui filait droit depuis des dizaines de kilomètres, s'arrêta brusquement devant un feu tricolore. En face, l'entrée de la base semblait ouverte aux quatre vents. On pouvait lire « Vanderberg Space Force Base » sur un muret grisâtre peu amène.

Miller fit un salut militaire de la main droite, et bifurqua à gauche.

Louise passa la tête par la fenêtre ; plus aucune trace du drone.

L'astronaute avait sans doute raison... Elle commençait à perdre les pédales, et ses nerfs. Elle devait se reprendre.

La route défilait, toujours aussi tranquille. Le paysage à moitié désertique se pimentait de quelques bouquets d'arbustes et d'épaisses broussailles, et rappelait une végétation de garrigue.

Ils étaient seuls, et commençaient enfin à souffler. Louise effleura la main du Britannique, qui lui rendit un sourire magnifique. Ils vivaient des émotions fortes, se sentaient plus soudés que jamais. La jeune femme, enhardie, se pencha doucement pour poser la tête sur l'épaule de l'astronaute. Au même instant, un sifflement perçant résonna dans l'habitacle de la Bugatti.

Puis une énorme explosion retentit à dix mètres de la voiture.

Le souffle fit décoller la Super Sport, et les vitres volèrent en éclats. Miller donna un coup de volant brutal, et tenta d'éviter l'embardée. Le supercar vacilla, se cabra sur ses deux roues gauches et finit par enchaîner plusieurs tonneaux. Heureusement, ils finirent par retomber à plat et à s'immobiliser en travers de la route, hébétés. Miraculeusement, ils étaient indemnes. Derrière eux, les flammes crépitaient et des blocs de pierre s'étaient répandus sur l'asphalte.

Louise tremblait de tout son corps ; des larmes jaillirent de ses paupières, sans qu'elle puisse les contrôler. Elle était sur le point de se pisser dessus. La jeune femme agrippa Miller de toutes ses forces.

Mais avant qu'elle pût prononcer un seul mot, le drone surgit de nouveau devant le pare-brise pulvérisé, menaçant de tirer un nouveau missile.

Miller redémarra en trombe. En quelques secondes, la Bugatti s'envola à près de 200 km/h. Même si la route était dégagée, plusieurs voitures l'obligèrent à slalomer en franchissant vingt fois la ligne jaune ; les automobilistes, terrifiés, klaxonnaient frénétiquement. À deux reprises, l'astronaute se rabattit à quelques mètres seulement du véhicule qui arrivait en face, projetant des appels de phare désespérés. L'un d'eux se jeta sur le bas-côté et acheva sa course dans le talus.

Ce qu'ignoraient Miller et Vernay, c'est qu'ils avaient affaire à un engin exceptionnel. Un MQ-1 Predator, propriété de l'US Air Force, et qui avait été récemment dérobé au « cimetière » des avions de l'armée de l'air américaine, situé sur la base Davis-Monthan de Tucson, dans l'Arizona. Parfaitement reconditionné, il pouvait accomplir des prouesses, avec une vitesse de pointe de 220 km/h et une très longue autonomie.

Miller jetait des coups d'œil frénétiques à travers les fenêtres. La route était de nouveau déserte ; plus aucune trace du drone. Il s'était encore volatilisé, et avait décidé de jouer avec les nerfs du couple terrorisé. En sens inverse, des dizaines de véhicules de police et de pompier filaient, toutes sirènes hurlantes, en direction du lieu de l'explosion.

Le Britannique changea de stratégie et quitta la Pacific Highway à pleine vitesse.

– On va rejoindre l'Interstate 5, c'est l'heure de pointe. Ils n'oseront jamais tirer au milieu d'une immense autoroute et de centaines d'autres voitures.

– Mais... on sera plus facile à repérer sur une artère aussi visible et surveillée ?

– Je préfère encore me faire coffrer par les flics plutôt que de crever sous un missile.

Et, de fait, au bout d'une vingtaine de kilomètres, alors qu'ils se remettaient à peine du traumatisme de l'explosion terrifiante qui avait failli les réduire en poussière, plusieurs gyrophares se dessinèrent à l'horizon. Une bonne vingtaine de voitures fonçaient dans leur direction. Ils étaient clairement recherchés.

Sur Internet, les appels à la délation fleurissaient. Plusieurs photos et vidéos de la Bugatti Chiron, facilement identifiable, avaient été postées. Autour d'eux, tous les automobilistes pouvaient aisément les reconnaître et les dénoncer ; certains ne s'étaient pas privés. Les sirènes se rapprochaient.

Alors Miller accéléra, encore.

200, 250 km/h, et même une pointe à 300. On aurait dit qu'il n'avait plus rien à perdre. Il slalomait comme un fou entre les voitures et balayait les six voies de l'Interstate 5 avec une agilité déconcertante. C'était un pilote hors pair, et pas seulement à bord d'un chasseur.

Louise, elle, avait décidé de fermer les yeux, et de prier.

Si l'Autre existait, là-haut, c'était le moment de se montrer.

Los Angeles approchait. Ils n'étaient plus qu'à quelques kilomètres de la mégalopole.

Derrière eux, des dizaines de rampes de gyrophares réfléchissaient leurs rayons menaçants dans les rétroviseurs de la Chiron Super Sport. Un hélicoptère survolait l'autoroute et suivait aussi les deux fuyards – les deux pestiférés, infectés par un virus extraterrestre, qu'ils refusaient de remettre aux autorités.

Lui, Miller, l'excellence à l'état brut, qui venait de réchapper de la mort tel un superhéros, était désormais honni, un traître qui voulait fourguer ses secrets à une puissance étrangère.

Il accéléra encore et gicla sur la bretelle de la sortie 157, jusqu'au croisement de San Fernando Mission Boulevard. Mais au niveau du feu tricolore, un comité d'accueil les attendait. Une kyrielle de véhicules de police bloquait le carrefour. Plusieurs agents s'étaient postés derrière leur portière ouverte, arme pointée en direction de la Bugatti.

D'autres véhicules se rapprochaient par l'arrière, enragés par cette course-poursuite spectaculaire.

Miller tourna son visage d'ange vers celui de Louise.

Son regard semblait poser une question, improbable. Inattendue. Stupéfiante. Elle reçut le message cinq sur cinq.

Et, pour une raison tout aussi incompréhensible, elle acquiesça.

Elle était prête.

Prête à mourir avec lui.

Prête à mourir *pour lui*.

Chapitre vingt-quatre

Mercredi 25 mai 2022, 20 h 43, Los Angeles,
14733 San Fernando Mission Boulevard

– Couchez-vous, mains sur la tête !

Miller et Vernay étaient sortis de l'habitacle et se tenaient face aux forces de l'ordre. Leur respiration et leur fréquence cardiaque s'accéléraient vertigineusement. Ils avaient l'air de deux gibiers pris en tenaille par une bande de chasseurs fanatiques.

– À terre ! hurla de nouveau la voix métallique dans le mégaphone.

Le Britannique saisit la main de Louise et la serra fort. Puis il se mit à courir sur sa droite, franchit un petit grillage et entraîna la Française devant un chenal d'apparence désaffectée. Un panneau bleu prévenait : « Ne jetez aucun déchet – ce canal draine jusqu'à l'océan ».

Des coups de feu claquèrent. Les flics visaient sans doute les jambes, ou se limitaient peut-être à des tirs de sommation ; mais dans l'obscurité naissante, les fuyards s'attendaient à morfler des balles perdues. Sans réfléchir, ils sautèrent dans le chenal et s'enfuirent en direction du sud. Ils couraient dans un fossé entièrement bétonné, aussi carré que rectiligne, qui se trouvait tantôt à découvert, quand aucun obstacle ne l'empêchait, tantôt enterré, filant sous les habitations ou les avenues qui occupaient la surface.

Les *cops* leur avaient emboîté le pas, mais le couple bénéficiait d'une avance précieuse. Miller, sportif et surentraîné, courait avec des foulées impressionnantes. Louise peinait à suivre la cadence et commençait déjà à s'essouffler.

Le chenal se connectait au Burbank Western Channel, l'un des affluents de Los Angeles River, canalisé dans un lit de béton spectaculaire dont les parois dépassaient deux mètres cinquante de hauteur. Il suivait exactement, sur ce tronçon, le tracé de l'Interstate 5 que les deux fugitifs avaient quitté quelques centaines de mètres plus haut, avant de tomber sur le barrage des forces de l'ordre. C'était inattendu, mais idéal pour s'enfuir à toutes jambes, d'autant que le canal se trouvait parfaitement asséché. Une vague humidité suintait dans la rigole centrale, bien insuffisante pour les ralentir ou les entraver. En surface, les flics devaient, eux, composer avec la géographie urbaine, les virages, les carrefours, et la circulation toujours dense.

L'hélicoptère continuait de projeter sa lumière crue et puissante sur les deux « *Wanted* », jusqu'à ce que Miller et Vernay disparaissent sous une longue section enterrée. Les murs de béton restaient lisses et droits, sans niche pour se dissimuler, ni aucune échappatoire. S'ils ralentissaient, les agents du LAPD qui les pourchassaient à pied les intercepteraient en quelques secondes. Ils s'apprêtaient à ressurgir à découvert, sans autre possibilité que celle de courir, désespérément. Sans doute l'hélicoptère allait-il encore les éblouir ; sans doute des patrouilles s'étaient-elles déjà postées aux intersections qui dominaient le chenal, prêtes à bondir à leur tour et à prendre les fuyards en étau.

La situation était désespérée.

Et même ridicule.

Où pensaient-ils pouvoir aller ? Pourquoi s'enfuir ? Miller déraillait et perdait son flegme viscéral. Il ressentait d'étranges pulsions, inattendues, puissantes, qui lui faisaient perdre la tête et agir sans discernement, ni rationalité. Il aggravait son cas chaque seconde, et manquait l'occasion de s'expliquer, de démentir les *fake news* et autres rumeurs qui circulaient depuis plusieurs heures.

Il ralentit la cadence, d'autant que Louise se pliait en deux, victime d'un douloureux point de côté. Elle ne réussissait plus à reprendre son souffle et se faisait traîner par la paume puissante de Miller, le bras tendu et endolori. Elle n'irait guère plus loin. À cet instant, elle regretta ses centaines de pétards et de cannettes de bière qui l'avaient réduite à l'état de demi-loque, incapable de piquer un sprint sans haleter et s'épuiser.

Le Britannique l'attira contre lui et la serra dans ses bras. Très fort. Il éprouvait un sentiment mêlé d'affection et de culpabilité pour celle qu'il avait entraînée dans cette fuite absurde, après avoir failli la tuer dans une course folle à près de 300 km/h.

– *I'm sorry, Louise.*

Essoufflée, la jeune femme ne comprenait plus rien – sinon que cette pause inespérée était bienvenue pour l'aider à reprendre son souffle.

– Qu'est-ce qu'on fait ? Qu'est-ce que *tu* fais ?

– N'importe quoi. Je fais n'importe quoi... Ça ne rime à rien, cette fuite effrénée. Ces canaux sont interminables et traversent tout Los Angeles sur des kilomètres.

Déjà, l'écho des semelles se rapprochait. Ils n'en avaient plus que pour une trentaine de secondes, peut-être moins.

– *I'm sorry*, répéta Ethan, comme s'il était impuissant.

Ils se trouvaient à deux mètres de la sortie du chenal au grand jour.

– Hé ! Donnez-moi la main ! Venez !

Les deux fugitifs tournèrent le visage vers la paroi de béton. Ils devinèrent un bras qui s'agitait dans une semi-obscurité, juste à la sortie du souterrain.

– Vous attendez quoi ? Une apparition de la Vierge ? Magnez-vous !

Miller souleva Louise par la taille, avec une facilité déconcertante, comme si elle ne pesait que quelques grammes. Il la hissa à plus de deux mètres. Elle agrippa le bras salvateur et se laissa happer à la surface. Puis l'astronaute prit son élan, sauta le plus haut qu'il put, et harponna à son tour la main tendue dans le vide. Il pesait près de quatre-vingt-dix kilos – pour un mètre quatre-vingt-cinq. L'autre, bien plus frêle, faillit glisser dans le chenal et ne dut son salut qu'à la Française qui le maintenait de toutes ses forces sur les berges. Miller finit par agripper le bord du mur de son autre main et se hissa sur la rive à l'aide de ses seuls biceps.

Des gyrophares tournoyaient aux intersections les plus proches. L'hélicoptère ne les avait pas encore aperçus et les cherchait au milieu du chenal. Ils venaient de gagner quelques instants de répit.

Louise fit enfin face à leur sauveur.

— Stamper !

C'était le journaliste qui l'avait cueillie, trois jours plus tôt, au pied du LAPD, et qu'elle avait revu, la veille, devant le pavillon du biologiste Do It Yourself, auquel l'astronaute avait remis les prélèvements ADN de la victime de la Station spatiale internationale.

— Venez, dépêchez-vous !

Ils coururent et grimpèrent dans la Ford Taurus du reporter. Sans attendre, Hugh Stamper démarra dans un crissement de pneus. La Taurus Limited n'était certes pas la Bugatti Chiron, mais avec son V6 de près de trois cents chevaux, elle permettait de belles accélérations dans les rues de Los Angeles.

Louise était assise sur la banquette arrière et ne cessait d'épier par la lucarne et les vitres, guettant à tout moment les rampes lumineuses et les sirènes hystériques des voitures du LAPD. Miller, lui, était à l'avant et contemplait le rack impressionnant de scanners amoncelés sur le tableau de bord. Des voix étouffées s'en échappaient. Le journaliste captait en temps réel toutes les radios des flics de Los Angeles. Sur l'un des écrans, il visualisait même le déplacement des véhicules de secours.

— On va où ? souffla l'astronaute.

– Aucune idée, le but n'est pas d'aller quelque part, mais de sortir du labyrinthe. La police a quadrillé la ville. Ils ont mis le paquet. Vous avez dû faire une sacrée connerie pour les mettre dans cet état.

– Mais... Pas du tout ! s'offusqua Louise. Ils racontent un tissu de conneries ! Au contraire, on a découvert un cadavre...

– ... à Santa Cruz, c'est ça ?

L'enquêtrice resta bouche bée.

– Ils en parlent sur les radios. Ils disent que vous êtes soupçonnés du meurtre d'un biologiste de la Silicon Valley et que vous vous êtes enfuis à toute berzingue en slalomant dans la ville. J'ai même vu des images de drone...

Miller était estomaqué.

– Mais c'est du n'importe quoi ! Le drone, il a failli nous bousiller ! Il nous a attaqués avec un missile, on est passés à deux doigts d'une mort atroce !

Le journaliste, concentré, demeurait impavide. Il ne cessait de tourner, et tourner encore. Il semblait savoir exactement ce qu'il faisait.

– Je vais essayer d'éviter les barrages, normalement je les ai presque tous...

Puis, machinalement, il manipula deux ou trois potentiomètres sur ses scanners embarqués.

– Ah, et ils ont aussi évoqué une histoire d'organisme extraterrestre. Tout le monde en parle, sur les réseaux sociaux : Facebook, Insta... Les actus de Google... C'est quoi, cette histoire de dingue ?

– Mais c'est pareil ! C'est du grand n'importe quoi !

Louise darda un regard entendu sur Miller qui s'était brièvement retourné. Il était hors de question de révéler à ce journaliste qu'ils disposaient de la preuve de l'existence d'un ADN inconnu sur Terre. Enfin, la preuve... C'était vite dit. Le Britannique n'était jamais parvenu à recontacter son ami biologiste, et les prélèvements comme les résultats s'étaient peut-être volatilisés entre les mains d'une puissance inconnue : l'armée ? les services secrets ? des espions étrangers ? Heureusement, il disposait des tissus de la troisième victime, Michael Carpenter, *alias* Jean Myrtol. Il tâta ses poches pour s'en assurer.

Hugh Stamper sourit.

– Je me disais aussi, ils racontent vraiment n'importe quoi pour vous faire porter le chapeau !

Puis il adressa un clin d'œil complice à Miller.

– Vous savez que c'est moi qui ai donné votre adresse à Louise Vernay ?

– Je ne sais pas si c'est la meilleure idée que vous ayez eue...

Louise encaissa. Sa vie avait basculé, certes, mais elle se sentait amoureuse. Éperdument amoureuse. Et peu importait ce qu'ils avaient traversé et ce qu'ils risquaient de subir. Il était là ; elle était là. Ils étaient deux et formaient un couple fabuleux. Du moins en était-elle convaincue.

Deux voitures de police surgirent devant eux. Louise et Ethan se baissèrent dans un même mouvement réflexe. Mais la patrouille les ignora pour foncer dans la direction opposée.

D'évidence, Stamper s'était bien débrouillé, et personne n'avait encore repéré que les deux suspects se trouvaient en sa compagnie.

– Et... On peut savoir pourquoi vous espionnez la police à longueur de journée ?

– Je bosse pour l'agence RMG News. Vous n'en avez jamais entendu parler ? La série *Shot in the Dark**, sur Netflix ? C'est nous, en pleine action. Notre spécialité, c'est de couvrir les interventions les plus spectaculaires de la police ou des services de secours, la nuit. Les images d'accidents, d'incendies ou d'interpellations nocturnes peuvent être revendues plusieurs milliers de dollars aux chaînes du câble.

– Vous êtes des charognards, alors, c'est ça ? Du genre à filmer des mecs ensanglantés dans leur bagnole défoncée, sans bouger le petit doigt ?

* Titre français de la série : *Les Reporters de la nuit*.

Louise avait dégainé sa langue de vipère. Elle haïssait ces fouille-merde. Et celui-ci ne la lâchait pas d'une semelle depuis son arrivée. Pire qu'une sangsue.

– On ne souhaite pas ce qui arrive. On préférerait filmer des chatons. Mais ce n'est pas ce que les gens veulent voir. Et c'est vrai que, si on filme un accident, il faut que la victime soit dans le véhicule. Ou si c'est une poursuite, il faut que la voiture nous passe devant. Sinon, ça ne se vend pas.

– Donc, c'est bien ce que je dis. Chaque nuit, vous espérez un bon bain de sang pour vendre un scoop de merde.

– N'empêche, grâce à mon travail « de merde », j'ai pu suivre toute la mise en place du dispositif et j'ai pu vous choper avant les flics. Et grâce à ma voiture de « fouille-merde », je vous évite les barrages – et la taule.

Vernay était bien obligée de reconnaître que ce vautour leur sauvait la mise. Et qu'elle devrait, tôt ou tard, lui renvoyer l'ascenseur. Sans doute lui réserver l'exclusivité du récit rocambolesque de ces dernières quarante-huit heures. Et des suivantes qui ne s'annonçaient pas beaucoup plus sereines...

L'hélicoptère refit surface. Son puissant faisceau balayait les rues, en quête désespérée des fugitifs.

– Ne roulez pas si vite, siffla Louise. Vous allez nous faire repérer. Il faut faire comme si de rien n'était.

– Vous en avez de bonnes. C'est une course contre la montre. Ils sont furax et commencent à mobiliser toute la cavalerie. Ils vont finir par boucler la moitié de LA, et on n'aura plus aucune issue. C'est l'Amérique, ici. Quand on veut, on peut. Les moyens ne sont jamais un problème.

– Je connais un ou deux endroits à Santa Monica, lâcha Miller. J'ai des amis fiables là-bas, on pourra se planquer.

– Impossible : Santa Monica est le seul quartier où les radios de la police sont cryptées. Je n'y vais jamais. Sinon je ne pourrai pas nous éviter les barrages.

— Alors... il y a une autre solution. La garantie qu'on ne nous retrouvera pas. Conduisez-nous Crenshaw Avenue, dans le quartier de Hawthorne.

— Crenshaw ? À quel niveau ?

— Au coin de Rocket Road.

— SpaceX ? Vous voulez que je vous conduise au siège de SpaceX ?

— On ne peut rien vous cacher.

— Vous voulez voler une fusée ?

Louise sourit, malgré la situation désespérée. Ce journaliste, qui ne manquait pas d'un certain charme, tenait la route – et la pression. Son travail était abject, mais il était la personne idéale pour les sortir du pétrin.

Hugh Stamper se concentra sur l'itinéraire ; il guettait la moindre indication transmise par les scanners. Parfois, c'était la cacophonie, mais il était habitué. Il discriminait les informations pertinentes. À plusieurs reprises, il ralentit et fit demi-tour le plus discrètement possible, pour contourner un nouvel obstacle.

Quarante minutes plus tard, après maintes circonvolutions et plusieurs frayeurs, la Ford approcha enfin de l'objectif. Mais au moment d'aborder Crenshaw Avenue, ils tombèrent nez à nez avec une énième patrouille survoltée. Cette fois, Miller n'eut pas le temps de se courber ; les deux agents, sur les dents comme tous leurs collègues, le reconnurent aussitôt et lancèrent l'alerte.

Impossible de se garer tranquillement pour gagner le siège de SpaceX.

La voiture de police faisait déjà demi-tour pour prendre le trio en chasse. Une nouvelle course-poursuite, encore plus désespérée que les précédentes, en plein centre-ville ? Et pourquoi ce journaliste prendrait-il le risque d'un délit de fuite ? Il aidait déjà deux personnes recherchées par toutes les polices...

Miller improvisa, il n'avait plus le choix.

— Tournez à droite !

Ils s'engagèrent sur un parking en plein air, à l'angle de West 120 th Street et de Crenshaw, pile en face des pistes de l'aéroport municipal de Hawthorne.

– Écoutez, si vous voulez vraiment nous rendre service, donnez-moi le volant et interceptez les flics. Il faut les ralentir, les bloquer. Racontez-leur n'importe quoi, qu'on vous a pris en otage, qu'on vient de vous libérer… Ce que vous voulez. Et ne vous inquiétez pas pour nous. Faites-le, s'il vous plaît…

Hugh Stamper hésita l'espace d'une seconde, puis pila sur le parking. Il s'éjecta de la voiture et courut bras en l'air en direction de la patrouille qui les talonnait, l'obligeant à un quasi-tête-à-queue. Au même instant, Ethan enjambait le pont central et s'emparait du volant. La Ford disparut au bout du parking.

Deux minutes plus tard, une vingtaine de véhicules de police bouclaient tout le périmètre.

Les flics passèrent chaque recoin au peigne fin.

Ils s'engouffrèrent dans les bâtiments adjacents, avec l'aide des services de sécurité de SpaceX et de Tesla, les deux entreprises du milliardaire Elon Musk possédant tous les bureaux du quartier. En vain.

La Ford Taurus était recherchée par toutes les unités, appuyées par deux hélicoptères et des centaines de caméras de surveillance qui mitraillaient chaque coin de rue.

Mais rien.

Vernay et Miller s'étaient évaporés.

À croire qu'ils s'étaient réellement envolés vers l'espace…

Sans accréditer cette thèse loufoque, les policiers soupçonnèrent tout de même que les deux suspects s'étaient cachés sur l'aéroport municipal, de l'autre côté de l'avenue, et qu'ils cherchaient à s'emparer d'un avion.

Ils regardaient vers le ciel, alors que tout se passait… sous leurs pieds.

Louise hallucinait.

Elle avait l'impression de vivre un vrai James Bond, ou plutôt un épisode de *Batman* en plein cœur de Gotham City. Quelques instants plus tôt, Miller avait longé des préfabriqués et s'était avancé sur une plate-forme métallique nichée tout au bout du parking. Il avait manipulé son smartphone avec dextérité, puis le sol s'était dérobé sous leurs pieds.

La Ford s'était affaissée dans un puits rectangulaire d'une quinzaine de mètres de profondeur. En bas, un tapis roulant conduisait à l'entrée d'un étroit tunnel circulaire, moins de quatre mètres de diamètre.

L'astronaute s'était extirpé de l'habitacle avec son mobile. Il avait dirigé son regard vers la surface, quinze mètres plus haut, puis s'était assuré que la plateforme remontait sans difficulté et dissimulait bien l'accès.

Il avait alors empoigné d'étranges accessoires qui gisaient tout près du tapis mécanique. Des sortes de roues latérales qu'il avait rapidement rivées au train avant de la Taurus Limited.

Enfin, il avait regagné la voiture.

– On est où ? Qu'est-ce que c'est que ce délire, encore ?

Miller remit le contact et s'avança lentement sur le tapis roulant. Il déverrouilla son portable et reprit son petit jeu.

– Je nous exfiltre. Enfin, j'espère...

Le tapis entraîna la Ford jusqu'à l'embouchure du tunnel et l'engagea sur la voie étroite. Les roues latérales entrèrent en contact avec les rebords. Une lumière verte illuminait l'entrée du boyau. Puis le Britannique accéléra brutalement. La Taurus atteignit 70 km/h en quatre secondes. Louise s'agrippa, une fois de plus, et serra les dents. Décidément, il fallait s'y faire. Être avec Miller, c'était accepter de vivre à toute vitesse. Au bout de deux cents mètres, il ralentit pour négocier un virage très arqué, et remit la gomme. Il s'envola à près de 100 km/h, dans un espace digne d'un ascenseur horizontal. Il valait mieux ne pas être claustrophobe. Le boyau filait droit, sans aération ni aucune issue visible. Les parois blanchâtres défilaient dans un train d'enfer, illuminées par un éclairage blafard. La jeune femme eut l'impression d'être projetée à pleine vitesse dans un tube digestif. Elle allait finir comme un étron explosé contre un mur.

Mais, au bout d'une trentaine de secondes, le Britannique ralentissait déjà.

Finalement, l'expérience s'apparentait plutôt à une attraction de parc à thèmes. Louise, elle, éprouvait une forme d'écœurement. Sa vie était un peu trop rythmée par les souterrains. Les arêtes de poisson ; le bunker de l'armée de l'air dans les entrailles du mont Verdun ; sa course effrénée dans le chenal, trois mètres sous la surface ; et maintenant ce tube angoissant...

– Tu peux m'expliquer ?

– Tu viens de parcourir le premier tunnel de la Boring Company.

– La compagnie « chiante » ? Super nom. Ça donne envie.

Miller sourit avec ses dents éclatantes.

– Non, *boring* veut aussi dire « forage » en anglais. C'est le dernier-né de l'empire d'Elon Musk. Il construit des *hyperloops*, des tunnels très étroits qui permettent de parcourir des distances à grande vitesse dans des petits modules, des wagons ou même sa propre voiture, comme ici. Le but, c'est de désengorger les centres-ville. Il a des projets à Las Vegas, à Washington, et bien sûr plusieurs ici, à LA. Ça, c'est son tunnel de démonstration. Il longe les pistes de l'aéroport municipal.

– Ouais, il a réinventé le métro, quoi.

Louise méprisait ce genre de milliardaires à la Donald Trump qui se prenaient pour des génies chaque fois qu'ils déféquaient, alors qu'ils réinventaient simplement la roue. Le fric leur faisait tourner la tête.

– C'est beaucoup mieux, Louise. Prendre un hyperloop avec sa propre voiture, à des vitesses bien plus rapides qu'en métro, ça permettra aux automobilistes de diviser leur temps de transport par trois ou quatre. Les bouchons sont légion à LA, ce qui est à l'origine du nuage de pollution permanent sur la ville. Or, contrairement à nous, seuls des véhicules électriques pourront circuler ici. Et puis, n'oublie pas qu'Elon Musk réussit aussi à faire voler des fusées.

Louise trouvait que le Britannique goûtait un peu trop ce suppôt du grand capitalisme international. Sans compter les coups de fil insistants du milliardaire, tel un amant éconduit...

– Vous avez couché ensemble, ou quoi ?

Tandis que la Ford quittait le tube de béton pour atteindre son terminus, une silhouette imposante se dessina au bout du tapis roulant.

Sur ses gardes, Ethan Miller plissa les paupières, avant d'esquisser un léger sourire.

– Eh bien, tu n'as qu'à le lui demander !

Chapitre vingt-cinq

Mercredi 25 mai 2022, 21 h 37

– Vous ne répondez jamais au téléphone, Miller ?

Elon Musk était furibond. La confrontation entre les deux poids lourds s'annonçait épique.

Ils affichaient tous deux près d'un mètre quatre-vingt-dix sous la toise et un bon quintal sur la bascule. Miller en avait plus dans les biceps, et nettement moins dans la ceinture adipeuse.

Ils étaient nez à nez, à quelques centimètres l'un de l'autre.

Louise assistait à ce combat de coqs avec désolation.

La bouche du milliardaire, semblable au bec d'un canard, se tordait de colère. Ses cheveux étaient aussi en pétard que lui.

L'ire du deuxième homme le plus fortuné du monde – seul le P-DG d'Amazon, Jeff Bezos, le devançait encore – était légendaire. Il pouvait entrer dans des rages homériques lorsqu'il n'obtenait pas tout de suite ce qu'il voulait.

Les ingénieurs de Tesla et de SpaceX pouvaient en témoigner, à leur grand désespoir.

Or, le moins qu'on pût dire, c'est que le Britannique n'avait aucunement satisfait ses désirs.

– Vous êtes un irresponsable, Miller ! D'abord, vous brûlez deux cents millions de dollars en anéantissant un

Crew Dragon, et ensuite, vous maltraitez votre Bugatti et l'abandonnez en pleine ville !

– Quand on pèse deux cents milliards de dollars, et je ne parle que de votre fortune personnelle, on s'abstient de faire des remarques d'une telle mesquinerie ! Vous savez que j'ai failli mourir au moins deux fois ces derniers jours ? À bord de *votre* Crew Dragon, qui n'a pas tenu le choc en rentrant dans l'atmosphère, et à bord de *votre* Bugatti, à cause d'un missile tiré par un drone ! Alors, le fric que ça vous a coûté, autant vous dire que je m'en tamponne.

La moutarde lutinait les narines du Sud-Africano-Canado-Américain. Une teinte rosâtre illuminait un à un les pigments de son visage, qui viraient gentiment à l'écarlate. Alors qu'il s'apprêtait à éructer, Miller lui grilla la politesse et en remit une couche.

– Et ce n'est pas vous qui avez ruiné votre McLaren à l'âge de vingt-neuf ans ? À l'époque, c'était déjà la voiture de série la plus rapide du monde, non ? Vous avez fait le mariole, et vous avez fait plusieurs tonneaux, c'est ça ?

Personne n'avait jamais osé lui parler de la sorte.

Mais au lieu d'exploser, Musk mit son poing dans la poche et tourna les talons. Il ne tenait visiblement pas à s'écharper avec le Britannique. D'évidence, il n'avait d'autre choix que de le caresser dans le sens du poil.

Il s'éloigna de quelques mètres, vers une voiture garée sur une plate-forme ascensionnelle identique à celle qui leur avait permis de s'évaporer sous terre. Où pouvait-elle déboucher ? Ils n'avaient parcouru qu'une courte distance et se trouvaient tout près du point de départ. Les flics devaient grouiller partout...

Une armoire à glace s'éjecta de la Tesla. Avec son costard-cravate trop étroit, l'homme conduisait et veillait sur le milliardaire. Il ouvrit les portières et désigna les places arrière aux deux « invités ». Grâce aux vitres surteintées, impossible de reconnaître les passagers. Vernay et Miller pouvaient souffler.

L'intérieur de la berline était chic et sobre, entièrement paré d'une sellerie de cuir flambante. Une ample tablette tactile mangeait la planche de bord. Sans doute le dernier joujou du milliardaire.

– C'est votre Model S Plaid ? interrogea l'astronaute, des étoiles dans les yeux.

Louise souffla ; elle allait encore devoir supporter des débilités qui n'intéressent que les poilus. Avec leurs fusées et leurs bagnoles de Formule 1, ces deux-là s'éclataient comme dans un bac à sable.

– Absolument, mon vieux. Allez, faites vos jeux. Quel chrono pour le départ arrêté de 0 à 100 km/h ? À votre avis ?

– Eh bien... voyons... Vous n'avez quand même pas dépassé la Chiron et ses 2,4 secondes. Disons... 2,5 secondes ?

– Deux secondes ! exulta le milliardaire. Et elle coûte vingt fois moins cher que la Bugatti ! Qu'en dites-vous ?

Il était comme un gamin devant son premier train électrique.

Ce type, un génie dans son genre – nul ne pouvait en douter –, refusait de grandir. Tout le monde le savait, dans la Silicon Valley. Comme un sale môme, il faisait des caprices et perdait ses nerfs à tout bout de champ. Il refusait qu'on lui tînt tête. Si un ingénieur avait le malheur de lui dire : « Impossible, on ne peut pas le faire », il le virait sur-le-champ.

Miller s'apprêtait à renchérir, admiratif et désireux d'essayer l'engin, mais Vernay enchrista l'astronaute.

– C'est quoi, l'idée ? Tu bosses pour Elon Musk en sous-main ? L'agence spatiale européenne, la NASA ou la Royal Air Force, tout ça, c'est juste une couverture ? Tu es vendu aux GAFA ?

Miller changea de visage. Il abandonna sa mine émerveillée pour se refermer comme une huître.

Au même instant, la Tesla quitta le tunnel et s'éleva à la surface. Ils débarquèrent au carrefour de Prairie Avenue et de West 120th Street, à l'autre bout de l'aéroport municipal de Hawthorne. Ils n'avaient parcouru que deux petits kilomètres dans le tunnel du richissime excentrique, comme le soupçonnait Louise.

– C'est beaucoup plus simple que ça. Elon Musk a voulu me rencontrer avant que je m'envole à bord de Crew Dragon. Nous avons plutôt bien accroché. Il m'a prêté sa Bugatti.

– Vraiment ? Et en quel honneur ? Et il t'a aussi donné accès à tous ses joujoux, dont le tunnel de démonstration ? C'est étonnant, après un simple rendez-vous pour faire connaissance... Mais bon, si vous avez « accroché », évidemment...

La berline rebroussa chemin vers le siège de SpaceX. Ils avaient réussi à s'éloigner du vortex, et voilà que Musk les catapultait en pleine gueule du loup ! Sauf qu'ils se trouvaient à bord du vaisseau amiral de Dieu le Père. Et que personne n'eût osé fouiller la voiture.

La police venait de renoncer à poursuivre d'inutiles recherches dans le quartier. Elle préférait se focaliser sur la Ford : introuvable dans le périmètre ; les deux suspects étaient donc parvenus à s'enfuir quelque part dans Los Angeles. Paradoxalement, la pression baissait autour de SpaceX.

Ils franchirent tout de même deux barrages. Vernay et Miller s'étaient contorsionnés sur leur siège pour n'être visibles de quiconque à travers les vitres avant. Mais loin d'être inquiété, le convoi fut salué avec déférence par les agents en tenue. Aucun d'entre eux ne pouvait soupçonner le nabab de couvrir les deux suspects recherchés par tout le LAPD. Ils pénétrèrent dans le petit parking privé du milliardaire, sur le flanc de l'immense bâtisse de SpaceX. Louise fut frappée par la blancheur immaculée du bâtiment, qui tranchait avec les usines d'outillage tristes et grisâtres des alentours. Et ce n'était que le début.

Discrètement, ils s'infiltrèrent dans le hall par une porte dérobée. À cette heure avancée de la soirée, le site tournait au ralenti. Quelques ingénieurs faisaient du zèle, mais ils se trouvaient disséminés ici et là dans l'immensité des lieux. Les agents de sécurité n'étaient nullement surpris de l'irruption du big boss. Il ne comptait jamais ses heures. Dans les mois précédant le premier lancement d'une nouvelle fusée, Musk travaillait vingt heures sur vingt-quatre.

Les murs, les tables basses, le guichet d'accueil et même les deux orchidées qui le décoraient réfléchissaient une pâleur cristalline. Musk aimait le blanc, c'était certain. Louise pensa qu'il vouait un culte aux vierges et s'attendait à voir débarquer des vestales pour leur servir des rafraîchissements.

Ils traversèrent d'abord un vaste espace ouvert, peuplé de centaines de petits bureaux qui se succédaient à perte de vue. Sur la droite, le milliardaire désigna son antre, une pièce tout aussi laiteuse. Louise aperçut des photos de ses fils, un boomerang, des bouteilles de vin et un véritable sabre de samouraï. Envisageait-il de se faire seppuku s'il échouait dans l'un de ses projets pharaoniques ?

Ils arpentèrent l'immense open space, flanqué de quelques salles de réunion qui portaient toutes des noms liés à la conquête spatiale, comme Apollo ou Von Braun. Vernay glissa la tête dans l'une d'elles. De superbes fauteuils rouges trônaient devant des tables transparentes. Au mur plastronnaient de fastueuses photos des fusées et des modules de SpaceX, dont le fameux Crew Dragon.

Mais ce n'était qu'un amuse-bouche. Musk marchait à grandes enjambées ; difficile de suivre la cadence. Enfin, ils franchirent une double porte qui ouvrait sur le saint des saints : la gigantesque usine de SpaceX. C'était un privilège de découvrir ce lieu mythique où tous les engins de la firme étaient méticuleusement assemblés. La mâchoire de Louise se dessouda.

– La vache... Mais c'est une ville !

– Cinquante mille mètres carrés, ma chère.

Même en pleine soirée, plusieurs centaines de techniciens et de soudeurs s'activaient encore. Comme pour les bureaux, l'espace était d'un seul tenant. Seuls des piliers – tout blancs, une fois de plus – brisaient la perspective. Le raffut des machines robotisées était impressionnant.

Miller était subjugué. D'évidence, il n'avait jamais eu l'occasion de venir jusqu'ici. Il ressentit une décharge électrique lorsqu'il découvrit, sur sa gauche, une capsule Dragon suspendue en l'air par de gros câbles, et dont les stigmates noirâtres prouvaient qu'elle avait souffert de son entrée dans l'atmosphère. Mais celle-ci, au moins, avait tenu le choc... Il tourna la tête à droite et avisa une cuisine, sans intérêt, et juste à côté, la célèbre salle de contrôle des missions. Celle que les vidéos de SpaceX montraient au moment du lancement ou du retour d'un de ses vaisseaux spatiaux, dans des shows hollywoodiens.

Musk continuait de galoper au milieu de zones de travail délimitées par de simples bandes au sol. Des moteurs de fusée figés sur des établis attendaient d'être câblés. Miller et Vernay n'en croyaient pas leurs yeux. Voilà qu'ils longeaient une colossale salle blanche, entièrement aseptisée, dans laquelle patientaient deux modules Dragon. Et, juste en aval, une demi-douzaine de fusées Starship. La nouvelle égérie du groupe, qui avait enduré de nombreux échecs avant de réussir à se poser sans encombre, se trouvait entreposée à l'horizontale en attente de plusieurs couches de peinture. Les ateliers d'électronique succédaient aux zones d'assemblage, et ainsi de suite.

– J'ai cinq mille salariés qui se relaient ici. Je fais tout construire et assembler sur place. Je ne fais quasiment appel à aucun sous-traitant ni équipementier. C'est comme ça que j'écrase la concurrence. Boeing et Lockheed Martin sont largués, ils font tout le contraire. Ils n'ont rien compris.

Le bruit entêtant des machines, les odeurs d'huile de moteur mêlées à celles de la transpiration des salariés, dans un horizon lacté quasi infini, teinté de quelques lampadaires bleus – seule touche de fantaisie... C'était donc ça, Musk City. Un empire épuré en plein Los Angeles.

Ils atterrirent enfin en plein centre de l'usine. Trois étages de bureaux entièrement vitrés permettaient de visualiser l'ensemble des opérations, telles des tours de guet.

Ils grimpèrent au troisième et s'affalèrent autour d'une table de réunion. Vernay et Miller étaient épuisés, ils avaient cavalé toute la soirée.

Mais ils respiraient.

Personne ne viendrait les dénicher ici. Le labyrinthe qui sinuait entre les machines infernales et les pièces de fusée titanesques les rendait presque intouchables.

– Monsieur Musk, pouvez-vous maintenant nous expliquer comment vous nous avez retrouvés ?

L'homme d'affaires esquissa un sourire facétieux, puis tourna l'écran de son ordinateur portable face aux fugitifs. Il montrait l'interface d'un célèbre jeu vidéo, prisé par des millions de *gamers* à travers le monde.

– C'est GTA 5, c'est ça ? interrogea Miller.

– Exact. Enfin, la matrice, oui. Mais je l'ai adaptée.

– Et c'est quoi, GTA 5 ?

Louise attira sur elle deux regards atterrés.

– Oh, ça va ! Vous me gonflez avec vos trucs d'ados attardés. Déjà vos fusées et vos bagnoles, ça me les brise menu, mais maintenant, s'il faut aussi parler jeux vidéo...

Miller prit une inspiration empreinte de lassitude.

– Un jeu qui représente Los Santos, copie conforme de Los Angeles. Ils ont tout reproduit dans les moindres détails, en 3D, et on évolue dans la ville comme si on y était. Bon, après, il faut dégommer des tas de gens pour accomplir des missions débiles et devenir le nouveau parrain de la ville.

– Ah, OK, ça y est, je remets le truc. GTA, oui, bien sûr. Violence, agressions sexuelles, accidents spectaculaires, fusillades avec les flics... Un parfait exemple pour la jeunesse.

Musk tripotait son clavier.

– Vous avez vécu une aventure tout à fait digne des héros de GTA 5. Miller, vous me faites penser à Michael De Santa, dans le jeu.

– L'ex-pilleur de banques devenu informateur du FBI ?

– C'est un peu votre profil, non ?

L'astronaute serra les mâchoires et ne goûtait guère l'allusion. Vernay comptait les points et voyait bien que ces deux-là dissimulaient au mieux leurs petits secrets, sans pouvoir s'empêcher de se balancer des saloperies à fleurets mouchetés.

– Et dans GTA, vous êtes marié à Amanda, qui dépense sans compter, et qui vous oblige à replonger dans le monde du crime. Vous êtes flambeuse, miss Vernay ?

Miller songea qu'il avait toutes les tares, et cumulait celles des deux personnages. Une fusion du héros et de son épouse... Pas de quoi pavoiser. Mais, perfide, il ne put s'empêcher un petit scud lui aussi...

– Non, Louise, ce serait plutôt le genre Trevor Philips, en femme.

– Et c'est qui, Trevor Philips ?

– Un toxico sociopathe qui s'énerve facilement.

La jeune femme planta un regard assassin dans celui du Britannique. Il allait trop loin et perdait son sang-froid, ce détachement craquant qui le rendait tellement beau et le plaçait au-dessus de la mêlée. Que lui arrivait-il ?

Elon Musk enchaîna, pour tenter d'éviter le psychodrame. Il avait d'autres chats à fouetter que de subir une querelle d'amoureux.

– Bon, si je parcours l'historique, il y a une heure et demie... Voilà, on se retrouve ici, au bout de la bretelle 157 de l'Interstate 5. Regardez, vous pilez devant le barrage de la police... Vous sortez de la Chiron – enfin, ce qu'il en reste... Le LAPD vous met en joue, comme dans GTA 5... Mais vous, vous évitez la fusillade. Bien vu. Et maintenant, magie : je commute en *live*.

Louise croyait rêver : le quartier qu'elle avait fui en début de soirée défilait sous ses yeux, plus vrai que nature. La Bugatti était parfaitement représentée mais portait un autre nom : Truffade Nero Custom. Une dépanneuse était en train de la dégager du carrefour, pour rendre la chaussée aux automobilistes.

— Et donc, vous nous avez suivis en direct grâce à la Bugatti ? Elle est équipée d'une puce GPS, j'imagine...

— C'est complètement *has been*, le tracker GPS. À part vous localiser sur une carte, on ne voit rien de l'environnement. Non, mon GTA est directement alimenté par... ça.

Il changea de fenêtre et afficha des images satellites de très haute définition, sous une multitude d'angles différents.

— Vous avez piraté la NASA ?

— La NASA est à la ramasse, Vernay. Pourquoi croyez-vous que j'aie créé SpaceX ? Parce que la NASA manquait cruellement d'ambition. Ils campent sur leurs acquis et n'ont rien entrepris de sérieux depuis les missions Apollo. Moi, je veux aller sur Mars. Et j'irai sur Mars.

Louise haussa les sourcils. Jusqu'où la mégalomanie de cet homme pouvait-elle s'envoler ?

— Ces images viennent de Starlink, ma propre constellation de satellites. J'en ai déjà envoyé deux mille là-haut, et à terme, j'en aurai quatre mille cinq cents.

— Quatre mille satellites ? Mais... pour quoi faire ?

— Pour balancer de l'Internet à haut débit partout. Même dans les pires trous du cul de la planète. Et puis... comme vous le voyez, mes satellites me rendent aussi des services.

— De l'espionnage ?

— Disons que je ne laisse pas mes avoirs sans surveillance. Ma Bugatti Chiron, et *mon* astronaute.

Son astronaute ? Il était de plus en plus clair que Miller avait scellé un pacte avec le milliardaire. Mais lequel ?

— Depuis le début, j'avais repéré le drone qui a fini par vous attaquer. J'ai cherché à vous avertir, Miller. Mais pourquoi ne répondez-vous jamais au téléphone ?

L'astronaute pâlit. Il était convaincu que Musk voulait lui parler d'un tout autre problème... Il avait commis une grave erreur.

— Je l'ai vu tirer un missile dans votre direction, mais... il a clairement visé à côté. J'ai vu et revu les images. C'était une intimidation, pas une véritable volonté de vous détruire.

Puis il ajouta, sur un ton provocateur :

— J'ai eu très chaud. Je tiens vraiment à la Chiron. Déjà qu'il faut changer toutes les vitres et passer chez le carrossier...

Miller ne releva pas. Il blêmissait à mesure que Musk décrivait les événements tels qu'il les avait vus.

— Ensuite, contrairement à la police, je vous ai aperçus grimper dans la voiture de l'autre idiot. J'avais trois satellites sur le coup.

— Magnifique, souffla Louise... Et vous m'avez aussi vue à poil dans la salle de bains de l'hôtel de Cupertino ?

— Absolument. Mais c'était assez laid, je dois dire.

Vernay ne put réprimer un sourire. Ce type était insupportable, mais ne manquait pas de mordant.

— Grâce à mes satellites, j'ai pu vous suivre jusqu'à l'entrée du tunnel. Les caméras de surveillance de la Boring Company ont pris le relais. J'étais en train de quitter le siège quand vous êtes descendus sur le quai, je n'ai eu qu'à rouler jusqu'à O'Leary Station, le terminus.

Miller se dressa et fit les cent pas. Tout se télescopait dans son esprit. On avait voulu l'intimider, vraiment ? Et si tout était lié à « l'accident » de Crew Dragon et au rapatriement du cadavre de Bob Jenkins ? Si quelqu'un voulait l'empêcher coûte que coûte de rapporter quelque preuve que ce soit de la contamination des victimes ? L'astronaute américain d'abord ; puis le biologiste retrouvé mort à Santa Cruz ensuite...

— Elon, vous avez forcément analysé la désintégration de Crew Dragon, avec tout votre staff. Quelles sont vos conclusions ?

— La conquête spatiale est semée d'embûches. Savez-vous que, entre 1957 et 1966, la NASA a tenté de lancer quatre cents fusées et qu'une centaine d'entre elles se sont écrasées ? Rien qu'ici, savez-vous combien de Falcon, et plus récemment de Starship nous avons perdu, avant que tout fonctionne ?

L'astronaute se rassit et fixa le milliardaire droit dans les yeux.

– Vous voulez me faire croire que c'est un simple aléa inhérent à l'aventure spatiale ? Combien de Dragon avez-vous perdus depuis le début ?

Elon Musk parut embarrassé.

– Eh bien... Contrairement aux fusées, très sensibles avec leur comburant...

– Combien ?

– Deux, pas plus.

– Et dans quelles conditions ?

– Les deux fois à cause de l'explosion du lanceur. D'abord en 2015, en pleine ascension ; la seconde en 2019, sur le pas de lancement, avant le décollage.

– Donc vous n'avez jamais eu d'incident lors d'un retour de mission ? Les problèmes ont toujours été liés aux lanceurs ?

– Oui, c'est vrai, mais d'après mes ingénieurs, le bouclier thermique a été fissuré par un déchet spatial, un boulon de satellite désintégré ou une merde du même genre. Il y en a des millions qui gravitent autour de la Terre. C'est une vraie poubelle, là-haut.

– Elon, vous y croyez, vous ? Ce n'était jamais arrivé, non ? Et pour ma part, j'ai constaté que l'incendie avait démarré à l'intérieur du module. J'en suis certain. La cause n'est pas extérieure.

Le milliardaire fronça ses sourcils ténébreux.

– C'est ce que vous avez raconté au FBI ?

– Absolument.

– Donc vous avez suggéré que SpaceX était responsable ? Que l'erreur venait de nous ? Et que nous sommes donc coupables de la mort de votre collègue et de l'incinération du cadavre de Bob Jenkins ?

– Je n'ai jamais dit ça, Elon. Mais on a pu saboter Crew Dragon, non ?

– Saboter ? Mais qui aurait voulu saboter le module ? Et pourquoi ?

Miller se remit à marcher de long en large, le regard rivé vers un point imaginaire. Décidément, il ne savait pas rester en place.

– Eh bien, je ne sais pas, mais quelqu'un a visiblement intérêt à ce qu'on ne trouve jamais la cause réelle du décès des victimes.

Louise abonda.

– Le cadavre de Tony Jermal, retrouvé chez moi à Lyon, a étrangement disparu. Ensuite, le médecin légiste et ses assistants sont décédés d'un mal tout aussi étrange que la victime...

Elon Musk ouvrit la bouche, mais aucun son n'en sortit. Il ne s'attendait pas à celle-là et restait coi.

– Et le collègue de Tony Jermal, que nous avons retrouvé à Santa Cruz, a été victime du même type d'éventration.

– Quelle est votre hypothèse ? finit par articuler le milliardaire.

– Une molécule. Un agent infectieux. Quelque chose provoque ces hémorragies explosives. Si le corps comporte un défaut, comme une cicatrice fraîche par exemple, cela finit par provoquer l'équivalent d'une éviscération.

– Et... Cet agent infectieux... Vous avez une idée de quoi il pourrait s'agir ? C'est contagieux ? Je veux dire, autant que l'autre merde de Covid ?

Elon Musk était très méfiant vis-à-vis des menaces invisibles. Il avait refusé que ses collaborateurs télétravaillent pendant la première épidémie de Covid. Le shérif du comté de Los Angeles avait dû le rappeler à l'ordre... Il s'était finalement plié aux contraintes sanitaires, de bien mauvaise grâce. Aussi, le spectre d'une nouvelle épidémie le terrifiait-il. Quel retard son programme spatial allait-il encore devoir supporter ?

– Je ne crois pas que ce soit aussi contagieux, rassura Miller. Ceux qui ont été infectés sont tous entrés en contact avec l'agent pathogène, en le manipulant ou en touchant les organes ou le sang des victimes.

– Mais... Là-haut, vous n'avez pas manipulé le corps de Bob Jenkins avant de l'embarquer dans Crew Dragon ?

L'astronaute ne répondit rien. Son silence en disait long.

– Et vous, miss Vernay, vous avez assisté à l'autopsie de l'autre, là, ce Jermal ?

Louise s'assombrit. Des larmes perlèrent à la commissure de ses paupières.

– Je... Pas directement, mais j'ai scellé les tubes qui contenaient des prélèvements destinés aux analyses. Et j'ai peut-être... Enfin...

– OK, donc vous êtes tous les deux potentiellement en train de crever, c'est ça ? Manquerait plus que vous infectiez mon usine ! Vous voulez ma mort et celle de SpaceX, ou quoi ? Miller, ça ne vous a pas suffi de bousiller mon Crew Dragon ?

Le milliardaire n'en démordait pas. Il n'était responsable de rien. Mais l'astronaute n'avait aucune intention de se faire virer comme un malpropre. Il n'avait pas fait tout ce chemin pour rien. Il avait besoin de Musk, ne serait-ce que pour échapper à la police.

– Attendez... Ce n'est pas tout... Cet organisme pathogène... J'ai réussi à le faire analyser... J'ai rapporté des prélèvements dans ma combinaison spatiale.

Aussitôt, Musk songea qu'il devait faire incinérer tout ce qui restait du module pour éviter que le virus ne se propage.

– Et le résultat de l'analyse...

– Oui, je sais, un organisme *alien*.

– Ah, c'est vrai que ça a fuité sur les réseaux sociaux. J'aimerais bien savoir qui a pu...

– Je ne me fie pas aux réseaux sociaux, Miller. Lisez plutôt cette dépêche de l'agence Tass, la principale agence de presse russe. Vous parlez couramment la langue, n'est-ce pas ?

Le Britannique s'empara de l'article. Il le parcourut rapidement et buta sur deux mots : чужеродные микроорганизмы, qui se prononcent chuzherodnyye mikroorganizmy. En d'autres termes, des micro-organismes extraterrestres...

La dépêche affirmait par ailleurs que la Russie avait pu se procurer des prélèvements du cadavre de Lyon. L'avaient-ils subtilisé eux-mêmes ? Ou bien quelqu'un le leur avait-il vendu ? Les résultats étaient sans appel, et conformes à ceux que le biologiste en herbe, DIY, avait lui aussi obtenus sur le corps de Bob Jenkins. Tout se recoupait. Dans la suite de l'article, les Russes reprochaient aux États-Unis d'avoir voulu cacher l'existence de tels microbes venus de l'espace au reste du monde. Ils accusaient pêle-mêle le président Joe Biden, la NASA, et même SpaceX ! Et ils justifiaient ainsi l'exfiltration de leurs deux cosmonautes de la Station spatiale internationale, afin de préserver leur sécurité. Ils se trouvaient actuellement en quarantaine à Moscou.

— Vous voyez, Miller, les Russes sont à la manœuvre. Je suis sûr que ce sont eux qui ont saboté Crew Dragon.

Voilà que Musk accréditait maintenant cette thèse. Il était prêt à tout envisager, sauf une erreur interne...

— Ils nous manipulent, ils manipulent l'opinion, et je suis sûr que ce sont eux qui ont laissé entrer cette merde alien dans l'ISS ! Ils ont dû jouer avec le feu... Ce pauvre Jenkins a dû entrer en contact accidentellement... Et comme ils ne voulaient laisser aucune trace, ils ont saboté Crew Dragon quand vous étiez à bord de la Station... Et ensuite ils se sont gentiment carapatés, en laissant les autres en plan.

Musk se dressa brusquement.

— Je déteste les Ruskovs ! Au tout début de SpaceX, ils m'ont traité comme un moins-que-rien ! Je les ai rencontrés plusieurs fois pour leur acheter des moteurs de fusée. Ils m'ont ri au nez et m'ont méprisé. Et n'oubliez pas que, jusqu'en 2019, ils avaient le monopole des missions vers la Station spatiale internationale. Et que, grâce à moi, les États-Unis, qui n'assuraient plus aucun vol depuis l'abandon de la navette spatiale, ont retrouvé leur indépendance ! Maintenant, nous pouvons de nouveau envoyer des astronautes vers l'ISS... Les Russes ont perdu une grande partie du marché, et ils veulent simplement se venger de moi et de notre pays. Voilà tout.

Louise se remémora que le FBI accusait aussi la Russie. Et s'ils avaient raison ? Si tout n'était qu'une immense mystification de l'ex-Union soviétique, comme à la bonne vieille époque de la guerre froide ?

– Et le drone, il était russe ? lança-t-elle.

– Nous avons identifié un modèle américain, utilisé par l'US Air Force. Mais c'est très facile de se procurer n'importe quoi, avec un bon réseau et des moyens financiers. Et je sais de quoi je parle.

Louise demeurait sceptique.

– Et si... Les deux biologistes travaillaient pour la NASA, mais aussi pour X Development et Calico, deux firmes de Google. Vous n'avez jamais envisagé qu'elles puissent être impliquées ?

– Qui, Google ? Sundar Pichai et sa clique ?

Musk éclata de rire.

– Ce sont des Mickeys. Ils ont mis au point une boîte de conserve autonome, pendant que je sortais des Tesla de luxe capables de relier Los Angeles à San Francisco sans conducteur. Et que je faisais voler des fusées. Ils sont nuls.

Louise ne semblait pas si convaincue... Elle pensait plutôt que Musk couvrait, même inconsciemment, ses puissants alter ego de la Silicon Valley, les autres milliardaires de la technosphère californienne qui régnaient sur le monde. Même s'il les étrillait.

– Pas un ne m'arrive à la cheville. Besos et Amazon sont des rigolos. Tu parles d'une innovation ! Ils livrent à domicile, comme les commerçants le font depuis le XIXe siècle ! Quant à Apple, ils ont connu leur heure de gloire grâce à Steve Jobs. Mais depuis qu'il est mort, cette boîte n'est plus que le fantôme d'elle-même. Ils réinventent l'iPhone et le MacBook depuis quinze ans.

— Bon, assez palabré, trancha Louise. L'urgence, c'est de tenter de découvrir un antidote, ou une espèce de vaccin, pour éviter le pire. Tout porte à croire que Jermal et Myrtol – enfin, de leur vrai nom, Bowers et Carpenter – travaillaient sur ce virus prétendument extraterrestre. Peut-être avaient-ils découvert une formule ou un moyen de le combattre.

Elle brandit le précieux carnet découvert chez Michael Carpenter, à Santa Cruz.

— Je pense que la solution est là-dedans. Et le seul capable de nous aider à comprendre ce charabia se trouve, lui, à côté de Tucson, à l'observatoire de Mount Graham. Le frère Federico Lupo, directeur de l'Observatoire du Vatican. Il nous faut absolument le rejoindre.

Elon Musk se dirigea vers la porte et invita Miller et Vernay à le suivre.

— Mon jet privé est prêt à décoller H24. Il est ici, à l'aéroport de Hawthorne, juste de l'autre côté de la clôture de l'usine. Je vais vous montrer comment pénétrer sur les pistes sans être vus, et surtout sans passer par l'aérogare. Vous serez à Tucson dans moins de deux heures.

Chapitre vingt-six

Mercredi 25 mai 2022, 23 h 31, Tucson

Le Gulfstream G650ER venait d'atterrir sur l'aéroport de Tucson, particulièrement calme en cette heure tardive.

Louise et Ethan avaient voyagé dans des conditions privilégiées. La cabine du jet comptait parmi les plus luxueuses de tous les avions d'affaires. Amples sièges de cuir beige, tablettes de bois précieux, sol marbré, hôtesses aux petits soins et champagne à gogo.

Elon Musk savait vivre. Un peu trop, peut-être, puisqu'il avait parcouru la bagatelle de deux cent quarante mille kilomètres en une seule année ! Comme la plupart des milliardaires, il ne pouvait plus se passer de son joujou. Il faut dire que Musk pilotait, y compris des avions de chasse, ce qui expliquait sans doute sa fascination pour Ethan Miller dont l'habileté, en tant que pilote d'essai, était réputée. Le Britannique était capable de s'extraire des situations les plus inextricables.

Le fondateur de Tesla et de SpaceX avait tenu parole. Deux heures plus tôt, il avait mobilisé l'équipage de son jet et conduit Vernay et Miller jusqu'aux pistes de l'aéroport de Hawthorne. Les deux fugitifs s'étaient infiltrés sur le tarmac par l'intermédiaire d'une béance dans la clôture séparant l'usine de l'aérogare. L'astronaute soupçonnait Musk de l'avoir créée dans le but de rôder autour des appareils quand bon lui semblait. Ce passionné d'aéronautique ne renonçait devant aucun obstacle. Lorsqu'il avait décidé quelque chose, rien ni personne ne pouvait lui barrer la route. Et certainement pas une foutue clôture débouchant, qui plus est, sur *ses* terres.

Miller et Vernay avaient embarqué puis décollé sans être inquiétés, d'autant que l'aéroport était habitué aux rotations du Gulfstream, de nuit comme de jour, Musk voyageant à tout bout de champ. Comme, dans le cadre d'un vol privé, le commandant de bord n'était nullement tenu de livrer l'identité de ses passagers – seulement leur nombre et leur destination –, le Britannique et la Française s'étaient envolés sans laisser aucune trace.

Épuisés, ils s'étaient ensuite rapidement assoupis. Ils devaient reprendre des forces, et tenir le choc. Les dernières quarante-huit heures avaient été très éprouvantes, et plus encore pour l'astronaute qui avait miraculeusement réchappé des flammes de l'enfer.

Louise avait rêvé d'extraterrestres, d'attaques de drones, de courses effrénées dans les arêtes de poisson et de son sauveur en toutes circonstances : Ethan Miller. Elle avait fait l'amour avec lui à bord de la Station internationale, défiant les lenteurs cotonneuses de l'impesanteur, avant qu'un *alien* monstrueux perfore ses intestins, sorte la tête de ses entrailles et dévore le sexe de l'astronaute...

Elle s'était éveillée en sursaut, haletante, les tempes ruisselantes de sueur.

Pour la première fois, la similitude entre l'immonde éventration des victimes et le scénario des superproductions hollywoodiennes *Alien* lui sauta aux yeux. Elle se remémora la scène apocalyptique du premier opus, *Alien, le huitième passager*, lorsque l'officier en second Kane, pris de convulsions en plein dîner, voit son thorax transpercé par une créature immonde...

C'était énorme, évident, trop évident... Et si tout était vrai ? Et si les *aliens* étaient vraiment parvenus à infecter les deux biologistes et l'astronaute Bob Jenkins, avec leur

ADN à huit bases azotées ? Louise luttait de toute sa raison contre une hypothèse aussi fantasque ; pourtant, tout semblait converger. Federico Lupo allait sans doute corroborer cette théorie fumeuse. Son attachement aux formes d'intelligence extraterrestre ne pouvait l'entraîner ailleurs. Était-elle prête à entendre une telle affirmation ? Avait-elle vraiment raison de venir jusqu'à lui pour décoder le fameux carnet ? Lorsqu'elle l'avait contacté, peu de temps avant le décollage, il avait immédiatement accepté de les rencontrer. Il faisait preuve d'une certaine impatience, pour ne pas dire d'une forme d'excitation...

Dans le jet, secouée par de faibles spasmes, elle s'était à nouveau rapprochée de Miller et avait posé la tête sur son épaule, espérant qu'il l'étreigne, comme plus tôt dans la soirée, au fond du chenal, lorsque tout semblait perdu.

Mais l'astronaute était resté distant, l'air songeur... À quoi pouvait-il penser en cet instant ? Dissimulait-il quelque secret, une clé qui pût expliquer ces invraisemblances ? Peut-être avait-il même une idée précise de l'origine de ces organismes tellement différents de ce que la nature avait procréé sur Terre depuis bientôt quatre milliards d'années ? Non, c'était impossible...

Ils venaient donc d'atterrir sur la piste principale de l'aéroport de Tucson et de longer les deux tentacules du terminal dévolu à l'accueil des vols commerciaux. Une dizaine de Boeing semblaient téter d'invisibles mamelles et restaient sagement garés dans l'attente des prochains départs pour de grandes villes américaines ou le Mexique tout proche. Ils roulèrent jusqu'au bout de la piste et amorcèrent un virage à quatre-vingt-dix degrés pour pénétrer dans la zone réservée aux avions de tourisme et aux jets privés. Puis, au lieu de stationner sur le tarmac, le Gulfstream manœuvra pour se poster bien en face des immenses portes du hangar d'Atlantic Aviation Services. Plusieurs hommes poussèrent les battants métalliques pour laisser l'appareil entrer. Ils refermèrent aussitôt.

À l'intérieur, deux prélats vêtus d'un costume noir les attendaient. Les moines jésuites, taiseux et la mine grave, convièrent Miller et Vernay à les suivre d'un simple geste. Ici, personne ne pouvait les voir. Ils traversèrent le hangar jusqu'à l'issue latérale, qui débouchait sur le vaste parking de l'aviation générale. Il était presque vide, à l'exception d'un hélicoptère dont les pales commençaient à fendre l'air.

Une demi-heure plus tard, ils atterrirent sur un modeste aérodrome niché à mille mètres d'altitude, à l'est de la commune de Safford.

Ici, aucun contrôle. Quelques bâtiments de surface, deux courtes pistes en X et cinq plates-formes carrées pour les hélicoptères constituaient en tout et pour tout l'aérogare. Ils ne prenaient plus aucun risque. Librement, ils sautèrent sur l'asphalte à moitié défoncé et s'engouffrèrent dans un puissant 4 × 4, toujours accompagnés de leurs deux chaperons.

Enfin, vers 1 h 45 du matin, après avoir sinué dans des lacis et encaissé un chapelet de virages en épingle, gravissant deux mille mètres au cœur d'épais massifs de conifères, ils aboutirent au VATT, le Vatican Advanced Technology Telescope.

En sautant sur la terre battue, Louise fut immédiatement saisie par la pureté de l'air. Elle leva les yeux au ciel et s'émerveilla de la voûte céleste, percée de millions de points scintillants. En travers, un long tapis cristallin semblait tracer la route du Père Noël jusqu'au pôle Nord. La jeune femme n'avait jamais si bien distingué la Voie lactée.

Autour d'elle, à peine visible dans la pénombre, deux bâtiments cubiques disposés face à face, à quelque deux cents mètres l'un de l'autre, coiffaient le mont Graham, qui culminait à plus de trois mille mètres d'altitude.

La fraîcheur ambiante tranchait avec la canicule oppressante des vallées de la Californie.

Elle éprouva aussitôt un sentiment de liberté. Elle imagina, un bref instant, s'installer dans une cabane au bord d'un des nombreux cours d'eau qui parcouraient cette sublime montagne, avant de se réchauffer dans les bras d'Ethan.

– C'est magnifique, n'est-ce pas ?

Louise sursauta. Federico Lupo, presque invisible dans l'obscurité, se tenait à deux mètres d'elle. Miller se rapprocha, curieux de faire connaissance avec cet étrange personnage dont lui avait tant parlé Vernay.

– Bienvenue au sommet des monts Pinaleño, considérés comme sacrés par les Indiens apaches. L'endroit est l'un des plus sauvages des États-Unis, et la flore comme la faune n'ont presque pas changé depuis des dizaines de milliers d'années. Vous avez croisé, sans le savoir, parmi les plus vieux arbres du pays. Et nous cohabitons ici avec un petit écureuil roux menacé d'extinction, que nous protégeons farouchement. Ah, et aussi, ne soyez pas surpris si vous tombez sur un ours noir, ils pullulent dans le coin.

Louise déglutit et, par réflexe, jeta des coups d'œil tout autour d'elle. La nuit noire qui enveloppait le site, comme si l'électricité n'était pas arrivée jusque-là, ne la rassurait nullement.

Ils pénétrèrent dans le bâtiment du VATT, qui ressemblait à une sorte de hangar métallique couronné d'une coupole. Ils débouchèrent dans un local d'accueil garni de posters et de photos du télescope. Une affiche proposait aussi la traduction de la plaque inaugurale rivetée à l'extérieur, et rédigée en latin. Elle louait l'installation du grand miroir du télescope, en ces lieux empreints de sérénité, lors de la quinzième année du règne de Jean-Paul II. Elle concluait par cette incantation : « Que celui qui scrute les cieux divins utilise le miroir avec félicité et l'aide de Dieu. »

Sur la droite, une délicieuse odeur de café fumant s'échappait d'une kitchenette.

– Je crois qu'il va nous falloir au moins un litre pour tenir le coup, balbutia Miller, éreinté.

Aussitôt, le frère Lupo s'empara de la cafetière et emplit deux mugs à ras bord.

— Si vous voulez, vous pouvez dormir un moment. Il est très tard, et je crois que votre journée a été quelque peu... mouvementée.

— Merci, on a pu somnoler pendant le trajet. Et il y a urgence, souffla Louise, fébrile.

Elle avait beau dire, la fatigue mêlée à l'angoisse croissante lui donnait des tics nerveux, et amenuisait sa tolérance et sa patience.

— Suivez-moi, nous serons plus à l'aise là-haut.

Ils grimpèrent au premier, dans la salle de contrôle du télescope. Une pièce d'une vingtaine de mètres carrés, équipée d'un long bureau en pin jaunâtre sur lequel reposaient des écrans et plusieurs terminaux. Sur les murs, des photos rivalisaient avec quelques documents punaisés. Au centre, une étagère cubique garnie d'ouvrages et de revues scientifiques masquait une sorte de frigo transparent disposé contre le mur du fond, dans lequel s'amoncelaient des boîtes étiquetées à l'aide de rubans colorés. Louise trouvait l'ensemble spartiate, pour ne pas dire misérable. On était très loin des installations titanesques de SpaceX. Les astrophysiciens du Vatican ne roulaient pas sur l'or et devaient, en plus, supporter des températures frigorifiques en hiver. Quelques plaques de neige subsistaient encore sur les faces les plus abritées du nord du massif.

— Les images du télescope, qui se trouve sous la coupole à l'avant du bâtiment, nous parviennent sur ces deux moniteurs. Ensuite, nous pouvons les analyser sur les ordinateurs, ici, et dans plusieurs bureaux répartis sur deux étages. Nous avons opté pour un télescope grégorien, équipé d'un miroir principal d'un mètre quatre-vingt-trois. Je vous passe les détails, mais cette conception, peu coûteuse, au vu de nos moyens, présente l'énorme avantage d'offrir une focale très courte et de livrer des images d'une définition exceptionnelle, dans le spectre visible et dans l'infrarouge. Et ici, le ciel étant reconnu comme l'un des plus purs au monde, nous sommes aux premières loges pour observer les phénomènes qui se produisent dans notre système solaire, y compris les plus étranges...

Lupo ne traînait pas. Il plongeait tout de suite ses deux convives dans le vif du sujet. Il enchaîna aussitôt, d'évidence très curieux d'en apprendre le plus possible.

— Doit-on croire tout ce que racontent les réseaux sociaux ? C'est une avalanche ! On dirait que vous monopolisez l'actualité. Pour que ça nous parvienne jusqu'ici, en si peu de temps, je peux vous dire qu'il faut un sacré remue-ménage.

Louise échangea un regard inquiet avec Miller. Ils trouvaient, eux aussi, que l'affaire prenait une ampleur tout à fait disproportionnée. Comment les internautes du monde entier avaient-ils pu s'emparer, si rapidement, des rumeurs selon lesquelles le Britannique et la Française « fuyaient » après avoir dérobé la preuve de l'existence d'organismes extraterrestres ? Ce déferlement – sur Facebook, Instagram, Twitter, sur le fil des actualités de Google et, par effet domino, sur des milliers d'autres sites et fournisseurs d'information – relevait de l'exploit. Rares étaient les sujets qui pouvaient enflammer en si peu de temps l'ensemble de la Toile.

Qui avait pu lancer de telles rumeurs et disposer de relais aussi solides dans la communauté du Web ? Depuis, les milliers de commentaires et d'appels à la délation pleuvaient sur les réseaux et plaçaient, chaque minute un peu plus, Miller et Vernay dans une grande précarité. Ils ne pourraient pas se soustraire aux autorités éternellement. Ils étaient fichés et guettés dans le monde entier, grâce au pouvoir sans limite des GAFA qui les avaient jetés en pâture.

— Alors, vous avez vraiment dérobé des prélèvements qui contiennent des organismes d'origine extraterrestre ?

L'astronaute fixa Louise, comme pour quérir son assentiment. La jeune femme opina, laissant le champ libre à son icône.

— J'ai rapatrié un échantillon de la Station spatiale, une précaution qui s'est avérée utile. Et malgré l'atomisation du cadavre de Jenkins dans l'atmosphère, j'ai pu faire analyser quelques millilitres de sang. Et d'après les premiers résultats, on a affaire à la présence d'un organisme dont l'ADN n'existe pas sur Terre.

Miller s'efforça d'apporter quelques détails. Il était médecin, mais pas biologiste. Aussi, son éclairage sur les huit bases de l'ADN inconnu, au lieu de quatre, se révéla plutôt approximatif.

– Et... vous pensez que Jenkins, Jermal et Myrtol ont été sauvagement assassinés parce qu'ils avaient découvert l'existence de cet organisme ? Quelqu'un voulait le leur subtiliser ? Ou les empêcher de l'étudier ?

Louise tiqua. À aucun moment elle n'avait mentionné le nom de l'acolyte de Tony Jermal. Et les réseaux sociaux n'en faisaient aucune mention non plus. Il n'était toujours question que d'un « biologiste de Santa Cruz ». Comment Federico Lupo pouvait-il connaître le pseudo du scientifique, alter ego de Tony Jermal ?

– Pas exactement, rétorqua Miller. Je pense, pour ma part, que cet organisme inconnu les a contaminés, au point de provoquer une hémorragie interne d'une telle violence qu'elle a pu provoquer la rupture des tissus... Une forme d'explosion, si on veut. C'est difficile à croire, mais je suis convaincu que personne ne les a tués. Mes premières observations cliniques sur les restes de Jenkins semblent l'attester.

Les yeux du jésuite brillèrent. Il ne s'attendait pas à cette hypothèse, mais au fond, pourquoi pas ? Après tout, lorsqu'il avait découvert Jermal éventré dans les arêtes de poisson, où lui, Lupo, lui avait finalement donné rendez-vous pour plus de discrétion, il s'était étonné de l'absence de traces de pas et de violence apparente autour du corps. Il lui avait fallu de longues minutes pour effacer ses propres empreintes, même s'il n'avait fait qu'effleurer le cadavre pour récupérer le carnet.

– Et, ces analyses, vous les avez sur vous ? Ou peut-être même des prélèvements ? Confiez-les-moi, ce sera plus sûr.

Miller haussa les sourcils. Le prélat semblait bien empressé de s'emparer de ces données ultrasensibles... L'astronaute eut un sale pressentiment. Le moine se ravisa ; il n'était pas question d'inquiéter ses hôtes.

– Enfin, ce que je veux dire, c'est qu'il serait plus sage de vous en débarrasser, car si jamais vous êtes arrêtés, les autorités ne manqueront pas d'utiliser ces éléments matériels contre vous. Je peux les conserver, en toute discrétion, pour pouvoir vous les remettre quand tout ira mieux.

Miller échangea un nouveau regard avec l'enquêtrice. Il ne savait plus sur quel pied danser. Pouvait-il vraiment lui faire confiance ? Il se sentait aux abois et son jugement s'altérait. Louise dessina une moue difficile à interpréter. Elle semblait tout aussi indécise que lui.

– Ne vous formalisez pas de mon impatience, monsieur Miller, renchérit Lupo. N'oubliez pas que je suis astrophysicien, et jésuite. Je crois aux faits scientifiques, mais aussi en l'existence de phénomènes qui dépassent les limites étriquées de notre raison. Tout ce que vous me rapportez excite en moi une profonde curiosité, car vous possédez peut-être la clé d'un mystère vieux de plusieurs milliers d'années. Un mystère aussi existentiel que celui de la foi.

Le moine se pencha et saisit une revue qui dominait une pile, juste au-dessous de la fenêtre.

– C'est un exemplaire du quotidien du Vatican, *L'Osservatore Romano*, daté du 13 mai 2008.

Il feuilleta quelques pages.

– Voilà, l'interview de José Gabriel Funes, l'un de mes prédécesseurs comme directeur de l'Observatoire du Vatican. Il dit clairement que si Dieu a pu créer une multitude d'espèces sur Terre, il a très bien pu créer une multitude d'autres vies sur d'autres planètes, parfois tout aussi intelligentes que nous et qui, d'ailleurs, n'auraient pas commis le péché originel. Il dit aussi qu'il faudrait alors appeler ces créatures nos « frères *aliens* », tout comme saint François d'Assise parlait de frère et de sœur pour toutes les créatures terrestres. Je suis en tout point d'accord avec lui. Et cela vous montre que je n'ai pas des idées très nouvelles. C'est une vieille conviction chez de nombreux jésuites, surtout astronomes.

— Mais cette idée d'autres vies intelligentes dans l'univers, qui seraient différentes de nous... Elles remettent en question l'existence de Dieu telle que nous nous la représentons, qui nous aurait créés à son image, et qui aurait fait de l'homme et de la Terre le centre de l'univers, une perfection inimitable qui domine la création ?

Lupo sourit. Son invité se lançait dans la rhétorique, ce qui n'était pas pour lui déplaire.

— C'est que vous avez une mauvaise image de Dieu. On n'imagine jamais Dieu aussi grand et puissant qu'Il peut l'être. Doit-Il se borner aux limites de notre planète minuscule ? Il ne faut pas raisonner avec notre vision étriquée du monde. Par exemple, là, je vous parle, et je vous porte toute mon attention. Mais Dieu peut tout faire en chaque instant et porter Son attention à tout l'univers en un seul mouvement. Contrairement à nous, Il n'est pas limité. Même dans la Bible, on évoque l'existence d'autres créatures que celles qui peuplent la Terre, parfois monstrueuses, parfois merveilleuses, comme les anges. Et sans compter le diable en personne. L'a-t-on déjà vu ? A-t-on besoin de le voir pour connaître son existence ?

Miller frémit à cette comparaison entre d'éventuels extraterrestres et Satan. Federico Lupo s'approcha tout près de lui et le fixa d'un regard incandescent.

— Pourtant, sans qu'on le voie, Lucifer est ici, en ce moment même. Il nous regarde. Il me regarde, tous les jours que Dieu fait.

L'astronaute déglutit. Ce jésuite commençait à l'inquiéter sérieusement. Louise, elle, flageolait sur ses jambes épuisées. Elle n'aimait pas du tout ce genre d'allusion.

— Lucifer ? Ici même ? Mais...

Le moine se tourna et pointa un doigt osseux vers la fenêtre, désignant un point invisible dans la nuit profonde.

— Il est là, je vous dis ! En cet instant !

L'astronaute recula machinalement et se rapprocha de Vernay. Ils se touchaient presque.

– Large binocular telescope near-infrared spectroscopic Utility with Camera and Integral Field unit for Extragalactic Research : L.U.C.I.F.E.R. C'est le nom de la caméra couplée au spectrographe qui équipe le grand télescope binoculaire qui nous fait face. Avec ses deux miroirs de huit mètres quarante chacun, cet instrument est un bijou, croyez-moi !

Ethan et Louise soufflèrent. Ce cureton était complètement fêlé. Il jouait avec leurs nerfs, à fleur de peau depuis de longues heures. Et ça l'amusait !

– Allons, allons ! Je détends l'atmosphère ! Je veux juste dire qu'il ne faut pas dramatiser l'idée selon laquelle des vies extraterrestres existent. C'est dans l'ordre des choses. C'est le contraire qui serait étonnant – et très prétentieux, d'ailleurs. Et ici, non seulement nous en sommes convaincus, mais nous en avons la preuve.

– La preuve ? Quelle preuve ? siffla Louise, un brin excédée.

– Eh bien, nous collectons des témoignages depuis des siècles, au sein de l'Église. D'ailleurs, nous ne nous en sommes jamais cachés. En 1935, le regretté Saint-Père Jean XXII l'avait clairement dit : « Les signes sont de plus en plus nombreux. Les lumières dans le ciel apparaîtront rouges, bleues, vertes, rapidement. Quelqu'un vient de très loin et veut rencontrer les gens de la Terre. Les rendez-vous ont déjà eu lieu. »

Le moine avait cité de mémoire. Tout démontrait qu'il était habité, pour ne pas dire obsédé par cette histoire de petits hommes verts. Vernay songea que les prélats étaient définitivement perdus pour la société, perchés dans leur univers ouaté, bercés par les prières, et qu'ils perdaient toute notion de la réalité.

Lupo, qui s'était assis devant la table de bord de la salle de contrôle, s'empara du clavier qui se trouvait sous les moniteurs du télescope du Vatican. Il tapota quelques lignes de codes, et deux images surgirent sur les écrans rivés côte à côte.

– Quand je parle de preuve, je ne veux pas seulement parler de témoignages. Je veux parler de *vraies* preuves, captées par notre télescope, mais aussi par d'autres, à travers le monde. Regardez, à gauche, c'est la signature d'un astéroïde exceptionnel découvert par l'observatoire de Hawaï, en octobre 2017. Je vous présente 1I/2017 U1.

Les deux partenaires tentèrent de discerner l'objet, mais ce n'était qu'un point minuscule au sein d'un nuage d'autres points... Il pouvait tout autant s'agir d'un grain de poussière sur le miroir du télescope.

– Et à droite, voici la représentation de l'apparence dudit astéroïde. Après analyse de toutes les données, nous avons pu reconstituer son aspect.

Cette fois, Vernay et Miller découvrirent une forme oblongue semblable à un gros cigare.

– Cet objet a été rebaptisé 'Oumuamua, ce qui veut dire « premier messager d'une contrée lointaine », en hawaïen. Car très vite, on s'est aperçu qu'il ne venait pas de la ceinture d'astéroïdes de notre système solaire, mais sans doute des confins de la galaxie. Et sa trajectoire nous a tous sidérés. Au dernier moment, en approchant de la Terre, il a radicalement changé de direction. Que s'est-il passé ? Comment a-t-il été propulsé sur sa nouvelle route ? Qu'a-t-il laissé sur son passage ?

Miller fronça les sourcils. Il ne pouvait décoller ses iris de l'écran de droite, et du gros cigare.

– Oui, j'en ai entendu parler. Mais je crois qu'on a vite évoqué un *fake*, une mystification.

Lupo se retourna, toujours vissé sur sa chaise, et défia l'astronaute du regard.

– Vraiment ? Et si le *fake*, c'était justement de dire que cette histoire n'était pas vraie ? De désamorcer cette révélation, parce que nous ne contrôlons rien, et que nous sommes bien incapables de la gérer ?

– Oui, enfin, si on va par là, on peut aussi dire que la Terre est plate et que le Soleil tourne autour de la Terre, comme vous l'avez affirmé pendant des siècles. Vous avez bien cramé l'autre Italien, là, votre compatriote, parce qu'il affirmait le contraire ?

Louise avait parlé par saccades. Ses derniers remparts sociaux venaient de céder sous la fatigue et la pression. Elle passait en mode warrior.

– Giordano Bruno. L'Italien, c'est Giordano Bruno, au XVIe siècle. Un dominicain, je crois, murmura Miller.

Lupo ne cilla pas.

– Il ne vous a pas échappé que l'Église catholique a quelque peu progressé sur toutes ces questions depuis la Renaissance, n'est-ce pas ? Et si vous doutez de moi, que dites-vous d'Avi Loeb, président du Département d'astronomie de Harvard pendant dix ans ? C'est une pointure, n'est-ce pas ? Avez-vous lu son ouvrage *Le Premier Signe d'une vie intelligente extraterrestre*, dans lequel il expose en détail pourquoi 'Oumuamua ne peut pas être un objet ordinaire ? Qu'il est forcément mû par une intelligence ? Que sa trajectoire serait inexplicable, sinon ?

Louise se décomposa. Un ponte de la célèbre université de Harvard soutenait une telle thèse ? Elle s'assit à son tour. Son cœur s'emballait ; une tachycardie attisée par son immense fatigue, et son stress qui ne cessait d'empirer.

– Ce que je vais vous confier est totalement secret. Un secret d'État, celui du Vatican. Cela vous prouve que je vous fais une confiance aveugle. Car si vous êtes arrêtés et que vous révélez ce que je vais vous dire, les conséquences seront immenses. Puis-je vous faire confiance ?

Les deux fugitifs, exténués, hochèrent la tête de concert. Au point où ils en étaient...

– Nous avons toutes les raisons de penser que cet objet non identifié a disséminé des micro-organismes dans l'espace, avant de changer brutalement de trajectoire. Des micro-organismes ultrarésistants, qui ont dérivé avant d'être captés par l'attraction terrestre, la gravité, et de contaminer sur leur passage la Station spatiale. Ils ont pu être ensuite rapatriés sur Terre par des astronautes, avant d'être étudiés par des biologistes experts, comme Jermal et Myrtol. Ils ont pu se faire contaminer, de même que Jenkins. Le micro-organisme a pu persister dans l'ISS, pendant des mois.

Miller et Vernay retinrent leur souffle. Cette hypothèse, glaçante, matérialisait une sorte de « chaînon manquant » dans la théorie conspirationniste d'une contamination d'origine extraterrestre. Elle donnait une origine possible à la bactérie, ou au virus mortel qui portait l'ADN inconnu sur Terre. Et l'existence de cet ADN à huit bases au lieu de quatre, elle, était indiscutable.

Federico Lupo se leva et poursuivit sa démonstration avec une ferveur surprenante. Il touchait là au but ultime de son sacerdoce, et probablement de son existence même, au moins depuis qu'il était devenu religieux et astrophysicien.

– Avez-vous entendu parler de l'affaire Chkaplerov ?

Miller tiqua.

– Anton Chkaplerov ? Le cosmonaute russe ?

– Absolument.

– Je me suis entraîné avec lui à la Cité des étoiles. Il a réalisé quatre missions à bord de la Station, la première en 2012, la dernière l'année dernière.

– Eh bien, peut-être vous souvenez-vous que, en 2017, il a collecté des échantillons d'une bactérie trouvée sur l'une des parois externes de l'ISS ?

L'astronaute réfléchit, mais non, cette anecdote lui avait échappé. Il faut dire qu'à l'époque il n'était plus avec les Russes.

– Il a collecté des échantillons à l'aide de cotons-tiges. C'est une procédure de routine. Les astronautes doivent régulièrement faire ce geste, au cas où.

Miller acquiesça, c'était en effet le protocole, à chaque sortie extravéhiculaire.

– Eh bien, lors de l'analyse des prélèvements, on a découvert l'existence d'une bactérie inconnue qui avait réussi à vivre dans l'espace, résistant donc au vide, à la microgravité, aux rayons cosmiques, et à des variations de température oscillant entre –157 °C quand le soleil est caché, et +121 °C quand il est visible. Ces bactéries étaient pourtant terrestres et avaient accidentellement atterri là. Cela prouve que certains micro-organismes sont tout à fait capables de vivre dans l'espace.

– Des extrêmophiles, balbutia Ethan Miller.

– Absolument. Des organismes qui aiment les conditions extrêmes. En fait, on en a retrouvé des centaines en vingt ans sur la Station spatiale, et certaines étaient très inattendues, comme des planctons originaires de la mer de Barents. Et en 2019, on a volontairement placé des extrêmophiles à l'extérieur de l'ISS, pour étudier leur comportement. Eh bien, un an plus tard, non seulement elles avaient survécu, mais elles s'étaient adaptées ! Transformées ! Vous imaginez ? Elles sont capables de tout.

Louise hallucinait. Ces « merdes » invisibles qui avaient ruiné l'existence des humains pendant près de deux ans, avec l'épidémie de Covid, étaient encore bien plus résistantes et redoutables qu'elle ne pouvait l'imaginer.

Lupo poursuivit, comme s'il lisait les pensées de la Française :

– Nous ne sommes rien, en comparaison avec ces organismes microscopiques. Sur Terre, il existe au moins mille milliards d'espèces différentes. Savez-vous par exemple que, dans notre flore intestinale, nous hébergeons plus de bactéries que nous ne comptons de cellules humaines dans tout l'organisme ? En fait, nous sommes des véhicules à bactéries. Nous sommes guidés par nos bactéries. Elles nous imposent même des décisions. Saviez-vous que nous avions un deuxième cerveau dans le ventre ? Un système nerveux aussi gros que le cerveau d'un chat.

Cette fois, c'est Miller qui hallucinait.

– Écoutez, on s'éloigne beaucoup de notre sujet... Je ne pense pas que ces digressions...

– Détrompez-vous, Miller !

Lupo avait presque crié. Son excitation se commuait en fièvre ; il ressemblait maintenant à l'un de ces prédicateurs évangéliques qui galvanisent des milliers de fidèles avec leurs sermons déments.

– Qu'est-ce que l'humain, si nos propres cellules sont minoritaires dans notre corps ? Qui sommes-nous vraiment ? Sommes-nous des êtres libres ? *Quid* de notre libre arbitre si de simples bactéries peuvent régir nos humeurs et nous pousser à certains comportements ? Lisez donc l'extraordinaire littérature développée autour du microbiote. Vous comprendrez.

– Et... vous pensez quoi, concrètement ? Que l'invasion extraterrestre a commencé, qu'ils ont pris le contrôle de nos intestins et qu'ils vont faire éclater des millions de ventres ?

– Je ne sais pas, miss Vernay. C'est vous, enfin monsieur Miller, qui m'avez fait part de cette hypothèse d'une... explosion causée par ces micro-organismes inconnus. Techniquement, ils sont capables de prendre notre contrôle et, pourquoi pas, de nous réduire en bouillie. Si ce que vous pensez est vrai, alors oui, il y a tout lieu de s'inquiéter. Le « premier contact » avec une forme de vie extraterrestre ne semble pas aussi pacifique qu'on aurait pu l'espérer. Mais si tel est le cas, nous devrons le subir, et l'accepter. Car c'est le plan de Dieu.

– Le plan de Dieu ? rabâcha stupidement Miller.

– Des épreuves que nous adresse le Seigneur. Les astres parlent. 'Oumuamua nous a tous transis. Et maintenant, ces créatures qui semblent vouloir se retourner contre nous. Avez-vous lu l'Apocalypse de Jean ?

– Allons, maintenant, on va avoir droit à l'Apocalypse ! Mais vous perdez la tête, frère Lupo ! Vous m'entendez, vous délirez !

– Je suis peut-être alarmiste, mais nous devons tout envisager ! Encore une fois, c'est vous, Miller, qui pensez que ces organismes peuvent nous tuer dans d'atroces souffrances... Pas moi !

L'astronaute demeura bouche bée. Il songea aussitôt que tout cela était absurde, impossible, et qu'il avait déliré, là-haut, avec son analyse précipitée du cadavre, sans véritable protocole, juste avant de conditionner les restes pour les rapatrier sur Terre.

– Attendez, je... Je crois qu'il y a peut-être une solution. Une possibilité de tout arrêter. Et... de sauver ceux qui sont contaminés.

En prononçant ces mots, Vernay posa un regard mélancolique sur Miller. À la vie, à la mort. C'était leur destin.

Elle avait beaucoup hésité à parler de sa découverte. L'attitude de Lupo la déstabilisait, et son instinct lui hurlait de se méfier de lui. Pourtant, en cet instant, aux abois, désemparée, épuisée, elle ne voyait aucune autre solution. Il était sans doute le seul capable...

– J'ai trouvé un carnet, chez Myrtol. Enfin, Carpenter, de son vrai nom.

Le jésuite se figea. Il s'efforça de contenir son excitation de plus en plus prégnante.

– Et... ce carnet, je peux le voir ?

La jeune femme plongea la main dans son jean.

– Le voilà. Il comporte des expressions, des dessins, des équations, et même des textes... incompréhensibles. Enfin, pour nous. Or je crois... Nous croyons qu'il recèle sans doute la clé d'un éventuel antidote. Il faut nous aider, frère Lupo...

Ses derniers mots étaient pathétiques. Elle l'avait pratiquement imploré. Ce n'était plus qu'une petite fille déconcertée, sans aucun repère.

L'astrophysicien tendit une main tremblante et saisit le petit livret. Il reconnut aussitôt les symboles, les mêmes que ceux gravés sur les parois des arêtes de poisson. Un extrait des messages adressés autrefois aux extraterrestres. Il feuilleta les précieuses pages légèrement jaunies et qui, fait troublant, sentaient l'odeur du sang et de la viande avariée. À plusieurs reprises, il dissimula son bonheur et retint des *Vivat !* et autres *Eurêka !* qui lui brûlaient les lèvres. Il n'avait plus qu'à disposer ce carnet à côté de celui de Jermal et à se laisser guider. Le moine excellait au jeu des rébus mathématiques et linguistiques. Il avait étudié le langage de Vinci, et percerait bien vite les petites bizarreries des deux acolytes. Le jésuite trouverait la clé, en effet. Mais pas celle dont rêvait Vernay en cet instant...

– Alors ? Vous comprenez quelque chose ? Vous croyez qu'on peut en tirer une solution ? Une formule ?

Lupo referma le carnet et le glissa dans sa veste.

– Eh bien, je vais m'y atteler, je vous le promets.

Puis il consulta nerveusement sa montre. Timing parfait. Il jeta un œil à travers la fenêtre et devina, déjà, des lueurs bleutées qui se dessinaient sur la route étroite.

– En attendant, vous êtes épuisés, nous disposons de salles de repos avec d'humbles couchettes au deuxième. Voulez-vous aller dormir et reprendre des forces ? Demain matin, enfin, tout à l'heure, je vous livrerai un premier bilan. Et une première direction.

Louise, dans un élan qui ne lui ressemblait guère, s'approcha du prélat et lui saisit les mains. Elle les serra très fort dans ses paumes frissonnantes.

– Merci du fond du cœur. Vous êtes notre seul espoir. Vous avez notre destin entre vos mains.

Au même instant, tandis que des gyrophares tournoyaient sous les fenêtres du laboratoire, une trentaine d'hommes surarmés sautèrent sur la terre battue et s'infiltrèrent sans nulle résistance – ni nulle hésitation – dans le bâtiment du Vatican.

Tout se précipita, comme si le temps se contractait.

Quatre colosses des forces spéciales se ruèrent sur les deux proies et les projetèrent au sol. Ils froissèrent leurs épaules, plaquèrent leurs bras dans le dos, manquèrent déchirer des muscles, bouclèrent les menottes et leur passèrent une cagoule sur la tête.

Une minute plus tard, ils les poussaient dans un Hummer blindé. Les deux prisonniers avaient crié, tenté de se débattre. En vain.

Avant de s'engouffrer dans le véhicule et de disparaître, un homme en costume noir dirigea son regard vers la fenêtre du premier étage. Là-haut, depuis la salle de contrôle, Lupo observait la scène.

L'officier lui adressa un signe et articula distinctement : *Thank you.*

Chapitre vingt-sept

Jeudi 26 mai 2022, 9 h 34, Tucson

Miller ouvrit péniblement les yeux.

Une lumière blafarde l'éblouit ; il cligna pour rétrécir ses pupilles.

Il n'était vêtu que d'une tunique bleutée et était allongé sur un brancard, ou peut-être un lit de camp, au beau milieu d'une pièce sans âme. Les murs grisâtres étaient percés de fenêtres coulissantes. Des plaques de polystyrène formaient un faux plafond miteux.

Il tourna le visage sur sa droite et buta contre une porte close.

Sur sa gauche, un corps se trouvait étendu, tout comme lui.

– Louise ? C'est toi, Louise ?

La jeune femme remua légèrement et grogna un borborygme indéfinissable.

Il tenta de se mettre sur pied, mais fut aussitôt saisi d'un étourdissement. Il vacilla et s'affala sur sa couche.

Les minutes s'égrenèrent. Au loin, des sons familiers rompaient le silence, par intervalles réguliers.

Des moteurs d'avion, pleins gaz, en phase de décollage.

La porte s'ouvrit brutalement ; l'astronaute sursauta.

– Bien dormi ? Vous avez écrasé quatre heures, c'est déjà ça. De quoi vous remettre les idées en place. Vous avez les idées en place ?

Le Britannique tordit la nuque pour tenter d'identifier l'homme qui venait d'entrer, mais il le voyait à moitié penché. Ses sens n'étaient pas tout à fait rétablis. Quel hypnotique lui avait-on fait absorber ? L'agent portait un masque FFP2, une tenue de protection d'où dépassait un costume sombre, des surchausses bouffantes et des gants boudinés. Une sorte de technicien scientifique endimanché.

– Boorman ? C'est vous ?

Louise avait immédiatement reconnu l'agent du FBI qui l'avait cueillie à froid dans le bureau du LAPD, deux jours plus tôt. Son regard noir et son front à moitié dégarni avaient suffi à le démasquer, malgré son accoutrement.

– Eh bien, au moins vous êtes observatrice, *commissaire*.

La Française se savait en liberté surveillée depuis son arrivée, et les fédéraux venaient de siffler la fin de la récréation.

– Nous vous avions prévenue, Vernay, n'est-ce pas ? Vous deviez rester à carreau et jouer profil bas. Au lieu de quoi vous enlevez un astronaute qui vient de frôler la mort, vous l'embarquez dans votre cirque, et vous vous faites passer pour une DRH de la NASA ! Et rebelote, encore une bonne vieille usurpation d'identité ! Ah oui, j'allais oublier : pour finir, délit de fuite tonitruant, avec tout le LAPD à vos trousses.

Boorman parlait fort, et se tenait à bonne distance de ses prisonniers.

– Louise Vernay ne m'a pas « enlevé », c'est complètement ridicule, articula Ethan d'une bouche pâteuse.

– Appelez ça comme vous voulez, Miller, mais pour nous ça revient au même. Elle vous a manipulé pour arriver à ses fins. Elle vous a convaincu de la suivre pour profiter de vos réseaux, de vos papiers d'astronaute, et même de votre Bugatti. Vous deviez rester au calme, vous deviez reprendre des forces... Elle est venue vous débusquer chez vous !

Le Britannique tourna ses globes endoloris vers Louise et chercha son regard. Mais la jeune femme fixait l'agent spécial Boorman.

– Et on est où exactement ?

– Sur la base 162nd Wing de l'Air National Guard de l'Arizona, qui jouxte l'aéroport civil de Tucson. Retour à votre case départ d'hier soir, avant votre escapade vers Mount Graham.

Miller haussa les sourcils. Voilà pourquoi les vrombissements qu'il avait entendus ne provenaient pas seulement de Boeing commerciaux, mais aussi de chasseurs F-16 dont il était familier. La section aérienne de la garde nationale disposait de bases dans chaque État américain et réalisait notamment des missions de surveillance de l'espace aérien. Entre deux patrouilles, ils offraient aux pilotes réservistes ou même étrangers de s'entraîner et de se qualifier. En cas de besoin, les militaires se mettaient à la disposition du gouverneur de leur État, voire du pouvoir fédéral dans le cadre d'opérations d'envergure nationale.

Louise fulminait.

– Et on peut savoir ce qu'on fout à moitié à poil dans cette pièce de merde ? Et vous, là, avec votre costume à deux balles, vous jouez les infirmières modèles ?

– En attendant votre rapatriement par avion sanitaire, nous maintenons les distances. Vous savez, les gestes barrière, toute cette musique qu'on a entendue mille fois pendant le Covid.

– Et vous vous protégez de quoi ? De nous ?

– On vous a fait une prise de sang à votre arrivée ici. Et nous avons décelé la présence du micro-organisme que vous avez contracté dans l'espace, Miller, en tripotant la dépouille de Bob Jenkins. Et que vous avez aussi attrapé, Vernay, au contact du cadavre de Tony Jermal à Lyon, et aussi de celui de Myrtol, *alias* Carpenter, à Santa Cruz. Et vu la gueule des victimes, on aimerait autant éviter de le choper à notre tour.

Cette fois, le regard de Louise croisa celui de Miller.

Ils étaient donc infectés, comme ils le craignaient.

Une peur primale s'empara de la jeune femme. Une fois de plus, elle était sur le point de perdre son sang-froid.

– On est… on est…

– On va s'en sortir, Louise.

Miller avait soufflé ces mots sans grande conviction. Comment pourraient-ils vraiment s'en sortir ? Leur seul recours, leur seul espoir, était sans doute lui aussi entre les mains des Fédéraux. À cette pensée, Louise éprouva un doute.

– Dites-moi, comment avez-vous su que nous nous trouvions à l'Observatoire du Vatican ?

Boorman contourna le lit de Miller pour se rapprocher de celui de la Française – tout en gardant ses distances.

– Vous avez été vus, sur l'aérodrome de Safford, quand vous êtes arrivés par hélicoptère. Il n'était pas très sorcier d'imaginer que vous étiez à l'observatoire de Mount Graham. C'est la seule infrastructure à des kilomètres à la ronde.

Louise fronça les sourcils.

– L'aérodrome de Safford ? Ce trou minuscule ? On était complètement seuls, c'est n'importe quoi. Dites la vérité, quelqu'un de l'équipe du Vatican nous a dénoncés ? Ou le pilote d'hélicoptère nous a reconnus ? Ou peut-être même Federico…

– Quelque chose comme ça, l'interrompit Boorman, évasif. Mais ce n'est plus vous qui posez les questions, Vernay. Maintenant c'est moi !

– Dans tes rêves ! Je bénéficie d'une immunité diplomatique ! Je suis affectée au service de sécurité intérieure de l'ambassade de France à Washington. Vous ne pouvez rien contre moi.

L'agent spécial sourit.

– Vous n'êtes rien du tout, Vernay. Vous avez enfreint la loi fédérale, vous avez kidnappé un héros et vous représentez un risque sanitaire qui interdit que vous quittiez le territoire américain.

– Je veux immédiatement prendre contact avec l'ambassade !

— Vos amis vous ont lâchée. Ils savent que vous êtes une tête brûlée, un électron libre. Ils sont dépités de ce qui est arrivé. L'ambassadeur de France nous a personnellement présenté ses excuses.

Louise s'étrangla et se releva brutalement de son lit de fortune. La tête lui tournait, mais elle tint bon.

— Présenté ses excuses ? Et en quel honneur ?

— Parce que vous avez failli tuer Ethan Miller. Avec votre course-poursuite inconsciente et impardonnable.

L'astronaute se releva à son tour, bravant les effets des somnifères dont on l'avait gavé.

— Mais arrêtez avec ces conneries ! Je n'ai jamais été enlevé, ou kidnappé ! Je suis majeur et vacciné, j'ai suivi Louise de mon plein gré ! Et c'est moi qui conduisais la Bugatti, je vous rappelle ! Qu'est-ce que vous allez encore inventer ?

Jim Boorman se tourna lentement vers l'astronaute.

— On connaît la musique, monsieur Miller. Le syndrome de Stockholm.

— Le syndrome de...

Le Britannique éclata de rire. Le *Fed* pensait donc que lui, Miller, était tombé amoureux de sa « ravisseuse » et avait fini par la comprendre, et même la soutenir, dans son délire. Et puis quoi encore ?

— Vous racontez n'importe quoi. Si le but est de tronquer la vérité pour me blanchir, éviter un scandale planétaire et faire porter le chapeau à une Française, vous planez. Jamais je ne laisserai dire ça.

L'astronaute savait pertinemment que, si une telle chose se produisait, Louise risquait de longues années d'emprisonnement.

— Écoutez-moi, Boorman. Il y a urgence, il faut nous libérer pour nous permettre de sortir de ce cauchemar... Et pour éviter que d'autres victimes ne soient atteintes du même mal... La situation est critique, le microbe qui nous a contaminés n'a pas le même ADN que tout ce qui vit sur Terre. Il n'est pas... enfin, il ne peut pas...

– Je sais, oui. Nous avons interpellé votre ami, le geek surnommé « Do It Yourself ».

L'astronaute pâlit. C'était donc ça. Dieu sait ce qu'ils lui avaient fait subir, pour le faire parler. Et quelle peine il encourait lui aussi.

– Et les Russes sont parvenus à la même conclusion, grâce à des données obtenues à partir de *votre* cadavre, Vernay. Celui que vous et toute la police française n'avez pas été foutus de garder sous bonne protection. Mais, de toute manière, tout ceci n'est qu'un leurre. Nous savons que les Russes ont tout inventé. Ils nous enfument avec leur histoire de micro-organisme extraterrestre. Ils nous accusent de cacher son existence pour se protéger, eux. La meilleure défense, c'est l'attaque. Ils savaient que nous les suspections ; ils ont inondé les réseaux sociaux pour vous jeter en pâture, pointer les États-Unis du doigt et détourner l'attention. Ils sont très doués à ce petit jeu. Souvenez-vous de ce dont ils ont été capables en 2016, pour faire gagner Trump et disqualifier Hillary Clinton. Ils peuvent entrer partout sur la Toile et accéder à n'importe quel contenu.

Boorman s'approcha un peu plus près de Louise.

– La vraie question est : comment ont-ils eu connaissance de votre escapade avec Miller ? Comment ont-ils eu accès au cadavre de Tony Jermal, à Lyon ?

La Française blêmit.

– Miss Vernay, quels sont vos liens avec les Russes ? Avec le KGB ?

– Vous allez vraiment inventer *ça* ? Vous n'avez rien trouvé d'autre ? Et si c'était vrai, toutes ces histoires de micro-organisme d'origine extraterrestre ? Ça ne vous a jamais effleurés ?

– Votre défense est pathétique, *commissaire*. Si vous espérez être blanchie en accusant des petits hommes verts, vous êtes mal barrée.

Boorman tourna les talons et s'apprêta à quitter la pièce.

– Attendez ! siffla Miller. Et moi, j'ai le droit à un coup de fil ?

L'agent spécial parut embarrassé.

– Eh bien... J'imagine que oui. Vous êtes une victime, à nos yeux. Je ne vois rien qui s'y oppose.

– Je souhaite pouvoir téléphoner seul. Sans personne. Ce sera bref.

Boorman hésita, oscillant d'un pied sur l'autre.

– Seul ? Je ne peux pas vous laisser sans surveillance...

– Je suis accusé de quelque chose ? Je suis votre prisonnier ?

– Eh bien... vous êtes sous ma responsabilité, et celle des médecins. Vous n'êtes pas tout à fait libre de vos mouvements.

– Mais pour téléphoner, sans quitter la base ? Je peux être seul, non ?

Boorman finit par céder. Au fond, il avait placé le portable de Miller sur écoute et « chargé » sa tunique bleue de matériel quasi microscopique. Il serait aux premières loges, avec ses écouteurs.

Le Britannique, masque vissé jusqu'aux yeux, suivit le *Fed* dans les couloirs du bâtiment principal de la base, une sorte de hangar aux plafonds hérissés de tuyauteries et flanqué de murs ornés de l'étendard de l'Air National Guard – un simple soldat coiffé d'un béret, et auréolé de deux esquisses d'avion de chasse –, revêtus de l'immatriculation de la base : 162nd Wing. Au-dessus d'une porte à double battant, une pancarte annonçait : Air National Guard – Air Force Reserve Command – Test Center. Des pilotes réservistes venaient régulièrement s'entraîner ici pour ne pas perdre la main. À travers une fenêtre, l'astronaute aperçut sur le tarmac deux immenses auvents de tôle ondulée sous lesquels sommeillait une petite collection de F-16. Il reconnut de vénérables General Dynamics F-16 Fighting Falcon, d'ancienne génération, mais aussi des Viper sortis récemment des usines de Lockheed Martin.

Cette vision le démangea aussitôt.

Il sonda l'espace tout autour de lui et avisa des armoires métalliques qui devaient logiquement abriter des combinaisons anti-G, indispensables pour encaisser les manœuvres brutales à bord des chasseurs sans perdre connaissance.

Un plan germa dans son esprit.

Il était hors de question qu'il pourrisse dans un quelconque hôpital, en observation, les bras croisés, alors qu'un agent pathogène d'origine inconnue pouvait se répandre dans la population. Il nourrissait aussi le secret espoir, comme Louise, de dénicher une improbable recette capable de neutraliser cette gangrène invisible, avant que ses intestins n'éclatent.

L'adrénaline jaillit dans ses veines. Il ne s'était jamais senti dans cet état, prompt aux actes les plus risqués, pour ne pas dire désespérés. Quelque chose en lui le poussait à prendre des initiatives insensées, peut-être pour compenser ce démon du jeu qui était revenu le hanter de plus belle. Malgré la gravité de la situation, il brûlait de s'enfuir vers Las Vegas, ou n'importe quel casino digne de ce nom, pour flamber. Tout ce qu'il avait, et aussi tout ce qu'il n'avait pas. La vie était courte ; tout pouvait basculer. Il fallait brûler la chandelle par les deux bouts.

Boorman l'abandonna enfin dans une pièce tout aussi spartiate que celle d'où il venait. Sur une table, son téléphone l'attendait dans un étui en plastique. Il l'activa immédiatement et respira : l'appareil bénéficiait encore d'une bonne demi-charge.

— Vous avez cinq minutes, pas une de plus.

Puis l'agent spécial du FBI se posta juste derrière la porte. En tendant l'oreille, il pourrait tout entendre. Miller se doutait bien que sa ligne était aussi placée sur écoute et qu'il ne bénéficierait d'aucune intimité. Il ne devait prononcer aucun mot, d'autant qu'il était aussi certainement équipé d'un micro, voire d'une minuscule caméra, logés dans un revers de sa tunique ou peut-être juste sous le col. Sans parler de la discrète vidéosurveillance dont il devait faire l'objet, en cet instant même, dans cette pièce. Il réduisit l'intensité lumineuse de son écran au maximum, de manière à le rendre presque illisible. Enfin, il consulta sa messagerie cryptée en plissant les yeux. Développée par les services secrets britanniques, et adaptée par la Royal Air Force, cet outil était réputé inviolable. Les agents du Mossad en personne reconnaissaient que la messagerie cryptée des agents britanniques comptait parmi les plus impénétrables au monde.

Il consulta d'abord ses mails et découvrit un message adressé par DIY avant son interpellation par le FBI. Le biologiste avait analysé finement le prélèvement réalisé sur l'astronaute américain décédé dans la Station internationale. Le mail comportait deux pièces jointes qu'il ouvrit instantanément.

Miller parcourut les données, nettement plus détaillées que les informations brièvement échangées par téléphone avec le biologiste.

Plus le premier document défilait devant ses pupilles pétrifiées, plus son visage se métamorphosait. Quand il plongea dans le second fichier, il n'eut d'autre choix que de s'affaler sur une chaise. Il lut et relut les conclusions. Puis il mémorisa les données techniques les plus importantes. Enfin, sans l'ombre d'une hésitation, il détruisit le message.

Aussitôt après, il rédigea un courriel. Il n'avait jamais utilisé un tel passe-droit. Il savait qu'il ne bénéficierait pas d'une seconde chance. La situation était désespérée. C'était le jour ou jamais.

Il composa son message en utilisant sa meilleure prose et ses arguments les plus convaincants.

Serait-il entendu ? Le pari se révélait risqué, complètement dingue, même. Mais à ce stade, il n'avait aucune autre option possible. Aussitôt envoyé, il prit soin d'effacer son message. Il ne devait laisser aucune trace. La messagerie était certes l'une des plus sécurisées du monde, mais qui sait... Deux précautions valent mieux qu'une.

Il ne lui restait plus qu'à prier, lui, l'agnostique qui ne croyait en rien.

Cinq minutes s'étaient écoulées, si bien que Boorman déboula sans frapper.

– On y va. Laisser votre téléphone et suivez-moi.

Miller désactiva son mobile et le glissa dans l'étui. Il se doutait que l'agent du FBI devait enrager, sachant qu'il n'avait parlé à personne. Ni les micros, ni les caméras n'avaient pu capter quoi que ce soit.

Il fut reconduit dans sa première geôle. Louise se dressa, le regard empli de points d'interrogation.

– Je vous laisse, l'avion sanitaire doit arriver dans moins d'une heure. D'ici là, une infirmière va venir vous faire une nouvelle prise de sang, pour étudier l'évolution du micro-organisme. Apparemment, il se multiplie rapidement. Très rapidement, même...

Boorman sortit en claquant la porte et sans attendre une quelconque réponse.

– Ethan ? Qu'est-ce qui se passe ? À qui as-tu téléphoné ?

C'était exactement ce qu'espérait l'agent spécial du FBI en déguerpissant. Susciter un échange verbal entre les deux pestiférés et comprendre enfin ce que le Britannique venait de tramer avec son téléphone portable.

Lucide, Miller se rapprocha de Louise. Il posa son index sur les lèvres de la jeune femme, puis leva les yeux au ciel, tout en pointant son œil et son oreille, comme pour indiquer la présence de micros et de caméras.

Vernay fronça les sourcils et murmura entre ses dents :

– Les enfoirés...

L'astronaute se colla contre elle. Deux fines étoffes les séparaient. Il pouvait sentir ses formes, et la chaleur de sa peau.

Louise arrondit deux globes stupéfaits, oscillant entre l'incompréhension et une étincelle de bonheur extatique.

– Mais...

L'astronaute commença d'explorer le corps de l'enquêtrice. Il palpa le revers du col de sa tunique, puis glissa la main le long de sa poitrine.

Était-il à la recherche d'un micro ou d'une caméra miniature ?

L'espace d'un instant, c'est l'illusion qu'il donnait.

Mais Louise sentit une masse raidir contre son abdomen. La blouse de coton ne laissait aucune chance de dissimuler une telle manifestation physiologique. Une réaction inattendue de la part de ce *so british*, toujours flegmatique et maître de ses pulsions. Depuis quelques heures, son sang entrait facilement en ébullition, si bien qu'il ne maîtrisait presque plus rien.

Louise tenta de se détacher de lui. Elle n'avait aucune envie d'être matée par tous les poilus de la base, et moins encore par ces enflures du FBI. Ce n'était certainement pas le moment.

Il fallait y penser avant, par exemple à l'hôtel, la nuit précédente.

Mais Ethan la retint fermement. Il avait perdu tout contrôle de lui-même, et semblait mû par quelque chose d'étranger, d'extérieur à lui. Il fixa l'enquêtrice d'un regard ardent, et n'avait aucune intention de filer *à l'anglaise*. Au contraire, il colla ses lèvres sur celles de la jeune femme.

Louise haussa les sourcils et tenta, une nouvelle fois, de le repousser. Elle ne cessait de penser aux caméras qui l'observaient. L'exhibitionnisme ne comptait pas parmi ses tares.

Ethan insista. L'enquêtrice, gênée, ne savait plus que faire. Bien sûr, elle en crevait d'envie. Mais pas ici, pas maintenant. Voilà qu'il s'efforçait de mettre la langue...

Et puis merde, songea-t-elle. On ne vit qu'une fois.

L'astronaute lui roula une pelle comme elle n'en avait plus goûté depuis l'âge de seize ans. Ce mâle était affamé, et se lâchait – enfin. Elle répondit de toute sa langue, et de toute sa mâchoire. Le corps à corps s'engagea comme une gigue un peu maladroite. Il fallut se débarrasser de ces affreuses blouses. Un geste suffit à les arracher.

Ils étaient entièrement nus. Leur peau palpitait ; les cages thoraciques s'élevaient et s'affaissaient au même rythme haletant. Miller déposa des baisers brûlants sur le cou de la Française, puis s'attarda sur ses seins. Il s'exerça ensuite sur ses hanches, ses fesses, et remonta le long du dos comme s'il jouait de la harpe. Il était ensorcelé.

Louise exultait.

C'était un Dieu, une bombe, un corps parfait. Il fallait être bien difficile pour penser le contraire. La tigresse prit finalement le relais ; les caméras, les micros, la base, leur fuite : plus rien n'existait. Elle fit basculer l'astronaute sur le sol, un immonde linoléum qui ferait l'affaire. Le contact du polyester le fit frémir.

Elle fouilla d'abord son torse ébouriffé d'une toison rouquine. Puis elle coula vers le nombril serti dans une sangle de muscles en béton, et finit par engloutir l'arme turgescente qui pointait vers le ciel. Sa bouche peinait à l'envelopper, tant le désir faisait enfler ce glaive enflammé.

L'astronaute bascula le visage en arrière et fixa le plafond sans le voir. Il écarquillait les yeux ; un sourire béat traversait son visage d'ange.

Trêve de préliminaires ; elle s'empala sur le trophée au summum de sa tumescence. Elle s'éleva et s'abaissa de plus en plus vite. Elle était insatiable. Elle n'attendait que ça depuis deux jours.

C'est alors qu'une infirmière fit irruption dans le local, une seringue à la main. Elle s'immobilisa net, et piqua un fard mémorable. Elle fit demi-tour, tout en bredouillant une vague excuse.

– Attendez !

Louise s'était dressée avec l'agilité d'une panthère et se précipita sur la nurse.

– C'est quoi, votre problème ? Vous aimez mater, c'est ça ?

La soignante se décomposa.

– Non, pas du tout... Je... Je venais pour la prise de sang, mais... je repasserai...

– Non. Allez-y. Maintenant.

Louise déplia son avant-bras. Elle était toujours nue comme un ver et semblait n'en éprouver aucune gêne. Quelle mouche l'avait piquée ? L'infirmière, médusée, obtempéra. Elle inséra maladroitement l'aiguille dans la veine céphalique. Sa main tremblait, mais Louise ne broncha pas. Elle fixait la jeune fille, désorientée. La soignante tira sur le piston, et, enfin, retira l'aiguille

Au même instant, Ethan récupéra sa blouse – du moins ce qu'il en restait – et se releva à son tour. L'infirmière jeta un œil sur l'astronaute en mouvement.

Louise profita de cet instant d'inattention pour saisir le bras de la nurse et le tordre violemment. La soignante poussa un cri strident et lâcha la seringue. L'enquêtrice s'en empara aussitôt et tira l'infirmière contre elle, dos contre torse. Elle brandit la seringue et l'approcha du cou de son otage.

— Et maintenant, tu vas gentiment nous aider à sortir de ce trou.

L'aiguille effleurait la jugulaire et pouvait déverser son poison mortel à tout instant.

La jeune fille tremblait de tous ses membres ; de chaudes larmes immergeaient son visage et trempaient son masque. Des spasmes agitaient son diaphragme.

Le Britannique se rapprocha des deux femmes. Louise lui offrait une occasion en or de mettre son plan à exécution.

La porte s'ouvrit avec fracas.

— Ça suffit, les conneries ! Assez joué ! Lâchez-la !

Boorman était furax. Il brandit son Glock et visa Louise qui ne cilla pas.

— Dégagez, ou je lui enfonce l'aiguille au fond de la gorge.

— Je suis excellent tireur. Baissez cette seringue et lâchez-la !

Miller ne supportait pas ce connard arrogant. Il rêvait de se farcir cette tête de nœud.

– Vous êtes joueur, Boorman ? Nous aussi. Faites vos jeux, c'est quitte ou double. Mais si j'étais vous, je réfléchirais bien. Vous n'avez aucune idée de ce dont Vernay est capable...

Les deux hommes se toisèrent durant d'interminables secondes. L'infirmière urina sur les pieds de la Française, qui ne moufta pas.

Finalement, le *Fed* baissa son arme.

Louise étreignit la nurse qui n'était plus qu'un pantin désarticulé entre ses bras.

– Viens, Ethan, colle-toi derrière moi. La gamine fera écran.

Vernay ressemblait à une femme sandwich ; une fille devant, un homme derrière. Deux boucliers humains, trois corps accolés dont deux à moitié nus... Une vision surréaliste.

Cernés par une dizaine d'hommes, ils progressèrent lentement dans les couloirs jusqu'aux penderies métalliques que Miller avait repérées un peu plus tôt.

– Attends, Louise. Recule vers les armoires.

L'astronaute s'empara de deux combinaisons anti-G, et en enfila une prestement. Il se lesta ensuite d'un parachute – indispensable en cas d'éjection du siège – et d'un casque à double visière.

– Tiens, à ton tour. Donne-moi la seringue.

La passation de relais se fit en douceur, l'otage n'opposant aucune résistance. Les bidasses comme les Fédéraux n'osaient rien tenter, l'infirmière restait en première ligne et avait toutes les chances de morfler une balle perdue ou, plus certainement, l'inoculation d'un virus mortel...

Louise s'empara de la tenue kaki, une pièce que lui tendait Ethan, et s'étonna que d'étranges poches gonflables ornent les cuisses et l'abdomen. Puis elle s'efforça d'enfiler le parachute.

– La vache, il pèse un âne mort !

Elle l'ajusta péniblement, mais sans rechigner. Elle saisit enfin un casque et s'étonna, au contraire, de sa légèreté...

– Vérifie que le masque à oxygène est bien fixé.

Louise hallucina. Il voulait *vraiment* le faire. L'envoyer en l'air, au septième ciel, mais pour de bon. Ce type était complètement fou. À croire qu'un écrou s'était dévissé dans son cerveau parfait, et laissait toute cette belle mécanique huilée sombrer dans la démence.

– Les rangers, surtout, serre les lacets au maximum.

Puis, comme si tout ceci avait un sens, ils se dirigèrent vers l'asphalte brûlant et les auvents qui abritaient les chasseurs. Boorman n'en croyait pas ses yeux. Comment cet astronaute, l'élite de l'humanité, qui venait de braver la mort, pouvait-il à ce point sombrer dans la déraison ?

– Vous êtes complètement dingue, Miller. On ne vous laissera jamais faire ça ! Vous avez pété les plombs !

Le Britannique étudia rapidement la configuration des lieux. Au loin, un 737 s'arrachait du tarmac face à la tour de contrôle de l'aéroport de Tucson. Tout près, deux pistes longeaient le terrain de l'Air National Guard, d'où s'envolaient sans doute les avions de chasse. Les bâtiments de la 162nd Wing semblaient sans vie. Trois 4×4 noirs, propriété des Fédéraux, patientaient en bord de piste. Il aperçut même un stade de base-ball revêtu du logo de l'US Air Force... Le ciel était clair. Le soleil cognait déjà tant qu'il pouvait. C'était un temps parfait.

Louise, elle, commençait à transpirer à grosses gouttes dans sa combinaison. Le bruit des aéronefs qui s'élançaient et atterrissaient ne cessait de lui vriller les tympans.

– Ethan, je n'y arriverai jamais... Je ne le supporterai pas, c'est impossible...

– Ne t'inquiète pas. Tu feras exactement ce que je te dis, et tout ira bien.

Ils se trouvaient maintenant sous les tôles ondulées qui protégeaient les chasseurs. Il identifia aussitôt la silhouette racée d'un F-16 V, une version récente dotée de deux places, et donc capable de les accueillir, lui et l'enquêtrice. Le cockpit était entrouvert. L'engin, affublé de son immanquable bouche d'admission ventrale, elle-même surmontée d'un museau effilé qui se prolongeait d'une courte antenne radar, semblait prêt à décoller. Un mécanicien vérifiait les roues, et l'équipage devait s'affairer dans les parages, sur le point de sauter dans le Viper, visiblement pour un simple entraînement, car l'appareil n'était lesté d'aucun armement.

– Celui-ci, souffla-t-il à son binôme de fortune.

Ils approchèrent du chasseur et s'apprêtèrent à grimper l'échelle métallique. Le mécano, stupéfait, découvrit ce type en tenue de pilote qui, d'évidence, obligeait une fille en blouse blanche à l'accompagner jusqu'au bolide volant. Collé contre lui trottinait une autre femme, vêtue d'une combinaison trop ample pour elle...

– Mais qu'est-ce que vous foutez ?

– Est-ce que tout est OK ? rétorqua Miller sur un ton sec.

– Oui, mais...

– Maintenant dégage, si tu veux pas te prendre une balle perdue.

Le mécanicien leva le nez et découvrit une bonne dizaine de soldats et de flics armés jusqu'aux dents qui s'approchaient à leur tour. Il se carapata sans demander son reste.

Louise s'élança la première et prit place à l'arrière, dans le poste du navigateur. Miller, en équilibre instable, la suivait tant bien que mal, entravé par l'infirmière.

Il s'installa tout en s'efforçant de conserver la seringue à portée de la carotide de la soignante. Puis il replia son bras à la dernière seconde et enclencha la fermeture de la verrière en forme de goutte d'eau.

L'infirmière, pétrifiée et chancelante, resta debout sur l'échelle et n'osa plus faire un geste.

Elle empêchait les sbires du FBI et de la 162nd Wing de viser Miller. Elle continuait de faire écran, malgré l'absence de menace. Pire, si le F-16 démarrait son roulage, elle risquait de s'effondrer au sol.

– Descendez ! Ne restez pas là, descendez !

Boorman avait beau s'époumoner, la nurse restait médusée. Elle ne comprenait rien à ce qui se déroulait autour d'elle et n'avait aucune conscience du danger.

Finalement, un *Fed* s'avança vers l'échelle en tendant le bras, pour l'inviter à descendre.

– Venez, ne restez pas là !

Au même instant, Miller enclencha le puissant turboréacteur à double flux du Viper. Une bombe volante capable de générer une poussée de treize tonnes et de propulser son pilote à quatre mille mètres d'altitude en moins de vingt secondes...

Cette fois, l'infirmière se courba, et manqua dévaler la passerelle tête la première. L'astronaute roula sur l'asphalte pour rejoindre la piste.

Boorman tira plusieurs balles de 9 mm sur l'appareil, mais les projectiles ricochèrent sur le fuselage. Le F-16 s'était retourné et offrait désormais l'imposante tuyère de son bloc Pratt & Whitney face aux policiers et aux militaires. L'orifice spectaculaire menaçait d'éjecter ses gaz de combustion à des températures ardentes. À chaud, en plein vol, elles dépassaient aisément les 1 200 °C... et même à froid, le flux et la chaleur pouvaient occasionner des dégâts.

– Baissez-vous ! hurla un sous-officier de l'US Air Force.

Comme prévu, Miller actionna la manette des gaz afin de créer un nuage hostile. Tout en manœuvrant pour rejoindre la piste qui longeait la base aérienne de la garde nationale, il ne cessa de parler à Louise par radio interposée. Pour la rassurer, et pour la briefer sur les fondamentaux : comment attacher les sangles qui la rivaient au siège éjectable – très maniables avec leur enrouleur ; comment brancher son masque à oxygène et surtout sa combinaison à l'ordinateur de bord.

– La combinaison à l'ordinateur ? À quoi ça sert ?

– C'est pour faire gonfler automatiquement les poches qui sont cousues sur les cuisses et l'abdomen. Quand on prend plusieurs G, ça comprime la circulation sanguine pour renvoyer le sang dans le cerveau, et empêcher un *G-LOC*.

– Un quoi ?

– Un voile noir devant les yeux, généralement suivi d'une perte de connaissance, parce que le sang du cerveau est aspiré dans les membres inférieurs. Ça arrive quand on prend des virages serrés.

Louise se décomposa. C'était encore pire que ce qu'elle redoutait. Elle se sentait prise au piège, sur le point de vivre une expérience redoutable. Une sorte de grand huit XXL qu'il faudrait endurer non pas quelques minutes, mais de longues heures.

– Baisse tes visières, le soleil est pleine face, il va t'éblouir.

– Ethan... Non... Je ne me sens pas bien du tout...

Miller accéléra jusqu'à 300 km/h, puis arracha les treize tonnes du F-16 – dont cinq de kérosène, la jauge était au maximum –, et disparut dans le ciel dégagé de l'Arizona.

Chapitre vingt-huit

Jeudi 26 mai 2022, 11 h 16

L'astronaute pilotait en douceur, il lui fallait éviter d'incommoder Vernay. Cela ne durerait qu'un temps, quelques minutes tout au plus ; il savait pertinemment qu'il recevrait très vite la visite d'une patrouille de l'US Air Force pour le contraindre à l'atterrissage d'urgence. Mais ses collègues auraient du fil à retordre. Miller connaissait le F-16 sur le bout des doigts ; depuis les années 1970, c'était l'avion de chasse le plus vendu au monde. Le problème, c'est que le Viper subtilisé par le Britannique, sans doute dédié à la formation et à l'entraînement, n'embarquait ni missile, ni roquette, ni bombe guidée par laser ou GPS ; aucun des équipements traditionnels. Même le canon Vulcain était dépourvu de munitions. Autant dire qu'il n'avait aucune chance en cas de combat...

– Ethan... On le branche où, ce foutu flexible ?

Louise, pétrifiée à l'idée de subir des turbulences extrêmes, avait écouté Miller d'une oreille distraite. Elle se trouvait face à une planche de bord futuriste, projetant une vidéo verdâtre de ce qui semblait être la zone devant l'avion. Autour figuraient un altimètre analogue, un G-mètre, des contrôles d'oxygène et bien d'autres gadgets qu'elle s'efforçait de ne pas même effleurer, de peur de faire crasher l'appareil.

Miller n'avait aucun plan de vol et connaissait seulement sa destination finale – si tant est qu'elle existât vraiment. Il volait à dix mille pieds*, si bien que l'oxygène abondait encore. Mais il devait s'élever rapidement pour adopter sa vitesse de croisière de cinq cents nœuds**.

Avant même de mettre le cap sur l'océan Atlantique, il brancha l'Autopilot, puis détacha les sangles qui le nouaient à son siège éjectable avant de se retourner. Il n'avait pas le choix : il ne pouvait laisser sa partenaire dans cette situation. Sans oxygène, c'était le collapse, puis la mort assurée. Or, il ne lui suffisait que de quelques secondes pour glisser le bras au-dessus de son siège et du combiné d'instruments de son navigateur, afin de connecter la combinaison de la jeune femme.

Louise blêmissait à vue d'œil. C'était mal parti, d'autant que, pour l'instant, elle n'avait rien vu... Elle saisit l'avant-bras d'Ethan et le serra de toutes ses forces.

– Je... je ne veux pas mourir... Pas maintenant...

La Française n'était pas dupe et se doutait bien qu'ils ne couleraient pas un voyage paisible. Miller avait relevé ses visières et tentait d'offrir un visage serein et apaisant. Mais ses propres angoisses affleuraient. Son regard ne pouvait masquer sa culpabilité d'avoir embarqué Louise dans une aventure aussi risquée.

– Et tu comptes nous emmener où comme ça ?

– Dans l'océan Atlantique. Je t'expliquerai.

Le Britannique stressait. À cette vitesse, le F-16 avalait les kilomètres en une poignée de secondes et n'avait toujours aucun cap. Il voulut reprendre son poste, mais la jeune femme resserra son emprise. Elle était semblable à une petite fille apeurée qui s'éveillait d'un cauchemar et qui ne pouvait s'affranchir du réconfort d'un père. Son père... L'image se matérialisa soudainement dans son esprit, si bien qu'elle fondit en larmes.

* Environ 3 000 m d'altitude.

** 900 km/h.

— Louise, qu'est-ce qui se passe ?

Des hoquets l'empêchaient de répondre. Elle laissait libre cours, une nouvelle fois, à ses terreurs les plus profondes, comme au cœur du parc de la Tête d'Or. Elle éprouvait trop d'émotions, et beaucoup trop de fatigue aussi. Elle n'avait dormi que quatre heures en deux jours ; ses forces l'abandonnaient.

— Il faut que je reprenne les commandes. Mais fais-moi confiance. On va...

Une violente turbulence l'arracha en arrière.

L'Autopilot s'était brutalement déconnecté, et l'appareil s'était mis en piqué. En quelques millièmes de secondes, tout avait basculé. Le F-16 avait décroché et fonçait droit vers la Terre.

Décidément, l'astronaute avait rendez-vous avec la mort, et la grande Faucheuse avait décidé qu'il périrait, d'une manière ou d'une autre, en fondant vers le sol à pleine vitesse...

Le décrochage propulsa Miller contre la vitre du cockpit, une épaisse bulle de verre à l'épreuve des impacts d'oiseaux. Le choc fut d'une telle violence qu'il perdit instantanément connaissance. Louise eut à peine le temps d'apercevoir le Britannique percuter le vitrage ; son champ de vision se rétrécit drastiquement, elle ressentit la pression des poches d'air sur les jambes et l'estomac, mais le sang, comme happé au fond d'un siphon, se vida brutalement de son cerveau.

Un voile noir traversa ses pupilles, puis elle tourna de l'œil à son tour.

Miller, lui, s'était entraîné des centaines d'heures en centrifugeuse et se trouvait capable d'encaisser jusqu'à dix G – le maximum possible à bord d'un avion de chasse. Mais jamais il n'avait eu à endurer un choc cérébral dans ces conditions extrêmes. Le casque avait à peine atténué l'impact...

L'avion continuait de piquer vers le sol. Autour de lui, trois chasseurs F-5 Freedom Fighter tentaient de le suivre dans cette vrille incontrôlée. Miller avait involontairement déconnecté sa radio en se contorsionnant dans le cockpit et n'avait entendu aucune des injonctions des soldats mexicains qui l'exhortaient à quitter l'espace aérien de leur pays souverain. En désespoir de cause, ils avaient effectué un tir de semonce ; le souffle avait fortement chahuté l'avion et perturbé les commandes.

Trois minutes plus tôt, l'astronaute, lorsqu'il avait enclenché le pilote automatique, ignorait qu'il flirtait déjà avec la frontière – Tucson ne se trouvait qu'à soixante-dix kilomètres du Mexique à vol d'oiseau.

Le F-16 continuait sa descente aux enfers et menaçait de se crasher sur des habitations. Les militaires mexicains s'époumonaient pour tenter de réveiller l'équipage américain. Mais ni le pilote, ni le navigateur ne répondaient. Ils voulaient leur laisser une chance d'en réchapper, soit en redressant le Viper, soit en s'éjectant, si l'appareil se trouvait définitivement hors de contrôle.

– *Recover ! Recover !*

Ils hurlaient dans le vide.

Alors, les F-5 n'eurent d'autre choix que d'abattre l'intrus avant qu'il n'agisse comme une bombe en pulvérisant un quartier entier, avec la quasi-totalité de son carburant...

Le capitaine Hernández arma l'un de ses missiles air-air.

Difficile de viser un chasseur en piqué. Heureusement, l'officier mexicain était très expérimenté.

Il approcha le pouce du bouton rouge qui ornait sa commande pilote.

Au moment d'appuyer, le F-16 se redressa, comme par miracle. Il leva le nez et remonta à dix mille pieds.

Dans le cockpit, Miller et Vernay demeuraient inconscients.

L'auto-GCAS, le système anticollision avec le sol, avait fait son travail. Cette technologie mise au point par la NASA avait nécessité trente ans de développement... et avait déjà sauvé la peau d'une dizaine de militaires, généralement victimes d'une perte de connaissance après avoir encaissé huit ou neuf G trop brutalement. Toute la scène – du piqué brutal au redressement inespéré – avait pris moins d'une minute...

L'astronaute reprit enfin ses esprits. Il ressentit une forte douleur derrière la nuque. Avant de se harnacher, il se retourna vers Louise. Elle était inconsciente, comme il le redoutait. Elle n'avait pas supporté le choc, et avait subi un *G-LOC*.

Encore engourdi, il se rassit dans son siège, boucla ses sangles, reconnecta sa radio et reprit tant bien que mal le contrôle des commandes. Il tourna sa tête endolorie dans la verrière qui offrait une vision à 360 degrés, et avisa les trois F-5.

— Vous vous trouvez dans l'espace aérien du Mexique, regagnez immédiatement les États-Unis !

Cette fois, Miller reçut le message cinq sur cinq. Il vira sur la gauche, puis grimpa à vingt mille pieds* et poussa les gaz pour atteindre la prodigieuse vitesse de Mach 2, soit 2 000 km/h. Il devait rejoindre l'Atlantique au plus vite.

Son cœur se contracta ; une immense bouffée de tristesse l'envahit. Ce n'était ni l'endroit, ni le moment. Il culpabilisait comme jamais, se sentait responsable de ce fiasco et de ce coup de folie incontrôlé, sans aucune certitude, de surcroît, d'atteindre son objectif. Mais à peine avait-il vaguement repris la situation en mains que de nouvelles injonctions vinrent percuter ses tympans.

— Viper 34, suivez-nous !

Cette fois, deux F-18 Super Hornet de l'US Air Force l'encadraient. À cette vitesse folle, mieux valait contrôler son jet ; le moindre écart, et c'était la catastrophe.

— Je ne suis pas armé, je ne représente aucun danger. Je veux juste quitter le territoire américain !

Miller savait pertinemment qu'il parlait dans le vide. Un chasseur, même sans aucune munition, restait considéré comme une arme. Et puis il était recherché par le FBI, et

* 6 000 m d'altitude.

devait se rendre aux autorités. Il tentait juste de gagner du temps.

La patrouille américaine le suivait depuis le début, ou presque, mais n'avait pas pris le risque de traverser la frontière.

L'astronaute décida alors de jouer un nouveau numéro d'équilibriste. Il amorça un virage à quarante-cinq degrés, frôlant l'un des F-18, et fonça vers l'espace aérien mexicain. Il se savait pris en étau, et avait décidé d'en jouer. Pendant plus d'une heure, il slaloma entre les deux pays, oscillant sans cesse de part et d'autre d'une ligne imaginaire séparant les deux nations. Cinq appareils lui collaient sans cesse aux basques, les deux F-18 et les trois F-5 mexicains. Cette configuration rendait les pilotes de plus en plus nerveux. Tout pouvait déraper d'une seconde à l'autre. Il suffisait qu'un des appareils franchisse involontairement la frontière pour qu'il fût pris à partie par la patrouille adverse.

Le Britannique recevait des sommations permanentes, de plus en plus agressives. Il finit par couper sa radio et se concentra sur son vol. Il n'avait qu'une obsession : rejoindre l'océan Atlantique où l'attendait, peut-être, sa délivrance.

Ses chances de succès étaient inférieures à 20 %. Il devait d'abord lutter contre lui-même. Lui, le serpent au sang froid, sentait la tension monter ; ses veines et artères palpitaient anormalement, et la pression artérielle grimpait. Pourtant, il était formé à encaisser des stress bien plus intenses, comme une évacuation sans l'usage de ses bras, durant des simulations de blessures de guerre. Il savait que les cinq excités qui vociféraient dans leur radio pouvaient craquer. Bien sûr, ils avaient des ordres. Tant que Miller ne flirtait pas avec une « cible » terrestre – en menaçant de se crasher, comme un peu plus tôt –, il devait être escorté, sous contrainte, jusqu'à la piste la plus proche. L'abattre tandis qu'il fuyait, sans arme, avec une civile, ne pouvait constituer une option. Du moins, officiellement...

Mais il y avait plus problématique. À force d'accélérer et d'enchaîner les virages, le Britannique consommait beaucoup de carburant. Son F-16 Viper possédait deux réservoirs « conformes » qui s'ajoutaient aux réserves de base. Il pouvait, en théorie, voler près de trois mille six cents kilomètres à vide et dépourvu d'armement. Bien sûr, Vernay et lui représentaient une charge, mais l'absence de toute bombe ou missile s'avérait un précieux atout. L'astronaute gardait en permanence un œil sur la jauge.

Tandis qu'il survolait le Texas et approchait de la Louisiane, Miller décida de réduire vitesse et altitude durant les mille cinq cents derniers kilomètres. Au même moment, il fit croire à ses poursuivants qu'il obtempérait et qu'il atterrirait sans faire d'histoire sur la base de leur choix. Grâce à ce cache-misère, il économisa de précieux gallons de kérosène et rendit le trajet bien plus supportable pour sa passagère. Oubliées, les cabrioles ; il volait désormais en mode tranquille.

Louise finit par reprendre connaissance. Elle était d'une pâleur cadavérique. Ses organes avaient été fortement chahutés. Sa tête avait ballotté et tapé à maintes reprises contre la verrière, dans tous les axes. Elle ressentait encore une nausée désagréable, l'estomac au bord des lèvres et une douleur lancinante au niveau du crâne. Elle n'avait rien vu des acrobaties entre le Mexique et les États-Unis, et ce n'était pas plus mal. Devant son nez, les deux aiguilles traînantes du G-mètre s'étaient pourtant affolées, jusqu'à flirter avec les 8G.

– Ethan... Qu'est-ce qui s'est passé ? Où sommes-nous ? J'ai mal partout... J'en peux plus, j'ai envie de vomir...

– On suit des F-18 vers la base de Barksdale, en Louisiane.

– Tu vas te rendre ? On va atterrir ?

Louise reprit quelques couleurs.

– Pas exactement... Disons qu'on fait un break.

Miller voulait longer la côte en survolant le golfe du Mexique, afin d'atteindre au plus vite l'Atlantique. Il ne pouvait plus perdre de temps – ni de carburant – en survolant les terres. Il décrocha en douceur pour préserver Louise toujours très fragile, et fila vers l'est. Il reprit de l'altitude. Ses réserves l'inquiétaient de plus en plus.

Étrangement, les deux F-18 l'avaient laissé faire. Sans doute rejoignaient-ils leur base, contraints et forcés, pour faire le plein de carburant. En mission et surarmé, un chasseur ne peut guère voler plus de mille cinq cents kilomètres. Mais Miller ne pavoisait pas. Il savait qu'il serait tout prochainement en contact avec une nouvelle patrouille d'interception qui prendrait le relais.

Il approchait enfin des côtes atlantiques. Comme prévu, son écran radar, qui mangeait les deux tiers de son visualisateur holographique tête haute, annonça la visite non pas de deux, mais de quatre chasseurs.

Deux minutes plus tard, les aéronefs surgirent en visuel. Quatre F-16, tout comme le sien, mais dotés d'armes menaçantes... Miller devait tenir. Encore cinq cents kilomètres, et peut-être atteindrait-il son objectif.

20 % de chance... Sans doute moins.

Louise voyait les Viper s'approcher dangereusement. La verrière en forme de goutte d'eau offrait une vue panoramique imprenable, y compris vers le bas. Le ballet des chasseurs la terrorisa. Le cauchemar allait reprendre ; même si elle n'avait rien vu la première fois, elle gardait les stigmates des turbulences gravés dans sa chair.

– Viper 34, ici le lieutenant-colonel Mike Spencer de l'US Air Force. Ceci est notre dernier appel et votre dernière chance d'obtempérer. En cas de refus, nous avons reçu l'ordre de vous abattre.

L'astronaute ne dit mot. Il prit le risque d'accélérer pour dépasser les côtes de la Floride et tirer droit vers l'océan.

– Ethan, à quoi tu joues ? Ces tarés vont nous bousiller !

– Je répète : dernier appel...

Miller se glaça. Ce type ne plaisantait pas. Sa voix ferme, son débit rapide et limpide n'indiquaient aucune inflexion qui pût traduire un mensonge. Ça aussi, Miller l'avait appris : savoir reconnaître si l'ennemi bluffait ou non. Mais il n'avait pas acquis cette technique à l'école de l'air, ni à l'Agence spatiale européenne. Il maîtrisait cette aptitude grâce au poker. Il savait déceler le moindre bluff, la moindre hésitation ou faux-semblant chez ses adversaires. Comment avaient-ils pu recevoir un tel ordre ? À moins que des intérêts supérieurs n'aient fini par l'emporter... Des intérêts qui dépassaient ceux du FBI, voire de l'armée américaine, et qui avaient déjà failli lui coûter la vie, trois jours plus tôt, lors de son retour désespéré sur Terre...

Si seulement sa « cible » apparaissait enfin sur son écran... S'était-il fourvoyé ? Avait-il mal interprété les coordonnées ? Ou bien la position avait-elle changé ? Le Britannique se préparait au pire et n'avait qu'une seule option : l'esquive.

– Je suis désolé, Louise, ça va secouer très fort. Il faut que tu contractes au maximum tes abdominaux et que tu te concentres sur un point fixe.

– Ethan, non, qu'est-ce que tu...

Un signal strident retentit dans le cockpit, et un voyant rouge se mit à clignoter frénétiquement sur la planche de bord. Les fugitifs étaient « lockés » par un missile AIM-9 Sidewinder. L'engin, guidé par un radar infrarouge, fondait sur sa cible à la vitesse de Mach 2,5, ne lui laissant presque aucune chance d'en réchapper...

Aussitôt, la Française s'écrasa dans son siège comme piétinée par un hippopotame. Des objets volèrent autour d'elle avant de lui retomber dessus. Miller venait de cabrer brutalement le F-16. Il présentait le dos de l'appareil, pour couper la trajectoire du missile. Dans la même seconde, tandis qu'il tirait sur la poignée pilote de la main droite, il actionna de la main gauche le mode manuel de son CMDS, le « Countermeasures Dispenser System ». Il tourna le bouton rotatif sur le programme 4. En une seconde, des feux d'artifice crépitèrent tout autour du Viper. L'astronaute venait de libérer vingt « Flare » et autant de « Chaff ». Les uns explosaient comme de gros pétards chargés de phosphore rouge, pour détourner l'attention du missile vers leur source de chaleur au lieu de celle générée par le F-16. Les autres distillaient un rideau de paillettes de fibres de verre enrobées d'aluminium, censées brouiller les ondes radar du missile. Si la situation n'était pas aussi désespérée, le spectacle aurait presque pu paraître magnifique.

Grâce à la manœuvre d'évitement et aux contre-mesures, le missile frôla sa cible sans l'atteindre. La patrouille de l'US Air Force tira un second Sidewinder ; Miller vira cette fois à quatre-vingt-dix degrés, occasionnant une pression de 7 G. Le visage de Louise se déforma, ses lèvres découvrirent ses gencives, comme si un ouragan la giflait de plein fouet. Elle ôta son masque à oxygène et vomit tout ce qui lui restait dans l'estomac, sans avoir le temps de saisir le sac prévu à cet effet...

C'était la fin.

Elle s'attendait à voir sa vie défiler devant ses yeux, mais au lieu de cela, ce fut un grand vide. Elle n'avait été qu'un feu follet éphémère, sans intérêt et sans héritier, qui ne laisserait aucune trace. Et que personne ne pleurerait.

Puis, son champ de vision se rétrécit ; un voile noir le recouvrit tout entier... C'était terminé.

Lorsqu'elle reprit connaissance, l'avion volait en ligne droite au-dessus de l'océan, à basse altitude. Calmement. Plus de signal strident ; et plus de chasseurs hostiles en vue. Blême, les lèvres tremblantes et la voix chevrotante, elle articula péniblement.

– Qu'est-ce qui s'est passé ? Comment... Comment on a pu, miraculeusement...

– Après le second tir, ils ont fini par rebrousser chemin et regagner la côte américaine. C'était moins une, je n'avais plus de contre-mesure. Un troisième missile, et c'était mort. Dans tous les sens du terme...

– Tu veux que je tourne de l'œil encore une fois ? Ça t'amuse ? Et pourquoi ont-ils lâché l'affaire ?

– On a atteint la haute mer. Les eaux internationales, si tu préfères. On n'est plus aux États-Unis, ni nulle part d'ailleurs. Ils auraient pu nous poursuivre quand même, mais je crois qu'ils ont compris qu'on ne représentait plus aucune menace. On est sans armes, et à plus de trois cents miles* de toute terre habitée...

– Oui, donc à part se planter en mer, on ne plus faire grand-chose... Et au lieu de nous allumer, ils nous laissent crever tout seuls comme des grands. Super plan !

Au même instant, un nouveau signal retentit. Après sa dernière passe d'armes, Miller avait pratiquement épuisé ses trois réservoirs, le principal et les deux additionnels. Il se trouvait dans le rouge et ne bénéficiait plus que de quelques minutes d'autonomie. Quinze, tout au plus.

– Ethan ? C'est quoi cette fois le problème ? Parle-moi !

Louise avait crié. Elle était maculée de vomissures, tressautant sous des hoquets nerveux, et souffrait de contusions au cou, aux épaules, et surtout au ventre et dans le dos. Elle était au bout du rouleau.

Le Britannique, mutique, observa son radar et pria pour voir surgir, enfin, son objectif. Et pour que son appel à l'aide, quelques heures auparavant, sur sa messagerie cryptée, eût bien été reçu.

20 % de chance d'en réchapper... Peut-être seulement 10, désormais.

– Ici le HMS *Queen Elizabeth*. Est-ce que vous m'entendez ?

Derrière ses visières, les iris de Miller scintillèrent.

– Commandant Miller, ici le HMS *Queen Elizabeth*, vous nous entendez ?

– Ici le commandant Ethan Miller de l'Agence spatiale européenne. Demande autorisation d'apponter en urgence.

– Autorisation accordée, nous vous attendions, commandant !

Sa missive avait fonctionné ! Son ami d'enfance, le prince William, duc de Cambridge, deuxième dans l'ordre de

* 550 km.

succession au trône d'Angleterre, avait accédé à sa requête désespérée. C'est lui, William, et son frère Harry qui lui avaient inoculé le virus de l'air et l'avaient convaincu de devenir pilote. L'astronaute n'échangeait désormais que fort rarement avec le prince, bien trop accaparé par ses devoirs officiels. Mais leur amitié ne s'était jamais tarie. La preuve...

L'astronaute savait que ce porte-avions flambant neuf, en mission depuis deux années seulement, croisait dans les eaux internationales au large de la Floride.

Le pari était dingue, mais c'était sa seule chance de regagner son pays, l'Angleterre, et de mettre Louise à l'abri de tous ses poursuivants.

La porte-avions apparut enfin sur son écran holographique.

– Tu vois, je t'avais dit de me faire confiance.

En réalité, le Britannique transpirait sous sa combinaison. Comme pilote d'essai, il avait tout appris à l'Empire Test Pilots' School. Mais l'appontage, pour cet officier qui ne s'était jamais destiné à la Navy, n'était certainement pas son point fort. L'exercice, de surcroît, n'était qu'un vieux souvenir... Et le pire était que le F-16 n'était nullement conçu pour ce type de manœuvre. Il ne possédait qu'une crosse d'arrêt, pour permettre d'alpaguer un câble de secours en bout de piste, sur terre ferme, en cas d'avarie. L'accessoire, bien plus fin qu'une véritable crosse d'appontage, n'était pas destiné à l'atterrissage sur un porte-avions. Était-il correctement entretenu ? N'allait-il pas se briser ? Et, surtout, lui, Miller, saurait-il accrocher le brin d'arrêt ?

Il se garda bien de partager ses doutes, son angoisse, même, avec la jeune femme. Louise était déjà suffisamment rétamée pour ne pas subir une terreur supplémentaire.

Il réduisit son altitude, au moment même où sa jauge clignotait frénétiquement – traduisant l'imminence d'une panne sèche. Puis il se mit en ligne avec l'immense porte-aéronefs, l'un des plus longs du monde. Pour autant, sa piste de deux cent quatre-vingts mètres ne laissait guère de place à l'erreur.

Louise, défaite, malmenée, pour ne pas dire maltraitée, ne bronchait plus. Et puis elle était tout à fait consciente de l'enjeu. Elle priait, une fois de plus, un Dieu abstrait, qu'elle n'avait jamais autant invoqué que depuis quelques jours... Fallait-il l'imaginer avec une longue barbe blanche ? Une autre image se matérialisa, celle de Federico Lupo. Mais plutôt en diable, avec son costume sombre et deux oreilles écarlates...

Miller baissa la poignée de train d'atterrissage. Les aérofreins se déployèrent aussitôt à soixante degrés, l'ouverture maximum, tandis que les flaperons se déportaient en position de volets de bord de fuite. Au même instant, les voyants de l'Indexer d'angle d'attaque s'illuminèrent sur la gauche de son écran holographique. Il se trouvait dans un axe parfait, pas plus de douze degrés. Il ralentit jusqu'à quatre-vingts nœuds* puis abaissa la crosse d'arrêt.

Il prit une profonde inspiration et pria, lui aussi, pour qu'il accroche l'un des brins tendus sur la piste. Le choc s'annonçait violent : en temps normal, le Viper nécessite trois fois plus de distance pour s'arrêter. Ses roues touchèrent l'asphalte ; il baissa immédiatement l'avant ; la roulette de nez rencontra le sol à son tour. Pour freiner le plus possible, Miller avait trop peu rabattu les aérofreins au moment du contact, si bien qu'ils raclèrent le sol. Il actionna les freins de roue et prit du tangage. Il zigzagua légèrement, et manqua son appontage. Arrivé en bout de piste, il remit pleins gaz à la dernière seconde et manqua se crasher dans l'océan. Le F-16 reprit péniblement de l'altitude, puis tourna pour opérer une nouvelle approche. C'était le second et dernier essai : les réserves de kérosène étaient à sec. Il n'était même pas certain de pouvoir s'offrir cette deuxième chance.

---

* 150 km/h.

Louise était à cran, les ongles enfoncés dans sa combinaison. Elle voulut fermer les yeux, mais c'était pire encore. Elle se concentra sur une manette, ne fixant plus qu'elle, et se répétant sans cesse : « Je suis trop jeune pour mourir, ce ne sera pas maintenant. »

Miller se remit en ligne avec le porte-avions et recommença la manœuvre. Cette fois, hors de question de commettre la même erreur : il rabattit les aérofreins jusqu'à quarante-huit degrés au moment d'atterrir.

— Accroche-toi, Louise, et surtout, prends une profonde inspiration !

À peine eut-il achevé sa phrase que la frêle crosse du F-16 accrocha le deuxième brin d'arrêt du *Queen Elizabeth*. Louise fut brutalement projetée en avant. Elle fut lacérée par ses sangles avant de subir une déchirure proche du coup du lapin. Le souffle coupé net, elle s'évanouit une nouvelle fois.

Elle avait tout subi : l'écrasement, la dislocation, et maintenant l'éjection... Tout en restant soudée à son siège de fer, et en endurant les pires tourments.

La plupart de ses organes avaient changé de position, à plusieurs reprises.

Ethan Miller ouvrit la verrière puis ôta son casque. Il se massa longuement la nuque. Il embrassa l'immense porte-avions et les deux îlots qui dominaient les pistes. Il ressentit les embruns fouetter son visage. Et cet air pur, enfin...

Des « chiens jaunes », puis des soldats de la Royal Navy accoururent.

Ils étaient sauvés.

En piteux état, mais sauvés.

Chapitre vingt-neuf

Lundi 30 mai 2022, 14 h 20, Saint-Mandé

Louise émergea d'un épais brouillard.

Elle avait vécu les quatre derniers jours dans un état comateux. Elle s'éveillait par moments, identifiait vaguement son environnement, puis retombait dans les limbes.

Elle se souvenait, pourtant... Par bribes... L'avion de chasse, les turbulences extrêmes, les traumatismes successifs, l'impression de mourir étouffée, aplatie, désarticulée, désossée même. C'était selon. Ce sentiment angoissant d'être tabassée par un boxeur sadique qui ne lui laissait aucun répit.

Elle avait senti ses tripes remonter dans la gorge ; les sucs gastriques avaient abrasé son œsophage comme autant de jets d'acide sulfurique.

À chacune de ces évocations, l'envie de dégobiller alternait avec celle de chialer. Pourquoi était-elle si nulle ? Si fragile... Le leitmotiv « Je ne suis qu'une merde » tournait en boucle dans son encéphale. « Je n'arrive pas à la cheville d'Ethan. » Au mieux, elle avait dû lui inspirer de la pitié ; au pire, du dégoût.

Ethan ! L'astronaute lui manquait horriblement. C'était sa seule obsession, dans ses rares moments de lucidité. Malgré son état lamentable, elle sublimait chaque instant passé à ses côtés. Qui peut se targuer d'avoir roulé à

300 km/h, puis volé à Mach 2 dans un chasseur piloté par son amant ? Et d'avoir échappé à plusieurs courses-poursuites, sur terre comme dans les airs ? Enfin, « amant », c'était vite dit...

L'enquêtrice tourna le visage. Elle se trouvait dans une chambre d'hôpital, seule. Une perfusion incisée dans le bras gauche ; un moniteur cardiaque campé sur sa droite. En forçant la mise au point, elle réalisa que cette chambre n'était pas comme les autres. Bien que vaste, elle ne recelait ni chaise, ni table. D'imposantes bouches d'aération étaient encastrées dans les murs. Et, au fond, se dressait une espèce de minilaboratoire, équipé d'une hotte de plastique percée de deux orifices pour plonger les mains dans des gants solidement rivetés à la paroi. Elle se redressa et aperçut, à l'intérieur, des petites boîtes circulaires ainsi que des pipettes.

Elle riva ses pupilles vers la porte. Son angoisse grandit.

Elle ressemblait à celle d'un bunker. Large, et d'évidence épaisse. En plissant les paupières – ils avaient dû la shooter avec dix litres de codéine –, elle distingua un triangle jaune aux bordures noires. À l'intérieur, quatre anneaux : trois étaient reliés à la manière d'une pyramide circulaire ; le quatrième figurait en plein centre, et cadenassait les trois premiers.

Louise réfléchit, elle connaissait ce pictogramme menaçant...

Danger biologique et chimique !

Elle gisait à l'isolement dans une chambre stérile, et représentait un « putain de danger biologique ».

Elle s'efforça de se lever, mais elle pesait une tonne. La pesanteur avait-elle changé, sur Terre ? Ou bien se trouvait-elle sur une autre planète, celle-là même d'où provenait le micro-organisme qui l'avait infectée ? À force d'encaisser des G, c'est-à-dire plusieurs fois son propre poids, elle finissait par ressentir l'effet d'écrasement en permanence.

Elle portait le même genre de tunique bleuâtre que celle qu'elle avait arrachée à Tucson pour faire l'amour avec Ethan. Les images de ces instants trop brefs fleurirent en son esprit et la transportèrent. Elle se sentit soudain plus légère.

Miller allait-il venir la sauver ? La sortir de ce nouveau traquenard ? Elle s'imaginait comme une de ces connes de princesses qui poireautaient dans l'attente du prince charmant. Au fond, il l'avait déjà extirpée des griffes du FBI, dans une évasion rocambolesque. La Belle au bois dormant, Cendrillon ou Raiponce n'avaient qu'à se rhabiller.

Elle entendit de l'agitation derrière la porte. Des ombres glissèrent devant le hublot enchâssé en plein milieu. Enfin, le lourd panneau métallique glissa à la manière d'une porte automatique de supermarché.

Louise écarquilla les paupières et manqua s'étouffer.

Deux bipèdes en combinaison jaune criard, aussi ample qu'un scaphandre sous-marin, s'avançaient lentement vers son lit. Ils étaient méconnaissables derrière leurs lunettes de ski et leur masque FFP2 dissimulé sous une épaisse capuche. La tenue les emmaillotait entièrement ; il ne restait pas l'once d'une bribe de peau apparente. Leurs gants de latex – aussi laids que des gants de vaisselle – leur faisaient des doigts énormes et boudinés. Leurs surchausses remontaient jusqu'aux genoux.

La porte se referma aussitôt derrière eux.

La première créature se mut jusqu'au laboratoire miniature tapi au fond de la chambre.

La seconde se rapprocha de Louise.

— Ça va mieux ?

Elle parlait français !

— Vous êtes qui ?

Louise parlait avec une patate dans la bouche et mourait de soif.

— Je suis le médecin général Evelyne Rajonarimampianina.

— Rajona… Rima…

— Je suis d'origine malgache, laissez tomber. Appelez-moi docteur. Je dirige cet hôpital.

— Et c'est quoi… médecin « général » ?

– J'ai le rang de général de brigade. Vous êtes à l'hôpital d'Instruction des Armées Bégin, à Saint-Mandé. Nous sommes à quelques centaines de mètres de la porte de Vincennes, aux portes de Paris.

Décidément, Louise semblait mariée avec la grande muette. Elles ne se quittaient plus.

– Et qu'est-ce que je fous là ?

Le scaphandrier se posa sur le rebord du lit, pour tenter d'apprivoiser sa patiente encombrante.

– Nous sommes équipés pour gérer les épidémies les plus graves. C'est nous qui avions accueilli la jeune infirmière de Médecins sans frontière en septembre 2014, contaminée par le virus Ébola en Afrique.

Louise s'étrangla.

– Vous déconnez ou quoi, docteur ma générale ? Je suis *vraiment* une putain de pestiférée ?

– C'est le protocole lorsque nous affrontons un virus émergent dont nous ne savons presque rien. Ici, tout est prévu pour assurer, par précaution, un niveau de sûreté sanitaire optimal. Par exemple, cette chambre est à pression négative. L'air circule entre deux sas, sans pouvoir en sortir. Derrière moi, vous voyez ce qu'on appelle une boîte à gants. On récupère les prélèvements effectués sur vous, on les conditionne ici, pour pouvoir ensuite les sortir sans danger. On les achemine ensuite directement dans notre laboratoire de niveau P3, pour les analyser.

Louise songea aussitôt au bunker du laboratoire P4 à Lyon, où s'était rendu Tony Jermal peu de temps avant sa mort.

Était-il venu dans l'espoir d'identifier le micro-organisme ? Était-il conscient d'être gravement malade ?

– Ici, nous pouvons vous prodiguer tous les soins nécessaires, sans faire prendre de risque à quiconque. Nous disposons d'un plateau chirurgical ultramoderne, et l'une de nos spécialités, c'est la chirurgie viscérale. Aussi, si jamais vous commencez à éprouver des symptômes au niveau intestinal, nous pouvons réagir très rapidement.

— Vous avez peur que j'explose, comme les autres ?

— C'est un risque, vous pourrez en convenir.

— Avec ce que j'ai encaissé dans le F16, si j'étais sur le point de repeindre les murs, je pense qu'on l'aurait vu.

— En tout cas, vous êtes en de très bonnes mains, ici.

Un ange passa. Louise était déconfite, mais ne semblait plus s'étonner de rien. La gradée, elle, tournait autour du pot.

— Vous êtes lyonnaise ? demanda-t-elle.

— Ouais. Vous aussi ?

— Ben non, je vous ai dit, je suis d'origine malgache.

Surréaliste, la conversation dans ce cachot stérile surprotégé, avec une femme médecin général engoncée dans une combinaison de très mauvais goût. Louise avait toujours abhorré le jaune moutarde.

— Mais j'ai longtemps officié à l'hôpital d'Instruction des Armées Desgenettes. C'est boulevard Pinel, dans le 3e arrondissement de Lyon. J'ai vécu quinze ans dans votre ville.

— Super. Et vous aimez le poulpe ? Moi, j'en raffole. Surtout grillé à la plancha.

Le médecin général sourit sous son masque. On l'avait affranchie sur la personnalité de son hôte, et elle n'était pas déçue.

— On va pas faire causette pendant trois plombes, si ? Vous êtes général deux ou trois étoiles, si j'ai bien compris. Donc, si vous êtes venue me parler en personne, c'est que vous avez un message important à me transmettre, non ?

Evelyne Rajonarimampianina se dressa et se dirigea vers le sous-fifre en mode Bibendum Michelin qui bricolait au fond de la chambre, les mains enfilées dans les gants fixés sur la hotte.

— Vous pouvez y aller, siffla-t-elle.

— Mais, général, je n'ai pas terminé de...

— Vous pouvez disposer, je vous dis.

— Bien, général.

Après le départ du technicien spécialisé, la haut gradée retourna auprès de Louise. Puis, à la grande surprise de l'enquêtrice, elle ôta ses lunettes, son masque, et même sa capuche.

– C'est insupportable, cette tenue.

Elle suait à grosses gouttes, et passa une main sur le crâne pour rendre une forme décente à sa chevelure. Bien que militaire, elle arborait une jolie toison de jais. Sa peau brune et ses yeux légèrement bridés la rendaient lumineuse. Elle respirait l'intelligence. Louise devait le reconnaître, tout général qu'elle était, elle inspirait confiance. Et pour qu'une femme atteigne un tel grade, il fallait avoir rabattu le caquet d'un sacré nombre de poilus. Rien que pour ça, Vernay la respectait déjà.

– Vous n'avez pas peur de mourir dans d'atroces souffrances en retirant cet attirail ?

– On vous a fait plusieurs prélèvements, et je n'ai trouvé aucune trace du pathogène dans vos voies aériennes supérieures, ni dans vos poumons. Pour moi, vous n'êtes pas contagieuse, du moins par la salive, les postillons ou les éternuements.

– Alors pourquoi m'avoir enchristée ici comme une lépreuse ?

– Le principe de précaution, je vous l'ai dit. Il est trop tôt pour pouvoir vous laisser gambader. Le pathogène est très concentré dans vos selles, par exemple.

– Ça va, je vais pas couler un bronze dans la rue...

– Je n'en doute pas, mais sans vouloir paraître crue, si vous sortez des toilettes sans vous laver les mains, vous pouvez disséminer le pathogène un peu partout. Même si je ne remets pas en cause votre hygiène, bien entendu.

Super conversation. Louise, qui avait toujours la nausée, commençait à sentir son estomac se retourner.

– Alors, vous le crachez, ce morceau ? Qu'est-ce que vous attendez de moi ?

– C'est un peu délicat. Nous avons procédé à l'analyse du micro-organisme, et l'avons confié au laboratoire haute sécurité P4 de la Direction générale de l'armement, à Vert-le-Petit, dans l'Essonne. Ils ont pu transmettre un échantillon au Génoscope d'Évry, à quinze kilomètres de là. Ainsi nous limitons au maximum la circulation du pathogène.

– Le Génoscope d'Évry, c'est aussi l'armée ?

– Pas exactement, c'est le centre national de séquençage, qui a notamment participé au décryptage du génome humain. Mais il est vrai que l'établissement est étroitement lié au CEA, le commissariat à l'énergie atomique, et à sa DAM, sa direction des applications militaires.

– Donc, vous allez garder tout ça pour vous, c'est ça ? Pas de vague, pas de panique, silence radio auprès des civils... J'imagine que vous ne voulez surtout pas replonger le monde dans un Covid puissance dix. Quitte à mettre la population en danger, sans rien révéler...

– C'est un peu plus compliqué, mademoiselle Vernay. Avant de révéler quoi que ce soit et de prendre d'éventuelles décisions qui impactent la société civile, nous devons savoir à quoi nous en tenir. Sachez que les plus hautes autorités se tiennent informées, ici comme aux États-Unis, ou en Angleterre, depuis votre atterrissage d'anthologie sur le *Queen Elizabeth*. À ce propos, vous savez, je suis très sensible à votre état et à ce que vous avez enduré à bord du F-16. Je suis professeur agrégé de médecine aéronautique et spatiale. C'était ma spécialité au service de santé des armées avant de prendre des responsabilités.

– Donc le *G-LOC* et toutes ces conneries, vous connaissez...

– Absolument. Vous avez perdu plusieurs fois connaissance, vos organes ont légèrement changé de position.

Le médecin général tentait, du mieux qu'elle pouvait, d'instaurer une relation de confiance et d'assurer sa patiente précieuse et fragile de toute sa sympathie. Elle ne pouvait échouer. Sa mission était claire.

– C'est aussi pour ça que vous êtes ici. Pas seulement parce que vous avez été contaminée. Nous prenons soin de vos lésions, nous avons réalisé plusieurs scanners, et même vérifié l'état de votre oreille interne. Et procédé à plusieurs examens de routine typiques de la médecine aéronautique.

Louise, bien qu'elle sût que ce médecin militaire était en mission commandée, se sentit rassurée. De toute manière, elle n'avait d'autre choix que faire confiance à ce toubib des cimes.

– Et du coup, le centre de séquençage, il a confirmé ce que disent tous les réseaux sociaux ? C'est un alien ?

Louise testait l'officier général. Rajonarimampianina ignorait que la flic avait eu connaissance des analyses de l'ami biologiste de Miller. Le médecin allait-il vraiment lui révéler la nature du pathogène, ou bien au contraire lui cacher les résultats, comme il s'apprêtait sans doute à le faire auprès du monde entier ?

La militaire n'était pas dupe, et testait la jeune femme, elle aussi. C'était un peu « Tiens-moi par la barbichette », dans un contexte inédit.

– Je crois que vous le savez déjà, n'est-ce pas ? L'agent infectieux possède un génome qui n'existe pas dans la nature. Il est doté de huit bases azotées, au lieu de quatre pour tous les organismes vivant sur Terre.

– Et... Vous y croyez, vous, à l'origine extraterrestre ?

La haut gradée se releva et dégrafa une partie de sa combinaison. Elle suffoquait.

– J'ai beaucoup de mal à le croire. Mais pour être franche, lorsque j'étais Inspecteur du service de santé pour l'armée de l'air, il m'a été soumis plusieurs témoignages de pilotes confrontés à des phénomènes inexpliqués, des aéronefs d'une vitesse et d'une virtuosité impossibles avec nos moyens technologiques. Après les avoir interrogés, j'ai dû me rendre à l'évidence : ces pilotes étaient en pleine possession de leurs facultés mentales, et pourtant très ébranlés par leurs « visions ». J'ai transmis leurs témoignages au GEIPAN, le Groupe d'études et d'informations sur les phénomènes aérospatiaux non identifiés du Centre national des études spatiales. Et après étude, le GEIPAN a classé ces témoignages parmi les 3,4 % de phénomènes sérieux inexpliqués et inexplicables...

– Alors... On aurait vraiment été contaminés par une forme de vie venue d'ailleurs ?

– Je crois que vous êtes la seule à pouvoir nous aider à le déterminer, Louise.

Nous y voilà. L'enquêtrice guettait cet instant depuis le début de la conversation.

– Qu'est-ce que vous attendez de moi ?

– Nous avons beaucoup échangé avec la Royal Navy, ces derniers jours. Vous avez parlé dans votre sommeil, lorsque vous étiez à bord du *Queen Elizabeth.*

– Ah... Et j'ai encore fait des rêves érotiques, c'est ça ? Je sais, j'ai des fantasmes bizarres, avec des animaux morts...

Le général Rajonarimampianina sourit en coin.

– Vous avez parlé d'un carnet, d'équations, de solution... Vous avez cité le nom de la victime américaine sur laquelle vous enquêtez à Lyon, Tony Jermal, mais aussi celui du biologiste que vous avez retrouvé mort en Californie. Qu'avez-vous découvert, Louise ?

L'enquêtrice hésita. La dernière fois qu'elle avait accordé sa confiance, c'était à Federico Lupo, au sommet de Mount Graham. Et on avait vu le résultat...

– Louise, vous devez me parler, c'est dans votre propre intérêt. Faites-moi confiance, nous voulons toutes les deux la même chose : trouver un antidote. Pour vous, pour monsieur Miller...

Louise déglutit.

– ... et pour des centaines, peut-être des milliers d'autres personnes aussi.

– Vous... vous avez identifié d'autres cas ? De nombreux autres cas ?

– Nous avons de fortes suspicions, oui. Le nombre de comportements erratiques, suicidaires, extrêmes, est en hausse sensible dans plusieurs pays. Nous partageons ces informations avec la plupart des services de santé des armées de nos pays alliés.

– Et... quel est le rapport avec cette merde de virus ?

– Nous avons fait le lien entre bon nombre de cas d'hémorragies intestinales inexpliquées, comme ici – nous en avons reçu une vingtaine ces deux dernières semaines – et des comportements, disons, inhabituels, décrits par leurs proches.

– Mais... je ne comprends pas... Quel rapport avec des comportements... extrêmes ?

– Vous n'avez rien remarqué, chez monsieur Miller ?

– Je... Non, je ne vois pas...

– Zigzaguer à 300 km/h sur l'autoroute, refuser d'obtempérer et prendre la fuite en courant devant des dizaines de policier, voler un F-16 et manquer vous crasher à plusieurs reprises... Bref, vous faire frôler la mort une bonne demi-douzaine de fois.

Louise pâlit.

– Sans parler de certaines pulsions, n'est-ce pas ?

La jeune femme sentit son cœur accélérer. Elle songea à son empressement à l'étreindre, la prendre, même, comme une bête, sur la base américaine de Tucson.

– Dans son milieu, il est connu pour sa grande maîtrise de soi et son flegme légendaire. Mais d'après nos informations, il ne maîtrisait plus ses émotions, ces derniers temps. Sans compter son addiction.

– Son addiction ? Quelle addiction ?

– Le jeu. Il ne vous en a jamais parlé ?

– Non, pas vraiment...

Décidément, les services britanniques et français s'étaient échangé de nombreux renseignements... Et les Américains n'étaient sans doute pas en reste.

– Il a brûlé des centaines de milliers de dollars, en particulier à Las Vegas. De l'argent qu'il a dû emprunter à un certain Elon Musk.

Louise blêmissait à vue d'œil. Cette salope avait décidé de salir Ethan, et de le mettre plus bas que terre. Mais cette chienne ignorait que ces tares le rendaient plus imparfait, et donc plus humain que jamais. Et qu'elle l'aimait encore plus.

– En plus de couvrir ses dettes, monsieur Musk lui a confié une voiture de sport très coûteuse, et même obtenu une maison sur Pacific Palisades. Pour y parvenir, il a dû déloger ses occupants et les reloger au prix fort. Il a dépensé des millions de dollars au total. Savez-vous en échange de quoi monsieur Miller a obtenu autant d'argent ?

Louise songea à son coup de sang à la sortie du tunnel creusé par le milliardaire, et à l'admiration sans faille qu'Ethan vouait à Musk.

– Ils couchaient ensemble, je crois.

– Je suis sérieuse. Ces liaisons dangereuses sont peut-être à l'origine de votre situation.

– Qu'est-ce que vous insinuez ?

– Monsieur Miller est peut-être parti dans l'espace afin d'accomplir une mission pour le compte de monsieur Musk, en plus de celle de rapatrier le cadavre de l'astronaute américain.

– Et il se serait sabordé ? Aurait foutu le feu à son module, sacrifié son copilote ?

– Peut-être.

La mâchoire de Louise se dessouda.

– Vous plaisantez, j'espère ?

Le médecin général, de plus en plus indisposée dans son scaphandre, garda le silence. Elle laissait la jeune femme mijoter dans son jus. Louise ne savait plus que penser. Rien ne tournait rond ; on lui mettait un tas de saloperies dans l'esprit pour tenter de l'abrutir, dans le but de la faire céder plus facilement.

– Donc, avez-vous conservé ce carnet dont vous parliez dans votre rêve ?

– Dites-moi d'abord où se trouve Ethan.

– Oh, lui, il est hospitalisé à Londres. Il est exactement dans la même situation que vous. En observation, il subit une batterie d'examens. Et il va peut-être pouvoir recouvrer sa liberté de mouvement.

– Je croyais qu'il était bon pour la casse, avec toutes ses pulsions, ses passages à l'acte, son addiction au jeu...

– Tout dépendra de son état.

– Mais s'il est contagieux, je ne comprends pas...

– C'est une question de balance bénéfices/risques. S'il est plus utile dehors, même contaminant, qu'en restant enfermé dans une chambre, alors il sortira.

– Plus utile dehors ?

– Vous vouliez trouver un antidote ? Comprendre d'où vient cet organisme pour pouvoir mieux le combattre, n'est-ce pas ?

– Oui, c'est notre seul espoir...

Le médecin général Rajonarimampianina approcha son visage de celui de Louise. Elle s'efforçait de créer un climat plus intimiste encore.

– Alors je vous ferai sortir, vous aussi. Si vous acceptez de travailler pour nous. Pas pour la police. De toute manière, vous n'êtes plus tellement en odeur de sainteté...

– Travailler pour vous ? C'est de mieux en mieux... Je ne suis ni militaire, ni espionne.

– Je vous demande simplement de faire ce que vous aviez prévu de faire, si vous étiez libre de vos mouvements et en bonne santé. Et de rapporter vos découvertes à personne d'autre qu'à nous. Pas à ceux qui vous ont lâchée en rase campagne. Nous avons les moyens d'agir vite et de frapper fort. S'il faut procéder à une intervention sur n'importe quel théâtre d'opérations, nos forces spéciales le feront. S'il faut débloquer des fonds exceptionnels pour mettre au point un produit biologique inédit, nous le ferons. Nos budgets sont presque illimités.

Louise gigotait. La posture allongée commençait à l'irriter sérieusement. Elle n'allait plus tarder à développer des escarres. Depuis son atterrissage, elle avait dû passer le plus clair de son temps étendue sur le dos, dans un état végétatif. Et puis toutes ces révélations la démangeaient.

– Louise, le temps presse ! Cet organisme n'a rien de commun avec tous les autres, si bien qu'aucune défense immunitaire, aucun lymphocyte ni macrophage ne pourra en venir à bout. Il passe sous tous les radars. Nous ne sommes pas équipés contre cet OVNI unicellulaire. Et d'après nos résultats, il se reproduit à une vitesse exponentielle, bien plus rapidement que n'importe quelle bactérie terrestre. Il est en train de coloniser vos intestins, Louise. Et rien ne semble pouvoir l'arrêter.

L'enquêtrice eut le souffle coupé. Et la chique, aussi. Elle encaissait le coup. Puis elle finit par balbutier.

– Mais... Je n'ai pas... de symptômes... Les trucs que vous décrivez... Je ne suis pas...

– Addict ? Voulez-vous qu'on parle de votre rapport à la marijuana ?

– Mais tout le monde fume du cannabis... Ça devrait être dépénalisé...

– Et vos passages à l'acte à vous, Louise ? Vos pulsions, vos colères, votre scandale à la base aérienne 942 du mont Verdun ? On en parle à l'état-major, vous savez... Sans compter votre esclandre à Interpol, vos frasques aux États-Unis, jusqu'à cette prise d'otage.

– Vous voulez parler...

– ... de cette pauvre infirmière que vous avez menacée avec une seringue, oui. Vous trouvez que vous êtes dans un état normal ?

Louise était sonnée, mais pas K-O.

– Ça ne rime à rien ! Je fume de la weed depuis vingt ans, pas depuis cette contamination... et j'ai toujours été soupe au lait...

– Jamais au point de franchir la ligne rouge à plusieurs reprises, en quelques jours seulement. N'est-ce pas, Louise ?

– Mais... Ethan, c'est pareil, il jouait à Las Vegas bien avant d'être en contact avec le virus ! C'est vous qui l'avez dit.

– Vous avez raison. Le micro-organisme exploite sans doute nos failles, nos faiblesses, nos addictions. Il semble capable, dès lors, de créer une véritable *aliénation*. Quelque chose qui oscille entre l'obsession et la folie. Vous êtes aliénée à ce pathogène, Louise. Vous devenez, en quelque sorte, son esclave. Il vous fait sombrer dans l'irrationnel, et peut-être même la folie.

La jeune femme avait remonté les jambes et posé la tête sur les genoux. Elle demeura prostrée de longues minutes. Seul le ronronnement de la soufflerie et les bips du monitor cardiaque rompaient le silence.

Que pouvait espérer l'armée en récupérant la « recette » d'un tel monstre unicellulaire ? Pouvoir l'inoculer à ses soldats pour qu'ils prennent des risques insensés sans rechigner ? Ou pour d'autres desseins encore plus glaçants ?

– Vous allez me laisser sortir, alors ?

– Oui, si vous me remettez le carnet, et que vous promettez de nous rapporter chacun de vos faits et gestes. Nous ne serons jamais très loin de vous, de toute manière. Physiquement, ou virtuellement. Nos moyens de surveillance sont, eux aussi, presque illimités.

– Je n'ai plus le carnet. Je vous le jure. Je l'ai donné au moine Federico Lupo.

– Le directeur de l'Observatoire du Vatican ?

– C'est ça. Juste avant que les Américains nous cueillent, comme par hasard, à l'observatoire. Comme vous, il a lourdement insisté pour que je le lui confie. J'ai accepté ; pour moi, il était le seul à pouvoir décrypter son contenu.

Le médecin général se releva et fit les cent pas. Elle réfléchissait. Elle hésitait, surtout. Finalement, elle revint auprès de Louise.

– Ce Lupo, il est jésuite, c'est bien ça ?

Louise acquiesça.

– Et... le jour du meurtre, il était tout près de la scène de crime, les fameuses arêtes de poisson ?

– Disons qu'il avait donné rendez-vous à Tony Jermal le jour même de sa mort. Ils auraient dû se retrouver un peu plus au sud, au lycée Ampère.

– Mais... Savez-vous si le frère Lupo connaissait les arêtes de poisson ? S'il aurait finalement pu y donner rendez-vous à Jermal ?

– Il nous a dit qu'il connaissait l'existence de ces galeries, oui... De là à lui donner rendez-vous là-dessous... En plus, tous les accès sont bouclés. Il faut des clefs spéciales.

Le général Rajonarimampianina fixa Louise d'un regard incandescent.

– Quand j'étais à Lyon, à l'hôpital d'Instruction des Armées Desgenettes, des rumeurs insistantes circulaient au sujet des arêtes de poisson.

Louise était tout ouïe, et s'attendait au pire.

– Savez-vous que, en surface, juste au-dessus des arêtes, existait autrefois un hôpital militaire ? L'hôpital militaire Villemanzy, du nom d'un général de division. Il a été actif pendant près d'un siècle, jusqu'à la fin de la Seconde Guerre mondiale, et les bâtiments sont restés la propriété du service de santé des armées jusqu'au début des années quatre-vingt. Après-guerre, il a servi d'hébergement pour des médecins militaires en formation. L'ancienne résidence du médecin chef existe toujours, c'est devenu un restaurant. Le site occupe un périmètre délimité par la rue des Fantasques au sud, la rue Adamoli à l'est, et la rue Magneval, au nord.

Louise haussa les sourcils : c'étaient les trois rues qui offraient un accès direct aux galeries souterraines ! Elle avait elle-même emprunté le puits de la rue des Fantasques pour accéder à la scène de crime. Elle se souvenait, maintenant, de ce nom... Villemanzy...

– Et il y a quoi, maintenant, à la place de l'hôpital ?

– Une résidence hôtelière trois étoiles, qui a conservé le nom. La résidence Villemanzy.

– Et donc... L'armée avait accès aux arêtes ?

– Au début, c'était un jeu. Les jeunes médecins militaires en formation s'introduisaient le soir, par goût du mystère, un peu comme certains explorent les catacombes parisiennes interdites au public. Et puis ils ont découvert des crânes, qu'ils ont récupérés et analysés. Ils ont voulu en apprendre de plus en plus, et connaître l'origine et la fonction de l'édifice. Et d'après les rapports de l'époque, aujourd'hui classés secret-défense, les galeries auraient abrité un trésor.

– Ah, oui, j'ai entendu parler de cette hypothèse farfelue. Le fameux trésor des Templiers.

– Non, Louise. Le trésor des Jésuites.

Chapitre trente

Mardi 31 mai 2022, 6 h 20,
Castel Gandolfo, Italie

– *Fratel Federico, è arrivato il Generale.*
– *Arrivo subito**.

Le jésuite raccrocha et se dressa d'un bond. Il attendait cet instant depuis des mois. Des années, même. Il avait regagné l'Italie deux jours plus tôt, nanti de son trésor – et de l'extraordinaire révélation qu'il abritait. Lupo quitta son bureau de la Specola Vaticana, sur les terres de l'État pontifical, aux confins de la résidence d'été du Saint-Père, à vingt-cinq kilomètres au sud de Rome.

Il allait enfin connaître la consécration.

Il remonta les couloirs du siège de l'Observatoire, relégué dans un ancien couvent de moniales basiliennes, dont l'âme hantait encore les lieux. Leur existence se résumait à se taire, prier, adorer, dans le renoncement et la pénitence. Quant aux sœurs clarisses, qui vivaient dans le couvent mitoyen, et qu'il apercevait parfois depuis son bureau, elles suivaient une règle presque aussi stricte. Bienheureuses religieuses qui n'étaient jamais soumises au tumulte de la vie extérieure et ne connaissaient pas même l'existence des réseaux sociaux. Federico, au contraire, malgré ses prières

* « Frère Federico, le Général vous attend. – J'arrive tout de suite. »

et ses méditations scientifiques, les yeux bien souvent rivés vers les cieux ténébreux, ne pouvait échapper à l'agitation de la fourmilière humaine. Il ingérait, comme des millions d'autres *Sapiens*, d'incessantes incantations numériques, « push » et autres « post » qui affluaient sur son téléphone. Et il n'avait pu échapper à la déferlante de ces huit derniers jours, au sujet d'un possible virus d'origine extraterrestre. La chasse à l'homme et à la femme, Ethan Miller et Louise Vernay, à laquelle il avait lui-même mis un terme, avait mobilisé des milliers d'internautes en mal de délation. Cette agitation frénétique, notamment attisée par les autorités russes et américaines, qui s'accusaient mutuellement de mensonges et de manipulations, l'avait mis en difficulté. Elle avait menacé son *grand œuvre*, et compliqué sa tâche. Mais c'était désormais de l'histoire ancienne : le moine astronome détenait le *Saint Graal* et s'apprêtait à changer la face du monde.

Il songea de nouveau aux clarisses qui psalmodiaient à longueur de journée de l'autre côté du mur d'enceinte et imagina la tête qu'elles feraient lorsqu'elles apprendraient la nouvelle... Leur vie allait basculer. Pour l'heure, elles ne vivaient tristement que dans l'espérance d'une visite du Saint-Père, à l'occasion de l'un de ses rarissimes séjours à Castel Gandolfo. Car le pape François boudait la traditionnelle résidence d'été, l'estimant bien trop fastueuse pour lui. Le souverain pontife avait même ouvert aux touristes les jardins luxuriants, ainsi qu'une partie du palais.

On marchait sur la tête... Tout avait commencé de se dégrader lorsque Benoît XVI avait décidé de le déloger, lui, Federico, et les quinze autres moines astronomes, pour les refouler à la lisière méridionale de l'immense domaine de cinquante-cinq hectares.

Tout en arpentant les couloirs sévères de l'ancien couvent qui faisait désormais office de siège de l'Observatoire du Vatican, Lupo se remémorait son bureau, avant 2009, dans l'enceinte même du palais, auprès des coupoles des antiques télescopes – qui, du reste, ne servaient plus.

Avec la découverte prodigieuse qu'il venait de réaliser, il allait sans nul doute regagner le saint des saints, et retrouver sa vue imprenable sur le lac Albano.

L'astrophysicien traversa l'immense bibliothèque peuplée de ses vingt-deux mille volumes, dont des manuscrits exceptionnels de Copernic, Galilée ou Kepler. Il s'immobilisa devant un rayonnage de chêne clair puis glissa les doigts entre une copie manuscrite de *Des révolutions des sphères célestes* de Nicolas Copernic, et un exemplaire original des *Principia Mathematica* d'Isaac Newton. Il fouilla derrière les deux ouvrages, et finit par extirper deux carnets d'apparence très semblable.

Il referma la faille spatio-scientifique et s'éclipsa. Le jésuite dépassa ensuite la collection de météorites, dont plusieurs venaient de Mars, joliment disposées sur des étagères immaculées ; puis il frôla un astrolabe et un télescope en bois qui gisaient dans le futur musée, tout près de la salle de conférences. Enfin, il sortit dans la cour et pénétra dans la modeste chapelle de la Compagnie de Jésus, où il s'attendait à trouver le général.

Mais rien, ni personne. Les travées désertes et l'autel dépouillé semblaient figés depuis des siècles.

Il rebroussa chemin, perplexe. Tandis qu'il regagnait le couvent à grandes enjambées, une voiture de golf s'arrêta à dix centimètres de ses pieds.

— *Il generale vi sta aspetando direttamente al Palazzo Pontificio. Non nel monestero.*

— *Al Palazzo ? Ma...*

— *E sbrigatevi, non è solo**.

Le moine sentit la pression monter. Pourquoi le général l'attendait-il au palais apostolique ? Voulait-il l'entendre au pied du télescope historique, sous la grande coupole ? Et avec qui se trouvait-il ?

La voiturette électrique remonta les deux kilomètres qui séparaient l'ancien monastère de la résidence d'été du pontife.

* « Le général vous attend directement au palais pontifical. Pas au monastère. — Au palais ? Mais... — Et dépêchez-vous, il n'est pas seul. »

Les premiers rayons du soleil enluminaient la nature de reflets ambrés. La voie bordée de fines colonnades passait d'abord à proximité de la ferme biologique et de sa laiterie. Déjà, des vaches Holstein paissaient dans les pâturages qui côtoyaient les vergers et les potagers sur une bonne trentaine d'hectares. Puis la golfette longea les splendides jardins à l'italienne de la Villa Barberini, avec ses trois grandes terrasses en escalier autrefois creusées à flanc de colline pour ériger le palais pontifical. Les essences d'agrumes, de thym, de menthe poivrée, de romarin, d'arbousier et de myrte exhalaient leurs délicieuses fragrances jusqu'au lac Albano qui formait un cratère d'eau cristalline au pied des terres apostoliques.

Sur la droite, Lupo jeta un œil aux somptueux vestiges romains, tel le cryptoportique édifié par l'empereur Domitien au Ier siècle, ou le théâtre orné de bas-reliefs en terre cuite. Le jésuite aperçut ensuite le magnolia resplendissant qui ornait la fontaine dessinée par Le Bernin. La voiturette roula à l'aplomb de l'allée des nymphées, puis de celle des chênes verts, toutes deux bordées d'hortensias féeriques. En contrebas, l'astrophysicien admira l'impressionnant portique de cyprès et de pins parasol qui ceignaient les jardins du Belvédère.

Au loin, on devinait Rome et même le dôme de la basilique Saint-Pierre.

Bien qu'il ne vécût que deux à trois mois l'année dans cet écrin, Lupo chérissait les moments de félicité offerte par cette divine création. Il savait qu'il ne trouverait jamais de paradis plus éclatant, que ce soit au ciel... ou sur une autre terre. Et comme Pie XII ou Paul VI, il caressait l'espoir de délaisser son enveloppe corporelle en ces lieux enchanteurs, avant de *les* retrouver.

Parvenu au pied du palais, un valet l'invita à le suivre, sans mot dire. Le jésuite traversa d'abord deux salons auréolés de riches tapisseries et de boiseries constellées de dorures. Il foula les sols marbrés, parfois couverts d'épais tapis, et qui supportaient de lourdes commodes et d'autres meubles empesantis. Il leva le nez et embrassa les superbes plafonds à caisson, avant d'admirer, sur les murs attenants, une ribambelle de toiles de maître illustrant des scènes de la Bible. Sans connaître sa destination finale, il arpenta l'impressionnante galerie des Pontifes. Cinquante et un papes à la mine austère l'observèrent depuis leurs cadres statiques, tandis qu'il talonnait le camériste aussi mutique qu'un moine trappiste. Partout, sur les interrupteurs, les pots de terre cuite ou les vases, figuraient les armes des différents pontifes qui s'étaient succédé dans cette résidence d'été.

Federico Lupo se réjouit à l'idée de retrouver, bientôt, cette demeure céleste au lieu de l'ancien couvent retiré. Peut-être même le général l'élèverait-il à une dignité supérieure, lui offrant plus de pouvoir que jamais.

À sa grande surprise, le laquais pénétra dans les appartements privés du Saint-Père. L'astrophysicien s'attendait à tout, sauf à cela.

Quelques instants plus tard, il fut finalement introduit dans la chambre personnelle du pape. Il n'avait aperçu ce lieu intime, parmi les plus secrets du palais, qu'à deux ou trois reprises en trente années. Il darda un regard ému sur le lit spartiate de Sa Sainteté, décoré de ferrures de bronze doré et nappé d'un couvre-lit maussade. Autour, les tapisseries vert amande encadraient une armoire sombre, un secrétaire marqueté et deux chaises de style Louis XVI qui reposaient sur le parquet en point de Hongrie. La lumière naissante était tamisée par les voilages qui tombaient devant les hautes fenêtres.

Lupo détourna le regard vers le fond de la chambre. Il lui sembla percevoir un léger mouvement. Il se rapprocha de la minuscule chapelle privée du pontife, qui se trouvait à moitié plongée dans l'obscurité.

Tout en avançant, le jésuite se demanda s'il ne souffrait pas de troubles oculaires. Il distingua deux silhouettes qui semblaient comme les deux faces d'une même médaille. Ou plutôt, l'une paraissait le négatif de l'autre. La première était de blanc vêtue ; la seconde entièrement de noir.

Elles étaient agenouillées face à l'autel et communiaient de concert.

– Général ?

Au même instant, les deux personnages se relevèrent et sortirent de l'obscurité.

Le pape Blanc et le pape Noir !

Côte à côte...

Cette vision dépassait toutes ses espérances. Son exploit était si retentissant que Sa Sainteté avait souhaité le féliciter en personne !

Federico se précipita aux pieds du Saint-Père et lui baisa la main. Puis il pivota vers le Pape noir, aussi connu comme le général, diminutif de *Praepositus Generalis*, c'est-à-dire le supérieur général de la Compagnie de Jésus.

Lupo, simple frère qui n'avait jamais reçu le sacerdoce du sacrement de son ordre, faisait face aux deux jésuites, et même aux deux prélats catholiques les plus puissants du monde. Le chef suprême de l'Ordre, vêtu de sa robe ténébreuse, dépassait d'une tête le successeur de Saint-Pierre simplement affublé de sa soutane et de sa calotte blanches.

– Frère Federico, il semblerait que vous nous portiez des nouvelles importantes des États-Unis ?

Le pape François, premier souverain pontife issu de la Compagnie de Jésus, avait parlé avec douceur, armé de son éternel sourire bienveillant.

– Votre Sainteté, je suis honoré de pouvoir partager avec vous, et le supérieur général, des révélations qui viennent consacrer près de cinq siècles de quête de vérité. Nous touchons au but de saint Ignace de Loyola et de saint François Xavier. Notre congrégation n'a eu de cesse de chercher des preuves... Et ces preuves, je les possède enfin, Très Saint-Père.

Le pape argentin échangea un regard curieux avec le supérieur général, lui-même d'origine vénézuélienne. Les deux hiérarques de l'Église se connaissaient de longue date, et ils avaient œuvré pour les pauvres dans leurs pays respectifs, campés aux deux extrémités du continent sud-américain. Leur complicité était notoire, et le pape Noir n'avait jamais aussi bien porté son nom. Il était l'éminence grise du souverain pontife, et régnait dans l'ombre. Les mauvaises langues disaient même qu'il tirait les ficelles. La Compagnie de Jésus s'était toujours consacrée au service du pape ; c'était même sa principale raison d'être. La proximité des deux hommes portait cette tradition à son paroxysme.

— Eh bien, Federico, nous t'écoutons !

Le général avait parlé haut et fort, tranchant net avec l'aménité de François. Il détenait un pouvoir immense, tout le démontrait.

— Général, je détiens ici deux carnets qui ont appartenu aux scientifiques américains retrouvés morts dans les arêtes de poisson à Lyon, et dans la Station spatiale.

Lupo brandit son butin de papier.

— Ils recèlent des coordonnées précises, que je suis allé personnellement vérifier. Au Mexique, dans le Yucatán. Au niveau de cavités à demi immergées, baignées dans des cénotes aussi limpides que féeriques, dont tout semble attester qu'elles communiquent avec la terre des *Elohim.*

— En es-tu bien sûr, Federico ?

— Oui, général. Les deux carnets... ils se répondent en miroir. J'ai passé plusieurs jours et même des nuits à les interpréter, les décrypter. Ils évoquent l'origine, la création. L'*Ylem* primordial, le premier souffle, l'origine de toute matière. Et les signes se multiplient dans le ciel. Nous captons des signaux radio réguliers ; nous avons reçu la visite de 'Oumuamua, un vaisseau maquillé en corps interstellaire pour se soustraire à la vue des profanes. Il est venu nous rencontrer depuis les confins de l'univers, et sa trajectoire qui s'est incurvée juste à l'approche de la Terre prouve que *nos créateurs* nous adressent des messages répétés.

— Non, Federico. Ce ne sont pas de véritables preuves. Tout ceci n'est que le fruit de *ton* interprétation. Des supputations. Es-tu entré en contact avec les *Elohim* ? As-tu collecté des informations qui permettent de les désigner avec certitude ?

L'astrophysicien jubilait. Il allait enfin pouvoir abattre son atout maître.

— Oui, général. Je détiens une preuve irréfutable. Je ne me serais jamais prévalu d'une victoire sans absolue certitude.

Les deux caciques échangèrent un nouveau regard circonspect.

— Les scientifiques américains, avant leur mort, ont découvert l'existence d'un ADN d'origine extraterrestre. Les deux carnets en font mention, décrivant l'existence d'un ADN beaucoup plus riche et puissant que celui de l'humain, et de toute autre forme de vie sur Terre.

Lupo feuilleta l'un des carnets et, pour appuyer ses dires, montra un schéma élaboré par Jean Myrtol, *alias* Mickael Carpenter.

— Ils ont pu déduire la formule et la structure chimique des bases qui composent cette molécule inconnue. Or, elles ne sont pas au nombre de quatre, comme pour tout ADN terrestre, mais de huit ! Deux fois plus ! Ainsi, en plus des lettres A-T-C-G, ils ont identifié quatre bases azotées supplémentaires qu'ils ont baptisées Z-P-S-B. Et vous voyez, sur ce schéma, on voit comment ces bases sont appariées, associées les unes aux autres par binômes : le C avec le G ; le T avec le A ; le Z avec le P ; et le S avec le B.

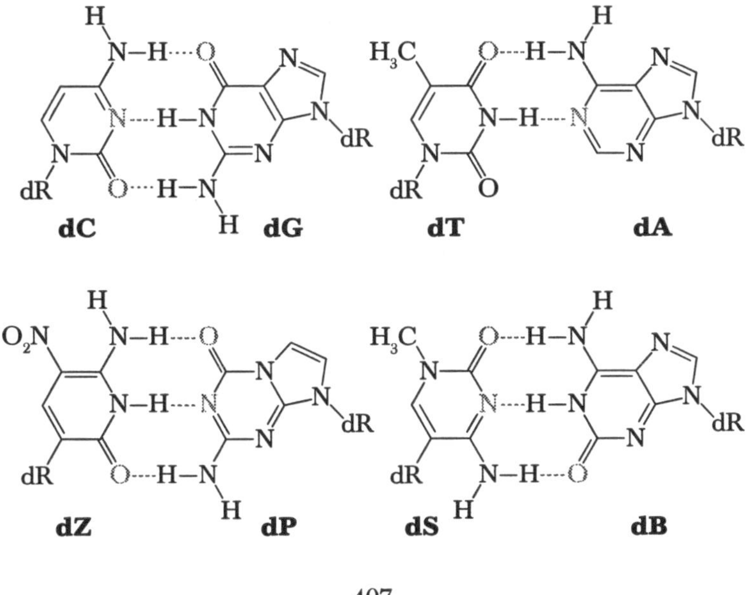

– Et ce n'est pas tout ! Quand on replie ces bases associées entre elles, pour visualiser la molécule d'ADN en trois dimensions, on n'obtient pas la traditionnelle forme en double hélice. Dans l'autre carnet, Tony Jermal représente la molécule inédite comme une chaîne de dodécaèdres.

Lupo produisit le motif crayonné sur une page à demi jaunie.

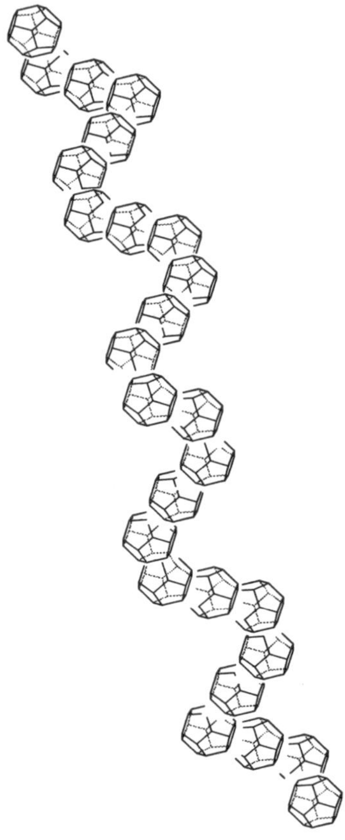

– Or, comme vous le savez, le dodécaèdre, c'est le cinquième élément de Platon...

– ... le Grand Tout, la matière invisible censée remplir tout l'espace entre les étoiles, ce qu'Aristote désignait comme l'éther, et ce que les astronomes modernes appellent « la matière noire ».

Le pape François avait achevé la phrase de l'astrophysicien. Lupo venait de marquer un point décisif, il le savait. Aucun jésuite, imprégné de la Grande Quête depuis la fondation de l'Ordre en 1534, sur la colline de Montmartre à Paris, ne pouvait rester de marbre devant une telle révélation. Cette allégorie du Grand Tout désignait Dieu tout-puissant, celui qui règne en tout point de l'espace au même instant et qui peuple chaque atome de matière comme chaque monade spirituelle. L'âme de toute chose et de tout être dans l'univers...

– Lupo, vous prétendez que ces Américains ont découvert l'ADN de nos créateurs ?

Le scientifique acquiesça, tout en s'efforçant de contenir son excitation. Il brûlait de tracer une série d'équations à même le sol pour conforter sa théorie.

Le général esquissa un sourire, enfin.

– Félicitations, Federico. Nous sommes en passe de démontrer l'origine de la vie et l'existence de Dieu.

– *Des* dieux, les *Elohim*, si je puis me permettre. Ce serait tout à fait exact, formulé ainsi.

Alors que Lupo s'attendait à une pluie d'éloges et de louanges, le général recula d'un pas et murmura à l'oreille du pape. Que signifiaient ces messes basses ? La mine préoccupée des deux prélats finit par inquiéter le jésuite. Le supérieur se rapprocha de l'astrophysicien.

– Federico, tu nous as bien dit que ces deux carnets, où tu as puisé ces révélations, appartenaient aux victimes dont tout le monde parle depuis près d'une semaine ? Et dont les cadavres ont disparu, l'un parce qu'il a été subtilisé à Lyon, et l'autre parce qu'il s'est consumé dans l'atmosphère ?

– Oui, c'est ça... C'étaient deux chercheurs qui travaillaient ensemble, et...

– Comment t'es-tu procuré ces carnets ? coupa sèchement le général, les traits de plus en plus tendus.

– J'ai... J'ai dû procéder à certaines manœuvres pour m'en emparer, mais le ciel a éclairé ma mission et la Divine Providence m'a permis de...

– Silence, Lupo !

Le moine se pétrifia, le visage blême.

— N'as-tu donc aucune conscience d'avoir pris part à une entreprise criminelle ? De receler des pièces à conviction qui appartenaient à deux victimes sur lesquelles des policiers de plusieurs nations enquêtent ? Qu'espérais-tu, Federico ? Que tout cela passerait inaperçu ? Que tu rentrerais sur les terres vaticanes et que le reste du monde n'existerait plus ? Que tu deviendrais transparent ? Un ange au-dessus des mortels ? Veille à ne pas te transformer en ange déchu...

— Mais... Je vous assure... J'ai fait preuve de la plus extrême prudence...

— Tu es un inconscient ! Les agences de renseignement, le FBI ou que sais-je, peut-être même l'enquêtrice française qui t'a interrogé, ne tarderont pas à faire le lien !

L'astrophysicien déglutit. Des gouttes de sueur perlèrent à la naissance de son cuir chevelu. Si les deux papes savaient qu'il avait extorqué le second carnet à Louise Vernay avant son arrestation...

— Et n'oublie pas non plus que nous sommes régulièrement espionnés. Souviens-toi du communiste Alighiero Tondi, infiltré dans notre ordre en 1937, et qui a transmis des informations majeures à l'Union soviétique pendant plus de quinze ans !

Lupo se décomposa.

— Vous croyez que... j'ai pu être...

— Espionné, sans doute ! La Russie n'a jamais cessé de nous infiltrer. Elle est au courant de beaucoup de choses, et s'est visiblement emparée du cadavre de Tony Jermal, à Lyon. C'est en tout cas ce que semblent dire les réseaux sociaux. Elle ne tardera pas, si ce n'est déjà fait, à découvrir le lien avec toi, qui était sur place, et avec l'Ordre.

Le pape François s'avança à son tour. Il s'efforça d'adoucir ses traits, mais son angoisse se lisait sur chacune de ses rides.

— Malheureusement, frère Federico, dans ce contexte, nul n'est prêt à entendre *la* vérité. Je crains que vos révélations n'arrivent trop tard.

Lupo, mortifié, balbutia :

– Mais... Votre Sainteté...

– Quand bien même rien ne relierait les enquêteurs ou les services russes au Vatican, il n'est plus temps. Cet ADN, ce témoignage de l'existence des *Elohim*, est aujourd'hui un message de destruction. On peut lire partout qu'il se répand, et qu'il frappe les hommes d'un mal nouveau qui détruit les intestins et les fait imploser. Mortyl et Jermal en sont décédés, et les réseaux sociaux, qui sont le pouls d'une société malade et débilitante, pointent aujourd'hui un doigt accusateur sur ceux qui ont propagé ce mal. Dire, aujourd'hui, qu'il est l'étincelle de Dieu, la preuve de l'origine de l'homme par des entités supérieures, signerait notre destruction à tous. D'abord celle des Jésuites, comme en 1773, quand la Compagnie a été dissoute une première fois pour des allégations comparables ; et ensuite celle de l'Église tout entière.

Federico Lupo se délitait. Tout ce pour quoi il s'était battu sa vie durant s'effondrait tel un château de cartes.

– Mais... mais... Vous ne pouvez pas... Il faut révéler...

Le supérieur général toisa l'Italien, qui semblait ratatiné face à la stature impressionnante de son chef suprême.

– Ne discute jamais les ordres du Très Saint-Père, entends-tu ? Tu dois détruire ces carnets ! Et toute autre preuve qui nous relierait aux enquêtes en cours. Le monde entier est rivé sur cette affaire d'ADN extraterrestre, et ses effets dévastateurs. Rien ne doit mener à nous.

Le supérieur s'avança encore d'un pas et acheva Lupo d'une voix sépulcrale.

– Rien de ce que tu viens de nous révéler n'a existé. Nous n'avons rien entendu, et nous ne t'avons jamais parlé. Regagne tes appartements, à l'ancien couvent, et prépare-toi à quitter les terres vaticanes. Et à ne plus jamais reparaître.

L'astrophysicien sentit une décharge lui cisailler la poitrine avec la puissance de la foudre de Zeus. Il tomba à genoux et se mit à sangloter comme un enfant.

– Je vous en supplie, vous... Vous commettez une grave erreur ! Il faut rendre publique *la révélation* ! C'est notre raison d'être depuis cinq siècles !

– Hors de notre vue, Federico ! Va, et ne reviens jamais ! N'oublie pas que tu es impliqué dans une entreprise criminelle, et réjouis-toi que nous ne fassions que te bannir ! Pour l'instant...

La menace était limpide et tranchante. Les jours du jésuite astronome étaient comptés.

Lupo, en larmes, se releva et se retira, la mort dans l'âme. Il avait toujours agi *ad majorem Dei gloriam*, « pour une plus grande gloire de Dieu ».

Et rien, ni personne, pas même les papes, qu'ils fussent blancs ou noirs, ne l'empêcherait de mener sa divine mission jusqu'à son terme.

Chapitre trente et un

Mercredi 1er juin 2022, Moscou

Miller les avait tous bernés.

Ils croyaient le manipuler, telle une jolie marionnette auréolée de fils de soie. Mais il était Pinocchio, exempt de toute attache, qui n'en faisait qu'à sa tête. Et, *nec plus ultra*, son nez ne s'allongeait jamais quand il mentait.

C'était bien heureux, car sans cela il passerait son temps en mode « long tarin ».

Le plus difficile avait été de remercier William, sans rien laisser paraître.

La dernière fois qu'il l'avait côtoyé, c'était à l'occasion des funérailles du prince consort d'Angleterre, Philip, un an plus tôt. Le duc de Cambridge avait enfreint le protocole, fendu le cordon des Royal Foot Guards, puis celui des têtes couronnées du monde entier, avant d'étreindre Ethan. Il n'avait jamais oublié que l'astronaute s'était comporté comme un frère, lors de la mort de Lady Diana, un quart de siècle auparavant. Miller avait été son confident le plus intime, et il ne lui avait rien caché de son immense souffrance.

William avait donc accédé à sa requête sans l'ombre d'une hésitation, lorsqu'il avait fallu l'autoriser à atterrir au large de la Floride, sur le porte-avions HMS *Queen Elizabeth*. L'astronaute était certes en fuite, mais en tant qu'officier britannique, rien ne pouvait s'opposer à un appontage d'urgence. En revanche, la suite, elle, relevait du véritable privilège.

Malgré les demandes du FBI et l'enquête internationale dont faisait désormais l'objet Ethan Miller, William avait offert sa protection à l'astronaute, ainsi qu'une entière liberté de mouvement.

Les deux hommes s'étaient parlé au téléphone, et Miller avait feint l'effusion de sentiments blessés, de droits bafoués ; il s'était dit victime d'une machination médiatique et policière. Cela avait suffi à l'absoudre, d'autant que le prince, sincèrement affecté, lui accordait une confiance sans faille.

Ethan avait accepté de rester quelques jours en observation à la clinique des maladies infectieuses et tropicales du prestigieux University College de Londres, dans un contexte aménagé. En tant qu'officier, il avait été placé sous la surveillance et le contrôle du Royal Army Medical Corps. Il avait tu les douleurs qui, pourtant, s'étaient avivées peu de temps après son arrivée à bord du porte-avions.

Des coups de poignard dans les intestins. Des contractions brutales. Il avait tout masqué pour s'éviter une hospitalisation beaucoup plus longue. Quant au virus « alien » qu'il était censé abriter, il avait affirmé connaître le moyen d'en découvrir l'antidote.

Le service médical de l'armée royale, sous pression du prince William, l'avait donc relâché avec mission de rapporter le précieux sésame censé éradiquer le mal qui rampait dans les entrailles d'un nombre croissant de malades.

L'astronaute s'était demandé, à bien des reprises, comment ce début d'épidémie avait pu se répandre, alors qu'il n'existait que deux patients zéro bien identifiés, les deux chercheurs américains retrouvés morts à Lyon et dans la Station spatiale. Avec Vernay et lui-même, ainsi que le médecin légiste lyonnais et ses assistants, cela faisait tout de même un bien petit nombre de cas pour entamer un processus pandémique...

Ethan Miller s'était envolé pour Moscou, accréditant la thèse d'un complot russe. Il avait affirmé aux plus hauts gradés britanniques que la solution se trouvait dans l'ex-nation des Soviets, et nulle part ailleurs. Ils l'avaient cru – avaient-ils le choix ? – et l'avaient laissé partir. En tant qu'astronaute, excellent locuteur de la langue de Pouchkine et de Tolstoï, il pourrait se débrouiller.

« Ne vous inquiétez pas », leur avait-il lancé, non sans cynisme...

Lorsqu'il posa le pied dans le hall des arrivées du terminal D de l'aéroport de Moscou-Chérémétiévo, un comité d'accueil l'attendait. Trois officiers de la VVS, l'armée de l'air russe, devisaient devant la double porte coulissante. Ils ne passaient pas inaperçus, avec leur uniforme bleu roi et leur soucoupe volante vissée sur la tête – Miller avait toujours trouvé ridicules les immenses casquettes d'apparat des militaires russes. Mais ceux-là n'avaient aucune intention d'être discrets. Ils étaient chez eux, et venaient accueillir un hôte de marque.

Le plus gros et le plus âgé, la mine débonnaire et qui fleurait la vodka à trois mètres, s'avança vers l'astronaute.

– Bienvenue en Russie, commandant Miller. Je suis le colonel Gouline, et voici le commandant Ivanov, et le lieutenant Aslamov. Nous avons pour mission de vous escorter jusqu'à Baïkonour. Nous décollerons dès que vous aurez récupéré vos valises.

– Baïkonour ? Au cosmodrome ?

– Affirmatif. Apparemment, vous êtes attendu de pied ferme.

Miller fronça les sourcils. Il espérait pouvoir rencontrer son « mentor » directement à Moscou. Qu'allait-il bien pouvoir faire au Kazakhstan, à deux mille cinq cents kilomètres de la capitale russe, perdu au milieu de nulle part ?

– Je suis désolé, mais j'ai très peu de temps devant moi, et je dois absolument...

– Ce sont les ordres, commandant. Suivez-nous, nous allons bientôt décoller.

Le Britannique obtempéra. La Russie ne plaisantait jamais, tout pouvait basculer d'une minute à l'autre, et le spectre des geôles de Sibérie suffisait à rendre n'importe qui docile. Il songea un instant à l'agonie de l'opposant Alexeï Navalny, dont la grève de la faim en pleine détention n'avait nullement ému les autorités. Bien au contraire... Il s'était jeté dans la gueule du loup ; il était bien trop tard pour faire machine arrière.

Si seulement il avait pu entrer en contact avec son superviseur...

Une demi-heure plus tard, Miller embarqua à bord d'un Soukhoï Superjet 100 flambant neuf, destiné au transport des hauts gradés de l'état-major et des personnalités militaires. Il était assis face au colonel Gouline et au commandant Ivanov, tandis que le lieutenant Aslamov occupait le siège contigu. Quelques minutes à peine après le décollage, le plus haut gradé entama un interrogatoire serré. Il n'avait cessé de dévisager l'astronaute. Il lui rappelait quelqu'un, ou quelque chose. Comme s'il l'avait déjà côtoyé, mais dans un contexte entièrement différent.

– Alors, comme ça, vous êtes astronaute ? Vous avez déjà volé à bord d'un vaisseau Soyouz, avec nos cosmonautes ?

– Non, mon colonel. Je n'ai volé que dans un module Crew Dragon, avec un spationaute américain.

Gouline tordit le nez. Ça commençait mal.

– Et c'était quand ?

– Il y a une quinzaine de jours, à peine.

– Ah, mais j'y suis ! C'est vous, le miraculé !

Le visage de l'officier supérieur s'illumina ; de même que celui de ses subalternes. Les trois militaires se détendirent.

– Vous avez réchappé à un crash retentissant ! Et quel saut en parachute ! Quel exploit !

Miller ne savait sur quel pied danser. Ils se foutaient de lui, ou ils étaient sérieux ? Ils n'étaient donc au courant de rien ? Ils ignoraient vraiment qui il était, *pour la Russie* ?

– Et comment se fait-il que vous parliez si bien russe ? enchaîna Gouline, sur un ton badin.

« Je travaille pour vous, espèce de crétin », faillit lâcher Miller. Mais il se ravisa. C'était peut-être un test. Il n'avait aucune confiance en ces trois lascars.

– Je me suis entraîné deux ans à la Cité des étoiles, tout près de Moscou. J'ai énormément pratiqué.

– Dites-moi, coupa Ivanov sur un ton glacial, est-il exact que vous avez été intronisé dans l'ordre de Gagarine, et même reçu la médaille pour le Mérite dans l'exploration spatiale ?

Le Britannique acquiesça.

– Et peut-on savoir quels exploits vous ont valu ces distinctions ? Certains de nos propres cosmonautes n'ont jamais reçu de telles médailles...

Ces trois abrutis débarquaient de Pluton. D'évidence, on leur avait volontairement caché le pedigree de leur « client » et la nature de ses activités pour le compte du régime.

– Eh bien, demandez à Vladimir Poutine, c'est lui qui m'a remis la médaille pour le Mérite dans l'exploration spatiale.

Gouline cessa de respirer et ouvrit une bouche béante. Un train aurait pu s'y engouffrer.

– Le Président ? En personne ?

– *Da, polkovnik**.

Il avait prononcé les mots magiques. Plus rien ne pouvait cristalliser la méfiance des trois officiers de la VVS ; Miller était désormais l'un des leurs. Dix minutes plus tard, la vodka coulait à flots ; les militaires avaient desserré leur ceinture et déboutonné leur uniforme.

Gouline, salement éméché, entreprit une jeune engagée qui jouait les hôtesses version « poupée russe ».

* « Oui, mon colonel. »

Changement d'ambiance radical avec les officiers britanniques, au flegme irréprochable, ou avec les Américains, aux manières prudes et distantes – les scandales sexuels avaient entaché la probité de nombreuses personnalités, ces dernières années ; chacun se tenait à carreau et serrait les fesses en espérant ne jamais subir le sort d'un Harvey Weinstein.

Ici, en Russie, il en allait tout autrement. L'alcool aidait à tenir le coup, quitte à déraper. Mais Miller s'en foutait royalement. Au contraire, il s'amusait des incartades du colonel qui ne cessait de harceler le personnel de bord. La gamine avait beau geindre, l'officier supérieur avait décidé qu'elle s'assiérait sur ses genoux. C'était ainsi, et personne n'allait l'en empêcher.

La jeune fille finit par coopérer, supportant les mains baladeuses du gradé avec une moue de dégoût.

– Vous jouez au poker, Miller ?

Une lueur traversa les yeux du Britannique, tandis qu'une décharge d'adrénaline fusait dans ses artères. Gouline lui aurait proposé la *panacée*, un traitement universel contre le mal qui le rongeait, qu'il aurait encore préféré jouer.

Rien ne pouvait égaler ce sentiment grisant. En cet instant, il aurait pu tuer père et mère pour une partie de poker... Autant dire qu'il ne se fit nullement prier. Et tant pis pour les trois ganaches, qui en seraient pour leurs frais.

Une heure plus tard, comme prévu, les trois officiers russes déchantaient. Ils disputaient leur onzième partie.

Miller jeta un œil par le hublot. Ils se trouvaient juste au-dessus de l'agglomération de Saratov, et survolaient la Volga. La steppe commençait à manger tout le paysage ; seules quelques forêts habillaient les flancs des collines qui ceignaient la ville. Elles étaient pratiquement imperceptibles à cette altitude. La monotonie des paysages s'installait gentiment, et n'allait plus se démentir jusqu'à l'arrivée.

L'astronaute avait chaussé ses lunettes de soleil pour que ses adversaires soient incapables de distinguer le moindre de ses clignements d'yeux.

Le commandant Ivanov tentait de déceler une réaction chez le Britannique, la moindre inflexion dans son comportement. Mais Miller demeurait de marbre, et ses lunettes noires le préservaient de tout regard traître ou parasite.

Le Russe hésitait.

Au milieu du tapis gisait un dix de pique, un roi de carreau, un huit de pique et un quatre de trèfle. Avec son huit de carreau et son roi de cœur, Ivanov possédait une double paire plutôt correcte. Mais était-ce suffisant ? Il avait déjà misé gros, et perdu bien des plumes depuis une heure...

– Je me couche, râla l'officier, à moitié convaincu de commettre une erreur.

Mais cet Anglais lui faisait peur. C'était le deuxième tour d'enchère, l'astronaute n'avait rien lâché, et il disposait sûrement d'une meilleure main que la sienne.

– *Check*, lâcha dans la foulée le lieutenant Aslamov.

Le subalterne restait en embuscade ; ses petits yeux bleus pétillants inquiétaient Miller, qui ne laissait rien paraître.

De son côté, Gouline, de plus en plus excité par la blonde qu'il avait ceinturée sur ses genoux, jeta sans vraiment réfléchir une poignée de jetons sur la tablette.

Les quatre fauteuils de cuir se faisaient face, et il fallait bien cacher son jeu pour que personne ne vît rien.

Ivanov, qui avait hérité du rôle de *dealer* – celui qui distribue –, abattit une nouvelle carte face aux joueurs, juste au côté des quatre premières. Un sept de pique. Avec le huit et le dix, cela faisait donc trois piques sur cinq cartes retournées. Si l'un des joueurs détenait, par chance, le neuf et le valet, ou bien le six et le neuf, c'était le Graal : une quinte flush...

Sans l'ombre d'une hésitation, l'astronaute poussa aussitôt dix jetons, pour une valeur de trois cents dollars, au milieu du tapis de velours.

Les trois officiers russes haussèrent les sourcils.

Ce foutu Britannique avait une chance de cocu. Un « roc », comme on dit au poker : jeu solide et sans bavure.

Et il détenait sans doute encore un *monstre*, une main monumentale. Qu'allait-il abattre ? Une quinte flush au valet ? Il en était bien capable...

Finalement, Gouline maugréa et jeta ses deux cartes. Malgré son litre de vodka, il conservait un semblant de lucidité, et n'aurait jamais renchéri sur une somme pareille. La solde d'un officier russe, même enclin à la corruption endémique, ne lui permettait pas de prendre un tel risque.

Miller rafla la mise, sans dévoiler son jeu.

Et fort heureusement. Il n'avait qu'une paire de huit.

Mais au moment de remettre ses deux cartes dans le paquet, le commandant Ivanov lui saisit le bras et les lui arracha.

– Un huit de trèfle et un trois de cœur ! J'en étais sûr !

Miller s'empourpra. Pousser l'adversaire à se trahir, mettre ses stratégies à nu et révéler son bluff pourtant finement dissimulé, c'était aussi grave et douloureux que l'amputer brutalement d'une main.

– Vous n'avez pas le droit ! hurla l'astronaute.

Il était écarlate, les yeux injectés de sang. Il aurait pu égorger Ivanov avec ses propres dents. La blonde sursauta sur les genoux de Gouline et poussa un cri strident. Le colonel, tout aussi surpris, lâcha prise et libéra sa proie.

– Commandant Miller, calmez-vous ! Vous avez un sérieux problème !

– Pas autant que vous avec la bibine ! Ne me faites pas chier, ou je brise votre carrière !

Il se dressa comme un coq sur ses ergots.

– J'en ai le pouvoir ! Vous ignorez qui je suis !

Les trois officiers se glacèrent.

Un silence de mort régna soudain dans la cabine.

– Eh bien, articula Gouline au bout d'une minute, il serait peut-être temps de nous dire, précisément, qui vous êtes, ou *prétendez* être, commandant.

L'astronaute, hors de contrôle, voulait jouer, encore. Gagner, encore. Bluffer, encore. Mais en attendant, il allait leur montrer, à ces trois sacs à vodka, de quoi il retournait.

– Je travaille depuis huit ans pour le SVR*, et vous trois, vous êtes tellement minables qu'ils ne vous ont même pas affranchis !

Les Russes échangèrent des regards perplexes.

– Le SVR, vraiment ? Et peut-on savoir quel type de renseignements vous collectez pour le compte de la Russie ?

– Je suis astronaute, tocard, qu'est-ce que tu veux que je transmette ? Des informations stratégiques sur la recette du pudding ?

Miller se tordit subitement de douleur. Ses sautes d'humeur imprévisibles, inédites jusqu'à ces dix derniers jours, aggravaient son état de santé. Il sentit ses boyaux se tordre ; il fut pris de spasmes et finit même par cracher un peu de sang qu'il dissimula du mieux qu'il put. Il ne voulait ni paraître gravement malade, ni contaminer les autres passagers.

Il passa la fin du vol étendu, blême, bénéficiant de quelques soins de fortune prodigués par les hôtesses en uniforme.

Au moment d'atterrir sur la piste de l'aéroport Krayniy de Baïkonour, il songea à Louise. Elle seule pouvait le comprendre, car elle n'était pas comme les autres. Une femme *réelle* et authentique qui ne leurrait jamais personne, contrairement à lui. Il était en train de tomber amoureux et se sentait faiblir. S'amollir, même.

Ce n'était certainement pas le moment.

Lorsqu'il sauta sur le tarmac, le Britannique respira l'air minéral de la région. Un paysage désertique s'étirait à perte de vue. La température commençait déjà à s'échauffer. Les étés pouvaient atteindre 50 °C, tandis que les hivers faisaient chuter le mercure jusqu'à – 30, avec des vents à décorner les bœufs.

Déjà, des nuées de sable fin balayaient la piste. L'été, ces tempêtes de poussière pouvaient envelopper toute la ville de Baïkonour, qui devenait plus fantomatique encore

* Services secrets russes, héritiers du KGB.

qu'à l'ordinaire. La vie, ici, s'avérait aussi aride que le paysage.

Après avoir récupéré leurs bagages, les trois officiers russes et le Britannique grimpèrent dans un 4 × 4, direction le cosmodrome. Miller ne prononçait plus un mot ; il s'efforçait juste de contenir ses douleurs.

Ils longèrent Baïkonour et ses immeubles grisâtres qui s'étiolaient depuis de longues années. La ville « nouvelle » avait été édifiée au moment du lancement du grand programme spatial soviétique, dans les années 1950, et avait connu une belle attractivité jusqu'aux années 1990. Depuis, la région s'enlisait dans une longue agonie. Miller aperçut des témoignages de la splendeur du passé, comme cette fusée Soyouz érigée en statue, au carrefour de rues austères pratiquement vides. Le 4 × 4 s'immobilisa au croisement de l'avenue Korolev. Deux policiers végétaient à un check-point et vérifiaient les autorisations des rares véhicules qui transitaient dans le quartier. En avisant les hauts gradés moscovites, les plantons claquèrent des talons et invitèrent le convoi à poursuivre sa route.

Le tout-terrain s'engagea sur la seule piste à des kilomètres à la ronde, qui fendait la steppe lunaire parsemée de quelques bouquets d'herbes desséchées. Ils filèrent plein nord suivant une trajectoire parfaitement rectiligne. Au total, Miller dénombra trois nouveaux check-points sur le parcours. La culture du secret, malgré le déclin palpable, restait de mise. Par endroits, l'astronaute devina de maigres troupeaux de chèvres, et même quelques chameaux qui déambulaient nonchalamment.

Au bout d'une quarantaine de minutes, le convoi déboucha sur les premières infrastructures du cosmodrome. Le Britannique ressentit une écume nostalgique. Il n'était venu qu'une seule fois, neuf ans plus tôt pratiquement jour pour jour, pour assister au départ de l'Italien Luca Parmitano, avec lequel il avait été recruté à l'Agence spatiale européenne, pour sa première mission vers la Station spatiale internationale. Il avait eu le cœur serré en découvrant ce décor figé et pratiquement inchangé depuis le lancement du premier Spoutnik.

Le véhicule ralentit au niveau du musée, un bâtiment plutôt récent – l'un des seuls en si bon état dans le secteur – coiffé d'un long toit rouge carmin. Devant les portes, un parterre d'arbustes faméliques encadrait une inévitable statue de bronze du camarade Lénine. Derrière l'édifice se profilait une navette Bourane, autre vestige des heures de gloire du programme spatial soviétique. Celle-ci n'avait jamais servi ; une seule, identique, s'était envolée en 1988 pour démontrer la capacité du régime à égaler les navettes américaines. Miller avait toujours trouvé que Bourane était la copie conforme des regrettées Challenger et autre Discovery.

Le Britannique tordit le cou pour admirer la silhouette de la navette exposée. Il aurait tout donné pour piloter un tel engin, parfaite synthèse entre un avion et une fusée. Malheureusement, les sept autres exemplaires construits se trouvaient au cimetière des véhicules spatiaux, démantelés et empoussiérés depuis de longues années...

Le 4×4 contourna le musée et longea cette fois le pas de tir numéro 1. Le cœur d'Ethan Miller fit un bond dans sa poitrine. Cette esplanade de béton et ses structures métalliques, toujours en activité, avaient connu le départ de Youri Gagarine dans l'espace en 1961... Il tutoyait, pour la seconde fois de son existence, le plus émouvant témoignage du premier soubresaut de l'exploration cosmique par ce minuscule vertébré doté d'une intelligence unique : l'homme.

Unique, vraiment ? Miller fut traversé par des images de représentation d'extraterrestres plus ou moins malveillants. Au même moment, il ressentit une nouvelle lacération dans les intestins. Il se plia en deux, tout en s'efforçant de dissimuler le plus possible sa douleur aiguë.

Le 4×4 poursuivit sa route dans l'enceinte du cosmodrome et s'approchait des pas de tir les plus modernes. Mais au lieu de filer dans leur direction, le chauffeur fit une embardée sur la droite, générant un impressionnant nuage de poussière dans le sillage du tout-terrain.

Où se rendait-il ?

Miller n'était jamais sorti des sentiers battus par le vent et le quartz.

Cinq minutes plus tard, il débarquait devant une plate-forme qu'il n'avait jamais vue.

Un gigantesque hangar s'érigeait devant ses yeux incrédules. Le bâtiment métallique mesurait approximativement cent trente mètres de longueur pour quarante de largeur et, surtout, soixante de hauteur ! Que pouvait abriter un tel monstre d'acier décrépit ?

L'espace d'un instant, Miller craignit le pire. Il savait que le cosmodrome avait hébergé, durant des décennies, des missiles balistiques armés d'ogives nucléaires. Bref, une partie de l'arsenal atomique de l'ex-Union soviétique...

Qu'allait-il découvrir ? À quel projet funeste allait-il être associé ? Jusqu'où pouvait conduire la rivalité entre les deux puissances ? L'astronaute sentait que la guerre froide s'était ravivée, pour ne pas dire réchauffée depuis quelques mois... Cette histoire de virus alien avait-elle fourni un prétexte pour lancer une offensive sans retour des Russes sur les Américains ? Ou bien les premiers fourbissaient-ils leurs armes, de crainte d'une agression des seconds ?

Tandis qu'Ethan Miller blêmissait, les trois officiers russes se dirigèrent vers les portes du hangar titanesque. Ils avaient l'air de nains ridicules devant une cathédrale de ferraille presque entièrement rouillée.

Une petite porte s'entrouvrit sur la gauche. Ils pénétrèrent dans l'édifice monumental, l'un après l'autre.

À l'intérieur, le Britannique hallucina. D'immenses passerelles métalliques s'entrecroisaient sur des dizaines de hauteurs différentes et constituaient une sorte de Mikado géant. Au sol, des échafaudages faramineux s'élevaient à perte de vue, et masquaient d'évidence une installation prodigieuse. Que fomentaient-ils ? Ce hangar, d'apparence désaffecté depuis de longues années, n'avait pas été choisi par hasard. Il devait passer inaperçu aux yeux des avions espions qui, il le savait, n'avaient de cesse de surveiller les sites stratégiques russes. L'endroit devait être abandonné depuis si longtemps que personne, à l'extérieur, ne pouvait soupçonner son activité frénétique.

Pourtant, sous les yeux de Miller, des centaines de techniciens en bleu de travail s'activaient comme dans une fourmilière. Ils couraient, grimpaient les passerelles, lançaient des ordres qui résonnaient sous l'immense gangue de métal. L'astronaute identifia les mêmes bruits assourdissants et les mêmes odeurs entêtantes que ceux de l'usine gargantuesque d'Elon Musk, à Los Angeles.

Étaient-ils eux aussi en train de construire un engin spatial ? Une nouvelle fusée ? Et pourquoi l'avaient-ils conduit ici ?

Un sexagénaire en blouse blanche s'approcha de l'astronaute et l'apostropha.

– C'est vous, l'Américain ?

– Anglais, rectifia Miller.

– C'est pareil. Suivez-moi.

Le Britannique progressa au cœur de la ruche effervescente, jusqu'à un petit bureau aménagé tout près d'un mur d'enceinte, légèrement à l'écart de l'agitation.

– Asseyez-vous et mettez ça.

Le scientifique lui tendit un semblant de masque FFP2 avachi et poussiéreux, puis en enfila un lui-même.

– Vous savez, *a priori* je ne suis pas contagieux, enfin du moins pas par les voies aériennes.

– *Eto mera predostorozhnosti**.

L'astronaute obtempéra ; au même instant, il ressentit une nouvelle perforation au niveau du colon et laissa échapper un cri de douleur. Par réflexe, il porta sa main au ventre. Le Russe le fixa dans les yeux.

– Commandant Miller, êtes-vous conscient que vos jours sont comptés ?

---

* « C'est une mesure de précaution. »

Ethan accusa le coup et se laissa aller en arrière, contre le dossier de sa petite chaise. Les médecins militaires, à Londres, s'étaient bien gardés de lui confier un tel pronostic.

– J'ai pu examiner les radios que vous avez transmises aux services de renseignement, de même que vos analyses de sang et de selles. Vos intestins sont colonisés par un micro-organisme dont la réplication dépasse toutes les lois connues de la nature. Il prend le pas sur vos commensaux* et modifie profondément la composition de votre microbiote. Il se développe avec brutalité et menace l'intégrité de vos tissus.

Miller ne cessait de pâlir. Puis le Russe posa un dossier devant lui, qu'il dénoua lentement. Il feuilleta des pages bardées de tableaux, de chiffres et de schémas incompréhensibles, du moins à l'envers et à cette distance.

– Comme vous le savez, nous avons eu accès au corps de l'Américain retrouvé mort en France, à Lyon. Nous avons pu mener des analyses poussées. Et nous avons identifié le micro-organisme qui vous a infecté, commandant Miller. Et surtout, nous savons maintenant d'où il provient.

Ethan déglutit. Il allait enfin savoir. Enfin comprendre.

– Surtout, laissez-moi parler jusqu'au bout, sans m'interrompre. Car vous n'allez jamais croire ce que je vais vous révéler.

---

* Ensemble des bactéries et autres micro-organismes qui peuplent la flore intestinale (notamment), sans activité pathogène.

Chapitre trente-deux

Jeudi 2 juin 2022,
Albano Laziale, Latium, Italie

Louise sonna à l'interphone campé entre une double porte de bois sombre et une grille argentée d'allure récente. Derrière elle, l'agitation de la place Sabatini la mettait mal à l'aise. Difficile d'être concentrée avec ces dizaines de commerçants qui piaillaient pour fourguer leurs tomates et leurs oranges. C'était jour de marché, et la clameur aggravait son mal de tête.

À droite de l'interphone, une plaque scellée sur la façade ocre représentait les armes de l'État pontifical : deux clefs surmontées de la tiare du pape.

Elle avait mené son enquête le plus discrètement possible. Un simple coup de fil au Vatican Advanced Technology Telescope de Mount Graham lui avait permis d'apprendre que Federico Lupo avait regagné l'Italie, et le siège de l'Observatoire. Internet lui avait immédiatement permis de localiser les bureaux des moines astronomes. La requête « adresse de l'Observatoire du Vatican » lui avait offert, en six dixièmes de seconde, les coordonnées exactes : « Piazza Sabatini, 4B/5, 00041 Albano Laziale RM, Italie ». Google était devenu, pour les enquêteurs du monde entier, l'un des informateurs les plus fiables et discrets dont ils pouvaient rêver. Une source de savoir presque infinie, qui rendait l'outil aussi puissant que Dieu le Père.

D'ailleurs, le nombre de contempteurs des divinités Google, Apple, Facebook et autres Amazon qui composaient le panthéon numérique approchait celui des fidèles des principales religions monothéistes. En poireautant à côté du blason du Vatican – le plus petit État du monde –, Louise se dit que l'Église catholique, avec son milliard trois cents millions d'affidés, était sans doute devenue moins influente que les GAFA, aux yeux de centaines de millions de croyants...

— *Pronto ?* crachota enfin l'interphone.

— Je suis Louise Vernay, commissaire de police française. Je viens voir Federico Lupo.

L'enquêtrice avait parlé en anglais, en employant le ton le plus neutre possible. À l'autre bout du fil, la voix tardait à répondre. Au bout de quelques secondes, elle articula enfin dans la même langue, avec un fort accent italien :

— Vous avez rendez-vous ?

— Il me connaît. Dites-lui que je ne partirai pas tant qu'il ne m'aura pas rendu ce que je lui ai confié.

Nouveau blanc. Louise pouvait palper l'embarras de son interlocuteur.

— Et... dites-lui que je suis venue seule. À titre amical.

La Française tentait le tout pour le tout, même s'il était peu probable que le moine crût une seconde en ses intentions pacifiques. Mais à sa grande surprise, deux minutes plus tard, la grille bourdonna et l'un des vantaux s'entrouvrit.

Un homme chenu, vêtu d'une chemise noire ornée d'une croix discrète, s'avança dans l'allée et invita la Française à le suivre. Elle longea le mur d'enceinte qui séparait le siège de l'Observatoire du couvent des sœurs clarisses. Elle arpenta un joli cloître arboré et pénétra dans l'aile de l'ancien couvent des moniales basiliennes, reconverti en siège administratif des quinze astronomes jésuites du Vatican. Elle traversa un semblant de musée, puis une superbe bibliothèque qui fleurait le papier jauni. Les volumes, hors d'âge, tapissaient les murs jusqu'au plafond. Deux échelles de bois permettaient d'accéder aux étagères les plus hautes. Quelques tables accolées, semblables aux *scriptoria* médiévaux des moines copistes, étaient recouvertes de sous-main en cuir, de plumes anciennes et d'encriers de porcelaine.

Enfin, l'homme mutique l'introduisit dans le bureau du directeur.

Federico Lupo se tenait de dos face à la fenêtre, les mains nouées. Il semblait pensif, et demeurait parfaitement immobile.

– Bonjour, Louise. Je vous attendais.

– Vraiment ? Vous ne pensiez pas plutôt que j'allais pourrir des années dans un trou du genre de Guantánamo ?

– Je n'ai jamais douté que vous vous sortiriez de ce mauvais pas.

Louise se retint d'empoigner le jésuite par le colbac et de le plaquer au mur.

– Un « mauvais pas » ? Vous vous foutez de moi ? Vous nous avez lâchement dénoncés ! Pourquoi cette trahison, alors que nous étions traqués et que j'étais venue, en confiance, vous demander votre aide ?

Le moine resta muet.

– Vous étiez l'un des seuls à pouvoir décrypter le carnet que je vous ai confié, pour nous permettre de nous en sortir, ou au moins de nous indiquer une piste, une voie à suivre... Au lieu de quoi, vous nous avez balancés, au risque de nous laisser crever comme deux merdes !

– Tout est fini, souffla Lupo.

La jeune femme se rapprocha encore de la haute fenêtre qui plongeait sur l'une des cours du couvent des clarisses, dix mètres en contrebas. Derrière le vitrage, tout semblait figé, hors du temps et de l'espace. Comme une toile immuable depuis le haut Moyen Âge.

– Tout est fini, Lupo ? Pour Miller et moi, certainement ! Vous savez très bien qu'on risque d'y passer ! Vous n'avez pas levé le petit doigt. Je ne sais pas ce qui me retient de...

– Mais faites donc. Je n'ai plus rien à perdre. Tout est fini, je vous dis.

Le moine s'était retourné. Louise se figea, sonnée par la mine effroyable de l'astrophysicien. Son visage était métamorphosé. Ses traits s'étaient endurcis, et d'affreuses rides traversaient son front blême. Il avait pris dix années d'un coup. Lupo ouvrit un tiroir, saisit deux carnets et les jeta aux pieds de Vernay.

– Tenez, deux pour le prix d'un. Votre carnet et, en prime, celui de Tony Jermal. Enfin, John Bowers, de son vrai nom.

Louise, encore plus effarée, ramassa les précieuses offrandes. Les livrets se ressemblaient comme deux gouttes d'eau.

– Vous... vous aviez un autre carnet ? Celui de Jermal ? Mais... comment...

– C'est moi qui ai donné rendez-vous à Jermal dans les arêtes de poisson, le jour de sa mort. Je lui avais dit de descendre par l'escalier de la rue Adamoli.

L'enquêtrice songea aux révélations du médecin général de l'hôpital Bégin.

– Les arêtes ont été creusées par les Jésuites pour abriter votre trésor, c'est ça ? Vous aviez les clefs, et c'est vous qui avez entraîné le chercheur dans ce dédale...

– Les arêtes n'ont pas été creusées par les Jésuites. Elles ont été forées il y a plus de deux mille ans, bien avant la création de la Compagnie de Jésus, par une puissance très supérieure à l'homme.

Louise se remémora les confidences de la responsable du service archéologique de la Ville de Lyon. Les arêtes de poisson remontaient au moins à l'Antiquité – d'après les datations au carbone 14 – et personne ne comprenait comment un tel réseau, aussi parfait et géométrique, avait pu être édifié à une époque si reculée. Aucun ouvrage semblable n'avait été réalisé avant la Renaissance, c'est-à-dire six cents ans plus tard... Les techniques employées étaient, théoriquement, inconnues des bâtisseurs de l'Antiquité.

– Et... Quelle puissance aurait donc construit ces galeries ?

Tout en questionnant le moine, Louise redoutait une réponse qui ne lui plairait pas.

– Une civilisation lointaine, mille fois supérieure à nous, et qui nous a aussi créés, nous, les hommes, il y a six mille ans.

– Allons donc, c'est reparti pour les petits hommes verts...

– Vous êtes incapable de comprendre. Tout ceci dépasse votre petit esprit étriqué. Votre rationalité n'est qu'un carcan, un corset mental qui vous broie les neurones et vous empêche de voir grand. De voir *la Vérité*.

– Lupo, vous m'enfumez pour changer de sujet : vous avez entraîné Jermal, enfin Bowers, au fond des galeries et vous l'avez éventré !

– Vous savez bien que non. C'est vous et Miller qui m'avez révélé que ses intestins avaient cédé sous l'effet d'un micro-organisme ravageur. Comme pour l'astronaute. J'avais laissé la porte de la rue Adamoli ouverte, il est descendu avant que j'arrive, et quand je l'ai trouvé, il était dans cet état. Je me suis contenté de prendre le carnet.

– On n'a retrouvé aucune empreinte, ni de pied, ni de main. Ça ressemble plutôt à une scène de crime méticuleusement préparée et tout aussi bien nettoyée.

– C'est vrai, quand j'ai aperçu le cadavre près du « gardien », le gros rocher au milieu de la galerie, j'ai tout de suite compris. Je me suis dit que quelqu'un l'avait suivi et lui avait réglé son compte. Comme je ne voulais laisser aucune trace, j'ai mis des gants, et j'ai nettoyé mes empreintes de pas.

Louise fit une moue perplexe. Cela ne tenait guère debout. Lupo, qui s'était finalement assis derrière son bureau obstrué par plusieurs piles d'articles scientifiques, haussa les épaules.

– Je n'ai aucun intérêt à vous mentir. Je n'ai plus rien à perdre, je vous l'ai dit. Je vous attendais pour tout vous révéler. Si je l'avais tué, je vous le dirais. Mais je n'en ai pas eu besoin.

– Alors pourquoi lui avoir donné rendez-vous dans cet endroit sordide ?

– Parce qu'il est vrai que, durant quatre siècles, ces galeries n'étaient connues que des seuls Jésuites. C'est l'endroit le plus discret de Lyon. Et Jermal travaillait pour nous. Je voulais le rencontrer dans le plus grand secret.

– Il travaillait pour vous ? Mais... Je croyais qu'il bossait à la NASA, et pour un laboratoire secret de Google...

– Il était très croyant, et se disait ouvert à tous les possibles. Il savait que nous travaillions, à l'Observatoire du Vatican, sur la recherche de preuves de l'existence d'une civilisation extraterrestre. Il s'est rapproché de nous pour cette raison.

Louise fut traversée par un nouveau souvenir : sa visite au SETI, l'institut de recherche en quête d'une intelligence extraterrestre, dans la Silicon Valley. Le directeur leur avait confié que Jermal venait régulièrement s'enquérir de leurs travaux, et disait vouloir collaborer.

– Ah oui, c'est vrai, il croyait aux petits hommes verts, lui aussi...

– Non seulement il y croyait, mais avec son collègue Myrtol, que vous avez vous-même retrouvé mort, ils ont longtemps travaillé sur d'étranges signaux venus de l'espace. Ils avaient réussi à décoder un message révélant des coordonnées géographiques, au Mexique, qui correspondaient à un point de contact avec les *Elohim*.

Louise haussa les sourcils et finit par s'affaler dans le fauteuil qui faisait face au bureau de l'astrophysicien.

– Les *Elohim* ? Allons bon, qui c'est encore, ceux-là ?

– Avez-vous entendu parler de la Bible hébraïque, le Tanakh ?

Lupo avait parlé sur un ton teinté de mépris, tout en s'emparant d'un ouvrage empoussiéré qui reposait dans un tiroir.

— Euh... la Bible des juifs, c'est pas l'Ancien Testament ?

— Presque. Il est composé de vingt-quatre livres, répartis en trois grandes sections, la Torah, le Nevi'im et le Ketouvim, et constitue en effet l'essentiel de l'Ancien Testament. Pour les trois grandes religions monothéistes, donc les juifs, les chrétiens et les musulmans, ces textes – en particulier la Torah – ont été directement inspirés par Dieu. Ils ne sont ainsi contestés par personne et fondent le socle de la foi de quatre milliards d'humains dans le monde.

Louise se sentit complètement nulle. Elle était « athée comme cochon », et ne connaissait strictement rien à ces bigoteries.

— Or, dans le Tanakh, il est fait référence plus de deux mille fois aux *Elohim* – trois cents fois rien que dans la Genèse, le premier livre de la Torah. Or, *Elohim* veut dire « les dieux », ou « les Êtres supérieurs », en hébreu. *Elohim* est le pluriel d'*Eloha*. Pour les juifs, à l'origine, Dieu n'est donc pas une seule entité. Ils sont plusieurs. Un collectif.

L'enquêtrice se sentit larguée.

— Je ne comprends pas... Ça veut dire qu'il existait plusieurs dieux, au départ, chez les juifs ? Comme chez les Romains ou les Grecs ?

— On pourrait dire ça. Mais les traductions latines, à l'origine de toutes les Bibles modernes, ont gommé le pluriel. Elles ont transformé « les dieux » par « Dieu » tout court. Tenez, en hébreu, il est clairement écrit : « Au commencement, les Elohim créèrent le ciel et la terre », et non : « Dieu créa le ciel et la terre ». Ou encore : « Les Elohim dirent : Créons l'homme à notre image, à notre ressemblance. » En latin, c'est devenu : « Dieu créa l'homme à son image. » Les premiers chrétiens ont voulu cacher cette pluralité pour ériger une religion purement monothéiste.

– C'est passionnant, ce cours de théologie, mais je ne vois pas où vous voulez en venir. Je vous signale que ma vie est en jeu, et celle de Miller aussi.

Federico Lupo se leva et commença à faire les cent pas.

– Eh bien, ce que j'essaye de vous dire, c'est que les premiers textes saints disaient *la Vérité* : nous avons été créés par un groupe d'êtres supérieurs, érigés au rang de divinités par les premiers hommes. Les *Elohim* vivent à des milliers d'années-lumière de la Terre, et nous envoient régulièrement des messages. Soit par ondes radio, soit en nous rendant des visites furtives, comme avec le vaisseau 'Oumuamua, ou bien de manière plus secrète...

– Les OVNI, ce seraient des *Elohim* ? se risqua Louise.

– Absolument. Si l'armée américaine a rendu publique une série de vidéos – l'année dernière encore – d'objets qui se déplacent dans l'air, mais aussi dans l'eau à une vitesse prodigieuse et sans bruit, c'est bien la preuve. Il ne s'agit pas d'élucubrations, mais de documents officiels produits par les plus hautes autorités des États-Unis...

– J'en ai entendu parler, on s'est rendu au SETI, avec Ethan...

En prononçant le prénom de l'astronaute, le cœur de Louise se comprima et ses intestins se vrillèrent. Les douleurs s'aggravaient, surtout sous l'effet du stress ou d'émotions intenses.

– Eh bien, ces aéronefs non identifiés sont envoyés par les *Elohim*. Et s'ils se déplacent avec une telle vélocité dans l'eau, c'est qu'ils transitent par une faille de l'espace-temps qui débouche dans un cénote du Yucatán, au Mexique. J'ai obtenu les coordonnées exactes grâce aux carnets de Jermal et de Myrtol. Ce cénote se situe près des temples où ont été retrouvés des motifs gravés, vieux de plusieurs millénaires, qui représentent trait pour trait des astronautes et des soucoupes volantes... Que dites-vous de ça ?

La jeune femme secoua la tête. Elle voyait sombrer ce brillant scientifique dans les fins fonds de l'irrationnel, avec des idées fumeuses dignes des théories complotistes les plus improbables.

– Je vois bien que vous doutez. Que vous me prenez pour un fou. Vous n'êtes pas prête à recevoir la *Révélation*. Celle que le texte hébreu de la vraie Bible nous a transmise et que les premiers chrétiens ont ensuite sapée, réduit à néant. Mais vous et moi, nous savons pourtant que je dis vrai.

Le jésuite s'approcha tout près de Louise, qui recula le buste tout en portant la main à la crosse de son Sig Sauer.

– Le micro-organisme qui vous a infectés... Je suis certain que vous avez connaissance de l'analyse de son ADN. Je sais que Miller se l'était procuré. Et tout le monde en parle, même sur Internet et les réseaux sociaux. Il n'est pas terrestre. Et vous le savez pertinemment.

Louise déglutit. Elle le savait, en effet. Elle ne pouvait l'accepter et continuait de croire qu'existait, quelque part, une explication rationnelle...

– Je vous ai dit, la dernière fois, à l'observatoire de Mount Graham, que certains organismes pouvaient survivre dans des conditions extrêmes...

– Oui, je m'en souviens, balbutia-t-elle, tout en pâlissant.

– Eh bien, si celui qui vous a infectés est si résistant, c'est parce qu'il porte l'ADN de *nos créateurs*. Un ADN deux fois plus riche, deux fois plus prodigieux que le nôtre. Il ne comporte pas quatre bases azotées, comme tout ce qui vit sur Terre, mais...

– Huit, oui, je sais. Mais nous sommes capables de tout, nous, les hommes. Pourquoi un tel ADN n'aurait pas pu être créé quelque part, dans un laboratoire ?

Federico Lupo ricana et regagna son fauteuil.

– Votre aveuglement est sidérant, Louise. Pourquoi chercher l'explication la plus complexe quand l'évidence et la simplicité sont sous vos yeux ? Que vous faut-il de plus ? Finalement, le Saint-Père a raison. L'humanité n'est pas prête à recevoir la *Révélation*.

Le moine baissa la tête et murmura dans sa barbe, comme s'il psalmodiait une prière. Il s'était brutalement soustrait au monde.

De longues secondes s'écoulèrent, durant lesquelles Louise médita les propos ubuesques de l'astrophysicien. Il était tout de même scientifique, songea-t-elle. Et si tout ceci, contre toute raison, était vrai ? Si c'était elle qui s'obstinait et persistait dans l'erreur ? Son esprit n'était peut-être pas suffisamment ouvert pour recevoir cette... vérité. Tout en ressassant les deux semaines les plus folles de son existence, un nouveau flash vint percuter son néocortex.

– Attendez ! J'ai déjà entendu cette histoire quelque part... Quand j'étais flic au quai des Orfèvres, on a serré des illuminés qui se revendiquaient d'une secte... À l'époque, ils prétendaient avoir cloné des humains, et on avait reçu plusieurs plaintes de parents dont les gamins paumés avaient été enrôlés à tour de bras... Tout le monde parlait d'eux, à l'époque, parce que Houellebecq, l'écrivain, avait rencontré leur mentor et pondu un bouquin plutôt flatteur sur lui et toute sa clique... Et je me souviens très bien : leur gourou affirmait qu'on avait été créés par des extraterrestres il y a six mille ans, c'est-à-dire exactement à l'époque où la Bible situe la création de l'homme par Dieu...

Lupo ne cilla pas.

– Et ce type, il racontait qu'il avait été conçu par l'insémination artificielle de sa mère avec du sperme d'extraterrestre ! C'était hallucinant, cette histoire. Et ces extraterrestres, il les appelait... il les appelait...

– Les *Elohim*, souffla Lupo.

Louise resta bouche bée, séchée dans son élan.

– Claude Vorilhon, *alias* Raël, a été contacté par les *Elohim*. Nous l'avons approché, et j'ai pu vérifier moi-même qu'il disait vrai. Et Michel Houellebecq l'a vérifié, lui aussi.

Vernay hallucinait.

– Vous... vous êtes un putain de membre de cette secte de tarés ? Tout ça pour ça...

– Détrompez-vous, Louise, je n'ai rien à voir avec ce groupuscule. Il se trouve que Vorilhon a eu connaissance de la Vérité, qu'il a été l'un des élus chargés de porter le message. Il a été *abducté* à deux reprises.

– Abducté ?

– Enlevé par les *Elohim*, qui lui ont parlé et révélé la Vérité. Il a voulu partager cette révélation, mais tout le monde s'est bien moqué de lui, hormis quelques esprits lucides comme Houellebecq. Il a fini en gourou de secte, et c'est bien dommage. L'humanité n'est pas prête à recevoir...

– ... la Révélation, la Vérité, oui, ça va, j'ai compris Lupo. Honnêtement, vous me décevez... À un point que vous ne pouvez pas imaginer... Comment pouvez-vous une seconde croire ce que dit ce type ? Je me souviens, avec son chignon et sa toge blanche, il pompait 7 % des revenus de ses membres, lançait des campagnes de « câlins gratuits », et il prétendait même avoir visité la planète des machins, là, les Elohim, et y avoir croisé Jésus et Mahomet ! Il était complètement allumé. Comment avez-vous pu avaler, vous le scientifique, cette histoire d'enlèvement par des extraterrestres ? Franchement ?

– Parce que j'ai aussi été abducté, Louise.

La jeune femme écarquilla les paupières.

– Vous... Vous avez été... enlevé par des extraterrestres ?

– Vous êtes la seconde personne au monde à l'apprendre. Après le général, le supérieur des Jésuites. Je ne m'en vante pas. Mais vous comprenez maintenant pourquoi j'ai voué ma vie à regarder le ciel, à chercher des signes de nos créateurs et à obtenir de vraies preuves, pour leur rendre enfin justice.

Louise se leva et fit à son tour des allers-retours dans le bureau du directeur.

– C'est du n'importe quoi, du grand n'importe quoi... Je suis en train de devenir complètement dingue... Mais qu'est-ce qui m'arrive ? Qu'est-ce que je fous là ?

Puis elle se précipita vers le bureau du jésuite et plaqua bruyamment ses deux mains sur le plateau.

– Je suis en train de crever ! hurla-t-elle. Et c'est tout ce que vous trouvez à dire ? Vous êtes une pourriture, Lupo !

Mais l'astrophysicien n'entendait rien. Il semblait possédé et restait prostré derrière son bureau.

– C'est notre fardeau depuis bientôt cinq siècles... Nous, les Jésuites, nous nous sommes cultivés, nous avons développé les sciences et leur enseignement dans le monde entier, dans l'espoir de préparer les esprits des humains à la Vérité. Nous étions sur le point d'y parvenir, mais le pape Clément XIV a eu trop peur de l'effet d'une telle révélation et a fini par supprimer notre ordre en 1773. Pourtant, nous avions collecté des preuves. Dans les arêtes de poisson, nous avons conservé de longues années des centaines de crânes d'*Elohim*, dont certains avaient été découverts et confiés par Teilhard de Chardin en personne. Ce sont les *Elohim* qui ont foré les galeries, pour y enterrer leurs morts, jusqu'à ce qu'ils quittent définitivement la Terre pour laisser les hommes vivre leur vie...

– Lupo, vous êtes complètement déjanté ! Vous allez me suivre, et je vais vous faire hospitaliser d'office.

Le moine jésuite se leva avec raideur, à la manière d'un robot, les yeux dans le vague.

Louise se dirigea vers la porte et s'apprêtait à sortir avec celui qu'elle considérait désormais comme un *aliéné* bon pour l'hôpital psychiatrique. Elle palpa ses poches pour s'assurer que les deux précieux carnets étaient bien en sa possession.

Au même moment, elle perçut un grincement derrière elle.

Elle se retourna.

Le jésuite venait d'ouvrir la fenêtre qui plongeait sur la cour des clarisses et grimpait sur le rebord.

– Non ! Federico !

Et, devant les yeux terrifiés de la jeune femme, Lupo se jeta dans le vide.

Chapitre trente-trois

Jeudi 2 juin 2022,
Cosmodrome de Baïkonour, Kazakhstan

Ethan Miller ne respirait presque plus.

Il retenait son souffle pour entendre distinctement, malgré l'effervescence tapageuse qui régnait sous l'immense gangue de métal, la révélation qu'Igor Iarochenko, le chercheur russe, s'apprêtait à lui faire.

Il poussait aussi de toutes ses forces sur sa ceinture abdominale pour contenir les douleurs qui le tenaillaient.

– Nous avons non seulement analysé le cadavre de Lyon, mais nous avons fait des comparaisons avec les résultats obtenus par votre contact à Los Angeles, que vous nous avez fait parvenir il y a une semaine, avant votre évasion. Et nous avons aussi eu accès aux résultats de vos propres analyses de sang. Dans les trois cas, nous sommes parvenus aux mêmes conclusions. Vous êtes infecté par un micro-organisme totalement artificiel, conçu de toutes pièces en laboratoire. C'est un homme, ou plutôt une équipe, qui a façonné cet être vivant d'une nouvelle nature, qui n'a aucun équivalent sur Terre.

– Alors, ce pathogène n'a rien d'extraterrestre ?

Le chercheur opina.

Miller hésita entre le soulagement et une inquiétude plus sourde encore. D'un côté, savoir que les « aliens » n'existaient définitivement pas se révélait rassurant – car comment lutter contre des organismes venus des confins de l'univers ? Comment les connaître, les contrecarrer en si peu de temps ? Du moins, dans un délai compatible avec sa propre survie... D'un autre côté, si ce poison avait été conçu par des acteurs malveillants, Dieu sait quels dégâts il pouvait occasionner. Le talent des hommes dans la commission du mal n'avait aucune limite, comme l'histoire l'a maintes fois démontré, à force de tortures toujours plus raffinées, jusqu'aux armes nucléaires, chimiques et bactériologiques les plus immondes. On n'avait peut-être encore rien vu...

— Mais... On sait d'où il sort ? De quel laboratoire ?

Tout en posant la question, le Britannique songeait au virus du Covid, dont tout semblait attester qu'il s'était accidentellement évadé d'un laboratoire de la ville de Wuhan. L'Organisation mondiale de la santé avait fini par demander des comptes aux autorités chinoises après l'échec de sa commission d'enquête sur place.

Le chercheur russe était sur la même longueur d'onde.

— Le SVR espionne attentivement les principaux laboratoires de virologie étrangers. Nous avons toujours pensé que le SARS CoV-2 s'était échappé du laboratoire P3 de l'Institut de virologie de Wuhan. Nous en avons eu plusieurs preuves. Aucun animal prélevé sur le marché, à quelques dizaines de mètres du P3, n'était porteur de ce coronavirus – en particulier aucun pangolin. Et il n'existe aucune chauve-souris à moins de mille kilomètres de Wuhan ; or, il est avéré que le SARS CoV-2 a été transmis à l'homme par une chauve-souris. Nous avons eu la preuve que ce coronavirus a été prélevé sur un chiroptère dans le Yunnan, bien plus au sud, avant d'être transporté puis étudié à Wuhan.

— Alors quoi ? On est dans la même configuration ? Les Chinois auraient commis deux fois la même erreur ? À ce stade, ça devient intentionnel, volontaire... Pour ne pas dire criminel !

– Pas les Chinois. Ce pathogène unique en son genre a été « architecturé » par un Japonais, avant d'être développé aux États-Unis. Ce qui vous ronge les intestins sort tout droit d'installations secrètes américaines.

Ethan Miller haussa deux sourcils perplexes. La Chine, le Japon, les États-Unis… Le Russe tentait de lui vendre une conjuration mondiale guère plus crédible que l'hypothèse extraterrestre.

– Et… on peut savoir comment vous savez tout ça ?

– Nous avons décortiqué cet organisme à l'Institut de physique et de technologie de Moscou, où je suis moi-même chercheur et professeur de génétique. Ma spécialité, c'est la biologie synthétique. Vous connaissez la biologie de synthèse, commandant ?

Miller fouilla sa mémoire. Cette expression lui disait vaguement quelque chose, mais ses études de médecine n'avaient permis que d'effleurer la biologie moléculaire.

– Pas exactement. Mais si j'en crois le terme « synthétique », j'imagine qu'il doit être question de créer des êtres vivants de manière artificielle ?

– Précisément. Dans un premier temps, plusieurs équipes ont tenté de fabriquer des bactéries dotées d'un ADN entièrement programmé en laboratoire, et synthétisé par des séquenceurs capables de « cracher » les bases élémentaires de la vie, comme une imprimante jet d'encre avec ses différentes cartouches de couleur. Le premier à y être parvenu, c'est l'Américain Craig Venter.

– C'est pas déjà lui qui avait réussi à décoder la totalité du génome humain, en 2001, plus vite que l'ensemble des laboratoires publics du monde entier engagés dans la course au séquençage ?

– Absolument. Eh bien, en 2008, il a aussi réussi à reproduire et animer une bactérie *Mycoplasma genitalium*, avec des briques élémentaires, les fameuses bases qui constituent l'ADN, complètement artificielles. C'était la première bactérie créée de toutes pièces dans un séquenceur ADN, et non pas issue de la duplication de bactéries vivantes nées dans la nature et cultivées par l'homme. Venter a été, l'espace d'un instant, aussi puissant que Dieu en personne – si tant est qu'on croie en Dieu.

Le Britannique resta bouche bée. Il savait que les humains avaient toujours rêvé de s'ériger en démiurges – par exemple grâce au clonage humain –, mais il ignorait que des apprentis sorciers étaient parvenus à générer des organismes vivants comme d'autres produisent des objets à l'aide d'imprimantes 3D...

— Alors quoi, c'est Craig Venter qui a créé cette saloperie ? Mais pour quelle raison ?

— Non, Venter a réinventé la nature. Il a copié une vraie bactérie bien connue. C'était un exercice de style. Une preuve de concept. La démonstration qu'on pouvait le faire. Là, je vous parle d'une création complètement nouvelle.

— Un virus mutant ? Une bactérie mortelle, composée en laboratoire, et qui n'a pas d'équivalent sur Terre ?

— Encore plus extraordinaire, commandant Miller. Bien plus fantastique que ce que vous pouvez imaginer.

L'astronaute se leva d'un bond, ignorant la douleur lancinante qui lui lacérait les intestins.

— Extraordinaire ? Fantastique ? Vous vous foutez de moi ? Je suis en train de crever à cause de cette merde extraordinairement fantastique !

Le Russe ne cilla pas. Formé à la dure dans les universités de l'ex-Union soviétique, à l'âge où Miller pataugeait encore dans ses couches, Iarochenko n'était guère sensible à la détresse humaine. Proche du KGB de la grande époque, il avait sans doute assisté à des situations qui l'avaient endurci pour toujours.

— Gardez votre calme, commandant. Plus vous perdrez vos nerfs, plus cet *hachimoji* vous détruira.

Miller se figea, la mine stupéfaite.

– *Hachi*... quoi ?

– *Hachimoji*. Ça veut dire « huit lettres » en japonais. L'alphabet de l'ADN de l'organisme qui vous a infecté ne comporte pas quatre lettres, comme tout ce qui vit sur Terre, mais huit.

– Oui, je sais, DIY, enfin, mon ami biologiste, me l'a déjà expliqué, avant de... avant de...

Miller s'affala sur sa chaise et sentit une douleur cisailler sa poitrine. Il était personnellement responsable de son interpellation, et sans doute prochainement de sa mort, parce qu'il avait manipulé les échantillons de Bob Jenkins.

– Votre ami a manqué de prudence. L'organisme doit être manipulé dans les plus strictes conditions de sécurité, laboratoire P3 ou P4.

L'astronaute acquiesça mécaniquement, encore embrumé par le souvenir du jeune scientifique qu'il ne reverrait sans doute jamais.

– Donc, imaginez ça, Miller.

Le Russe s'empara d'une feuille de papier et d'une mine de plomb. Il commença à griffonner des lettres majuscules et un schéma qui figurait une échelle.

– Au lieu des quatre bases habituelles qui forment les barreaux de la molécule d'ADN, les lettres A-T-C-G pour l'adénine, la thymine, la cytosine et la guanine, l'*hachimoji* en comporte quatre de plus : le P, le Z, le S et le B. Soit un alphabet de huit lettres au lieu de quatre. C'est comme si vous ajoutiez quatre nouvelles cartouches de couleur à celles de votre imprimante à jet d'encre. De quoi offrir bien plus de nuances et de beauté que ce que peut donner la seule combinaison du noir, du cyan, du magenta et du jaune.

Miller reconnaissait certaines qualités de vulgarisation à ce chercheur. C'était l'un des grands atouts des Russes : le pragmatisme. Ils se rendaient capables des prouesses les plus improbables à l'aide de quatre clous et trois bouts de ficelle. Leurs premiers vaisseaux spatiaux n'étaient guère plus complexes qu'un lave-vaisselle, mais ils avaient toujours eu le talent d'en tirer le meilleur – avec dix fois moins de moyens et de technologie sophistiquée que les Américains.

Le généticien, en pleine emphase, poursuivit sur le même registre, sans se soucier de son « élève » et de ses capacités de concentration.

– Et de même que les bases naturelles A-T et C-G s'associent grâce à des liaisons hydrogène, les paires P-Z et S-B peuvent aussi se lier de la même manière. Et sans surprise, l'ensemble adopte la même structure en double hélice que l'ADN traditionnel, regardez.

Le chercheur exhiba un dessin qui reposait dans sa pile de documents.

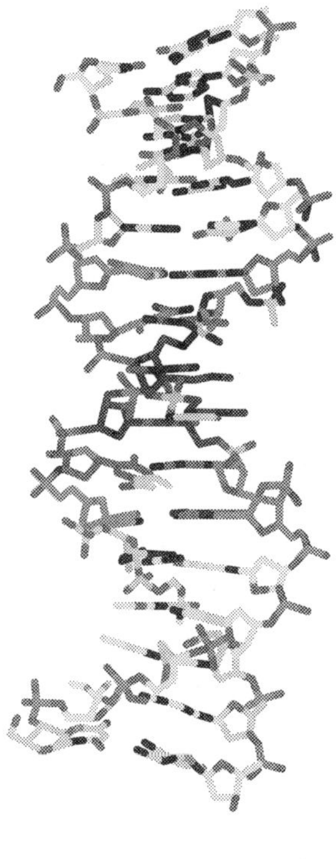

Miller observa le croquis qui tenait plus d'une œuvre d'art contemporain que d'un ensemble biologique.

– Et... qu'est-ce que c'est exactement, ce truc ?

– Tout simplement la structure tridimensionnelle par cristallographie aux rayons X du duplex formé par l'oligonucléotide autocomplémentaire CTTATPPSBZZATAAG.

Le sabir du généticien devenait incompréhensible. Miller atteignait la limite de ses compétences.

– Écoutez, je ne doute pas que vous vous éclatiez avec ces découvertes incroyables, mais êtes-vous capable de trouver un antidote ou un antibiotique adapté à cette saloperie ? C'est la seule question qui compte. Le reste, je n'en ai rien à foutre.

Le professeur Iarochenko se refroidit d'un coup. Son enthousiasme était douché par ce retour bien légitime à la réalité, et à l'urgence du moment.

– Eh bien... Le souci, c'est qu'aucune « arme » biologique n'est préparée à répondre à une forme de vie inconnue sur Terre, et qui ne ressemble à rien d'autre. Nous descendons tous du même organisme, dont l'ADN possédait quatre bases, pas huit. Tout cela tient sans doute du pur hasard, et le premier « réplicateur » biologique, il y a 3,8 milliards d'années, s'est ensuite perfectionné, à l'aune de la sélection darwinienne, des contraintes du milieu... Mais il a toujours utilisé la même matrice : un ADN de quatre lettres. Pas huit.

– Alors quoi ? Je vais crever sans aucune chance d'en réchapper ? C'est ça, l'idée ? Moi et tous ceux qui sont infectés ?

Le chercheur se leva à son tour et fit quelques pas dans le réduit minuscule qui tenait plus d'une cabine téléphonique que d'une salle de consultation.

Dehors, le tumulte battait son plein. Les techniciens et autres ingénieurs semblaient déchaînés. Miller perçut des cris de joie et un enthousiasme palpable. Mais qu'étaient-ils donc en train de fabriquer ?

– Commandant Miller, je comprends parfaitement votre désarroi. À ce stade, nous savons deux choses : l'ADN *hachimoji* a été mis au point par un Japonais, Shuichi Hoshika, sous la direction d'un Américain, Steven Benner, dans un laboratoire de Floride, non loin du Centre spatial Kennedy. Et aussi que cette recherche a été entièrement financée par la NASA, à travers ses programmes

Astrobiology et Exobiology*. Leur but était de créer une nouvelle forme de vie telle qu'elle a pu apparaître ailleurs dans l'univers. Cette preuve expérimentale les a confortés dans l'idée de chercher à détecter la vie autrement qu'en se fondant sur le seul modèle des organismes terrestres. Cela leur permet d'élargir leur spectre.

Miller fronça les sourcils. « Tous les chemins mènent à Rome. » On y revenait sans cesse : l'Agence spatiale américaine était mouillée jusqu'au cou.

– Donc, la réponse est à la NASA ? Il faut absolument que je retourne aux États-Unis, dans ce labo de Floride. Je n'aurais jamais dû quitter le pays...

– Attendez ! Je vous ai dit que l'ADN à huit lettres avait été créé en Floride. Mais ensuite, le programme de la NASA s'est poursuivi dans la Silicon Valley. Et devinez qui était en charge des recherches ?

– Tony Jermal et Jean Myrtol ?

– John Bowers et Mickael Carpenter, de leurs vrais noms, confirma Iarochenko.

– Donc ce sont eux qui... Mais ils en sont morts ! Ça n'a aucun sens...

– Rien ne dit qu'ils ont volontairement créé un organisme *hachimoji* nuisible, voire létal pour l'être humain. Mais ils étaient sans doute les seuls à connaître la manière de le détruire. En tout cas, de le contrecarrer.

– Donc, s'ils sont morts... Il n'y a plus de possibilité... Enfin, aucune chance...

Miller se recroquevilla dans sa chaise métallique, et pas seulement parce que son ventre bouillait et menaçait d'exploser. Il était désespéré.

– Nous pensons que Bowers et Carpenter ont joué avec le feu. Mais pas de leur propre fait. Nous pensons qu'ils ont été... invités à bâtir un organisme aux propriétés inconnues sur Terre, comme si c'était un jeu. Ou plutôt,

* https://www.nasa.gov/press-release/nasa-funded-researchcreates-dna-like-molecule-to-aid-search-for-alien-life

un défi. Pour imaginer à quoi ressemblerait la vie telle qu'on pourrait la trouver sur Mars, ou sur Europe, l'un des satellites de Jupiter ; deux planètes où la présence d'eau a été détectée.

– Et... C'est pour ça que Bob Jenkins l'a expérimenté à bord de la Station spatiale internationale ? Pour le tester en situation de microgravité ?

– C'est notre hypothèse. Nous savons que Jenkins collaborait étroitement avec Bowers et Carpenter. Et ces trois-là cachaient bien des secrets. Par exemple, concernant l'action du *hachimoji* qu'ils ont créé. Quand on l'analyse de près, on retrouve des caractéristiques très spéciales, qui vont bien au-delà de la simple prouesse technique, et la création d'un « *alien like* ».

L'astronaute releva le nez, sans conviction.

– Quelles caractéristiques ?

– Plusieurs séquences génétiques ressemblent à celles d'agents connus sur Terre. Ils les ont améliorées, affinées, grâce à l'extrême précision de l'alphabet à huit lettres. Par exemple, certaines de ces séquences sont largement inspirées de *Toxoplasma gondii.*

L'astronaute haussa le front et reprit quelque intérêt à la conversation.

– Le parasite de la toxoplasmose ?

– Précisément.

– Mais qu'est-ce que... qu'est-ce qu'ils voulaient faire avec ça ?

– Vous connaissez les effets de la toxoplasmose chez les souris, n'est-ce pas ?

– Eh bien... Elles perdent le contrôle, n'ont plus peur de rien, prennent des risques insensés et se jettent dans la gueule du loup. Enfin, dans celle des chats, pour être plus précis. Et se font dévorer toutes crues.

– Absolument. Et ce n'est pas tout. On a aussi retrouvé des séquences entières qui codent la synthèse des agonistes dopaminergiques.

– L'un des traitements contre la maladie de Parkinson ?

– C'est vrai que vous êtes médecin de formation... Et vous connaissez donc les effets secondaires de ce traitement, n'est-ce pas ?

– Dans certains cas, les agonistes dopaminergiques stimulent les comportements compulsifs, les dépenses excessives...

– ... ou l'addiction au jeu.

Iarochenko avait parlé de manière cinglante. Il fixait Miller droit dans les yeux. Il savait. Forcément, il savait tout, grâce au SVR. Le Britannique n'eut guère besoin d'un dessin pour comprendre que tous ses troubles, qui s'aggravaient nettement, n'étaient pas dus au hasard. Le *hachimoji* agissait dans ses entrailles comme la toxoplasmose chez les souris ou les agonistes dopaminergiques chez les parkinsoniens. Et tout partait des intestins. Le Russe enchaîna, comme s'il lisait les pensées de l'astronaute :

– Vous connaissez l'existence du système nerveux entérique ? Le deuxième cerveau qui tapit nos intestins ?

– Oui, bien sûr, on en a beaucoup parlé. Je n'ai pas étudié spécifiquement la question, mais...

– On pense que le Parkinson commence dans les intestins. Les neurones du ventre sont probablement atteints en premier, avant ceux du cerveau. Et il est clair que tout ce qui se produit dans notre microbiote, notre flore intestinale, influence nos comportements. Comme chez la souris. Et le cocktail d'une puissance démultipliée, grâce au langage *hachimoji*, contenu dans cet organisme inédit, peut pousser n'importe quel individu à commettre des actes insensés.

Miller visualisa le film des dix jours écoulés, et tout s'éclaira soudain. Il ne se reconnaissait plus lui-même. Mais il comprenait, enfin, la raison de ses attitudes inhabituelles.

– Où voulaient-ils en venir en créant... ça ? Que comptaient-ils faire avec ?

– Eux, je n'en sais rien. Ce qui m'intéresse, ce sont les commanditaires. Qui se cache derrière Jenkins, Bowers et Carpenter ? Qui tire les ficelles ?

– La NASA, forcément...

– Peut-être... Mais n'oubliez pas que les deux acolytes travaillaient aussi pour le laboratoire secret de Google, X Development, et son antenne Calico, California Life Company. Nul ne sait ce qui se mijote dans ces forteresses surprotégées. Leurs serveurs sont incrackables. En tout cas, maintenant, nous avons au moins une petite idée...

Les globes oculaires de Miller s'arrondirent comme deux calots.

– C'est Google qui... qui serait derrière tout ça ?

– Google, et les autres GAFA. Votre ami Elon Musk, par exemple.

– Ce n'est pas mon ami. Vous savez très bien que je l'ai fréquenté dans le seul but de vous fournir des informations, et...

– Au point d'accepter la maison de votre grand-oncle, Henry Miller ? Ou bien de rouler dans sa Bugatti ?

Le Britannique rougit, et bafouilla :

– C'est... C'était uniquement pour... Enfin, je ne comprends pas comment vous pouvez douter...

– Je ne suis pas du SVR, commandant. Inutile de vous justifier. En attendant, nous sommes parvenus à pirater les serveurs de SpaceX et nous avons pu reconstituer toute la séquence de votre vol à bord du Crew Dragon. Nous savons tout, désormais.

Miller était suspendu aux lèvres de Iarochenko. Il allait de surprise en révélation, et peinait à suivre la cadence. Ses boyaux se tordaient à chaque émotion. Cela devenait intenable, si bien qu'il se rabougrissait à vue d'œil.

– Musk a volontairement programmé l'incendie et l'autodestruction du module.

– C'est... c'est impossible... Il n'a pas pu... Il n'a pas voulu...

– Il avait manifestement des choses à cacher, lui aussi. Il ne voulait certainement pas que le cadavre de Jenkins revienne sur Terre.

Le cerveau d'Ethan Miller frôlait la surchauffe. Il se trouvait incapable de faire la synthèse et de comprendre la portée de toutes ces informations.

– Mais pourquoi... Qu'est-ce que Jenkins pouvait bien faire là-haut ? Quel danger représentait-il ?

– Eh bien, c'est justement toute la question que vous allez nous aider à résoudre !

Le Russe se dressa et invita l'astronaute à le suivre. Mais Miller restait cloué. Le scientifique retourna derrière son bureau, ouvrit un tiroir et en sortit un sachet. Il le tendit au Britannique, avec un verre d'eau.

– Qu'est-ce que c'est ?

– Du fentanyl. Vous en aurez besoin, là où vous allez.

Miller observa le sachet, hésitant. Le fentanyl était un analgésique cent fois plus puissant que la morphine, et la moindre surdose pouvait s'avérer fatale. Sa toxicité dépassait très largement celle de l'héroïne.

– Il est très dilué, ne vous inquiétez pas. Et si jamais vous avez le moindre doute, prenez ça sur vous.

Iarochenko lui tendit un bâton nasal de naloxone, l'antidote du fentanyl, indispensable en cas d'overdose.

– Vous pensez que j'ai vraiment besoin de ce traitement de cheval ?

– Avec ce qui vous attend, je le pense.

Miller absorba le contenu du sachet et ne put réprimer une pensée macabre. Le fentanyl comptait parmi les opioïdes majeurs injectés aux malades du cancer en phase terminale, en soins palliatifs, pour soulager leurs dernières douleurs...

Il crevait, ni plus, ni moins.

Dix minutes plus tard, tandis que le morphinique commençait à agir et que ses douleurs s'évaporaient, Miller suivit le chercheur russe au cœur du hangar grouillant. Il sentait ses muscles se relâcher lentement, tout comme sa vigilance et son attention. Il devait rester concentré, et lutter contre les effets pervers du fentanyl.

Les deux hommes se frayèrent un chemin entre les techniciens et ingénieurs qui s'affairaient, contournant des postes d'assemblage bourrés d'électronique, de pièces détachées, de taules arrondies, le tout baigné dans des relents d'huile de moteur.

Ils se postèrent devant un immense échafaudage multicolore qui s'élevait à plusieurs dizaines de mètres de hauteur. Les poutres métalliques formaient un maillage si dense qu'il était impossible de discerner ce qu'elles masquaient.

Puis, en se faufilant sous le Mikado d'acier, Miller découvrit l'objet qui focalisait l'attention de centaines de personnels, et sans doute depuis de longs mois.

Il n'en crut pas ses yeux.

Il éleva le regard et embrassa l'engin de long en large, puis de haut en bas.

Couchée au sol, gisait une gigantesque fusée dotée de quatre immenses boosters, capable d'arracher des dizaines de tonnes à la pesanteur terrestre. Et, arrimée juste au-dessus, une navette spatiale Bourane ! Un modèle identique à la relique exposée derrière le musée du cosmodrome, et que Miller avait aperçue en arrivant... D'aussi près, elle ressemblait en tout point aux navettes américaines Challenger, Discovery, Atlantis ou Endeavour, abandonnées depuis les années 2010 par les États-Unis. Côté russe, une seule Bourane avait volé, un quart de siècle auparavant, du temps de l'Union soviétique, pour faire face au programme américain de « guerre des étoiles ». Le but, en rien pacifique, était de mettre en orbite des armes capables de tirer de puissants rayons laser, ou de servir de bouclier antimissiles... Comment ce vaisseau pouvait-il se trouver ici, de nouveau opérationnel, flambant comme un camion neuf ?

– Vous n'avez jamais rêvé de piloter une navette spatiale, Miller ?

L'astronaute sursauta. Derrière lui, le colonel Gouline, avec qui il avait voyagé depuis Moscou, avait surgi comme un diable sort de sa boîte. Les militaires russes avaient le sens de la mise en scène, grâce aux défilés orchestrés depuis de longues décennies sur la place Rouge. Il s'était dissimulé derrière l'un des échafaudages et s'était contorsionné pour s'en extirper – ce qui, avec sa surcharge pondérale, n'avait pas été une mince affaire. Il exhalait encore la vodka, et de la bonne. Sans doute une Beluga, qui titrait aisément quarante degrés.

– Mais... Je ne comprends pas... Vos navettes sont démantelées depuis au moins vingt-cinq ans...

– Sur les huit Bourane construites au début des années quatre-vingt, nous en avons toujours conservé une en bon état. Nous l'avons entièrement démontée et remontée dans ce hangar, pour nous assurer qu'elle était parfaitement fonctionnelle. Et vous connaissez la Russie, vous savez que nous savons faire du robuste.

Miller le savait, en effet. Bourane était réputée pour afficher des performances supérieures à celles de la navette américaine, en particulier s'agissant de sa capacité à voler en mode entièrement automatique.

– Et... Qu'est-ce que vous comptez faire exactement ?

– Vous en confier le commandement, et vous permettre de retourner à la Station spatiale, dans de parfaites conditions de sécurité. Cet engin est cent fois plus sûr que le gadget de SpaceX dans lequel vous avez failli mourir carbonisé. Par exemple, il est capable de prendre le relais en mode automatique si vous perdez tous connaissance.

Ethan songea aussitôt à son évanouissement à bord du F-16, et à l'auto-GCAS, le système anticollision avec le sol, qui lui avait sauvé la vie, ainsi qu'à Louise.

– Vous serez accompagné de trois ingénieurs et d'un médecin. C'est aussi pourquoi nous avions besoin d'un vaisseau aussi grand. Nous allons faire le grand nettoyage, là-haut, et surtout récupérer toutes les données et les échantillons sur lesquels travaillait Jenkins, avant de mourir. Car nous sommes convaincus qu'il tentait de mettre au point un antidote, une solution pour barrer la route à cette saleté qui vous a contaminés.

Miller reprit soudainement des couleurs. Un espoir, une lueur au bout du tunnel.

– Qu'est-ce qui vous fait dire ça ?

Gouline fit un mouvement de menton à l'attention du docteur Iarochenko, bien plus au fait de cette question.

– Nous sommes presque certains que Jenkins, Bowers et Carpenter étaient manipulés. Qu'ils n'avaient aucune intention malveillante, et qu'ils s'efforçaient de trouver une parade, une solution à ce qu'ils avaient créé malgré eux... Avant d'être battus par la virulence du pathogène. Leur fin monstrueuse est sans doute due à une faiblesse de leurs tissus.

L'astronaute se remémora ses constatations, à bord de l'ISS.

– Il m'a semblé que l'hémorragie et l'éventration de Bob Jenkins avaient été rendues possibles à cause d'une mauvaise cicatrice au niveau de l'aine.

– Vous avez sans doute raison. Nous avons eu accès aux données médicales de Jenkins.

Miller sourit. Les Russes étaient capables de tout, et leurs *geeks* pouvaient pénétrer n'importe quel réseau informatique, ou presque.

– Comme tous les cosmonautes, il a subi une appendicectomie, une ablation préventive de l'appendice. Mais l'organe était mal placé, et il a fallu faire une incision très large, dans des replis qui ont mal cicatrisé. Il est probable que la cicatrice a cédé et provoqué cette apparente éviscération. Depuis son arrivée à bord, ses collègues le trouvaient très étrange, mystérieux, secret, taciturne et taiseux. C'était sans doute à la fois parce qu'il procédait à des manipulations secrètes, et aussi parce qu'il souffrait le martyre. Ses intestins devaient lui rendre la vie impossible.

Le Britannique pâlit. Il vivait exactement les mêmes affres, et redoutait de finir comme Jenkins, Bowers et Carpenter...

– Vous partez dans trois jours, commandant. Tout est prêt. Nous n'avons plus qu'à positionner le lanceur et sa Bourane sur le pas de tir numéro 6. Et si la météo le permet, vous serez propulsé vers la Station spatiale.

Iarochenko s'approcha tout près de l'astronaute.

– Votre destin est entre vos mains. À vous de nous rapporter ce qui va peut-être pouvoir vous sauver. Concentrez-vous sur le module Columbus. La boîte à gants, dans laquelle Jenkins procédait à ses manipulations. Nous sommes presque certains que la solution est encore là. Personne n'a été autorisé à y pénétrer depuis sa mort, sauf notre robot Fodor 2. Il a pris beaucoup de photos, et nous sommes presque sûrs que des micro-organismes anti-*hachimoji* s'y trouvent encore.

Chapitre trente-quatre

Dimanche 5 juin 2022, Lyon, 23 h 10

Louise végétait dans sa 308.

Elle était garée dans une rue sombre, non loin du stade de Gerland, rebaptisé « Matmut Stadium » cinq ans auparavant. Elle avait toujours trouvé ce nom ronflant et ridicule. Tout ça pour servir la soupe à une société d'assurance.

En attendant, vu son état de santé, Vernay se demanda si sa propre mutuelle prendrait ses soins en charge. Elle allait leur coûter un bras. Enfin, si elle ne clamsait pas avant dans d'atroces souffrances...

Le moral dans les chaussettes, elle aperçut tardivement les appels de phare hystériques du véhicule parqué trente mètres plus loin. Elle sortit du brouillard et répondit par plusieurs signaux identiques.

Une minute plus tard, son ancien adjoint, le capitaine Ahmed Tahiri, se vautrait dans le siège passager.

– Ça fait dix minutes que je fais le navet ! T'as piqué un roupillon ou quoi ?

– Allez, accouche.

Tahiri haussa les sourcils. Pour des retrouvailles, on avait connu plus chaleureux. Ils ne s'étaient ni vus, ni parlé depuis deux bonnes semaines, et n'avaient communiqué que par messagerie cryptée, pour tenter d'échapper à la surveillance de la grande muette. Elle avait remis les deux carnets originaux au service de santé des armées, juste après les avoir copiés. Il lui avait suffi de photographier les pattes de mouche illisibles qui maculaient les deux livrets, puis de les envoyer à son ex-adjoint pour qu'il enquête de son côté.

Il s'était rapproché des chercheurs du laboratoire P4 Jean-Mérieux, qui se situait à deux cents mètres de leur véhicule. Les deux flics connaissaient déjà les lieux, pour avoir interrogé le directeur. Tony Jermal avait en effet passé plusieurs heures entre ces murs, la veille de sa mort.

Les biologistes, conscients de la gravité et de l'urgence de la situation, avaient travaillé de jour comme de nuit, et l'officier venait justement de quitter les locaux, le plus discrètement possible, avant de retrouver sa partenaire.

Vernay savait que, de son côté, l'armée agissait exactement de la même manière en Essonne, dans l'autre P4 français, classé secret-défense. En mobilisant les deux laboratoires les plus sécurisés du pays, Louise espérait doubler les chances de décrypter le travail de Tony Jermal, *alias* John Bowers, et de Jean Myrtol, *alias* Mickael Carpenter. Et de trouver le moyen de neutraliser le micro-organisme, d'autant que la situation devenait critique.

— La première info n'a rien à voir avec les carnets. C'est lié à ce que tu m'as dit par message.

— À propos ?

— Des effets supposés du micro-organisme sur nos intestins, et sur nos comportements. D'après les boss du labo, qui travaillent étroitement avec les autorités de santé... La...

Tahiri consulta ses notes. Les acronymes n'étaient vraiment pas son rayon.

— ... La HAS, Haute Autorité de santé, et Santé publique France, le nombre de personnes atteintes de syndromes compulsifs a nettement augmenté. Les toubibs sont harcelés par des familles qui s'inquiètent pour leurs proches, qui se mettent à claquer tout leur grisbi.

Louise sourit. L'argot de Tahiri lui avait manqué. Il devait connaître au moins cinquante manières d'évoquer l'argent. Grisbi restait l'un de ses favoris, avec l'artiche, les fafiots et la fraîche.

– Ils casquent au PMU, à la roulette, ou dans des grattoirs genre Millionnaire ou Keno. Mais ils raquent surtout pour les sites de vente en ligne, Amazon et consorts. Et puis il y a ceux qui ne maîtrisent plus rien. Ils se lâchent, achètent des bagnoles, s'endettent à vie. Se mettent à rouler à 200 km/h, ou deviennent très agressifs. Tiens, la semaine dernière par exemple, dans un centre commercial suédois : ils ont mis en vente une palanquée de consoles vidéo Sony PS5 – alors qu'il y a pénurie et que les arrivages se font piano piano. Du coup, les gens se sont rués comme des côtelettes et se sont jambonnés sévère. Ah, je te promets, on a dû compter les abattis. Douze morts sur la ligne d'arrivée.

– Tout ça en trois semaines ?

– Non, ça s'emballe, mais ça a commencé il y a déjà plusieurs mois.

– Et... des cas d'hémorragies ?

– Tu veux dire comme nos clients ? D'après les hostos, oui, la hausse est sensible.

Ces constats confirmaient ceux du médecin général de l'hôpital militaire Bégin. Louise éprouva une nouvelle douleur dans l'abdomen. Son binôme sentit son trouble.

– Et toi ? Ça va comment côté tiroir à saucisses ?

L'enquêtrice laissa échapper un petit rire étouffé malgré la sensation déplaisante qui lui nouait les boyaux.

– Il va couci-couça, mon tiroir à saucisses... C'est gentil de t'inquiéter.

– Et le homard, ton pote astronaute ?

Louise se raidit. Elle ignorait tout de l'état de Miller, mais sentait au fond de son cœur qu'il allait mal. Elle n'avait jamais eu le béguin comme ça. C'était l'homme de sa vie, elle en était certaine. Elle devait le sauver. Elle allait le sauver.

Peut-être cédait-elle à la paranoïa et au pessimisme, mais l'absence de nouvelles et de contact la rendait dingue. L'astronaute s'était juste fendu d'un message laconique *via* WhatsApp, trois jours plus tôt, pour partager la révélation des Russes – sans dire, évidemment, qu'il se trouvait à leur côté, au beau milieu du désert kazakh, sur le point de repartir dans l'espace. Il s'était contenté d'écrire que l'agent pathogène n'avait rien d'extraterrestre et qu'il fallait creuser du côté d'un certain « *hachimoji* ». Cette nouvelle l'avait soulagée, évidemment. La fin tragique de Federico Lupo avait fini par la faire douter sincèrement. En repassant le fil des événements, les allusions aux OVNI et aux aliens étaient partout, comme si la vérité se trouvait sous ses yeux. Elle commençait à y croire farouchement, et si le message n'avait pas émané de Miller en personne, elle aurait mis en doute cette histoire d'*hachimoji* et de biologie synthétique. En attendant, elle espérait le retrouver à Londres, dès que possible, munie du Graal : l'antidote qui leur sauverait la peau.

En fait, il tournoyait au-dessus de sa tête à plus de 28 000 km/h...

*

Le Britannique faisait des efforts surhumains. Il devait tenir, coûte que coûte. Lors de son précédent séjour à bord de l'ISS, il avait tout repéré et pouvait faire gagner de précieuses heures à l'équipage de la dernière chance qui l'accompagnait à bord de Bourane 8 – Revival.

Louise ignorait tout de sa collusion avec l'ex-pays des Soviets. Comment lui dire qu'il n'avait ni Dieu, ni maître ? Il échangeait des informations avec les uns et les autres, et pouvait se sentir proche d'Elon Musk comme des services russes, que tout opposait pourtant, sans que cela lui pose le moindre problème de conscience. Pourrait-elle le comprendre ? Ce n'était pas qu'il bouffait à tous les râteliers, non, mais plutôt qu'il roulait pour lui. Et pour la cause, aussi. Lorsqu'un intérêt supérieur transcendait tout, il actionnait ses pions comme des pièces sur un échiquier.

Jouer, parier, bluffer. Son plus grand plaisir.

Il n'allait certainement pas abandonner la Française, qui occupait l'essentiel de ses pensées. Il se sentait partir, mais voulait la sauver, elle. Était-il tombé amoureux ? Était-elle parvenue à irriguer son cœur, jusqu'ici sec comme un coup de trique ? En fait, il était tétanisé à l'idée de mourir et faisait preuve de sensiblerie au crépuscule de son existence.

Il avait d'ailleurs bien cru y passer lorsque le lanceur Energuia s'était élancé du pas de tir numéro 6 du cosmodrome de Baïkonour. Alors qu'il était sanglé dans le poste de pilotage de la navette spatiale, les vibrations s'étaient avérées tellement puissantes qu'il avait failli vomir ses tripes. Les analgésiques l'avaient empêché de durcir ses abdominaux et ses quadriceps pour supporter la pression. Il vivotait dans un état cotonneux et ne contrôlait plus vraiment la situation.

Devant ses yeux embués, le pupitre rustique de la navette Bourane était aux antipodes des écrans futuristes de Crew Dragon. Des cadrans, boutons pressoirs et autres manettes archaïques se succédaient sur la planche de bord. Les ingénieurs russes n'avaient nullement cherché à moderniser les équipements. L'engin volait, et c'était l'essentiel.

Il faut dire que Bourane et son lanceur pharaonique Energuia, au début des années 1980, avaient mobilisé le plus grand nombre de personnels de toute l'histoire de la conquête spatiale, y compris devant le programme Apollo. En 2002, le toit du fameux hangar dans lequel les officiers russes avaient conduit Miller s'était effondré, détruisant une bonne partie de la dernière navette en état et de l'ultime lanceur russe associé. Les ingénieurs et techniciens avaient patiemment reconstruit, puis testé dans la plus grande discrétion, ce fleuron abandonné en rase campagne depuis l'anéantissement de l'Union soviétique... À l'époque, ils avaient gaspillé des milliards de dollars pour rien – la fusée Energuia ne s'était élancée que deux fois, et Bourane, une seule fois. Vingt ans plus tard, ils avaient ainsi repris le flambeau, en se contentant de tout remettre en état, sans innover.

Avant de grimper dans la navette, sur le sol desséché du désert kazakh, Miller avait observé l'énorme lanceur qui allait le propulser en orbite basse. La fusée se trouvait être l'une des plus puissantes de l'histoire, avec une poussée au décollage deux fois supérieure à celle du Heavy Falcon qui avait arraché son Crew Dragon vers les cieux ténébreux, trois semaines auparavant. L'astronaute avait dégluti avec difficulté en songeant aux deux mille tonnes d'hydrogène, d'oxygène et de kérosène qui lestaient l'étage central et les quatre propulseurs... Le moindre incident, la moindre étincelle, et ils finiraient tel l'équipage de la navette américaine Challenger en 1986, grillés comme des merguez.

Miller avait pensé que, dans son état, c'était peut-être encore la meilleure chose qui pût lui arriver.

Mais tout s'était déroulé sans accroc, et il avait débarqué à bord de l'ISS dix heures plus tard. Lorsqu'il avait retrouvé la microgravité, ses douleurs s'étaient artificiellement allégées ; il s'était même surpris à goûter de nouveau au plaisir jouissif de l'impesanteur. La dernière cigarette du condamné. L'ultime rémission avant de plonger en enfer.

*

– Ça va, Louise ? T'es blanche comme un cul...

Tahiri s'inquiétait sincèrement. Trois semaines auparavant, sa cheffe pétait la forme, jurait comme un charretier, et irradiait le monde de sa gouaille et de sa mauvaise humeur. Elle était désormais sombre et maussade. L'angoisse imprégnait chaque pore de sa peau. Elle était mentalement connectée avec Ethan, et ce n'étaient pas les épaisses couches de l'atmosphère qui allaient rompre ce lien puissant qui les unissait.

Quelque chose ne tournait pas rond, elle le sentait.

Ou plutôt : Miller tournait en rond, autour de la Terre, alors qu'il était au plus mal, et n'aurait jamais dû quitter le lit.

Au même instant, un nouveau coup de poignard lacéra ses intestins. Elle sursauta, hoqueta et vomit une bouillie jaunâtre teintée de sang.

Ahmed Tahiri se décomposa.

– Putain, je t'emmène direct à l'hosto. Laisse-moi le volant !

– Non, va-t'en, je vais t'infecter ! Les médecins ont dit que ça passait probablement par les sécrétions...

Mais l'officier croisa les bras.

– Hors de question. Je vais pas te laisser avaler ton acte de naissance sans bouger un orteil. Et puis on a passé plusieurs jours ensemble après la découpe de Jermal. Tu as eu mille occasions de m'infecter.

Louise s'était emparée de plusieurs Kleenex et s'affairait pour tenter d'éponger ce qu'elle avait rendu. Son pouls palpitait comme celui d'un oisillon tombé du nid ; elle peinait à reprendre son souffle. Son regard, autrefois âpre et perçant, quand il n'était pas embrumé par le cannabis, se montrait soudain perdu et implorant. Elle devait savoir.

– Ils ont élucidé cette histoire d'*hachimoji* ? Ils ont quelque chose ?

– Écoute, murmura Tahiri, la voix brisée par l'émotion, ils avaient vaguement entendu parler du truc. C'est de la science très innovante. Ils appellent ça...

Il consulta de nouveau ses notes.

– De la « xénobiologie ». Le mot est formé de la racine grecque *xenos*, qui veut dire « étranger », mais aussi étrange, insolite... Et de biologie, qui veut dire...

– Biologie ?

L'officier resta bouche bée, hébété par sa propre stupidité. Dans un autre contexte, ils auraient ri de bon cœur.

– Donc, reprit Louise, légèrement égayée, il y a des attardés dans des labos qui s'amusent à faire de la biologie étrange et insolite ? Du genre de la chimie amusante de Gaston Lagaffe ?

— *Grosso modo.* Ils s'éclatent à fabriquer des formes de vie inédites qui ne peuvent pas exister sur Terre. En tout cas, c'est le principe, m'ont confirmé les docs du P4.

— Sérieux ? Ils veulent créer des extraterrestres, ou quoi ?

— D'après ce qu'ils m'ont expliqué, ces nouvelles formes de vie, avec leur ADN complètement différent du nôtre, peuvent être beaucoup plus perfectionnées, emmagasiner bien plus d'informations génétiques, et ne peuvent pas se mélanger avec les autres organismes vivants. Elles sont tellement différentes qu'elles ne peuvent pas se reproduire avec. C'est pour éviter la « dissémination », ils m'ont dit.

— Ah ben, c'est réussi !

Ahmed sourit tristement.

— Non, mais là, c'est un autre problème. Notre cimetière à poulets renferme des milliards de bestiaux unicellulaires, et même un ciboulot de la taille de celui d'un greffier.

Louise n'apprenait rien ; Federico Lupo lui avait déjà servi le couplet du ventre bardé d'un second cerveau du volume de celui d'un chat.

— Et le blème, si j'ai bien pigé, c'est que ces teignes se reproduisent vent-du-cul et finissent par remplacer les bactéries...

L'officier loucha sur ses notes et prit une inspiration avant de lancer, fièrement :

— Commensales !

— Commensales ?

— Parfaitement. Ça veut dire les bactéries qui crèchent naturellement dans le garde-manger. Celles qui morfalent nos aliments pour les dégrader en nutriments qui passent dans le sang, avant de gaver nos cellules pour leur donner du carburant.

Louise eut un haut-le-cœur. Imaginer la flore qui peuplait ses intestins progressivement détruite par une armée de pathogènes surpuissants, invincibles du fait de leur ADN deux fois plus complexe, ne lui laissait guère d'espoir d'en réchapper. Sa légère embellie s'évapora.

– Mais j'ai découvert quelque chose, moi. Tout seul, comme un grand. À force de mater les deux carnets, qui semblaient le reflet l'un de l'autre. Ils s'amusaient à tout écrire sous forme de rébus, de devinette. C'est un gloubi-boulga imbittable, mais leur petit jeu m'a fait penser à quelque chose. Quelque chose d'évident qui était sous nos yeux depuis le début.

– Quoi ? souffla Louise, impatiente, pour qui chaque seconde comptait.

– Leur pseudo. Tony Jermal, Jean Myrtol. Exactement les mêmes dix lettres, mais dans un ordre différent.

– Des anagrammes ?

– Exactement. Et je me suis amusé à remettre les lettres dans un autre ordre. Pour chercher un sens caché. Ça m'a bien chauffé la cafetière, mais je crois que j'ai trouvé la meilleure combinaison.

Tahiri prenait son temps et semblait vouloir ménager son effet.

– Bon, eh ben, accouche !

– YLEM TROJAN.

Louise était atterrée.

– N'importe quoi... Ça veut absolument rien dire !

– Détrompe-toi.

Et l'adjoint repiqua le nez dans son cahier.

– « YLEM est le nom donné par Aristote à la substance fondamentale d'où procédait toute matière. Le terme a été repris au XXe siècle par le physicien George Gamow pour désigner l'œuf primordial, la gouttelette de matière condensée qui, d'après le chanoine Georges Lemaître, aurait donné naissance à l'univers. »

Tahiri souriait, fier de sa trouvaille. Mais Louise haussait deux sourcils stupéfaits.

– Bon, apparemment t'entraves que dalle : en fait, c'est un cureton, Lemaître, qui a découvert la théorie du big bang. Tu te souviens ? Lupo nous en avait parlé, quand on l'a interrogé au lycée Ampère, avant ton départ pour Los Angeles, chez les entripailleurs de gras-double.

– Vaguement... J'ai l'impression que c'était il y a dix ans... Et alors, qu'est-ce que ça veut dire, selon toi ?

– Eh ben, comme le jésuite défenestré, Jermal et Myrtol, enfin Carpenter et Bowers, avaient aussi la lubie d'un lien entre leur alien à une cellule, et les origines de l'univers. Le commencement, le big bang. YLEM, c'est le point de départ de tout. Avant même les atomes, avant la matière. C'est comme si leur saloperie, c'était une sorte de cinquième élément, le truc parfait, à l'image de Dieu, le souffle originel à l'origine de toute chose.

– Ouais, donc, en gros, ils planaient à quinze mille et se la racontaient. Ils étaient aussi barrés que Lupo et ses théories créationnistes qui prétendent qu'on est les rejetons de je ne sais quels rastaquouères de l'espace.

– C'est sans doute pourquoi ils travaillaient ensemble. Enfin, du moins pourquoi ils étaient connectés. Ils partageaient cette conviction. Ils ont créé une vie nouvelle, se prenaient pour le Grand Manitou, et touchaient à l'extase, la perfection de la nature. Ou, plutôt, faisaient plus parfait que la nature. Quelque chose que la nature n'aurait jamais pu accomplir.

– Ils s'astiquaient, quoi.

– Voilà. Et d'ailleurs, ils avaient un mantra qui prouve bien qu'ils se croyaient au firmament. Une citation latine que j'ai retrouvée plusieurs fois dans leur glose : *Omne possibile exigit existere.* Ça veut dire : « Tout ce qui est possible ne demande qu'à exister. » C'est signé Leibniz, le philosophe. Comme une incantation magique, du genre : soyez des dieux, les hommes ! Créez n'importe quoi, y compris la vie ! Rien ne vous arrêtera.

Louise demeura pensive quelques instants.

– Et l'autre partie de l'anagramme, là, c'est quoi déjà ?

– TROJAN.

– C'est pas le nom d'un empereur romain ça ?

– Non, ça, c'est Trajan. Il a régné au début du IIᵉ siècle après Jésus-Christ.

Louise siffla.

– Ben, mon salaud, je ne savais pas que t'étais un puits de science !

– Non, mais c'est parce que j'ai fait pas mal de recherches. Et TROJAN, c'est facile à piger quand tu gamberges en anglais. C'est la forme anglaise de Troie. La ville de Troie.

– Troie ? Pourquoi Troie...

L'enquêtrice, tout en posant la question, s'illumina.

– Le cheval de Troie !

– Bingo. Ils ont créé un organisme capable de rentrer non seulement dans les saucisses, mais aussi dans le cervelas. Il prend le pouvoir. Nous fait agir à sa guise. Comme un virus informatique. D'ailleurs les rosbifs disent « Trojan Horse » pour désigner les virus informatiques malveillants.

– Alors, il faut qu'on soit aussi malins qu'Ulysse dans l'*Iliade*.

– Sauf que... C'est justement Ulysse qui conçoit le cheval de Troie, pas le contraire. Grâce à lui, il rapplique au cœur de la ville de ses ennemis. Et ensuite les Grecs crament tout, dessoudent les Troyens, et font des femmes et des enfants leurs esclaves. Une vraie boucherie.

Louise s'assombrit. La dernière lueur d'espoir mourut dans son regard.

*

Les trois derniers astronautes à bord de la Station internationale faisaient peine à voir. Ils n'avaient toujours pas été évacués – un mois après la découverte du cadavre – et se laissaient lentement dépérir. Tant que l'enquête n'était pas bouclée et que l'éventuelle menace d'une invasion extraterrestre (même limitée à des micro-organismes) n'était pas écartée, les puissances spatiales n'entendaient pas rapatrier les cosmonautes.

Aussi, lorsque les Russes avaient informé leurs partenaires qu'ils retournaient sur l'ISS – à la dernière minute, au moment du décollage – ni l'Italienne Carla Martini, ni le Britannique Ben Higgins, ni l'Américain Bill Shepard n'y avait cru. D'autant que la raison, vaseuse, ne laissait rien augurer de favorable pour eux. Officiellement, Roscosmos renvoyait ses deux cosmonautes à bord, Evgueni Porchnev et Sergueï Chenko, pour qu'ils achèvent leur mission. Comme s'ils espéraient gommer les critiques et prouver qu'ils ne s'étaient nullement carapatés comme des lâches, en laissant leurs collègues en rase campagne interstellaire... À la NASA comme à l'Agence spatiale européenne, personne n'avait gobé ce faux prétexte. Et chacun se demandait ce que « foutaient encore les Russes ». Si Trump était resté au pouvoir, sans doute aurait-il été capable d'ordonner un tir de missile pour rôtir leur Soyouz. Leur surprise mêlée d'inquiétude s'était décuplée lorsqu'ils avaient découvert que, en fait de Soyouz, c'était une immense fusée Energuia surmontée d'une navette spatiale qui s'envolait ! Seuls les vieux de la vieille avaient reconnu la fameuse Bourane des années 1980...

Le plan du président russe était simple : montrer au monde que sa grande nation n'abandonnait jamais des hommes à une mort certaine. Pendant que l'Occident tergiversait, sous couvert d'enquête criminelle qui pataugeait, lui, Poutine le Grand, agissait. Il ressuscitait une antiquité capable d'accueillir, en plus de son propre équipage, les rescapés de la Station spatiale.

Ainsi, les trois astronautes avaient-ils repris quelques couleurs en voyant la navette Bourane s'arrimer au port d'amarrage qui culminait à l'extrémité du module Harmony – le dernier de la Station, tout au bout, côté américain – à l'aplomb des laboratoires scientifiques Columbus et Kibo. Ils n'avaient jamais effectué une telle manœuvre sur l'ISS, mais le commandant en second, un vétéran de l'époque soviétique, s'était entraîné cent fois à l'époque de la station orbitale MIR.

Miller, lui, suivait vaguement l'opération, mais son état de plus en plus précaire lui ôtait une grande partie de ses facultés, et de ses réflexes.

Lorsqu'il avait débarqué dans la Station, les trois derniers astronautes à bord eurent une drôle de surprise. Alors que les Russes arboraient une tenue décontractée, tunique aux couleurs de Roscosmos et pantalon souple, le Britannique s'était pointé en combinaison spatiale pour éviter tout risque de contamination.

En réalité, il avait une idée bien précise en tête. Ils comprendraient tous, le moment venu.

– Je suis désolé d'apparaître ainsi, mais c'est pour votre bien. Et aussi parce que je veux être le seul à pénétrer dans Columbus pour récupérer les échantillons, avant de rentrer sur Terre. Comme ça, je suis déjà prêt.

Le laboratoire européen avait été dépressurisé sur ordre de la NASA, pour éviter la circulation de germes et autres pathogènes dans le système d'aération de la Station. La mauvaise nouvelle, c'est que toute forme de vie, privée d'air, avait sans doute succombé. Restait-il quoi que ce soit d'exploitable là-dedans ? L'éventuel antidote au *hachimoji* serait-il visible et, surtout, viable ?

Miller brûlait d'entrer dans Columbus pour le découvrir. Il voulait y consacrer ses dernières forces. L'impesanteur lui offrait de flotter avec légèreté, et il entendait bien en profiter.

Face à lui, les trois prisonniers de la Station faisaient grise mine. Le plus en forme, c'était encore Ben Higgins, son compatriote anglais. Ses traits étaient tirés, mais son regard, franc et direct, traduisait un état de conscience d'apparence normal. Il s'était d'ailleurs substitué aux Russes après leur fuite de l'ISS et servait, depuis, de commandant supplétif.

Carla Martini, elle, était méconnaissable. Son joli minois et son carré brun s'étaient enlaidis de rides et de cheveux blancs. Elle avait pris dix ans en un mois... Ses membres tremblaient légèrement, et ses iris semblaient vidés de toute humanité.

Quant à Bill Shepard, il faisait effroyablement peur. Il ressemblait à Jack Nicholson dans *Shining*, l'œuvre terrifiante de Stanley Kubrick. Ses yeux injectés de sang, ses sourcils en accent circonflexe et son sourire démoniaque glacèrent les cosmonautes russes. Miller, lui, avait déjà goûté au naufrage du spationaute américain, et plaignait sincèrement Higgins et Martini d'avoir dû cohabiter avec cet aliéné.

– Je suis heureux de te revoir, Ethan. Je sais que tu as traversé des moments très difficiles... Le Crew Dragon qui s'est désintégré... Ton saut en parachute... C'était un acte héroïque. Tu nous as tous sciés.

Ben Higgins tentait de réchauffer l'atmosphère ; mais elle restait désespérément glaciale.

– Merci, Ben, mais je crois que les plus impressionnants, c'est vous. Je ne sais pas comment vous avez tenu...

– Eh bien... Cela n'a pas été simple pour tout le monde... Je dors avec Carla toutes les nuits, pour la réchauffer. Sinon, elle cauchemarde et hurle à la mort.

Miller et les cosmonautes russes échangèrent des regards stupéfaits.

– Quant à Bill... Disons qu'il n'est déjà plus vraiment avec nous. La nuit, je l'enferme dans le module Zvezda. Il dort dans l'une des couchettes russes. Sinon, il erre comme un fantôme, et si je ne le surveille pas, il essaye d'ouvrir le labo Columbus. C'est une obsession.

– Je veux trouver l'arme du crime ! Celle de ces enculés de Ruskovs qui se sont enfuis comme des merdes !

L'Américain avait hurlé d'une voix suraiguë. L'équipage de Bourane s'échauffa ; l'insulte faite aux héros Porchnev et Chenko les avait frappés de plein fouet. Ils n'étaient pas du genre à laisser ce genre de propos impunis.

– Du calme, murmura Miller.

Il n'avait presque plus de voix. Au même instant, ce coup de stress lui perfora les entrailles. Malgré la combinaison et la microgravité, il se plia en deux. Il hésitait à reprendre du fentanyl, car il devait conserver un semblant de lucidité pour la dernière mission qui l'attendait.

— Ethan, ça va ? Qu'est-ce qui t'arrive ?

Higgins voyait bien que son compatriote n'était pas au mieux de sa forme.

— J'ai... j'ai un souci, Ben. Mais ça va aller, ne t'inquiète pas.

Miller sentait que le compte à rebours s'achevait. Il devait agir au plus vite.

— Bon, l'idée c'est de vous rapatrier tous les trois, immédiatement. Préparez vos affaires, le minimum, et commencez le transfert à bord de Bourane.

— Comme ça ? Tout de suite ?

— Tu n'en as pas eu assez ? Tu veux continuer à te la couler douce avec Carla et Shepard ?

— Non, bien sûr... Mais on n'a rien prévu, on n'a reçu aucun ordre...

— Oublie Houston, oublie les ordres. Vous n'y êtes pour rien. Celui qui a tué Bob Jenkins est peut-être encore à bord, mais ce n'est pas l'un de vous trois. D'ailleurs, il n'est même pas humain. Partez, maintenant. Et moi, je vais récupérer de quoi prouver que vous êtes étrangers à la mort de Bob. Et peut-être aussi de quoi sauver la vie de plusieurs milliers d'hommes sur Terre.

Miller posa de nouveau son regard sur l'Italienne et l'Américain.

— Et peut-être bien sauver aussi la peau de ces deux-là. Leur état ne me paraît pas normal, même dans ces conditions difficiles. Ils sont surentraînés, solides comme des rocs, et les voir ainsi perdre la raison n'est pas normal. Ils sont aliénés. Et je sais ce qui les aliène...

Miller faisait bien des mystères que son ami Higgins se trouvait incapable de percer. De quoi voulait-il parler, exactement ?

— Messieurs, je vous recommande de porter des masques chirurgicaux et d'éviter tout contact avec les surfaces. Et...

si possible avec Carla Martini et Bill Shepard. J'ai peur qu'ils ne soient contaminés.

– Contaminés ? Mais de quoi tu parles, Ethan ?

Cette fois, Higgins ne pouvait plus attendre. Toutes ces allusions inquiétantes finissaient par lui filer les jetons, à lui aussi.

– Je te promets que je t'expliquerai, mentit Miller. Mais pour l'instant, fais-moi confiance et fais ce que je te dis. Sautez dans Bourane dès que possible. Pendant ce temps, je dois m'occuper de Columbus.

Les deux hommes, ainsi que les autres astronautes, avaient reflué dans le module Harmony.

– Rassemblez vos affaires et enfilez vos combinaisons spatiales. Emportez le strict minimum. Je vous rejoindrai quand j'aurai terminé mes manipulations dans Columbus.

*

Louise avait revêtu une combinaison spatiale.

Enfin, c'était tout comme.

Tahiri avait réussi à convaincre les chercheurs du laboratoire P4, à deux cents mètres de là, de laisser son ex-cheffe accéder aux installations pour se rendre compte par elle-même.

Elle devait voir à quoi ressemblait cet *hachimoji* qui lui rongeait les intestins. Elle voulait surtout s'entretenir avec les biologistes de haut niveau qui planchaient sur un antidote, pour qu'ils lui exposent, précisément, leur stratégie. Et surtout, le temps dont ils avaient besoin pour aboutir.

Elle allait leur mettre une pression d'enfer. Encore fallait-il qu'elle en eût la force...

Le fameux P4 se situait au premier étage d'un bâtiment futuriste et constituait un véritable bunker au beau milieu de la plate-forme. Des corridors permettaient de circuler tout autour. Des hublots laissaient entrevoir l'intérieur : les paillasses, les hottes et tous les instruments nécessaires aux manipulations se trouvaient dans une bulle complètement hermétique.

Louise s'était d'abord douchée avec un liquide dégoûtant, avant de revêtir le fameux scaphandre. Le boss lui avait expliqué qu'il était relié, par l'intermédiaire d'un long flexible, à une source d'oxygène totalement indépendante de l'air circulant dans le laboratoire, afin d'éviter tout contact avec les pathogènes manipulés.

– Et si je fais accidentellement un trou dans la combi, je meurs dans d'atroces souffrances ?

– Non, rassurez-vous. Elle est sous pression positive de sorte que, si elle se déchire, l'air qui circule à l'intérieur en sort, mais rien ne peut rentrer. Ça ne marche que dans un sens. Et si vous avez le moindre souci, vous quittez tout de suite le P4. Vous repassez les trois sas et vous prenez immédiatement une douche au phénol. De toute manière, nous serons connectés par radio. On vous parlera en temps réel et vous aurez toutes les instructions.

Vingt minutes plus tard, après d'ultimes recommandations de sécurité, Louise franchit enfin le dernier sas qui la coupait du monde extérieur et pénétra dans le saint des saints. Elle respirait comme dans un scaphandre, ce qui n'était pas sans lui rappeler son vol épique à bord du F-16, dans sa combinaison connectée à l'ordinateur de bord, pour distribuer de l'oxygène et gonfler les poches cousues sur les cuisses et l'abdomen. Cette pensée la relia aussitôt à Ethan. Qu'était-il en train de faire, en cet instant précis ? Au moment même où elle entrait dans le P4 ultrasécurisé ?

*

Ethan Miller pénétra dans Columbus. Il avait pris soin de dépressuriser le module Harmony, afin d'éviter l'appel d'air dans le laboratoire européen – et surtout, pour empêcher la circulation du pathogène. Dès qu'il se fut enfermé, il communiqua par radio avec le reste de l'équipage.

– C'est bon, Node 2 Starboard bouclé. Vous pouvez repressuriser Harmony, et surtout, commencez le transfert dans Bourane. Je vous rejoindrai quand vous serez tous installés, avec mes prélèvements en conditionnement sécurisé.

– *Roger*, répondit Higgins qui restait commandant supplétif.

L'astronaute alluma les néons qui équipaient le laboratoire européen. Deux fonctionnaient encore et créaient une espèce de pénombre inquiétante. Le Britannique s'approcha de la boîte à gants, qui permettait de manipuler des organismes biologiques sans les contaminer – ni se contaminer. Enfin, en théorie. Le destin tragique de Bob Jenkins prouvait que ce n'était pas aussi simple. À cette pensée, Ethan imagina le cadavre éviscéré de l'Américain. Puis, mécaniquement, il porta son regard sur les parois cylindriques du laboratoire et crut deviner, partout, des traces de sang séché et de boyaux disloqués qui imprégnaient encore les câbles, l'instrumentation, les aérations.

Il se déplaça lentement, à la fois en raison de la microgravité, qui décomposait chacun de ses mouvements, mais aussi parce que la douleur intestinale se faisait de plus en plus intense.

Il s'approcha d'une énorme tache noirâtre qui maculait un rack bourré d'électronique. Il s'attendait à voir des restes humains, du sang coagulé.

Mais, en regardant de près, la tache formait un renflement géométrique très particulier. Comme un ballon de football... Et il n'était pas le seul. Avec l'obscurité, Miller n'avait pas bien vu. Mais ces étranges motifs revêtaient toutes les surfaces, ou presque. Ils avaient colonisé le biolab, le module de physiologie, le tiroir-rack, et l'unité de recherche en fluidique. Ils couvraient même les deux sas, celui qui se connectait au reste de l'ISS, et, à l'opposé, celui qui s'ouvrait sur l'espace. Ce dernier n'avait encore jamais servi, mais permettait d'accéder, en cas de besoin, à des racks de stockage implémentés à l'extérieur de la Station.

*

Louise se déplaçait lentement, comme en impesanteur. Elle sentait le poids de la combinaison, et s'ingéniait à ne pas déconnecter son câble d'alimentation en oxygène.

L'un des manipulateurs l'invita jusqu'à la hotte, tout au fond du laboratoire.

Elle se pencha et découvrit d'amples taches qui en recouvraient toute la surface. Elles dessinaient une forme bien particulière, semblable à un ballon de football.

Vernay réfléchit.

Elle avait déjà vu ça.

Le ballon de foot... L'un des polyèdres de Platon ! Elle fit un énorme effort pour se remémorer l'échange avec Federico Lupo, à propos des formes géométriques retrouvées dans les arêtes de poisson... Les cinq éléments platoniciens... Et le plus parfait, l'ultime, le cinquième élément... Comme un ballon de football !

« Le dodécaèdre, trente arêtes, douze faces et vingt sommets. La forme la plus pure qui embrasse toutes les autres. Pour Platon, c'est une parfaite représentation du Grand Tout, de l'univers. Ce qu'Aristote appelait pour sa part l'éther, cette matière censée remplir tout l'espace entre les étoiles »...

Les mots du jésuite s'étaient matérialisés dans un flux parfait, comme s'il lui parlait encore, là, en cet instant. Comme si son fantôme lui susurrait à l'oreille. Le cœur battant, elle se retourna, pour s'assurer que le spectre du moine ne planait pas juste derrière elle...

– C'est... C'est quoi ces taches dégueulasses ?

– C'est une culture d'*hachimoji*, crachota le chercheur. (La liaison radio valait aussi à l'intérieur du laboratoire.) Il se multiplie à une vitesse inédite sur Terre. Chaque cellule se dédouble en une minute, c'est-à-dire qu'elle engendre soixante générations en une heure ! À ce jour, le record n'était que de douze mitoses de l'heure, soit un cycle toutes les cinq minutes. L'*hachimoji* est donc cinq fois plus rapide, ce qui défie les lois de la physique. Du coup, par précaution, on fait une lyse toutes les heures ; mais les taches se reforment presque aussitôt.

– Une *lyse* ?

– On détruit les cellules, mais elles repoussent presque immédiatement. C'est juste... hallucinant.

Le cinquième élément... L'Ylem primordial... La Perfection, la forme la plus pure de l'univers, celle qui domine tout. Qui précède tout... Les deux Américains étaient donc vraiment parvenus à créer quelque chose d'exceptionnel. Barrer la route à ces pourritures parfaites s'avérait, définitivement, improbable.

Louise songea aussitôt à Ethan, en priant pour qu'il fût épargné ; qu'il ne souffre pas comme elle et qu'il ne nécessite aucun traitement. Car elle serait incapable de le lui fournir.

*

Ethan Miller s'approcha du biolab équipé de sa boîte à gants. Le contenu de cette cage de Plexiglas crasseuse, parfaitement hermétique, était son seul et ultime espoir.

Il prit le risque de retirer ses moufles, car elles étaient bien trop grandes pour pénétrer dans les gants de manipulation. Il ressentit aussitôt l'impression d'être assailli. Il s'était jeté dans la gueule du loup et le savait pertinemment. Son sacrifice était le seul moyen d'espérer trouver une solution. Il se sentait comme les « nettoyeurs » de Tchernobyl ou de Fukushima, contraints de rester auprès des réacteurs explosés pour apporter des soins dérisoires, tout en s'exposant à des radiations mortelles.

Déjà, il sentait que de minuscules ballons de football se formaient à la surface de ses mains.

Il rêvait, sans doute.

Il plongea dans les gants qui permettaient de manipuler l'intérieur de la boîte et récupéra plusieurs coupelles. Alors que la plupart étaient couvertes d'inquiétantes taches charbonneuses, une seule semblait étonnamment vide, et pure.

Pouvait-elle abriter un agent capable d'éliminer l'*hachimoji* ? Était-ce possible ? Jenkins avait-il trouvé l'antidote à sa propre création monstrueuse ?

Miller saisit maladroitement une pipette et s'efforça d'aspirer une partie des marques noirâtres qui recouvraient les autres récipients. Puis il injecta le contenu dans la boîte transparente. Lentement, la tache disparut.

Il tenait quelque chose. Il en était certain.

Aussitôt, il referma le précieux contenant et le scella du mieux qu'il put. D'évidence, toutes ces taches n'étaient autres que des quantités astronomiques d'*hachimoji*, et cette boîte recélait la parade, la « contre-mesure ». L'ensemble réussissait à vivre depuis un mois dans ce module dépressurisé, donc sans air, comme les bactéries extrémophiles. Il pouvait donc exfiltrer la boîte miraculeuse sans risque. Elle survivrait, même dans l'espace.

*

– Vous avez trouvé un moyen d'éliminer cette merde ?

– Pas encore. C'est extrêmement difficile, malgré les deux carnets que vous nous avez fournis.

Le chercheur se mouvait lentement et tournait la tête à la vitesse d'un pachyderme endormi. Sa voix grésillait dans les écouteurs de Louise d'une manière désagréable.

– Ces organismes se multiplient bien trop vite, et nous n'avons aucun moyen de bâtir quelque chose qui lutte efficacement contre eux. Nous ne savons pas concevoir d'ADN à huit bases...

– Mais vous m'avez dit que vous les détruisiez toutes les heures. Vous savez donc les éliminer ! Même s'ils repoussent...

– On utilise des agents chimiques. Si je mets ça dans vos intestins, je tue les *hachimoji* et tout ce qui vit autour. Et je fais un gros trou dans votre abdomen. Un peu comme du Destop, si vous voulez.

Louise pesta intérieurement. Ces chercheurs étaient des mollassons, des putains de mous du genou. Elle allait crever, et beaucoup d'autres avec elle. Elle embrassa une dernière fois le fameux P4 du regard, puis se dirigea vers le sas de sortie.

C'était terminé.

*

– C'est bon, j'ai trouvé ce que je voulais. Je vais vous rejoindre à bord. Vous êtes tous installés ?

– Pas encore. On tente de convaincre Shepard de mettre sa combinaison. Dans trois minutes, si on n'arrive à rien, on lui injecte un sédatif. Il dormira pendant tout le trajet du retour.

– OK. Dès que tout est prêt, et que vous êtes tous à bord, dites-moi. Et avant de sortir, n'oublie pas de dépressuriser de nouveau Harmony. Rien ne doit s'échapper d'ici.

– *Roger.*

Pendant qu'il parlait, Ethan fixait la porte du sas. Mais pas celle qu'il était censé emprunter pour regagner le module Harmony, avant de riper dans la navette Bourane.

Il regardait le sas opposé, celui qui donnait sur l'espace et permettait d'accéder aux racks de stockage externes. Il lui restait une demi-heure d'oxygène, c'était plus qu'il n'en fallait.

Ces merdes ne gagneraient pas. Elles ne lui boufferaient pas les intestins, cellule après cellule ; ne leur en déplaise.

L'astronaute coupa son micro puis ouvrit le clapet qui permettait d'accéder au « Hatch Command System ». Il tapota sur les cinq touches et actionna une manette. Il s'y reprit à deux fois ; ses douleurs devenaient insupportables et lacéraient ses boyaux comme des lames de rasoir.

Il prit une profonde inspiration et déverrouilla la porte du sas. Trois minutes plus tard, la nuit noire et le vide sidéral s'offraient à ses yeux émerveillés.

*

Louise atteignit enfin le troisième sas et dut se prêter à une immonde douche au phénol, un puissant antiseptique capable d'éliminer toute trace de vie sur sa combinaison.

Elle retira son scaphandre en transpirant comme un bœuf. L'expérience n'avait rien d'agréable. Tout ça pour ça... Elle finit par s'extraire du dernier compartiment et rejoignit la terre ferme.

À l'extérieur, rien n'avait bougé.

Tahiri l'attendait sagement. Il était tard, et il piquait du nez.

– Bon, pour l'instant ils pataugent dans la merde, ils n'ont pas le début d'une piste. Il va falloir mettre des vrais cadors sur ces carnets. À moins que l'armée n'avance de son côté...

Les deux policiers franchirent le seuil du bâtiment sécurisé. Il était 1 heure du matin. La nuit était magnifiquement étoilée.

*

Ethan s'agrippa à l'échafaudage métallique riveté au module Columbus. Censé supporter des charges utiles, comme des caisses de matériel, il se trouvait heureusement vide et constituait une précieuse échelle pour se hisser jusqu'à Bourane dont le toit était entièrement ouvert. La navette était connectée à la Station par l'intermédiaire d'un sas qui pointait à l'arrière du poste de pilotage. La longue silhouette effilée du vaisseau planait au-dessus de l'astronaute.

Il prenait un risque insensé. Il n'avait ni câble de rappel, ni propulseur pour se diriger dans l'espace. Il pouvait facilement glisser et dériver dans le vide. Mais sa motivation était immense. Il devait le faire. Il allait le faire.

Il fléchit les genoux et se propulsa vers le haut, le plus énergiquement possible. Il avait mis ses dernières forces dans la manœuvre. Il dévia dangereusement vers la droite et faillit manquer la navette. Heureusement, à la dernière seconde, il réussit à empoigner un pan du toit qui béait vers l'extérieur et s'y accrocha de toutes ses forces. Il reflua lentement jusqu'au centre de la navette. Le ventre de Bourane était presque vide ; seuls des compartiments étanches garnissaient les parois arrondies. Il pivota, toujours suspendu au cœur de la nuit sidérale, et saisit l'une des poignées de sécurité qui équipaient le module central. Il se hissa à l'intérieur du vaisseau et parvint à déverrouiller l'un des rangements. Il glissa la précieuse boîte à l'intérieur, puis s'empara d'un produit antiseptique puissant, du phénol, qu'il avait pris soin d'emporter à bord de Bourane, avant le décollage.

C'est qu'il avait tout prévu.

Il aspergea le compartiment, ainsi que tout ce qu'il avait touché, en espérant que rien ne serait contaminé. Il savait que les taches noires s'étaient dissimulées partout sur sa combinaison, ses moufles. Ses mains... et dans tout son corps, depuis un certain temps déjà.

Au même instant, les deux derniers astronautes pénétraient dans la navette. Déjà installé dans le poste de pilotage, Higgins attendait le retour de son compatriote, avant d'enclencher la procédure de désarrimage et de refermer le toit. Que faisait-il ? Il en mettait, un de ces temps...

Il jeta un regard à travers le hublot droit. Son visage se décomposa. Il devina une silhouette qui flottait dans l'espace et s'éloignait lentement de l'ISS.

Ethan Miller avait lâché prise et décidé de régler leur compte une fois pour toutes à ces saloperies qui lui gangrenaient les entrailles. Il les emporterait dans la tombe – ou plutôt dans le vide sidéral.

Tout en voletant, il ressentit un bien-être exceptionnel, comme une libération soudaine. Autour de lui, le silence total était enivrant. Il n'entendait plus que sa respiration, qui se faisait de plus en plus lente. Puis, tout en se laissant dériver, il découvrit la Terre dans toute sa splendeur, comme personne n'avait pu l'observer avant lui. Tout entière, une énorme orange bleue scintillante. L'émotion l'étreignit au point qu'il sanglota comme un enfant. Il tendit le bras, et pouvait presque la toucher. Le spectacle était sublime, unique. Malgré les larmes qui l'embuaient, il tenta de percevoir les terres qui se dessinaient au cœur de l'immense écrin bleuté. Il lui sembla reconnaître l'Europe. Se pouvait-il qu'il survole l'Angleterre, sa nation, et la France ? C'est alors qu'une dernière pensée le traversa, juste avant que l'oxygène se tarît définitivement.

Louise. Il l'aimait, maintenant il en était certain.

C'était la femme de sa vie.

Sans doute la seule qu'il eût vraiment aimée.

Son visage resplendissait devant ses yeux, et se confondait avec la Terre... Il baissa les paupières et emporta cette dernière image vers l'infini.

*

Louise s'était garée devant son immeuble. Elle s'extirpa de sa 308, puis admira une nouvelle fois la voûte céleste étincelante, d'une rare pureté. Par chance, elle aperçut une étoile filante. Elle était magnifique, avec une longue traînée lumineuse, comme dans les contes de fées.

Elle fit un vœu... qui ne serait jamais exaucé.

Chapitre trente-cinq

Jeudi 9 juin 2022, Saint-Mandé, 11 h 20

Louise barbotait dans une brume épaisse, quelque part au fond de l'abîme. Elle ne sentait plus ses membres, ni le reste. Son cerveau semblait débranché du corps.

Au loin, elle devinait les contours d'un scaphandre immaculé, qui flottait dans un éther ouateux. Elle avait tenté à maintes reprises de s'en approcher, mais la forme demeurait piégée dans une bulle inaccessible. Il lui était impossible de discerner les traits de son occupant. La visière réfléchissante ne renvoyait que le visage émacié de la jeune femme.

« La vache, j'ai eu mon compte », s'était-elle exclamée. Le teint blême qui virait à la cyanose, les paupières closes, la bouche entrouverte : elle avait tous les stigmates d'un macchabée, tel qu'elle en avait beaucoup trop vu dans sa carrière.

Alors, c'était terminé ? Elle gravitait dans l'antichambre du purgatoire, et ne savait toujours pas si elle y retrouverait Ethan.

Parce que c'est la nouvelle de sa mort qui l'avait achevée.

Jusque-là, elle se tordait certes de douleur, les tripes dévorées de l'intérieur, mais elle conservait l'espoir fou qu'une concoction finirait par la sauver. Elle, et Ethan.

Puis elle avait appris la nouvelle en matant la télévision, comme n'importe quel péquin.

Elle était branchée sur BFMTV lorsqu'un de ces connards endimanchés avait lâché, entre le foot et la météo, qu'un astronaute britannique avait perdu la vie lors d'une sortie extravéhiculaire, tout près de la Station spatiale internationale.

Au début, elle avait pensé à l'un des trois spationautes qui moisissaient à bord de l'ISS depuis la mort de Jenkins et la fuite des deux cosmonautes russes.

Mais non.

C'est le visage d'ange d'Ethan qui était apparu en incrustation, derrière la tronche du décérébré qui présentait le journal.

D'abord, elle s'était marrée en pensant très fort : « Toi, t'as été fini à la pisse. » Ces boulets de journalistes confondaient tout. Trois semaines plus tôt, Miller avait miraculeusement atterri sur Terre en parachute, et ce sac à merde s'était embrouillé les neurones. Ce n'était pourtant pas bien compliqué, ils ne sont pas deux mille à tournoyer là-haut.

Et puis, le reportage qui avait suivi l'avait pétrifiée. Elle était restée paralysée dans son canapé, en écoutant le commentaire de l'envoyé spécial à Houston.

Ethan Miller s'était envolé avec des Russes – mais que foutait-il avec eux ? – et s'était aventuré hors de la Station spatiale, avant de perdre tout contact avec ses collègues. Sa mission – dont on ignorait le but – avait mal tourné. Il avait ensuite dérivé dans le vide sidéral, avant de disparaître à jamais. Une interview d'une huile russe avait parlé de « héros », de même qu'un cake de la NASA, et les deux nations déploraient cette perte « inestimable ». Pour une fois que les deux ennemis jurés tombaient d'accord...

Louise avait ensuite zappé sur les autres chaînes d'information continue, tout en surfant sur Internet. Le doute n'était plus permis. Ethan n'était plus. Il planait, quelque part au-dessus de sa tête, à moins qu'il ne se fût déjà consumé dans l'atmosphère telle une météorite.

Louise s'était alors souvenue de l'étoile filante, l'avant-veille. À cet instant, son corps avait lâché. Elle s'était effondrée en larmes ; une longue plainte rauque s'élevant du tréfonds de ses entrailles. Elle avait tremblé de tous ses membres, avant d'être secouée par d'interminables spasmes.

Elle s'était lentement vidée, perdant ses dernières forces – et toute raison de vivre.

Après quoi, rideau. Le noir intégral, le vide sidéral.

Pendant combien de temps ?

Une lumière tamisée, qui luisait au fond d'une galerie en tous points semblable aux arêtes de poisson, avait fini par la tirer du néant.

Elle perçut d'abord des bribes de voix étouffées, puis des syllabes de plus en plus distinctes. Elle restait incapable de piloter son corps ; aucun nerf ni muscle ne répondait.

— Bon, elle a un meilleur tonus et elle reprend des couleurs. Baissez la dopamine à deux gammas, et passez en vitesse trois.

— Bien, général.

L'infirmière s'activa aussitôt sur le pousse-seringue électrique.

— Et je maintiens les anti-H8 ?

— Affirmatif. Ça semble agir. Si elle ne sort pas du coma d'ici ce soir, on préviendra la famille. Pour l'instant, elle reste au secret. C'est clair ?

— Très clair, général.

Puis Louise devina des bruits amortis et distendus. Les ondes sonores n'étaient pas encore parfaitement converties dans l'oreille interne ; ou bien c'étaient les messages nerveux transmis par le nerf auditif qui n'étaient pas correctement traduits dans le lobe temporal. Mais ça, Louise n'en avait nulle conscience, évidemment. Pour elle, c'était juste une bouillie mêlée de sons clairs et de bruits vaseux.

— Allô ? Dites-lui de monter. Oui, dans la chambre de Vernay, directement. Je n'ai pas le temps de repasser à mon bureau avant de partir pour Matignon.

La voix du gradé s'éclaircissait et activait chez la jeune femme quelques bouquets de neurones mémoriels. Elle finit par reconnaître la patronne de l'hôpital Bégin, où l'enquêtrice avait déjà transité après son retour du porte-avions britannique, et avant son départ pour le siège de l'Observatoire du Vatican, près de Rome. Elle était donc revenue à l'hôpital d'instruction des armées, sous la coupe de la grande muette. Et d'évidence, sans que quiconque en soit informé... Elle espérait que son adjoint avait suivi sa trace. Il la surveillait comme le lait sur le feu.

Trois minutes plus tard, nouveau chuintement. Ce devait être la porte de la chambre. Louise tenta d'ouvrir une paupière de toutes ses forces, sans succès.

– Colonel Baumann, vous avez du nouveau ?

– On peut parler librement, général ?

– Pas de problème, elle est dans le coma, elle ne nous entend pas.

« Dans ton cul », songea Louise, qui reprenait du poil de la bête. En tout cas, la cafetière recommençait à chauffer, c'était un début.

– Je viens d'obtenir le rapport de la DRM*, qui confirme celui de la DGSE, et corrobore nos échanges directs avec les Américains et les Russes.

– Donc l'agent H8 sort bien des laboratoires de Google ?

– Affirmatif, général.

Louise était tout ouïe – enfin, disons qu'elle tendait une oreille virtuelle, tandis que son cerveau commençait à s'activer. Elle percuta aussitôt, par exemple, que « H8 » pouvait correspondre à « hachimoji de 8 lettres ». C'était le plus probable...

– Donc, le géant américain est responsable de la dissémination d'un pathogène inédit de niveau 3 ? Quelles mesures l'administration Biden a-t-elle prises ?

* Direction du renseignement militaire.

— Pour l'instant aucune. En tout cas officiellement. Je crois que la situation est à très haut risque. D'après nos informations, l'administration n'a pas le contrôle. Les intérêts économiques et financiers sont colossaux.

Au même instant, la paupière droite de Louise battit de l'aile.

— Général ! Regardez !

Evelyne Rajonarimampianina tourna la tête vers sa patiente embrumée. Nouveau cillement.

— Sortons. Et accompagnez-moi jusqu'à Matignon, on discutera en route. Je suis convoquée par le directeur de cabinet du Premier ministre à midi, impossible de m'y soustraire.

Mais pourquoi avait-il fallu que cette foutue paupière s'active à cet instant ? « Je ne t'ai rien demandé ! » pesta la malade. Son corps n'obéissait à aucune incantation et se mettait à réagir au pire moment ! S'il fallait attendre cinq minutes entre chaque ordre et chaque mouvement, on n'était pas rendus...

Deux heures plus tard, Louise avait les yeux grands ouverts et commençait à recouvrer ses facultés mentales, ainsi que l'usage de ses cinq sens. Suffisamment pour se rendre compte que la bouffe qu'on lui mettait sous le nez était débectante. L'infirmière l'encouragea.

— Il faut vous alimenter, mademoiselle Vernay. Vous êtes restée inconsciente pendant trois jours, il faut reprendre des forces. Et ce ne sont pas les perfusions de soluté glucosé qui...

— Trois jours en carafe ? Mais... Qu'est-ce qui m'est arrivé ?

— On vous a retrouvée inanimée chez vous, à Lyon, et vous avez été transférée ici, à l'hôpital militaire Bégin. Apparemment, vous avez fait un choc anoxique, votre tension était au plus bas, et vous étiez à deux doigts de l'arrêt cardiaque. Vous ne vous souvenez de rien ?

— Non, mentit-elle.

Elle n'avait aucune intention de raconter sa vie ; encore moins d'évoquer Ethan. C'était bien trop douloureux. Elle se massa le cou ; son larynx l'irritait atrocement.

– Vous étiez intubée et sous dopamine. On vous a sevrée et on a rétabli la ventilation spontanée quand vos paupières ont commencé à réagir. Et ça a aidé à vous réveiller complètement. Ça laisse des sensations désagréables, quand on retire le tube...

À propos de douleurs, Louise se palpa l'abdomen.

– Vous m'avez complètement shootée ou quoi ? Je n'ai plus du tout mal au ventre...

– Non, aucune sédation. Dans le coma, le but c'est plutôt de vous réveiller, pas le contraire. Mais... Vous faites allusion à l'infection intestinale aiguë, j'imagine... Vous bénéficiez d'un traitement expérimental.

– L'anti-H8 ?

L'infirmière se décomposa.

– Mais... comment savez-vous...

– J'étais, disons, dans un coma léger, depuis un moment déjà.

La paramédicale stressa. Avait-elle dit des conneries devant ce « faux légume » dans les dernières vingt-quatre heures ? Pire, s'était-elle foutue d'elle, du genre : « Elle a une bonne tête de vainqueur. » Ou bien : « Je me la ferais bien. » Mais non, ce n'était pas son genre. Même si l'infirmière aimait les femmes, elle n'avait aucune affinité pour la nécrophilie – ou assimilé. Et puis, une patiente intubée et équipée d'une sonde urinaire et d'une sonde gastrique constituait un excellent tue-l'amour.

Une heure plus tard, le médecin général Rajonarimampianina était de retour dans sa chambre.

– Comment vous sentez-vous ?

– Mieux, merci. J'ai servi de cobaye, c'est ça ?

La gradée sourit. Elle n'y allait jamais par quatre chemins, la Vernay.

– Si on veut. Vous étiez en train de mourir, vous êtes tombée dans le coma. C'était la fin. On pouvait tout tenter.

Et on a tout tenté. Vous êtes la preuve vivante qu'on a eu raison.

– Et comment avez-vous découvert l'antidote ?

– C'est votre ami Ethan qui vous a sauvé la vie. Il a permis de rapatrier sur Terre une culture cellulaire dont l'ADN comportait huit bases, comme celui du micro-organisme pathogène, et qui s'est avérée capable d'éliminer le *hachimoji*. On a pu l'amplifier au P4 de Vert-le-Petit, et on a tenté le tout pour le tout. Ça agit comme un antibiotique ultraciblé, si vous voulez.

– Mais... comment c'est possible... Ethan a... Il s'est...

– Il avait averti les Russes qu'il ne rentrerait pas et leur avait indiqué l'endroit où il envisageait de dissimuler son éventuelle trouvaille. Il se mourait, et il n'a voulu faire prendre aucun risque aux astronautes. Aucune envie de se vider dans d'atroces souffrances, au risque d'infecter tout le monde. C'est un vrai héros, vous savez...

– Oui, j'ai déjà entendu ça...

Des larmes perlèrent à la commissure de ses paupières. C'est elle qui voulait le sauver, coûte que coûte. Et c'est lui qui l'avait ressuscitée. Mais devait-il payer un tel tribut ?

– Je vous ai parfaitement entendue, tout à l'heure. Vous avez dit que c'est Google qui a pondu cette saloperie. C'est vrai ?

Le médecin général ne s'attendait nullement à ce pavé dans la mare. Elle savait que Vernay avait capté l'expression « anti-H8 », mais elle ignorait qu'elle en savait bien davantage.

– Je suis désolée, Louise, mais ces informations sont classées secret-défense. Je n'ai absolument pas le droit de vous divulguer quoi que ce soit. Vous en savez déjà beaucoup trop. Et je dis ça dans votre intérêt.

Vernay se rehaussa dans son lit, afin d'apparaître sûre d'elle.

– Eh bien justement, j'en sais déjà suffisamment pour tout cracher aux fouille-merde. Ce sera au 20 heures demain soir. Sauf si vous m'exécutez. C'est dans vos méthodes ?

Les mâchoires d'Évelyne Rajonarimampianina se durcirent, et ses pupilles mates s'assombrirent. Elle en avait vu d'autres, et ce n'était pas une conne de fliquette qui allait la déstabiliser.

– Vous restez au secret, sans aucun moyen de communication. Personne ne vous sait ici. Vous ne pourrez rien dire. Je suis désolée, mais c'est vous qui m'obligez à vous placer à l'isolement dans cette chambre d'hôpital, jusqu'à nouvel ordre.

– Êtes-vous certaine que je ne communique avec personne ? Que personne ne sait que je suis ici ?

Au même moment, le portable du médecin général vibra.

– J'écoute...

Son visage s'assombrit.

– Comment s'appelle-t-il ?

La haut gradée darda un regard noir sur Vernay.

– Non, surtout pas. Dites-lui qu'il fait erreur, qu'il n'y a aucune Louise Vernay ici. Exécution !

La boss de l'hôpital Bégin raccrocha.

– Ahmed Tahiri, ça vous dit quelque chose ?

– Vaguement, sourit la jeune femme avec un air triomphant.

Rajonarimampianina prit une longue inspiration.

– Ce que vous me... contraignez à révéler est classifié, et je suis dans l'obligation de vous informer que compromettre le secret-défense est passible de cinq ans d'emprisonnement et que le fait de divulguer des informations qui pourraient porter atteinte à la sécurité nationale est passible de quinze ans d'emprisonnement. Au moindre écart, vous tombez. Est-ce que je suis claire ?

– Très claire, docteur général.

L'officier s'assit sur le rebord du lit.

– Nous avons recoupé toutes nos informations avec les services russes et américains, parce qu'il s'agit d'un cas de force majeure. Et personne n'est enclin aux cachotteries. Il faut s'en sortir, et au plus vite. Vous êtes l'espoir vivant que nous détenons une vraie piste. Nous allons peut-être réussir à sauver des milliers de vies et à endiguer ce début d'épidémie.

– J'avais bien compris, général. Moi, je voudrais qu'on parle des enflures qui sont à l'origine de ce merdier sidéral : Google.

– Eh bien... Comme vous l'avez vous-même découvert lors de votre séjour aux États-Unis, Bowers et Carpenter, tout comme l'astronaute décédé Bob Jenkins, travaillaient pour la NASA. Ils ont eu accès à des recherches très fondamentales menées par l'une de leurs équipes.

– La biologie amusante...

– Pardon ?

– Oui, enfin, la xénobiologie, la possibilité de fabriquer des formes de vie inconnues sur Terre à partir de rien, avec de simples imprimantes biologiques et un ordinateur.

– Je vois que vous en savez déjà beaucoup... Eh bien, ces fameuses expériences de biologie synthétique ont été poursuivies au Ames Research Center, dans la Silicon Valley, et un programme a été développé pour les embarquer à bord de la Station spatiale. La « manip » destinée à l'ISS a été mise au point et adaptée au Jet Propulsion Laboratory de Los Angeles.

Tout s'illumina dans l'esprit de la jeune femme. Elle s'était rendue dans les deux institutions et avait déjà découvert les liens qui unissaient ces laboratoires et les victimes. Tout se recoupait.

– Bowers et Carpenter travaillaient tous les deux pour le Ames Research Center... mais aussi pour Google ! En particulier l'un de leurs labos ultrasecrets...

– Calico, un département de X Developpement. Vous touchiez au but, mademoiselle Vernay.

– Apparemment, oui... Jusqu'à ce qu'un drone nous canarde avec des missiles et que tout le LAPD nous colle au train pour nous serrer. Apparemment, ces découvertes étaient très gênantes.

— Disons que certains n'avaient aucun intérêt à vous laisser aller plus loin.

— Google ?

— Sans aucun doute. Mais pas seulement. Car l'organisme mis au point par Bowers et Carpenter, et testé en microgravité par Bob Jenkins, a été d'évidence conçu sur mesure pour provoquer des comportements très particuliers chez l'homme. Et ces « qualités » n'intéressaient pas que Google. Elles intéressaient la plupart des géants du numérique. Ce qu'on appelle les GAFAM, Google, Apple, Facebook, Amazon et Microsoft. Mais aussi les NATU.

— Les NATU ? Qu'est-ce que c'est encore ?

— Ah, je vois que vous n'êtes pas à la page... NATU pour Netflix, Airbnb, Tesla et Uber.

Louise hallucina.

— Vous me dites qu'ils étaient tous de mèche, c'est ça ?

— Il est impossible d'en être certain. Mais la probabilité est forte. Ainsi, l'implication d'Elon Musk fait peu de doute par exemple. Il a participé à la tentative d'élimination de toute preuve pouvant révéler l'existence du *hachimoji*. Et nous savons aussi qu'il possède plusieurs drones militaires.

— Musk ? Mais il nous a sauvé la mise ! Il nous a exfiltrés, et nous a permis de nous envoler pour Tucson, avant de rejoindre l'observatoire du Vatican sur Mount Graham...

— Et c'est justement là que le FBI vous a interpellés, je me trompe ?

— Oui, mais c'est le directeur de l'observatoire, Federico Lupo, qui nous a balancés.

— En êtes-vous si sûre ?

Louise resta comme une conne. Elle tenta de se repasser le fil des événements, mais son esprit était trop embué – et sa curiosité trop forte – pour y parvenir.

— Mais pourquoi... Pourquoi Musk et les autres auraient-ils fait une chose pareille ? Au point de vouloir nous éliminer, Ethan et moi ?

— Parce que le *hachimoji* modifié devait rester leur arme la plus secrète. Seulement voilà, les effets secondaires incontrôlés et incontrôlables ont rendu la manœuvre impossible. À commencer par la mort brutale de Jenkins, puis de Bowers et enfin celle de Carpenter, que vous avez vous-même découvert à son domicile. Ils ont joué aux apprentis sorciers.

— Mais... Pourquoi le FBI nous a serrés, alors ? Ils auraient dû être derrière nous, et faire tomber ces ordures !

— Quand les GAFAM et les NATU ont vu leur joujou largement compromis, ils ont lâché les fauves. Facebook en première ligne, qui a inondé ses comptes de *fakes* pour vous incriminer, vous faire passer pour des traîtres, des espions. Et ils ont aussi manipulé leurs milliards d'abonnés en diffusant la plus incroyable théorie du complot depuis la fausse *Guerre des mondes* d'Orson Welles.

— L'existence d'un virus extraterrestre ? L'invasion d'aliens microscopiques ?

— Exactement. Certains y croyaient dur comme fer et n'attendaient que ça. Comme le directeur de l'Observatoire du Vatican. Ils ont réussi à créer le plus immense écran de fumée numérique imaginable, et même les autorités américaines, LAPD et FBI en tête, sont tombées dans le panneau. Vous étiez les cibles à abattre. Ils ont réussi à détourner l'attention et à reporter la foudre sur vous, et vous seuls. Ils allaient vous éliminer, directement ou indirectement, et sans vous, plus d'enquête, et plus de preuve. Sans votre obstination, tout serait sans doute perdu.

Louise n'en croyait pas ses oreilles. Avait-elle réellement, à elle seule, et avec Ethan, réussi à déjouer un plan si diabolique ?

— Les géants du numérique sont les plus grands manipulateurs de tous les temps, Louise. Ils ont su réveiller les fantasmes les plus fous chez les internautes et les consommateurs de tous horizons, et de toutes cultures... L'invasion des ET, ça parle à tout le monde, sans aucune distinction. Ça résonne avec des cosmologies ancestrales. C'était très malin, d'autant que le *hachimoji* avait justement des caractéristiques *alien*. Et que son rôle était de créer une *aliénation* chez un maximum de personnes. Ils voulaient que des milliards d'êtres humains leur soient définitivement *aliénés*.

– Je ne comprends pas... Ils ont déjà conquis le monde, non ? Qu'est-ce qu'il leur fallait de plus ?

– Vous avez raison, Louise. Ils ont péché par orgueil. Nous pensons que l'épisode Covid a éveillé chez eux un plan machiavélique. Au début, c'était sans doute un jeu, un défi, une « déconnade » entre milliardaires à la tête des plus grands mastodontes numériques. Du genre : le Covid nous a rempli les poches comme jamais. Avec les confinements, on a décuplé nos milliards de dollars de bénéfice. Ils ont tous acheté chez Amazon, ils ont tous regardé Netflix, ils ont passé des millions d'heures sur Facebook et sur le moteur de recherche Google... Et si on remettait ça ? L'argent appelle l'argent. Ça s'appelle l'appât du gain. Ils ont alors échafaudé un plan subtil.

– Subtil ? Vous trouvez ça subtil, les tripes à l'air et les suicides qui se multiplient ?

– Non, ça, ce sont les effets indésirables, la perte de contrôle. Au départ, ils ont cherché quelque chose de très élaboré. Bowers et Carpenter, qui travaillaient en même temps pour la NASA, leur ont apporté le *hachimoji* sur un plateau. Ils leur ont demandé d'utiliser la même matrice à huit bases, indétectable, invincible, parce que d'une structure inexistante sur Terre. Mais ils ont ensuite utilisé des technologies de pointe, comme le CRISPR Cas9, les ciseaux génétiques, pour introduire des fonctions d'*aliénation*. D'après les Russes, le *hachimoji* comporterait des séquences du parasite de la toxoplasmose, celles qui pousseraient à commettre des actes insensés. À dépasser ses limites, passer outre ses « autocensures ». On retrouverait aussi des séquences génétiques capables de coder pour des fonctions proches de certains traitements de la maladie de Parkinson.

– Parkinson ? De mieux en mieux...

— Certains agonistes dopaminergiques activent tellement le système de la récompense, dans le cerveau, que les malades sous traitement se mettent à faire des dépenses compulsives et à jouer sans retenue, au risque de se ruiner. Il est clair que ce joujou génétique servait aussi les constructeurs de consoles vidéo et les producteurs de logiciels de jeux...

— Ce serait une conjuration mondiale ? Vous n'y allez pas un peu fort, général ?

— Je ne dis pas que tout était conscient et qu'ils avaient bâti le plan le plus diabolique de l'histoire. Mais d'un simple défi, d'une curiosité scientifique, est né un organisme qui aurait pu décupler la fortune des GAFAM et des NATU pour des décennies, le plus discrètement possible. S'il n'y avait pas eu de tels effets secondaires, du moins pour ceux qui manipulaient directement le microorganisme.

— Oui, c'est ballot.

Louise avait parlé sur un ton acerbe. Elle n'arrivait toujours pas à y croire. Était-ce vraiment plus crédible que la piste extraterrestre ?

— Et... Si tout ça est vrai, j'imagine que Google et les autres raclures de bidet vont en prendre pour leur grade ? Genre deux millions d'années de travaux forcés sur la Lune ?

Le médecin général Rajonarimampianina sourit tristement.

— Vous êtes naïve, Louise.

Vernay s'apprêtait à lui en coller une, mais son état de fatigue l'empêchait de faire le moindre geste violent.

— Vous avez une idée du poids de ces entreprises ? À eux seuls, Google, Apple, Facebook et Amazon cumulent une capitalisation boursière de six mille milliards de dollars. J'ai bien dit six mille milliards. Apple est le groupe le plus puissant du monde, et Microsoft le troisième. En 2020, à la faveur du Covid, les GAFA ont réalisé un chiffre d'affaires équivalent au PIB des Pays-Bas. Vous réalisez,

Louise ? Les Pays-Bas, ce n'est pas la Centrafrique ou le Burundi. C'est le dix-septième pays le plus puissant de la Terre ! Et ensemble, les GAFA forment la troisième puissance mondiale, juste après les États-Unis et la Chine. Alors on ne traite pas avec eux comme avec de vulgaires délinquants, voyez-vous.

– Mais c'est dégueulasse ! Ils ont fabriqué et répandu un truc immonde, et si Ethan n'avait pas trouvé l'antidote, on en serait où ? Ils peuvent recommencer n'importe quand, s'ils s'en sortent blancs comme neige ! C'est vous qui ne réalisez pas la gravité de la situation !

Louise avait crié, mais ses forces l'abandonnaient. Elle n'était pas d'humeur à croiser le fer.

– Mais ce n'est pas qu'une question d'argent, Louise. Leur influence dépasse celle de n'importe quel État, n'importe quel parti politique, n'importe quel leader d'opinion. Ils peuvent faire ou défaire des réputations en un claquement de doigts. Il leur suffit de diffuser des informations plus ou moins vraies, plus ou moins malveillantes, et le mal est fait. La rumeur se répand en quelques heures grâce à la fibre et aux réseaux sociaux. Vous en savez quelque chose, n'est-ce pas ? Il leur suffit de privilégier tel ou tel acteur, en remontant les résultats qui leur sont favorables dans Google, ou dans le fil d'actualité de Facebook... Ils prétendront que ce sont leurs robots qui agissent. Qu'ils n'y sont pour rien. Personne n'est dupe, et personne n'est de taille à les affronter. Ils sont les nouveaux maîtres du monde, et vous semblez être la seule à l'ignorer.

Le visage de Louise se décomposa lentement. Cette conne était donc sérieuse. « Ils » n'allaient pas bouger le petit doigt, que ce soit aux États-Unis, en Europe ou en Russie. La gradée en remit une couche.

– Vous connaissez ces expressions : l'opium du peuple, ou « du pain et des jeux » ? Que croyez-vous que fournissent aujourd'hui aux milliards d'êtres humains les géants du numérique et de l'informatique ? Vous savez que Netflix réalise le chiffre d'affaires publicitaire annuel de TF1 en moins d'une semaine ? Vous savez que les chaînes de TV ne pèsent plus rien face aux plateformes ? Vous voudriez qu'on les mette à genoux ? Mais vous voulez la guerre civile ou quoi ?

– Mais... Vous êtes complètement tarée, vous aussi ! Vous entendez ce que vous dites ? Vous allez m'accuser moi, maintenant ? J'ai foutu la merde, c'est ça ?

– Disons que vous avez joué avec le feu et que votre ami Miller s'est brûlé les ailes. Les intérêts supérieurs des nations nous imposent de préserver ces acteurs majeurs qui garantissent la paix civile, et fournissent l'opium et les jeux aux peuples qui en ont besoin. Vous avez des enfants, Louise ?

– Je... Non, et je n'en aurai jamais. C'est pas pour moi.

– Eh bien, vous ne pouvez pas comprendre, alors. Mais je vous le demande quand même : que feraient les parents du monde entier s'ils ne pouvaient pas abandonner leurs chiards douze heures par jour devant un écran ? Des jeux vidéo stupides, des séries atterrantes, des heures de chat débilitantes sur Instagram, Snapchat ou TikTok ?

– TikTok ? C'est quoi, TikTok ?

– Vous avez encore beaucoup à apprendre, Louise Vernay.

La jeune femme perdait pied. Elle songea aux heures qu'elle passait elle-même, pour se changer les idées, devant les séries de Netflix, et sur Facebook. Entre autres... Elle était comme les autres. Ni plus, ni moins. Son opium s'enrichissait de cannabis et d'alcool, mais elle sombrait aussi dans la dépendance aux produits appétissants des GAFAM et des NETU.

– Alors... C'est vraiment vrai ? Ils ne risquent rien ? On ne fera rien ?

– Non, mais on en sortira par le haut. Les Russes, les Américains et les Européens vont annoncer la mise au point conjointe d'un antibiotique capable d'éradiquer ce pathogène que nous continuerons de qualifier « d'origine extraterrestre », pour bien brouiller les pistes... On dira que Miller a voulu se racheter en découvrant les bases de l'antidote, là-haut, à bord de l'ISS. Que c'était un héros, et non un traître. D'ailleurs, on le dit déjà. Les grandes puissances se vanteront de sauver le monde, comme avec les vaccins anti-Covid. En échange, les GAFA vont mettre la main à la poche pour financer le traitement, et ils vont aussi faire remonter dans leurs résultats et leurs fils d'actualité, dans le contenu de leurs programmes, tous les liens, les sites et les articles qui flattent les Occidentaux et les Russes. Tout le monde en sortira gagnant.

– Mais... Mais... Ce n'est pas possible... Il faut punir ceux qui ont tué Ethan...

Louise balbutiait, en larmes.

– Vous faites dans la sensiblerie, Louise. Je peux vous comprendre, mais moi, je dois garantir la paix civile et les intérêts supérieurs de la nation. Personne n'attaquera les GAFA. A-t-on fait un procès à la Chine pour avoir laissé échapper le SARS CoV-2 de son laboratoire de Wuhan ? N'a-t-on pas tout fait pour étouffer l'affaire ?

Louise n'écoutait plus.

Elle priait pour retomber dans le coma et retrouver Ethan, là-haut, dans sa bulle éthérée.

Elle lui parlerait. Elle le chérirait.

Elle n'aurait plus jamais affaire au monde réel des politiciens, ni au monde virtuel des géants du numérique.

Deux mondes qui s'entrelaçaient pour le pire.

Et rien que le pire.

Épilogue

Vendredi 24 juin 2022, Washington, 10 h 40

Le Président terminait d'apposer son seing sur les documents du septième parapheur que son assistante avait déposé la veille, tard dans la soirée. Les collaborateurs de Joe Biden ne comptaient jamais leurs heures.

Le général John William Raymond – *Jay* pour les intimes – patientait sagement dans l'un des canapés kitsch du bureau Ovale. Il gardait la tête haute ; rien ne trahissait son inquiétude. Les huit étoiles qui nimbaient ses épaulettes – quatre de chaque côté – luisaient, tout comme les boutons de son uniforme impeccable. Crâne rasé, mâchoire prognathe, il portait haut ses soixante ans, dont trente-cinq passés dans l'US Air Force.

Tandis que Biden s'apprêtait à refermer son dernier parapheur, le gradé posa son regard sur la décoration dont le Président avait souhaité agrémenter la célèbre pièce. À côté des bustes de Rosa Parks, Martin Luther King ou Robert Kennedy, trônait le portrait du physicien Benjamin Franklin, témoignant de l'intérêt prononcé du démocrate pour la science.

Juste en dessous reposait un morceau de roche lunaire. La conquête spatiale constituait clairement l'un des enjeux du mandat de Biden.

Et c'était tant mieux pour Jay Raymond. Cela lui facilitait la tâche.

Car depuis cinq ans, il était le chef suprême des forces spatiales des États-Unis. Il rapportait personnellement au Président pour toutes les activités qui touchaient au domaine stratégique de l'espace, et prenait directement ses ordres auprès de lui. En personne, sans témoin – et sans trace écrite.

Depuis que Trump avait décidé de lever une partie du secret-défense qui frappait les opérations et rapports confidentiels de son département, il devait la jouer fine. Distiller un certain nombre d'informations, sans créer le choc. La sidération, même.

– OK, Jay, je suis à vous.

Biden avait déplié sa carcasse émaciée et se dirigeait vers le haut gradé. Raymond se dressa au garde-à-vous, avant que le démocrate ne l'invite à se rasseoir, juste en face de lui.

– Nous avons couvert Google, comme vous l'aviez demandé, *Mister President*. Personne ne se doute qu'ils sont responsables du fiasco. Et, du coup, la thèse *alien* se répand encore plus vite.

– Oui, je sais, les réseaux sociaux se déchaînent... Je me demande si c'était une si bonne idée que ça...

– Les mentalités mûrissent plus vite que nous l'espérions. Nous allons probablement pouvoir passer à la phase quatre.

Biden demeura songeur.

– Mais nous allons créer la panique, non ? Déjà, l'histoire du pseudovirus extraterrestre...

– C'était pour la bonne cause. Vous aviez raison, *Mister President*. Il fallait aller plus loin, car nos premières tentatives de sensibilisation n'ont pas été suffisamment fructueuses.

– Vous parlez des images balancées par le Pentagone, avec les aéronefs non identifiés filmés par les F-18 de la Navy ? Tout le monde en a parlé, au contraire.

— C'est vrai, mais sans vraiment les prendre au sérieux.

— C'est pour cette raison – et j'ai suivi en cela vos conseils, Jay – que j'ai demandé à Barack, dans un style beaucoup moins solennel que celui de la Maison Blanche, d'en remettre une couche. Il a fait le job*.

— Oui, et je vous remercie de l'avoir sollicité, *Mister President*. Il y a eu un regain d'intérêt, une série d'enquêtes et de reportages, notamment dans *60 minutes*. Mais il fallait frapper encore plus fort. Apporter d'autres preuves.

— La connerie de Google nous a bien aidés, mais nous avons menti au monde. Ce truc n'a rien d'alien.

— Nous avons menti par omission, si je puis me permettre. Nous n'avons fait aucun commentaire, de notre côté.

— Ouais, on laisse faire, on laisse dire. Mais de là à passer à la phase quatre...

Jay Raymond se leva et fit les cent pas. Sa nervosité commençait à poindre.

— On n'a plus le choix. Nous avons grillé toutes nos cartouches. Par exemple, avec votre accord, j'ai personnellement encouragé l'ancien boss de l'astrophysique de Harvard à publier son bouquin sur la sonde extraterrestre 'Oumuamua**, et on n'a rien démenti. Au contraire. Mais il s'est fait démonter par ses collègues astronomes.

— Il racontait peut-être n'importe quoi ?

— Nous savons que non, *Mister President*. L'astéroïde 'Oumuamua n'avait rien de naturel. Mais les jalousies

* Barack Obama, interviewé dans l'émission « The Late Late Show with James Corden » sur CBS le 17 mai 2021, a déclaré, évoquant des images visionnées lorsqu'il était président des États-Unis : « Je suis très sérieux : il existe des vidéos d'objets dans le ciel dont nous ne savons pas exactement ce qu'ils sont [...]. On ne peut pas expliquer comment ils se déplacent, ni leur trajectoire. Ils ne suivent pas un plan logique. Et je pense que pas mal de personnes prennent ça très au sérieux et tentent de comprendre de quoi il s'agit. »

https://www.nbcnews.com/science/weird-science/obama-ufo-videos-dont-know-exactly-are-rcna963

** Avi Loeb, *Extraterrestrial : The First Sign of Intelligent Life Beyond Earth*, Houghton Mifflin, 2021. (*Le Premier Signe d'une vie intelligente extraterrestre*, Le Seuil, 2021.)

académiques et l'étroitesse d'esprit des scientifiques ont tué l'initiative dans l'œuf. Nous en étions arrivés au stade où nous ne savions plus comment ouvrir les yeux des Américains – et du monde entier, d'ailleurs.

— Cessez de vous agiter, vous me filez le tournis.

Le général quatre étoiles reprit sagement place en face du Président.

— Jay, une bonne fois pour toutes, pourquoi voulez-vous absolument dévoiler toutes ces informations classifiées ? On va affoler tout le monde, alors qu'on pourrait opérer dans la plus grande discrétion. Et tenter d'entrer en contact avec ces... choses.

— Sauf votre respect, nous en avons déjà parlé, monsieur le Président. Et vous savez très bien que...

— Oui, oui, vous allez me resservir Stephen Hawking*, c'est ça ?

— Absolument, monsieur le Président. Il a simplement exprimé tout haut ce que nous sommes nombreux à penser tout bas. Les signes se multiplient, les observations aussi. Le monde doit se tenir prêt. L'humanité doit se préparer au choc.

— Je sais ! s'agaça le démocrate. D'ailleurs, pourquoi croyez-vous que nous ayons créé l'USSF, l'United States Space Force, le premier commandement des forces spatiales au monde ? Avant que d'autres nous imitent, comme les Français.

— Je suis très honoré de commander l'USSF, monsieur le Président. Et si vous me renouvelez votre confiance dans

* Le célèbre astrophysicien Stephen Hawking, disparu en 2018, craignait que le fait d'entrer en contact avec des extraterrestres (en leur envoyant des messages, comme avec le programme METI – http://meti.org – ou bien en dirigeant nos radiotélescopes vers des planètes extrasolaires qui pourraient les alerter de notre présence) ne se retourne contre nous. « J'imagine qu'après avoir vidé leur planète de leurs ressources, ils ont pu se mettre à voyager dans de grands vaisseaux. De tels extraterrestres évolués ont peut-être pu devenir des nomades à la recherche de planètes à conquérir et à coloniser. Nous devons nous méfier » (documentaire *L'Univers de Stephen Hawking*, Discovery Channel, mai 2010).

ces fonctions, alors vous devez aussi me faire confiance quant à la suite des opérations. Nous devons déclencher la phase quatre.

Joe Biden darda un regard sombre sur le portrait de Benjamin Franklin, puis glissa sur la roche lunaire.

– Nous devons coloniser Mars, pour trouver une porte de sortie quand cette foutue planète sera devenue définitivement invivable.

– Je sais, monsieur le Président, et nous nous y employons, avec la NASA. Mais c'est une course contre la montre. Manger, ou être mangé. La loi de la nature.

– Darwin...

– Nous devons être les premiers, et nous préparer à nous battre contre ceux qui pourraient avoir la même envie, ou plutôt le même besoin que nous. Leurs visites se multiplient ; ils ont clairement l'intention de nous coloniser.

– Vous exagérez, Jay. Et vous prenez votre tâche trop à cœur. On n'en est pas là.

– La roue tourne très vite, *Mister President.*

– Et vous avez l'appui du Sénat, pour la phase quatre ?

– Notre camp est convaincu, depuis que Harry Reid a poussé et obtenu le financement du programme AATIP en 2007*. Et Marco Rubio va nous apporter les Républicains sur un plateau**. Il me harcèle depuis des mois pour passer à la phase quatre.

Joe Biden baissa les yeux. Il semblait admirer ses mocassins. Au bout d'une minute de réflexion, il se leva d'un bond.

---

* Harry Reid, ancien chef du groupe démocrate au Sénat (jusqu'en 2017), a largement contribué à la création et au financement du programme Advanced Aerospace Threat Identification Program (cf. pages 277-278, chapitre 22).

** Marco Rubio, sénateur républicain de Floride, ancien président du Comité restreint sur le renseignement du Sénat américain, a personnellement poussé au développement de la task force en charge des phénomènes aériens non identifiés, auprès du bureau du renseignement naval. Il milite pour une meilleure coordination des agences de renseignement américaines pour la collecte et l'analyse des nombreux phénomènes aériens inexpliqués, notamment ceux filmés par l'US Navy ces dernières années.

– OK, vous avez mon accord. Mais vous faites fuiter dans la presse, comme la dernière fois avec le *New York Times* pour le programme AATIP. Vous organisez la déclassification, vous la rendez incontournable. Il faut qu'on donne l'impression qu'on n'avait plus le choix : les OVNI rôdent ; une puissance extraterrestre menace ; nous devons prendre des mesures de protection. Et nous tenir prêts en cas d'attaque.

Le Président planta ses pupilles d'acier dans celles de Jay Raymond.

– Et vous maîtrisez le bordel, OK ? Je ne veux pas de milliers d'Américains sur les routes, en quête d'abris antiatomiques ou je ne sais quoi. Vous ne laissez pas s'installer le syndrome de *La Guerre des mondes*. C'est clair ?

– Parfaitement clair. Et si la menace se confirme, nous frapperons les premiers, et nous gagnerons. Je vous en donne ma parole, *Mister President*.

Remerciements

Ce livre n'aurait jamais vu le jour sans le travail d'enquête de Dominique Filhol, qui a permis d'aboutir au documentaire : *OVNIS, une affaire d'États** (Planète A&E, avec la participation de la NHK). Ce film, que j'ai eu le plaisir de produire, a mis en lumière l'ensemble des documents déclassifiés par les États-Unis, et s'interroge de manière scientifique et rationnelle sur ces phénomènes aériens inexpliqués qui s'accumulent depuis des années. Quelles que soient nos croyances en la matière, le pouvoir romanesque de ces questions parfois troublantes m'a permis d'imaginer *Alienés*. Merci donc à Dominique Filhol pour avoir ouvert mon esprit à ces sujets controversés.

Je précise aussi que j'ai entamé l'écriture de ce livre avant l'apparition du Covid, et que l'idée d'un microorganisme pathogène inédit remontait donc à plusieurs mois avant la crise que nous avons tous traversés. Après avoir pesté contre la « vraie vie » qui rejoignait la fiction, j'ai réalisé que le Covid rendait au contraire mon intrigue plus réaliste que jamais. J'en ai donc joué. Aussi, merci le SARS CoV-2 pour son aide aussi inattendue qu'improbable ; –)

Merci ensuite à tous ceux qui ont éclairé ma lanterne sur des questions pointues, comme l'astronaute Jean-François

* https://www.canalplus.com/decouverte/ovnis-une-affaire-d-etats/h/13618312_50034

Clervoy ; François Spiero, responsable des orientations stratégiques du Centre national des études spatiales ; Philippe Achilleas, directeur du Master des activités spatiales et des télécommunications à l'université Paris-Saclay ; ou encore André Farand, ancien responsable du département juridique de l'Agence spatiale européenne. Sur la partie génétique, très présente comme dans mes précédents romans, un grand merci à Philippe Marlière, éminent chercheur, et l'un des « papes » de la biologie de synthèse et de la xénobiologie. Ce nouveau champ scientifique me fascine depuis des années, et sans mes discussions enflammées avec Philippe Marlière, je n'aurais sans doute pas pu imaginer toute la trame d'*Alienés*.

J'en viens enfin aux remerciements plus personnels. Merci infiniment à Judith, à qui j'ai dédié ce roman, pour ses relectures attentives et ses commentaires enflammés toujours constructifs, et pour tout l'amour qui m'a porté dans la genèse de cette nouvelle aventure. Plus que tout, sa personnalité, son franc-parler, son humour et son énergie vitale m'ont directement inspiré l'héroïne de ce roman, Louise Vernay. Donc, merci, Judith, sans qui Louise ne serait pas !

Merci enfin à Céline Thoulouze, mon éditrice toujours aussi lumineuse, dont le soutien indéfectible me porte depuis des années. Et pour sa confiance renouvelée, désormais, aux éditions Plon.

MIXTE
Papier issu de
sources responsables
FSC® C003309

L'éditeur de cet ouvrage s'engage dans une démarche
de certification FSC® qui contribue à la préservation
des forêts pour les générations futures.

Pour en savoir plus :
www.editis.com/engagement-rse/

CET OUVRAGE
A ÉTÉ ACHEVÉ D'IMPRIMER
SUR ROTO-PAGE
PAR L'IMPRIMERIE FLOCH
À MAYENNE EN SEPTEMBRE 2021

N° d'impression : 99035
Imprimé en France